ANA HUANG

mentiras do
AMOR

Twisted Lies

ELE VAI FAZER QUALQUER COISA PARA TÊ-LA...
INCLUSIVE MENTIR.

Tradução
Débora Isidoro

Copyright © Ana Huang, 2022
Copyright © Editora Planeta do Brasil, 2024
Copyright de tradução © Débora Isidoro, 2024
Todos os direitos reservados.
Título original: *Twisted Lies*

Preparação: Ligia Alves
Revisão: Tamiris Sene e Renato Ritto
Projeto gráfico e diagramação: Márcia Matos
Capa: E. James Designs/ Sourcebooks
Adaptação de capa: Isabella Teixeira

Dados Internacionais de Catalogação na Publicação (CIP)
Angélica Ilacqua CRB-8/7057

Huang, Ana
  Mentiras de amor / Ana Huang; tradução de Débora Isidoro. – São Paulo: Planeta do Brasil, 2024.
  464 p.

  ISBN 978-85-422-2926-4
  Título original: Twisted Lies

  1. Ficção norte-americana 2. Literatura erótica I. Título II. Isidoro, Débora

24-4774   CDD 813

Índice para catálogo sistemático:
1. Ficção norte-americana

Ao escolher este livro, você está apoiando o manejo responsável das florestas do mundo

2025
Todos os direitos desta edição reservados à
EDITORA PLANETA DO BRASIL LTDA.
Rua Bela Cintra, 986 – 4º andar
01415-002 – Consolação – São Paulo-SP
www.planetadelivros.com.br
faleconosco@editoraplaneta.com.br

A todos cuja cor favorita
é o cinza moralmente duvidoso.

AVISO DE CONTEÚDO IMPRÓPRIO

Esta história contém um herói alfa de moral duvidosa, conteúdo sexual explícito, palavrões, violência gráfica e temas que podem ser sensíveis para alguns leitores.

Para mais informações, acesse o QR code abaixo.

PLAYLIST

"Tears of Gold (Slowed)" – Faouzia
"Made to Love" – John Legend
"God Is a Woman" – Ariana Grande
"Infinity" – Jaymes Young
"Style" – Taylor Swift
"Crazy in Love" – Beyoncé (cover de Sofia Karlberg)
"Coffee" – Miguel
"Heat Waves" – Glass Animals
"I Know You" – Skylar Grey
"Earned It" – The Weeknd
"Beautiful" – Bazzi
"Die for You" – The Weeknd
"Harleys in Hawaii" – Katy Perry
"Said I Loved You... But I Lied" – Michael Bolton

CAPÍTULO 1

Stella

— **Stella!**

Meu coração disparou. Nada desencadeava tão bem minha reação de fuga ou luta como o som da voz de Meredith.

— Sim? — Escondi o nervosismo com uma expressão neutra.

— Vou confiar em você para levar tudo de volta ao escritório. — Ela vestiu o casaco e pendurou a bolsa no ombro. — Tenho reserva para o jantar e simplesmente não posso perdê-la.

— É...

Ela saiu.

— Claro que levo — concluí.

O fotógrafo interrompeu o que estava fazendo e olhou para mim com as sobrancelhas levantadas. Respondi com um movimento cansado dos ombros. Eu não era a primeira assistente de revista que sofria com uma chefe tirana, e não seria a última.

Houve um tempo em que trabalhar em uma revista de moda teria sido um sonho. Agora, depois de quatro anos na *DC Style*, a realidade do emprego tinha apagado todo o brilho que o cargo um dia tivera.

Quando desmontei o cenário da sessão de fotos, deixei todos os objetos no escritório e comecei a caminhada para casa, minha testa estava coberta de suor, e os músculos ameaçavam se transformar em gelatina.

O sol tinha se posto meia hora antes, e as lâmpadas da rua projetavam uma luz alaranjada nas calçadas cobertas de neve.

A cidade estava sob alerta de nevasca, mas o mau tempo só ganharia força mais tarde, naquela noite. Para mim era mais fácil ir a pé do que pegar o metrô, que colapsava sempre que havia um acúmulo de mais de dois centímetros de neve.

Era de esperar que a cidade fosse começar a se preparar melhor, considerando que nevava todo ano, mas não. Não a capital.

Eu não devia estar olhando o celular enquanto andava, especialmente naquelas condições climáticas, mas não consegui me conter.

Abri o e-mail que recebi naquela tarde e fiquei olhando para ele, esperando as palavras se reorganizarem em alguma coisa menos perturbadora, mas nada acontecia.

A partir de 1º de abril, o valor de um quarto particular no Greenfield Senior Living será reajustado para US$ 6.500 por mês. Pedimos desculpas antecipadamente por qualquer inconveniente, mas estamos certos de que as mudanças resultarão em um atendimento de ainda mais qualidade para nossos residentes...

O smoothie verde que eu tinha tomado na hora do almoço revirava em meu estômago.

Inconveniente, eles diziam. Como se não estivessem impondo um aumento de mais de vinte por cento no preço de uma instituição de residência assistida. Como se seres humanos vivos e vulneráveis não fossem sofrer por causa da ganância da nova administração.

Inspira, um, dois, três. Expira, um, dois, três.

Eu tentava respirar fundo para superar a ansiedade crescente.

Maura tinha praticamente me criado. Tinha sido ela quem sempre estivera presente para mim, embora agora nem me reconhecesse. Eu *não podia* transferi-la para outra residência assistida. O Greenfield era a melhor na área, e havia se tornado seu lar.

Nenhum dos meus amigos ou familiares sabia que eu pagava pelos cuidados que ela recebia. Eu não queria enfrentar as perguntas inevitáveis que seriam provocadas pela revelação.

Teria que dar um jeito de cobrir o aumento nos custos. Talvez pudesse conseguir mais parcerias, ou negociar valores mais altos para o meu blog e para o Instagram. Em breve teria um jantar com a Delamonte em Nova York, que meu agente dizia que seria uma audição para o posto de embaixadora da marca. Se eu...

— Srta. Alonso.

A voz profunda e rica tocou minha pele como veludo negro e me fez parar. Um arrepio sucedeu a primeira sensação, uma resposta provocada por prazer e alerta ao mesmo tempo.

Eu reconhecia aquela voz.

Só a ouvira três vezes na vida, mas fora o suficiente. Como o homem que era dono dela, era inesquecível.

A desconfiança vibrou em meu peito, e eu a controlei. Virei a cabeça e deixei o olhar percorrer os poderosos pneus de inverno e as linhas elegantes e singulares do McLaren preto parado ao meu lado antes de ver o vidro do passageiro aberto e o dono do carro.

Meu coração parou por uma fração de segundo.

Cabelo escuro. Olhos cor de uísque. Um rosto esculpido com tanta precisão que poderia ter sido criado pelo próprio Michelangelo.

Christian Harper.

CEO de uma empresa de segurança voltada para a elite, proprietário do Mirage, o edifício onde eu morava, e talvez o homem mais bonito e mais perigoso que já conhecera.

Em relação à parte do *perigoso* na minha avaliação, era o que o meu instinto dizia, e a minha intuição nunca falhava.

Respirei fundo discretamente. Soltei o ar. E sorri.

— Sr. Harper. — Minha resposta educada provocou uma reação seca.

Aparentemente, só ele tinha permissão para tratar as pessoas pelo sobrenome, como se todo mundo vivesse em uma gigantesca e abafada sala de reuniões.

Os olhos de Christian registraram os flocos de neve sobre meus ombros antes de voltarem aos meus.

E, de novo, meu coração parou por um instante.

Era como se pequeninos estalos elétricos vibrassem sob a intensidade de seu olhar, e tive que reunir toda a força de vontade disponível para não recuar um passo e me sacudir, tentando espantar a sensação estranha.

— O tempo está ótimo para uma caminhada. — O comentário foi ainda mais seco que seu olhar.

O calor subiu pela minha nuca.

— Não está tão ruim.

Só então notei que a neve caía cada vez mais forte. Talvez a previsão do horário da nevasca estivesse *um pouco* errada.

— Meu apartamento fica só a vinte minutos daqui — acrescentei para... sei lá. Provar que não era uma idiota por estar caminhando pela cidade no meio de uma tempestade de neve, acho.

Pensando bem, talvez devesse ter usado o metrô.

— A nevasca já começou, e tem trechos de gelo cobrindo boa parte das calçadas. — Christian apoiou o antebraço no volante, uma atitude que nem deveria ser tão atraente. — Eu te dou uma carona.

Ele também morava no Mirage, então fazia sentido. Na verdade o apartamento dele ficava no andar acima do meu.

Mesmo assim, balancei a cabeça.

Pensar em ficar sentada com Christian em um espaço confinado, mesmo que por poucos minutos, causava em mim uma estranha sensação de pânico.

— Não se incomode. Você deve ter coisas melhores para fazer do que me carregar, e andar me ajuda a raciocinar com mais clareza. — As palavras saíram em uma torrente. Eu não costumava falar muito, mas, quando começava, nada menor que uma explosão nuclear me faria parar. — É um bom exercício, e preciso testar minhas botas para neve, de um jeito ou de outro. É a primeira vez que estou usando desde o começo da estação. — *Para de falar.* — Então, por mais que eu agradeça a oferta, tenho que recusá-la educadamente.

Terminei meu minidiscurso quase incoerente com uma nota ofegante, sem ar.

Estava ficando melhor nessa coisa de dizer não, mas sempre me explicava demais.

— Isso faz sentido? — perguntei quando Christian continuou em silêncio.

Uma rajada de vento gelado escolheu esse momento para me atingir como um chicote. Ela empurrou o capuz que cobria minha cabeça e atravessou as camadas de roupa até encontrar meus ossos, provocando uma explosão de arrepios involuntários.

Havia suado litros no estúdio, mas agora sentia tanto frio que até a lembrança do calor se tingia de azul, congelada.

— Faz — Christian falou finalmente, com um tom e uma expressão ilegíveis.

— Que bom — murmurei, batendo os dentes. — Nesse caso, vou deixá-lo...

O *clique* suave de uma porta destravando me interrompeu.

— Entra no carro, Stella.

Entrei no carro.

Disse a mim mesma que era porque a temperatura tinha caído uns sete graus em cinco minutos, mas eu sabia que era mentira.

Foi o som do meu nome naquela voz, pronunciado com uma autoridade tão calma, que fez meu corpo obedecer antes que eu conseguisse protestar.

Para um homem que eu mal conhecia, ele exercia mais poder sobre mim que quase todo mundo.

Christian arrancou e girou um botão no painel. Um segundo depois, o calor brotava das grades de ventilação e aquecia minha pele gelada.

O carro tinha cheiro de couro e especiarias caras, e era imaculadamente limpo. Sem embalagens, nem copos descartáveis de café, nem um fiapo de linha solto.

Afundei um pouco mais no assento e olhei para o homem ao meu lado.

— Você sempre consegue tudo o que quer, não é? — perguntei em um tom leve, tentando dissolver a inexplicável tensão que pairava no ar.

Ele olhou rapidamente para mim, antes de se concentrar novamente na rua.

— Nem sempre.

Em vez de se dissipar, a tensão cresceu e invadiu minhas veias. Quente e impaciente, como uma brasa esperando um sopro de oxigênio para ganhar vida.

Missão fracassada.

Virei a cabeça e olhei pelo para-brisa, abalada demais com os eventos daquele dia para continuar tentando conversar.

O nervosismo que subia pelo meu peito e pela garganta não ajudava muito.

Eu deveria ser a pessoa calma, controlada, a que via o reflexo de luz por trás de todas as nuvens e permanecia centrada, qualquer que fosse a situação. Essa era a imagem que tinha projetado durante a maior parte da vida, porque isso era o que se esperava de mim, uma Alonso.

Uma Alonso não tinha ataques de ansiedade, nem passava as noites se preocupando com cada coisinha que poderia dar errado no dia seguinte.

Uma Alonso não fazia terapia, nem lavava a própria roupa suja com a ajuda de um estranho.

Uma Alonso deveria ser perfeita.

Torci o colar em volta do dedo até sentir que ele interrompia a circulação.

Meus pais *adorariam* Christian, provavelmente. Ele era a imagem da perfeição.

Rico. Bonito. Bem-educado.

Eu me ressentia contra isso quase tanto quanto me incomodava com a maneira como ele dominava o espaço à nossa volta, com sua presença permeando cada cantinho e fresta até ser a única coisa na qual eu conseguia me concentrar.

Olhei fixamente para a rua diante de nós, mas o cheiro do perfume dele invadia meus pulmões, e minha pele pulsava com a percepção de como seus músculos se contraíam cada vez que ele girava o volante.

Eu não devia ter entrado no carro.

Além do calor, o único ponto positivo era chegar mais cedo em casa para uma ducha e minha cama. Eu não via a hora...

— As plantas pegaram bem.

Ele fez o comentário de um jeito tão casual e inesperado que demorei vários segundos para perceber que, um, alguém tinha interrompido o silêncio, e dois, esse alguém tinha sido realmente Christian, não um produto da minha imaginação.

— Oi?

— As plantas no meu apartamento. — Ele parou em um farol vermelho. — Pegaram bem.

O que isso tinha a... *Ah!*

A compreensão foi seguida por um pequeno lampejo de orgulho.

— Fico feliz. — Lancei a ele um sorriso hesitante, agora que a conversa seguia por um caminho seguro, neutro. — Elas só precisam de um pouco de amor e atenção para crescer.

— E água.

O comentário óbvio e direto me surpreendeu.

— E água.

As palavras pairaram entre nós por um momento antes de eu deixar escapar uma gargalhada, e a boca de Christian se distendeu no menor dos sorrisos.

O ar ficou mais leve, finalmente, e o nó em meu peito afrouxou um pouco.

Quando a luz ficou verde, o poderoso ronco do motor quase encobriu o que ele disse a seguir.

— Você tem um toque mágico.

Meu rosto esquentou, mas dei de ombros.

— Eu gosto de plantas.

— É a pessoa perfeita para o serviço, então.

As plantas dele estavam respirando por aparelhos quando aceitei cuidar delas em troca da manutenção do valor atual do meu aluguel.

Depois que minha amiga Jules, que dividia a casa comigo, tinha se mudado no mês passado para ir morar com o namorado, minhas opções eram arrumar outra pessoa para dividir o aluguel ou sair do Mirage, já que eu não tinha como pagar sozinha. Era apegada ao Mirage, mas preferia morar em condições mais modestas a dividir a casa com alguém que não conhecia. Minha ansiedade não saberia lidar com isso.

Christian já havia reduzido o valor do aluguel para nós duas quando fomos visitar o apartamento e confessamos que o preço normal estava fora do nosso orçamento, por isso fiquei chocada quando ele propôs nosso arranjo atual, depois que avisei que poderia deixar o imóvel.

Era um pouco suspeito, mas ele era amigo do marido da minha outra amiga, Bridget, o que me ajudara a aceitar sua oferta. Fazia cinco semanas que eu cuidava das plantas dele, e nada de terrível tinha acontecido. Nunca nem o via quando subia ao apartamento. Eu só entrava, molhava as plantas e saía.

— Como você soube que eu tinha essa habilidade? — Ele poderia ter proposto uma infinidade de tarefas – resolver problemas na rua, cuidar da roupa, fazer limpeza (embora ele já tivesse uma funcionária em tempo integral para isso). O negócio das plantas era estranhamente específico.

— Não soube. — Desinteresse e um fio de alguma coisa imperceptível se misturaram à voz dele. — Foi uma feliz coincidência.

— Você não tem jeito de quem acredita em coincidências.

A falta de sentimentalismo de Christian transbordava em tudo que ele fazia e vestia: nas linhas enxutas do terno, na precisão calma das palavras, no distanciamento frio do olhar.

Eram características de alguém que idolatrava lógica, poder e pragmatismo frio, duro. Nada tão nebuloso quanto coincidências.

Por alguma razão, Christian achou isso engraçado.

— Eu acredito mais do que você pode imaginar.

O tom autodepreciativo atiçou minha curiosidade.

Apesar de ter acesso ao apartamento dele, eu sabia pouquíssimo sobre o cara, o que era irritante. A cobertura era um espetáculo de projeto impecável e luxo, mas os toques pessoais eram poucos, talvez nenhum.

— Dá para ser mais claro? — pedi.

Christian entrou na garagem do Mirage e estacionou em sua vaga perto da entrada dos fundos.

E não me respondeu.

Por outro lado, eu não esperava que ele fosse me responder.

Christian Harper era um homem coberto de boatos e sombras. Nem Bridget sabia muito sobre ele, a não ser a reputação que o precedia.

Seguimos em silêncio até o saguão de entrada.

Christian tinha um metro e noventa e três, treze centímetros a mais que eu, mas eu ainda era alta o suficiente para acompanhar seus passos largos.

Nossos passos ecoavam em perfeita sincronia no piso de mármore.

Eu sempre me sentira constrangida com minha altura, mas a presença poderosa de Christian me envolvia como um cobertor, conferindo segurança e desviando a atenção do meu porte de amazona.

— Chega de andar no meio da nevasca, srta. Alonso. — Paramos diante dos elevadores e nos encaramos. O esboço de sorriso estava de volta, exalando um charme preguiçoso e muita confiança. — Não posso permitir que uma das minhas inquilinas morra de hipotermia. Seria péssimo para os negócios.

Outra gargalhada inesperada escapou da minha garganta.

— Tenho certeza de que em pouco tempo você vai encontrar alguém para me substituir.

Eu não sabia se a leve falta de ar tinha a ver com o frio que ainda persistia em meus pulmões ou se era o impacto de estar tão perto dele.

Não tinha nenhum interesse romântico em Christian. Não tinha interesse romântico *em ninguém*; a revista e o blog tomavam todo o meu tempo, e não podia nem pensar em namorar.

Mas isso não significava que era imune à presença dele.

Alguma coisa cintilou nos olhos cor de uísque e desapareceu em seguida.

— Pouco provável.

A falta de ar moderada transformou-se em algo mais intenso que estrangulou minha voz.

Cada frase que saía de sua boca era um código que eu não conseguia decifrar, com um significado oculto que só ele entendia, enquanto eu era forçada a tatear no escuro.

Já tinha conversado com Christian três vezes na vida: uma quando assinei o contrato de aluguel, outra no casamento de Bridget, de passagem, e uma última quando discutimos minha situação depois da saída de Jules.

Nas três vezes, tinha saído da conversa mais perturbada que antes.

Do que estávamos falando mesmo?

Fazia menos de um minuto que ouvira a resposta de Christian, mas foi um minuto tão lento que poderia ter sido uma eternidade.

— Christian.

Uma voz profunda, com um leve sotaque, cortou o fio que mantinha nosso momento em suspensão.

O tempo voltou à cadência normal, e minha respiração saiu do peito em um sopro rápido, antes de eu virar a cabeça.

Alto. Cabelo escuro. Pele morena.

O recém-chegado não tinha uma beleza clássica como a de Christian, mas preenchia o terno Delamonte com uma masculinidade tão selvagem que era difícil desviar o olhar.

— Espero não estar interrompendo nada. — Terno Delamonte olhou rapidamente em minha direção.

Eu nunca me sentira atraída por homens mais velhos, e ele devia ter entre trinta e cinco e quase quarenta, mas *uau*.

— De jeito nenhum. Chegou bem na hora. — Uma nota de irritação endureceu a resposta educada de Christian. Ele se colocou na minha frente, me impedindo de ver Terno Delamonte e vice-versa.

O outro homem levantou uma sobrancelha, antes de deixar cair a máscara de indiferença e sorrir.

Ele passou por Christian a passos determinados, quase como se debochasse dele, e estendeu a mão.

— Dante Russo.

— Stella Alonso.

Esperei ele apertar minha mão, mas ele a beijou de leve, o que me surpreendeu. Vindo de qualquer outra pessoa teria sido desagradável, mas senti um arrepio de prazer.

Talvez fosse o sotaque. Eu tinha uma fraqueza por tudo que era italiano.

— Dante. — Por trás da aparente calma na voz de Christian havia uma lâmina afiada o bastante para atravessar um osso. — Estamos atrasados para nossa reunião.

Dante parecia indiferente. A mão descansou na minha por mais um segundo antes de ele a soltar.

— Prazer, Stella. Tenho certeza de que vamos nos ver por aí. — O sotaque marcado tinha uma sugestão de riso.

Desconfiei de que o humor não tinha a ver comigo, mas com o homem que nos observava com um olhar gelado.

— Obrigada. O prazer foi meu. — Quase sorri para Dante, mas algo me dizia que não seria uma atitude inteligente neste momento. — Tenha uma boa noite. — Olhei para Christian. — Boa noite, sr. Harper. Obrigada pela carona.

Acrescentei uma nota bem-humorada à voz, esperando que a alusão à nossa absurda formalidade mais cedo rompesse a dureza de sua expressão de granito.

Mas ele se limitou a inclinar a cabeça.

— Boa noite, srta. Alonso.

Certo, então.

Deixei Christian e Dante no saguão, expostos aos olhares de admiração de quem passava por lá, e peguei o elevador para o meu apartamento. Considerando o limite de altura dos edifícios de Washington, era o mais próximo de uma cobertura que eu poderia ter sem me mudar para a unidade de Christian no décimo primeiro andar, um acima do meu.

Não sabia o que causara a repentina mudança de atitude de Christian, mas tinha preocupações suficientes sem acrescentá-lo à lista.

Abri a bolsa e tentei encontrar minha chave em meio à confusão de maquiagem, recibos e presilhas de cabelo.

Precisava organizar melhor esta bolsa.

Depois de vários minutos procurando, meus dedos tocaram a chave de metal.

Eu a tinha introduzido na fechadura quando um arrepio familiar percorreu minha pele e eriçou os cabelos em minha nuca.

Virei a cabeça bruscamente.

Não havia nenhum outro sinal de vida no corredor, mas o ruído baixo da vibração do sistema de aquecimento de repente assumira um tom sinistro.

Lembranças de bilhetes digitados e fotos espontâneas me deixaram ofegante, antes de eu piscar e afastar as imagens da cabeça.

Deixa de ser paranoica.

Eu não morava mais em uma casa velha e sem segurança perto do campus. Estava no Mirage, um dos edifícios residenciais mais protegidos da capital, e não tinha notícias *dele* fazia dois anos.

As chances de ele aparecer aqui, entre todos os lugares, eram quase nulas.

Mesmo assim, a urgência rompeu o feitiço que paralisava minhas pernas. Destranquei a porta rapidamente, entrei e a tranquei de novo. As luzes se acenderam quando virei o trinco.

Só consegui relaxar depois de fazer uma vistoria completa e confirmar que não havia nenhum invasor no meu closet ou embaixo da cama.

Estava tudo bem. *Ele* não tinha voltado, e eu estava segura.

No entanto, apesar de tentar me tranquilizar, uma pequena parte minha não conseguia superar a sensação de que meu instinto estava certo, *tinha* alguém me espiando no corredor.

CAPÍTULO 2

Christian

A PORTA DA BIBLIOTECA SE FECHOU COM UM CLIQUE ABAFADO.

Atravessei a sala com passos lentos e determinados, até chegar à área de estar, onde Dante estava confortavelmente sentado com um copo de uísque.

Um músculo pulsou em minha mandíbula.

Se não tivéssemos uma história tão longa juntos, e se eu não tivesse uma dívida com ele por um favor que havia feito para mim, a cabeça do cara já teria sido rachada no carrinho de bebidas ao lado da poltrona.

Não só por ter se servido da minha bebida, mas pelo showzinho sem graça no saguão.

Eu não gostava de ninguém tocando no que era meu.

— Desmancha essa cara feia, Harper. — Dante bebeu um gole preguiçoso de uísque. — Ou ela vai acabar ficando desse jeito, e as mulheres não vão mais gostar tanto de você.

Meu sorriso frio revelou o quanto isso não me incomodava.

— Se você seguisse o próprio conselho, talvez você e sua noiva dormissem no mesmo quarto.

A satisfação encheu meu peito quando ele estreitou os olhos. Se Stella era meu ponto fraco, Vivian era o dele.

Eu não queria saber das idas e vindas do relacionamento deles, mas me divertia ver Dante mostrar os dentes cada vez que eu mencionava a noiva que ele dizia odiar.

Eu achava que tinha problemas. Dante tinha o equivalente a dois bilhões de dólares deles.

— Tem razão — ele respondeu em tom seco. Todo o humor desapareceu, e vi novamente o babaca carrancudo com quem estava acostumado a lidar. — Mas eu não vim aqui para falar sobre Vivian ou Stella, então vamos direto ao ponto: quando eu vou poder me livrar da *porra* do quadro? Aquela coisa é horrorosa.

Expulsei da cabeça os pensamentos sobre cachos escuros e olhos verdes quando ouvi a menção à outra mulher enigmática da minha vida.

Magda, a pintura que se tornara a desgraça da minha existência desde que passara a ser minha. Não pelo que era, mas pelo que representava.

— Ninguém falou que você precisava pendurar a tela na sua galeria. — Fui até o bar me servir de um uísque. Dante, o filho da mãe, não se dera ao trabalho de colocar a tampa na garrafa do meu melhor escocês. — Pode enfiar o quadro no fundo do seu armário, não me interessa.

— Paguei todo aquele dinheiro por *Magda* para escondê-la no fundo do closet? Isso não seria nada suspeito. — O sarcasmo pesava na voz dele.

— Você tem um problema. Eu forneci uma solução. — Dei de ombros com indiferença. — Se não quer aceitar, a culpa não é minha. E só para constar... — Acomodei-me na poltrona na frente dele. — *Eu* paguei pela pintura.

Em segredo, de qualquer maneira. A opinião pública acreditava que Dante Russo era o orgulhoso proprietário de uma das mais feias obras de arte que já existiram. Por outro lado, as pessoas também pensavam que a horrorosa obra mencionada era uma tela valiosíssima cuja posse justificava assassinato e roubo graças a um simples conjunto de documentos forjados.

Eu não queria que as pessoas fossem atrás do quadro, mas precisava de uma desculpa para explicar por que tinha investido tanto para protegê-lo.

Ele não continha segredos de negócios que poderiam abalar o mundo, como todo mundo pensava. Mas *continha* uma coisa pessoal que eu nunca compartilharia.

Ele me estudava por cima da borda do copo.

— Por que você ainda se importa tanto com isso? Conseguiu o que queria com essa tela, encontrou o traidor que procurava. Queima essa coisa, pronto. *Depois* que eu vender a tela de volta para você — ele acrescentou. — Para preservar as aparências.

— Tenho meus motivos.

Um motivo, para ser exato, mas ele não acreditaria se eu contasse.

Eu não suportaria destruir a pintura. Ela estava incrustada demais nos pedaços estilhaçados do meu passado.

Eu não fazia o tipo sentimental, mas havia duas áreas da minha vida às quais meu pragmatismo habitual não se aplicava: Stella e *Magda*.

Infelizmente para Axel, o ex-funcionário que roubara *Magda* e o vendera em uma operação fraudulenta para a Sentinel, minha maior concorrente, ele não se enquadrava na categoria das exceções.

Axel pensara que a tela contivesse segredos profissionais altamente confidenciais e, portanto, muito lucrativos, porque era isso que eu havia dito às poucas pessoas em quem confiara para guardá-la.

Mal sabiam que o valor do quadro estava ligado a algo muito mais pessoal e bem menos útil para elas.

Eu tinha despachado com Axel, esperado o tempo apropriado até a Sentinel relaxar, depois invadido o sistema da empresa e manipulado dados até causar um prejuízo de milhões. Não o suficiente para destruí-los, porque uma coisa dessa magnitude poderia ser rastreada e chegar até mim, mas o bastante para mandar um recado.

Os idiotas que administravam a Sentinel eram tão burros que tinham tentado roubar a pintura *de volta* depois que a venderam, porque pensavam que poderiam usá-la contra mim como forma de retaliação.

Não encontraram nenhum segredo de negócios em *Magda*, mas sabiam que o quadro era importante para mim. Estavam no rumo certo, eu tinha de admitir. Mas deviam ter contratado outra pessoa em vez de um membro de gangue de quinta categoria em Ohio para fazer o serviço.

A tentativa da Sentinel de encobrir os próprios rastros foi tão ruim que era quase ofensivo.

Agora a tela estava aos cuidados de Dante, o que atendia a um propósito duplo: eu não precisava olhar para ela e ninguém, nem a Sentinel, ousaria tentar roubá-la dele.

A última pessoa que havia tentado acabara em coma por três meses, com dois dedos a menos, o rosto deformado e as costelas destruídas.

Dante fez um ruído de impaciência, mas era inteligente o bastante para não insistir na pressão.

— Tudo bem, mas não vou ficar com aquilo para sempre. Está destruindo minha reputação de colecionador — reclamou.

— Todo mundo pensa que o quadro é uma obra de arte rara do século XVIII. Está tudo bem — respondi, sério.

Na verdade, a pintura existia havia menos de duas décadas.

Era impressionante a facilidade com que se podia forjar arte "de valor inestimável" e a documentação para atestar sua autenticidade.

— Vou ficar cego de olhar para aquela monstruosidade todo dia. — Dante deslizou o polegar pelo lábio inferior. — Falando em monstruosidades, Madigan foi oficialmente chutado do Valhalla hoje de manhã.

A atmosfera mudou com o peso do novo assunto.

— Já foi tarde.

Eu não tinha nenhum carinho pelo magnata do petróleo que, atualmente, era processado por uma dúzia de ex-funcionárias por assédio e agressão sexual.

Madigan sempre fora desprezível. Essa era a primeira vez que ele era responsabilizado.

O Valhalla Club se orgulhava de seu quadro exclusivo de associados, restrito a convidados, composto apenas pelos mais ricos e mais poderosos do mundo. Um bom número desses sócios, inclusive eu, se envolvia em atividades nem tão legais.

Mas até o clube tinha seus limites, e certamente não queria ser arrastado para o circo que a mídia estava construindo em torno do julgamento de Madigan.

O que me surpreendia era que não o tivessem excluído do quadro antes.

Dante e eu discutimos o julgamento e algumas questões de negócios por mais um tempo até ele pedir licença para fazer uma ligação.

Como CEO do Russo Group, um conglomerado de produtos de luxo formado por mais de três dezenas de marcas de moda, beleza e estilo, ele passava metade de seu tempo acordado em chamadas comerciais.

Na ausência de uma conversa, minha mente voltou a se concentrar em uma certa morena.

Se meus pensamentos eram caóticos, ela era minha âncora.

Eles sempre voltavam a ela.

A lembrança dela andando pela rua coberta de neve, com o cabelo batido pelo vento e os olhos brilhando como jade, persistia em minha cabeça. Seu calor persistia em todos os outros lugares como um raio de sol surgindo depois de uma tempestade.

Eu não devia ter reduzido o valor do aluguel quando elas foram ver o apartamento, e não devia ter *mantido* o valor da parte dela depois que Jules se mudou. E por cuidar das minhas plantas, ainda por cima, cacete, porque uma concessão altruísta da minha parte teria sido suspeita.

Não dava a mínima para aquelas plantas. Só as tinha porque minha designer de interiores garantira que elas *completavam* o apartamento. Mas eu sabia que Stella adorava plantas, e era melhor do que pedir para ela arquivar meus papéis.

Morar no mesmo prédio que ela era a pior das distrações, e a culpa era só minha.

Chamas de ressentimento e frustração, da mesma proporção, ardiam em meu peito. Stella Alonso era meu ponto fraco, e eu odiava isso.

Peguei meu celular e quase abri um certo aplicativo de rede social, mas me contive. Em vez disso, digitei a senha da minha rede criptografada.

Não era tão poderosa quanto a que eu mantinha no notebook, mas deu conta do serviço rapidinho.

Minha frustração precisava de uma válvula de escape, e hoje John Madigan era o feliz escolhido. Eu não podia pensar em ninguém mais merecedor.

Abri uma lista dos aparelhos dele. Telefones, computadores, até a geladeira smart e o despertador habilitado por bluetooth, além de todas as contas associadas a cada aparelho.

Demorei menos de cinco minutos para encontrar o que procurava, um vídeo que ele cometera a idiotice de gravar enquanto obrigava a secretária a fazer sexo oral e uma série de mensagens repugnantes que ele enviara para os parceiros de golfe depois disso.

Mandei o material para a promotoria usando o e-mail de um parceiro de golfe. Se fossem um pouco competentes no que faziam, eles conseguiriam convencer o juiz de que aquela era uma evidência admissível.

As mensagens também foram enviadas para os principais veículos de mídia, porque, bom, por que não?

Em seguida, só porque a cara de Madigan me irritava, troquei as ações mais valiosas dele por outras sem valor nenhum e doei uma parte significativa de seu dinheiro para organizações de combate à violência sexual.

Cada vez que eu tocava um botão de enviar, a tensão diminuía em meus músculos. Sabotagem cibernética era melhor que uma boa massagem.

Guardei o celular no bolso no momento em que Dante entrou de novo na biblioteca.

— Tenho que voltar para Nova York. — Ele pegou o paletó do encosto do sofá com a irritação estampada no rosto. — Tem um... assunto pessoal que eu preciso resolver.

— Que pena — falei, sem me alterar. — Vou te acompanhar até a porta. — Esperei ele sair para acrescentar: — O assunto pessoal não é o ex-namorado da Vivian aparecendo na sua casa, é?

A surpresa invadiu seus olhos, seguida pela fúria.

— Que merda você fez, Harper?

— Só facilitei uma reunião entre a sua noiva e um velho amigo. — Uma mensagem de "Vivian", e o ex chegou correndo. Patético, mas útil. — Já que gostou tanto de me atormentar, pensei que seria simpático retribuir o favor. Ah, e Dante? — Parei com a mão na maçaneta. A raiva de Dante era uma força pulsante no corredor, mas ele ia superar. Devia ter pensado melhor antes de dar aquele showzinho no saguão. — Se tocar em Stella de novo, não vai mais *ter* uma noiva.

Bati a porta na cara dele.

Dante tinha sido meu primeiro cliente e era um velho amigo. Provocá-lo não era algo que eu fazia com frequência.

Mas, como eu disse, não gostava de ninguém tocando no que era meu.

Arrumei as mangas da camisa e voltei à biblioteca, onde meu olhar percorreu todo o comprimento da sala até repousar no gigantesco quebra-cabeça emoldurado pendurado sobre o console da lareira.

Dez mil pecinhas minúsculas formavam um gradiente arco-íris de tirar o fôlego e, com suas linhas, criavam um efeito esférico tridimensional.

Tinha levado quatro meses para montar a cena, mas tinha valido a pena.

Palavras cruzadas, enigmas, cifras, tudo isso alimentava minha necessidade insaciável de desafio. Estímulo. *Alguma coisa* para dar vida ao tédio de um mundo que estava sempre cinco passos atrás de mim.

Quanto mais difícil o quebra-cabeça, mais eu queria e temia a solução dele.

Só havia um quebra-cabeça que eu não conseguia resolver. Ainda.

Deslizei o polegar pelo anel com a pequena turquesa guardado em meu bolso.

Quando encontrasse essa solução, poderia deixar para trás de uma vez por todas a obsessão perturbadora por Stella Alonso.

CAPÍTULO 3

Stella

25 de fevereiro

Faz três dias que descobri que Greenfield vai aumentar o valor da mensalidade, e ainda não encontrei uma solução decente.

Estou procurando outro emprego, mas minha maior esperança neste momento é o jantar da Delamonte, que vai acontecer daqui a uns dias. Brady tem certeza de que o jantar é uma audição para o posto de embaixadora da marca e que o acordo vai ficar em torno de seis dígitos... SE eu conseguir.

Acho que nunca quis tanto fechar uma parceria como quero essa. Não só resolveria meu problema com o Greenfield, pelo menos durante o próximo ano, como a Delamonte é uma marca com a qual eu sempre quis trabalhar. A primeira peça de grife que comprei com o meu dinheiro é deles.

Tudo bem, foi um perfume que comprei no ensino médio, mas mesmo assim. Eu amava aquele perfume e, honestamente, desistiria de qualquer outra parceria que tenho para trabalhar com eles.

Só queria saber o que estão procurando, para me preparar à altura. Não sei nem quantos outros blogueiros vão estar no jantar, nem quem eles convidaram.

Acho que vou descobrir quando chegar lá.

Enquanto isso... me deseje sorte. Vou precisar.

Gratidão do dia:

1. Croissants
2. Trens de Washington a Nova York
3. Brady (mas não conte para ele que eu disse isso, senão ele vai ficar se achando)

Minha viagem a Nova York foi uma série de desastres.

Peguei um trem naquele sábado e, quando cheguei ao local onde aconteceria o jantar da Delamonte, compreendi que meu agente, Brady, estava certo. Era uma audição.

Além da equipe da Delamonte, as únicas pessoas presentes eram blogueiros.

Embora fôssemos seis no jantar, Luisa, a CEO da Delamonte, passou todo o tempo do coquetel se derretendo por Raya e Adam, os mais recentes queridinhos do mundo dos influencers e único casal presente.

Mal consegui trocar uma palavra com ela, espremida entre o entusiasmo pela marca de um ponto quatro *milhão* de seguidores, alcançada por Raya na semana anterior, e a iminente viagem do casal a Paris.

A única vez na qual tentei interferir perguntando sobre a nova linha da marca, Luisa respondeu com três palavras antes de voltar a dar atenção a Raya.

Se meus pais estivessem aqui, iriam me deserdar de tanta decepção, por não estar à altura do nome Alonso não capturando a atenção de todos no evento.

Esse foi o desastre número um.

O desastre número dois entrou depois que todos estavam sentados e os aperitivos tinham sido servidos.

— Peço desculpas pelo atraso. — O sotaque preguiçoso fez meu peito vibrar com uma onda de choque. — Trânsito.

Não. Não podia ser.

Era mais fácil eu ser atingida por um meteorito do que encontrar Christian Harper duas vezes na mesma semana fora do Mirage. E *em Nova York*, nada menos que isso.

E, no entanto, quando levantei a cabeça, lá estava ele.

Rosto esculpido e olhos cor de uísque, pecado e perigo vestidos em um terno impecável.

A comida virou cinzas em minha boca. De todas as pessoas que eu não queria que testemunhassem meu fracasso, ele era o primeiro da lista.

Não por achar que ele me julgaria, mas por ter medo de que *não* me julgasse. Um quase estranho que me tratava melhor que as pessoas que deveriam me amar incondicionalmente.

Eu não suportaria isso.

Luisa levantou e o cumprimentou com um abraço efusivo, mas não consegui ouvir muita coisa da conversa, não com o meu batimento cardíaco urrando em meus ouvidos.

— ... CEO da Harper Security... velho amigo...

A expressão de Christian era gentil, quase desinteressada, enquanto Luisa falava, mas não havia nenhum desinteresse no jeito como o olhar dele permanecia no meu.

Sombrio e penetrante, como se pudesse remover cada máscara que eu mostrava ao mundo e encontrar os cacos da garota escondida por trás delas.

Como se pensasse que os pedaços quebrados eram bonitos, de qualquer maneira.

O desconforto me dominou, e interrompi a conexão quando pisquei.

Ele não tinha como estar pensando em nada disso.

Nem me conhecia.

Luisa terminou a apresentação que devia ter sido a mais longa na história das apresentações, mas só quando Christian começou a caminhar em minha direção percebi que só havia mais uma cadeira vazia à mesa.

Ao meu lado.

— Stella. — O timbre profundo e suave da voz dele provocou um arrepio quente em minhas costas. — Que surpresa agradável.

Contraí e relaxei os dedos em volta do garfo no ritmo da respiração profunda.

— Christian. — Não podia chamá-lo de sr. Harper depois de ele ter usado meu primeiro nome.

Era a primeira vez que dizia o nome dele, e as sílabas permaneceram em minha língua por mais tempo que o esperado. Não era desagradável, mas era íntimo demais para o meu gosto.

Resisti ao impulso de me ajeitar na cadeira enquanto ele me encarava com a expressão relaxada, mas os olhos quentes como âmbar derretido, descendo do topo da minha cabeça até o decote do vestido.

O exame durou menos de cinco segundos, mas deixou em seu rastro uma trilha de fogo.

Frio, calmo, controlado.

— Não sabia que você era... — Procurei a palavra certa. — Associado à Delamonte.

Não era a palavra certa, mas eu não sabia de que outra maneira me expressar. Todos à mesa eram blogueiros de moda ou membros da equipe da Delamonte. Christian não se enquadrava em nenhuma das duas categorias.

— Não sou — ele respondeu, com ironia.

— Blogueiro de moda disfarçado, então? — Arregalei os olhos e dei à voz uma nota ofegante de surpresa. — Não me diga. O nome do seu blog é... *Ternos e Uísque?* Não. *Armas e Rosas.* Não, espera, *Guns and Roses* é nome de banda. — Bati com o dedo na mesa. — *Gravatas e...*

— Se já terminou... — Eu não sabia que era possível, mas o tom de Christian ficou ainda mais seco. — Troca de lugar comigo.

Parei de batucar com o dedo.

— Por quê?

Ele estava no melhor lugar, ao lado de Luisa, que estava muito ocupada conversando com (adivinhe?) Raya do outro lado, por isso não tinha percebido que Christian ainda não havia ocupado sua cadeira.

— Não gosto de ficar no canto da mesa.

Meu olhar era incrédulo.

— Como você faz quando é uma mesa de quatro lugares? *Todos* os lugares são de canto, neste caso.

Minha pergunta foi recebida com impaciência.

Suspirei e troquei de lugar com ele. Estávamos começando a chamar a atenção, e eu não queria criar uma cena.

Meu medo era que Luisa ficasse brava por eu ocupar o lugar de seu convidado especial, mas com o passar da noite a esquisitice de Christian acabou se tornando muito vantajosa para mim.

Agora eu tinha acesso direto a Luisa, que não ficou nem um pouco aborrecida e finalmente me deu atenção quando Raya pediu licença para ir ao banheiro.

— Obrigada por ter vindo a Nova York. Eu sei que é um esforço maior para você do que para as outras garotas. — O anel de Luisa cintilou sob as luzes quando ela bebeu um gole de seu drinque.

— Imagine. — Como se *alguém* fosse recusar um convite para um jantar fechado da Delamonte. — Eu não perderia este evento por nada neste mundo.

— Por que você não se muda para cá? Tem mais oportunidades aqui do que em Washington, se a sua intenção é entrar no mundo da moda. — O tom dela misturava curiosidade e reprovação, como se eu fosse intencionalmente burra por não procurar pastos mais verdes em outro lugar.

Senti a boca seca ao me lembrar de Maura e do que estava em jogo.

— Quero ficar perto da família. — Maura era como alguém da família, portanto eu *não estava* mentindo. — Mas estou considerando a possibilidade de me mudar em breve.

Também não era mentira. Eu pensava em me mudar *mesmo*. Mas sabia que não aconteceria tão cedo.

— Aliás, parabéns pela maravilhosa Fashion Week. — Mudei de assunto para falar de algo mais relevante. Não estava ali para discutir minha vida pessoal; queria conquistar uma parceria. — Adorei os sobretudos em tons pastel.

Luisa se animou quando mencionei a última coleção outono/inverno da marca, e logo estávamos conversando sobre as tendências que tínhamos identificado na última Semana de Moda de Nova York.

Não pude ir pessoalmente por causa do trabalho – apenas os editores sêniores da *DC Style*, como Meredith, tinham verba para comparecer à Semana de Moda de Nova York –, mas tinha assistido aos desfiles na internet antes de vir.

Quando Raya voltou do banheiro e viu Luisa e eu conversando animadamente, sua expressão azedou.

Fiz o possível para ignorá-la.

Houve um tempo em que Raya e eu tínhamos sido amigas. Ela havia começado suas redes fazia dois anos e recorrido a mim em busca de ajuda. Compartilhei com ela o que sabia e foi uma alegria, mas depois que me ultrapassou em número de seguidores, alguns meses atrás, ela parou de responder às minhas mensagens. O único contato que tínhamos atualmente era um *oi* ocasional em algum evento.

Sua ascensão meteórica podia estar diretamente ligada ao relacionamento com Adam, que era um grande influenciador na área de viagens. Quando os dois começaram a namorar no ano passado, o conteúdo do casal viralizou, e as redes dos dois explodiram.

Nada como fazer promoção cruzada e alimentar o desejo voyeurista do público de acompanhar a vida amorosa de desconhecidos.

Enquanto isso, eu cuidava do blog por quase uma década, e fazia mais de um ano que meu perfil estava parado em pouco menos de novecentos mil seguidores. Ainda era um público grande, e eu era grata por cada um e todos eles (exceto os robôs e os esquisitos que tratavam o Instagram como se fosse um aplicativo de relacionamento), mas não podia negar a realidade.

Meu perfil estava estagnando, e eu não tinha a menor ideia de como reanimá-lo.

Gaguejei e perdi a linha de raciocínio no meio de uma frase.

Raya aproveitou a brecha como um abutre atrás da presa.

— Luisa, eu adoraria saber sobre o arquivo de tecidos da Delamonte em Milão — disse, recuperando a atenção da CEO. — Adam e eu vamos para a Itália na primavera e...

Senti a frustração correndo nas veias quando Raya sequestrou a conversa.

Abri a boca para interrompê-las. Conseguia me ver mentalmente interrompendo, mas na vida real as palavras não conseguiram ultrapassar o filtro da minha criação e da eterna ansiedade social.

Desastre número três.

Para qualquer outra pessoa, a interrupção de Raya não alcançaria o nível de um desastre, mas meu cérebro nem sempre conseguia distinguir entre um tropeço e uma catástrofe.

— Você se saiu bem.

Meu coração parou por um instante quando ouvi a voz de Christian, depois recuperou o ritmo normal.

— Com...?

— Luisa. — Ele acenou com a cabeça em direção à outra mulher. Eu não tinha percebido que estiveram acompanhando a conversa; durante todo o tempo, Christian tinha falado com o convidado do outro lado. — Ela gostou de você.

Olhei para ele sem esconder a dúvida.

— Nós conversamos por cinco minutos.

— Um minuto é suficiente para causar uma boa impressão.

— Um minuto não é suficiente para conhecer uma pessoa

— Eu não falei em conhecer. — Christian levou a taça de vinho aos lábios, depois concluiu: — Falei em causar uma boa impressão.

— Que impressão eu causei em você?

A pergunta vibrou e estalou como um fio desencapado entre nós, consumindo energia suficiente para transformar em esforço o simples ato de respirar.

Christian deixou o copo sobre a mesa com uma precisão que pulsou em minhas veias.

— Não faça perguntas se não quiser ouvir a resposta.

Surpresa e mágoa se misturaram em meu peito.

— Foi tão ruim assim?

Pelo que me lembrava, nosso primeiro encontro tinha sido bem comum. Eu não dissera mais que duas palavras a ele.

— Não. — A palavra foi uma carícia áspera em minha pele. — Foi tão boa assim.

Uma onda de calor me invadiu.

— Ah. — Engoli a nota ofegante em minha voz. — Bem, só para você saber, minha impressão sobre você foi que estava bem-vestido.

Essa fora minha segunda impressão. A primeira tinha sido aquele *rosto*. Tão perfeitamente esculpido e simétrico que deveria estar estampado nos livros didáticos como o melhor exemplo de proporção áurea.

Mas eu não admitiria isso nem se Christian encostasse uma arma na minha cabeça.

Se admitisse, ele poderia pensar que eu estava flertando, e isso abriria uma caixa de Pandora com a qual eu não queria lidar.

— Fico feliz. — O tom seco estava de volta.

A sobremesa foi servida, e ele a recusou com um movimento de cabeça.

Comi um pedaço do bolo recheado de chocolate antes de perguntar, no tom mais casual possível:

— Como você sabe que Luisa gostou de mim?

— Eu sei.

Se era assim que Christian conduzia todas as conversas que tinha, me surpreendia que ninguém tivesse tentado esfaqueá-lo em uma sala de reuniões até hoje. Ou talvez tivessem tentado sem sucesso.

— Isso não responde à minha pergunta.

— Lu, você tem planos de ir a Washington em breve? — ele perguntou, ignorando meu comentário direto e interrompendo a conversa dela com Raya como se a outra influencer nem estivesse ali.

— Por enquanto não. — Luisa o encarou, curiosa. — Por quê?

— Stella estava me falando sobre um lugar que seria a locação perfeita para o editorial de moda masculina.

Quase engasguei com o bolo.

— *Sério?* — Luisa olhou para mim com interesse renovado. — Seria o momento perfeito. A produção está enfrentando a maior dificuldade para encontrar uma locação que tenha a ver com o tema e não seja exagerada. Onde é?

— É... — Tentei pensar em uma resposta, enquanto xingava Christian mentalmente por ter me colocado nessa situação.

Que lugar na capital faz sentido para um editorial de moda masculina?

— Você falou em um antigo armazém em algum lugar — Christian sugeriu.

Tudo ficou claro em um instante.

Havia um velho edifício industrial na periferia da cidade, um lugar onde eu havia fotografado algumas vezes. Tinha sido uma fábrica ativa até a década de 1980, quando o proprietário mudara a sede da empresa para a Filadélfia.

Na ausência de novos donos, o prédio havia ficado sem manutenção e sido invadido pelo mato.

Chegar lá era como fazer uma trilha, mas o contraste do verde com o aço envelhecido criava um cenário incrível para sessões de fotos, especialmente de luxo.

Como Christian sabe disso?

— É verdade. — Soltei o ar devagar e sorri para Luisa. — O lugar nem tem um endereço de verdade, mas vai ser um prazer mostrar a você ou a alguém da equipe como chegar lá, se estiver interessada.

Ela batucou com as unhas sobre a mesa, pensativa.

— É bem possível. Você tem fotos da locação?

Abri algumas fotos antigas no celular e virei a tela para Luisa, que levantou as sobrancelhas em sinal de aprovação.

— Ah, *que lindo*. Pode mandar para mim? Preciso mostrar para a produção.

Meu coração deu um pulinho quando Luisa me deu o número de seu celular para receber o link, mas, quando levantei a cabeça, a euforia desapareceu. Raya e Adam cochichavam furiosamente, olhando de lado na minha direção.

A ansiedade vibrou dentro de mim como um enxame de abelhas.

Aquela atitude me levou de volta aos tempos do ensino médio, quando todo mundo ria e cobria a boca para cochichar quando eu entrava em algum lugar. Cheguei muito cedo ao estirão de crescimento, e aos treze anos era tão alta, magra e desajeitada que era um alvo fácil de bullying.

Superei tudo isso e, com o passar do tempo, me encontrei, mas a ansiedade nunca mais foi embora.

— Não querem contar a piada para a gente? — O comentário casual de Christian encobria uma conotação sombria que apagou o sorriso do rosto de Raya e Adam. — Deve ser boa.

— Estávamos falando sobre um assunto pessoal. — Raya revirou os olhos, mas havia em sua expressão uma sugestão de nervosismo.

— Entendi. Da próxima vez, evitem esse tipo de coisa em um evento público. É falta de respeito. — O conteúdo do comentário de Christian era brando, mas ele falou com um desprezo tão incisivo que Raya ficou vermelha como um tomate.

Em vez de defender a namorada, Adam abaixou a cabeça e olhou para o próprio prato, subitamente pálido.

Foi uma interação tão rápida e tão discreta que o restante dos convidados nem notou. Nem Luisa percebeu; estava ocupada demais mandando mensagens para alguém (provavelmente o responsável pelas locações).

— Obrigada — falei em voz baixa, desejando ter coragem suficiente para enfrentar Raya sozinha.

— Eles estavam me irritando — Christian respondeu, indiferente.

Mesmo assim, o calor que invadiu meu peito ficou comigo até o fim do jantar e das despedidas.

Quando saí da casa, meia hora mais tarde, estava um pouco mais confiante em minhas chances de ser embaixadora, mas não era nada certo, longe disso. Ainda estava convencida de que Luisa preferia Raya, apesar do que Christian tinha dito.

Falando nele...

Olhei de canto de olho para o homem andando ao meu lado. Eu estava hospedada em um hotel boutique não muito distante da casa de Luisa, mas duvidava que Christian também estivesse lá. Ele devia ter uma casa na cidade; no mínimo, estava instalado em algum lugar como o Carlyle ou o Four Seasons, não em um hotel de oito quartos sem luxo nenhum.

— Está me seguindo? — perguntei quando viramos a esquina para uma rua secundária.

A presença de Christian dominava a calçada, permeava as sombras e conferia ao ar à nossa volta uma qualidade invencível. Tão quieto e letal que nem a escuridão se atrevia a tocá-lo.

— Só estou querendo garantir que vai chegar ao seu hotel em segurança — ele respondeu, sem pressa.

— Primeiro a carona no outro dia, agora isso. Você sempre oferece esse tipo de serviço para os seus inquilinos?

Um brilho quente passou pelos olhos cor de uísque e fez meu rosto esquentar, mas Christian se absteve de fazer a piada óbvia.

— Não. — Curta e simples, uma resposta confiante de alguém que nunca precisava se explicar. Andamos em silêncio por mais um minuto antes de ele dizer: — Sobre sua pergunta anterior, eu sei que ela gostou de você porque conheço Luisa. Parece contraintuitivo, mas, sempre que está impressionada com alguém, ela deixa a pessoa meio de lado. Prefere interrogar os outros, gente sobre quem não tem muita certeza.

Eu já estava tão acostumada com o jeito como ele mudava de assunto de repente que não perdi o ritmo da conversa.

— Talvez. Eu acreditaria quando visse, ou melhor, quando conseguisse a parceria. — Como ele a conhece tão bem?

Luisa era vinte anos mais velha que Christian, mas isso não significava nada. Mulheres mais velhas dormiam com homens mais jovens todos os dias. Isso explicaria a animação dela quando o viu.

Uma ruguinha marcou minha testa por uma razão que eu não poderia identificar.

— Sou amigo do sobrinho dela. E não, nunca transei com ela. — Uma sugestão de humor temperou sua voz.

Senti o rosto ainda mais quente, mas minha voz ainda era fria e normal, felizmente.

— Agradeço pela informação, mas não estou interessada na sua vida amorosa — respondi, erguendo o queixo.

— Eu não falei nada sobre amor, srta. Alonso.

— Ótimo, não estou interessada na sua vida sexual.

— Hum. Que pena. — A sugestão de humor ganhou força.

Se ele estava tentando me constranger, não conseguiria.

— Só se for para você — respondi, em tom doce.

Paramos na frente do meu hotel. A luz das janelas iluminou parte do rosto de Christian, deixando outra parte nas sombras. Luz e escuridão.

Duas metades da mesma moeda.

— Mais uma coisa. — Minha respiração formava nuvenzinhas brancas no ar. — Por que apareceu no jantar hoje?

Não foi para pôr a conversa em dia com Luisa; ele mal falara com ela a noite toda.

Uma sombra passou por seus olhos antes de desaparecer atrás da fria superfície cor de âmbar.

— Eu queria ver uma pessoa.

As palavras encharcaram a bolsa de ar que nos separava. Até este momento, eu não tinha percebido o quanto estávamos próximos.

Couro, especiarias e inverno. Isso era tudo que existia, até que Christian deu um passo para trás e acenou com a cabeça na direção da entrada do hotel. Uma dispensa clara.

Abri a boca, mas a fechei antes de passar por ele.

Só quando me aproximei da porta de vidro, a curiosidade superou a hesitação.

Olhei para trás, meio que esperando descobrir que Christian já tinha ido embora, mas ele continuava parado ao pé da escada. Cabelo escuro, casaco escuro e um rosto que, de algum jeito, se tornava ainda mais impressionante quando envolto em sombras.

— Que pessoa?

Fazia tanto frio que meus pulmões ardiam, mas fiquei parada esperando pela resposta.

Alguma coisa divertida e perigosa iluminou seus olhos antes de ele se virar.

— Boa noite, Stella.

As palavras chegaram aos meus ouvidos quando a noite já o tinha engolido completamente.

Respirei fundo e superei o arrepio elétrico que percorria meu corpo.

No entanto, pensamentos sobre Christian, Luisa e até a Delamonte desapareceram quando entrei no quarto, verifiquei meu celular e o desastre número quatro me atingiu.

Tinha deixado o telefone na bolsa a noite toda, porque não queria ser *aquela* pessoa que troca mensagens à mesa do jantar. Luisa tinha feito isso, mas ela era a anfitriã; podia fazer o que quisesse.

Agora, eu percebia que a tentativa de parecer profissional podia ter sido um tiro no pé, porque a tela estava coberta de chamadas perdidas e mensagens de Meredith. A última, enviada vinte minutos atrás.

Ai, Deus.

O que aconteceu? Fazia quanto tempo que ela estava tentando entrar em contato comigo?

Uma dezena de possibilidades passaram pela minha cabeça enquanto liguei de volta para ela com o coração na garganta e as mãos suando frio.

Talvez o escritório tivesse pegado fogo, ou eu tivesse esquecido de mandar a bolsa Prada de volta para...

— Stella. Que prazer finalmente ter notícias suas. — O cumprimento gelado desceu pelas minhas costas como a pele fria de um réptil.

— Desculpa. Deixei o celular no silencioso e acabei de ver...

— Eu sei onde você estava. Vi você no fundo de um dos stories da Raya no Instagram.

Apesar do desprezo por blogueiros, Meredith acompanhava as redes sociais religiosamente. Alguma coisa a ver com competição e com estar sempre antenada com as tendências.

Eu parecia ser a única que via a ironia nisso.

Engoli em seco.

— Aconteceu alguma coisa? Como eu posso ajudar?

E daí que era quase meia-noite de um sábado? O equilíbrio trabalho-vida não existia para os funcionários menos importantes de uma revista.

— Houve um problema com a sessão de fotos da semana que vem, mas nós resolvemos enquanto você estava festejando — Meredith anunciou, com frieza. — Conversamos sobre isso na segunda-feira. Esteja na minha sala às sete e meia em ponto.

A ligação foi encerrada, como qualquer esperança de que ela deixaria passar a transgressão desta noite.

Fiquei com a sensação de que, às oito da manhã da segunda-feira, estaria desempregada.

CAPÍTULO 4

Stella

— Está demitida.

Duas palavras. Seis sílabas. Tinha me preparado mentalmente para elas desde o fiasco do sábado à noite, mas ainda assim, me atingiram como um soco no estômago.

Respira. Inspira, um, dois, três. Solta o ar, um, dois, três.

Não funcionou. O oxigênio não conseguia atravessar o nó em minha garganta, e pontinhos pretos começaram a dançar em meu campo de visão enquanto eu encarava Meredith sentada atrás da mesa.

Ela bebia o café e folheava o último número de *Women's Wear Daily* como se não tivesse reduzido minha vida a destroços em dez segundos.

— Meredith, se eu...

— Não. — Ela levantou a mão de unhas feitas, e vi o tédio em sua expressão. — Já sei o que vai dizer e não vou mudar de ideia. Tenho observado você e sua falta de entusiasmo há algum tempo, Stella, e sábado à noite foi a gota d'água.

O gosto metálico de sangue invadiu minha boca, e percebi que estava mordendo a língua com força.

Falta de entusiasmo? *Falta de entusiasmo?*

Eu era a primeira a chegar e a última a sair do escritório. Fazia oitenta por cento do trabalho com as fotos por uma parte dos créditos. Nunca reclamava, nem quando me pediam as coisas mais absurdas, tipo convencer a Chanel a enviar *de Paris* um vestido de alta-costura, edição limitada, com menos de vinte e quatro horas de antecedência.

Se isso era falta de entusiasmo, eu odiava pensar no que ela considerava um nível apropriado de dedicação.

— Sim, eu percebi — disse Meredith, interpretando meu silêncio como um sinal de concordância. — Admito, você tem um bom olhar para estilo, mas nada que diferencie você de mil outras garotas que matariam para estar no seu lugar. É evidente que não quer estar aqui. Eu vejo nos seus olhos toda vez que falo com você. Francamente, sua contratação foi um erro. Seu blog gera tanto engajamento que pode ser considerado um concorrente, e o contrato proíbe nossos funcionários de se dedicarem a práticas comerciais concorrentes. Só não demitimos você antes porque essa atividade paralela não interferia no seu trabalho aqui. — Meredith bebeu um gole de café. — No sábado à noite, interferiu. Você vai receber um e-mail e a documentação para o desligamento oficial até o fim do dia.

A ideia de perder o emprego provocou um pânico que comprimiu meus pulmões, mas também detectei a semente de outra emoção.

Raiva.

Meredith podia dar todas as desculpas que quisesse, mas nós duas sabíamos que ela estava louca para me demitir fazia anos. Ela fazia parte da velha guarda, profissionais que não gostavam das mudanças que os blogueiros levavam para a área, e extravasava esse ressentimento em mim.

Se você tratasse melhor seus funcionários, talvez eu fosse mais entusiasmada. Se não fosse tão insegura, talvez visse que o meu blog poderia colaborar com a revista, em vez de prejudicá-la. Falando nisso, você devia dar uma olhada no guia de tons de pele que postei na semana passada, porque a cor da sua blusa está totalmente fora da sua paleta.

A enxurrada incomum de ofensas estava na ponta da língua, mas engoli cada palavra antes de elas se derramarem e me levarem à lista de excluídos do ramo.

Eu só queria trabalhar com moda e estar perto da Maura. Por isso tinha ficado na cidade e arrumado um emprego na *DC Style*, apesar da insistência de meus pais para que eu procurasse uma colocação *mais adequada a uma Alonso*.

Desistira de muitas coisas por outras pessoas, mas meu sonho não seria o delas... a menos que a situação escapasse ao meu controle e eu fosse demitida.

— Entendo. — Forcei um sorriso que combinava com o aperto em meu peito.

— Esvazie suas gavetas até a tarde — Meredith acrescentou, sem desviar o olhar da tela do computador. — Tem caixas em cima da sua mesa.

Humilhada, saí da sala dela e caminhei em direção à minha mesa. Todos sabiam que eu tinha sido demitida. Alguns colegas olhavam para mim com cara de pena; outros nem escondiam os sorrisinhos de satisfação.

Mas nada se comparava à reação que minha família teria quando eu contasse o que havia acontecido. Eles já desaprovavam o *desperdício* do meu diploma da Thayer University em uma carreira na área de moda. Se soubessem que tinha sido demitida...

Minhas mãos começaram a tremer, mas me controlei e as firmei. Não daria aos colegas a alegria de me ver sofrer enquanto pegava as caixas e saía do escritório com toda a dignidade que pude reunir.

Vai ficar tudo bem. Vai ficar tudo bem.

A volta para casa no Uber foi confusa. Não conseguia parar de imaginar a cara dos meus pais quando descobrissem o que tinha acontecido. A decepção, o julgamento e, pior, os *eu avisei* silenciosos que, sem dúvida, comporiam metade da nossa conversa.

Eu avisei que trabalhar para uma revista de moda não dá dinheiro.

Eu avisei que era melhor parar de perder tanto tempo com seu blog. Aquilo é um hobby, não um trabalho.

Eu avisei para fazer alguma coisa melhor com seu diploma. Ser uma advogada ambiental, como sua mãe, ou trabalhar para um jornal respeitável, pelo menos.

E essa era só uma consequência da minha demissão.

Eu não tinha nem pensado no impacto sobre minhas finanças ou na minha capacidade para encontrar outro emprego.

A pressão aumentou em meu peito, mas consegui chegar ao apartamento antes de desmoronar.

As caixas de papelão com as coisas que trouxera do escritório caíram ao meu lado com um baque surdo quando me sentei no chão da sala de estar e fechei os olhos.

Está tudo bem.

Está tudo bem.

Está tudo bem.

O mantra silencioso serviu para acalmar minha respiração rasa.

Não era o fim do mundo. Pessoas eram demitidas todos os dias, e eu ainda podia contar com o dinheiro do blog e das parcerias com as marcas.

Além disso, podia vender uma parte do meu guarda-roupa para ganhar um dinheiro extra. A quantia que eu receberia seria ridícula, inclusive pelas peças de grife, mas era melhor que nada.

Se as coisas se complicassem, poderia aceitar algumas parcerias bem remuneradas que tinha recusado no passado.

Eu me recusava a colaborar com marcas cujos produtos não amasse de verdade, o que enlouquecia Brady, porque eu era muito seletiva em relação às roupas que vestia e aos produtos que usava. Isso prejudicava meus rendimentos de maneira significativa, mas eu preferia ganhar menos e ser autêntica a divulgar alguma coisa em que não acreditava em troca de dinheiro rápido.

É claro, isso era quando eu podia contar com o salário de um emprego em tempo integral para completar a renda da minha atividade paralela.

Está tudo bem.
Está tudo bem.
Está tudo...

O som do celular interrompeu meus pensamentos antes de eu mergulhar muito fundo nessa espiral.

Abri os olhos com esforço e olhei para a tela.

Brady.

Pensei em deixar a ligação cair na caixa postal, mas talvez ele tivesse notícias sobre uma das minhas parcerias pendentes. Nesse momento eu aceitaria qualquer coisa que fosse me pagar.

Bom, quase qualquer coisa.

— Alô? — Minha voz soou rouca e áspera, mas pelo menos não estava chorando.

— Como foi? — A buzina de um carro ao fundo quase encobriu a voz de Brady. — Você não atendeu nenhuma das minhas ligações! Quero os detalhes, AGORA!

Uma enxaqueca começou a desabrochar atrás da minha têmpora.

— Como foi o quê?

— *Delamonte!* — O *dã* foi implícito. — Um passarinho me contou que o jantar foi uma audição mesmo, então me conta. Eles te amaram ou eles te amaram?

A lembrança do evento da Delamonte não fez nada para melhorar meu humor.

— Eles me amaram. Só não tanto quanto amaram a Raya.

Apesar do que Christian dissera, eu estava convencida de que a parceria com a Delamonte era uma causa perdida. Se não conseguia manter meu emprego em uma revista de pequeno porte, como poderia ser embaixadora de uma das maiores marcas de moda do mundo?

Tecnicamente essa correlação direta não existia, mas na minha cabeça atordoada pelo choque e pelo pânico a ligação era óbvia.

Houve uma pausa breve entre minha declaração e a explosão de Brady.

— Está de brincadeira? Você viu as botas que a Raya estava usando no último post? Aquilo é cafona. Não tem nada a ver com o estilo da Delamonte. *Você é a cara da Delamonte! A sua estética é tão perfeita para eles que é como se...* como se tivessem criado você no laboratório supersecreto da marca, ou alguma coisa assim.

— É, mas a Raya tem mais seguidores que eu, *e* ela tem o Adam. É meio que pague um, leve dois.

Eu odiava essa coisa de autocomiseração,, mas quando eu começava não conseguia parar.

Fazia *anos* que eu tentava chegar a um milhão de seguidores, e Raya conseguira essa marca com menos de duas postagens sobre o novo namorado, e usando as dicas que *eu* havia dado a ela.

Eu não me importava de dividir o que sabia. A vida não era uma competição, na maior parte do tempo. Mas estaria mentindo se dissesse que essa constatação não tinha me ferido um pouquinho.

— Ela só está crescendo depressa por causa do Adam, e vice-versa — Brady resmungou. — Odeio reconhecer isso, mas os casais de influenciadores são o que causa impacto hoje em dia. É muito raro ver um influencer decolar desse jeito sozinho. As pessoas adoram acompanhar a vida amorosa dos outros. É uma doencinha.

Consegui responder com uma risada seca.

— Pena que não faço parte de nenhum casal.

As possibilidades de namoro na cidade de Washington eram desanimadoras, por falta de uma palavra melhor.

Por outro lado, eu não tinha mais um emprego para ocupar todo o meu tempo, então era isso.

Eu contaria a Brady sobre a *DC Style* depois que tivesse tempo para processar a notícia. Falar sobre isso tornaria tudo real, e nesse momento eu precisava de um pouco de fantasia.

Ele ficou tão quieto que pensei que a ligação tivesse caído, porque Brady *nunca* ficava quieto. Uma rápida olhada para a tela mostrou que não era o caso. Eu estava quase perguntando se ele ainda estava lá, quando Brady finalmente falou:

— Não, mas *poderia* fazer... — disse devagar.

A enxaqueca ganhou força.

— Como assim?

— Ah, sei lá, você poderia descolar um namorado. Pense nisso. — O entusiasmo deixou a voz dele mais aguda. — Os seus seguidores *nunca* viram você com ninguém. Você não sai com ninguém, né? Imagine se saísse. O pessoal iria *amar*! Olha quanto conteúdo de casais que está viralizando. As pessoas consomem essa merda. Você iria chegar a um milhão de seguidores rapidinho! Iria alcançar essa marca, a Delamonte iria notar. Dizem que a decisão deles só vai ser anunciada daqui a algumas semanas. Acredite em mim. Eles te amaram... *eu sei*. Você só precisa dar aquele empurrãozinho.

Meu queixo caiu.

— Está de brincadeira? Não vou me envolver com um cara só para ganhar seguidores e uma campanha com essa marca!

— Então seja honesta. Abra o jogo com a pessoa. Arrume um namorado *de mentira*. Alguém que também tenha alguma coisa a ganhar com a situação.

— Outro influenciador? — Que ideia desastrosa.

Não que tivesse importância, porque eu *nunca* faria o que Brady estava sugerindo. A ideia de precisar de um namorado para ser considerada *interessante* me causava arrepios de repulsa.

Tínhamos avançado muito desde os tempos em que as mulheres não podiam ir a lugar nenhum ou fazer qualquer coisa sem a aprovação do marido, mas a triste realidade era que nosso valor ainda era associado à capacidade de *descolar* um parceiro, pelo menos aos olhos da sociedade.

O número de vezes que as pessoas me perguntavam *por que* eu ainda não tinha um namorado era prova disso. Como se estar sozinha fosse um problema que eu precisasse resolver, não uma escolha pessoal. Como se a ausência de um parceiro significasse, de alguma forma, que faltava alguma coisa em mim.

Eu não tinha nada contra namorar. Ficava feliz pelas minhas amigas que tinham encontrado seus parceiros, e estaria aberta a um relacionamento, se encontrasse a pessoa certa.

Mas eu tinha certeza de que a pessoa certa não poderia ser consequência de uma farsa para conseguir mais seguidores para as minhas redes e alavancar a carreira.

— Talvez outro influenciador — Brady concordou, pensativo. — Ou uma pessoa que visse algum benefício em ter uma mulher bonita ao lado.

Meu estômago revirou.

— Você faz isso parecer um negócio meio indecente. De jeito nenhum. — Balancei a cabeça. — Não tenho tempo nem energia para um relacionamento, verdadeiro *ou* falso.

— Stella, estou dizendo isso como seu amigo *e* agente. — A voz dele estava mais séria do que jamais ouvira antes. — Você quer a parceria com a Delamonte? Quer um milhão de seguidores? Quer mostrar para Raya e para todas as outras garotas que torcem pelo seu fracasso que ainda tem o que é necessário para ficar no topo? Então, comece a namorar.

As palavras de Brady continuaram ecoando em minha cabeça por muito tempo depois que desligamos.

Estávamos em pleno século XXI. Eu não devia *precisar* de um namorado para continuar relevante.

Mas ele estava certo, por mais que eu odiasse admitir. Havia um motivo para as celebridades sempre começarem um relacionamento antes do lançamento de um grande álbum ou da estreia de um filme e para os políticos solteiros raramente ganharem uma eleição.

Massageei a têmpora.

A ideia de um namorado falso parecia absurda, mas era mesmo *tão* absurda assim?

Se as estrelas do cinema podiam *namorar* por publicidade, eu também podia. O fato de não ser uma celebridade era irrelevante; o princípio era o mesmo.

Não acredito que estou considerando essa possibilidade.

Abri o Instagram e olhei para o número no alto da página do meu perfil: 899K. Fazia mais de um ano que estava parada nisso, o que me fazia lembrar de para onde ia minha vida: lugar nenhum. Mesma cidade, mesma rotina todos os dias.

A tentação de chegar a um milhão de seguidores e conquistar o que isso representava dançava na minha frente como um diamante cintilante.

Validação. Oportunidade. Sucesso.

Se eu tentasse dar um jeito...

O 899K olhava para mim como se me provocasse.

Eu sabia que não devia atribuir valor ao número dos meus seguidores, mas esse número afetava minha renda e meu sustento.

Talvez fosse ego.

Talvez eu quisesse provar para todo mundo, inclusive para mim mesma, que o sangue, o suor e as lágrimas que derramara para o desenvolvimento do perfil não tinham sido em vão.

Talvez Brady estivesse certo, e eu precisasse dar uma sacudida em tudo isso.

Qualquer que fosse a resposta, ela me mobilizou o suficiente para sair do aplicativo e abrir minha lista de contatos.

Olhei para a lista de nomes, buscando instintivamente os masculinos.

Não acredito que estou considerando isso.

Mas eu não tinha emprego, nem nada a perder... exceto minha integridade.

Infelizmente, integridade não pagava as contas, e eu não ia roubar nem matar. Seria só uma mentirinha para vender o show que era minha presença nas redes.

Mordi a boca.

Em seguida, antes que pudesse desistir, liguei para o primeiro nome que pareceu bom.

— Oi, Trent, é Stella. Eu sei que faz tempo que a gente não se fala, mas queria te fazer uma pergunta...

CAPÍTULO 5

Stella

Eu tinha superestimado o número de homens héteros e solteiros na minha vida.

Depois de verificar meus contatos, encontrei três que talvez pudessem preencher os requisitos para o papel de namorado fake, e, depois de dois encontros de teste desastrosos, esse número encolheu para um.

O primeiro contato ficou tentando me convencer a comprar criptomoedas, e o segundo me chamou para um boquete no banheiro entre a entrada e a sobremesa.

Quando o terceiro encontro chegou ao fim, meu otimismo tinha se tornado uma brasa quase apagada, mas eu me agarrava àquela fagulha como se ela fosse minha última esperança.

E era.

Ninguém sabia quando a Delamonte tomaria a decisão, mas não devia demorar. Eu tinha pouco tempo para encontrar um namorado fake, postar algumas fotos de casal e torcer para isso tirar meu perfil da inércia. Quando a questão era conquistar boas parcerias com grandes marcas, qualquer coisa ajudava.

Não era o melhor plano do mundo, nem o mais bem pensado, mas era *um* plano. Por mais ridículo que fosse, ele me fazia sentir que estava assumindo o comando da minha vida, e esse conhecimento – o de não estar completamente impotente e ainda ter o poder de construir meu futuro – era a única coisa que me mantinha com a cabeça fora d'água no momento.

A terceira tentativa é sempre a que vale. As palavras transmitiam ao mesmo tempo esperança, cansaço e um toque de raiva de mim mesma.

Decidi me jogar no "plano do namorado", como Brady o chamava, porque não tinha escolha, mas uma parte de mim se retraía cada vez que eu pensava no que implicaria um plano bem-sucedido.

Enganação. Mentira. Fingir ser alguém que eu não era.

Eu cultivava relacionamentos próximos com meus seguidores fazia anos. Alguns me acompanhavam desde que eu era uma caloura postando fotos ruins dos meus looks no campus.

A ideia de trair essa confiança fazia meu estômago ferver.

Mas eu não podia abandonar Maura. E, para ser bem honesta, queria, *sim*, chegar no marco de um milhão de seguidores.

Esse era o grande marco. A porta que abriria mil outras oportunidades e provaria que eu não era a decepção que meus pais pensavam que eu fosse.

Meus amigos acreditavam que eu tinha a família perfeita, e eu nunca contara a verdade a eles porque esse era um problema que parecia trivial. Famílias tóxicas demais eram a coisa mais comum.

Mas isso não queria dizer que não doía.

Meus pais nem sempre verbalizavam, mas eu via a decepção nos olhos deles cada vez que olhavam para mim.

Respirei fundo, passei a mão na frente do vestido e dei a última olhada no espelho do corredor.

Cabelo preso em um coque elegante, brincos que acrescentavam um toque de glamour e batom que realçava a pele apagada de inverno.

Perfeito.

Peguei o elevador e, enquanto descia, dei uma olhada nos meus e-mails procurando alguma atualização da Delamonte, ou alguma resposta das dezenas de empregos a que me candidatara durante a última semana.

Nada.

Nesse caso, não ter notícias era até melhor, certo? Talvez não em relação aos empregos, mas da Delamonte, pelo menos.

Eu não me permitiria mergulhar na negatividade enquanto não recebesse um e-mail ou um comunicado de imprensa anunciando a próxima embaixadora da marca. Não queria manifestar acidentalmente a perda da campanha.

As portas do elevador se abriram com um sinal sonoro. Saí lá de dentro e deslizei o polegar pelos pingentes de cristais no meu colar. Quartzo rosa para dar sorte no amor, citrino para boas vibrações generalizadas.

Espero que funcione.

— Oi, Stella! — A voz animada desviou meu olhar para a mesa da recepção, de onde o zelador sorria para mim com dentes brilhantes e olhos de cachorrinho carente.

Soltei o colar e retribuí o sorriso.

— Oi, Lance. Pegou o turno da noite outra vez?

— Isso é o que acontece quando você é o mais novo na equipe. — Ele suspirou com exagero antes de examinar minha aparência. — Hoje você caprichou demais. Encontro importante?

Por um instante, cheguei a pensar em pedir para ele ser meu namorado de mentira, mas desisti. Seria complicado demais por diversas razões, e a menos importante era o fato de ele trabalhar no edifício onde eu morava.

— Tomara que sim. — Girei de um jeito brincalhão, e a saia metálica rodou em volta dos meus joelhos. Tinha completado o look com um suéter preto e botas, criando um efeito elegante e simples, bom para um primeiro encontro. — Que tal?

— Você está ótima. — Havia uma nota melancólica na voz dele. — Você sempre...

Ele não conseguiu terminar a frase, porque colidi com uma parede de tijolos. No fim do giro, tropecei e estendi a mão instintivamente para me segurar em algum lugar.

Meus dedos encontraram lã macia e um calor masculino.

Não era uma parede, registrou minha mente atordoada.

Meus olhos foram subindo, passaram pela lapela de um terno preto, pelo colarinho aberto de uma camisa perfeitamente branca e pela coluna bronzeada de um pescoço másculo antes de encontrarem um rosto perfeitamente esculpido expressando desaprovação.

— Srta. Alonso. — A voz fria de Christian fez minha pele arrepiar. Não havia nem sinal do parceiro meio brincalhão do jantar em Nova York. — Distraindo meus funcionários de novo?

De novo? Nunca havia distraído ninguém de nada, exceto, talvez, quando Lance me ajudou a carregar uma encomenda até o elevador e o morador atrás de mim teve que esperar dois minutos a mais na fila.

Removi a mão do peito de Christian. O calor de seu corpo penetrava profundamente meus ossos, mesmo depois de eu recuar um passo e alargar meu sorriso.

Calmo, frio, composto.

— Estava só conversando. Queria a opinião de Lance sobre uma coisa, mas, já que está aqui, posso perguntar para você também. — Girei novamente. — Como eu estou? Estou bem para um encontro?

Não completei a volta antes de Christian segurar meu braço.

Quando levantei a cabeça, a sombra de desaprovação tinha se transformado em algo mais sombrio. Mais perigoso.

Depois pisquei, e a sombra desapareceu, substituída por sua habitual impassividade educada.

De algum jeito, isso me perturbou ainda mais.

— Você tem um encontro.

Christian tinha um talento para transformar qualquer pergunta em... bem, em uma coisa que não era uma pergunta.

— Sim. — Uma ironia incomum desabrochou dentro de mim. — É uma ocasião em que se leva uma pessoa para jantar, beber alguma coisa, talvez ficar de mãos dadas. Pode parecer um conceito estranho, mas você devia experimentar, algum dia, sr. Harper. Vai lhe fazer muito bem.

Talvez ele relaxasse um pouco.

Apesar de todo o charme e toda a riqueza, ele estava mais tenso que a pulseira do Audemars Piguet em seu pulso. A tensão era evidente na precisão dos passos, na postura dos ombros e na perfeição inatural de sua aparência.

Nem um fio de cabelo fora do lugar, nem um fiapo de linha nas roupas.

Christian Harper era um homem que prosperava controlando tudo, inclusive os próprios sentimentos.

Ele olhava para mim com a mandíbula tão tensa que eu podia praticamente ouvir o ranger dos dentes.

— Não sou de ficar de mãos dadas.

— Tudo bem, não fica. Abraça, então, em um banco com vista para o rio, depois fala umas coisinhas fofas e se despede com um beijo. Não é legal?

Engoli uma gargalhada quando vi que ele torcia a boca. Quem visse a cara dele poderia pensar que eu havia sugerido um mergulho em uma caldeira de ácido borbulhante.

— Você não costuma sair com ninguém.

A vontade de rir deu lugar a uma onda de irritação. Ele achava que sabia de tudo.

— Você não sabe. Posso ter ido a uma centena de encontros desde que me mudei para cá, e você nunca soube.

— E foi?

Droga. Eu não podia mentir, não quando todas as células do meu corpo me induziam a apagar do rosto dele aquele ar de sabe-tudo.

— Não vem ao caso — respondi. — Talvez não tenha sido uma centena, mas foram alguns.

Dois, e foram os testes que me fizeram lembrar por que eu não saía com ninguém. Mas ele não sabia disso.

— E onde vai ser o encontro de hoje?
— Em um bar.
— Que específico.
— Que intrometido. — Olhei diretamente para ele.
O sorriso de Christian não suavizou o tom cortante da voz.
— Divirta-se no seu encontro, Stella.
A conversa terminou, o que foi bom. Eu já estava me atrasando.
No entanto, no caminho para o meu encontro, não conseguia me concentrar no homem que encontraria em breve.
Estava ocupada demais pensando em olhos cor de uísque e ternos pretos.

Meia hora mais tarde, eu estava me arrependendo de não ter ficado no saguão com Christian, porque o encontro se desenvolvia de acordo com as expectativas, o que significava que não ia nada bem.
Klaus era um dos poucos homens que mantinham um blog de moda e moravam em Washington, e eu tinha simpatizado com ele nas poucas vezes que conversamos em eventos.
Infelizmente, essas interações tinham sido breves demais para eu perceber o que ficou evidente depois de uma conversa mais longa.
Klaus era um tremendo de um arrogante.
— Falei para eles que não trabalho de graça. Entendo que é caridade, mas sou um blogueiro de produtos *de luxo*. — Klaus ajeitou o Rolex de segunda mão. — Que parte de mim sugere que vou fazer *posts gratuitos para campanhas de conscientização do câncer*? É claro, a causa é maravilhosa — ele acrescentou, apressado. — Mas fotografar e postar consome um tempo, sabe? Até ofereci um desconto de dez por cento em cima da minha tarifa habitual, mas eles recusaram.
— Tem um motivo para chamarem de caridade. — Terminei minha bebida. Duas taças de vinho em vinte minutos. Um recorde para mim e uma prova do quanto eu *não queria* estar ali. Mas Klaus era minha última esperança, e fui mais tolerante com ele do que costumava ser. Talvez ele fosse bem-intencionado, mas não conseguia se expressar da maneira correta. — Eles não podem pagar milhares de dólares por todos os posts.
— Não pedi para eles pagarem todos os posts. Pedi para pagarem o *meu*.
Deus, dai-me forças.

— Participei dessa campanha de graça. Levei menos de uma hora, e não morri — comentei.

Campanhas de caridade eram meu ponto fraco, e eu aceitava quase todas as colaborações, se a organização fosse legítima. Brady odiava, principalmente porque eram sempre gratuitas e ele não ganhava nada com elas.

Klaus riu.

— Bom, essa é a diferença entre homens e mulheres, não é?

Endireitei as costas.

— Como assim?

— A maioria dos homens cobra o que vale, as mulheres, não. — Klaus deu de ombros, e o gesto casual fez meu olho tremer. — Não é uma ofensa, é só uma observação. Mas alguém tem que ganhar menos, certo?

Meus dedos apertaram a haste da taça de vinho.

De repente, lamentei que estivesse vazia. Nunca senti tanta vontade de jogar bebida na cara de alguém.

Ele não estava *errado* sobre essa história de *cobrar o que vale*, mas o tom que usou era tão condescendente que encobria todo o resto. Além do mais, ele barganhara com uma campanha de caridade em prol de pacientes com câncer.

— Klaus. — Minha voz tranquila não revelava a raiva que fazia meu sangue ferver. — Obrigada pelas bebidas, mas encerramos por aqui.

Ele parou de ajeitar o cabelo para me encarar.

— Como é que é?

— Não somos compatíveis, e eu não quero desperdiçar o seu tempo e nem o meu.

E também prefiro furar meu olho com o salto de um Louboutin a passar mais um minuto com você, acrescentei mentalmente.

O rosto de Klaus se tingiu de um vermelho irregular, furioso.

— Tanto faz. — Ele se levantou e puxou o casaco do encosto da cadeira. — Só fiquei por pena, mesmo. Você não chega nem perto de ser a gostosa que todo mundo diz que é.

Falou o cara que compra seguidores e usa um perfil falso para comentar nos próprios posts o quanto ele era gostoso. A resposta formigou na ponta da minha língua até a aversão ao confronto sufocá-la.

Se eu ganhasse um centavo para cada resposta que engolia, não *precisaria* da parceria com a Delamonte. Já seria milionária.

Esperei até Klaus sair furioso, cercado por uma nuvem de perfume enjoativo e indignação, e só então gemi e escondi o rosto nas mãos.

Agora que Klaus estava fora de cogitação, eu tinha oficialmente zero possibilidade de um namorado fake decente.

Sem namorado fake, sem aumento de seguidores, sem parceria com a Delamonte, sem dinheiro, sem atendimento para Maura...

Meus pensamentos se sucediam e se emaranhavam em uma torrente confusa.

Havia outro jeito de aumentar o número de seguidores sem um namorado de mentira? Talvez.

Fazer meu perfil crescer com a rapidez suficiente garantiria a parceria com a Delamonte? Não.

Mas, quando meu cérebro se apegava a uma ideia, tentar afastá-la era como arrombar um cofre com um palito de dente. Além do mais, sem emprego e sem informações para acrescentar ao meu currículo, eu estava ficando desesperada.

A ideia do namorado podia ter me deixado incomodada, mas trouxe um lampejo de esperança. Agora esse brilho tinha se apagado, era só uma mancha fosca e feia.

Terminei de beber a água, torcendo para aliviar a secura na garganta. Só consegui ter um ataque de tosse porque ela desceu pelo lugar errado.

— Imagino que as coisinhas fofas e o beijo de boa-noite tenham ficado para outra oportunidade.

Senti a pele esquentar quando ouvi a voz conhecida atrás de mim.

Frio, calmo, composto.

Esperei o ar encher novamente meus pulmões antes de responder:

— Uma vez é acaso, duas vezes, coincidência. — Virei para trás. — Três vezes são o quê, sr. Harper?

Primeiro a carona para casa. Depois o jantar da Delamonte. Eu não estava contando o encontro no saguão mais cedo, já que morávamos no mesmo edifício, mas, no geral, tinha tropeçado em Christian um número suspeito de vezes ao longo das duas últimas semanas.

— Destino. — Ele se sentou na banqueta ao meu lado e acenou para o bartender, que o cumprimentou com um aceno de cabeça respeitoso e se aproximou menos de um minuto depois com um copo com um líquido cor de âmbar. — Ou a cidade de Washington é pequena e nós frequentamos círculos sociais que se sobrepõem.

— Você pode até me convencer de que acredita em coincidência, mas nunca vai me convencer de que acredita em destino.

Essa era uma ideia para românticos e sonhadores. Christian não era nenhuma das duas coisas.

Românticos não olham para alguém como se quisessem devorar a pessoa até não sobrar nada, exceto cinzas e êxtase. Trevas e submissão.

Algo quente e desconhecido foi se espalhando em meu ventre, até que a sineta sobre a porta tilintou e quebrou o encanto.

— Há quanto tempo está aqui? — Não tinha visto quando ele chegou.

— O suficiente para te ver olhando para aqueles palitos de coquetel com uma expressão sonhadora enquanto seu acompanhante estava falando.

— Não foi um encontro ruim. Ele só teve que ir embora cedo porque... teve uma emergência. — Era uma mentira descarada, mas eu não queria admitir meu fracasso. Não para Christian.

— É, parecia maravilhoso, realmente. — A voz dele estava mais seca que um dry martíni. — Eu percebi pelo jeito como o seu olhar perdia o foco e desviava para o celular a cada cinco segundos. Sinais claros de uma mulher apaixonada.

A irritação me deixou sem ar.

— Dizem que o sarcasmo é a mais baixa forma de humor.

— Mas a mais elevada forma de inteligência. — Christian esboçou um sorriso ao me ver levantar as sobrancelhas. — Oscar Wilde. Conheço *bem* a frase completa.

Por que isso não me surpreendia?

— Não se prenda por mim — falei, sem rodeios. — Com certeza você tem coisa melhor para fazer com a sua noite de sexta-feira do que beber com a garota que cuida das suas plantas.

— Eu vou, mas só depois de você me explicar por que parecia tão infeliz depois que ele foi embora. — Christian se acomodou melhor na banqueta, a imagem da elegância relaxada, mas seus olhos estavam atentos enquanto esperava pela minha resposta. — Duvido que tenha sido decepção por ele não ter ficado.

Passei o polegar na condensação do copo de água, tentando decidir quanto revelar.

— Eu precisava da ajuda dele com uma coisa. — A vergonha se espalhou lentamente dentro de mim.

— Com o quê? — Ele era uma cobra no terno de um rei, sem nenhuma paciência.

Desembucha.

— Preciso de um namorado fake.

Pronto, falei.

E não morri, apesar do constrangimento que esquentava meu pescoço. Christian não riu, nem me repreendeu.

— Explica melhor.

O álcool e o desespero tinham soltado minha língua, por isso falei. Expliquei tudo: Maura, Delamonte, *DC Style*. Contei até que tinha sido demitida.

Uma parte de mim temia que ele me despejasse, já que agora eu não tinha mais uma renda fixa, mas eu não conseguia parar de falar.

A pressão tinha encontrado uma válvula de escape temporária, e eu tirava vantagem disso.

Meus amigos sabiam sobre a demissão, mas não sabiam que eu pagava pelo tratamento de Maura. Ninguém sabia, exceto a equipe do Greenfield... e agora Christian.

Por alguma razão, contar para ele era natural, quase fácil. Talvez por ser mais fácil dividir segredos com alguém que não me conhecia bem e, portanto, me julgaria menos.

Quando terminei, Christian me estudou por um longo instante.

O silêncio se prolongou tanto que tive medo de ter chocado o homem com o absurdo da minha ideia.

Prendi atrás da orelha um cacho que se soltou do coque.

— Eu sei que parece ridículo, mas podia dar certo. Tinha potencial? — A dúvida transformou a afirmação em pergunta.

— Não parece ridículo. — Christian deixou o copo vazio sobre o balcão. O bartender reapareceu imediatamente e serviu outra dose. Depois de um olhar significativo de Christian, ele encheu meu copo também. — Na verdade, eu tenho uma proposta boa para nós dois.

Normalmente essas palavras significavam uma coisa.

— Não estou interessada em transar com você.

Estava desesperada, mas *nem tanto*. Uma coisa era ter um namorado fake. Outra era dormir com *alguém* por dinheiro, mesmo que esse alguém fosse rico e lindo.

Vi a contrariedade passar pelos olhos de Christian.

— A proposta não é essa — ele disse, irritado. — Você precisa de dinheiro, e eu preciso de alguém que possa me acompanhar nos eventos que são uma parte necessária e, infelizmente, frequente dos meus negócios.

— Você quer uma acompanhante, então. — Senti alguma coisa parecida com decepção. — Tenho certeza de que é só estalar os dedos para encontrar companhia. Não precisa de mim para isso.

Agora mesmo, todas as mulheres no bar olhavam para Christian com ar atordoado, sonhador.

— Não é só uma acompanhante, Stella. Eu quero alguém com quem eu possa ter uma conversa de verdade. Que deixe as pessoas à vontade e possa trabalhar comigo em uma sala. Alguém que não queira mais alguma coisa depois que um evento acaba.

Tamborilei os dedos na mesa.

— E se eu aceitar...

Christian sorriu.

— Vamos fazer um acordo, srta. Alonso. Você aceita ser minha acompanhante quando for necessário e eu pago todas as despesas da Maura.

Meus dedos pararam de batucar.

Paga todas as despesas da Maura?

Meu primeiro impulso foi responder com um entusiasmado e retumbante *sim*. Não ter que me preocupar com a conta do Greenfield tiraria um peso enorme das minhas costas.

Mas a euforia durou só um minuto, antes de os sinos de alerta repicarem dentro da minha cabeça.

Se alguma coisa parecia boa demais para ser verdade, provavelmente era.

— Obrigada, mas não posso. — Era uma resposta dolorosa, mas a melhor. — Pagar todas as despesas da Maura... é demais.

Era burrice recusar a oferta, quando eu precisava desesperadamente de ajuda? Talvez. Especialmente quando eu sabia que arcar com essa despesa não faria nem cócegas na carteira dele? Provavelmente.

Se ele fosse outra pessoa, eu poderia ter aceitado, considerando minhas circunstâncias. Mas, com a redução do valor do aluguel no início do contrato e nosso acordo ridículo de um aluguel ainda *mais baixo* depois que Jules se mudara, minha dívida com ele já era muito grande. Cuidar de suas plantas não se comparava aos milhares de dólares que ele deixava de ganhar todos os meses.

E o instinto me dizia que, com homens como Christian Harper, quanto menor a dívida, melhor.

Porque, em algum momento, a conta chegaria, e seria maior que todo o dinheiro do mundo.

Christian reagiu à negativa com tranquilidade.

— Eu entendo. Vamos reformular o acordo, então. Você faz o papel de minha acompanhante, e eu faço o papel de seu namorado.

Meu coração deu um pulo. *Esse* era um acordo mais equilibrado.

Mesmo assim, eu não devia aceitar.

Era maluco, absurdo e inteiramente ridículo, se eu pensasse bem, mas... *Christian Harper* como meu namorado (fake). Se isso não fizesse o número dos meus seguidores explodir, nada mais faria.

— Com uma condição, é claro — ele acrescentou.

É claro.

— Que condição?

— Você não vai mostrar meu rosto nas redes sociais, em nenhuma circunstância.

Meu entusiasmo morreu mais depressa que fogos de artifício na água.

— Isso elimina completamente o propósito do que estou tentando fazer.

O rosto de Christian podia vender estádios e teatros. Não exibir esse rosto na internet seria um desperdício monumental.

— Pelo que você falou, é o relacionamento que importa, não a identidade da outra pessoa. — Ele bateu com o indicador no meu celular. — As redes sociais são uma forma de voyeurismo, e os casais são mais interessantes que os indivíduos. Essa é a verdade, infelizmente. Mas as pessoas também adoram um mistério. Você pode mostrar minha mão, minhas costas, qualquer parte minha, menos o rosto. Isso não diminuiria o que está tentando fazer. Pode até ajudar.

— Mas... *Seu rosto é tão bonito.* — As pessoas vão saber que é você, se nós formos juntos a eventos. Qual é o propósito de não mostrar o rosto?

— Não me incomodo com as pessoas saberem que estamos juntos. — A suavidade das palavras dele me envolveu como uma echarpe de seda. — Mas eu preservo a privacidade dos detalhes da minha pessoal e não gosto de deixar pegadas digitais.

Eu não devia estar surpresa. Christian era especialista em cibersegurança, então a aversão a redes sociais e compartilhamento de dados fazia sentido.

Mesmo assim, era difícil acreditar que alguém podia evitar *completamente* a exibição de suas fotos na internet, nos dias de hoje.

— Hum. — Era tarde demais para mim. Minhas pegadas digitais eram tão grandes que mereciam um CEP só delas. — Não consigo me identificar com isso.

Ele sorriu.

— Então, negócio fechado?

— Desde que você também concorde com as minhas condições. — Foi minha vez de sorrir de sua reação surpresa. — Você não pensou que iria criar todas as regras sozinho, pensou?

— É claro que não. — Vi o humor surgir em seus olhos. — Quais são os seus termos?

Fui contando nos dedos. O bartender servia os clientes na outra ponta do bar e não havia ninguém sentado perto de nós, por isso eu não me preocupava com ouvidos indiscretos.

— Primeiro, só vamos ter contato físico quando for necessário. Dar as mãos é aceitável. Beijar é uma coisa que vamos ter que discutir caso a caso. Nada de sexo. — Olhei para Christian para ver se isso representaria o fim do acordo. Sua expressão permanecia impassível, então continuei. — Segundo, vamos manter o arranjo enquanto for benéfico para *os dois*. Se um de nós quiser encerrar o acordo por qualquer razão, tem que dar um aviso prévio de duas semanas. E finalmente... — Respirei fundo. — Vamos ter em mente o que isso significa. Um relacionamento fake. Significa que não vai ter sentimentos, ninguém vai se apaixonar.

Eu não achava que Christian poderia se apaixonar por mim, e duvidava de que me apaixonaria por ele, mas era bom alinhar as expectativas do jeito certo. Isso evitaria problemas no futuro.

Ele riu, uma risada baixa que vibrou em seu peito.

— Aceito seus termos. Vou redigir o contrato hoje mesmo.

— Um contrato formal é exagero.

— Eu nunca fecho negócios sem um contrato. — Ele levantou uma sobrancelha. — Vai desistir?

Eu não me sentia confortável com um contrato formal para algo tão fluido, mas tinha que admitir que era a decisão mais sensata. O documento estabeleceria as regras em termos claros e protegeria nós dois.

Só por precaução.

— Não. Eu aceito o contrato.

— Ótimo. E não se preocupe, srta. Alonso. — A insinuação de uma risada permanecia na voz de Christian quando ele levou o copo à boca. — Não acredito em amor.

CAPÍTULO 6

Stella

13 de março

Acho que assinei um contrato com o diabo.

Sim, isso parece meio dramático, mas você entendeu a ideia. Christian tem sido muito legal e útil desde que nos conhecemos, mas ele não chegou à posição que ocupa hoje sendo fofo e afetuoso.

Faz quatro dias que assinamos o contrato (ainda não consigo acreditar que ele me fez assinar um documento formal de acordo, mas acho que por isso o homem é um CEO). E, toda vez que penso em nosso primeiro post de casal, eu me sinto meio enjoada.

Já me conformei com a necessidade de mentir para os seguidores, mas meus amigos e minha família também vão ver a postagem. Bom, meus pais não, mas Natalia vai ver o post e vai contar para eles. E vou ter que explicar a aparição repentina de um namorado para minhas amigas, que SABEM que eu não quero namorar. Elas vão pirar, especialmente Jules. Ela odeia não ser informada de todas as fofocas.

E ainda tem a questão de esconder o rosto de Christian quando eu fizer nosso post oficial. Talvez eu possa usar um emoji para cobri-lo. É tão tosco que pode ficar engraçado...

Ideias de emoji para Christian:

Diabo (por razões óbvias)
Carinha neutra (basicamente, é a expressão dele em 80% do tempo)
Carinha com corações (faz sentido, já que ele é meu namorado, mas talvez seja fofo demais?)

— Fiquei feliz com a chance de pôr a conversa em dia. — Jules suspirou e pôs uma batata frita na boca. — Estou me sentindo muito desatualizada desde que voltei.

Jules e o namorado dela, Josh, fizeram uma viagem de sete dias à Nova Zelândia algumas semanas antes, e essa era a primeira vez que eu a via desde então. Com sua agenda apertada de advogada e as constantes viagens de Ava como fotógrafa da revista *World Geographic*, era difícil conseguirmos estar todas no mesmo lugar ao mesmo tempo.

Ainda marcávamos um encontro por mês pelo menos, mesmo que tivesse que ser virtual. Assim, Bridget, que morava na Europa, também podia participar.

Manter uma amizade entre adultos exigia *dedicação* e um esforço consciente, mas as que permaneciam eram as mais importantes.

Por isso era tão difícil mentir para Jules, Ava e Bridget. Elas sabiam que eu havia sido demitida, mas não sabiam sobre Christian.

Ao mesmo tempo, eu não queria sobrecarregá-las com muitos problemas e, quanto mais tempo conseguia passar sem revelar as coisas a elas, menos queria explicar por que não contara nada logo no início.

Os tacos de peixe que almoçara faziam uma revolução no meu estômago.

— Não perdeu nada importante. — Ava afastou o cabelo dos olhos. — Até outubro, minha vida vai ser só trabalho e coisas do casamento.

Apesar do tom casual, seu rosto estava iluminado pelo entusiasmo.

O namorado dela, Alex, tinha feito o pedido no último verão, e eles planejavam se casar em Vermont no outono. Quem conhecia Alex sabia que seria o casamento mais luxuoso que o estado já vira. Ele já tinha contratado a melhor cerimonialista do país para coordenar um exército de floristas, fornecedores variados, fotógrafos, cinegrafistas e quem mais estivesse envolvido nas núpcias.

— Hum. — Jules parecia desapontada com a falta de fofocas mais interessantes. — E você, Stel? Alguma chance de ter descolado uma celebridade em algum evento? Ganhou um milhão de dólares? Recebeu mais uma proposta de viagem para Veneza em troca de um pack do pezinho?

Minha risada foi tensa.

— Lamento pela decepção, mas não.

Mas arranjei um namorado fake.

As palavras estavam na ponta da língua, mas as engoli com o que ainda havia de água no meu copo.

Precisava de mais tempo para processar a situação, antes de discuti-la com mais gente.

— Ah. — Jules fez biquinho. — Bom, o ano ainda está só começando. E, meu Deus, falando em celebridade... — Os olhos dela ganharam um novo brilho. — Vocês *não vão acreditar* em quem nós vimos no aeroporto quando voltamos para Washington. *Nate Reynolds!* Ele estava com a mulher...

Relaxei na cadeira enquanto ela tagarelava sobre seu ator favorito. Esse era um assunto mais seguro do que qualquer outro relacionado à minha vida.

Resquícios de vergonha eram como alfinetes me espetando, mas me consolei com a certeza de que não mentiria para minhas amigas para sempre.

Em breve contaria a elas sobre Christian.

Só não seria hoje.

Ficamos no restaurante por mais meia hora antes de Ava ter que ir encontrar Alex para resolver alguma coisa do casamento e Jules ir *surpreender* Josh depois do plantão dele no hospital. Eu tinha certeza de que isso era algum tipo de código para sexo, mas tomei a sábia decisão de não perguntar nada.

Nós nos despedimos e eu peguei o trem para o Greenfield.

A viagem demorava uma hora, e quando trabalhava na *DC Style* eu tinha que correr até lá depois do expediente. Às vezes não conseguia ir; quando *conseguia*, normalmente ficava só dez ou quinze minutos com Maura, antes do fim do horário de visita.

Acho que essa era uma das vantagens de estar desempregada. Não precisava mais pegar o trem para ir ou para voltar do meio do nada à noite, e não tinha que me preocupar com a falta de tempo para vê-la.

Distraída, eu brincava com o colar enquanto observava as calçadas de concreto da cidade, a arquitetura de estilo europeu cedendo espaço para campos abertos e terreno plano.

Não tinha mais falado pessoalmente com Christian depois que assinamos o contrato, embora ele tivesse mandado uma mensagem no dia seguinte me pedindo para ir com ele a um evento para angariar fundos.

Eu não sabia nem para que seriam esses fundos, só sabia que era uma festa de gala e que aconteceria no Smithsonian, o museu nacional de história natural.

O solavanco do trem ao parar na estação de Greenfield coincidiu com a reação nervosa que contraiu meu estômago.

Vai ficar tudo bem. É só uma festa. Você já foi a muitos eventos de gala.

Respirei profundamente.

Vai ficar tudo bem.

Eu me levantei e esperei um grupo de passageiros de aparência cansada desembarcar, depois os segui. Tinha percorrido só metade do vagão quando um arrepio gelado na nuca me fez levantar a cabeça.

Era o mesmo arrepio que sentira no corredor naquela noite em que Christian me deu carona para casa.

Olhei em volta, mas não tinha ninguém ali, exceto um homem idoso que roncava no canto e o funcionário da ferrovia que tentava acordá-lo.

Parte da tensão desapareceu.

Não havia nada de errado. Eu só estava agitada com o evento e toda a situação envolvendo o namoro fake.

O Greenfield ficava a dez minutos a pé da estação de trem, e, quando cheguei, já havia superado toda a apreensão. Não podia viver a vida olhando para trás, especialmente quando não tinha nada ali.

As dependências da casa de repouso consistiam em três edifícios e vários hectares no subúrbio de Maryland. Com janelas panorâmicas, assoalho de bambu e muita área verde, parecia mais um hotel boutique caro do que uma comunidade para idosos, por isso não me surpreendia que fosse classificado como uma das melhores instituições de moradia assistida de luxo no país.

O lugar parecia diferente durante o dia, e não era só por causa da luz. O ar era mais calmo e os cheiros eram mais doces, mesmo no auge do inverno.

Era um novo dia, e a cada novo dia a esperança se renovava.

O otimismo enchia meu peito quando parei diante do quarto de Maura e bati na porta.

Hoje ela se lembraria de mim. Eu tinha certeza disso.

Bati de novo. Nenhuma resposta. Não que eu esperasse alguma, mas sempre batia duas vezes, por precaução. Ela podia viver em uma instituição de cuidados especiais, mas o quarto dela era o quarto dela. Maura tinha o direito de escolher quem entrava em seu espaço pessoal.

Esperei mais um instante antes de girar a maçaneta e entrar.

Ela estava sentada em uma poltrona ao lado da janela, olhando para o lago no fundo da propriedade. A água estava congelada e as árvores e flores que ganhavam vida no verão não eram mais que galhos vazios e pétalas murchas no inverno, mas isso não parecia incomodá-la.

Maura cantarolava baixinho e exibia um sorriso discreto. A canção era familiar, mas impossível de distinguir, alegre, mas nostálgica.

— Oi, Maura — falei em voz baixa.

Ela parou de cantar.

Virou a cabeça, e os olhos expressaram um interesse cortês quando me estudaram.

— Olá. — Maura hesitou diante do meu olhar carregado de expectativa. — Eu conheço você?

A decepção me dominou, seguida por uma dor aguda.

O Alzheimer era uma condição que variava muito de uma pessoa para outra, mesmo nas de meia-idade, como Maura. Algumas esqueciam habilidades motoras básicas, como o jeito de segurar uma colher, mas se lembravam da família; outras esqueciam quem eram seus entes queridos, mas permaneciam funcionais na vida diária.

Maura se enquadrava na segunda categoria.

Eu devia ser grata por ela ainda conseguir se comunicar com clareza depois de receber o diagnóstico de Alzheimer quatro anos atrás, e era. Mas ainda sofria quando ela não me reconhecia.

Foi ela quem me criou, enquanto meus pais estavam ocupados construindo a própria carreira. Ela ia me levar e me buscar na escola todos os dias, assistia aos espetáculos no colégio, e foi ela quem me consolou quando Ricky Wheaton me trocou por Melody Renner no sexto ano. Ricky e eu só *namoramos* por duas semanas, mas minha eu de onze anos de idade ficou arrasada.

Na minha cabeça, Maura seria sempre vibrante e cheia de vida. Mas os anos e a doença a transformaram, e vê-la tão frágil me deixava com vontade de chorar.

— Sou nova aqui, voluntária. — Pigarreei e forcei um sorriso, tentando não temperar a visita com melancolia. — Trouxe um pouco de *tembleque*. Um passarinho me contou que é seu doce favorito. — Abri a sacola e peguei o pudim de coco gelado.

Era uma sobremesa tradicional porto-riquenha que Maura e eu costumávamos preparar juntas em nossas noites de "experiências".

A cada semana, experimentávamos uma nova receita. Algumas ficavam incríveis, outras nem tanto. Mas o *tembleque* era uma das nossas favoritas, e justificávamos as repetições com caldas de diferentes sabores a cada novo teste. Canela em uma semana, laranja na outra, depois limão.

Voilà! Uma nova receita.

Na minha cabeça de oito anos, isso fazia sentido.

Os olhos de Maura se iluminaram.

— Tentando me conquistar com doces no seu primeiro dia. — Ela riu. — Funcionou. Já gostei de você.

Dei risada.

— Que bom.

Entreguei a ela a sobremesa que havia preparado na noite anterior e esperei até ter certeza de que Maura a segurava com firmeza antes de me sentar na cadeira diante dela.

— Como é seu nome? — Ela levou uma colherada de pudim à boca, e tentei não notar como o movimento estava lento, ou como a mão dela tremia.

— Stella.

Vi em seus olhos uma luz que parecia ser reconhecimento. A esperança voltou, mas murchou como um balão quando, um segundo depois, a indiferença apagou aquela luz.

— Bonito nome, Stella. — Maura mastigava com uma expressão pensativa. — Eu tenho uma filha, Phoebe. Ela tem mais ou menos a sua idade, mas não a vejo faz tempo...

Porque ela morreu.

A dor no meu peito voltou com uma força tremenda.

Seis anos antes, Phoebe e o marido de Maura voltavam para casa com as compras do supermercado quando um caminhão acertou em cheio a lateral do carro deles. Os dois morreram com a violência do impacto.

Depois disso, Maura mergulhou em uma depressão profunda, especialmente porque não tinha parentes vivos que a sustentassem.

Por mais que eu odiasse o Alzheimer por roubar a vida que ela construíra, às vezes era grata por ele. Porque a ausência de boas lembranças também significava a ausência das lembranças ruins, e pelo menos ela podia esquecer o sofrimento de perder as pessoas que amava.

Nenhum pai ou mãe jamais deveria ter que enterrar um filho.

Maura mastigou mais devagar. Franziu a testa, e vi o esforço que ela fazia para lembrar por que, exatamente, não via Phoebe havia muito tempo.

Sua respiração ficou mais acelerada, como sempre acontecia antes de a agitação se instalar.

A última vez que se lembrara do que havia acontecido com Phoebe, tinha ficado tão agressiva que as enfermeiras tinham precisado sedá-la.

Pisquei para afastar as lágrimas e abri ainda mais o sorriso.

— Ouvi dizer que tem bingo hoje à noite — falei, apressada. — Está animada?

Funcionou.

Maura relaxou, e nossa conversa acabou passando por bingos, poodles e *Days of Our Lives*, a novela.

As lembranças dela eram recortadas e variavam de um dia para o outro, mas hoje era um dos melhores dias. Ela tinha tido um poodle e adorava assistir *Days of Our Lives*. Eu não sabia ao certo se ela entendia a importância desses tópicos, mas, ao menos no nível subconsciente, ela compreendia que eram importantes.

— Hoje tem bingo. O que você vai fazer? — Ela mudou de assunto de repente, depois de um monólogo de dez minutos sobre lavar roupa à mão. — Uma moça bonita como você deve ter planos divertidos para uma noite de sexta-feira.

Era sábado, mas não a corrigi.

— Tenho uma festa — contei. — No Smithsonian.

Mas não usaria o adjetivo *divertido* para descrevê-la.

O nervosismo me fez enjoar de novo.

E se eu fizesse alguma bobagem no evento? Se tropeçasse ou dissesse alguma coisa idiota? E se ele percebesse que eu não era a acompanhante que procurava e rompesse o contrato, afinal?

Instintivamente, toquei o pingente de cristal. Hoje tinha escolhido jaspe unakita para cura, e o segurei com força até a pedra aquecer e acalmar meus nervos.

Tudo bem. Vai ficar tudo bem.

Sem perceber minha aflição, Maura se animou e se inclinou para a frente ao ouvir a palavra festa.

— Ah, que chique. O que você vai usar?

Nesse momento ela ficou tão parecida com sua versão antiga que meu peito ficou apertado.

Maura me atormentava o tempo todo por causa dos garotos. Pré-adolescente, eu bufava e reclamava, mas acabava contando para ela todos os meus crushes secretos.

— Ainda não decidi, mas tenho certeza de que vou encontrar alguma coisa. A pergunta mais importante é: o que eu faço com o cabelo? — Apontei para os cachos. — Prendo ou deixo solto?

Nada a animava mais que falar sobre cabelo. O dela era liso, mas Maura aprendera a cuidar do meu tipo de cabelo quando eu era nova, e acabou se tornando uma especialista ao longo dos anos.

Eu ainda mantinha a rotina pós-banho que ela criara para mim quando eu tinha treze anos: aplicar o creme, desembaraçar com um pente de dentes largos, apertar para remover o excesso de umidade, aplicar óleo de argan e apertar de baixo para cima para definir.

Funcionava como um feitiço.

Sorri ao ouvir o resmungo indignado de Maura.

— É uma festa no Smithsonian. *Tem* que prender. Vem cá. — Ela me chamou. — Eu tenho que fazer tudo — ela reclamou.

Dei risada e aproximei a cadeira da dela enquanto a via remover grampos do próprio coque para poder operar sua magia em mim.

Fechei os olhos, me deixando envolver pelo silêncio tranquilo e pelos movimentos conhecidos dos dedos dela.

Eram movimentos lentos e hesitantes. O que ela fazia em minutos, quando eu era uma menina, agora consumia o triplo do tempo. Mas eu não me importava com quanto tempo ela demorava ou que resultado conseguiria; tudo que me interessava era passar o tempo com ela enquanto ainda podia.

— Pronto — Maura anunciou, satisfeita. — Tudo resolvido.

Abri os olhos e vi nosso reflexo no espelho pendurado na parede do outro lado. Ela havia torcido e levantado meu cabelo em um penteado meio torto. Metade dos cachos já caía, e o restante provavelmente se soltaria assim que eu me mexesse.

Maura estava em pé ao meu lado com uma expressão orgulhosa, e voltei à noite do meu primeiro baile na escola – nós duas exatamente na mesma posição em que estávamos agora, mas com treze anos a menos e mil anos mais despreocupadas.

Naquela noite, ela também arrumou meu cabelo.

— Obrigada — murmurei. — Ficou lindo.

Levantei a mão para afagar a dela, que descansava sobre meu ombro. Era tão magra e frágil que tive medo de quebrá-la.

— De nada, Phoebe. — Ela me afagou de leve com a outra mão, e sua expressão ganhou uma suavidade mais nebulosa, reminiscente.

O ar parou na metade do caminho para os meus pulmões.

Abri a boca para responder, mas as palavras não passaram pelo nó que as lágrimas formavam em minha garganta.

Em vez disso, olhei para o chão e tentei respirar, apesar da mão que esmagava meu coração.

De nada, Phoebe.

Eu sabia que Maura me amava, embora não se lembrasse de mim, e que me tratava como se eu fosse sua filha, quando se lembrava.

Só que eu *não era* filha dela, e nunca poderia substituir Phoebe.

Não queria.

Mas podia cuidar dela e dar a ela uma vida tão confortável quanto fosse possível. Isso significava fazer tudo que estivesse ao meu alcance para mantê-la no Greenfield, inclusive assinar um contrato com Christian.

Meu estômago se contorceu. Eu não podia fazer nenhuma bobagem na festa desta noite com ele, e não podia mais postergar. Precisava anunciar nosso relacionamento em breve se quisesse garantir a parceria com a Delamonte.

Maura havia cuidado de mim quando eu não tinha mais ninguém com quem contar. Era hora de eu fazer a mesma coisa por ela.

Ela merecia todos os sacrifícios.

CAPÍTULO 7

Stella

FIQUEI NO GREENFIELD POR MAIS UMA HORA, CONVERSANDO E MONtando um quebra-cabeça com Maura. Fomos para a sala comunitária depois que controlei minhas emoções e passamos o restante do tempo que tínhamos juntas montando uma paisagem de montanhas de quinhentas peças.

Eu teria ficado mais, mas precisava me arrumar para o evento de arrecadação de fundos. Já estava no limite; quando chegasse em casa, teria pouco menos de duas horas antes do horário em que Christian disse que passaria para me pegar.

Uma onda de nervosismo quebrou dentro de mim e encobriu a melancolia deixada pela visita a Maura.

Hoje seria a primeira vez que eu passaria uma noite inteira com Christian. O jantar da Delamonte não contava, porque nem conversamos muito durante o evento.

Liguei o chuveiro e me coloquei embaixo do jato de água quente, tentando não entrar em pânico com o que me esperava.

Christian Harper era só um homem.

Não era um rei, embora fosse mais rico que um, e não era um deus, apesar de ter a aparência de um.

Eu não tinha motivo para ficar nervosa.

Como meu tempo era bem limitado, lavei o cabelo, tomei banho, me depilei e esfoliei em tempo recorde, em vez de prolongar a ducha tanto quanto queria.

Apesar da pressa, ainda me maquiava de roupão quando ouvi a campainha.

Faltava meia hora para o horário estipulado por Christian. *A menos que...*

Meu coração disparou quando me lembrei do arrepio que senti no trem.

Para com isso. Não é ele.

Não sabia por que estava me preocupando depois de dois anos de silêncio absoluto, mas a última coisa de que precisava era manifestar a volta do stalker à minha vida investindo energia demais na lembrança dele.

Dei um pulo quando o som da campainha ecoou de novo.

Ela sempre tinha sido tão *alta*?

Coloquei a tampa no rímel e corri até a sala, apesar dos batimentos cardíacos três vezes mais rápidos que o normal.

Não é ele. Não é ele.

Parei atrás da porta e espiei pelo olho mágico com o coração na garganta.

Um segundo depois, o alívio me invadiu e eu abri a porta.

Christian estava parado no corredor, ainda mais deslumbrante do que nunca em um smoking preto. Com o cabelo ondulado e o rosto recém-barbeado, ele poderia passar por um astro do cinema a caminho da cerimônia do Oscar.

Atenta, fiquei curiosa quando vi a caixa branca nas mãos dele. Era de tamanho médio e retangular, amarrada com uma fita de seda dourada que escondia o logotipo.

Desviei o olhar da caixa e cruzei os braços.

Não se deixe distrair pelo objeto brilhante.

— Chegou cedo. — Minha parte favorita de um evento era me arrumar. Às vezes eu gostava mais dessa etapa que do próprio evento.

Não gostava de ter que me apressar, mesmo que fosse minha culpa por não ter saído mais cedo do Greenfield. Mesmo assim, eu achava que ainda teria meia hora só para mim.

— Você ainda não está pronta. — O olhar de Christian viajou do meu rosto meio maquiado até os pés nus de unhas vermelhas. Algo indecifrável passou por sua expressão em uma fração de segundo, depois sumiu.

— Porque você chegou *mais cedo*.

Ele ignorou o comentário.

— Posso entrar?

Pensei em dizer que não e pedir para ele voltar na hora combinada, mas como tecnicamente ele era dono do apartamento, abri a porta um pouco mais e me afastei para o lado.

O ar se transformou no momento em que Christian entrou. Ficou mais pesado, mais lânguido, como a primeira flor sedutora do verão depois de uma temporada de chuvas de primavera.

O calor penetrou o tecido atoalhado do roupão e se acumulou na metade inferior do meu ventre enquanto ele examinava a sala e via a tigela com cristais ao lado da porta, o bambu na soleira da janela e o canto aconchegante e perfeito que eu tinha montado para fazer as fotos de lifestyle.

Ele parou ao ver o unicórnio de pelúcia roxa apoiado nas almofadas do sofá.

Vi o humor iluminar seus olhos.

— Que fofo.

— Fofo? — Tentei não parecer ofendida. — O sr. Unicórnio não é fofo. Ele é *lindo*.

Tinha sido, pelo menos, em seus dias de glória. Agora, um olho havia entortado, metade do pelo tinha caído e o enchimento escapava por um furinho na barriga, mas ele seria sempre bonito para mim.

Não me importava se o sr. Unicórnio era uma sombra de sua antiga versão gloriosa; ele era meu companheiro desde que eu tinha sete anos, e continuaria comigo até se desfazer em pó.

— Desculpa — Christian pediu, em tom seco. — Não quis ofender o *lindo* sr. Unicórnio. Aliás, o nome é muito original.

Senti o calor subir pelo pescoço.

— Eu tinha sete anos. Que outro nome você esperava que eu desse? Sr. Romero Britto?

A risada baixa acariciou minha pele como veludo.

— Seria *interessante*, mas podemos deixar a discussão sobre as alternativas de nome do seu unicórnio de estimação para mais tarde. — Ele mostrou a caixa branca. — Isto é para você.

Ignorei a provocação sutil no *unicórnio de estimação* e olhei para a caixa com interesse e desconfiança ao mesmo tempo.

— O que é?

— Seu vestido para hoje.

Meu coração deu um pulinho quando desamarrei a fita e vi o nome gravado em letras douradas na tampa. Era uma das maiores casas de alta-costura do mundo.

Eu não queria aceitar mais do que já havia aceitado dele, mas não resisti e abri a caixa. Uma *espiadinha* nunca matou nin...

Ai, meu Deus.

Minha resistência esfarelou no segundo em que vi o vestido aninhado no leito de papel de seda branco e delicado.

Eu conhecia roupas de qualidade. Tinha ido a dezenas de desfiles e recebido algumas peças realmente impressionantes de designers, mas *isto*...

Este vestido talvez fosse a coisa mais linda que eu tinha visto na vida.

— Obrigada. Ele é... — Passei a mão na seda verde com uma atitude reverente. — Incrível.

— Experimenta. Vamos ver se serve. — Christian se apoiou na parede, e vi nos olhos dele um brilho de satisfação. — Eu espero aqui.

Ele não precisou insistir.

Tive que fazer um esforço enorme para não correr para o quarto. No segundo em que fechei a porta, tirei o roupão e entrei no vestido.

Uau.

Respirei fundo. O tom de verde realçava minha pele e a iluminava com um brilho etéreo, enquanto o decote em V profundo e de bom gosto transformava meus modestos seios de tamanho médio em algo mais exuberante. A saia descia até o chão em pregas graciosas e seria quase recatada, não fosse a fenda ousada de um lado.

O tecido cintilava com uma luminosidade sutil cada vez que eu me mexia, e, quando me virei e olhei para trás, notei as alças delicadas cruzadas sobre minhas costas.

Não tinha um grama de excesso de tecido, uma dobra de caimento ruim.

Christian calculou minhas medidas com perfeição. Cada centímetro de seda colava ao meu corpo como se o vestido tivesse sido feito para mim.

Eu não era propensa ao drama, mas não me achava dramática por dizer que morreria por este vestido.

Era perfeito.

Dei a mim mesma mais um minuto para apreciar o look antes de terminar de me arrumar.

Maquiagem? Ok.

Sapatos de salto e joias? Ok.

Clutch do tamanho certo para caber o celular, as chaves, o cartão de crédito, uma ágata bem pequena e batom? Ok.

Peguei um xale para o caso de sentir frio, dei uma olhada nos dentes para ver se não estavam sujos de batom e respirei fundo para me preparar antes de voltar à sala.

Christian ainda estava encostado na parede, olhando para um objeto pequeno em sua mão. Não consegui ver o que era antes de ele se endireitar e guardar a coisinha no bolso.

Nossos olhares se encontraram, e uma chama se acendeu em meu ventre.

Ele não olhava mais para o objeto, nem para qualquer outra coisa na sala.

Toda a sua atenção estava concentrada em mim, e eu *sentia* o peso dela na pele como a carícia de um amante.

Uma eletricidade líquida escorreu pelas minhas costas e se acumulou no estômago.

Com um simples olhar, Christian me incendiou de dentro para fora.

— Perfeita. — Havia reverência na avaliação.

Perfeita.

Por mais que eu tentasse, nunca tinha sido perfeita e nem, nunca seria.

Mesmo assim, a palavra foi suficiente para libertar as borboletas da gaiola no meu peito antes de eu empurrá-las de volta para o cativeiro.

Ele está falando do vestido, idiota. Isso nem é um encontro de verdade. Você assinou um contrato estabelecendo justamente isso há menos de uma semana.

As borboletas se debatiam, não me davam atenção.

— Você tem o olho bom para comprar roupa. — Forcei minhas pernas a se moverem até estar a menos de um metro dele. O cheiro delicioso e másculo que ele emanava inundou meus pulmões e encobriu as notas relaxantes da minha vela favorita de lavanda e eucalipto. — Estou impressionada.

— Esse é um dos meus muitos talentos — Christian respondeu.

A sugestão era sutil, mas suficiente para provocar uma onda de calor que se espalhou pelo meu rosto.

Uma risada dançava em seus olhos quando levantei o queixo e o encarei com uma expressão que eu esperava ser indiferente.

Fria, calma, composta.

— Bom saber. — Não mordi a isca.

Uma coisa era meu corpo surtar perto dele. Outra coisa era demonstrar.

Soprei a vela e apaguei as luzes antes de seguir Christian para o térreo. Um carro preto e discreto esperava por nós perto da entrada.

— Hoje não tem McLaren? — Eu me acomodei no banco de trás.

Christian sentou-se ao meu lado, o motorista fechou a porta e, simples assim, fomos aninhados em um mundo silencioso e reservado de couro italiano e brilhantes toques de madeira. Uma divisória fechada separava os bancos de trás dos da frente, mantendo nossa conversa privada.

— Estacionar é complicado, e eu não confio em manobristas. — Christian olhou de relance para o celular no meu colo. — Percebi que ainda não contou sobre nós aos seus seguidores.

A palavra *nós* se misturou com o aroma do meu perfume e o dele antes de se dissipar com um suspiro suave.

Levantei uma sobrancelha ao ouvir sua observação casual, embora estranhamente ponderada.

— Pensei que você não tivesse redes sociais.

— Não usar redes sociais não significa que eu não sei o que acontece nelas.

— Você acha que sabe de tudo.

— Sim. — A palavra transmitiu uma confiança de quem acreditava de verdade no que estava dizendo.

O nome Christian combinava perfeitamente com ele. O homem tinha um tremendo complexo de deus.

— Nesse caso, você saberia que vou fazer o anúncio. Em breve. — Mordi a boca quando o nervosismo apareceu em um momento inoportuno.

— Que bom. — A resposta relaxada de Christian afastou minha ansiedade. — Você está indo para um evento comigo. Devia tirar algum proveito disso.

— E vou. Estou só esperando a foto perfeita. — Respirei fundo para me acalmar. — Talvez eu poste hoje à noite.

Se uma ocasião de gala não servisse para alimentar minha rede social, eu não sabia o que serviria.

— Ótimo.

A insinuação de possessividade na voz dele me pôs em alerta.

Um cacho escapou do coque e dançou junto do meu rosto. Fiquei tão abalada com a chegada prematura de Christian que não tinha reforçado o spray fixador.

Felizmente, fizera um penteado que ficava melhor bagunçado, mas uma energia estranha manteve minha boca fechada e o corpo tenso quando Christian levantou a mão para prender o cabelo atrás da minha orelha.

O movimento era preguiçoso, o toque era leve, mas meus mamilos enrijeceram em resposta ao contato suave da pele dele com meu rosto. Duros, sensíveis, implorando por um pouco da mesma atenção.

Eu estava sem sutiã.

Christian ficou parado. Sua atenção se voltou para a reação do meu corpo ao toque simples, e eu teria ficado horrorizada se a dor que desabrochava em meu interior não me distraísse tanto.

Uísque e fogo iluminaram aqueles olhos impressionantes.

A mão dele permaneceu em meu rosto, mas sua atenção me tocava em todos os lugares – no rosto, nos seios, no estômago e no clitóris dolorosamente sensível. Deixava uma trilha de fogo tão ardente que eu quase esperava ver meu vestido desintegrar.

— Cuidado, Stella. — O aviso em voz baixa pulsou entre minhas pernas. — Não sou o cavalheiro que você pensa que sou.

Imagens de seda amarrotada e ternos descartados, palavras indecentes e toques rudes passaram pela minha cabeça. Produtos do instinto, não da experiência.

A resposta passou pela minha garganta seca com grande esforço.

— Eu não acho que você é um cavalheiro.

Um sorriso lento distendeu os lábios dele.

— Garota esperta.

Ele se encostou no banco e abaixou a mão ao mesmo tempo que virou a cabeça para olhar pela janela. As ruas da cidade de Washington passavam lá fora, mas eu só conseguia me concentrar no peso morno e possessivo em minha perna.

A mão de Christian descansava quase descuidada em minha coxa, como se fosse um lugar natural para o toque, não algo que ele havia planejado.

A fenda do vestido deixava à mostra a maior parte da minha perna direita, e a imagem da mão forte e bronzeada contra minha pele não aliviava em nada o calor líquido que se espalhava pelo meu ventre.

Quanto mais eu olhava, contudo, mais a névoa de luxúria se dissipava, substituída pelo senso estético.

Seda cor de esmeralda. Terno preto. Abotoaduras e um relógio caro que cintilavam sob os raios de sol poente.

A foto perfeita e espontânea de uma noite de casal.

Antes que eu pudesse hesitar, levantei o celular e fiz a foto.

Olhei para Christian. Ele olhava pela janela, o perfil impecável recortado contra o vidro. Se sabia que eu tinha tirado aquela foto, não demonstrava.

Por outro lado, não registrei seu rosto, então não desrespeitava as regras.

Finalmente, reuni coragem para postar quando o carro parou na frente do Smithsonian.

Noite com meu amor <3

Hesitei na parte do *meu amor* na legenda antes de clicar em compartilhar.

Se era para criar um cenário, que fosse completo. *Meu namorado* não tinha o mesmo tom de *meu amor*.

— Pronta? — Christian perguntou quando o motorista abriu a porta de trás.

Guardei o celular na bolsa. Em dez segundos as notificações já estavam explodindo, mas eu cuidaria delas mais tarde.

Tinha um evento de gala pela frente.

Aceitei a mão dele e sorri.

Fria, calma, composta.

— Eu nasci pronta.

Era hora do show.

CAPÍTULO 8

Christian

PRETO SEMPRE FORA MINHA COR FAVORITA.

Silencioso. Mortal. Impenetrável.

Eu me sentia à vontade de preto, como sombras que se fundem com os poços escuros da noite.

Em um segundo, porém, ela mudou esse conceito como havia mudado todas as outras coisas em minha vida.

Meu sangue esquentou quando Stella caminhou na minha frente e se virou devagar, apreciando a decoração luxuosa. O elefante em exposição no museu funcionava como uma peça central de quatro metros de altura, enquanto projeções da vida marinha dançavam nas paredes, criando a ilusão de que estávamos embaixo d'água. Garçons de uniforme preto circulavam com champanhe e canapés, e um palco montado do outro lado do salão esperava o anfitrião, que no final da noite subiria naquela plataforma e daria parabéns a todos pelo dinheiro angariado.

O ingresso individual para o evento custava oito mil dólares.

Eu tinha gastado mais que isso no vestido dela, e tinha valido cada centavo.

— Que bonito — Stella murmurou, olhando para alguma coisa atrás de mim.

Olhos verdes. Vestido verde. A simbologia da vida e da natureza.

Verde.

Aparentemente, essa era minha nova cor favorita.

— Sim, é. — Não me virei para ver o que tanto a encantava, nem dei atenção aos olhares curiosos das pessoas.

Fazia mais de um ano que ninguém me via acompanhado. Amanhã de manhã a cidade estaria fervendo com os comentários sobre minha acompanhante, mas eu não poderia me importar menos.

A partir do momento em que Stella entrou na sala do apartamento dela usando aquele vestido, todos os outros pensamentos se desmancharam em minha cabeça.

Uma chama branda de ressentimento ardia em meu peito. Eu odiava o poder que ela exercia sobre mim e mesmo assim não conseguia parar de olhar para ela.

Uma virada de cabeça no caminho para cá.

Um voo de última hora para um país distante a fim de me manter afastado.

Semanas e meses alternados em que mergulhei no trabalho para esquecê-la.

O que quer que eu fizesse, alguma coisa sempre me trazia de volta – a nota suave da voz dela, o cheiro de flores frescas e folhagem. Um anel de turquesa que ainda abria um buraco em meu bolso, muito tempo depois de eu ter jurado que o jogaria no lixo.

Não era amor. Mas era de enlouquecer.

Stella olhou nos meus olhos. Um sopro fraco passou por entre seus lábios diante do que viu em meu rosto, e o impulso de empurrá-la contra a parede, agarrar seu cabelo e beijar sua boca incendiou meu peito.

A tensão se retorcia entre nós como uma corda invisível, tão tangível que eu sentia a fibra abrasiva se enrolando em meu pescoço.

O momento transformou um segundo em eternidade antes de Stella desviar o olhar.

Ela segurou a *clutch* com mais força, mas sua voz estava calma e modulada quando falou de novo.

— Você não me contou o propósito do evento. — E olhou em volta, evitando meu olhar. — Conservação do oceano?

O aperto em meu peito diminuiu, mas o alívio me deixava estranhamente insatisfeito.

— Quase isso. Filhotes de tartaruga.

Sorri quando a vi virar a cabeça de repente.

Minha resposta apagou parte da tensão anterior, e os dedos de Stella relaxaram visivelmente em torno da bolsa.

— Não pensei que fosse um amante das tartarugas, sr. Harper. O que ainda vem por aí? Alimentar patos? Adotar cachorrinhos?

As perguntas bem-humoradas alargaram meu sorriso.

— Nem perca seu tempo. Eu adorava o desenho animado *Franklin* quando era criança.

Stella riu.

— Ah, isso explica tudo. Eu era fã de *Arthur*.

Guardei a informação para referências futuras. Não havia detalhes sem importância quando o assunto era Stella.

— Os porquinhos-da-terra são subestimados, mas infelizmente não despertaram o interesse da esposa de Richard Wyatt a ponto de se tornarem uma causa — acrescentei.

Um brilho de compreensão iluminou os olhos dela.

— E Richard Wyatt é importante para os seus negócios, imagino. Cliente em potencial?

Disfarcei outro sorriso provocado pela rapidez das deduções.

— Sim. Nome de peso do capital privado, muito dinheiro, está procurando uma nova equipe de segurança. A esposa é o ponto fraco dele.

Eu tinha localizado os Wyatt no minuto em que entramos. Estavam no canto nordeste do salão, cercados por um grupo de admiradores e aduladores que incluía alguém que eu conhecia.

Mike Kurtz, CEO da Sentinel Security.

Meu bom humor desapareceu quando o vi. Eu sabia que ele estaria aqui, mas a presença do homem me incomodava mesmo assim.

O filho da mãe ia atrás de todas as contas que eu tentava conquistar. Não havia um único pensamento original por baixo daquele cabelo grudento de gel.

Kurtz levantou a cabeça e um sorriso pegajoso se espalhou por seu rosto antes de ele se afastar do grupo e caminhar em minha direção.

Nós dois tínhamos pouco mais de trinta anos, mas eu já conseguia ver os toques de harmonização facial levantando aquela cara cansada – um aumento de queixo aqui, um pouco de botox ali.

Ao meu lado, Stella olhava para o recém-chegado com curiosidade, o que aumentou meu mau humor. Kurtz não merecia uma gota da atenção dela.

— Christian! Que bom te ver de novo. — Ele alisou a gravata, exalando a mesma sinceridade de um vendedor de carros faminto por comissão. — É bom saber que não está lambendo as feridas por causa das contas Deacon e Beatrix. Espero que não esteja muito aborrecido comigo por abordar seus clientes. — A risadinha tocava minha pele como unhas arranhando um quadro-negro. — Nada pessoal, são só negócios.

A irritação aumentou. Eu perdera duas contas para a Sentinel em uma semana. Deacon e Beatrix eram bobagem comparadas aos VIPs que integravam a lista de clientes da minha empresa, mas as perdas me incomodavam mesmo assim.

Eu não gostava de perder.

— É claro que não — respondi com facilidade. Jamais demonstraria uma sugestão de fraqueza que fosse na presença de Kurtz. — Eles têm o direito de testar outros serviços, mas no fim a qualidade sempre vence. Falando nisso, como está a reconstrução do sistema? É horrível o que pode acontecer quando se tem um sistema abaixo do padrão recomendado.

O rosto de Kurtz ficou tenso. Ele era um abutre, mas também era esperto o suficiente para reconhecer que eu tinha participação na pane de sistema que reduzira em milhões o valor de mercado da Sentinel no ano anterior.

Só não conseguia provar.

— Está indo muito bem — ele disse finalmente. — Mas a força de uma empresa é medida pela permanência dos clientes, não por falhas bizarras. Tenho certeza de que Richard Wyatt concorda comigo.

— Eu também tenho.

Ele sorriu.

Eu sorri.

Um buraco de bala na testa seria o complemento perfeito para a vaidade do sujeito. Ele morreria jovem, sem sofrer as consequências do envelhecimento.

Trinta e três anos para sempre.

Seria um ato de misericórdia praticado com a sutileza de uma pistola com silenciador.

Eastshore Drive 40320. Senha da fechadura, 708.

Muito fácil.

Uma bala no meio da noite, um rival neutralizado para sempre.

A tentação foi corroendo minha consciência, até que a contive.

A Sentinel e a Harper Security eram concorrentes muito conhecidas. Se Kurtz sofresse um atentado, eu estaria entre os principais suspeitos, e não tinha tempo para a burocracia do cacete que isso me obrigaria a enfrentar.

— Falando em qualidade... — Kurtz olhou para Stella, que assistia à nossa interação com uma expressão divertida. — Quem é a sua companhia *estonteante*?

Ela respondeu depois de vários instantes de hesitação.

— Stella. — E sorriu para ele.

Alguma coisa sombria e volátil queimava no fundo do meu peito.

— Eu sou Mike. — Ele exalava charme quando estendeu a mão.

Stella não teve tempo de apertá-la antes de eu me colocar entre os dois para pegar duas taças de champanhe da bandeja do garçom que passava por ali.

— Quase esqueci de dar as condolências — comentei. Entreguei uma taça a Stella e segurei sua outra mão, entrelaçando os dedos nos dela. — Fiquei sabendo do... infeliz incidente com um dos seus clientes. Pena não haver guarda-costas mais confiáveis hoje em dia, mas pelo menos o cliente ainda tem a maioria dos dedos.

Stella olhou para mim discretamente.

Ela era o tipo de pessoa que tinha um sorriso e palavras gentis para todo mundo, pagava as contas da moradia assistida da antiga babá e entregaria a roupa do corpo a uma pessoa.

O subtom ameaçador da minha conversa com Kurtz devia ser tão estranho para ela quanto caridade altruísta era para mim.

Eu só conseguia imaginar como ela reagiria se descobrisse algumas das coisas que eu tinha feito.

Não que algum dia ela fosse descobrir.

Havia coisas que ela jamais poderia saber.

O calor da mão dela se espalhou pelo meu braço e amenizou um pouco a energia obscura e inquieta que fervia em meu peito.

Eu sentia que era errado tocá-la quando estava tão nervoso, como se minha escuridão pudesse ser transmitida pelo toque e devorar sua luz.

Forcei-me a reduzir a hostilidade, mesmo que só pelo bem dela. Não queria contaminar nosso primeiro *encontro*.

Mesmo assim, não resisti ao impulso de dar uma última alfinetada em Kurtz.

— De um jeito ou de outro, talvez seja bom revisar o treinamento dos funcionários. — Bebi um gole do meu drinque sem nenhuma pressa. — Às vezes a maior ameaça a uma empresa não é a concorrência. É a incompetência.

O rosto de Kurtz se tingiu de um vermelho satisfatório.

— Foi um prazer, Harper, como sempre. — A resposta pingava sarcasmo. Ele acenou com a cabeça para Stella. — Adorei te conhecer. Espero te ver em breve novamente, e com uma companhia mais agradável.

Minha mão segurou a taça de champanhe com mais força.

Só passando por cima do meu cadáver.

— Seu amigo? — Stella perguntou, com ironia, depois que Kurtz se afastou, furioso.

— O menos favorito. Mike Kurtz, CEO da Sentinel Security.

— O maior concorrente da Harper Security — ela concluiu.

Um calor agradável diminuiu minha irritação.

— Andou jogando meu nome no Google, srta. Alonso?

Ela levantou o queixo, e seu rosto adquiriu um lindo tom vermelho-tijolo.

— Eu não me envolveria numa relação fake sem pesquisar antes.

— Hum. — Fiz um esforço para não rir do tom altivo. — Então você sabe que estudei no Instituto de Tecnologia de Massachusetts. Mike foi meu colega de turma. Nós competíamos por tudo: notas, garotas, estágios. Eu estava sempre um degrau acima, e ele odiava isso. Decidiu que a missão da vida dele seria superar tudo que eu fizesse. — Minha voz ganhou uma nota sarcástica. — E ainda não conseguiu.

A menos que ele considerasse as contas Deacon e Beatrix, que não eram nada no panorama maior das coisas.

Para ele, eu era concorrência. Para mim, ele era uma chatice.

Stella franziu a testa.

— Deve ser um jeito exaustivo de viver.

— Talvez.

Pessoas como Kurtz eram pequenas demais para ter objetivos próprios, por isso olhavam para os mais bem-sucedidos para ter uma diretriz.

Nenhuma originalidade. Nenhum objetivo, sem motivação real. Só uma necessidade inconsciente de afagar o próprio ego para uma plateia de uma pessoa só.

Seria triste, mas só se eu desse a mínima importância à vida dessas pessoas.

— Bem, tenho certeza de que você vai conquistar a conta. — Havia malícia no olhar de Stella. — Eu mesma jamais confiaria meu bem-estar a alguém que usa um terno azul-claro em um evento de gala.

Dessa vez não segurei a risada.

Stella e eu circulamos pelo salão durante uma hora antes de finalmente ficarmos frente a frente com Richard Wyatt.

Depois da obrigatória troca de amenidades, direcionei a conversa para suas necessidades em relação à segurança, mas ele parecia mais interessado no meu relacionamento com Stella.

— Christian Harper com uma namorada. Nunca imaginei que viveria para ver esse dia. — Richard riu. — Como vocês se conheceram?

— Foi no casamento da rainha Bridget — respondi, tranquilo. — Eu a vi do outro lado do salão e a tirei para dançar. O resto é história.

Na verdade só trocamos um cumprimento breve no casamento de Bridget, mas a história que Stella e eu combinamos sobre como nos conhecemos atendia a vários propósitos: era simples, fácil de lembrar, mais interessante que admitir que nos conhecemos durante uma visita a um apartamento para alugar e tão próxima da realidade que não cometeríamos erros se alguém quisesse mais detalhes.

Além do mais, mencionar o nome de Bridget sempre impressionava os clientes, embora o rosto de Richard tivesse permanecido impassível.

— Falando em história, fiquei sabendo que você teve experiências ruins com serviços de proteção no passado. — Levei a conversa de volta ao assunto que interessava. — Só que, levando em conta seu perfil público, um guarda-costas é uma necessidade, não um luxo.

Richard olhou para mim com um ar irônico.

— Com você a conversa é sempre sobre negócios, Harper.

É, não estou nesta porra de evento para cuidar da minha saúde. Filhotes de tartaruga? Bonitinho, mas nem tanto assim a ponto de me fazer eu passar a noite de sábado tentando salvá-los, ou sei lá que porcaria esta festa pretendesse fazer.

Eu não precisava de Richard como cliente. A maior parte do meu dinheiro vinha dos bastidores do desenvolvimento de software e hardware, não dos serviços de proteção.

Mas sua seletividade quando se tratava de contratar prestadores de serviço era lendária, e eu adorava um desafio.

— Você devia passar mais tempo com a família — ele disse. — Relaxar um pouco. Levei minha esposa e as crianças para esquiar no mês passado, foi o melhor...

Deixei de ouvir quando ele começou a resmungar sobre o talento do filho para os esportes na neve. Não dava a mínima para as férias da família, e os filhos dele deviam ser chatos pra cacete.

Stella, por outro lado, parecia estar sinceramente interessada. Fazia perguntas sobre os hobbies dos filhos dele e se ofereceu para colocá-lo em contato com uma marca de moda sustentável que poderia ser uma boa parceria para o desfile de moda beneficente que a esposa dele organizava todos os anos.

Era tudo tão cordial que eu estava com vontade de dar um tiro em alguém só para animar as coisas.

— Onde você passou suas últimas férias em família? — Richard me perguntou.

— Não passo férias com a família. — Mesmo que minha família fosse viva, eu teria preferido cortar um braço a fazer um cruzeiro em grupo pelo Caribe.

Richard franziu a testa enquanto Stella apertou minha mão como se quisesse me alertar para alguma coisa.

— Christian é obcecado pelo trabalho, mas não é só trabalho o tempo todo — ela disse. — Por exemplo: nós dançamos no casamento, mas só aceitei sair com ele bem depois. Quando o encontrei fazendo serviço voluntário em uma moradia para idosos.

Meu sorriso congelou. *Que porra é essa?*

Não foi essa história que combinamos.

— Christian fazendo serviço voluntário? — O ceticismo coloria as palavras de Richard.

Eu não o condenava. Caridade, para mim, não ia além de assinar um cheque bem gordo.

— Sim. — O sorriso de Stella não diminuiu. Ela ignorou meu olhar de alerta para seguir o roteiro e continuou: — No começo ele estava pouco à vontade, mas depois se encontrou. Para ele, aquilo era uma coisa natural. Os residentes o adoraram, principalmente na noite do bingo. — Ela baixou a voz. — Ele não admite, mas deixou eles ganharem de propósito. Eu vi quando ele escondeu uma cartela completa uma vez.

Noite do bingo? *Deixei eles ganharem? Que porra era essa?*

— Hum. — Richard olhou para mim com interesse renovado. — Não sabia que ele era assim, Harper.

— Pode acreditar. — Meu tom era seco como o Sahara. — Eu também não.

Conversamos por mais alguns minutos antes de a esposa de Richard se aproximar de nós. Ela e Stella tiveram uma conexão imediata e começaram a conversar, enquanto Richard e eu discutíamos negócios.

Ele me ouviu defender a necessidade de uma equipe de proteção pessoal, mas me interrompeu antes de eu poder fazer uma proposta oficial.

— Eu sei por que você veio, Harper, e não foi pelos filhotes de tartaruga. Não que eu vá contar para a minha esposa. Ela ficou eufórica quando você confirmou presença. — Richard olhou com carinho para a esposa, que conversava com um embaixador de Eldorra.

Meus ombros ficaram tensos. *Onde Stella tinha se enfiado?*

Ela estava conversando com a esposa de Richard dez minutos antes.

Meus olhos fizeram uma varredura no salão, mas não a encontrei antes de Richard voltar a falar.

— Meu telefone não para de tocar com ofertas de serviços de segurança desde que demiti a antiga equipe. E, sim, eu sei que a Harper Security é a melhor. — Ele estendeu a mão quando abri a boca para responder. — Mas eu gosto de me dar bem com as pessoas com quem eu trabalho. Preciso confiar nelas. Você sempre foi um filho da mãe frio, mas... — Ele passou a mão no queixo. — Talvez eu esteja errado.

As peças do quebra-cabeça começaram a se encaixar. Entendi por que Stella tinha abandonado o roteiro.

Ela deve ter captado a desconcertante necessidade de Richard por *conexão pessoal*.

Nenhum dos meus associados e clientes atuais dava a mínima para conexão pessoal. Eles só se importavam com o serviço feito.

Acho que havia uma primeira vez para tudo.

Escondi um sorrisinho, antes de fechar o negócio que Stella tinha aberto para mim.

Eu havia subestimado essa mulher.

Depois que identifiquei a abertura, levei menos de dez minutos para conseguir um acordo verbal com Richard. Ele teria o contrato em sua caixa de e-mail no fim da noite.

Kurtz saíra do jogo antes mesmo de entrar no campo.

Quando Richard se afastou para cumprimentar outro convidado, procurei Stella pelo salão novamente.

A esposa de Richard e o embaixador continuavam conversando ao lado da exposição do elefante. Kurtz abordava uma loira azarada no bar.

Nada de Stella.

Mesmo que tivesse ido ao banheiro, ela já deveria ter voltado.

Fazia muito tempo.

Tem alguma coisa errada.

Minha pulsação desacelerou até ser uma vibração distante em meus ouvidos.

Atravessei o mar de gente, ignorando os protestos e as caras feias, procurando qualquer sinal de cachos escuros e seda verde.

Nada.

Uma imagem rápida dela caída no chão em algum lugar, ferida e sangrando, passou pela minha cabeça. O pânico me invadiu, tão estranho que o meu corpo resistiu ao seu domínio até a onda quente e frenética finalmente superar a resistência e invadir minhas veias.

Muita gente não teria tido a reação imediata de pensar que ela estava *em perigo*, mas eu trabalhava com segurança pessoal. Esse era meu trabalho, porra.

Além do mais, tinha acumulado uma longa lista de inimigos ao longo dos anos. Muitos não hesitariam em me atingir por intermédio de alguém de quem eu gostava, e Stella e eu havíamos estreado como casal esta noite.

Droga. Eu devia ter sido mais cuidadoso, mas examinara a lista de convidados. Com exceção de Kurtz, que tinha a competência de um bebê operando máquinas pesadas, não vira ninguém que fosse motivo de preocupação.

Por outro lado, alguém poderia ter entrado em meio aos fornecedores, organizadores e outras dezenas de pessoas que trabalhavam na festa.

Minha mandíbula se contraiu quando entrei em um corredor pouco iluminado que partia de um lado do salão principal.

Se alguém tocou em um fio de cabelo dela...

Uma porta se abriu no fim do corredor e, como se eu a tivesse invocado com a força do pensamento, Stella apareceu, calma e intacta.

A surpresa transformou seu rosto quando ela me viu.

— Oi! Fechou o... — A frase foi interrompida por uma exclamação contida quando percorri a distância entre nós e a empurrei contra a parede.

— Onde você estava? — Meu coração batia em um ritmo furioso enquanto eu a examinava da cabeça aos pés, procurando ferimentos ou sinais de aflição, e ela me encarava como se eu fosse um alien que caíra na terra.

— Estava no banheiro — Stella respondeu devagar, como se falasse com uma criança.

Só então notei as placas de identificação nas portas.

Uma ruga surgiu em sua testa.

— Está tudo bem? Você está se comportando de um jeito estranho.

Não, não está. As coisas não estão bem desde o dia em que te vi pela primeira vez.

— Pensei que tivesse acontecido alguma coisa com você. — O som rouco da minha voz me assustou quase tanto quanto a intensidade do meu alívio.

Eu não devia me importar tanto. Deixar outra pessoa controlar minhas emoções não podia acabar bem.

Mas, droga, eu me importava, por mais que me odiasse por isso.

— Na próxima vez, me avisa antes de sumir. — O tom ríspido transformou o pedido em ordem.

Eu não queria sentir de novo o terror que me dominara nos últimos dez minutos.

Foi feio, estranho e completamente inaceitável.

— Eu não sumi. Fui *ao banheiro*. — Percebi uma centelha por trás das palavras de Stella. — Não preciso avisar cada vez que sair de perto de você. Não foi isso que nós combinamos. Além do mais, você estava ocupado.

— Passou meia hora no banheiro?

— Alguém derrubou champanhe no meu vestido. Eu estava tentando dar um jeito na mancha.

Meus olhos desceram até a manchinha escura na saia.

— Não consegui. — Ela mordeu o lábio. — Desculpa. Eu sei que deve ter sido caro. Vou dar um jeito de pagar...

— Foda-se o vestido. — Tinha custado quase dez mil dólares, mas eu não estava nem um pouco interessado no que acontecera com ele.

Por mim, arrancaria esse vestido de cima dela aos pedaços.

Um sentimento pesado e quente substituiu o pânico. Não havia mais ninguém no corredor, e o cheiro de Stella (fresco, sutil, mas inebriante) invadia minha cabeça e tomava conta de tudo.

A lembrança dela no carro, me encarando com aqueles grandes olhos verdes e os lábios entreabertos, com os mamilos rígidos praticamente implorando pela minha boca, para eu descobrir como eram doces, explodiu em minha mente.

Não era um olhar muito diferente do que eu via agora, mas dessa vez a suavidade era encoberta pelo ar de desafio.

E, porra, isso era excitante.

Senti o calor entre as pernas até meu pau doer com uma pulsação incômoda.

— O que eu quero... — Pressionei o polegar contra a veia na base do pescoço dela. A vibração me mostrou que ela não era tão indiferente à atração entre nós quanto fingia ser. — É garantir a sua segurança. Tem gente ruim no mundo, Borboleta, e algumas estão naquele salão logo ali. Então, da próxima vez, não me interessa se estou no meio de uma conversa com a rainha da porra da Inglaterra. Você me interrompe. Entendeu?

Stella baixou um pouco as pálpebras.

— Borboleta?

Bonita. Esquiva. Difícil de pegar.

Não respondi, e ela soltou o ar com um suspiro que acariciou meu peito e endureceu meu membro a ponto de causar dor.

— É só isso que você quer?

— De jeito nenhum.

A resposta rouca provocou um arrepio que ela não conseguiu disfarçar.

— Porque você não quer ter o trabalho de procurar outra acompanhante regular para os seus eventos.

— Porque não quero ir para a cadeia por homicídio, se alguém tocar em um fio de cabelo na sua cabeça.

Um sorriso sinistro distendeu meus lábios quando ela arregalou os olhos. Stella não fazia ideia de quem eu era ou do que era capaz.

Enquanto isso, eu sabia mais sobre ela do que gostaria de admitir.

Frustração e raiva queimavam embaixo da minha pele.
Eu me afastei da parede e dei um passo para trás.
Ajeitei as abotoaduras.
Tentei aliviar a implacável e pulsante necessidade em meu peito.
— Precisamos voltar para a festa. — Minha voz era gelada. — Vamos?
Voltamos ao salão em silêncio.
Não tirei os olhos dela o resto da noite e me convenci de que o motivo era que não queria levar outro susto.
Afinal, eu sempre fora bom em mentir para mim mesmo.

CAPÍTULO 9

Stella

— STELLA! EU SEI QUE VOCÊ ESTÁ AÍ! ABRE A PORTA!

Ah, não.

Escondi o rosto na fronha de seda esperando que a voz fosse embora, mas, conhecendo a dona dela como conhecia, sabia que ela acamparia no corredor até que, inevitavelmente, eu tivesse que sair para respirar ar fresco e me alimentar.

Minha visitante matinal era persistente.

— Stella Alonso! Você não pode se esconder de mim! — Uma pausa, seguida por um tom mais conciliatório. — Eu trouxe matcha.

Gemi contra o travesseiro.

Eu não devia ter posto Jules na minha lista de visitantes autorizados, mas também não esperava que ela fosse bater na minha porta às... levantei a cabeça e olhei para o relógio digital: às 7h58.

Como ela já estava aqui e as chances de ir embora sem respostas eram bem reduzidas, me obriguei a sair da cama e caminhei até a sala.

Queria ter mais tempo para me preparar para uma interação. Não tinha tido tempo nem para lavar o rosto, muito menos meditar ou praticar minha ioga matinal.

Sufoquei um bocejo quando abri a porta e pisquei para a criatura vestida num casaco de pele roxa na minha frente.

— Finalmente. — Jules estava parada no corredor, com uma das mãos na cintura e a outra segurando um suporte de copos de uma cafeteria próxima. — Mais cinco minutos e eu teria arrombado a porta.

— Com a força desse braço? Duvido. — Sorri diante da reação ofendida.

— Quem é você e o que você fez com a Stella? Ela *nunca* diria nada tão ferino.

— A Stella de quem você está falando não costuma levantar às oito da manhã porque alguém está esmurrando a porta.

Passei a mão no rosto. Estava sentindo a cabeça estranha, como se estivesse cheia de bolas de algodão, e não conseguia me concentrar em nada que não fosse a vontade de voltar para a cama.

— Em primeiro lugar, são oito e cinco. Em segundo, *você acha que pode me condenar* por isso depois da bomba que jogou no seu Instagram ontem? Você... — Jules respirou fundo e passou a mão no casaco de pele roxa. — Não, a gente não vai fazer isso no corredor. Vamos entrar para conversar. Posso entrar?

— Se eu disser que não você vai embora?

O olhar de laser atravessou as lentes do enorme óculos de sol e penetrou minha pele.

Entendi.

Suspirei e abri a porta completamente.

— Você falou em matcha?

Eu havia desistido do café anos antes, porque ele piorava minha ansiedade. Matcha latte era o que eu consumia de mais próximo de um espresso nos dias de hoje.

— Sim. Considere um suborno pelos detalhes mais suculentos. — Jules me deu a bebida ao entrar, depois empurrou os óculos para o alto da cabeça. — Agora... — Ela inspirou bem fundo. — Está namorando? E você chamou o cara de *meu amor*? Como é que eu não sabia disso? Há quanto tempo esse namoro existe?

Fui me encolhendo à medida que o tom de voz dela subia a cada pergunta e uma equipe de pedreiros invadia minha cabeça.

Pam. Pam. PAM!

Cada martelada reverberava pelo crânio com uma força que fazia os ossos tremerem.

Será que eu bebi demais na noite passada? *Nem tanto*, não é? Normalmente eu limitava o consumo de bebida a três doses em uma noite, mas não estaria com essa ressaca por causa de três doses.

Segurei a parte mais alta do nariz entre o polegar e o indicador e tentei unir as peças confusas da noite anterior.

Filhotes de tartaruga. Olhos de uísque. Champanhe, vestidos e...

É só isso que você quer?

De jeito nenhum.

A lembrança do meu encontro com Christian me atingiu com tanta força que expulsou o ar dos pulmões.

Tudo voltou de repente – nosso acordo, a foto que postei, a aspereza deliciosa da mão dele na minha enquanto conversávamos com Mike Kurtz e seu perfume inebriante quando ele me empurrou contra a parede.

Eu me senti um pouco incomodada com tanta proteção quando só tinha ido ao banheiro, pelo amor de Deus.

Mas também fiquei eufórica com a ideia de que ele se importava comigo.

Patético? Provavelmente.

Real? Inegavelmente.

Ninguém se importava tanto comigo desde Maura, e Christian e eu nem namorávamos de verdade.

— ... quem é?

— Hum? — Christian estava em casa ou já tinha saído para ir trabalhar? Tentei imaginá-lo comendo e dormindo como uma pessoa comum e não consegui.

— Quem é o seu namorado? — Jules repetiu. — Você não marcou ninguém, mas aquele *relógio*... — Ela levantou as sobrancelhas. — Dá para ver que o cara é gostoso só pelas mãos.

Mais uma peça da noite anterior se encaixou.

Meu post no Instagram. Eu estivera tão ocupada no evento que não tinha olhado as notificações.

Engoli o nó instantâneo na garganta.

— Eu...

— Bom dia! — Batidas rápidas na porta entreaberta interromperam minha resposta. Ava entrou animada e radiante demais para aquela hora da manhã. — Cheguei atrasada? Perdi alguma fofoca boa? — E deixou uma sacola branca da Crumble & Bake sobre a mesinha de centro. — Coisas para o café da manhã — explicou, seguindo a direção do meu olhar.

Depois abriu a sacola e distribuiu muffins.

O cheiro me deixou com água na boca.

Pelo menos minhas amigas traziam comida para o interrogatório. Eu não era imune a suborno.

Quase gemi ao sentir o sabor do muffin morno e fresquinho. *Eu definitivamente, eu não era imune a suborno.*

— Stella estava para me contar quem é o homem misterioso. — Jules beliscou um pedaço do muffin de mirtilo e pôs na boca.

O rosto de Ava se iluminou.

— Aposto que é um gostoso — ela disse. — Dá para ver pelo relógio.

— Foi o que eu falei! — Jules concordou, empolgada. — A gente combina em tudo mesmo, amiga.

O muffin de banana azedou na minha boca quando as duas olharam para mim cheias de expectativa.

Uma coisa era mentir nas redes sociais; outra era mentir na cara das minhas amigas. Eu não contava para elas tudo sobre a minha vida. As duas pensavam que eu tinha um ótimo relacionamento com minha família e não sabiam sobre Maura. Ser a família *perfeita* era tão importante para meus pais que compartilhar qualquer coisa que não se alinhasse com isso era mais difícil do que deveria ser.

Ava e Jules eram minhas melhores amigas, mas eu ainda guardava para mim boa parte da minha vida.

Mas seria capaz de dizer que Christian e eu estávamos namorando, quando não estávamos? Não de verdade, pelo menos.

Um passo de cada vez.

Elas só tinham perguntado o nome dele, não pedido detalhes do nosso relacionamento. Eu atravessaria essa ponte quando chegasse a hora.

— Ele é...

Fui interrompida de novo, dessa vez pelo toque insistente do meu celular.

Não precisei checar o contato para saber quem estava ligando, e uma olhada rápida para o FaceTime provou que eu estava certa.

— Oi, Bridget. — Esfreguei o rosto de novo. Eu mataria por uma sessão de ioga agora. Nunca me sentia bem quando começava o dia sem ela. — Está ligando para participar da inquisição, imagino?

— Engraçadinha. — Bridget levantou uma elegante sobrancelha loira. — Mas, já que perguntou, sim. Esta é a *segunda* vez que sou excluída da vida amorosa de vocês. Não estou gostando.

No verão passado, Jules chocara todas nós ao anunciar que estava namorando o irmão de Ava, Josh. Josh e Jules tinham se odiado desde o dia em que se conheceram, e um relacionamento romântico entre eles parecia tão provável quanto uma nevasca em Miami.

No entanto, eles continuavam juntos, sete meses depois de terem feito o anúncio oficial, o que me fazia pensar que o ditado estava certo: a linha entre o amor e o ódio é realmente tênue.

Apesar do nervosismo, tive que engolir uma gargalhada ao ouvir a queixa inusitada de Bridget.

— Tenho certeza de que você tem mais coisas com que se preocupar além da nossa vida amorosa, *Majestade* — provoquei.

Ela ainda era princesa quando estávamos na faculdade, mas tinha se tornado rainha depois que o irmão mais velho abdicara e o avô renunciara ao trono por problemas de saúde.

Eu ainda tinha dificuldade para entender essa amizade próxima com uma rainha de verdade, mas Bridget era tão pé no chão que na maior parte do tempo eu nem me lembrava de sua condição de membro da realeza.

Ela torceu o nariz.

— Mais coisas? Sim. Coisas mais interessantes? Discutível.

— Pessoal, por favor, vamos organizar esse rolê — disse Jules. — Quem você está escondendo de nós, Stel? Dá um nome. Foto. Qualquer coisa. *Por favor*, eu preciso saber, senão vou morrer de curiosidade.

Ela desabou no sofá de um jeito dramático.

Balancei a cabeça.

Se eu procurasse *rainha do drama* no dicionário, encontraria o rosto de Jules Ambrose ao lado da definição, mas eu a amava mesmo assim. Pelo menos ela era a dramática engraçada, não a maldosa, do tipo que ataca pelas costas.

— Tudo bem, eu conto. Sem surto. — Mordi o lábio. — É Christian Harper.

Minha confissão foi recebida por três olhares chocados.

Eu não conseguia lembrar da última vez em que minhas amigas tinham ficado sem fala. Normalmente elas falavam mais que apresentador de talk show matutino.

O gosto metálico me fez perceber que eu mordia a boca com força.

— O antigo chefe do Rhys? — Bridget perguntou, confusa.

O marido dela, Rhys, havia trabalhado na Harper Security. Aliás, tinha sido assim que eles haviam se conhecido. Ele fora designado para ser o guarda-costas dela depois que o antigo voltara para casa, em Eldorra, em licença-paternidade.

— Sim.

— O que ele tem a ver com isso? — Jules estava igualmente confusa.

— Ele é meu namorado.

Ainda nada. Eu poderia estar falando com a versão de cera das minhas amigas no museu de Madame Tussaud, a reação seria a mesma.

— Quem é o seu namorado? — perguntou Ava.

Ah, pelo amor de Deus.

— Christian Harper! — Levantei as mãos. — Ele é o cara na foto que eu postei ontem. Nós estamos namorando. Bem, é fake, mas isso é outra história.

Silêncio. Um silêncio prolongado e perplexo, antes da explosão do caos.

— *Christian Harper?*

— Como assim *fake*?

— Há quanto tempo isso está acontecendo...

— Ele está te forçando a aceitar essa situação? Porque eu via como ele olhava para você...

— *Parem.* — Apertei o nariz na região entre os olhos.

Era por isso que eu nem sempre compartilhava coisas sobre minha vida. Não era por não querer me comprometer, mas por causa das reações e expectativas das outras pessoas, quaisquer que fossem.

Respirei fundo pelo nariz, antes de responder uma a uma às perguntas de minhas amigas.

— Sim, Christian é meu namorado fake. Como eu disse, é uma longa história. Ele *não* é perigoso... quer dizer, é um pouco intenso, mas ele comanda uma empresa de segurança. O trabalho dele é proteger a vida das pessoas, literalmente. Além do mais, ele é amigo do Rhys, então não pode ser tão mau assim. Saímos pela primeira vez ontem à noite e ele não está me forçando a nada.

A última parte era verdade, definitivamente. O restante era discutível, mas eu não ia admitir.

— Eu não diria que ele é *amigo* do Rhys. Eles têm... — Bridget hesitou — uma relação interessante.

— Esquece o Rhys — disse Jules. — Nada pessoal, Bridget. Ele é ótimo, mas eu quero saber sobre a parte do namorado. Stel, você nem quer um relacionamento de verdade. Por que se meteu em um de mentira? Está com algum problema? — A preocupação diminuiu o brilho nos olhos dela.

A culpa explodiu em meu peito.

Eu odiava incomodar as pessoas com meus problemas, mas devia ter antecipado a preocupação delas. Para mim, qualquer relacionamento romântico escapava à norma. Eu não me opunha a namorar, só... não estava interessada.

Eu gostava *da ideia*. Quando lia um romance, assistia a uma cena romântica ou via casais fofos em um jantar, sentia falta de alguma coisa parecida. No entanto, quando o livro ou filme acabava e eu voltava à lucidez da realidade, a carência desaparecia.

Era fácil romantizar o amor. Amar era mais difícil, especialmente depois de todos os relacionamentos anteriores terem sido... *deficientes*, de algum jeito. Faltava o tipo de conexão emocional que compensaria o risco de se apaixonar.

Além do mais, eu havia me acostumado com a vida de solteira, e duvidava de que a realidade do amor pudesse corresponder às minhas fantasias sobre ele, por isso nem tentava.

— Nenhum problema. Juro — acrescentei quando vi a expressão cética de Jules. — Eu só... — *Preciso ter seguidores nas redes sociais para ganhar mais dinheiro*. Senti o rosto esquentar, constrangida com a maneira como isso pareceria superficial.

A verdade era mais complicada, mas eu não poderia desenterrá-la sem contar a elas sobre Maura, e *essa* era uma conversa que eu não me sentia preparada para ter às oito e meia da manhã.

— Estou na disputa por um contrato com uma marca muito grande, mas não tenho tantos seguidores quanto as outras meninas. Achei que poderia melhorar minhas chances se chegasse a um milhão de seguidores.

Bridget franziu a testa.

— E o que isso tem a ver com um namorado?

Relutante, expliquei o resto do plano. Parecia ainda mais ridículo quando eu o expunha em voz alta para pessoas que não conheciam de perto o mundo dos influencers, mas era inútil sonegar informações.

Quando terminei, o silêncio estava mil vezes mais pesado que antes.

— Uau — Ava finalmente reagiu. — Isso é... uau.

— Tem sexo nesse pacote? Se não tem, deveria ter. Christian tem pinta de ser *um animal* na cama. — Como eu esperava, Jules foi a primeira a superar o choque e passar diretamente para a parte da sacanagem. — Sem querer ofender, você bem que precisa de um amorzinho na vida. Por mais que a gente te ame, tem coisas que não podemos dar.

— Não tem e nunca vai ter — respondi firme.

Eu tinha deixado claro para Christian que nosso acordo não envolveria demonstrações físicas de afeto, a menos que fossem necessárias para vender nossa imagem pública como casal.

Sexo não era um fator nessa equação. *De jeito nenhum*. Por mais que ele fosse lindo, por mais que *pudesse* ser bom de cama.

Minha pele esquentou quando a imagem mental dele nu invadiu minha cabeça...

Não começa.

Era isso que acontecia quando eu não conseguia cumprir a rotina matinal. A cabeça surtava e eu começava a criar coisas que não devia.

Eu não conseguia nem me lembrar da última vez que tivera fantasias sexuais, muito menos quando tinha transado.

— Tem *certeza* de que está tudo bem? — A preocupação de Ava era palpável.

— Você nunca se preocupou tanto com o número de seguidores.

Eu não era obcecada com isso como outras blogueiras, mas dizer que eu não me importava era demais.

Todo mundo que tentava fazer uma plataforma ou rede social crescer se importava com isso, e quem dizia o contrário estava mentindo.

Aqueles numerozinhos criavam o caos na saúde mental de qualquer um.

— Não quero ser do contra — Ava se explicou. — Se é isso o que você quer, tem o nosso apoio. Só parece meio...

— Nada a ver com você — Bridget concluiu.

Olhei para o copo descartável meio vazio em minha mão.

— Talvez. Mas talvez também seja hora de tentar uma coisa nova.

Eu tinha vinte e seis anos. Tivera um emprego *de verdade* desde que me formara e nenhum acontecimento significativo na vida pessoal ou profissional. Eu considerava a atividade de influenciadora meu segundo emprego, mas muita gente não pensava como eu, e era horrível o quanto eu deixava essas opiniões afetarem todo o tempo de trabalho que dedicava a escrever, fazer o styling, fotografar e cuidar das redes sociais.

Eu fazia basicamente a mesma coisa que vinha fazendo desde a faculdade, só que mais velha e um pouco mais cansada.

Enquanto isso, Ava tinha se mudado para Londres (mesmo que fosse só uma mudança temporária), ficado noiva e encontrado o emprego dos sonhos dela, viajar pelo mundo como fotógrafa; Bridget se casara e agora era uma *rainha*; e Jules passara no exame da ordem, tornara-se uma advogada poderosa e tinha ido morar com o namorado.

Todo mundo começava novos capítulos na vida, enquanto eu estava presa no prólogo, esperando minha história ser contada.

Engoli a amargura que recobria minha língua. Se não desse uma sacudida nas coisas, seria eternamente um manuscrito sem conclusão. Milhares de palavras que nunca encontraram a página. Alguém que *poderia* ter sido alguma coisa, em vez de alguém que *fazia* alguma coisa.

— É compreensível. A mudança é o tempero da vida — Jules concordou. Então relaxou o rosto antes de acrescentar: — Como disse a Ava, ninguém aqui está tentando contestar a sua decisão. Só queremos ter certeza de que isso é realmente o que você quer. Se você está feliz, nós também estamos.

— Estou. — Consegui exibir um sorrisinho. — Correndo o risco de parecer completamente brega... eu amo vocês.

— Ouviu isso? — Jules pôs a mão no peito e olhou para Ava. — Ela ama a gente. Ama de verdade!

— Você sabe o que isso significa — Ava declarou, séria.

— Vocês duas... — Mal tive tempo de deixar o copo em cima da mesa, antes de elas pularem em cima de mim para me abraçar. — Parem! — Dei risada, e a melancolia de antes derreteu embaixo de tanto carinho.

— Não se importem comigo. Estou aqui em Eldorra mesmo, não sinto ciúme nenhum — Bridget falou.

Levantei o celular para podermos vê-la de novo. Seu rosto era uma mistura de humor e inveja.

— Você precisa vir visitar a gente logo. Estamos com saudade.

Não a víamos pessoalmente desde o aniversário de Ava no ano anterior, quando ela nos surpreendera na festa.

— Eu vou, prometo. — Bridget ficou séria. — Até lá, tome cuidado com Christian. Ele não é o tipo de homem que faz coisas por bondade.

Não, não era. Mas eu não precisava de Bridget para saber disso.

Uma hora mais tarde, depois de minhas amigas irem embora prometendo que não contariam a ninguém, exceto aos parceiros, sobre meu acordo com Christian, tomei uma ducha, preparei um bule de chá e peguei o celular. Olhei para o ícone do Instagram na tela, prendi a respiração e abri o aplicativo.

Ai. Meu. Deus.

Olhei para os números e tive certeza de que estava alucinando.

Mais de cem mil likes, quatro mil comentários e dez mil novos seguidores da noite para o dia.

Belisquei meu braço e me encolhi quando senti a dor. *Não é alucinação.*

Eu esperava um bom engajamento na foto com Christian, mas não isso.

Senti a euforia como uma bolha crescendo no peito, e minha cabeça girava com as possibilidades.

Outra foto com Christian viralizaria do mesmo jeito, ou essa era um caso isolado por ser a primeira?

Só havia um jeito de descobrir.

Visões de um milhão de seguidores, parcerias de seis dígitos com grandes marcas e dinheiro para pagar um ano de moradia para Maura antecipadamente, com sobra para começar uma poupança, dançavam na minha cabeça.

Talvez eu tivesse assinado um contrato com o diabo quando concordara com o acordo com Christian...

Mas isso não significava que não valeria a pena.

CAPÍTULO 10

Christian

Eu encarava a última postagem de Stella no Instagram, a foto que ela tirara a caminho do evento beneficente no fim de semana. Minha mão em sua coxa nua, o verde intenso do vestido contrastando com a manga preta do meu paletó.

Algumas fotos valiam mil palavras. Essa dizia só uma.

Minha.

Uma sensação estranha brotou em meu peito, antes de deixá-la de lado e abrir os comentários embaixo do post. As reações iam de curiosidade a alegria, passando pelo desespero de centenas de homens contrariados que lamentavam não ter mais uma chance com ela.

Jayx098: Como você teve coragem de me trair desse jeito? Já falei para os meus pais que a gente ia se casar :(

Brycefitness: dispensa o cara e sai comigo. Vai valer a pena ;)

Threetriscuits: também sei usar terno e abotoaduras. só pra você saber.

Fiquei intrigado. Entrei no perfil de brycefitness e olhei tudo. Músculos grandes. Cérebro pequeno. O típico frequentador de academia que se achava o presente de Deus para as mulheres.

Quantos quilos em uma barra seriam necessários para esmagar alguém? *Hum...*

Uma nova mensagem de texto apareceu na tela, atrapalhando o cálculo.

Luisa: Christian Harper. Você me enganou.

Luisa: Por que não me falou que estava namorando a Stella??

Uma ruga surgiu em minha testa. Olhei o perfil de brycefitness pela última vez, antes de fechar o aplicativo. Ele estava com sorte.

Uma parte minha, inclusive a parte que se empolgava com o cheiro metálico de sangue e medo, reconhecera que a reação não era normal. Foi só um comentário no Instagram, porra.

Eu tinha uma empresa para administrar, mas estava aqui olhando perfis de rede social num celular pré-pago.

Sem foto de perfil, sem bio, sem seguidores. Seguindo uma única conta.

O anel de turquesa queimava em meu bolso quando digitei uma resposta.

Eu: Era irrelevante.

Stella não tinha mostrado meu rosto na foto, mas muita gente nos vira juntos no evento beneficente, o suficiente para a notícia se espalhar.

Aparentemente a notícia ultrapassara os limites da cidade de Washington e chegara a Nova York.

Luisa: Você se comportou como se não a conhecesse no jantar!

Eu: Não queria influenciar sua decisão.

Houve uma longa pausa, antes da resposta.

Luisa: Que decisão?

Eu: Não mente, Lu. Sou melhor que você nisso.

Luisa: Você é um babaca.

Luisa: De um jeito ou de outro, isso não teria influenciado minha decisão. Estou 95% decidida sobre a próxima embaixadora da nossa marca.

Olhei para a mensagem. Meus dedos batucavam um ritmo distraído no apoio de braço da cadeira.

Depois de mais um momento de reflexão, respondi.

Eu: Que bom. Demorou para decidir.

Neutro. Meio desinteressado.
Ela mordeu a isca, como eu sabia que faria.

Luisa: Não vai perguntar quem é?

Eu: Eu estava no jantar. A resposta é óbvia.

Parei por aí. Luisa era inteligente o bastante para saber de quem eu estava falando.
Batidas na porta interromperam o silêncio.
Levantei a cabeça.
— Entra.
Kage entrou, tão alto e largo que mal cabia entre os batentes da porta do escritório.
— Fiquei sabendo que você está namorando. — Ele não perdeu tempo, foi direto ao ponto. — Como é que eu não sabia disso? — A voz dele tinha uma nota de acusação.
Ele era meu funcionário mais antigo, e, agora que Rhys tinha ido embora, o mais procurado pelos clientes. Também era a única pessoa na Harper Security que não puxava meu saco – uma liberdade que eu dera a ele por ter salvado minha vida na Colômbia uma década antes.
— Eu comando uma empresa de segurança, não uma revista de fofoca. Minha vida pessoal não é da conta de ninguém. — Havia certa tensão por trás do meu tom indiferente. A liberdade de que ele desfrutava tinha limites.
Kage sustentou meu olhar por um segundo, antes de interromper o contato visual.
— Entendi. Mas a equipe está curiosa. Você namorando uma influenciadora é... inesperado.
Eu me recostei na cadeira e apoiei o queixo em uma das mãos. Meu celular não parava de tocar desde cedo com pessoas expressando sentimentos semelhantes. Cada nova mensagem e ligação levava mais um pouco da minha paciência, e o comentário de Kage não teve um efeito diferente.
— Você foi ver quem ela é, não foi? — perguntei em um tom frio. A rede social de Stella estava lá para quem quisesse ver, mas pensar na minha equipe se debruçando sobre fotos e vídeos dela me deixava muito irritado.

— Hum, bom... — Constrangido, Kage passou a mão na nuca. — Nós demos uma olhada no perfil dela na hora do almoço.

Incrível. Todos os funcionários da Harper Security tinham sido membros do exército ou da CIA, mas fofocavam como adolescentes no ensino médio.

— Ela é linda. — Kage sentou-se na cadeira na minha frente. — Por alguma razão, não me surpreende que a sua namorada pareça uma supermodelo. Essa é a vida de conto de fadas de um CEO bilionário — ele acrescentou, em um tom seco.

Apaguei a chama sombria que ameaçava me incendiar por dentro.

— O único assunto que me interessa discutir agora é como foi que nós perdemos as contas Deacon e Beatrix — falei com frieza. — *Não* a minha namorada.

O homem recuperou a sobriedade imediatamente.

— Dei uma boa olhada nisso, e parece que foi um caso clássico de redução de preço. A Sentinel prometeu mais por menos. Deacon e Beatrix sempre foram mesquinhas. Não me admira que tenham trocado de barco.

Era verdade, mas eu não queria boatos circulando sobre a Harper Security não ser capaz de fidelizar os clientes.

— Você acha que isso é muito importante? — Kage avaliou meu silêncio com precisão. — Precisamos recuperar as contas?

— Não. — Regra número um para sobreviver em um ramo competitivo: nunca demonstrar fraqueza, nem para a própria equipe. — Deixe a estratégia comercial comigo. Você se preocupa com o que sabe fazer melhor.

— Arrasar e ser o gostosão?

— Se acredita mesmo nisso, você precisa de um espelho novo, porque o seu está mentindo.

— Nem todo mundo pode ser você, sr. Bonitão, mas nenhuma mulher reclamou da minha aparência. — Ele levantou as sobrancelhas algumas vezes. — Falando nisso, quer sair para beber mais tarde? Faz tempo que não vamos a um bar. Eu sei que agora você é comprometido, mas pode continuar bebendo sozinho, enquanto eu descolo alguém.

— Não posso. — Eu me levantei e ajeitei a manga da camisa. — Já tenho compromisso hoje.

— Por que não estou surpreso? Não saímos juntos há meses. — Kage se levantou da cadeira. — Não vai me contar que *compromisso* misterioso é esse?

Respondi com um olhar sarcástico.

— Tudo bem. Eu sei interpretar um sinal — ele resmungou. — Divirta-se no seu *compromisso*.

Depois que Kage saiu, organizei minha mesa e a devolvi ao meticuloso estado pré-expediente, antes de ir embora do escritório.

Dez minutos mais tarde, eu percorria a Connecticut Avenue quando meu celular tocou.

Atendi a chamada, e um grunhido aborrecido invadiu o interior do carro.

— O *que* você tem na cabeça?

— Oi para você também, Larsen. — Saí da avenida para uma rua privada de três faixas. — Pena que você não esteja mais educado agora que faz parte da realeza. As aulas de etiqueta do palácio devem ser bem fracas.

Parei no portão e exibi a carteirinha de sócio para o guarda armado. Ele a examinou e assentiu.

As câmeras de segurança registraram as características do meu carro antes de os portões se abrirem com um ruído baixo.

— Engraçadinho — Rhys respondeu sem se alterar. — Os clientes deviam pagar uma taxa extra pelo seu senso de humor.

— Essa é boa, vindo de um cara sem nenhum senso de humor.

Sorri ao ouvir o segundo grunhido, ainda mais contrariado que o primeiro.

Rhys Larsen era meu melhor guarda-costas, mas fora acometido pela doença que as pessoas chamam de amor. Agora ele era o príncipe consorte de Eldorra.

Às vezes eu mandava por mensagem fotos dele com ar entediado e impaciente em várias funções diplomáticas, só para provocá-lo. Não precisava dizer nada para ele entender o sentido da interação.

Você está caidinho e isso é patético.

Minha obsessão por Stella podia estar escapando ao controle, mas pelo menos eu não comparecia a cerimônias de inauguração para cortar a fita do prédio de uma entidade que ela aprovava, nem plantava árvores para fotos do Dia da Terra.

— Não tenta mudar de assunto. Que diabo é isso de estar namorando a Stella? — Rhys perguntou.

Estacionei na garagem privada e caminhei em direção à entrada. A pesada porta dupla se abriu quando aproximei a carteirinha do leitor.

— É a mesma coisa de sempre, o que todo homem faz em um relacionamento.

— Não vem com essa bobagem vaga, Harper. — Ouvi na voz dele uma nota de alerta. — Ela é a melhor amiga da Bridget. Se ela ficar mal, a Bridget fica mal. E se a Bridget fica mal...

— Você me bate com a sua coroa do cerimonial? — Meus passos ecoavam no assoalho encerado, onde o V dourado e gigante gravado no meio do espaço brilhava em contraste com o mármore preto. — Aviso registrado. Agora, imagino que tenha um evento amanhã cedo. Melhor ir dormir, Alteza. Precisa do sono da beleza para sair bem nas fotos.

— Vai se foder.

— Infelizmente, embora eu tenha certeza de que todas as mulheres de Eldorra suspirem por você, sua sugestão não me tenta. — Passei pela entrada do restaurante e pela entrada para o clube de cavalheiros, antes de entrar na biblioteca. — Mande lembranças minhas à rainha.

Desliguei antes que ele pudesse responder.

Eu devia saber que ele ficaria curioso com a situação envolvendo Stella. Era totalmente apaixonado pela esposa, e ela protegia a amiga.

Compreensível, mas não era problema meu. O contrato que eu assinara com ela não tinha nenhuma cláusula sobre aguentar as amigas questionando minhas intenções.

Abri a porta da biblioteca e encontrei o meu compromisso sentado à nossa mesa de costume, ao lado de uma das janelas de vitral. Livros com capas de couro subiam três andares até o teto de catedral, e o murmúrio baixo de conversação interrompia o silêncio reverente.

Não havia bibliotecária carrancuda gritando com os frequentadores por estarem conversando, mas uma tarifa anual de trinta mil dólares conferia aos sócios do clube mais liberdade do que teriam em um espaço público.

A biblioteca no Valhalla Club era um local onde acordos eram feitos e alianças eram forjadas. Cada agente de poder na cidade de Washington sabia disso.

— Está atrasado. — Olhos verdes e frios acompanhavam meu progresso em direção à mesa. Um raro tabuleiro de xadrez do século XVIII repousava sobre a superfície de carvalho espesso, ao lado de dois copos de cristal vazios e de uma garrafa de Glenfiddich quarenta anos, um escocês single malte.

— Está com pressa para perder? — Tirei o paletó e o pendurei no encosto da cadeira antes de me sentar, me movendo sem pressa e com deliberação. Dobrei as mangas e servi uísque em um copo. Nada como um bom drinque para começar a noite.

Alex Volkov me encarou com uma expressão irônica.

— Somos ligados por vitórias.

— Não depois de hoje.

Alex e eu jogávamos xadrez no Valhalla Club todo mês fazia cinco anos. As partidas eram sempre muito disputadas, e as vitórias eram difíceis.

Raramente interagíamos fora dos limites silenciosos do Valhalla e nas raras ocasiões em que ele precisava da minha ajuda com alguma coisa relacionada à cibernética, mas nossos encontros mensais eram uma das poucas ocasiões sociais que eu realmente apreciava.

— A arrogância ainda vai ser o seu fim, Harper. — Alex encheu seu copo até a metade e o levou à boca.

— Talvez — concordei. — Mas não hoje.

— Veremos.

Normalmente nossos jogos eram silenciosos e concentrados, mas Alex me surpreendeu quando moveu seu peão para a posição e4.

— Então, você e Stella.

— Sim. — Uma não resposta para uma não pergunta.

— O que você tem contra ela?

Parei por uma fração de segundo, antes de responder ao movimento dele.

O Alex Volkov que eu conhecia não daria a mínima para a vida pessoal de ninguém.

— Sua noiva pediu para perguntar? — Como Bridget, esposa de Rhys, Ava, noiva de Alex, também era melhor amiga de Stella.

— Stella nunca quis ter um relacionamento. — Alex ignorou minha pergunta. — Ela também não tinha falado nada sobre você ou um namorado até postar aquela foto. Portanto, é razoável pensar que esteja fazendo chantagem com ela. — Aqueles olhos verdes intensos ficaram mais estreitos. — Por outro lado, você não estava interessado em namorar, o que significa que quer usá-la para alguma coisa, ou vocês dois chegaram a um acordo que beneficia os dois.

Por isso eu gostava da companhia de Alex. Ele me mantinha em estado de alerta.

— Não deixe as teorias da conspiração turvarem seu raciocínio — respondi.

— Você está perdendo.

Mentira descarada. Até ali, estávamos empatados no jogo.

— Suas táticas de distração são bem fracas, então não é o meu raciocínio que está prejudicado — disse Alex. — Talvez Stella seja a responsável pelo fim dessa sua história de *não acredito em amor*. É sempre quem a gente menos espera.

Nunca tinha ouvido Alex pronunciar tantas palavras em tão pouco tempo. Achei ainda mais divertido.

— Talvez, mas eu duvido.

Meus sentimentos por Stella eram... incomuns, mas não era amor. Era difícil sentir alguma coisa que eu desprezava ativamente.

O amor movia o mundo, de fato. Em intermináveis e tediosos ciclos que produziam canções horrorosas, filmes ainda mais horríveis e abominações anuais, como o Dia dos Namorados.

Eu raramente o via como algo além de tóxico.

— Desde quando você ficou tão falante? — Empurrei meu cavalo para uma posição de defesa. — Não me diga que evoluiu para um ser humano de verdade. Devíamos postar um aviso no boletim do Valhalla. Os outros membros vão ficar muito felizes.

O Valhalla Club não tinha um boletim, mas seus membros mantinham métodos próprios para rastrear a vida de amigos e inimigos igualmente.

— Tão felizes quanto estão com a notícia de seu novo relacionamento, tenho certeza. — Um humor sombrio cintilava nos olhos dele. Mais uma mudança do estoico Volkov que eu conhecera anos atrás.

Continuamos o jogo, mas, agora que Stella tinha sido mencionada *de novo*, eu não conseguia impedir meus pensamentos de seguirem por caminhos que não deveriam percorrer.

Ela não postava nas redes sociais desde a noite do evento beneficente. Normalmente postava todos os dias. E não me procurara para ter mais fotos, apesar do sucesso da primeira.

Estava arrependida do nosso acordo?

Um arrepio gelado e estranho percorreu minhas costas. Levei vários instantes para identificá-lo.

Insegurança.

Uma coisa tão desconhecida para mim quanto tempestades no deserto.

Temos um contrato. Ela não vai dar para trás.

Mas a urgência de confirmar o acordo com ela capturou minha atenção e a desviou das peças de marfim e ébano espalhadas estrategicamente pelo tabuleiro.

— Xeque-mate. — A voz fria de Alex me arrastou de volta para a biblioteca.

Afastei da cabeça as imagens de olhos verdes e lábios carnudos e examinei o leiaute final.

Alex tinha executado um padrão de xeque-mate que eu deveria ter visto a um quilômetro de distância.

— Foi rápido. — Vi a decepção no rosto dele. — Você não jogou como costuma jogar.

— Estamos só começando, Volkov. — Limpei o tabuleiro. — Comente como costumo jogar depois da segunda rodada.

Mas ele estava certo. Eu *havia* me desconcentrado, porque estava pensando em alguém que não devia ocupar meus pensamentos desse jeito. Ela achava que pagava um aluguel baixo no Mirage? Isso não era nada comparado ao fato de ela morar de graça na minha cabeça.

Stella podia parecer doce e mansa, mas era mais perigosa para mim que qualquer arma ou rival.

⁂

Depois de uma segunda partida de xadrez com Alex, na qual me redimi com um xeque-mate lindamente executado depois de duas horas de jogo, voltei para casa exatamente às 20h45.

Demorei menos de um minuto para determinar que tinha alguma coisa errada.

A porta do meu escritório estava aberta, e eu sempre a deixava fechada quando saía.

Pouquíssimas pessoas tinham acesso ao meu apartamento quando eu não estava lá. Nenhuma delas viria a essa hora da noite.

A adrenalina atravessou a névoa que o uísque tinha deixado mais densa em minha cabeça.

Eu pedira um carro do serviço privado do Valhalla para me levar para casa, considerando que tinha bebido, mas estava lúcido o suficiente para pisar mais leve enquanto andava até o escritório.

Vi o cabelo escuro através da fresta antes de empurrar a porta, atravessei a sala com dois passos e empurrei o invasor contra a parede segurando-o pelo pescoço.

Uma fúria gelada tingiu meu campo de visão, até então vermelho, de branco.

Eu não gostava de pessoas invadindo meu espaço pessoal. Tocando em minhas coisas sem permissão. Invadindo *minha* casa e desafiando minha autoridade.

Meus dedos apertaram a coluna macia daquele pescoço.

As vibrações de um gemido cheio de medo alcançaram minha mão antes de se derramarem no ar.

— *Christian*. — A familiaridade do chamado baixo dissipou a névoa diante dos meus olhos, até eu enxergar tudo verde.

Enormes olhos verdes emoldurados por cílios escuros e dominados pelo pânico.

Porra.

Uma onda gelada de reconhecimento arrancou minha mão do pescoço dela.

Olhamos um para o outro, respirando ofegantes no espaço silencioso entre nós: ela de medo, eu por conta da adrenalina e do arrependimento.

Uma dose de medo se misturou à receita e deu uma nota tensa às palavras:

— Srta. Alonso. Será que pode explicar *o que* está fazendo aqui?

Ela era uma das poucas pessoas no mundo que tinham uma chave do meu apartamento, mas eu a instruíra a aparecer somente em horários específicos. Sexta à noite não era um deles.

Para sorte dela, eu não era do tipo que atirava primeiro para perguntar depois, como alguns dos meus funcionários.

Uma imagem de Stella ferida passou pela minha cabeça, e senti o frio invadir o peito.

Ela levantou o queixo, claramente indiferente ao meu cumprimento e ao tom incisivo.

— Estava aguando suas plantas, como você pediu. — Apesar do tom firme, ela ainda respirava depressa demais, e tremores fracos percorriam seu corpo. A raiva em mim se dissipou.

Só então notei o regador quebrado no chão. A água derramada formava uma pocinha cintilante na madeira customizada, e os pedaços de cerâmica preta e brilhante refletiam meu rosto.

Cem rostos diferentes, com limites irregulares e traços distorcidos.

Olhei novamente nos olhos de Stella.

— Está regando as plantas às nove da noite?

— Esqueci de vir mais cedo porque estava ocupada. Você disse que eu só devia vir nos dias úteis, e eu não queria deixá-las sem água o fim de semana inteiro. São muito sensíveis a...

— Ocupada com o quê?

Eu não queria mais saber das plantas.

— Assuntos pessoais. — Em vez de desabar sob o peso do meu olhar intenso, ela endireitou as costas e levantou um pouco mais o queixo. — Não estamos juntos de verdade. Você não tem o direito de saber sobre cada passo que dou.

A lembrança me deixou irritado.

— Tenho, se os seus assuntos fazem você invadir meu apartamento às nove da noite.

— Eu não invadi nada. Tenho uma cópia da chave!

— Que usou fora dos horários estipulados. Um bom advogado poderia me defender no tribunal.

Stella estreitou os olhos. Finalmente voltou a respirar normalmente, e eu desconfiei de que o rubor em seu rosto fosse de vergonha.

— Você é o especialista em segurança aqui. Se está tão preocupado, talvez devesse criar uma chave que *só* pode ser usada durante os períodos que você estipulou. Não seria difícil para alguém genial como você, seria, sr. Harper?

Deixei escapar uma risadinha.

A ousadia de Stella ia e vinha como flashes de luz. Cada vez que aparecia, ela me eletrizava, porque era assim que eu via sua versão real. A que permanecia meio adormecida sob a calma cuidadosamente cultivada e o desejo desesperado de agradar. Em algum lugar no interior do casulo de maneiras brandas havia uma borboleta colorida aflita para se libertar.

— Não seria nada difícil. — Meus olhos pesaram quando a estudei da cabeça aos pés. — Mas se fizesse isso eu não te encontraria me esperando quando voltasse para casa.

Uma faixa de abdome tonificado espiava entre o cropped cinza de moletom e o short felpudo colado ao quadril e às coxas. Pernas macias e bronzeadas terminavam em pés descalços de unhas vermelhas.

Minha garganta ficou seca. Eu queria deslizar as mãos pelo seu corpo, ouvir seu suspiro de prazer enquanto explorava os contornos suaves de suas curvas.

Ela estava vestida para dormir, sem nenhuma maquiagem no rosto ou acessórios enfeitando os braços, mas era tão radiante que tocava os cantos mais sombrios da minha alma.

— Pensei que você não quisesse isso. — A resposta ofegante traiu seu nervosismo.

— Não presuma o que eu quero, srta. Alonso. — Eu mantinha a voz calma, quase desinteressada, mas não havia nada de tranquilo na eletricidade que estalava no ar.

Um toque e a sala pegaria fogo.

— Entendi. — Stella segurou a bainha do short até os dedos perderem a cor.

Meus olhos desceram até suas coxas, e o desejo ardeu mais quente nas minhas veias quando elas se contraíram sob meu olhar.

Foi um movimento pequeno, nada mais que uma contração sutil dos músculos, mas era como se ela tivesse acariciado minha ereção dolorosa.

— É melhor você ir embora — falei em voz baixa, mas com grande esforço.

Ela não se moveu.

— A menos... — Levantei a mão e a deslizei por um lado de seu pescoço até encontrar o pulso acelerado — que você queira ficar.

Eu devia parar de tocá-la, e devia ficar longe, mas estava hipnotizado.

Stella engoliu em seco, e ouvi o movimento tenso no silêncio condensado.

— Não quero. — Ela hesitou um pouco quando falou *não*.

— Não? — Rocei o polegar em sua pele. O pontinho de contato queimou carne e osso até o calor se misturar ao meu sangue. Olhei nos olhos dela de novo, e minha voz endureceu. — Então, por que ainda está aqui?

Distração. Obsessão. Confusão.

Ela era tudo isso e mais.

Devia ter sido um simples quebra-cabeça para decifrar e montar, mas ela se mostrava mais complicada do que eu esperava. Era como se faltasse uma peça. Por mais que eu procurasse, não conseguia encontrar a peça perdida, e enquanto não a encontrasse ela continuaria assombrando meus pensamentos.

Havia outra explicação, é claro, mas a descartei no momento em que ela apareceu.

A que me dizia que eu não queria resolver Stella Alonso, porque, quando resolvesse, o fio que nos ligava seria cortado.

E, por alguma estranha razão desconhecida, eu não queria esse corte.

Ela abriu a boca para responder, mas eu a soltei e dei um passo para trás, interrompendo-a sem dizer uma palavra sequer.

— Está na hora de você ir embora. — Não era mais uma sugestão, mas uma ordem. — Não quero mais encontrar você no meu apartamento fora dos horários estipulados, senão vai descobrir que a minha generosidade tem limites.

A indulgência com ela esta noite fora um erro. Eu já havia ignorado muitas regras por ela.

Se fosse qualquer outra pessoa no meu escritório, eu a teria punido por transgressão, em vez de imaginar como seria sentir sua pele na minha.

Uma chama iluminou os olhos de Stella.

Esperei que ela explodisse, *antecipei* a reação como um alcoólico antecipa o próximo gole de bebida. Mas o fogo esfriou quase tão depressa quanto apareceu, sufocado por uma camada de gelo recém-formado.

— Entendido. — Ela pôs a mão no bolso e pegou uma chave, que depositou na minha mão. — Na verdade, você nunca mais vai me encontrar no seu apartamento, ponto-final.

Não percebi que segurava a chave com força até o contorno irregular penetrar minha mão.

A batida da porta da frente ecoou no silêncio.

Normalmente eu gostava do silêncio. Era tranquilo e restaurador, mas agora parecia opressor, como um peso invisível oprimindo meu peito.

A chave penetrou mais fundo minha mão antes de eu colocá-la no bolso.

Passei pelos pedaços de cerâmica quebrada e fui para o meu quarto, onde arranquei a gravata e a joguei em cima da cama.

Isso não amenizou o nó cada vez maior em minha garganta.

Por trás do gelo, Stella estava magoada. Vi uma semente de dor antes de ela levantar suas defesas.

Uma dor estranha atingiu meu peito antes de eu fazer um ruído impaciente.

Mas que porra.

Eu tinha tido um dia infernal. Não só no trabalho, mas com todos os intrometidos que queriam bisbilhotar minha vida, agora que finalmente estava *namorando*. Não tinha tempo para analisar microexpressões.

Tirei as abotoaduras e o relógio, que deixei lado a lado sobre a mesa de cabeceira.

Entendido. Na verdade, você nunca mais vai me encontrar no seu apartamento de novo, ponto-final.

Que diabo isso significava? Se ela renegasse nosso acordo...

Um músculo se contraiu em meu rosto.

Eu não devia me importar. Eu nem gostava da porcaria das plantas. Só as mantinha porque a decoradora tinha jurado que elas dariam *um toque final na estética* e me recusava a admitir o fracasso deixando elas morrerem.

Pra começo de conversa, eu não conseguira determinar um precedente em que as pessoas tivessem rompido um acordo comigo sem sofrer as consequências.

A lembrança da dor fugaz nos olhos de Stella voltou como um mosquito irritante que se negava a ir embora.

— Mas que porra!

Com um grunhido irritado, deixei de lado meus melhores instintos, saí do quarto, bati a porta e desci.

CAPÍTULO 11

Stella

CHRISTIAN HARPER NÃO TINHA ESSE DIREITO.

A raiva fervia no meu estômago quando destranquei a porta do apartamento e a empurrei com mais força do que necessário.

Não era uma emoção que eu sentia com frequência, e ela me devorava por dentro como ácido.

Eu não sabia por que tinha tido uma reação tão intensa à dispensa de Christian. Ouvira coisas piores de Meredith e dos trolls nos comentários dos meus posts.

Mas havia alguma coisa no jeito como ele fizera aquilo, algo que me atingiu em cheio.

Em um segundo, achei que ele ia me beijar. No segundo seguinte, ele estava me expulsando de seu apartamento. O homem esquentava e esfriava mais depressa que uma torneira elétrica quebrada.

Pior, houve um momento no qual eu *quis* que ele me beijasse. Quando a curiosidade sobre o sabor daquela boca firme e sensual pulsou no ritmo da urgência entre minhas pernas.

Frustração se misturou à raiva.

Eu não sabia como ele conseguira despertar tantas emoções adormecidas em mim.

Era a aparência? A riqueza? Nenhuma dessas coisas jamais importou para mim antes. Conheci muitos canalhas ricos e bonitos para ser envolvida pelo falso charme de algum deles.

Deixei minha bolsa sobre a mesa perto da porta e forcei os pulmões a se expandirem além da pressão. Confronto sempre mexia comigo. Mesmo quando não estava errada, eu me *sentia* como se estivesse.

Você nunca mais vai me encontrar no seu apartamento, ponto-final.

A lembrança da minha declaração ríspida eliminou o efeito calmante de respirar fundo.

Eu tinha "desistido" no calor do momento. No entanto, por mais idiota que fosse o acordo, eu *tinha* prometido que cuidaria das plantas dele em troca de um desconto no aluguel.

E se ele aumentasse o aluguel, ou, pior, me despejasse? E se encerrasse nosso contrato? Eu ainda não recebera nenhuma notícia da Delamonte, mas ganhara dez mil seguidores desde que postara aquela foto nossa a caminho do evento beneficente.

Meu perfil estava crescendo pela primeira vez em um ano, e encerrar nosso acordo só acabaria com esse impulso.

Sem impulso, sem crescimento, sem dinheiro.

O pesar acelerou meus batimentos.

Por isso eu tinha me treinado para suprimir explosões emocionais. As consequências sempre superavam o alívio temporário.

Fechei os olhos e tentei voltar a respirar fundo.

Não funcionou.

Droga.

Estava cansada e agitada demais para a ioga, por isso abri a bolsa para pegar o celular. Redes sociais não eram a melhor tática de redução de ansiedade, mas eram uma boa distração. Só precisava me limitar ao meu feed cuidadosamente selecionado de animais fofos, dicas de estilo e cabelo e tutoriais de maquiagem.

Qualquer outro aplicativo se transformava em um campo minado quando eu me sentia desse jeito.

Batom, hidratante, notinha do café...

Parei quando minha mão tocou um envelope branco e simples.

Eu não me lembrava de tê-lo posto na bolsa. Eu nem tinha envelopes de correspondência, hoje em dia fazia tudo por e-mail.

Peguei o envelope e deslizei o dedo por baixo da aba para abri-lo. Estava em branco, sem destinatário, sem remetente, sem carimbo.

Dentro dele havia uma folha de papel igualmente branca.

Senti um arrepio de premonição nas costas quando a desdobrei. De início pensei que estivesse em branco, mas meus olhos logo encontraram a única linha de letras pretas no topo.

Você devia ter esperado por mim, Stella. Não esperou.

Sem ameaça direta, mas a mensagem já era bem sinistra a ponto de trazer meu jantar de volta à garganta.

Lembranças feias de dois anos antes me inundaram como uma onda.

Fotos espontâneas na cidade – eu rindo com amigos do outro lado da janela de um restaurante, dando uma olhada no celular enquanto esperava o metrô, fazendo compras em uma boutique em Georgetown. Cartas que variavam de efusivas declarações de amor a fantasias explícitas descrevendo o que o remetente queria fazer comigo.

Todas enviadas para o meu endereço residencial.

Isso se prolongara por semanas até eu ficar tão paranoica e estressada que não conseguia nem tomar banho a menos que Jules estivesse sentada do lado de fora do banheiro, na sala. Mesmo assim, era atormentada por pesadelos do meu stalker invadindo a casa e machucando minha amiga antes de conseguir me pegar.

Então, um dia, as cartas e fotos simplesmente pararam, como se o remetente tivesse desaparecido da face da Terra. Pensei que ele houvesse cansado de mim, ou sido preso.

Mas agora...

O terror transformava meu sangue em gelo.

Eu tinha uma vaga consciência de não ter me mexido desde que lera o bilhete. E *deveria*. Precisava verificar se havia invasores na casa e chamar a polícia, mesmo que eles não tivessem ajudado muito na última vez que acontecera.

Mas eu estava paralisada, congelada com a mistura de incredulidade e medo.

Fazia dois anos que eu não tinha nenhuma notícia do meu stalker. Por que ele estava de volta *agora*? Ele sempre estivera ali, observando e ganhando tempo? Ou tinha ido embora e estava de volta por alguma razão?

E se a carta estava na minha bolsa...

Minha respiração ficou mais rápida. Pontinhos pretos dançaram diante dos meus olhos quando a implicação ficou clara.

Se não havia carimbos e endereços, o stalker tinha se aproximado o suficiente para pôr o envelope em minha bolsa. Ele estivera *bem ali*. Provavelmente tinha tocado em mim.

Aranhas invisíveis rastejavam pela minha pele.

Eu tinha esvaziado a bolsa na noite anterior e não vira o envelope, então devia ter acontecido hoje, em algum momento.

Minha cabeça reviu a lista de lugares que visitara no dia.

Cafeteria. A orla de Georgetown para fotografar uma campanha com meu tripé. O supermercado. O metrô. O apartamento de Christian.

A lista não era longa, mas, com exceção da casa de Christian, todos os lugares eram suficientemente cheios para alguém ter conseguido enfiar um envelope na minha bolsa sem eu perceber.

O silêncio do apartamento se tornou uma coisa densa e ameaçadora, interrompido apenas pela minha respiração rasa, ofegante.

Por mais que eu me esforçasse, não conseguia levar oxigênio suficiente aos pulmões, e eu...

O toque estridente da campainha rasgou a quietude e deixou todos os pelos do meu corpo em pé.

Era o stalker. *Só podia ser*. Ninguém viria me visitar a essa hora da noite sem me avisar antes.

Ai, Deus.

Eu precisava me esconder, ligar para a polícia, fazer *alguma* coisa, mas meu corpo se recusava a obedecer aos comandos do cérebro.

A campainha tocou de novo, e minha resposta de luta ou fuga finalmente foi disparada.

Cambaleei para o esconderijo mais próximo, uma mesinha de canto espremida entre o sofá e o aparelho de ar-condicionado. Senti o hálito fantasma do perseguidor roçar meu pescoço quando rastejei para baixo da mesa.

Eu *sentia* a presença dele atrás de mim, uma presença maldosa cujos dedos gelados agarravam minha blusa e apertavam meus pulmões, expulsando o ar.

O assoalho se inclinou, e minha cabeça bateu em uma das pernas da mesa quando tentei afundar o máximo possível na escuridão.

A dor era só um sussurro de sensação comparado aos arrepios que passeavam pela minha pele.

Outro toque da campainha, seguido por batidas na porta.

— Stella!

Eu não conseguia distinguir a quem pertencia a voz. Não sabia nem se era real.

Só queria que ela fosse embora.

Abracei os joelhos contra o peito. O ar-condicionado estava desligado, mas eu não parava de tremer.

Não estava pronta para morrer. Mal tinha vivido.

As batidas continuaram cada vez mais fortes, mais altas e mais frequentes, até que finalmente pararam. Seguiu-se uma pausa, depois o som de uma chave girando na porta.

Passos ecoaram no assoalho de madeira, mas pararam quando um gemido aflito escapou da minha garganta.

Alguns segundos depois, um par de mocassins de couro preto parou na minha frente.

Fechei os olhos e rastejei mais para o fundo, até minhas costas encontrarem a parede.

Por favor por favor por favor...
— Stella.

Eu tinha um *taser* na bolsa. Por que não pegara meu *taser*? Só tinha pegado o envelope com a carta, que tinha derrubado no chão ao meu lado. Era uma arma inútil, a menos que eu planejasse matar o invasor com cortes de papel.

Idiota, inútil, decepcionante...

Lágrimas queimavam meus olhos fechados.

Minha família se importaria se eu morresse? No início ficariam tristes, mas com o tempo ficariam aliviados com o desaparecimento da maior decepção da família. Eles nem me queriam. Eu tinha sido um acidente, uma perturbação no antigo plano de ter uma filha única.

Se eu morresse, eles finalmente poderiam retomar o plano original. Se eu...

Senti a mão no meu queixo, levantando meu rosto.

— Stella, olha para mim.

Eu não queria olhar. Queria ficar no meu poço de negação para sempre.

Se não consigo ver o monstro, ele não existe.

Mas a voz não parecia ser de um monstro. Era profunda e aveludada, autoritária demais para eu não obedecer.

Abri os olhos lentamente.

Uísque. Fogo. *Calor.*

Os arrepios voltaram quando vi a fúria cintilando naqueles poços profundos de preocupação, mas o rosto de Christian relaxou quando nossos olhares se conectaram.

— Está tudo bem.

Só duas palavras, mas continham uma confiança tão calma que o dique dentro de mim finalmente se rompeu.

Um soluço transbordou da minha garganta, e as lágrimas escorreram até o rosto dele ficar turvo.

Ouvi um palavrão baixo antes de sentir os braços fortes me envolverem, e meu rosto foi puxado contra algo duro e sólido. Imóvel, como uma montanha em uma tempestade.

Encolhida no abraço de Christian, deixei semanas de estresse e ansiedade escorrerem até o esgotamento. Não era só a carta, embora ela tivesse sido a gota d'água. Era a *DC Style*, minha família, a Delamonte, minha rede social e a noção profundamente enraizada de que, por mais que eu tentasse, nunca corresponderia às expectativas das pessoas à minha volta. De que seria sempre uma decepção.

Era minha *vida*.

Em algum lugar ao longo do caminho, eu tinha desviado tanto da rota que nem via mais a estrada principal.

E me sentia um completo fracasso.

Christian não disse uma palavra sequer enquanto eu soluçava toda a minha frustração em seu peito. Só me abraçou até as lágrimas secarem e a mortificação ocupar o vazio deixado por minhas emoções extravasadas.

— Desculpa. — Levantei a cabeça e usei o dorso da mão para limpar o rosto. A mortificação aumentou quando vi as manchas que minhas lágrimas deixaram em sua camisa cara. — Eu... — solucei. — Estraguei sua camisa.

De todos os fins que eu havia imaginado para esta noite, ter um minicolapso nos braços de Christian Harper não tinha passado nem perto da lista.

Ele nem olhou para baixo.

— É uma camisa. Tenho muitas.

Ainda estávamos no chão, e eu teria rido dele ali sentado no assoalho de madeira com suas roupas de grife, não fosse a poça d'água que suas palavras criavam novamente em meus olhos.

Uma hora antes, eu tinha certeza de que ele era o maior canalha que existia. Agora...

Pisquei para conter as novas lágrimas. Já havia passado vergonha suficiente, não dava para continuar nessa montanha-russa de emoções.

Primeiro a discussão com Christian, depois a carta.

A *carta*.

O medo voltou como uma onda lenta e insidiosa que arrastou o breve alívio. Quem mandou o envelope ainda estava por aí. Não tinha feito nenhuma ameaça física até agora, mas...

Olhei para a carta de aparência enganosamente inocente.

Christian seguiu meu olhar. Seu rosto endureceu, e não tentei impedir quando ele pegou a folha e leu a mensagem digitada.

Quando olhou para mim novamente, os olhos cor de âmbar tinham escurecido até adquirir um tom de obsidiana.

— Quem mandou isto? — O tom calmo, quase agradável, contrastava com o perigo que vibrava no ar.

A fúria silenciosa era um estranho consolo para mim.

— Não sei. Cheguei em casa, fui procurar uma coisa na bolsa e encontrei o envelope. — Engoli o nó que se formava em minha garganta.

— Já... recebi correspondências parecidas antes. Mas fazia tempo desde a última carta.

A centelha de perigo se tornou uma chama. A intensidade desse fogo absorvia cada molécula de ar, mas, em vez de me deixar nervosa, ela me fazia sentir segura, como se fosse uma parede de titânio me isolando do mundo lá fora.

Nunca contei a ninguém sobre o stalker, exceto Jules. Eu *queria* contar para Christian, nem que fosse só porque ele era um especialista em segurança e tinha ideias sobre como localizar o pervertido. No entanto, agora que a adrenalina da descoberta da carta tinha se esgotado em meu organismo, eu estava desmoronando.

A exaustão fechava meus olhos e, cada vez que abria a boca para explicar a situação, o que escapava era um bocejo.

Christian devia saber que não me restava energia para nada além de dormir, porque não pediu detalhes. Em vez disso, levantou-se e estendeu a mão.

Depois de uma breve hesitação, saí de debaixo da mesa e a aceitei.

A tontura me dominou quando fiquei em pé, mas, quando a superei, quase me surpreendi com o quanto o apartamento parecia *normal*.

A mesma vela de aromaterapia em cima da mesinha. A mesma manta de cashmere sobre o encosto de uma poltrona. Nenhum sinal do pânico que me dominara menos de trinta minutos antes.

Sempre esperamos que o mundo externo reflita nosso mundo interno, mas eram situações como essas que me faziam lembrar que o mundo seguiria rodando como sempre, independentemente do que acontecesse com a gente.

Era igualmente tranquilizador e deprimente.

Sentei no sofá, enquanto Christian fazia uma rápida verificação de segurança no apartamento. Minhas pernas não suportavam mais o peso do corpo, e quase dormi nas almofadas vermelhas e fofas antes de ele voltar à sala.

— Você não pode ficar aqui. O apartamento é seguro — ele acrescentou quando me levantei, assustada —, mas a pessoa que escreveu a carta ainda está por aí, e provavelmente sabe onde você mora. Vai ter que se mudar.

A ansiedade contraiu meu estômago.

— Para onde? Esta é minha casa.

— Não é segura.

— Pensei que o Mirage fosse o edifício mais seguro da cidade.

A única resposta de Christian foi contrair a mandíbula.

Respirei fundo. A névoa de terror tinha se dissipado o suficiente para eu voltar a raciocinar.

— Quem quer que seja o culpado, conseguiu acesso a mim fora do prédio. Não tem nenhum lugar para onde eu possa me mudar que seja mais seguro que aqui. Além disso... — Segurei com força a beirada do sofá. — Não vou deixar um covarde que se esconde atrás de cartas anônimas me obrigar a sair da minha própria casa.

Eu havia passado muitos anos no banco do passageiro da minha vida, deixando outras pessoas me conduzirem para onde queriam que eu fosse. Vivia com medo dos comentários dessas pessoas sobre minhas atitudes e me encolhia para caber nas caixas em que elas me colocavam. As expectativas dos meus pais, as exigências da minha chefe, as cartas do stalker, que me deixavam tão paranoica que eu pulava de susto a cada batida de porta ou estalo de galho quebrado.

Eles agiam, eu reagia.

Estava farta disso. Era hora de tomar o controle de volta, e aprender a dizer *não* era o primeiro passo.

— Não vou me mudar.

Se o stalker tivesse invadido o apartamento, seria diferente, mas não tinha. Além do mais, eu estava certa. Não havia nenhum lugar para onde eu pudesse ir que fosse mais seguro que o Mirage.

Christian me encarava com uma expressão entalhada em granito.

Fiz um esforço para sustentar aquele olhar, apesar de sentir o corpo lutar contra seu peso.

Ele me viu vulnerável, mas eu me recusava a permitir que me visse fraca.

Prendi a respiração, e só soltei o ar quando Christian abaixou a cabeça, aceitando minha decisão.

Alívio e uma semente de orgulho ocuparam o espaço vazio.

Ele não disse nada, mas eu tinha a sensação inabalável de que havia acabado de enfrentar um leão e vencido a luta.

— Tudo bem, mas você não vai ficar aqui sem proteção adicional.

Isso eu podia aceitar. Aceitava até de bom grado, desde que a proteção adicional não fosse muito invasiva.

Por um segundo, pensei que Christian se ofereceria para passar a noite comigo, e odiei como meu coração palpitou em resposta a essa ideia.

— Kage, preciso de você para um serviço... sim. A noite toda. — Vários instantes passaram antes de ele falar de novo. — Estou pouco me fodendo se está jantando com o papa ou trepando com a porra da Margot Robbie. Quero você no décimo andar do Mirage em vinte minutos.

O desapontamento me invadiu, mas eu o sufoquei em seguida. É claro que Christian não ficaria comigo. Ele era o CEO. Esse tipo de trabalho estava abaixo dele, provavelmente.

Ele desligou o celular e alguma coisa surgiu na minha cabeça no silêncio que se seguiu à ligação.

— O que veio fazer aqui? Antes de... — *De me encontrar no meio de um ataque de pânico.* — Antes de perceber o que tinha acontecido.

Christian guardou o telefone no bolso.

— Queria esclarecer as coisas, depois da nossa última conversa.

Era uma resposta neutra. Quase neutra demais.

— Por quê?

— Preciso de um motivo?

— Você tem um motivo para tudo, senão nem faz.

Ele esboçou um sorriso, mas não explicou a resposta anterior.

Christian tinha dito vinte minutos, mas alguém bateu na porta menos de dez minutos depois.

Esse *alguém* era uma montanha de homem, cheio de músculos e tatuagens e bonito de um jeito que devia ser irresistível, para quem tem uma queda por bad boys.

Devia ser Kage.

Christian o informou sobre a situação, mas eles falavam tão baixo que não consegui ouvir a conversa. Seja qual fosse, as notícias desenharam uma ruga na testa de Kage, mas sua expressão se suavizou quando ele olhou para mim.

— Não se preocupe, meu bem. — O sotaque sulista dele desfez os nós em meus ombros como magia. Ao lado dele, Christian contraiu a mandíbula, mas foi tão rápido que eu podia ter imaginado. — Vou ficar aqui a noite toda. Ninguém vai passar por mim. Não me chamavam de Montanha no exército por nada.

Consegui responder com um sorrisinho.

— Pensei que fosse por causa do tamanho.

Os cantos dos olhos de Kage enrugaram.

— Também.

— Kage é um dos meus melhores. Como ele disse, ninguém vai passar. — O rosto de Christian permanecia impassível, mas, quando ele olhou para Kage, o sorriso do outro homem desapareceu.

Kage se afastou de mim como se, de repente, eu estivesse pegando fogo.

Bocejei de novo, cansada demais para pensar nessa estranha interação.

O sono me dominava, e não resisti quando Christian me levantou do sofá com mãos firmes, mas uma gentileza surpreendente.

— Você não vai dormir no sofá. O sr. Unicórnio não gosta de dividir a cama com ninguém.

— Muito engraçado. Se não der certo na área de segurança, pode tentar ser... — Outro bocejo interrompeu a frase. — Comediante.

— Vou me lembrar disso. — A resposta seca de Christian encobriu a risadinha de Kage atrás de nós.

Quando chegamos ao meu quarto, mais caí na cama do que me deitei nela. Eu era um peso morto, e a gravidade era uma âncora me puxando para o colchão.

— Boa noite — resmunguei. Já estava de olhos fechados, mas sentia a presença de Christian no quarto como um cobertor quente. — E obrigada. Por...

Não concluí a frase.

A última coisa de que me lembrava era uma mão quente afastando meu cabelo do rosto, antes de a escuridão me engolir.

Christian

Depois que Stella dormiu, voltei à sala e encontrei Kage examinando a carta.

— Quem enfiou isso na bolsa dela sabia como cobrir os rastros — ele disse. — É genérico demais. Papel, fonte, tinta... a menos que ele tenha sido descuidado o bastante para deixar digitais, não tem como rastrear o cara a partir disso.

Ele repetia tudo que eu já havia deduzido.

Se fosse uma mensagem digital, eu teria rastreado o remetente em pouco tempo. Uma evidência física era difícil de rastrear.

Quem mandou a carta era esperto, mas em algum momento essa pessoa acabaria escorregando. Todo mundo cometia deslizes.

Fechei a mão quando a lembrança do terror no rosto de Stella me invadiu. A fúria explodiu dentro de mim, um fogo que me queimava de dentro para fora.

Mais cedo, eu a tinha controlado para poder me concentrar em Stella, mas agora ela voltava como uma onda na maré cheia.

Eu encontraria o desgraçado que escrevera aquela carta.

E faria o sujeito pagar por isso.

Não com uma bala – isso era bom demais para ele. O cretino merecia algo mais doloroso. Mais prolongado.

Mas, até lá, eu precisava manter Stella em segurança.

— Quero você e Brock atrás dela como uma sombra até encontrarmos esse desgraçado — disse a Kage. — Não deixem que ela perceba a presença de vocês.

Brock era um dos meus melhores guardas, depois de Kage, e havia retornado recentemente de um serviço de três meses em Tóquio.

A dúvida passou pelo rosto de Kage.

— Ela vai aceitar isso?

— Ela não vai saber.

Se eu consultasse Stella, ela diria não. Já havia resistido à mudança; eu não daria a ela outra chance de comprometer a própria segurança. Só concordei com a história de continuar no apartamento porque ela já estava suficientemente traumatizada sem eu promover uma discussão logo depois de um ataque de pânico.

De qualquer maneira, para onde ela teria se mudado? Como ela mesma disse, o Mirage era o edifício mais seguro na cidade, lembrou uma voz na minha cabeça.

Havia uma resposta óbvia, mas, como ela se recusava a mudar de casa, era inútil defender o argumento.

— Tudo bem. Você que manda. — Kage olhou para a porta fechada do quarto de Stella. — Mas estou surpreso por não ficar com ela. A garota é sua namorada, e você mora no andar de cima.

Minha mandíbula se contraiu.

A tentação existia. *E era grande*. Esse era o problema.

Eu não confiava em mim quando Stella estava por perto. Já havia quebrado muitas regras por ela, e passar a noite aqui seria atravessar a linha invisível do limite que traçara para mim mesmo.

Era sempre uma dança, ficar perto o bastante para saciar o animal dentro de mim e longe o suficiente para nunca perder o controle. Uma guerra constante entre desejo e preservação.

No entanto, eu tinha descido para... não me desculpar, necessariamente, já que eu não pedia desculpas, mas para esclarecer as coisas entre nós.

Quando ela não abriu a porta, pensei que estivesse no banho; contudo, quanto mais esperava sem uma resposta, mais minha cabeça criava todo tipo de cenário – Stella se machucando, um invasor que, de alguma forma, tinha conseguido passar pela rígida segurança do Mirage e entrado na casa dela.

Nunca tinha sentido o pânico que me consumira quando pensei que alguma coisa havia acontecido com ela, e isso não era normal.

Stella já era um ponto fraco; eu não podia deixar esse ponto crescer.

— Eu sei separar trabalho e vida pessoal. Isso é trabalho — respondi para Kage, em tom duro. Meu olhar queimava o ar entre nós dois. — Se tocar nela por qualquer motivo que não seja salvar a vida dela, você morre.

Eu não queria saber por quanto tempo Kage e eu éramos amigos.

Ninguém tocava nela, exceto eu.

Ele ficou sério.

— Você me conhece.

Kage não ficou feliz quando o tirei de perto da mulher que havia levado para casa, mas atendera ao meu chamado, como eu sabia que faria. Eu não confiava em mais ninguém para cuidar de Stella esta noite, nem em mim mesmo.

— Quero que me dê notícias de hora em hora. Não me interessa se são quatro da manhã. Quero receber mensagens de atualização.

Isso era o mais próximo de estar com ela que eu me permitiria.

Kage suspirou.

— Entendido.

Olhei pela última vez para a porta do quarto de Stella.

Todas as células do meu corpo gritavam para eu não sair dali. Eu detestava a ideia de Kage cuidar dela, não eu.

Quando ele a chamou de *meu bem* e ela sorriu, quase perdi meu melhor funcionário.

Em um raro momento de fraqueza, eu tinha usado o arranjo do falso namoro para me aproximar dela, mas uma parte minha esperava que isso acabasse com o mistério e pusesse um fim na fixação que eu tinha por ela.

Em vez disso, eu estava fazendo o contrário. Quanto mais tempo passava com Stella, mais queria estar perto dela. Permitir que ela visse lugares que eu nunca mostrara a ninguém.

Era inaceitável.

Passei por Kage, peguei o elevador para a cobertura, entrei no apartamento e fui direto para o bar.

As luzes da cidade de Washington brilhavam como um carpete de estrelas do outro lado das janelas panorâmicas, mas eu não conseguia apreciar a paisagem. Estava tenso demais.

Se tivesse acontecido alguma coisa com Stella...

Meu sangue gelou.

Enchi o copo com uma dose maior que a habitual.

Sentei.

E esperei pela próxima mensagem de Kage.

CAPÍTULO 12

Stella

Tem alguma coisa na manhã seguinte que sempre faz os acon-tecimentos da noite anterior parecerem surreais.

Menos de doze horas antes, eu estava encolhida embaixo de uma mesa na minha sala de estar, convencida de que vivia meus últimos momentos na Terra.

Agora, estava na cozinha bebendo meu smoothie de broto de trigo e comendo uma torrada como se fosse um dia normal.

Não fosse pela presença de Kage, eu pensaria que a noite passada tinha sido um sonho. Ou melhor, um pesadelo.

— Tem certeza de que não quer comer nada? — Eu me senti culpada quando vi as sombras escuras sob os olhos dele. Kage devia ter passado a noite toda acordado, e não sabia que seria convocado para um plantão noturno. Quando ele tinha dormido pela última vez?

— Tenho, vou embora daqui a pouco. Christian me liberou quando eu disse que você estava acordada. — Kage me encarou com uma ruga na testa. — Vai ficar bem?

— Sim, eu vou. — Forcei um pouco mais de ânimo na voz. Se eu me *comportasse* como se estivesse tudo bem, ficaria tudo bem.

Além do mais, à luz do dia, o pânico da noite anterior parecia desproporcional para a situação.

Era só um bilhete.

Eu morava em um prédio de segurança reforçada, sempre havia gente por perto quando eu saía de casa, e Christian ia submeter a carta a uma perícia. Ele era o melhor no que fazia; encontraria o responsável em pouco tempo. Eu tinha certeza disso.

Kage não parecia totalmente convencido pela minha resposta, mas não discutiu.

Depois que ele foi embora, cumpri as etapas da minha rotina matinal da melhor maneira possível. Quarenta e cinco minutos de ioga seguidos de quinze minutos de meditação, escrever no diário e passar várias horas aflita com o que ia dizer a Christian, se é que diria alguma coisa.

Eu devia agradecer pelo que ele fizera na noite passada, mas, cada vez que pegava o celular, a insegurança me paralisava.

Eu achava que ele ter ficado comigo e convocado Kage para garantir minha segurança era algo importante, mas e se ele pensasse diferente? Christian trabalhava na área de segurança fazia anos. Entre seus clientes havia bilionários e membros da realeza. O que acontecera comigo não devia ser nem um sinal em seu radar.

Além do mais, ele não tinha feito contato o dia todo. Nenhuma mensagem ou ligação, não que eu esperasse coisa diferente. Evidentemente, Christian tinha coisas mais importantes para fazer do que bancar minha babá. Ele comandava uma empresa que valia milhões de dólares, e nem estávamos namorando de verdade. Ele já havia ido além do necessário ao chamar Kage para passar a noite no meu apartamento.

Eu não queria passar vergonha transformando a noite anterior em algo maior do que tinha sido, por isso fiquei quieta e me ocupei com os preparativos para um evento de influencers com um designer de moda em ascensão naquela tarde.

Cheguei a pensar em não ir, mas precisava de alguma coisa para me distrair da carta e suas implicações.

Você devia ter esperado por mim, Stella. Não esperou.

Senti um arrepio nas costas quando saí e tranquei a porta do apartamento. Não tomava café fazia anos, mas estava tão sobressaltada que era como se tivesse consumido cinco xícaras de espresso.

Está tudo bem. Você vai estar em público. Vai ficar tudo bem.

O EVENTO FOI MAIS DIVERTIDO DO QUE EU ESPERAVA. ERA UMA PRÉVIA da nova coleção da designer Lilah Amiri, e as roupas eram *incríveis*. A mistura perfeita de elegância e sensualidade. Lilah parecia ser sinceramente simpática, algo raro no mundo da moda. Até trocamos informações de contato para podermos tomar um café, em algum momento.

Depois que ela pediu licença para falar com sua assessora de imprensa, parei na frente de um lindo vestido preto semitransparente que cintilava com fios dourados muito sutis. A saia longa e ampla criava um movimento exuberante, e o jeito como ela brilhava sob as luzes fazia parecer que tinha sido tecida com estrelas.

O vestido era um exemplo de qualidade, tanto do ponto de vista da criação quanto da confecção.

Pensei na pilha de croquis inacabados no fundo da minha gaveta. Senti uma pontada de culpa quando tentei me lembrar da última vez que tinha desenhado.

Fazia dois anos? Talvez três?

Eu sempre quisera criar uma marca de moda. Esse tinha sido um dos motivos para ter começado o blog e aceitado o emprego na *DC Style*. Queria estabelecer um nome na área e fazer as conexões certas primeiro.

No entanto, em algum lugar ao longo do caminho eu me vira tão envolvida com as *emergências* diárias, as parcerias com marcas e o número de seguidores que perdera de vista meu objetivo.

A culpa aumentou.

Eu disse a mim mesma que não tinha dinheiro para começar minha marca de qualquer maneira, mas a verdade é que não havia tentado fazer nada dar certo.

O celular vibrou, interrompendo meus pensamentos.

Natália.

O medo afastou qualquer outra emoção mais depressa que uma tempestade apaga uma vela.

Eu não devia reagir desse jeito a uma ligação da minha irmã, mas elas eram quase tão estressantes quanto os telefonemas que eu recebia de Meredith.

Respirei fundo.

Fria, calma, composta.

— Oi, Nat. — Abaixei a cabeça e me dirigi a um canto afastado, perto da saída.

— Oi. Houve uma mudança nos planos do jantar — ela disse, direta e prática como sempre. — Papai vai ter que viajar amanhã, uma viagem de negócios de última hora, então ele foi antecipado para hoje. Consegue estar aqui às sete?

Meu coração palpitou.

— *Hoje?* — Olhei o relógio. Eram quase cinco da tarde. — Nat, faltam duas horas! Estou em um evento.

Acabaria logo, e eu não demoraria muito para chegar na casa dos meus pais em Virgínia, no subúrbio, mas não estava preparada.

Eu esperava ter uma semana para me preparar mentalmente para o jantar mensal em família.

Comecei a suar quando pensei em chegar despreparada para um jantar dos Alonso.

— Tenho certeza de que os seus compromissos de influenciadora são questão de vida ou morte — Havia um sarcasmo pesado nas palavras de Natália —, mas *todos nós* somos ocupados. Papai vai negociar um acordo de paz, literalmente. Consegue vir hoje à noite ou devo dizer a eles que está ocupada?

Devo dizer a eles que vai desapontá-los de novo?

Natalia e eu não éramos próximas, mas eu ainda conseguia ler nas entrelinhas do texto que ela recitava.

— Não. — Eu segurava o celular com tanta força que houve um estalinho. — Eu vou.

— Que bom. Eles querem que você traga seu namorado.

Meu estômago deu uma cambalhota.

— O quê?

— Seu namorado — Natalia repetiu devagar. — O homem das fotos no Instagram? Mamãe e papai querem conhecer.

Nem morta.

De jeito nenhum, eu não levaria Christian para uma ocasião tão íntima quanto um jantar em família. Isso confundiria demais os limites do nosso acordo.

— Ele não pode. Tem um jantar de negócios muito importante hoje.

Eu andava mentindo tão bem que o aperfeiçoamento era alarmante.

Primeiro para os seguidores, agora para a família.

O drinque que bebera mais cedo fazia ondas no meu estômago, me deixando meio tonta.

— Tudo bem, venha sozinha, então — Natália respondeu sem alterar o tom. — Não se atrase. — Ela desligou.

— Também gostei de falar com você — resmunguei.

Guardei o celular na bolsa e peguei mais um drinque da bandeja de um garçom que passava por ali.

Ainda estava um pouco enjoada, mas, se tinha que encarar a família hoje à noite, precisava de toda coragem líquida que conseguisse encontrar.

※

Conforme o esperado, meus pais não ficaram felizes quando apareci sem Christian. Estavam acostumados a ter todas as coisas como queriam, e quando não tinham, não era agradável para ninguém.

— Uma pena seu namorado não ter vindo. — Mamãe serviu uma pequena porção de creme de milho em seu prato. — Eu esperava que ele se esforçasse um pouco para nos conhecer. *Principalmente* porque nem sabíamos da existência dele até Natalia contar. — A desaprovação era como uma camada de gelo cobrindo suas palavras.

Meus pais não eram ativos nas redes sociais, por isso não me surpreendia que contassem com Natalia para relatar minhas idas e vindas.

Bebi um gole de água, mas não adiantou muito: continuei nervosa e com a garganta seca.

— Ele não podia cancelar o jantar, e não quis tornar público o nosso relacionamento antes de ele se tornar sério.

— E *é* sério? — Meu pai levantou as sobrancelhas.

Com um metro e noventa de altura e músculos fortes, Jarvis Alonso intimidava tanto com o porte físico quanto com a atitude. Ele tinha jogado futebol americano em Yale, formara-se como o melhor aluno da turma e ocupara vários cargos nos setores público e privado antes de chegar ao atual posto de chefe de equipe do secretário de Estado.

Enquanto isso, minha mãe era uma das principais advogadas ambientais da cidade e um famoso rolo compressor no tribunal.

Juntos, eles comandavam a casa como comandavam a vida profissional: com punhos de ferro.

— Bom, não vamos nos casar tão cedo — respondi, fugindo da pergunta.

— Você o chamou de *meu amor* na legenda. — Natalia passou a mão de unhas feitas no cabelo. — Para mim, isso parece bem sério. Há quanto tempo estão juntos?

Eu a encarei, e ela me olhou com ar inocente.

— Três meses. — Christian e eu combinamos que esse seria um período adequado para o nosso *relacionamento*. Tempo suficiente para as pessoas pensarem que o namoro era sério, mas nem tanto para levantar dúvidas sobre os motivos para só termos anunciado o relacionamento uma semana atrás.

— Ele vem ao nosso próximo jantar. — Minha mãe adotou o tom de advogada. Era uma voz que ninguém desobedecia, nem meu pai. — Um mês deve ser o suficiente para ele organizar a agenda.

Respondi sem me alterar.

— Sim, é claro.

De jeito nenhum.

Eu pensaria em outra desculpa mais perto da data. Por ora, era mais fácil agradar meus pais em vez de discutir.

— Excelente. Agora que resolvemos esse assunto, vamos falar do que fizemos no último mês. — Minha mãe endireitou as costas. Herdei dela a estatura e os olhos verdes, mas não o amor pelo Direito, para sua decepção. — Eu começo. Ganhei a disputa contra a Arico Oil...

Empurrei a comida no prato enquanto meus pais e minha irmã falavam sobre seus últimos triunfos profissionais. Essa era a parte favorita de todos no jantar, menos para mim. Era uma chance para eles se exibirem, e um motivo para minhas dores de estômago.

Depois de meu pai contar sobre a turnê que havia organizado por diversos países, chegou a vez de minha irmã falar.

— Como vocês sabem, fui considerada para uma promoção no escritório. A concorrência era *grande*, mas... — Natalia olhou para todos com uma expressão muito animada. — Consegui! Fui promovida! Vocês estão olhando para a mais nova vice-presidente do Banco Mundial.

Ela sorria radiante enquanto meus pais aplaudiam e comemoravam muito, e eu me sentia despencar como uma âncora no fundo do oceano.

— Parabéns, Nat. — Engoli o nó na garganta e forcei um sorriso. — Isso é maravilhoso.

Eu estava feliz por ela, de verdade.

Mas, como sempre, o peso das minhas inadequações esmagava qualquer alegria que eu pudesse sentir com as conquistas da família.

Minha mãe salvava o planeta, meu pai negociava a paz mundial, minha irmã caminhava para se tornar a presidente mais jovem na história do Banco Mundial.

E eu estava fazendo o quê?

Depositando minhas esperanças em uma campanha que talvez não conseguisse, fingindo namorar um homem de quem nem sabia se gostava e mentindo para mais de novecentas mil pessoas sobre meu status de relacionamento.

Enquanto minha família bebia daiquiris no cruzeiro luxuoso da vida, eu mal conseguia manter a cabeça fora da água.

Quando a comoção causada pela promoção de Natalia chegou ao fim, todo mundo olhou para mim.

— Stella? — meu pai me incentivou. — O que você conquistou esse mês?

Fui demitida porque não verifiquei o celular por algumas horas no sábado à noite. Por outro lado, ganhei dez mil seguidores depois de postar uma foto com o homem com quem estou namorando, mas é só um truque publicitário.

— Bem. — Pigarreei e tentei pensar em algo que seria seguro compartilhar. — Meu blog foi citado entre um dos melhores...

O toque do celular do meu pai me interrompeu.

— Com licença. — Ele ergueu um dedo. — Preciso atender. — E se levantou para sair da sala. — Alô, senhor? Não, não é uma hora ruim...

Olhei para minha mãe e para Natalia, que discutiam como iam comemorar a promoção da minha irmã.

Era como se eu fosse invisível.

Aliviada, espetei um tomate cereja e o pus na boca.

Pelo menos não precisava inventar uma realização idiota para satisfazer meus pais. Pela primeira vez, a falta de interesse deles na minha carreira era uma bênção, não uma maldição.

Consegui chegar à sobremesa sem ter que responder a uma única pergunta, e foi então que a tela do meu celular acendeu, mostrando uma nova mensagem.

Christian: Como está o jantar?

Senti uma rápida palpitação no peito.

Eu: Como você sabe que estou em um jantar?

Christian: É hora do jantar. Digamos que sou sensitivo.

Não contive um sorriso.
Engraçadinho.

Eu: A comida está ótima. A companhia poderia ser melhor.
Eu: Como foi o dia?

Trocamos algumas mensagens sobre meu evento e o dia dele no escritório (chato, de acordo com ele). Era a primeira conversa que tínhamos desde a noite anterior, e estava surpreendentemente normal.

Nenhum de nós falou sobre a carta até a sobremesa terminar.

Christian: Tenho notícias sobre ontem à noite.
Christian: Quando você vai chegar em casa?

Eu podia praticamente ouvir a mudança de tom na mensagem.
O nervosismo contraía meu estômago quando digitei a resposta.

Eu: Daqui a uma hora, mais ou menos.

Os trens eram menos frequentes a essa hora da noite.

Christian: Me passa o endereço, eu mando um carro te buscar. Enquanto não encontrarmos a pessoa que mandou a carta, é melhor não pegar o metrô sozinha a essa hora da noite.

Um calor estranho invadiu minhas veias.
Normalmente eu teria recusado a oferta, mas *não queria* pegar o metrô sozinha de novo. A estação mais próxima da casa da minha família ficava sempre vazia e sinistra depois do horário de pico, e pegar um Uber sairia muito caro.
Mandei o endereço.

Christian: O carro chega aí em vinte minutos.
Christian: Te vejo daqui a pouco.

Mais uma palpitação no peito.
A promessa simples na última mensagem não devia me animar tanto, mas, por razões que eu desconhecia, animava.

CAPÍTULO 13

Christian

Eu tinha dormido um total de três horas na noite anterior. Esperar as mensagens de Kage de hora em hora me impedira de descansar mais, e naquela manhã, depois de confirmar que Stella tinha passado a noite bem, apaguei.

Eu vivia de acordo com meu organismo. Sete horas de sono por noite, trabalho complexo e reuniões importantes de manhã seguido de tarefas menos interessantes à tarde, e treino três vezes por semana no fim da tarde na minha academia particular, quando eu estava mais alerta.

A disciplina tinha me levado ao local que eu ocupava hoje: CEO de uma empresa relacionada pela Fortune 500 com uma vasta rede de inteligência e linha direta com quase todas as importantes figuras de poder no mundo todo.

Em vinte e quatro horas, Stella tinha criado o caos absoluto nessa rotina.

Dormira até meio-dia, remarcara minhas reuniões para depois do almoço e não tinha ido treinar, porque precisava de mais tempo para fazer uma varredura completa no apartamento dela em busca de câmeras secretas ou equipamentos de vigilância antes de ela voltar para casa.

A interrupção da rotina deveria ter me aborrecido, mas o que senti quando a porta do apartamento dela se abriu parecia menos raiva e mais ansiedade.

Apesar de ter jurado ficar longe dela, sua ausência me distraía mais que a presença. Eu passara o dia todo atormentando Brock para pedir notícias, até que cedi e mandei eu mesmo uma mensagem para ela.

Encostei-me na parede quando Stella entrou de cabeça baixa, olhando para o celular.

— Dica de segurança número um: só olhe para o celular quando estiver em local seguro.

Ela deu um pulo e gritou, antes de me ver.

— Christian! — Dois tons mais pálida que de costume, ela levou a mão ao peito. — O que você está *fazendo* aqui?

— Procurando câmeras escondidas no seu apartamento. Não tem nenhuma — acrescentei quando ela empalideceu um pouco mais.

— Você não pode entrar no meu apartamento sem me avisar! Isso é invasão de privacidade!

— Privacidade não existe quando se trata de segurança. — Todo mundo queria privacidade até ter um problema. Então entregavam chaves e senhas como se não fossem importantes.

Eu tinha simplesmente pulado o inevitável vaivém com Stella sobre acesso e passara direto para a parte da proteção.

— Comentário típico de um tirano.

— Fico feliz por ter entendido.

O olhar agravado iluminou o ar entre nós.

— Christian, vou colocar as coisas em termos claros: é *ilegal* entrar na casa de uma pessoa sem ter permissão prévia, mesmo que você seja dono do prédio.

Hum. Acho que era.

Pena que eu estava cagando e andando para a lei.

Legalidade não significava correção, e ilegalidade não significava erro. Bastava olhar para o sistema jurídico todo ferrado para perceber que a lei não era mais que um castelo de cartas, criado para dar a seus cidadãos uma falsa sensação de segurança e enfraquecido pelas portas abertas apenas para alguns poucos escolhidos.

Eu tinha que manter a aparência de um cidadão cumpridor da lei e da ordem, mas, como todos sabiam, as aparências enganam.

E às vezes é preciso fazer justiça com as próprias mãos.

— Você sabe quantos... — Os dedos de Stella perderam a cor em volta do celular. — Sabe quantos pesadelos eu tive com essa cena, chegar em casa e encontrar um invasor dentro dela? Ser atacada enquanto estou no banho, ou dormindo? Nossa casa deveria ser um paraíso de segurança, mas eu... — O leve tremor na voz dela causou um estranho aperto em meu peito. — Como eu vou me sentir segura sabendo que alguém pode entrar aqui a qualquer minuto e eu não... eu não...

As palavras deram lugar a uma respiração rápida, entrecortada. Vi a ansiedade desabrochar nos olhos dela até o preto das pupilas cobrir o verde da íris.

Caralho.

Eu sabia que ela poderia ficar perturbada, mas também imaginei que ia querer alguém cuidando dela. Tomando as rédeas e cuidando de sua segurança para não ter que se preocupar com isso. Eu queria... não, eu *precisava* cuidar dela.

Tinha cometido um raro erro de cálculo.

Passei o polegar por sobre o mostrador do relógio, estranhamente inquieto com meu erro e a palpável agitação de Stella. Entendê-la era um desafio constante.

A tensão cresceu em mim até eu ter que me afastar da parede e caminhar na direção dela para aliviar a sensação.

— Você está *segura*. Não vou deixar nada acontecer com você. — Pus as mãos sobre os ombros dela para estabilizá-la. — Stella. Não vai acontecer de novo. Respira.

Suavizei a voz, transformando a ordem em pedido.

O ar estava denso de recriminações, e alguma coisa aguda e estranha me rasgou por dentro, provocada pelos tremores leves que sacudiam o corpo dela.

O que era isso? Culpa? Remorso? Pesar?

Eu não sabia dizer, por isso me concentrei em Stella.

— Isso — murmurei quando sua respiração voltou ao normal e a cor retornou ao rosto. — Isso mesmo.

Ela fechou os olhos e soltou o ar com um último sopro prolongado antes de dar um passo para trás. Senti o frio provocado pela perda do calor de seu corpo.

— Eu sei que está tentando ajudar, e agradeço — ela disse. — Mas você precisa me contar o que está acontecendo. É a *minha* vida.

Uma pausa breve antes de eu responder.

— Eu entendo.

— Obrigada.

E assim, do nada, a tensão desapareceu.

A capacidade de Stella de superar um desentendimento tão depressa quanto o provocava era tão desconcertante quanto impressionante.

Eu nunca esquecia uma desfeita. Nunca.

— Você disse que tinha novidades. Encontrou quem mandou a carta? — Seu tom esperançoso fez meu peito doer.

— Ainda não. — Contraí a mandíbula. A análise da perícia não encontrara nada. — Mas vamos encontrar. Não se preocupe. — Acenei com a cabeça na direção do sofá e esperei Stella se sentar, antes de ir direto ao ponto. — Ontem à noite você disse que não foi a primeira vez que recebeu uma mensagem assim. O que aconteceu antes?

Para rastrear o desgraçado, eu precisava de todas as informações que pudesse ter, informação era ouro, e no momento eu estava me agarrando a fiapos.

— Não me esconda nada — acrescentei. — Até os menores detalhes podem ser importantes.

Stella enrolou o colar no dedo, parecendo distraída. Vários instantes passaram antes de ela falar finalmente.

— Começou há dois anos. — Sua voz estava baixa. — Um dia, cheguei em casa e encontrei a primeira carta na caixa de correspondência. Basicamente, era uma mensagem dizendo que eu era bonita e que essa pessoa gostaria de sair comigo. Surtei por ele saber onde eu morava, mas o conteúdo não era alarmante. Parecia uma coisa que um menino do ensino médio escreveria para a crush secreta. Mas as cartas continuaram chegando, e ele começou a incluir fotos espontâneas minhas no envelope. Foi então que eu surtei *de verdade*. Instalei um sistema de segurança novo e comprei um *taser*, mas ainda sentia que não era suficiente. Cada vez que eu saía ou entrava em casa...

Um soluço contido alterou as linhas delicadas de seu pescoço.

— Nessa época eu morava com a Jules, o que me ajudou um pouco. Mas também tinha medo de ela acabar no fogo cruzado se acontecesse alguma coisa. Contei sobre as cartas, e ela sugeriu que fôssemos à polícia, mas eles não deram a mínima para a coisa toda. Resumindo, eles disseram para eu parar de postar tanto nas redes sociais sobre minha vida e os lugares que frequentava se não queria que esquisitos fizessem contato comigo.

A voz dela ficava mais baixa a cada palavra, os ombros caíam, até ela estar encolhida no sofá em posição fetal.

Eu não precisava ler pensamentos para decifrar as entrelinhas.

Uma parte dela achava que os filhos da mãe tinham razão.

— É mesmo? — Minha resposta mansa encobria a raiva fria que invadia minhas veias.

Era hora de fazer uma visita ao superintendente.

— O stalker parou logo depois, então acho que não importa. — Stella enrolou o colar no dedo com mais força,

— Importa. A polícia tinha uma obrigação e não cumpriu. — Meus músculos enrijeceram diante da insegurança em seu olhar. — O que eles disseram foi zoado pra caralho. Não é sua culpa. Milhões de pessoas postam cada merda de coisinha que fazem todo dia nas redes sociais. Isso não significa que elas estão convidando alguém para cometer assédio. Se uma mulher estivesse usando uma saia curta, você a culparia por ser atacada?

— É *claro* que não.

— Exatamente. Cada um faz as próprias escolhas. Você tem o direito de viver sua vida como quiser sem ter que se preocupar com tarados que não conseguem controlar os piores impulsos.

— Eu sei. É que... — Stella hesitou, balançou a cabeça. — Eu sei.

Ela ficou quieta por um momento, antes de me lançar um sorriso trêmulo que derreteu parte do gelo em minhas veias.

— Você nunca tinha falado palavrão desde que nos conhecemos, foi a primeira vez.

Uma risadinha atravessou a barreira da fúria e vibrou no ar.

— Às vezes a situação pede. — Estendi o braço. — Vem cá, Borboleta.

Eu não gostava de confortar pessoas, era algo que me desagradava tanto quanto tê-las no meu espaço pessoal, mas, considerando tudo que ela havia enfrentado, eu podia flexibilizar minhas regras dessa vez.

E em todas as outras vezes que flexibilizou as regras por ela, uma voz em minha cabeça provocou. *O que aconteceu com a história de ficar longe dela? Hein?*

Guardei a voz em uma caixa de metal no recesso mais escuro da minha mente e fechei a tampa com força.

Filha da mãe presunçosa.

Depois de uma breve hesitação, Stella chegou mais perto até eu conseguir puxá-la para o meu colo. Ela não resistiu, e o calor deslizou pela minha pele quando tracei o contorno elegante de seu queixo com o polegar.

— Você ainda tem as cartas de dois anos atrás? — perguntei.

Quanto mais evidência física eu tivesse, melhor.

Ela assentiu.

— Estão no meu quarto. Eu posso pegar.

— Ótimo. Você me dá mais tarde. — Eu ainda não estava preparado para soltá-la. Não conseguia lembrar da última vez que alguém se sentara no meu colo, mas a sensação era estranhamente relaxante.

— Odeio isso. — A voz de Stella se tornou um sussurro. — Odeio me sentir indefesa. Queria *saber* o que ele queria. Ele estava sempre falando sobre o que... sobre o que faria comigo, mas até onde sei, nunca tinha chegado perto de mim. Nenhum homem que já deu em cima de mim parecia ser capaz de me perseguir ou me assediar, mas acho que a gente nunca sabe. — Um arrepio a sacudiu. — Ele desapareceu por anos, e agora apareceu de novo. Por quê?

Eu tinha uma resposta para isso.

— Por minha causa. Olha o momento — falei quando ela me encarou, confusa. — Você postou uma foto nossa na sua rede social, foi a primeira vez que anunciou oficialmente um namorado. Alguns dias depois ele manda uma carta dizendo que você devia ter esperado por ele. Não sei onde o cara esteve nos últimos dois anos, mas é evidente que o nosso relacionamento foi um gatilho para ele.

A explicação mais simples era normalmente a correta, e a sequência de eventos se alinhava com perfeição demais para ser coincidência.

— Ai, Deus. — Stella ficou pálida. — Isso significa que eu tenho que parar de postar sobre nós? E se ele levar as coisas adiante na próxima vez?

— Não — respondi com firmeza. — Vamos reforçar a sua segurança, mas você tem que postar mais para fazer o sujeito aparecer. Quanto antes o descobrirmos, mais cedo colocamos o filho da mãe na cadeia. — *Ou embaixo de sete palmos.* — Confie em mim. — Toquei suas costas de leve, apesar de meus músculos terem se contraído quando pensei em *alguém* a ameaçando. — Não vou deixar nada acontecer com você.

Nem que eu mesmo tivesse que levar uma bala.

— Certo. Isso faz sentido. — Stella respirou fundo antes de enrugar a testa. — E se...

Esperei, enquanto a curiosidade devolvia a cor ao rosto dela.

— E se ele for atrás de você e você acabar se machucando?

Um fogo se acendeu em meu peito, tão repentino e inesperado que teria me posto de joelhos se eu estivesse em pé.

Senti o coração disparar com o calor desconhecido que invadiu minhas veias, mas mantive o rosto impassível quando segurei sua nuca com uma das mãos.

— Eu sei cuidar de mim, mas sua preocupação foi devidamente registrada. Não sabia que se importava tanto com a minha segurança.

— Não *me importo*. Quero dizer, eu me importo, mas... ah, você entendeu.

— Não sei se entendi.

Engoli uma risada provocada por seu adorável grunhido de irritação.

— Você é *insuportável*.

— Já fui chamado de coisa pior.

Stella estava sentada de lado no meu colo, tão perto que eu podia contar cada cílio emoldurando aqueles lindos olhos verdes e ver a pintinha atrás do ombro direito.

Afeto, luz e elegância, tudo em um pacote perfeito bem ali, disponível para eu pegar.

O desejo corria em minhas veias, mas eu o contive. Apesar da troca de piadinhas, os músculos de Stella permaneciam tensos, e os lábios estavam marcados pela força com que ela os mordia.

Não estava tão calma quanto fingia estar.

Nossas bússolas morais apontavam direções diferentes, mas nós dois usávamos máscaras para esconder nossa verdadeira natureza do mundo.

A única diferença era quais motivos havia por trás da mentira e as mentiras que contávamos a nós mesmos.

Stella levantou o queixo.

— Tenho certeza de que você foi chamado de todo tipo de coisa, mas não é tão assustador quanto quer que as pessoas pensem que é, Christian Harper.

— Não? — Estreitei os olhos.

— Você me deu um desconto no aluguel, concordou com a ideia de ser meu namorado fake e está me ajudando a procurar o stalker de graça. Não são atitudes de uma pessoa sem coração.

Se ela soubesse...

— Não fiz tudo isso por puro altruísmo.

— Talvez não as duas primeiras, mas o que você tem a ganhar me ajudando com o stalker?

— O mundo pensa que você é minha namorada. Não posso permitir que nada aconteça, senão vai ficar feio para mim. — A mentira escorregou da língua com facilidade, como se fosse meu nome. — Sou o CEO de uma empresa de segurança, afinal.

Isso e o fato de um mundo sem Stella nem merecer existir.

A aflição de montar aquele quebra-cabeça me empurrava para a sanidade e alimentava uma pequena parte minha que ainda acreditava no bem e na humanidade.

Era a ordem no meu caos, o fogo no meu gelo.

Sem isso eu estaria sem âncora, e esse seria o perigo definitivo – para mim e para as pessoas à minha volta.

A dúvida invadiu os olhos de Stella.

— É só por isso? — Sua voz era menos confiante que um minuto antes.

Minha mão parou em sua nuca.

O ar entre nós ficou tão carregado que vibrava em minha pele, e a súbita mudança na atmosfera nos arrastou para um lugar onde não havia carta ameaçadora, stalker e arranjo falso.

Só havia o peso dela no meu colo, o cheiro dela em meus pulmões e o calor dela em minha alma.

Era cru, real e viciante para cacete.

— Você quer que exista outra razão? — Uma pergunta e um desafio disfarçados por um manto de suavidade.

Os lábios de Stella se entreabriram quando ela soltou o ar, um sopro manso, audível. Uma dúzia de palavras não ditas consumiu aquele ar, e eu quis manter cada uma delas para mim, guardá-las junto ao peito como um dragão guardava seu tesouro.

No entanto, em vez de ser a dose de que eu tanto precisava, ela balançou a cabeça lentamente.

— Não minta para mim, Stella. — Deslizei o polegar em sua nuca em uma carícia preguiçosa, lânguida.

Ela engoliu, e o som preencheu o espaço entre nós.

Os dentes encontraram o lábio inferior carnudo, e o desejo de puxar seu cabelo para trás e devorar a maciez daquela boca me consumiu.

Só uma vez.

O argumento de um viciado desesperado pela próxima dose.

Eu não conhecia o sabor dela – ainda –, mas imaginava que era ainda mais doce que na minha imaginação.

Nossas respirações trovejavam juntas em um ritmo errático.

Só uma vez. Assim eu poderia saciar essa fome incessante dentro de mim.

Uma vez, e...

Um som agudo rasgou o ar carregado e me arrancou subitamente do momento.

Stella arregalou os olhos e pulou do meu colo como se eu, de repente, tivesse pegado fogo.

Droga.

A irritação provocada pela interrupção se cristalizou em meu peito quando levantei e atendi a ligação. Fui para o canto da sala e fiquei de costas para ela, tentando esconder a contrariedade que estava estampada em meu rosto.

— É bom que seja importante.

— É. Tenho informações de que a Rutledge pode ir para a Sentinel. — Kage não fazia rodeios. — Isso não é nada bom, especialmente depois da situação com a Deacon e a Beatrix. As pessoas vão comentar.

Minha irritação aumentou.

Diferente da Deacon e a Beatrix, a Rutledge era uma das nossas maiores contas. Perdê-la seria inaceitável.

— Me explica melhor.

Passei para o modo profissional enquanto Kage contava o que ouvira. O mundo da segurança executiva era pequeno, e era possível saber muita coisa se você mantivesse olhos e ouvidos nos lugares certos.

— Ainda não é certo — ele disse depois de concluir o relato. — Mas achei que você iria gostar de saber. Se perdermos...

— Não vamos perder. — A saída da Rutledge não seria um golpe fatal, mas daria a impressão de que a Harper Security era fraca. E, nos meus círculos, demonstrar fraqueza era como sangrar em um tanque de tubarões. — Vou ter uma conversa com ele. Enquanto isso, fique de olho na Sentinel. Quero saber tudo, até se alguém espirrou na porra da equipe.

Eles estavam tramando alguma coisa. Uma vez tinha sido sorte, duas, coincidência, mas três? Isso já era um padrão, e eu não gostava dele.

— Pode deixar — Kage respondeu.

Desliguei, já pensando nas implicações de perder outra conta para a Sentinel. Não perderia, é claro. Eu conhecia bem a Rutledge, inclusive seus pontos fracos. Mas gostava de ter sempre um plano B, para o caso de tudo dar errado.

Um dia desses teria que dar um jeito definitivo na Sentinel.

Devia ter apagado completamente o sistema deles, como queria fazer.

Isso exigiria mais trabalho, mas eu podia esconder minhas pegadas tão bem que ninguém conseguiria me acusar de nada.

— Tudo bem? — A voz de Stella interrompeu meus pensamentos. — Parecia uma conversa... intensa.

— Sim. — Forcei minha expressão a refletir calma, antes de me virar. — Só um probleminha no escritório. Nada importante.

Se estivesse sozinho, eu já teria posto em movimento o processo de eliminação da Sentinel. Como não estava, e estava com Stella, deixei as peças desse jogo de lado.

Por enquanto.

— Espero que você não esteja planejando a desgraça de um concorrente — ela falou, em tom solene. — Seria pesado demais para uma sexta à noite.

Quase sorri, tanto por ela ter acertado na mosca quanto por ter visto uma centelha do brilho habitual em seus olhos.

Ela havia se recomposto enquanto eu falava ao telefone. O rubor tinha se dissipado do rosto, e ela estava sentada no sofá ao lado da porcaria do unicórnio com uma insinuação de sorriso nos lábios.

— Não se preocupe. Eu deixo a destruição para o horário comercial, de segunda a sexta. — Levantei a sobrancelha ao ver a malícia em seu sorriso mais largo. — Qual é a graça?

O brilho nos olhos verdes ganhou intensidade.

— Olha os meus stories.

— Não tenho rede social. — A mentira saiu com facilidade, embora não fosse uma mentira, tecnicamente.

Christian Harper não tinha rede social. CP612 tinha.

— Sério? — Stella balançou a cabeça. — Vamos ter que dar um jeito nisso, mas por ora... — ela digitou alguma coisa no celular. — Olha suas mensagens.

Abri o aplicativo, e tive que piscar duas vezes para ter certeza de que estava enxergando direito.

Ela havia mandado um print de tela de uma enquete nos stories. Uma foto minha, de costas e com o celular na orelha, ocupava o lado esquerdo da tela; um conhecido unicórnio roxo dominava o lado direito.

A pergunta era simples: *Quem você prefere abraçar? Sr. Harper ou sr. Unicórnio?*

— E você está perdendo — Stella avisou. — 53% para o sr. Unicórnio, 47% para você.

Olhei para ela certo de que tinha entendido errado. Não era possível que ela estivesse conduzindo uma disputa absurda entre mim e um bicho de pelúcia todo estropiado com um olho torto.

Também não era possível que eu estivesse *perdendo* para esse bicho de pelúcia.

— Essa enquete deve estar com algum problema, porque isso é ridículo. — Tentei não parecer tão ofendido quanto me sentia.

— Não está, mas você tem vinte e três horas e cinquenta e um minutos para virar o jogo. — O sorriso de Stella ficou mais luminoso, e vi um toque de nervosismo em seu olhar. — Tirar o sujeito do esconderijo com mais posts, não é?

O *stalker*.

Ela podia não querer admitir a atração entre nós, mas confiava em mim o suficiente para aceitar minha recomendação sem discutir.

Decidi que o ardor no meu peito era azia. Meu médico teria muito trabalho no próximo checkup.

— Isso mesmo. E só para constar... — Bati com o dedo na tela do celular. — Você precisa de seguidores com mais bom gosto, se estão escolhendo um unicórnio em vez de me escolher. Estou usando um Brioni, fala sério.

A risada de Stella finalmente me fez sorrir.

Apesar do que acontecera na noite anterior, a luz dela ainda brilhava, e ela era mais resiliente do que muita gente acreditava, inclusive eu.

Essa é minha garota.

CAPÍTULO 14

Stella

25 de março

Faz um mês desde o jantar com a Delamonte e ainda não ouvi um pio deles sobre a seleção para o posto de embaixadora da marca. Brady garante que eles vão escolher em breve, mas ele está dizendo isso há semanas. A esta altura, estou convencida de que não fui selecionada.

 Vendo pelo lado positivo, ainda estou ganhando seguidores, e conquistei duas novas parcerias na semana passada. Não pagam tanto quanto a Delamonte pagaria, mas cada dólar conta. Além disso, estou quase em 930 mil seguidores, o que é maluco e um pouco deprimente. Parece que tudo de que eu precisava era ter um namorado para ser mais interessante [insira um suspiro].

 Falando nisso... postei mais uma foto de Christian no outro dia. A mesma que tirei quando ele estava falando ao telefone. (Ele ainda não superou a derrota para um unicórnio na minha enquete. Eu disse que ele teria vencido se tivesse mostrado o rosto, o que provocou exatamente os resultados esperados). Não é meu trabalho mais criativo, mas ainda fico nervosa quando penso que o stalker pode ver uma foto nossa e perder a cabeça.

 Eu sei que Christian disse que precisamos tirar esse cara do esconderijo, o que faz sentido. E eu confio nele para me manter segura. Entreguei a ele as cartas antigas do stalker e sua equipe está... fazendo o que o pessoal que trabalha com segurança costuma fazer com cartas anônimas pervertidas.

 Mesmo assim, tenho um mau pressentimento de que isso tudo pode dar errado MUITO depressa.

 Não quero deixar essa situação com o stalker dominar minha vida, e NÃO VOU.

 Mas acho melhor ficar em casa e trabalhar no blog até ter notícias de Christian. Só por precaução.

 O seguro morreu de velho.

Gratidão por hoje:

Delivery de comida/mercado
Roupa confortável e fofa de ficar em casa
Segurança do edifício

— Troque de roupa. Vamos sair em uma hora.

Olhei boquiaberta para Christian parado na minha porta vestido com uma camisa preta e jeans escuro. Era a primeira vez que o via sem terno, e o efeito era igualmente devastador de um jeito completamente diferente.

— Como é que é? — Tentei não olhar para o jeito como a camisa se ajustava aos ombros largos e braços musculosos.

— Em uma hora — ele repetiu. — Inauguração de uma galeria de arte, preciso ir. Tem que ir bem-vestida, como sempre. Imagino que tenha uma roupa apropriada.

Eu estava usando short e blusa de moletom cortada. As chances de alguém me tirar do apartamento quando já estava pronta para dormir eram quase nulas.

— Isso não estava na nossa agenda, e estou ocupada. — Eu mantinha a mão na maçaneta, impedindo-o de entrar.

Ele não podia aparecer do nada e exigir que eu o acompanhasse a algum lugar. Precisava de tempo para me preparar mentalmente para eventos que envolvessem extensa socialização com estranhos.

Christian me encarou com um olhar cético.

— Sim, você parece enterrada até o pescoço em... — Ele olhou por cima do meu ombro, e senti o rosto esquentar quando me lembrei do que ele veria. Um pote de Ben & Jerry's, *O diabo veste Prada* na tela e os restos de uma salada que pedira por telefone. — Revista de moda e lactose. Já está com saudade do antigo emprego?

— Eu assisto por causa dos looks. — Apertei a maçaneta para me manter forte. — Desculpa, mas, na próxima vez que quiser minha companhia para um evento, vai ter que me avisar com mais de uma hora de antecedência.

Christian recebeu minha sugestão direta sem se abalar.

— Eu não sabia que Richard Wyatt estaria na inauguração. Fui informado há trinta minutos.

Wyatt. O cliente que ele esperava conquistar no evento beneficente.

— Pensei que já tivessem assinado o contrato.

— Negócio quase fechado, noventa por cento. Ele pediu para rever algumas cláusulas, e prefiro conversar pessoalmente esta noite. — Ele franziu a testa. — Quando foi a última vez que você saiu do apartamento? Está murchando.

Fiquei boquiaberta com a grosseria do comentário.

— Não estou *murchando*. Estou só... hibernando.

Murchar era uma palavra usada para descrever plantas que estão morrendo, não um ser humano saudável. Nunca tinha sido mais ofendida, embora ele não estivesse inteiramente errado.

Só saíra do apartamento uma vez na última semana, e tinha sido para cuidar das plantas de Christian. Superamos nossa discussão na semana passada no escritório, e eu tinha de volta minha cópia da chave e as responsabilidades com as plantas.

Estava sobrevivendo de smoothies e comida pronta, que pedia por telefone, o que não era bom para a minha carteira nem para a minha silhueta, e sentia na pele a falta do calor natural do sol.

No entanto, cada vez que tentava sair, minha cabeça trazia de volta a carta e todos os lugares onde o stalker poderia ter passado por mim.

Eu esgotara o suprimento de coragem na manhã seguinte à noite em que encontrei aquela carta, e não sabia como me reabastecer.

— Pode dar o nome que quiser. O resultado é o mesmo — Christian retrucou, indiferente ao eufemismo. — Você tem cinquenta minutos para ficar pronta.

— Eu não vou.

— Quarenta e nove minutos e cinquenta e sete segundos.

— Nada mudou nos últimos três segundos. Eu não vou.

— Temos um contrato. — A voz fria dele provocou um arrepio indignado em minhas costas. — Você me acompanha aos eventos; eu poso para suas fotos e finjo que sou seu namorado. Não vai querer cortar o embalo quando tudo está progredindo tão bem, vai?

Ele estava certo, mas isso não queria dizer que eu apreciava receber ordens de Christian.

— Isso é *chantagem*?

O sorriso dele era uma mistura de charme e humor.

— Não. É persuasão.

Agora ele gostava de eufemismos.

— É a mesma coisa, no seu mundo.

— Está aprendendo. — Christian bateu com o indicador no mostrador do relógio. — Quarenta e sete minutos.

Nossos olhares se encontraram em uma batalha de desafio contra indiferença.

Eu não tinha vontade de sair do apartamento. Poderia passar o resto da vida ali e ficaria feliz. Era seguro, tranquilo e inteiramente equipado com filmes, sorvete e internet. O que mais uma garota poderia querer?

Companhia humana. Sol. Uma vida, uma voz sussurrou.

Rangi os dentes. *Cala a boca.*

Me obrigue. Eu podia praticamente ver a voz sem corpo mostrando a língua.

Discutindo comigo e falando como uma aluna do quinto ano. Nunca estivera tão no fundo do poço.

— Quarenta e seis minutos, Stella. — Os olhos de Christian cintilaram com o brilho sutil do perigo crescente. — Tenho que fechar um negócio, e, se vai insistir em se enterrar aí feito uma ermitã apavorada, me avisa já, para eu poder encerrar nosso contrato.

Ermitã apavorada. As palavras desceram pelas minhas costas como um deboche.

Era assim que ele me via? Era isso que eu *era*? Alguém tão abalada por *uma* carta anônima que deixava o episódio comandar minha vida?

Onde estava a garota da manhã seguinte, aquela que tinha saído de casa e jurado que não deixaria o medo vencer?

Ela era tão efêmera quanto chuva matinal e sonhos de perfeição. Sempre lutando para viver e sempre morrendo na ponta da faca da minha ansiedade.

A maçaneta escorregou da minha mão.

— Tudo bem. — As palavras saíram de mim antes que eu pudesse mudar de ideia. — Eu vou.

Nem que fosse só para provar que não era tão fraca quanto o mundo achava que eu era.

Ele não sorriu, mas a chama do perigo se apagou até ser só uma brasa.

— Ótimo. Quarenta e cinco minutos.

Comprimi os lábios.

— Com certeza você é o cronômetro mais insuportável que já existiu.

A risada de Christian me seguiu até o quarto, onde estudei o closet e escolhi uma regatade alcinhas sobreposta por um blazer, jeans e sapatilhas de veludo.

Estava apreensiva, mas minha expressão era neutra quando voltei à sala.

Fria, calma, composta.

Christian não disse uma palavra quando me viu, mas seu olhar tocava meu corpo de um jeito que me esquentava de dentro para fora.

Fomos até a galeria em silêncio, ouvindo a música clássica suave que brotava dos alto-falantes do carro. Eu me sentia grata por ele não tentar puxar conversa. Precisava reunir toda a minha energia para uma noite fora de casa depois que meu corpo já havia entrado no modo *relaxamento doméstico*.

Fiquei ainda mais nervosa quando vi a galeria.

Estou bem. Você está bem. Nós estamos bem.

Eu estava com Christian, e o stalker não me atacaria no meio de uma festa aberta ao público.

Estou bem. Você está bem. Nós estamos bem, repeti.

Felizmente, a inauguração da galeria estava menos concorrida que o evento beneficente. Havia umas três dezenas de convidados no máximo, um grupo formado por uma mistura de tipos criativos e da alta sociedade. Eles circulavam pelo espaço branco e impecável falando baixo e segurando taças de champanhe.

Christian e eu andamos pela sala, conversando sobre amenidades que iam do clima à florada das cerejeiras. Eu contribuía quando podia, mas, diferente do que fizera no evento beneficente, deixei que ele conduzisse a situação.

Estava cansada demais para ser espirituosa e charmosa, embora fosse agradável estar em público novamente pela primeira vez em uma semana.

Fiquei ao lado de Christian até Wyatt chegar com a esposa.

— Faça o que tem que fazer — falei. — Vou ver o restante da exposição.

Não conseguiria ouvir os dois falando de negócios sem pegar no sono.

— Se precisar de mim, pode me interromper. — Christian me encarou com um olhar penetrante. — Estou falando sério, Stella.

— Está bem. — *Não iria* fazer isso. A ideia de interromper alguém no meio de uma conversa me dava urticária. Era constrangedor e rude, e eu preferia me jogar em uma piscina de gelo no meio do inverno.

Enquanto ele conversava com Wyatt, fui percorrendo a exposição uma obra de cada vez. O artista Morten (só o primeiro nome) pintava realismo abstrato. Suas pinturas eram exuberantes, às vezes atormentadas, e sempre bonitas. Pinceladas ousadas de cor retratavam as mais sombrias emoções: fúria, inveja, culpa, impotência.

Parei na frente de uma tela meio escondida em um canto. Nela, uma linda menina olhava para longe, de lado, com uma expressão melancólica. Seu rosto era tão realista que poderia ter sido fotografado, não fosse pelas pinceladas de cor escorrendo pelas faces e para o tronco abstrato. As pinceladas se uniam formando uma poça de água escura na base da tela, enquanto o cabelo preto ondulava para longe do rosto e desaparecia em uma reprodução de céu noturno.

A obra não era tão grande ou exuberante quanto as outras pinturas, mas alguma coisa nela tocava minha alma. Talvez fosse o olhar da menina, como se sonhasse com um paraíso que ela sabia que nunca poderia alcançar. Ou era a melancolia daquilo tudo: a sensação de que, apesar de sua beleza, a vida daquela garota era mais dias sombrios e noites solitárias do que arco-íris e luz do sol.

— Gostou dessa. — A voz de Christian me assustou e interrompeu minha reflexão.

Eu havia passado tanto tempo olhando para a pintura que não percebi que ele concluíra a conversa com Wyatt.

Não virei para trás, mas o calor de seu corpo envolveu o meu ao mesmo tempo que meus braços arrepiaram. Era um paradoxo, como o homem parado atrás de mim.

— A menina. Eu... — *Eu me identifico com ela*. — Achei ela bonita.

— Ela é. — A suavidade e significativa diminuição no tom de voz me fizeram pensar se ele falava sobre a pintura ou alguma outra coisa.

Uma semente de desconfiança brotou a partir da dúvida, e só cresceu ainda mais quando ele descansou a mão em meu quadril. Era um toque tão leve que mais parecia uma promessa, mas me empolgava mesmo assim.

Não conseguia me lembrar da última vez em que tinha desejado o toque de um homem.

— Fechou o negócio? — A agitação soou dolorosamente óbvia em minha voz no canto silencioso, onde nada acontecia além de calor, eletricidade e ansiedade.

As luzes intensas perderam parte do brilho, depois se tornaram escuridão quando fechei os olhos, sentindo a mão de Christian deslizar da curva do quadril até minha cintura.

O murmúrio baixo de satisfação que ele soltou vibrou em meu corpo e se acomodou na parte mais baixa do meu ventre.

— Sim. — Ele tocou o outro lado da minha cintura com a mão livre, antes de repousá-la também.

Eu não devia ter fechado os olhos. Sem uma distração visual, ele *me consumia*. Meu mundo se resumia ao peso das mãos dele em minha pele, ao cheiro dele em meus pulmões e à carícia aveludada de suas palavras descendo pela minha nuca, passando por cima dos seios doloridos e mergulhando rumo à necessidade pulsante entre minhas coxas.

A irritação que sentira mais cedo com ele desapareceu, substituída por um desejo tão intenso e inesperado que me deixava sem ar.

— Ainda está pensando na pintura, Stella? — Humor sugestivo se aprofundou em algo mais sombrio, mais perverso.

O contato da boca de Christian com meu pescoço provocou outra onda de arrepios que se espalhou pela minha pele.

Um gemido suave subiu pela minha garganta e explodiu espontâneo no ar denso, lânguido.

A vergonha esquentou minha pele, mas também evaporou quando as mãos dele escorregaram da minha cintura para a barriga. Os dedos roçaram a seda da blusa, deslizando do estômago até o cós da calça jeans.

Os impulsos de desejo ficaram mais fortes, tão intensos e insistentes que contraí as coxas, tentando aliviar a necessidade.

Só serviu para piorar a situação.

Eu estava a segundos de me desmanchar, e Christian mal havia me tocado.

Um arrepio desceu pelas minhas costas quando pensei no que ele seria capaz de fazer se tentasse de verdade.

A curva de sua boca marcou meu pescoço com satisfação máscula.

— Vou interpretar essa resposta como um não. — Ele abaixou o polegar muito rapidamente naquele pequeno espaço entre minha barriga e o cós do jeans. — Abra os olhos, Stella. O fotógrafo está olhando para nós.

Abri os olhos imediatamente quando ouvi o clique característico de um obturador.

O fotógrafo do evento.

O som veio da minha esquerda, o que significava que o ângulo era perfeito para capturar um momento íntimo de casal entre mim e Christian sem mostrar o rosto dele, escondido do lado esquerdo do meu pescoço.

Um balde de água gelada apagou o fogo em meu sangue quando compreendi tudo.

Isso não era real. Nada disso era real, por mais que Christian fosse um bom ator.

Era um acordo comercial, e, para o meu bem, era bom que eu não me esquecesse disso.

Eu o afastei sutilmente e me virei para encará-lo.

— Bom trabalho. — Passei a mão na parte da frente do corpo ajeitando as roupas, tentando apagar a memória residual de seu toque. — Foi o cenário perfeito. Você acha que o fotógrafo vai me dar permissão para postar a foto? Com os créditos, é claro.

Christian estreitou os olhos. Um rubor sutil coloriu os traços esculpidos, mas uma frieza sarcástica temperou sua resposta.

— É claro que sim.

— Perfeito.

Um silêncio constrangido preencheu o ar anteriormente carregado de eletricidade, antes de ele olhar novamente para a pintura por cima do meu ombro.

— Você não gostou da tela só pela beleza.

Não era uma pergunta, mas agarrei a oportunidade para mudar de assunto. Era mais seguro que qualquer coisa que acontecera entre nós alguns minutos atrás.

A mulher ofegante e dominada pelo desejo que tinha derretido sob um toque simples já parecia ter sido só um sonho maluco, um delírio febril.

Eu não perdia a cabeça com os homens. Não pensava nas mãos deles em mim ou em qual seria o sabor de seus beijos.

— Foi a obra que mais me tocou — respondi depois de uma breve hesitação.

Eu sentia demais o sofrimento da mulher na tela para considerá-la uma favorita, mas ela me fascinava de um jeito como poucas coisas conseguiam me fascinar. Era como se o artista tivesse entrado na minha cabeça e pintado meus medos na tela para todo mundo ver.

O resultado era libertador e aterrorizante na mesma medida.

— Interessante. — O tom de Christian era insuportável.

— E você? Qual é a sua favorita? — O gosto de uma pessoa para arte revelava muito sobre sua personalidade, mas ele não havia demonstrado mais que um interesse passageiro pelas obras da galeria.

— Não tenho.

— Tem que ter *alguma* de que tenha gostado mais que das outras — tentei de novo.

Seu olhar teria congelado o interior de um vulcão.

— Não sou entusiasta das artes, Stella. Estou aqui só por razões comerciais, e não quero perder tempo atribuindo preferências a objetos que não significam nada para mim.

Tudo bem, então. Eu tinha tocado em um ponto fraco, embora nem imaginasse qual.

Christian não era uma pessoa expressiva por natureza, mas eu nunca o tinha visto se fechar tão depressa. Todos os traços de emoção haviam desaparecido de seu rosto, deixando apenas uma indiferença ensaiada.

— Desculpe. Não sabia que arte era um assunto tão delicado — falei, esperando banir a repentina frieza. — A maioria das pessoas ama arte.

Ou não odiava, pelo menos.

— Muita gente *ama* muita coisa. — O tom de Christian revelava tudo que ele precisava dizer a respeito do que pensava sobre o assunto. — A palavra é insignificante.

Não se preocupe, srta. Alonso. Não acredito em amor.

O que ele dissera na noite em que fechamos o acordo voltou à minha cabeça.

Tinha uma história ali, mas seria mais fácil tirar sangue de pedra que arrancar essa história dele hoje.

— Não é entusiasta da arte ou do amor. Registrado.

Não olhei mais nenhuma obra, e Christian não falou com mais ninguém. Em vez disso, nos dirigimos à saída, unidos pelo acordo tácito de que era hora de encerrar a noite.

Os ombros dele só relaxaram quando saímos da galeria.

Ele me olhou de soslaio durante a caminhada até o carro.

— É bom sair de casa, não é?

Inspirei uma boa dose de ar frio e fresco e levantei a cabeça, olhando para o céu. A lua brilhava alta e radiante, banhando o mundo em magia prateada.

Havia perigos à espreita na noite, mas essas sombras sempre desapareciam quando Christian estava por perto.

Mesmo carrancudo e intratável, ele ainda era uma fonte de segurança.

— Sim. É bom — respondi.

CAPÍTULO 15

Stella

Apesar da minha relutância em comparecer à inauguração da galeria de arte na semana passada, ela tinha rompido a proibição autoimposta de sair de casa.

Não tinha recebido nem mais um pio do stalker desde a última carta, o que ajudou. Quando a quarta-feira seguinte chegou, eu havia relaxado o suficiente para me aventurar sozinha em público novamente.

Essa é a questão com os humanos. Somos programados para a sobrevivência, e aproveitamos todas as oportunidades para nos convencermos de que nossos problemas não são tão graves quanto pensávamos.

Esperança e negação. Dois lados da mesma moeda. Eles nos impedem de cair em um poço de desespero até nos momentos mais tenebrosos.

Visitei Maura, fiz compras no supermercado e encontrei Lilah para um café, e nesse encontro arranquei dela todas as informações possíveis sobre design de moda.

A única pessoa que não vi foi Christian, que estava ocupado com o trabalho. Foi o que ele disse, pelo menos. Talvez estivesse tão desconcertado quanto eu com aquela nossa interação na galeria.

Meu lápis parou, freado pela lembrança. A voz rouca, o cheiro intenso de couro e especiarias, o jeito como seu toque queimou minha pele através das roupas...

A inquietação desabrochou em meu peito.

Mudei de posição no assento e balancei a cabeça antes de canalizar a vibração incessante para a tarefa diante de mim: uma pilha de croquis inacabados que tinha tirado do fundo da gaveta depois do encontro com Lilah.

Eu havia juntado doze desenhos ao longo dos anos. Começara cada um com a intenção de concluir o croqui e fazer dele a peça que lançaria minha marca, mas inevitavelmente a insegurança e a síndrome de impostora me bloqueavam e eu trocava o desenho por mais uma sessão de fotos ou um post no blog. Coisas em que eu *sabia* que era boa e nas quais tinha um histórico de sucessos.

Mas não dessa vez.

Tentar e não conseguir é melhor que não tentar.

As palavras que Lilah tinha dito durante nosso encontro me atormentavam. Era a primeira vez que alguém me dizia que falhar não era errado.

Quando eu era criança, fracassar nunca fora uma opção. Era nota máxima ou nada. Uma vez, fiquei tão nervosa com oito vírgula nove em uma prova de matemática que tive uma crise alérgica e precisei ir para o ambulatório da escola.

Thayer não foi muito melhor; a escola era lotada de bem-sucedidos do tipo nota máxima. Quanto à *DC Style*... bom, basta olhar para o que aconteceu na única vez em que cometi um erro.

Mas eu não morava mais na casa dos meus pais, não estava na faculdade e não trabalhava para ninguém exceto eu mesma.

Podia fazer o que quisesse, especialmente com as parcerias que conquistava agora.

Não *queria* falhar, mas a ideia de que podia errar sem provocar o mundo desbloqueara minha criatividade.

Eu tinha ficado paralisada na última vez que tentara desenhar, traçando e retraçando as mesmas linhas até jogar o resultado fora por pura frustração.

Agora, o lápis voava sobre a página enquanto eu detalhava os padrões de renda de uma blusa e a silhueta elegante de um vestido de noite.

Era uma expressão criativa diferente do meu blog e das redes sociais.

As outras coisas eu fazia para outras pessoas.

Isto era por mim.

Eu adorava moda desde que levara escondida a *Vogue* da minha mãe para o quarto aos oito anos. Não eram só as roupas; era o modo como elas transformavam quem as vestia em quem quisessem ser. Uma princesa etérea, uma CEO glamourosa, uma roqueira fodona ou uma ícone vintage. Nada era impossível.

Em uma casa onde as regras eram gravadas em pedra e o caminho para o sucesso passava pela Ivy League para uma dentre uma dezena de carreiras "aceitáveis", o caótico e colorido mundo da moda havia me chamado como um canto de sereia no escuro.

Terminei o primeiro desenho e passei para o segundo.

Uma sementinha de esperança brotava a cada croqui que eu terminava. Para os outros eram só desenhos, mas para mim eles eram a prova da perseverança depois de anos me contendo.

Às vezes a vitória era tão simples quanto terminar alguma coisa.

Eu estava tão envolvida no trabalho que não percebi que o tempo tinha passado, até meu estômago roncar.

Olhei para o relógio e vi que já eram duas da tarde. Estava desenhando sem parar desde as nove da manhã.

Senti a tentação de ignorar o almoço e continuar desenhando para não perder o embalo, mas me obriguei a trocar de roupa e ir buscar comida na lanchonete ao lado do Mirage.

A hora do almoço tinha passado, mas a lojinha estava cheia. Entrei na fila atrás de um homem carrancudo de terno cinza e esperei.

Por força do hábito, peguei o celular e abri meu perfil no Instagram.

A última postagem era a foto que o fotógrafo tirara de mim e Christian na galeria de arte. O engajamento estava ainda melhor que o da primeira, e o número de seguidores já tinha chegado a novecentos e cinquenta mil. Nesse ritmo, eu alcançaria a marca de um milhão no verão.

Em vez de me animar com a possibilidade, só conseguia pensar na imagem dos braços de Christian me envolvendo.

Parecíamos muito um casal de verdade. Às vezes, como quando ele me confortara na noite em que tinha encontrado a carta, ou quando me pusera no colo depois de eu contar sobre meu stalker, eu *sentia* como se fôssemos um casal de verdade.

Senti um desconforto me corroendo por dentro.

A situação do stalker tinha interferido no nosso arranjo. Christian e eu nos tornamos mais conectados do que planejávamos originalmente, e eu...

Uma notificação de chamada encobriu nossa foto na tela.

Delamonte Nova York.

Parei de respirar, e todos os pensamentos sobre Christian ficaram em segundo plano quando atendi.

— Alô? — O tom calmo encobria meu nervosismo. A esperança espiava de trás da confusão que me dominava, mas a empurrei de volta para as sombras.

Não queria alimentar esperanças só para acabar decepcionada quando... *se* a Delamonte informasse que tinha preferido seguir por outro caminho.

— Oi, Stella, é Luisa da Delamonte. Como vai?

— Tudo bem. E você? — Limpei a mão livre na lateral da coxa.

— Também. Peço desculpas por ligar para você do nada, mas achei que seria um complemento adequado para o e-mail que mandei hoje de manhã.

Senti uma vertigem. Estivera tão ocupada com os desenhos que não tinha olhado a caixa de e-mails desde que acordara.

É claro que o único dia em que não tinha acompanhado as mensagens de maneira obsessiva era justamente aquele em que havia uma mensagem importante esperando por mim.

— Não sei se já viu. Caso não tenha lido o e-mail... — Eu podia ouvir o sorriso na voz de Luisa. — Quero fazer uma proposta oficial para você se tornar a embaixadora da marca Delamonte para o próximo ano. Não fizemos um anúncio formal do processo de seleção porque queríamos escolher as candidatas ideais sem acabarmos soterradas por candidaturas espontâneas, mas, depois de muita deliberação, decidimos que você seria uma maravilhosa adição para a família Delamonte...

Um zumbido alto encobriu o restante de suas palavras, e fiquei olhando para a lousa do cardápio sem enxergar nada enquanto a fila andava lentamente.

Fazer uma proposta oficial... embaixadora da marca Delamonte para o próximo ano... maravilhosa adição para a família Delamonte...

Eu queria me beliscar, mas não estava preparada para voltar à realidade, caso isso *fosse* um sonho.

A campanha representaria uma tonelada de dinheiro, o que significava que eu poderia pagar pela moradia e o tratamento de Maura e bancar os custos de lançamento de uma coleção de moda, o que significava...

O ruído alto da máquina de café interrompeu a reflexão a tempo de eu ouvir o final da declaração de Luisa.

— ... examinar o contrato e dar um retorno para nós. O prazo para aceitar ou recusar a proposta é semana que vem; você tem um tempo para pensar nisso.

Não preciso de tempo nenhum! Eu aceito!

— Muito obrigada. Vou ler o contrato. — Minha parte lógica sabia que eu não deveria concordar com nada sem antes ler as letras miúdas, mesmo que fosse o contrato dos meus sonhos.

— Excelente — Luisa anunciou, animada. — Espero que possamos trabalhar juntas. Sua estética é a cara da nossa marca, e seu perfil tem um engajamento incrível. Cinquenta mil seguidores em poucas semanas! Isso é fantástico. E... bem, eu quero que você saiba que isso não tem nada a ver com nossa decisão... mas Christian sempre teve bom gosto. Não me surpreende que isso se estenda à vida amorosa dele. Ele nunca namorou de verdade antes, então o fato de vocês estarem juntos é muito revelador.

Meu sorriso perdeu força. A culpa diminuiu a efervescência das bolhas de euforia que corriam em minhas veias até um segundo antes.

Eu tinha ganhado esses seguidores mentindo para o meu público. É claro que não havia maldade na mentira, e ninguém sairia prejudicado por isso, mas a culpa me devorava mesmo assim.

— Como eu disse, isso não teve nenhuma influência sobre nossa decisão. Mas é um bônus. — Luisa pigarreou. — Bem, é isso. Preciso correr para uma reunião, mas dê uma olhada no contrato e discuta a proposta com Brady. Mandamos uma cópia para ele também. Se tiverem alguma dúvida, é só falar com a gente.

— Certo, obrigada. — Desliguei a tempo de fazer o pedido. Finalmente chegara a minha vez na fila, mas a agitação era tão grande que tinha perdido a fome, então pedi só um chá e um croissant.

Quando voltei ao Mirage, tinha afogado a culpa pelo falso relacionamento em justificativas e euforia por ter conseguido a parceria com a Delamonte.

Eu seria a nova embaixadora da marca. Eu, Stella Alonso, o rosto de uma das principais marcas de luxo do mundo.

O contrato de seis dígitos também abriria portas para mais oportunidades do que eu poderia ter sonhado. Eu poderia elevar muito minhas probabilidades, fazer network com...

O giro da maçaneta me trouxe de volta à terra com um impacto estrondoso.

Estava trancada, o que significava que tinha estado *des*trancada, antes de eu usar minha chave.

A euforia evaporou, substituída por uma sensação sinistra que rastejava pela minha nuca.

Eu tinha certeza quase absoluta de que havia trancado a porta ao sair. A memória estava me enganando? O Mirage nunca tivera um caso de invasão, mas...

Olhei para o corredor vazio, e a sensação ruim se intensificou. Peguei o *taser* na bolsa antes de abrir a porta e entrar lentamente no apartamento. Eu me sentia ridícula, em parte; mas a outra parte gritava para eu ter cuidado.

Não encontrei nada de diferente na sala, na cozinha, no banheiro ou no antigo quarto de Jules. Só faltava examinar meu quarto.

Abri a porta devagar.

De início, tudo parecia normal. Cama intocada, janelas fechadas, nenhuma gaveta aberta ou móvel fora do lugar.

Eu estava a um segundo de relaxar quando vi o objeto em cima da mesa de cabeceira.

E gritei.

CAPÍTULO 16

Christian

Luisa: Para sua informação, sua namorada foi a escolhida.

Olhei para o celular, subitamente mais interessado na mensagem de Luisa do que no resumo de Kage sobre a situação com a Rutledge.

Eu tinha pedido a ela para me informar quando tomasse uma decisão, e ela havia feito a escolha acertada, como eu sabia que faria.

Só lamentava não ter podido ver a cara de Stella e como os olhos dela se iluminaram quando ela recebeu a notícia.

Teríamos que comemorar mais tarde – pelo bem das aparências, é claro, já que isso era o que um casal de verdade faria. Talvez jantar em Nova York, ou um fim de semana em Paris...

— ... poderia manter a conta Rutledge, mas não sabemos se a Sentinel... Christian, está me ouvindo? — A voz de Kage tinha uma nota irritada.

— Sim. Mantemos a conta Rutledge, a Sentinel vai tentar roubar mais clientes nossos, e eles estão trabalhando em algo grande, supostamente, mas ainda não sabemos o que é. Continue. — Levantei a cabeça e adotei um olhar severo. — E não me questione de novo.

Kage comprimiu os lábios, mas prosseguiu.

— Ainda estamos reunindo informações sobre o projeto secreto da Sentinel, mas pensamos que...

Olhei de novo para o celular e abri o perfil de Stella. Ela não havia postado nada nos últimos dias, por isso me contentei com examinar nossa foto na galeria de arte.

Mesmo de perfil, ela era linda.

Cachos escuros e exuberantes, pele impecável e linhas longas e esguias que transformavam até as roupas mais simples em uma obra de arte.

Alguma coisa despertou no meu corpo quando me lembrei da sensação de tocá-la. De como seu cheiro enchera meus pulmões quando colei o rosto em seu pescoço e da pequena oscilação em sua voz quando a toquei.

Ela parecia tão fascinada com aquela pintura que quase não quis interrompê-la, mas não conseguira me conter.

Tentar ficar longe dela era como o mar tentar ficar longe da praia.

Impossível.

Passei o polegar por sobre a tela do telefone enquanto Kage continuava falando.

Na verdade eu não tinha precisado convencer Wyatt de nada na inauguração da galeria. Ele já havia decidido contratar a Harper Security; só precisávamos assinar o contrato, o que eu poderia ter marcado durante o expediente.

Mas, de acordo com Brock, Stella não saía de casa desde o jantar com a família, e ela precisava de uma forcinha para sair. Era brilhante demais para se deixar ofuscar pelo medo.

— Quais são as novidades sobre a verificação de antecedentes? — Interrompi o que Kage estava dizendo para abordar o assunto mais importante: o stalker de Stella.

Como era de esperar, o sujeito continuava escondido, e fora cuidadoso em todas as cartas que mandara para ela. Eram todas genéricas, sem uma migalha de evidência física para nos mostrar a direção certa a seguir.

Na ausência de uma nova evidência, eu tinha pedido a Kage para fazer uma lista de todas as pessoas que faziam parte da vida de Stella, inclusive antigos colegas de escola, colegas de trabalho e outros influencers. A maioria das vítimas de perseguição conhecia seu perseguidor em algum nível, então esse era o melhor ponto de partida.

Kage franziu a testa, mas teve o bom senso de não reclamar.

— Nada suspeito até agora. Eu aviso assim que encontrarmos alguma coisa. — Ele hesitou, depois disse: — Escute, eu sei que ela é sua namorada, mas estamos usando muitos recursos para...

E foi interrompido de novo, dessa vez por uma chamada no meu celular.

Stella.

Era como se eu a conjurasse com meus pensamentos.

Atendi a ligação esperando que ela me contasse sobre o contrato com a Delamonte. Ela esmagou essas expectativas imediatamente.

— Christian. — A voz de Stella tremia.

O gelo apagou o fogo que se acendera em mim quando li seu nome.

Aconteceu alguma coisa.

— Onde você está? — Pulei as perguntas inúteis, *Tudo bem? Que foi?*, e fui direto ao ponto.

Apesar da minha voz calma, a mão segurava o celular com tanta força que ele estalou.

— Em casa. — A resposta era quase inaudível.

— Estou indo para aí.

Nem me incomodei em vestir o paletó antes de sair; a única coisa em que conseguia pensar era no quanto Stella deveria estar perturbada, para me ligar.

Se pudesse, ela guardaria todos os problemas e tentaria resolvê-los sozinha. Sempre ajudando os outros e nunca pedindo ajuda. O fato de não ter...

Meu coração bateu mais devagar, uma pulsação sinistra, e minha mão se contraiu com a necessidade repentina de estrangular alguma coisa antes de eu forçá-la a relaxar.

Até descobrir exatamente o que havia acontecido, eu precisava manter a calma e não matar ninguém, especificamente Brock, que *deveria* estar cuidando de Stella.

Kage me olhava boquiaberto quando abri a porta com violência.

Nunca tinha abandonado uma reunião de leitura de relatório, nunca. Gostava de saber tudo que acontecia em minha empresa, mesmo que fosse tudo muito chato.

— Aonde v...

— A reunião acabou. — Saí e bati a porta, interrompendo-o no meio da frase.

Meus passos marcavam um ritmo frio e furioso quando liguei para Brock a caminho da garagem.

Por que *caralho* ele não me alertara de que tinha acontecido alguma coisa? De que adiantava designar alguém para ser a sombra de Stella se essa pessoa não conseguia fazer a porcaria do seu trabalho?

— Stella. O que aconteceu? — Disparei quando ele atendeu.

Houve uma pausa breve e assustada, antes da resposta.

— Nada, senhor.

— Nada. — Minha voz despencou para uma temperatura abaixo de zero. — Se não aconteceu *nada*, por que ela acabou de me telefonar quase chorando?

Mais uma pausa, essa misturada à incerteza.

— Ela passou a manhã toda em casa. Foi até a lanchonete, recebeu uma ligação e parecia muito feliz. Ela ainda estava sorrindo quando voltou ao apartamento. Não sei o que aconteceu depois disso. — Ouvi o som característico de alguém engolindo com esforço. — Você me disse que não era para monitorar a moça dentro de casa.

Disse, e tinha sido um puta erro. *Os limites que se danem.* Não se aplicavam quando o que estava em jogo era a segurança dela.

Eu podia praticamente ouvir Brock suando do outro lado da linha.

— Chefe, juro, eu não...

— Falamos sobre isso mais tarde.

Desliguei e entrei no carro. Se ele não tinha informações úteis para mim, eu não ia perder tempo falando com ele.

Meu único foco era encontrar Stella o mais depressa possível.

A fúria tremulou em meu peito, um ardor gelado que era um bálsamo para o pânico quente e desconhecido em meus pulmões quando arranquei rumo ao Mirage.

Dirigindo o McLaren pelas ruas meio vazias, cheguei lá em cinco minutos.

Quando entrei no apartamento de Stella, encontrei-a na sala de estar olhando para uma folha de papel nas mãos.

Não precisei ler para saber que era mais uma carta do stalker.

Meu campo de visão se tingiu de vermelho, mas mantive a expressão neutra quando Stella levantou a cabeça para olhar para mim.

— Encontrei isto no meu quarto — ela sussurrou. — Ele esteve dentro da minha *casa*. E nunca... essa é a primeira vez que ele... — Sua respiração arfante preencheu o silêncio que se seguiu.

Eu reconhecia o ritmo errático e os tremores que sacudiam seu corpo.

Stella tendo um ataque de pânico.

Atravessei a sala e tirei a carta de suas mãos geladas, um movimento suave que contrastava com o rugido violento do sangue em meus ouvidos.

Uma olhada rápida revelou duas palavras digitadas.

Eu avisei.

O rugido ficou mais intenso.

— Ele não está mais aqui, mas vou verificar o apartamento, só por precaução. — Forcei uma nota tranquilizante em minha voz, embora quisesse ir atrás dele e esfolar o desgraçado vivo. — Fica aqui.

Calcei um par de luvas e fiz uma varredura no apartamento procurando outros sinais de invasão. Não encontrei nada, mas teria que fazer uma perícia mais minuciosa mais tarde.

Por ora, precisava tirar Stella dali.

Voltei à sala e tirei as luvas. A varredura tinha amenizado parte da minha fúria, mas ver Stella encolhida no sofá, abraçando os joelhos contra o peito e pálida, trouxe a ira de volta.

— Parece que está tudo bem, mas você vai se mudar para minha casa até tudo isso ser esclarecido. — Minha voz era calma, mas firme.

Eu devia ter seguido meu instinto e insistido para ela se mudar para lá depois da primeira carta, mas não quisera pressioná-la demais, nem cedo demais. Agora que o esquisito tinha entrado no apartamento dela, porém, *no meu prédio...* Fechei a mão de novo.

Queria pegar o pescoço do infeliz e apertar até expulsar a vida daquele corpo, enquanto ele clamava por misericórdia. Queria ver a luz se apagar em seus olhos quando ele percebesse que estava muito fodido.

As imagens relaxantes da sessão de tortura combinavam com o gosto metálico de sangue em minha boca. Eu já podia sentir o *gosto* da vingança.

Quando encontrasse o filho da mãe, teria o prazer de fazê-lo se arrepender de cada segundo de sua vida miserável.

Respirei fundo para abrir caminho em meio ao gelo que se espalhava em meu peito, dobrei a carta em um quadrado perfeito e a guardei no bolso.

Ajoelhei-me diante de Stella para ficarmos cara a cara.

— Meu apartamento é hermético. *Ninguém* pode entrar sem a minha autorização. Você viu os sistemas que eu tenho instalados — expliquei, suavizando a expressão. — Lá você vai estar segura. Entende?

Depois de um longo silêncio, ela respondeu com um movimento de cabeça quase imperceptível.

Movimento. Estamos progredindo.

Quando chegamos ao meu apartamento, levei Stella ao único quarto de hóspedes equipado com mobília de dormitório.

Como eu nunca recebia hóspedes, nem permitia que ninguém dormisse aqui, transformei os outros quartos em coisas mais úteis: uma central de cibervigilância, um escritório para videoconferências, um closet extra para os meus ternos.

Com a cama king size, o closet amplo e um banheiro, o único quarto de hóspedes poderia passar por uma suíte master, mas Stella se sentou na cama sem examinar o novo ambiente.

— Descanse um pouco — eu disse. — Vou resolver a mudança das suas coisas para cá.

Nenhuma resposta.

Eu reconhecia o choque quando o via. Por mais que quisesse ficar com ela, o melhor que podia fazer era dar um tempo para Stella processar tudo, enquanto eu resolvia o resto das coisas.

Minha primeira atitude quando saí do quarto foi ligar de novo para Brock, a quem ordenei que trouxesse o essencial – roupas de dormir, cosméticos, aquele unicórnio feio que Stella amava tanto.

Depois telefonei para o chefe de segurança do Mirage.

Charles atendeu na metade do primeiro toque.

— Senhor?

— Quero todas as imagens registradas no último dia, em uma hora. — Dispensei as gentilezas e toquei com o polegar o anel de turquesa no meu bolso.

Por mais baixa que fosse a temperatura, por mais que eu passasse muito tempo sem tocá-la, a pedra estava sempre quente.

— É claro. De qual câmera?

— Todas. — Stella morava no décimo andar, mas o invasor devia ter entrado e saído por outra parte do edifício.

— *Todas*? Senhor, isso é...

— Alguém entrou no apartamento da minha namorada hoje, Charles. — Meu tom relaxado disfarçava o perigo à espreita abaixo da superfície. — Você já deve saber, sendo meu chefe de segurança. Talvez tenha até uma pista de quem é o invasor. Então me diz. Quais câmeras devo examinar, se não preciso de todas?

O silêncio pulsou por um instante, antes da resposta.

— Mando as imagens em meia hora.

— Ótimo. E Charles?

Um pigarro nervoso do outro lado da linha.

— Sim, senhor?

— Demita toda a equipe de segurança que estava de plantão hoje.

Desliguei antes de ter que ouvir protestos tediosos.

A equipe de segurança do Mirage era boa, mas nada insubstituível. Havia um motivo para estarem guardando um prédio, não meus clientes VIP.

E, se nem *isso* conseguiam fazer direito, então não podiam trabalhar para mim.

Minha equipe recebia salários e benefícios excepcionais, mas eu esperava trabalho excepcional em troca.

Brock apareceu logo depois da minha conversa com Charles carregando uma bolsa de viagem e o unicórnio. Ele deixou tudo na sala antes de se virar e passar a mão pelo cabelo bem curto.

— Chefe, eu...

— Está dispensando por hoje.

A raiva tinha esfriado o suficiente para eu reconhecer que Brock não tinha culpa da invasão. A obrigação dele era ficar de olho nela, não na casa.

Mesmo assim, eu ainda estava irritado o bastante para usar as palavras como espada.

O alívio modificou o rosto de Brock, antes de ele ficar tenso outra vez.

— Só hoje, certo? Não está me demitindo?

Comprimi os lábios.

— Certo. Entendi. — Ele assentiu e saiu apressado. — Boa noite.

Respirei fundo bem devagar e belisquei a região entre os olhos.

Às vezes eu realmente desprezava as pessoas.

E os objetos.

Olhei para o bicho de pelúcia rasgado que poluía minha sala de estar. Não entendia por que Stella amava tanto aquela coisa, ou por que os seguidores dela preferiam abraçar o unicórnio em vez de *a mim* (eu odiava abraços, mas isso era uma questão de princípios). Mas, como ela adorava o bicho, engoli a antipatia e o levei para o quarto de hóspedes junto com a bagagem dela.

— Você tem visita. — Larguei a *coisa* na cama ao lado dela e resisti ao impulso de desinfetar as mãos.

Stella olhou para o unicórnio, mas não tocou nele.

— Pensei que ia querer companhia. — *Deus sabe por quê.* — Também trouxe algumas roupas e suas coisas de higiene.

O silêncio dela me causava um estranho desconforto.

Porra, eu odiava isso. Menos de uma hora em minha casa e ela já estava perturbando meu equilíbrio.

Mas saber que ela estava segura compensava o desconforto.

No momento eu não confiava em ninguém e em nada além de mim para protegê-la.

Pigarreei e acenei com a cabeça na direção do banheiro.

— Um banho quente pode ajudar. Lavar o dia.

Nenhuma resposta.

Quanto menos Stella reagia, mais a pressão em meu peito se expandia.

Eu não sabia pelo que ela estava sendo ocasionada, mas a odiava tanto quanto odiava poliéster, incompetência e sobremesa.

Como Stella não parecia interessada em se mover por conta própria tão cedo, abri a porta do banheiro para ligar o chuveiro, mas parei imediatamente com uma careta.

Meu Deus.

Eu não entrava neste banheiro desde que me mudara para cá, anos atrás, então presumi que o mau cheiro tivesse alguma coisa a ver com os ralos sem uso.

A empregada mantinha os pisos de mármore e os balcões impecavelmente limpos, mas nunca dissera nada sobre o cheiro.

Ninguém era capaz de fazer o próprio trabalho direito?

Rangendo os dentes, pensei nas opções.

Era evidente que Stella não podia usar este banheiro até eu resolver o problema do mau cheiro. Havia outros banheiros de hóspedes disponíveis, mas também não eram usados fazia muito tempo.

Depois de um minuto de indecisão torturada, fui para o meu banheiro e abri as torneiras da banheira. Xinguei o universo mentalmente enquanto tirava a tampa de um frasco de espuma de banho que nem me lembrava de ter comprado e despejava um pouco do líquido na água.

Você sabe mesmo como foder com a vida de um sujeito.

Eu não sabia como tinha acabado preparando um banho para outra pessoa, como uma criada do século XIX, mas pelo menos não havia testemunhas da minha indignidade. Se alguém me visse assim, eu jamais sobreviveria.

Stella não protestou quando voltei ao quarto de hóspedes e a carreguei para o meu quarto junto com seus produtos e cosméticos. Eu a deixei no banco estofado perto da banheira e apontei a banheira com aroma de eucalipto.

— É toda sua, até eu resolver um probleminha no seu banheiro — avisei. — Também tem um banheiro de hóspedes no corredor, à esquerda do seu quarto, se precisar dele à noite.

Virei, e já estava quase saindo do banheiro quando ela me chamou.

— Christian. Eu não... — Sua voz era como uma flecha no meio das minhas costelas. — Não quero ficar sozinha agora.

Puta que pariu.

Minha mão apertou a maçaneta até o metal queimar minha pele.

— O que você está sugerindo? — Minha voz baixa transmitia um aviso que ela não ouviu.

Apesar do meu estranho desejo de proteger Stella do perigo, eu não era protetor por natureza. Minha versão de proteção sempre vinha embrulhada em pedaços de uma vida extinta e amarrada com uma fita ensanguentada.

Infelizmente para ela, Stella era muito inocente e confiante para reconhecer o perigo quando o encontrava.

— Pode ficar comigo? — Havia constrangimento no pedido. — Só esta noite.

Meus músculos se contraíram em resposta à sugestão. Eu me virei, vi seu rosto pálido e o olhar desconfiado que ela lançava para a banheira, como se esperasse ver um monstro emergindo de suas profundezas para devorá-la inteira.

— O banheiro está limpo, e eu estarei do outro lado da porta.

Eu não era imune a ideias ruins, mas ficar no quarto enquanto ela tomava banho podia ser a pior ideia que já existira.

— Eu sei. Só... — Stella hesitou. — Não, você está certo. Isso foi... não sei onde eu estava com a cabeça.

Um arrepio percorreu meu corpo. Ela não se moveu do banco.

Fechei os olhos por um breve momento, enquanto xingava o universo com mais intensidade em pensamento.

Não devia. Não devia mesmo, porra.

Já havia atravessado uma linha quando a trouxera para minha casa e para o meu *banheiro*, mas o rosto dela...

Dei as costas para ela de novo, me odiando mais a cada segundo.

— Me avisa quando estiver pronta.

Apesar do tom duro, ouvi o suspiro de alívio, e isso me fez contrair a mandíbula.

Não mudei de posição até ouvir o barulho da água indicando que ela estava na banheira.

Stella estava nua no meu banheiro.

Em circunstâncias normais, meu cérebro teria processado o óbvio: o rubor em suas faces, o jeito como a pele dela cintilava com a água, a fantasia das curvas doces embaixo d'água.

Em vez disso, uma dor profunda se instalou em meu peito quando a vi tão pequena e vulnerável na banheira gigante. Não era mais o oásis de calma que ela apresentava ao mundo, mas uma tempestade prestes a desabar.

Ela estendeu a mão para o xampu, mas eu a interceptei antes que ela pegasse o frasco.

— Eu cuido disso.

Em vez de protestar como eu esperava, Stella ficou quieta até eu puxar o banco para perto da banheira e remover a tampa do xampu.

— Vai molhar seu terno — ela murmurou.

Nem olhei para o meu Brioni feito sob medida.

— Eu sobrevivo.

Lavei o cabelo dela, limpando cada mecha com atenção meticulosa e massageando o couro cabeludo com movimento firmes, profundos, até ela se apoiar na lateral da banheira e fechar os olhos.

Os cílios tocaram seu rosto, e sua respiração foi gradualmente desacelerando até alcançar um ritmo constante.

O vapor embaçava os espelhos e invadia o banheiro com uma névoa sedutora.

Usar um terno em um banheiro quente era visitar o inferno, mas não perdi tempo tirando o paletó.

Era a primeira vez que eu tocava Stella por tanto tempo, e ia saborear cada segundo.

Não era sexual, mas o simples deslizar do cabelo em minhas palmas reduzia minha pulsação a uma lentidão torturante antes de acelerar de novo.

Tocá-la me matava, depois me levava de volta à vida.

O rugido abafado do meu coração ecoava em meus ouvidos. Enxaguei o xampu e espalhei o condicionador nas mechas.

A ironia de estar limpando Stella não passou despercebida. Ela era a alma mais pura que eu conhecia, e eu estava enterrado em sangue até o pescoço.

O anjo e o pecador.

Duas forças opostas sem nada para nos conter, exceto uma folha de papel e a necessidade insaciável em minha alma.

Eu não merecia tocá-la, mas a queria demais para me importar com isso.

Quando terminei de lavar seu cabelo, peguei sua bucha, mergulhei-a na água e ensaboei.

O movimento suave da água na banheira fez alguma coisa se contrair na parte inferior do meu ventre.

— Se inclina para a frente. — O esforço para me conter deu um tom mais áspero à minha voz.

Stella se inclinou.

Passei a bucha em suas costas, acompanhando com os olhos cada centímetro da jornada pela pele nua e macia.

O ar pulsava com uma energia tangível enquanto eu deslizava a bucha por cima de seu ombro e para a frente do corpo. Desci o suficiente para roçar a curva superior dos seios, mas não o bastante para tornar a situação imprópria.

O corpo de Stella ficou tenso quando meu braço tocou seu pescoço. Parei, notando a respiração acelerada novamente.

Era um ritmo diferente do anterior, mais profundo, mais pesado.

O calor se espalhou em mim, e parei tão de repente que ela deu um pulo, assustada com o movimento.

— Pronto.

Havia algo de pervertido em desejar alguém que estava traumatizado, mesmo para mim.

Peguei um roupão do cabide na parede e o segurei aberto, desviando o olhar e contraindo a mandíbula.

Depois de um instante de hesitação, Stella saiu da banheira e vestiu o roupão.

Amarrei a faixa tão apertado que ela gemeu baixinho, mas pelo menos o roupão muito maior que ela a cobria do pescoço até as panturrilhas.

Enxuguei seu cabelo com movimentos vigorosos, e estava prestes a conduzi-la até o quarto e para o corredor quando seu pedido anterior voltou à minha cabeça.

Pode ficar comigo? Só esta noite.

Uma nova sequência de palavrões queimou minha língua antes de eu engolir todos eles.

— Quer passar a noite aqui? — perguntei, contrariado.

Ela cruzou os braços na altura da cintura e, depois de mais um momento de hesitação, assentiu.

Que porra de vida.

Puxei as cobertas e apontei para a cama.

— Descansa um pouco. Amanhã cedo a gente resolve tudo.

Ainda era o começo da noite, mas a exaustão desenhava linhas em seu rosto e sombras escuras sob os olhos.

Saí do quarto para ir buscar as coisas dela, de maneira que Stella pudesse vestir roupas mais confortáveis para dormir, mas quando voltei ela já dormia profundamente. Estava em paz como eu não a via há semanas.

Nunca tinha deixado outra pessoa dormir em minha cama. Esperava que ver essa mulher aninhada entre as sedas pretas e cinzentas fosse estranho, mas parecia perfeitamente correto.

Deixei as roupas sobre a mesa de cabeceira ao lado dela e tentei adiantar meu trabalho, mas não conseguia me concentrar.

Com a segurança do meu prédio comprometida, os merdinhas incompetentes, mas irritantes, da Sentinel colados em mim e mil e-mails para analisar, eu só conseguia pensar na mulher dormindo a alguns metros de mim.

Ela estava na minha casa fazia menos de duas horas e já estava criando o caos em minha vida.

Passei a mão no queixo, sentindo a irritação guerrear contra meu desejo de protegê-la a todo custo.

Estava enganado.

Stella não era uma distração. Ela era um perigo, não só para os meus negócios, mas também para mim mesmo e para partes minhas que eu não sabia que ainda existiam.

CAPÍTULO 17

Stella

ACORDEI COM A LUZ DO SOL E UM CHEIRO FRACO DE COURO E ESPECIARIAS.
Esse foi o primeiro sinal de que alguma coisa estava errada, já que eu só usava aromas de lavanda no meu quarto.

O segundo sinal foi a cor dos lençóis. Seda cinza ardósia, exuberante em sua simplicidade e amassada pelo sono, mas muito diferente dos beges suaves que comprara dois anos antes.

A névoa do sono persistia enquanto eu olhava para a depressão no travesseiro ao lado do meu e tentava juntar as peças do que tinha acontecido na noite passada.

Eu estava no quarto de um homem, era evidente. As cores escuras e o relógio e as abotoaduras sobre a mesa de cabeceira eram uma indicação clara.

Tinha saído para beber e transado com alguém na casa dele? Improvável.

Tinha passado a noite na casa de Ava? Mas os quartos de hóspedes lá não eram assim, e...

— Acordou.

Quase gritei ao ouvir a voz inesperada atrás de mim.

Olhei para trás com um movimento brusco e o coração disparado de pânico, até ver a pessoa que saía do banheiro.

Cabelo escuro. Olhos cor de uísque. Rosto esculpido.

Christian.

Este quarto era dele. Por que eu estava no...

As lembranças de ontem me invadiram com tanta força que expulsaram o ar dos meus pulmões.

A carta no quarto, o telefonema para Christian, a mudança para a casa dele, *o banho...*

Ai, Deus.

Medo e vergonha se misturaram em meu estômago. Se tivesse comido mais que um croissant no dia anterior, eu teria vomitado.

— Você não queria ficar sozinha, por isso a deixei passar a noite no meu quarto. — Christian ajeitou a manga. Eram oito da manhã, mas ele já vestia um de seus ternos de grife e calçava mocassins. O cabelo estava perfeitamente penteado, o rosto alerta e barbeado. — Foi uma exceção, considerando o que aconteceu, mas você vai dormir no quarto de hóspedes de agora em diante. É para isso que ele serve.

Franzi a testa, tentando conciliar o homem frio na minha frente com o que me carregara para o quarto dele e cuidara de mim ontem.

Uma onda de calor me invadiu quando me lembrei do calor de seu corpo atrás de mim e do toque daquelas mãos em minha pele nua.

Não tinha sido sexual, e na hora eu estivera em choque, incapaz de reagir, mas a lembrança acendia uma pequena chama que me aquecia de dentro para fora.

Os olhos de Christian escureceram como se ele pudesse ler meus pensamentos.

— O café vai ser servido em meia hora. Te vejo lá.

Ele saiu antes que eu pudesse responder.

Acho que ele não é uma pessoa matinal.

Senti a dor de cabeça atrás das têmporas enquanto tentava entender as últimas vinte e quatro horas.

Na manhã da véspera, tinha acordado na minha cama me sentindo muito otimista sobre a situação envolvendo o stalker.

Agora estava morando na casa de Christian Harper porque o stalker invadira a minha.

Quem quer que fosse, ele sabia onde eu morava e conseguira invadir um dos edifícios mais seguros da cidade.

O medo havia reduzido meus batimentos.

Está tudo bem. Você vai ficar bem.

Talvez ele pudesse invadir o Mirage, mas não o apartamento de Christian. Certo?

Levei a mão ao colar e descobri que ele não estava no meu pescoço.

Christian trouxera só o essencial na noite passada, o que significava que meus cristais estavam lá embaixo, no meu quarto.

O medo ganhou força quando pensei em voltar ao meu apartamento. Eu adorava aquele apartamento, mas não conseguia me imaginar voltando para lá, depois da invasão que o havia profanado.

Eu odiava o sujeito que me perseguia por destruir essa paz quase tanto quanto o odiava pelas cartas.

Depois de todos esses anos, ainda não tinha conseguido entender por que ele tinha me escolhido. Tinha sido por minha presença nas redes sociais? Minha aparência? Ou eu simplesmente tivera a falta de sorte de chamar a atenção de um pervertido qualquer com tempo de sobra?

Fiz um esforço para respirar fundo.

Está tudo bem. Você vai ficar bem.

Era dia, e Christian estava logo ali. Por mais que estivesse azedo, não deixaria nada de ruim acontecer comigo.

Eu não sabia por quê, mas sentia essa convicção nas entranhas.

Você vai ficar bem.

Repeti a afirmação mentalmente enquanto ia para o quarto de hóspedes, ou melhor, meu novo quarto até segunda ordem, e troquei o roupão por roupas confortáveis de ficar em casa.

Quando entrei na sala de jantar, Christian já estava sentado à cabeceira da mesa com uma xícara de café, uma caneta e as palavras cruzadas do jornal matinal.

A mesa poderia ranger sob o peso de um café da manhã completo e farto. Bules de café e chá e jarras com suco e água cintilavam ao lado de travessas com todo tipo de alimento matinal que se pudesse imaginar: ovos preparados de seis maneiras diferentes, bacon crocante, panquecas fofas de ricota e limão, waffles belgas e torradas francesas.

Croissants, muffins e scones enchiam dois grandes cestos de vime, e uma área onde se podia preparar o próprio smoothie oferecia todas as frutas e coberturas em que eu conseguia pensar.

Serviço para vinte, não para dois.

— Vai dar uma festa? — perguntei, sem entender por que alguém precisava de *tanta* comida.

— Não, mas Nina caprichou, então é melhor aproveitar.

Antes que eu pudesse perguntar quem era Nina, uma mulher de rosto redondo, cabelo escuro preso em um coque e um sorriso alegre entrou na sala.

— Eu sou Nina. — Ela olhou para Christian com cara de reprovação e me deu um copo contendo alguma coisa verde e cremosa. — Smoothie de broto de trigo, certo?

Relaxei ao sentir o calor de sua simpatia.

— Sim, obrigada. Como você sabia?

Essa devia ser a funcionária de Christian, um misto de arrumadeira e chef de cozinha. Eu não a conhecia, mas sabia que ela era a única pessoa que tinha as chaves da casa dele além de mim.

— O sr. Harper me contou que é seu sabor favorito. — Ela piscou para mim, enquanto Christian a censurava com o olhar.

— Isso é tudo. Obrigado. — A dispensa educada não escondia muito bem o tom cortante.

Tive a impressão de que Nina conteve o riso antes de sair.

— Vejo que a cafeína não melhorou seu humor. — Servi comida em um prato e me sentei ao lado dele. — Estava esperando que o café trouxesse de volta o Médico. O Monstro não está me ajudando muito.

Ele sempre fora meio distante, mas esta manhã eu sentia nitidamente a distância entre nós.

— Engraçado. Eu vejo que uma noite de sono *melhorou* seu humor. — Christian dobrou o caderno de palavras-cruzadas e o deixou de lado antes de acrescentar: — Como se sente?

— Faminta. Não comia desde ontem de manhã — admiti.

Eu sabia que não era isso que ele perguntava, mas não queria falar sobre a carta agora. Só queria comer e fingir que estava tudo normal.

Rasguei um pedaço de croissant e pus na boca. Não contive um suspiro de prazer.

Croissants eram um presente do céu. Eu tinha certeza disso.

— Que bom. Eu não sabia o que você ia querer comer, por isso pedi para Nina preparar um pouco de tudo — ele contou, mal-humorado.

Senti um calor ganhar vida em meu peito.

Sorri acanhada, tocada com o gesto, embora não tivesse sido ele quem preparara a comida.

Um leve rubor coloriu suas bochechas.

Ele estava... *corando?*

Antes que eu conseguisse entender a imagem chocante, a cor desapareceu, e o rosto de Christian voltou a ser de granito.

— Já que está aqui, vamos estabelecer as regras.

Uni as sobrancelhas.

— Ok...

— Você está aqui porque corre perigo, e, já que está sob minha total proteção, precisamos tomar as medidas adequadas para garantir sua segurança — ele começou, firme. — Ficar aqui até eu pegar quem deixou aquelas cartas é o primeiro passo. Minha equipe vai trazer o resto das suas coisas hoje. Enquanto estiver aqui, você dorme no quarto de hóspedes e acata as regras da casa. Não vai trazer amigos ou homens... — A voz dele gelou ao pronunciar a palavra *homens*. — E não toca em equipamentos irreconhecíveis. Tem uma chance de cinquenta por cento de um deles poder te matar. Fora isso, esta é sua casa até segunda ordem.

Tem uma chance de cinquenta por cento de um deles poder me matar? Que tipo de aparelho ele mantinha em casa?

— Ah. — Forcei um sorriso radiante. — Bem, quem pode resistir a uma recepção como essa? Você sabe como fazer uma garota se sentir acolhida e confortável.

Christian ignorou meu sarcasmo.

— É bom que você não esteja postando sua localização em tempo real, mas eu quero que espere vinte e quatro horas para postar, em vez das habituais três ou quatro. Varie sua agenda e a torne imprevisível, incluindo os caminhos de volta para casa. E também vou te designar um guarda-costas. Brock vai cuidar de você quando não estiver comigo. Ele vai ser discreto; você nem vai saber que ele está lá, a menos que precise de ajuda. E finalmente...

— Ah, ótimo. Tive medo de que fosse só isso. Continue.

— Vai ter que contar a verdade às suas amigas. — Christian me encarou com firmeza. — Se não souberem que você está correndo perigo, elas podem *te colocar* em perigo sem querer ou se colocarem em risco. A ignorância nem sempre é uma bênção.

Meu sorriso desapareceu. O protesto estava na ponta da língua, mas eu o engoli.

Christian estava certo.

Por mais que odiasse preocupar minhas amigas e ter um guarda-costas acompanhando cada movimento que eu fazia, como um stalker, embora com intenções menos nefastas, eu precisava de proteção.

Além do mais, eu não podia deixar minhas amigas pensando que estava tudo bem quando *não estava*. E se esse maluco que me seguia fosse atrás delas quando não conseguisse se aproximar de mim? Eu jamais me perdoaria se acontecesse alguma coisa com elas porque não as preveni.

As unhas desenhavam padrões furiosos em meus joelhos.

Fria, calma, composta.

Fria, calma, composta.

— Tudo bem — respondi finalmente. — Vou falar com elas. Mas também tenho algumas regras.

Para que esse novo arranjo doméstico funcionasse, eu precisava ter voz também. Christian era o especialista em segurança, mas era a minha vida.

— É claro que tem — ele retrucou, seco. Sem dúvida, estava lembrando da minha insistência em estabelecer regras para o nosso contrato de namoro de mentira.

— Esta casa é sua e vou respeitar suas regras. Mas peço que respeite minha privacidade. Isso significa que não vai entrar no meu quarto sem permissão, inclusive quando... *especialmente* quando eu não estiver lá. Não vai mexer nas minhas coisas, mesmo que elas estejam em um espaço comum. Não vai me dizer aonde eu posso ir ou quem eu posso encontrar, a menos que isso represente uma ameaça direta à minha segurança. E... — Mordi a boca com força enquanto refletia sobre a última solicitação.

— E...? — Ele levantou uma sobrancelha escura.

As unhas afundaram mais na pele.

— Não vai trazer mulheres para casa. Não me interessa se você dorme com elas, mas, enquanto eu estiver aqui, elas não podem estar. Não vai... não vai passar uma boa impressão.

Exclusividade era uma sugestão, mas não uma exigência explícita no nosso contrato. Eu não tinha dificuldade para manter o celibato, mas duvidava de que Christian pudesse dizer a mesma coisa. As mulheres deviam se atirar em cima dele todos os dias, independentemente de status de relacionamento.

Senti um aperto estranho no coração quando pensei nele com outra mulher.

Disse a mim mesma que isso tinha a ver com manter as aparências e nada a ver com... qualquer outra coisa.

O humor de Christian desapareceu sob uma cama de gelo.

— Eu não traio, Stella.

— Não estamos namorando de verdade, não seria traição.

O que eu estava dizendo? Não era como se *quisesse* que ele dormisse com outras mulheres. Era muito arriscado e...

Meu estômago se contraiu. Devo ter engolido o croissant muito depressa.

Tic. Tic. Tic. Vi o músculo pulsar em sua mandíbula com uma fascinação nervosa. A raiva de Christian era uma onda lenta e insidiosa cobrindo tudo em seu caminho. Mas, quando ele falou novamente, seu tom era calmo como um lago no verão.

— Entendido.

Entendido? Essa era a resposta mais vaga que ele poderia dar, mas eu estava apreensiva demais para pedir esclarecimentos.

Não voltamos a falar até o fim da refeição.

Naquela tarde, enquanto Christian trabalhava em home office e funcionários traziam o restante das minhas coisas do apartamento de baixo, explorei os setecentos e cinquenta metros quadrados de luxo masculino que seriam minha casa por Deus sabia quanto tempo.

Eu vinha aqui toda semana para molhar as plantas, mas ia embora em seguida. Nunca tinha me demorado para estudar o ambiente.

A cobertura de Christian ocupava todo o décimo primeiro andar do Mirage, que era tão alto quanto um prédio podia ser na cidade de Washington, em razão dos limites municipais.

Pisos de mármore cinza claro, móveis de couro preto, janelas panorâmicas oferecendo uma vista de trezentos e sessenta graus da cidade. O apartamento refletia o homem: elegante, decorada com esmero e bonita de um jeito frio, impessoal.

Ele exibia os toques exuberantes que se poderia esperar de alguém com sua riqueza, como uma piscina privada na cobertura e uma academia completa e primorosa no corredor da sala íntima, mas meu aposento favorito era a biblioteca.

Pilhas de almofadas transformavam os peitoris largos em nichos ensolarados para leitura, enquanto modernos sofás cor de laranja acrescentavam uma inesperada pincelada de cor. Centenas de livros se enfileiravam nas estantes pretas feitas sob medida, e pelos dorsos gastos era possível deduzir que Christian realmente os lia, em vez de usá-los como objetos de cenografia.

Foi ali que decidi dar o braço a torcer e ligar para minhas amigas. Estava adiando o dia todo, mas não podia mais evitar o momento.

Liguei primeiro para Ava. Bridget morava em Eldorra cercada de proteção, e Jules já sabia sobre o stalker, seria mais rápido colocá-la a par das novidades.

— Oi! — Apesar das circunstâncias menos que ideais, a voz animada de Ava me fez sorrir. — E aí? Novidades?

Muitas.

— Nada demais. Está em casa? — Queria ter certeza de que ela não estava em trânsito, antes de jogar a bomba.

— Sim, acabei de chegar. — Ouvi o ruído de uma porta e uma voz masculina ao fundo. Presumi que fosse Alex, o noivo dela.

Eu me sentia melhor sabendo que Ava tinha Alex a seu lado.

Alex Volkov era uma potência, e embora ele me deixasse um pouco incomodada, porque eu tinha quase certeza de que o homem tinha tendências psicopatas, ele poria a própria vida em risco para proteger Ava.

— Ótimo. — Girei o botão da camisa. Devia ter feito um roteiro de como daria a notícia para ela, mas agora era tarde. — Como foi no trabalho?

— Divertido, mas *muito* agitado. Nossa premiação de Melhores do Ano está chegando e...

Ouvi sem muita atenção enquanto ela contava sobre o projeto fotográfico mais recente e o casamento iminente, antes de mencionar de passagem a parceria com a Delamonte.

Eu precisava discutir o contrato com Brady, mas com tudo que tinha acontecido nas últimas vinte e quatro horas, nem me lembrara disso.

Fechar a parceria com a Delamonte me consumira por meses. Agora que finalmente tinha conseguido, isso era pouco mais que um pontinho no meu radar.

O universo tinha uma ideia bem complicada de *hora certa*.

— O que mais está acontecendo além da Delamonte? Como vão as coisas com Christian? — perguntou Ava. — Você não posta nada sobre ele desde a foto na galeria de arte. Aliás, aquilo foi muito fofo.

Pronto. A brecha que eu estava procurando.

O celular escorregou na minha mão quando empurrei as palavras através do nó em minha garganta.

— Então, isso. Eu, hum... — Tossi. — Mudei para a casa dele ontem.

Um instante de silêncio antes de um incrédulo:

— Quê?

Eu me encolhi e afastei o telefone da orelha. Para alguém tão pequeno, Ava tinha uma voz poderosa.

— Você foi *morar* na casa dele? Pensei que estivessem... — Ela baixou a voz. Alex devia estar por perto. — Que o namoro fosse fake. Por que foi morar com ele de repente?

— Isso é outra coisa. — Meu peito se expandiu quando respirou fundo, tentando encontrar forças. — Eu...

Tenho um stalker.

As palavras estavam na ponta da língua, mas eu não conseguia expulsá-las.

Eu vinha guardando esse segredo por tanto tempo que a ideia de dividi-lo com as minhas amigas fazia meu coração disparar, se agitar como um animal se debatendo na jaula.

Christian e Jules sabiam a verdade, mas só por necessidade. Christian porque me encontrara na noite em que descobri a carta, Jules porque moramos juntas no passado, quando o stalker apareceu pela primeira vez. E ela não sabia que o sujeito tinha voltado.

— Eu, hum... — *Fala de uma vez*. Levantei e comecei a andar pela sala, inquieta demais para ficar sentada. — Vim para a casa dele porque eu... eu tenho um stalker. Ele invadiu meu apartamento ontem.

As palavras finalmente se derramaram e caíram no chão com um baque surdo. A força do impacto reverberava em meus ossos, mas o silêncio que as seguiu era tão denso que eu conseguia sentir seu gosto do outro lado da linha.

— O quê? — Ava sussurrou. Mais baixo dessa vez, uma reação atordoada pelo choque.

Parei ao lado do vaso da samambaia no canto. Os aromas de terra e folhas entraram nos meus pulmões, me trazendo de volta ao chão e me dando força para explicar a situação. Comecei pelas cartas de dois anos antes e terminei na descoberta do dia anterior.

Quanto mais eu falava, mais fácil ficava, apesar de o desconforto persistir em meu estômago. Eu odiava preocupar minhas amigas.

— Então foi por isso que me mudei para a casa de Christian — concluí. — É a coisa mais segura para fazer, enquanto o stalker continua solto.

Passei o polegar pelo colar de maneira distraída - ametista para energias calmantes e alívio do estresse. Tinha ido procurá-la assim que os homens de Christian haviam trazido minhas coisas para cima.

Precisava de todo alívio do estresse que pudesse encontrar.

— Sim, mas... — Ava soltou o ar com um sopro. — Desculpa. Ainda não consegui superar a parte em que isso começou *há dois anos* e você não me contou. Isso não é nenhum namorado secreto, ou... ou um bico de dançarina de boate, Stella. Você é minha melhor amiga, e sua *vida* estava em perigo. — Ela não estava brava; estava magoada, o que era ainda pior. — Eu teria te ajudado.

— Não havia nada que você pudesse ter feito. Se acontecesse alguma coisa com você por minha causa, eu nunca teria me perdoado.

Outra longa pausa.

— Jules e Bridget sabem?

Mordi o lábio.

— Jules sabe sobre as primeiras cartas, porque nós morávamos juntas naquela época. Bridget nem imagina. As cartas pararam de chegar depois de alguns meses — expliquei. — Não foi um problema que durou muito tempo.

Até elas recomeçarem.

— Deus — Ava murmurou. — Que loucura.

— Não é mais maluco que ser sequestrada pelo tio insano do seu namorado, certo? — Escondi o nervosismo por trás de uma risadinha trêmula.

Apesar da atitude solar, Ava tinha enfrentado mais eventos traumáticos que eu.

— Verdade. Dava para fazer uma novela da nossa vida — ela concordou, em um tom seco. — Olha só, vem ficar comigo até pegarem esse cara. Alex não vai se importar, e ele vai resolver tudo isso. Na verdade, é melhor falar com ele. — Ela ergueu a voz. — Alex, vem cá. Tenho...

— Não! Não conta para ele. — Envolver Alex em uma situação como essa era uma ideia *ruim*. Ele era tão propenso a assassinar alguém quanto a ajudar a pessoa. — Tenho tudo sob controle. Além do mais, Christian é especialista em segurança, e você já está ocupada demais com o casamento.

— Dane-se o casamento... droga. Espera aí. — Ava devia ter coberto o fone, porque a voz dela soou abafada. — Não, amor, é claro que ainda quero me casar! Estava falando com Stella sobre a... hum, cerimonialista... não, *não* demite. Ela é ótima. Foi só um momento de frustração. Coisa de noiva nervosa, sabe como é. Já passou. Sim, prometo... por que te chamei? Ah, queria muito aquele cookie novo de limão e framboesa da Crumble & Bake. Será que você vai buscar para mim? Obrigada! Te amo. — Ava voltou meio ofegante. — Desculpa. Alex está muito nervoso com o casamento. Outro dia ele fez a florista chorar. — Ela suspirou. — Estamos trabalhando em suas habilidades interpessoais.

Normalmente eram as noivas que ficavam obcecadas com todos os detalhes, mas Alex era perfeccionista demais.

— Enfim — Ava recuperou o tom sério —, tem certeza de que não precisa de ajuda? Sei que Christian está cuidando de tudo, mas Alex conhece todo mundo.

— Sim, tenho. Não é necessário envolver mais gente nessa confusão.

A situação já tinha assumido proporções gigantescas com a mudança, o guarda-costas e sei lá o que mais. A última coisa que eu queria era transformar isso em um circo.

— Você não está envolvendo ninguém em nada. Nós *queremos* estar com você. Somos amigas, Stella — Ava lembrou, em um tom manso. — Se estiver em perigo, nós queremos ajudar. Você faria a mesma coisa por nós.

A emoção se tornou um nó em minha garganta. Natalia e eu éramos irmãs de sangue, mas Ava, Jules e Bridget eram a família que eu tinha escolhido.

Estivemos presentes na vida uma das outras nos melhores e piores momentos, e, embora eu as protegesse do que havia de pior na minha vida, saber que elas estavam por perto me ajudava a enfrentar tudo.

Às vezes, tudo de que precisávamos era saber que alguém se importava conosco.

— Eu sei. Se precisar de alguma coisa, eu aviso. Prometo.

— Tudo bem. — Apesar da relutância palpável, Ava não insistiu. — Toma cuidado. E não estou falando só do maluco que manda as cartas.

Estou falando de Christian também.

Ela não disse, mas ouvi a mensagemem alto e bom som.

— Pode deixar. — Respirei fundo mais uma vez. — Tenho que desligar, mas te amo.

Eu sabia que Ava queria falar mais alguma coisa, mas se conteve.

— Também te amo.

Desliguei.

Uma já foi, faltam duas.

Em seguida liguei para Jules. Ela ia surtar, mas já sabia sobre o stalker, então talvez surtasse menos.

Ah, quem eu estava tentando enganar? Teria muita sorte se ela não aparecesse na porta do apartamento empunhando um machado, pronta para vasculhar todos os bairros da cidade de Washington até encontrarmos o cara.

— Oi, J — falei quando ela atendeu. — Está em casa? Não tem nenhum objeto pontiagudo por perto, tem? Que bom, porque eu tenho uma coisa para te contar...

CAPÍTULO 18

Christian

Passei o dia revendo as imagens das câmeras de segurança gravadas na véspera. Havia horas de vídeos inúteis, mas eu sempre voltava ao mesmo ponto: meia hora de "falha técnica" que coincidia com a ida de Stella à lanchonete.

O stalker não só tinha invadido o apartamento dela; também tinha hackeado o circuito fechado do sistema de segurança do Mirage. Devia ter sido impossível, mas os trinta minutos de estática que haviam substituído o que deveria ter sido uma imagem nítida do corredor do lado de fora do apartamento de Stella confirmavam que havia acontecido.

Eu já havia solicitado uma verificação emergencial completa do sistema de segurança do prédio. Todas as senhas foram mudadas, todos os cantos e nichos foram examinados em busca de evidências de adulteração. Não tinham encontrado nada, o que significava uma coisa.

Ou tinha sido coisa de alguém de dentro do prédio, ou o stalker havia recebido ajuda de alguém daqui de dentro.

Meu sangue gelou quando pensei nisso.

Todos os empregados tinham que passar por verificações minuciosas antes de serem contratados, mas a vida muda. Bastava uma dívida ou uma pessoa querida em perigo para tornar alguém vulnerável a suborno e persuasão.

Eu sabia; normalmente era eu quem subornava e persuadia.

Respirei devagar e dissipei a fúria girando os ombros discretamente.

Havia hora e lugar para o trabalho. Um jantar com Stella não era nenhum dos dois.

Eu já estava fazendo uma segunda rodada de verificações de todo mundo que trabalhava no Mirage e na Harper Security. Amanhã saberia se alguém tinha fraquezas que um elemento externo poderia explorar.

Até lá, guardaria para mim os detalhes feios da investigação.

Aparentemente, Stella tinha se recuperado da invasão, mas ela sabia esconder bem as emoções.

Até as amigas mais próximas a consideravam inabalável, apesar de os sinais de ansiedade serem tão claros. O jeito como a respiração mudava e os olhos escureciam, a maneira como ela enrolava o colar no dedo sempre que ficava agitada.

Ela não demonstrava nenhum desses sinais agora, mas isso não significava que havia superado os acontecimentos recentes. Tinham sido só vinte e quatro horas, porra.

— Aliás, Luisa me contou sobre a parceria com a Delamonte — falei, preenchendo o vácuo na conversa. — Parabéns.

Desde o início da refeição, ela havia falado sobre tudo, menos sobre a invasão. Não mencionara sequer como as amigas haviam recebido a notícia, não que eu me importasse com isso. Só me interessava que não a pusessem em risco fazendo alguma besteira.

Se ela não queria falar sobre o que tinha acontecido, porém, eu não a forçaria.

Em vez de sentar ao meu lado como tinha feito no café da manhã, ela escolhera a cadeira na outra ponta da mesa para oito pessoas.

A distância me aborrecia mais do que deveria, mas um sorrisinho distendeu meus lábios quando o nome Delamonte fez seus olhos se iluminarem.

— Obrigada. Não consigo acreditar que fechei a parceria. Ainda preciso conversar com meu agente e assinar o contrato, mas... — Seu sorriso ficou maior. — Bem, você sabe o que aconteceu. Enfim... — Ela pigarreou e bebeu um gole de água. — Estou animada. A campanha pode abrir muitas portas para mim.

— É isso que você quer? Trabalhar com marcas em tempo integral?

De um ponto de vista lógico, trazer Stella para morar em minha casa havia sido uma das piores decisões que eu poderia ter tomado.

Ela era minha maior distração. Meu ponto fraco.

Por isso tentei manter distância de manhã, mas não tinha gostado de ouvi-la dizer que não se importaria se eu transasse com outras mulheres.

Como se eu conseguisse me concentrar em qualquer outra mulher desde que a conhecera.

Não tinha aguentado mais que um dia tentando ficar longe dela.

— Acho que é bom no curto prazo — Stella respondeu. — Não sei se é sustentável por muito tempo. Na verdade...

Esperei enquanto a indecisão desfilava pelo seu rosto.

Era o olhar de alguém que tinha um segredo que queria muito contar, mas tinha medo.

— *Talvez* eu comece minha própria marca em algum momento. Não é nada certo — ela acrescentou, apressada. — Só uma ideia que eu tive. Vamos ver.

Levantei as sobrancelhas, mais curioso que surpreso.

Stella criando uma marca de moda fazia mais sentido do que trabalhando em uma revista.

Algumas pessoas eram líderes, outras, seguidoras. Stella podia se considerar uma seguidora, mas era talentosa demais e brilhava muito para ser moldada por expectativas alheias.

— Acho a ideia ótima.

Ela piscou, claramente assustada com minha resposta.

— Sério? — Parecia cética.

— Você já construiu uma marca com seu blog e a rede social. Construir outra não deve ser difícil. — Sorri. — Ou melhor, não deve ser tão difícil.

Stella franziu a testa.

— Nunca pensei nisso por esse ponto de vista.

— Confie em mim. Mesmo que você ainda não tenha um produto pronto, provavelmente está mais adiantada nesse caminho do que pensa. — Tinha o conhecimento da área e de marketing, o que era sempre a parte mais difícil. Criar o produto era fácil. — Tem um plano de negócios?

A pergunta calma traía a vibração dentro de mim.

Eu estava forçando uma conversa, mas era a primeira vez que falávamos sobre algo real, algo que não fosse meu trabalho, o maluco que a perseguia ou nosso acordo.

Stella compartilhava grande parte de sua vida na internet, mas eu queria ouvir sobre isso diretamente dela. Queria entender como ela pensava, sentia ou via o mundo.

Queria desembaralhar cada fio que *a* fazia ser quem era e os expor completamente para poder examiná-los. Entender o que havia nessa mulher em particular que me fascinava tanto, quando havia milhares que eram, objetivamente, igualmente bonitas e me desejavam mais.

— Desenhar, costurar e torcer pelo melhor conta como plano?

Mais um sorriso ameaçou desabrochar, provocado por seu tom esperançoso.

— É bem impressionante, mas acho que você vai precisar de algo mais concreto.

Ela suspirou.

— Eu tinha medo disso. Lido bem com a parte criativa, mas odeio matemática. Qualquer coisa além de cálculos básicos fica complicado demais para mim.

— Quando chegar a um nível razoável de sucesso, você pode contratar alguém para cuidar da administração do negócio para você. Até lá... — Batuquei com os dedos na mesa. Uma vez, duas. — Eu te ajudo.

As palavras pairaram entre nós, tão chocadas com a própria existência quanto eu.

Com a brecha interna, o stalker de Stella e a Sentinel colada nos meus calcanhares, eu já estava mais que ocupado. Não precisava acrescentar a porra de uma coleção de moda à receita.

Mas, agora que tinha feito a oferta, não podia voltar atrás.

E, para ser bem honesto, nem queria.

Stella arregalou os olhos.

— *Você* me ajuda. Pessoalmente?

— Acredito que isso ficou claro no *eu*, sim.

— Por quê?

— Isso importa?

Ela me encarou, determinada.

Suspirei.

— Não vou redigir o plano para você, Stella. Vou mandar um modelo e revisar o desenvolvimento à medida que você for avançando. Não vai tomar muito tempo.

Dependendo do esboço que ela fizesse, poderia me tomar um tempo do cacete, mas guardei o comentário para mim.

— Além do mais, quando você se tornar o próximo grande nome, vou poder dizer que participei de tudo desde o começo — acrescentei.

— Você fala como se o sucesso fosse certo.

— *Eu* tenho certeza. — Vi empresas surgirem e desaparecerem ao longo dos anos. As que prosperavam eram frequentemente comandadas por pessoas com as mesmas qualidades: criatividade, paixão, disciplina e vontade de aprender.

Stella tinha todas essas qualidades aos montes. Só precisava tomar conhecimento disso.

Seu olhar acanhado provocou um calor estranho em meu peito.

— Eu, hum, desenhei alguns croquis, na verdade. Quer ver?

Meu sorriso finalmente se abriu completamente, lento e preguiçoso.

— Eu adoraria.

O silêncio nos acompanhou até o quarto dela, onde Stella pegou uma pilha de folhas de papel da gaveta da escrivaninha e me entregou.

— Eu queria uma linha que combinasse com o tipo de roupa que eu já mostro no meu perfil. Qualidade e uma variedade de faixas de preço para consumidoras diferentes. E muitos vestidos. Adoro vestidos.

Ela mordeu o lábio enquanto eu examinava os desenhos.

— São só esboços. — Stella torceu o colar em volta do dedo. — Fazia tempo que eu não desenhava, estou enferrujada...

— São lindos.

Os desenhos de Stella eram exuberantes, cheios de detalhes complexos, cores intensas e silhuetas traçadas com perfeição. Eram desenhos que deveriam estar nas passarelas de Milão e Paris, não escondidos no canto de um quarto na cidade de Washington.

Ela hesitou.

— Sério?

— Sim, e eu não minto para poupar os sentimentos das pessoas. Se fossem ruins, eu diria. Não são. — Devolvi os croquis a ela. — Você tem talento. Não deixe ninguém, inclusive você mesma, dizer o contrário.

Stella entreabriu os lábios ao ouvir minhas palavras.

Foi um movimento sutil, mas que atraiu meu olhar como um ímã.

O ar ficou mais denso, nos sufocando com uma tensão que estalava como uma bomba querendo explodir.

— Você entende? — Minha voz era baixa, mas queimava entre nós como gravetos encharcados com gasolina.

Ela engoliu, e o movimento visível alterou os contornos do pescoço delicado.

— Sim. — O sopro suave que acompanhou a resposta tocou minha pele e provocou uma resposta em outra parte do meu corpo, mais embaixo.

Ela estava muito perto.

Eu poderia encerrar o jogo agora, convencê-la a se curvar à minha vontade e soprar as brasas da atração entre nós até elas se consumirem em chamas. Dar a ela uma amostra do que poderia ter se sucumbisse à inevitabilidade de nós dois.

Tudo.

— Bom.

Abaixei a cabeça e, em um movimento sutil, quase inconsciente, meus lábios tocaram os dela.

Dois segundos. Uma sílaba. Um instante elétrico que queimou cada centímetro da minha pele.

Em algum lugar distante, folhas de papel caíram no chão.

Inalei o suspiro manso de Stella como se fosse minha última dose de oxigênio e um gemido subiu pela minha garganta quando senti seu gosto doce.

Mal chegou a ser um beijo. Nós nem nos movemos, mas o contato breve me *consumiu*.

O ar em meus pulmões, as batidas do meu coração.

Naquele momento, Stella era a única coisa que existia.

Eu a inspirei. Soltei o ar. E recuei.

Nós nos encaramos.

O quase beijo tinha durado menos que uma fração de minuto, mas estávamos ambos agitados e ofegantes como se tivéssemos corrido uma maratona.

Surpresa e algo mais pesado escurecia os olhos verdes dela.

— Christian... — Ouvir meu nome em sua voz ofegante despejou o desejo diretamente em minhas veias.

Meu membro se contraiu.

Não dava para acreditar que eu estava tendo uma ereção depois de alguns segundos de contato casto, mas era isso.

— Nossa primeira reunião de negócios vai ser na semana que vem. Compareça preparada. — Dobrei as mangas, adotando uma voz fria que contrastava com as chamas que lambiam minha pele. Quando foi que o quarto ficara tão quente? — Boa noite, Stella.

Saí antes que ela pudesse responder.

Cada molécula do meu corpo exigia que eu ficasse e terminasse o que havia começado, mas era cedo demais. Alguém tinha invadido a casa dela um dia antes, pelo amor de Deus.

Mesmo assim, quando entrei no meu banheiro e abri o chuveiro gelado, o fogo continuou ardendo em meu sangue.

CAPÍTULO 19

Stella

31 de março

Eu...
O que foi que acabou de acontecer?

~~~~~

UMA SEMANA DEPOIS DE TER ME MUDADO PARA A CASA DELE, DESCOBRI o segredinho de Christian.

Em um canto escuro da sala íntima, escondida entre DVDs de *Cães de aluguel* e *O poderoso chefão*, ele mantinha uma edição de colecionador de *Spice World*.

É isso aí. Christian Harper, CEO da Harper Security e, possivelmente, o homem mais aterrorizante que eu já conhecera, tinha uma edição especial de um filme sobre a banda feminina da década de 1990 que, coincidentemente, era uma das minhas favoritas simplesmente pelo estilo exagerado.

Eu não sabia que as pessoas ainda tinham DVDs, mas não perderia a oportunidade de rever uma das minhas obsessões da infância naquela tela plana enorme.

Com base no que observara de seus horários, Christian não voltaria para casa em menos de duas horas, então, relaxei.

Cantei e dancei com o filme, só parei para pegar um pouco do sorvete em cima da mesinha de centro.

Eu não era uma grande cantora *ou* dançarina, devia estar ridícula, mas estava feliz demais para me importar.

Tinha sido um bom dia.

Eu havia assinado o contrato com a Delamonte, e nossa primeira sessão de fotos fora marcada para a semana seguinte em Nova York. Seria uma sessão pequena, por isso tinha sido marcada com pouca antecedência, mas eu estava empolgada para começar a parceria e visitar a cidade novamente.

Também terminara outro jogo de croquis e começara a preencher o modelo de plano de negócios que Christian tinha me dado. Não era tão chato quanto eu temia, embora algumas partes, como a análise financeira e o plano de produção, tivessem me dado dor de cabeça.

Nenhum de nós mencionara nosso quase beijo desde que ele acontecera. Mantínhamos nossas conversas limitadas a amenidades, trabalho, minha marca, e isso me contentava.

Na verdade, as coisas estavam tão normais entre nós que eu me perguntava se o *beijo* tinha mesmo acontecido. Talvez fosse um produto da minha imaginação, nascido da mesma loucura que havia me convencido a mostrar meus desenhos para ele.

Eu nunca tinha mostrado para ninguém antes.

Enquanto isso, o medo do stalker havia diminuído, trancado atrás do vidro blindado e das paredes de aço reforçado da cobertura de Christian. Se pensasse muito nisso a ansiedade voltava, mas eu estava tão ocupada que não *precisava* pensar. Podia me perder na bolha de ilusão para... bem, não para sempre, mas por um tempo.

Então, como eu disse, tinha sido um bom dia.

Girei com a colher de sorvete na boca, descalça no piso frio de mármore.

Estava tão absorta com a canção e a dança que não percebi a entrada de alguém até notar uma silhueta escura durante o giro.

Um grito surpreso cortou o ar antes de o meu cérebro identificar a estrutura esguia e musculosa e o terno elegante.

A colher caiu da minha boca e espalhou sorvete derretido de doce de leite na frente da minha camiseta.

— Não é o cumprimento que costumo receber das mulheres, mas é melhor que ouvir você se esgoelar. — Apesar do insulto, havia humor nas linhas incrivelmente esculpidas do rosto de Christian.

Mas os olhos dele não tinham nada de suaves. Eram lâminas embainhadas em seda preta, tão frios que ardiam em minha pele.

Eles acompanharam a linha do meu pescoço até o tronco, desceram até os pés descalços e voltaram ao rosto.

Devagar e preguiçosos, como um gato brincando com um rato.

Fiquei parada, com medo de que o menor movimento pudesse me cortar, me abrir e expor o coração acelerado ao ar elétrico.

De repente, tomei consciência de como o short era curto, de quanta pele o cropped deixava à mostra e de como devia estar ridícula com as compressas de gel sob os olhos e o creme de tratamento no cabelo, sem mencionar que estava dançando e cantando aos berros ao som de Spice Girls na sala da casa dele.

A vergonha baniu o calor provocado por aquele olhar, mas me agarrei com força ao que restava de dignidade.

— Eu não estava me *esgoelando*. Estava exercitando as cordas vocais. — Abaixei e peguei a colher melada do chão com toda a graça de que era capaz. — E pensei que estivesse sozinha. Você nunca volta para casa tão cedo.

— Não sabia que prestava tanta atenção aos meus horários. — O tom aveludado tocou minha pele com a mais sensual das carícias.

Christian se aproximou de mim. Ele usava roupas de grife próprias para o escritório, mas aqueles olhos cor de âmbar e a elegância predadora dos movimentos me faziam pensar em uma pantera cercando a presa. Um animal adiando o inevitável porque tinha se cansado da facilidade com que capturava o que queria.

— Não é isso, mas nós moramos juntos há uma semana. Não preciso estudar suas entradas e saídas para saber seus horários.

Christian acordava cedo. Eu também, mas, quando subia ao terraço dele na cobertura todas as manhãs para fazer ioga ao nascer do sol, ouvia o chuveiro dele ligado e sentia cheiro de café vindo da cozinha.

Ele saía às sete e meia em ponto e voltava doze horas depois, igualmente impecável.

Isso não era natural.

Tum. Tum. Tum.

Meus batimentos reverberavam no pulso, no peito e nos ouvidos quando ele parou na minha frente.

Especiarias e couro. Linhas impecáveis e abotoaduras de prata. Intimidador em sua perfeição, mas confortante em sua familiaridade.

— Sabe por que eu vim para casa mais cedo hoje? — Christian levantou a mão, e, por um segundo de euforia e pavor, pensei que ele fosse tocar meu seio.

Em vez disso, usou o polegar para limpar a mancha de sorvete no alto do meu colo.

O toque leve queimou minhas veias e desceu como líquido até a região entre as pernas.

— Não. — Quase não me ouvi em meio à tempestade que se formava no ar.

Os sons do filme havia muito tinham desaparecido, substituídos pelas batidas frenéticas do meu coração.

— Temos um compromisso. — Minha confusão evidente iluminou os olhos dele com um toque de humor. — Nossa primeira reunião de consultoria empresarial.

Pisquei, atordoada, incapaz de processar as palavras em tempo real.

Consultoria empresarial...

Vou marcar uma reunião semanal e acrescentar na sua agenda. Prepare-se para elas.

— Ah. *Ah!* — Meu plano de negócios. O que eu nem havia terminado de preencher.

A realidade apagou a névoa de feromônios do meu campo de visão e devolveu a normalidade à minha respiração.

— Ainda não terminei o plano — admiti. — Só preenchi metade.

Pensar no que queria para o meu novo negócio exigia mais tempo que redigir o plano.

Fiquei esperando o sermão ou um suspiro desapontado, no mínimo, mas tudo que Christian disse foi:

— Vamos ver o que você fez até agora.

Peguei os papéis da mesa de centro e entreguei a ele.

O fantasma de seu toque permanecia em minha pele, mas a tensão de antes se tornou nervosismo enquanto eu esperava pela reação dele.

Depois de um silêncio interminável, ele me devolveu o documento.

— Ótimo.

— Ótimo?

Só isso?

— Sim, ótimo. O resumo executivo está claro e sucinto, e é evidente que você fez a pesquisa de mercado. Precisa de umas modificações aqui e ali, mas vamos deixar para quando terminar o esboço. — Seus lábios se curvaram. — Eu não esperava que você construísse um plano completo em uma semana, Stella, especialmente sem nunca ter feito um antes.

O alívio desfez o nó em meu peito.

— Você podia ter falado isso antes. Quase me fez ter um infarto!

Eu tinha sido a aluna que *sempre* entregava o dever de casa no dia certo. A ideia de perder um prazo me dava arrepios.

Decepção. Fracasso.

Afastei as vozes insidiosas antes que elas conseguissem cravar as unhas em mim, mas o eco permanecia, ofuscando o entusiasmo.

— Se eu tivesse te contado, você teria feito tudo isso?

Suspirei ao reconhecer a lógica do argumento.

— Provavelmente não.

— Exatamente. — Christian olhou para a TV. — Mas lamento ter interrompido sua performance empolgante das Spice Girls. Francamente, você desperdiçou sua vocação de membro de uma girl band.

Estreitei os olhos, me lembrando de que uma professora do ensino médio tinha comparado minha habilidade vocal à de um gato nos últimos instantes de vida.

Ela não era uma professora muito legal.

— A performance era para mim, não para você. Você viu o que não devia porque estava espiando. — Tirei as compressas de gel de debaixo dos olhos do jeito mais casual possível. Entre cantar, dançar e derrubar sorvete, me envergonhara o suficiente sem precisar de uma compressa caindo.

— A casa é minha.

— Mesmo assim, seria mais educado anunciar sua presença.

— Eu teria anunciado, mas fiquei fascinado demais quando vi você tropeçando pela sala como um filhote de *elefante bêbado*. — Uma gargalhada brotou de seu peito diante da minha reação indignada. Eu não era a melhor das dançarinas, mas dançava melhor que um elefante bêbado. Provavelmente. Talvez. — De um jeito encantador, é claro.

Minha dignidade nunca se recuperaria disso.

— É claro. Isso me faz sentir muito melhor. — Levantei o queixo e mudei de assunto, antes de explodir de pura mortificação. — Falando em performances, marquei minha primeira sessão de fotos com a Delamonte para a semana que vem. Em Nova York.

A risada de Christian morreu, mas traços de humor ainda persistiam nas linhas da boca.

— Datas?

Dei as informações.

— Certo. Nós vamos no meu jato.

Olhei para ele sem saber se tinha ouvido direito.

— Você vai comigo?

— A palavra *nós* significa isso, sim.

Em público ele era muito educado e simpático, mas em particular conseguia ser um babaca sarcástico.

— Você não tem uma empresa para administrar? — Ele devia ter coisas mais importantes para fazer do que acompanhar a namorada de mentira em uma sessão de fotos.

— Se minha empresa não puder sobreviver a dois dias sem mim, é porque não cumpri minha missão como CEO. Sem mencionar que seu admirador secreto nem tão amigável ainda está por aí. É bem pouco provável que ele te siga até Nova York, mas não vamos arriscar.

— Brock pode me acompanhar. Eu gosto dele. Ele é legal.

Bem, só o encontrei uma vez e nunca mais o vi, mas sentia sua presença simpática e confortante sempre que saía de casa. Ter um guarda-costas não era tão ruim quanto eu imaginava.

Além disso, eu não me sentia tentada a transar com ele, o que era um grande bônus.

A expressão de Christian não mudou, mas a temperatura despencou de repente.

— Brock não vai com você. Eu vou. — As palavras dele eram tão geladas que eu poderia usá-las para fazer uma escultura de gelo. — O trabalho dele é permanecer invisível e garantir sua segurança. Mais nada. Ele está fazendo o trabalho dele, Stella?

Senti que a pergunta era capciosa.

— Sim? — hesitei.

Não sabia o que havia provocado a reação quase hostil de Christian, mas não queria provocar a demissão de Brock.

— Ótimo.

Estava começando a odiar essa palavra.

Cruzei os braços, tanto para esconder quanto estava nervosa quanto para me proteger das ondas geladas do descontentamento de Christian.

— Dia ruim no trabalho? — perguntei. — Ou a metamorfose em fera temperamental faz parte da sua rotina noturna?

Sua única resposta foi o olhar firme.

Eu estava brincando, mas, agora que olhava com mais atenção, notava pequenos sinais de estresse. A tensão dava à mandíbula um contorno mais pronunciado, e havia uma ruga fina em sua testa. O corpo vibrava com a eletricidade sombria e inquieta da frustração.

— Dia ruim no trabalho? — repeti, dessa vez em um tom mais suave.

Eu esperava que Christian minimizasse minha preocupação. Para minha surpresa, ele respondeu com franqueza.

— Cliente difícil.

— Imagino que lide com vários deles.

A lista de clientes da Harper Security era um quem é quem do mundo dos CEOs, celebridades e realeza. Uma tonelada de egos para uma empresa manejar.

— Nem tanto quanto se poderia esperar. — Ele tirou o paletó e o pendurou no encosto do sofá. A camisa realçava os ombros largos, e os músculos se contraíam a cada movimento.

Para. Não é hora de babar em cima dele.

— Se alguém insiste em ser difícil, nós dispensamos o cliente e nunca mais o aceitamos de volta. Eu comando uma empresa de segurança, não uma creche. Não tenho tempo para ser babá de gente de ego inflado. Dito isso... — Uma nota diferente modificou sua voz. — Alguns egos estão ligados a contatos úteis. Esse cliente ficou furioso porque assinei um contrato para prestar serviço para um concorrente dele. Está ameaçando procurar outra empresa se não dispensarmos o concorrente.

Homens adultos eram mais mesquinhos que adolescentes no ensino médio.

— Imagino que seja um cliente importante?

— Um dos maiores que tenho.

— Não quer perder a conta, mas também não quer prejudicar sua reputação ou abrir precedente dispensando o outro cliente — deduzi. Mordi o lábio, pensando na situação. — Resumindo, é uma questão de orgulho. Ele não quer que esse concorrente tenha o que ele tem, então por que você não oferece alguma coisa a mais para esse cliente? Um upgrade para um pacote VVIP, e deixa claro que o concorrente não tem o mesmo nível de acesso.

VIP era o padrão dos clientes dele, mas VVIP era o nível seguinte.

— Não tenho um pacote VVIP.

— Agora tem. Pelo menos faça *o homem* pensar que tem — corrigi. — Acrescente alguns equipamentos de segurança, leve o cliente para beber. E diga para ele não divulgar o upgrade, porque esse pacote está disponível para pouquíssimos selecionados. É meio que um clube secreto. Vai afagar o ego do sujeito, e ele vai ficar muito contente, porque tem mais que o concorrente. Pessoas assim só querem sentir que são melhores que alguém.

Era uma lição que eu tinha aprendido depois de anos de trabalho no mundo da moda.

Christian me estudava com um sorriso pálido.

— Talvez você tenha mais tino para os negócios do que pensa ter.

Seu murmúrio baixo envolveu meus sentidos como um cobertor felpudo e aveludado.

— Mais empatia que tino comercial — respondi, constrangida. — Ainda sou péssima com negociações e contabilidade.

Aprenda a aceitar um elogio, meu bem. "Obrigada" é uma resposta perfeitamente adequada.

A voz de Jules ecoou em minha cabeça.

Eu estava tentando, mas alguns elogios eram mais fáceis de aceitar que outros.

— Enfim, tenta e vê o que acontece. — Pigarreei. — Enquanto isso, você precisa relaxar. Já meditou?

Ele me encarou.

— Vai te ajudar a dormir melhor.

Silêncio.

Tudo bem. Acho que isso era um *não*.

— E ioga? — tentei. — Podemos fazer juntos. Serei sua instrutora.

Christian olhou para mim como se preferisse mergulhar em uma banheira de ácido.

— Agradeço pela oferta, mas vou me limitar a um banho quente e dormir — disse, em tom seco.

— Banho e sono não são suficientes. — Não com aquelas linhas profundas em sua testa. Todos os empresários eram iguais, estavam sempre perseguindo o próximo grande negócio sem se importar com a própria saúde, até que fosse tarde demais. Estalei os dedos.

— Tenho uma ideia. Sente-se no sofá.

— Não vou meditar.

— Você já disse isso. — Não com todas as palavras, mas seu silêncio foi bem eloquente. — Não é meditação. Sente-se. Por favor?

Seu olhar era desconfiado, mas ele atendeu ao pedido.

Meu coração batia forte quando me coloquei atrás dele e toquei seus ombros. Seus músculos se contraíram imediatamente.

— O que... — ele começou em voz baixa, tão carregada de perigo que a senti na garganta — está fazendo?

— Massagem. — Escondi o nervosismo sob o verniz da coragem. *Isso é para ajudar Christian a relaxar. Mais nada.* — Não vai me dizer que também se opõe a isso.

Ele contraiu a mandíbula.

A noite havia caído, pintando de preto a janela panorâmica diante de nós. Nosso reflexo era tão nítido que a janela poderia ser um espelho.

— Vai fazer uma massagem em mim. — A inflexão das palavras era impossível de decifrar.

— Foi o que eu disse. Relaxa. — Eu mantinha a voz tão baixa e tranquilizadora quanto podia enquanto deslizava as mãos pelos ombros e o pescoço dele. Os músculos se contraíram ainda mais, o que derrotava todo o propósito da ação. — O *outro* relaxamento.

Eu adorava massagens, mas gostava de massagear quase tanto quanto de ser massageada. Havia algo de satisfatório em sentir a tensão derreter sob as mãos e saber que eu tinha ajudado alguém a se sentir melhor, mesmo que só temporariamente.

Demorou um pouco para Christian relaxar, mas aos poucos ele foi afundando no sofá e inclinou a cabeça para trás, fechando os olhos.

O ar vibrava com a percepção que tínhamos um do outro e os sons misturados de nossa respiração suave, regular.

Tentei me concentrar em meus movimentos, não na poderosa silhueta masculina largada no sofá na minha frente, como uma pantera em repouso depois de uma longa caçada.

Os músculos de Christian eram alongados e esculpidos, linhas sinuosas e força recolhida.

Como tudo nele, seu corpo era uma máquina letal, perfeitamente desejável.

Meus olhos estudaram seu rosto e a curva escura dos cílios nas faces bronzeadas.

Lábios firmes e sensuais, faces esculpidas, nariz reto e um queixo de contorno tão perfeito que caberia em uma exposição de museu.

Devia ser ilegal alguém ter um rosto assim.

Uma mecha de cabelo escuro tocava a testa. Incapaz de me conter, eu a alisei para trás e me deliciei com a maciez dos fios enquanto massageava o couro cabeludo. O cabelo de Christian tinha o comprimento perfeito – curto o suficiente para facilitar a manutenção, longo o bastante para uma mulher poder deslizar a mão por ele enquanto...

Para. Foco.

Engoli a secura na garganta e a sensação renovada no baixo-ventre.

A respiração de Christian mudou, se tornou mais áspera, mais primal.

Deslizei as mãos pelo pescoço dele e pelos ombros...

Uma exclamação sufocada cortou o silêncio quando a mão dele segurou a minha, interrompendo os movimentos. A força do contato transmitiu um calor tão intenso que o senti nos ossos.

— Chega.

Contenção dura e olhar de uísque.

Ele estava de olhos abertos, e eu já me sentia consumida por eles quando me agarrei ao pouco que me restava de autopreservação e recuei.

Tirei a mão de debaixo da dele e dei um passo para trás com o coração na garganta, os batimentos acelerados pela descarga de adrenalina.

— Você tem razão. Isso deve bastar. Espero que tenha ajudado. — *Fria, calma, composta.* — De qualquer maneira, eu... bom, até amanhã. Boa noite.

Pela segunda vez naquela semana, corri para o meu quarto e tranquei a porta. Fechei os olhos e me apoiei na madeira fria até o coração voltar ao ritmo normal.

Qual era o *problema* comigo? Nunca ficara tão agitada por causa de um homem antes. Até tinha procurado uma terapeuta uma vez, pensando que a falta de libido poderia ser motivo de preocupação, mas ela garantiu que era normal. Nem todo mundo sentia atração sexual o tempo todo, ou do mesmo jeito.

A menos, aparentemente, que morasse com Christian Harper. Eu não conseguia identificar o que tinha mudado.

Sempre o achara atraente, mas minhas reações a ele não eram tão intensas ou frequentes até ele me encontrar depois da primeira carta. A noite do evento beneficente tinha sido intensa, certamente, mas eu acreditava que fora uma casualidade.

Talvez meu cérebro estivesse confuso e pensasse que nosso relacionamento era real? Ou eu confundia gratidão com algo mais profundo.

Qualquer que fosse a razão, eu queria que os sentimentos estranhos fossem embora.

Escovei os dentes e fui para a cama, mas não conseguia dormir com aquela urgência pulsando no corpo.

Finalmente, não aguentei mais.

Deslizei a mão entre as pernas, e minha mão se abriu junto com um gemido silencioso ao primeiro contato dos dedos com o clitóris.

A necessidade de alívio sexual não era frequente, mas esse toque acendeu meses de frustração acumulada, até que a única coisa importante era buscar um alívio doce, intenso.

Minhas costas arquearam enquanto eu manipulava o clitóris com uma das mãos e um mamilo com a outra. Estava hipersensível, depois de tanto tempo sem me tocar, e centelhas de prazer percorriam meu corpo, incendiando cada terminação nervosa.

Gemidos baixos se misturavam aos sons escorregados dos meus dedos no clitóris, enquanto um conhecido filme erótico se desenrolava em minha cabeça.

Eu amarrada, sentindo as cordas ásperas esfolando a pele, enquanto um desconhecido sem rosto fazia o que queria comigo.

Mãos apertando meu pescoço, mordidas na pele e um ritmo intenso, implacável, que arrancava gritos inibidos da minha garganta.

Fantasias sombrias a que eu só me entregava sob a cobertura da noite.

Nunca as revelara a antigos amantes, porque ficava nervosa demais para compartilhar essas coisas e porque não acreditava que eles poderiam executar os cenários como eu queria.

Ironicamente nas minhas fantasias, o foco nunca era o homem. Meu amante fantasma permaneceu sem rosto durante todos esses anos, uma figura amorfa que não precisava de uma identidade para me dar o que eu queria – a perda de controle segura e um interruptor que desligasse as incessantes preocupações que atormentavam meu cérebro. Nada além de sensações intensas de prazer e dor adjacente.

Mas, com a umidade recobrindo meus dedos e a pressão crescendo entre minhas coxas, a figura sem rosto entrou em foco pela primeira vez desde que essa fantasia começou.

Olhos castanhos dourados. Sorriso suave, fatal. Um toque quente dos lábios nos meus e mãos implacáveis que marcavam minha pele com tanta pressão que faziam minha cabeça girar.

O nó de pressão explodiu com tanta força que não tive tempo de gritar antes do mergulho no abismo, antes de ser arrastada por onda após onda de um orgasmo glorioso sem nada a que me agarrar exceto visões de uísque, mãos ásperas e um homem que eu não deveria querer, mas não conseguia deixar de desejar.

CAPÍTULO 20

Stella

NA SEMANA ANTERIOR À VIAGEM PARA NOVA YORK, EVITEI CHRISTIAN com a determinação de um fugitivo do FBI.

Foi surpreendentemente fácil, considerando o quanto ele saía cedo de manhã e como voltava tarde à noite. Desconfiei de que ele também podia estar me evitando e comecei a esperar que retirasse a oferta de me acompanhar na viagem.

Não tive essa sorte.

Na manhã da sessão de fotos da Delamonte, eu estava a trinta e cinco mil pés de altitude, sentada diante de um homem que parecia tão determinado a me ignorar quanto eu me esforçava para ignorá-lo.

Com exceção de uma educada troca de *bom-dia*, não nos falávamos desde que tínhamos saído de casa.

Bebi um gole da minha água com limão e dei uma olhada rápida em Christian. Ele trabalhava no notebook, com a testa franzida em sinal de concentração. O paletó estava no assento a seu lado, e as mangas da camisa dobradas revelavam o relógio e antebraços bronzeados, musculosos.

Como é que eu nunca percebera como antebraços são sexy?

Olhei para onde o Patek Philippe brilhava sobre a pele bronzeada. Jules tinha razão. Havia algo de especial em homens que usavam relógio...

— Está pensando em alguma coisa? — Christian nem levantou os olhos do computador.

Eu não estava fazendo nada de errado, mas meus batimentos dispararam como se ele tivesse me pegado roubando.

— Estava só pensando na sessão de fotos — menti. Bebi mais um gole de água.

Entre a tensão de voar e a sessão de fotos da Delamonte naquela tarde, estava surpresa com minha capacidade de segurar alguma coisa no estômago, inclusive líquidos.

— O que vai fazer enquanto eu estiver no set? — perguntei. — Visitar o escritório de Nova York?

A sede da Harper Security ficava na cidade de Washington, mas a empresa mantinha escritórios no mundo todo.

— Não estou voando com você para Nova York para me enfiar em outro escritório. — Christian digitou alguma coisa no teclado. — Vou ficar com você no set.

A surpresa invadiu meu peito, seguida por um arrepio de nervoso.

— Mas a sessão pode demorar horas.

— Eu sei.

Esperei uma explicação que ele nunca deu.

Contive um suspiro. Christian era muito temperamental.

Por falta de coisa melhor para fazer, me acomodei melhor no assento e examinei o ambiente luxuoso à nossa volta.

O jato particular de Christian parecia uma mansão voadora. Assentos de couro bege formavam áreas de estar íntimas, e um carpete azul-marinho elegante e fofo abafava os passos das duas comissárias uniformizadas que pareciam ter saído da última edição da *Vogue*.

Além da cabine principal, o jato também tinha um quarto, um banheiro completo, uma área de tela para quatro pessoas e uma mesa de jantar preparada com pratos de fundo magnético e talheres projetados para permanecerem em seus lugares durante turbulências.

Devia ter custado uma fortuna.

Christian parecia tão confortável no ambiente opulento quanto alguém que havia crescido cercado de riqueza, mas minha pesquisa revelou que ele pertencia a uma família normal de classe média. De acordo com a única entrevista que ele tinha dado na vida, seu pai fora engenheiro de software e, a mãe, administradora escolar.

— Por que você escolheu a segurança privada? — perguntei, rompendo o silêncio. — Podia ter ido para qualquer área.

Christian se formou *summa cum laude* no MIT. Poderia ter arrumado um emprego em qualquer lugar depois da graduação – Nasa, Vale do Silício, CIA. Em vez disso, escolhera construir a própria empresa do nada, sem garantias de sucesso em um campo que poucos formados pelo MIT abordavam.

— Gosto da área. — Christian finalmente levantou a cabeça, e sorriu diante do que viu em meu rosto. — Rhys acha que é meu complexo de Deus. Saber o quanto as vidas em questão são importantes, e que estão em minhas mãos.

Eu me esquecera de que Rhys havia trabalhado para ele. Os dois eram tão diferentes que era difícil imaginá-los existindo na mesma esfera.

Apesar de ser mal-encarado e carrancudo, Rhys aderia às regras (a menos que Bridget estivesse envolvida na história). Christian não parecia ver muita utilidade em regras, a menos que fossem criadas por ele.

— Não é isso. — Eu não conhecia Christian muito bem, apesar de morar com ele, mas sabia que ele não faria nada por pura vaidade. Era prático e calculista demais para isso.

— Não, não é. Não inteiramente. — Ele deslizou o polegar no mostrador do relógio. — Se eu quisesse só dinheiro, poderia ganhar de várias maneiras. Ações, venda de software de uso privado... e realmente fiz isso para levantar o capital para a Harper Security. Mas, quando você atinge um determinado nível de riqueza, dinheiro é só dinheiro. Não agrega nenhum valor inerente além da vaidade. O mais importante são os contatos. Acesso. As pessoas que você conhece e as coisas que elas estão dispostas a fazer por você. — Um sorriso sensual e perigoso ao mesmo tempo. — Um contato bem posicionado em dívida com você vale mais que todo dinheiro no mundo.

Um arrepio subiu pelas minhas costas. O que ele disse fazia sentido, mas o *jeito* como disse fazia parecer mais ameaçador do que ele pretendia, provavelmente.

— Falando em negócios... — Christian mudou de assunto com tanta facilidade que meu cérebro levou um minuto para acompanhar. — Como vai o plano de negócios?

— Bem. — Eu queria dizer mais, mas o toque do joelho dele no meu me distraiu. Não havia percebido o quanto tínhamos nos aproximado durante a conversa.

Um calor masculino e um aroma provocante me pegaram de surpresa e me distraíram ainda mais antes de eu conseguir reunir o restante das minhas palavras quase esquecidas.

— Mas não quero falar sobre isso agora. Fala mais sobre você.

Aquele minidiscurso tinha sido a primeira oportunidade que tive de ver como a mente dele funcionava.

Christian usava os ternos caros e o charme como uma armadura, e eu estava desesperada por uma brecha, por qualquer vislumbre do homem atrás da máscara.

Como fora sua infância? Quais eram seus hobbies, objetivos e medos? O que o fizera ser quem era?

Eu não sabia por que queria respostas para essas perguntas, mas sabia que o pouco que via não era suficiente. Era inebriante demais, como uma dose de tequila boa direto no sangue de um alcoólico.

— Não sou tão interessante. — Era a resposta ensaiada de alguém que tinha passado a vida trancando os pensamentos e sentimentos dentro de um cofre.

— Está enganado. — Nossos olhares se encontraram como duas peças de um quebra-cabeça se encaixando. — Acho que você é um dos homens mais fascinantes que já conheci.

Era uma admissão ousada, uma declaração que fez seus olhos escurecerem até ganharem um tom intenso de âmbar derretido.

— Um dos? — A suavidade lânguida da pergunta alimentou a alquimia louca que queimava entre nós. Chamas escuras devoravam todo o oxigênio da cabine, deixando quase nada para os meus pulmões comprimidos.

— Fala mais sobre você, e talvez seja promovido ao topo da lista.

A risada dele roubou as bolsas de ar que restavam em meu peito.

— *Touché*.

Os olhos de Christian encontraram minha boca, e a risada evaporou. O negro engoliu o âmbar, deixando para trás apenas promessas de pecado e prazeres sombrios.

Focos de energia nervosa vibravam sob minha pele. A lembrança de nosso quase beijo quando me mudei para a casa dele voltou, como tinha o péssimo hábito de fazer desde aquela noite.

Enterrei as unhas nos joelhos e esperei sem respirar, sem me mexer, enquanto Christian abaixava a cabeça...

— Sr. Harper, peço desculpas pela interrupção, mas o senhor pediu para ser informado quinze minutos antes da aterrissagem.

A voz gentil da comissária estilhaçou o momento em mil pedacinhos.

Quando Christian recuou, uma onda fria de oxigênio inundou meu peito, seguida pelo ardor ácido da decepção. Com o rosto indiferente, ele baniu todos os traços de desejo como se nunca tivessem existido.

— Obrigado, Portia. — Perfeitamente composto, perfeitamente calmo, diferente dos batimentos enlouquecidos que ecoavam dentro de mim.

Portia assentiu. Olhou rapidamente para nós dois antes de desaparecer em outra parte do jato.

Christian devolveu a atenção ao computador, e não falamos mais até o fim do voo.

Tudo bem.

Eu não poderia ter formado palavras adequadas nem se tentasse. Estava perturbada demais pela constatação de que Christian Harper quase tinha me beijado de novo... e de que eu queria desesperadamente que ele me beijasse.

Por mais que eu estivesse nervosa com a sessão de fotos da Delamonte, estava grata por ela me distrair dos pensamentos confusos em relação a Christian.

Eu o queria, mas não queria namorar com ele (nem com outra pessoa).

Morávamos juntos, mas mal nos conhecíamos.

O mundo acreditava que estávamos namorando, mas praticamente nem nos beijáramos.

As contradições eram suficientes para levar uma garota à loucura.

Assim que voltasse à cidade de Washington, eu ia precisar de uma boa conversa de garotas com Ava e Jules. Estava enferrujada demais no departamento homens para entender toda essa minha confusão sozinha.

Por ora, no entanto, algo mais urgente exigia minha atenção: não estragar a primeira sessão de fotos da parceria mais importante da minha vida.

Quando Christian e eu chegamos ao estúdio, a atividade já estava intensa. Fotógrafo, maquiadora, cabeleireira e vários assistentes e funcionários da Delamonte corriam por ali, passando roupas e instalando iluminação e objetos de cenografia. Uma música pop tocava ao fundo, mas toda comoção parou quando entrei.

Aranhas de ansiedade rastejavam sobre minha pele.

Eu não tinha dificuldade para fazer sessões de fotos quando eu mesma as tirava ou aparecer ao vivo quando não podia *ver* as pessoas olhando para mim. Ser o centro das atenções em uma sessão de fotos em pessoa era outra história.

— Stella! — Luisa rompeu o silêncio e me cumprimentou com beijos exagerados dos dois lados do rosto. — Você está linda. E Christian. — Ela ergueu as sobrancelhas sem enrugar a testa habilmente retocada por Botox. — *Que* surpresa.

— Estou na cidade a negócios. Além disso... — Christian tocou a base da minha coluna. — Não resisti, precisava assistir à primeira sessão de fotos da Stella.

Ele falava e agia de maneira muito convincente como o namorado orgulhoso e dedicado, tanto que quase me esqueci de que estávamos fingindo.

Quase.

— Hum. — Luisa o encarava, fascinada. — Realmente.

Eu estava mais surpresa com a presença dela no set do que ela por ver Christian. Como CEO da marca, supervisionar sessões de fotos era algo muito trivial as atribuições dela.

Luisa deve ter visto a confusão no meu rosto, porque os olhos dela brilharam cheios de compreensão.

— Também não resisti. As pessoas dizem que isso é microgerenciamento, mas essa campanha é minha queridinha. Estou decidida a fazer dela a melhor na história da Delamonte, e você, minha querida... — Ela bateu na minha mão. — Você vai me ajudar a fazer isso acontecer.

O sanduíche que comera no almoço ferveu no meu estômago.

Certo. Sem nenhuma pressão.

Christian se afastou para fazer umas ligações de trabalho enquanto eu fazia cabelo e maquiagem e era apresentada a todos no estúdio, inclusive Ricardo, o fotógrafo da marca. Ele era um homem bonito de quarenta e poucos anos, com pele bronzeada e um sorriso sedutor que pude ver por um instante antes de ele desaparecer.

Segui seu olhar subitamente preocupado até onde Christian estava parado perto da porta, com o celular na orelha e a atenção concentrada em nós.

— Seu namorado é bem intenso, não é? — Ricardo riu de nervoso, antes de pigarrear. — Tudo bem. Hora de começar, meu bem. Temos mágica para fazer!

Ele era charmoso o suficiente para poder fazer esse tipo de comentário cafona, e durante uma hora fiz o possível para seguir sua orientação, posando, virando e contorcendo meu corpo em posições estranhas e nada naturais, até o suor escorrer pelas minhas costas.

As luzes esquentavam muito o ambiente, e imaginei a maquiagem derretendo até eu parecer um palhaço maluco.

E era só eu ou Ricardo também tinha perdido um pouco do entusiasmo? Os gritos animadores de "Linda!" e "Maravilhosa!" tinham diminuído gradualmente para "Vira para a esquerda" e "Nem tanto à esquerda". Logo, só os cliques e ruídos da câmera enchiam o estúdio.

Ninguém falava, mas o peso de todos os olhares em mim era como uma segunda camada de roupas.

A insegurança ocupou o vácuo criado pelo silêncio.

Finja que está em casa. Sua câmera está no tripé olhando para você. Os cenários foram criados por você, e agora é hora de fotografar. Você fez isso mil vezes, Stella...

— Levanta mais o queixo. — A instrução de Ricardo interrompeu a fantasia que eu havia criado sobre estar sozinha. — Abaixa a mão... um pouco mais... relaxa os ombros...

Não estava funcionando.

Ele não disse, mas eu *sentia*. O sabor denso e azedo da decepção se misturando no ar. O que eu estava acostumada a sentir sempre que ia para casa.

Eu finalmente estava trabalhando com a marca dos meus sonhos, e estava estragando tudo.

Lágrimas se formaram no fundo dos meus olhos, mas levantei a cabeça e as contive. *Não* ia chorar no set. Era capaz de me controlar até o fim da sessão.

Além do mais, essa era só a primeira sessão. Teríamos mais três. Eu praticaria antes da próxima e melhoraria... se não me dispensassem.

O punho inclemente da ansiedade apertou meus pulmões.

E se a Delamonte rompesse o contrato? Eles tinham essa prerrogativa?

Tentei me lembrar das cláusulas, procurando freneticamente a que permitia que a marca me dispensasse se meu desempenho não correspondesse aos seus padrões.

Por que não lera tudo com mais atenção? Estava tão empolgada que assinara o documento depois de uma rápida leitura com Brady para garantir que não havia grandes problemas. Mas e se...

— Stella, querida. — A voz de Ricardo traía o esforço para permanecer paciente. — Vamos fazer um intervalo? Dá uma volta, bebe um pouco de água. Retomamos em dez minutos.

Tradução: você tem dez minutos para se ajeitar.

Murmúrios baixos explodiram por todo lado, e vi a expressão carrancuda de Luisa antes de ela se virar.

A torrente de lágrimas pressionou com mais insistência as comportas da minha força de vontade.

Fria, calma, composta. Fria, calma, composta. Fria...

Um aroma quente e másculo invadiu meu olfato. Um segundo depois, vi o paletó preto de Christian.

Ele me deu um copo de água.

— Bebe.

Bebi. O líquido refrescou um pouco o calor que se espalhava pelas minhas costas, mas o ar ainda estava muito quente, as luzes, intensas demais. Eu me sentia como um inseto zumbindo em torno de uma lâmpada fluorescente, tentando escapar antes de morrer queimada.

— O que está fazendo? — perguntei quando Christian pegou o copo vazio, o deixou sobre a mesa mais próxima e parou na minha frente. Avaliando, como examinaria um possível investimento ou um enigma não solucionado.

— Refrescando sua memória sobre o motivo de estar aqui. — Seu tom era suave, mas suficientemente autoritário para sufocar os comentários cruéis que passavam pela minha cabeça. *Decepção. Fracasso. Fraude.* — Por que você está aqui, Stella?

— Para uma sessão de fotos.

Não consegui reunir energia para dar uma resposta melhor, menos boba.

— Isso é *o quê*. — Christian segurou meu queixo e levantou minha cabeça até meu olhar encontrar o dele. — Estou perguntando *por quê*. De todas as pessoas que poderiam estar em seu lugar, por que é você quem está aqui?

— Eu... — Porque tinha passado a última década cultivando uma imagem que havia se tornado tanto uma gaiola quanto uma tábua de salvação. Porque estava enganando meus seguidores e quase todo mundo que eu conhecia para conquistar uma medida idiota e arbitrária de sucesso. Porque estava desesperada para provar que *podia* ter sucesso para pessoas que nem se importavam comigo.

Senti a garganta fechar.

— Porque eles escolheram você. — A voz fria de Christian interrompeu meus pensamentos turvos. — Todas as blogueiras do mundo matariam para estar onde você está, mas a Delamonte escolheu você. Não a Raya. Nem qualquer outra mulher no jantar ou nas páginas das revistas. Essa é uma marca de muitos bilhões de dólares, e não teriam investido em você se não acreditassem na sua capacidade.

— Mas eu não consigo. — O sussurro revelava a verdade devastadora. Eu era uma impostora, uma garotinha brincando de vestir roupas de adulta. — Você viu. Não está acontecendo. Eu sou péssima.

— Você não é péssima. — A precisão direcionada dessa declaração atingiu a caixa de insegurança em meu peito. Ela foi amassada, mas não destruída. — Foi uma hora. *Uma* hora. Pense em quanto tempo investiu para estar onde está agora. Quanta coisa conquistou? Quantas pessoas superou? Você subestima suas conquistas e as considera comuns, quando as classificaria como extraordinárias se fossem de qualquer outra pessoa.

Christian continuou segurando meu queixo enquanto deslizava o polegar pelo meu rosto. Estava perto o bastante para eu conseguir distinguir os pontinhos dourados em seus olhos, como estrelas cadentes nadando em poças de âmbar derretido.

— Se você se visse como outras pessoas a veem — ele falou em voz baixa —, nunca mais duvidaria de você mesma.

Curiosidade e algo infinitamente mais doce e perigoso ganhou vida em meu coração.

— Como outras pessoas me veem?

Os olhos de Christian não desviavam dos meus.

— Como se fosse a coisa mais linda, mais impressionante que já viram.

As palavras incendiaram cada molécula do meu corpo e se dissolveram em uma poça de calor insuportável, frágil.

Não estávamos falando sobre outras pessoas, e nós dois sabíamos disso.

— É uma sessão de fotos, Borboleta. — Outra carícia com o polegar, outro galope do meu coração.. — A primeira metade é treino. A segunda metade é sua. Entende?

Era impossível não ser envolvida pela confiança de Christian.

Em vez de aumentar a preocupação sobre não corresponder às expectativas, a fé dele me fortificava o suficiente para enfrentar aquelas vozes feias, desafiadoras em minha cabeça e trancá-las novamente na caixa que era o lugar delas.

— Sim — respondi, sentindo os pulmões oprimidos, mas respirando melhor do que havia respirado a tarde toda.

— Ótimo. — Ele se inclinou e tocou meus lábios com os dele no mais suave dos beijos.

Não era a primeira vez que nos aproximávamos tanto, mas agora era mais natural.

Menos um beijo, mais uma promessa.

Meus nervos relaxaram e tudo à minha volta desapareceu por um longo momento.

Então o momento passou, e ele também, mas o calor de sua presença e o fantasma do toque de sua boca permaneceram.

Meu coração palpitou mais uma vez.

Fria, calma, composta.

Endireitei as costas e encarei Ricardo com um sorriso.

— Estou pronta.

Se a primeira metade da sessão fora um desastre, a segunda metade foi uma revelação. O que estava bloqueado em mim se soltou, e os cliques rápidos da câmera encheram o estúdio com entusiasmo renovado.

Snap. Snap. Snap.

E terminamos.

Eu não tinha me movido mais que alguns centímetros o tempo todo, mas meu coração batia forte como se tivesse corrido a Maratona de Nova York.

— Perfeito! Você é *fantástica*, meu bem, apesar do, ah, do começo difícil. — Ricardo piscou para mim. — *Nasceu* para a câmera. O resultado vai ficar lindo!

— Obrigada — murmurei, mas mal ouvi o restante dos elogios.

Meus olhos varreram o espaço branco até encontrarem Christian.

Ele estava em um canto no fundo. Ainda falando ao celular, ainda lindo no terno com gravata, e ainda me observando com aqueles olhos de uísque e gelo.

Apesar do telefone colado à orelha e dos olhares famintos de todas as mulheres e de vários homens no ambiente, ele não interrompeu o contato visual quando pisquei e sorri.

Foi uma coisa espontânea, fruto do alívio, não o tipo de atitude que eu teria com um homem que nem tinha beijado direito.

Mas eu estava eufórica depois da sessão de fotos, e Christian era sempre tão contido que eu quis surpreendê-lo.

Só uma vez, só um pouquinho.

Mas nada poderia ter me preparado para a destruição que aquele sorriso preguiçoso provocou em meu coração.

As borboletas que antes dormiam em meu peito enlouqueceram, e de repente eu soube, com toda a certeza do mundo, que elas estavam ali para ficar.

CAPÍTULO 21

Stella

Naquela noite, na falta de outros planos, acompanhei Christian a um jantar na casa do amigo dele, Dante.

Havia conhecido Dante na noite da nevasca, mas tinha me esquecido do quanto ele era intimidante. Mesmo de camisa preta simples e calça de alfaiataria, ele transmitia autoridade de um jeito diferente de Christian, mas com a mesma força.

Christian era a lâmina afiada de um assassino embainhada em veludo; Dante era um martelo brilhando com intenção mortal. Letal e certeiro, sem ambiguidade em relação ao dano que poderia causar, se usado.

Por outro lado, Vivian, a noiva dele, era simpática e franca, com belos olhos escuros e um sorriso afetuoso.

Estranhamente, ela brindava a todos com aquele sorriso, *menos* Dante. Os noivos não se olharam nem uma vez desde que Christian e eu chegamos.

— Quando te conheci, não sabia que estava namorando Christian. — A voz profunda de Dante interrompeu a reflexão curiosa e provocou um arrepio satisfeito em minhas costas. *Sotaque italiano*. Ele sempre fazia isso comigo. — Agora faz sentido.

Ele olhou diretamente para Christian, que bocejou.

Para duas pessoas que diziam ser amigas, eles não demonstravam muita amizade um pelo outro.

— O que faz sentido? — perguntei.

— Ele tem estado distraído ultimamente. — Dante girou o vinho na taça. — Não é, Christian?

— O balanço dos lucros da empresa no último trimestre diz o contrário — Christian respondeu, tranquilo. Ele apoiou a mão em minha coxa, um toque casual, mas tão possessivo que me aqueceu imediatamente.

— Não é sua empresa que corre perigo — Dante retrucou, em tom seco.

Christian olhou para ele com o interesse de alguém que ouve o discurso de um vendedor de apólices de seguro. Depois afagou minha pele nua com o polegar. Um toque macio, só uma vez, mas o suficiente para confundir meus pensamentos.

Estava tão focada na pressão quente da mão dele que não consegui dar atenção a mais nada, nem à comida deliciosa.

O que está acontecendo comigo?

Nunca perdera a cabeça por um homem desse jeito. Era desconcertante.

Vivian afastou a tensão com uma interrupção muito oportuna.

— Você e Stella formam um casal lindo. — Ela o encarou com um brilho de humor nos olhos. — Nunca pensei que veria Christian Harper com uma namorada.

— Nem eu, mas Stella me pegou de surpresa. — A resposta foi tão afetuosa e íntima que quase acreditei nela.

Meu coração disparou, e as borboletas enlouqueceram de novo.

Precisei beber um grande gole de vinho para acalmá-las.

É só um espetáculo. Não é real.

Christian vestia a afeição casual com a mesma facilidade com que vestia um de seus ternos. Não havia razão para acreditar que seus gestos eram mais que a encenação da nossa farsa.

Com exceção do nosso quase beijo duas semanas antes, ele nunca dera nenhuma indicação de que queria que fosse real.

Sim, ele não medira esforços na situação com o stalker, mas aquilo era uma questão de vida ou morte. Não queria dizer que *gostava* de mim.

Sentia atração por mim? Possivelmente, mas eu não acreditava que ele quisesse mais que sexo.

Minha cabeça girava. Tudo ficara muito confuso depois que ele me beijara mais cedo, mesmo que tivesse sido só para me distrair do nervosismo.

Eu acreditava realmente que, se alguém mostrava quem era, devíamos acreditar nisso. E Christian tinha indicado muitas vezes que não estava interessado em um relacionamento de verdade.

No dia em que as pessoas parassem de pensar que podiam mudar alguém que não queria mudar, menos corações seriam partidos.

Um dia eu gostaria de ter um relacionamento de verdade, mas não pensava nem por um segundo que poderia mudar Christian Harper.

É só um espetáculo. Não é real.

Felizmente, a tensão que cobria a mesa se dissipou aos poucos com o avanço do jantar, afogada em bons drinques e boa comida.

Quando a entrada foi servida, até mesmo Vivian e Dante conversavam, embora a interação se limitasse a pedidos para passar um prato.

No entanto, independentemente de quem falava, metade da minha atenção permanecia voltada para Christian. Ele estava sentado à minha direita, uma distração viva que prejudicava minha respiração e meu raciocínio.

Sorriso fácil, comentários provocantes e pele dourada pela iluminação indireta e pela ilusão que o vinho criava.

Era a primeira vez que o via tão relaxado em um ambiente de grupo, e finalmente entendi como as pessoas eram enganadas por seu charme e subestimavam sua força.

Apesar de todo o cuidado e toda a preocupação dele comigo, eu nunca duvidara da implacabilidade escondida sob o verniz civilizado. Mas ali, vendo-o rir e brincar com elegância espontânea, quase acreditei que ele era só um playboy rico que só pensava em ganhar dinheiro e se divertir.

Christian virou-se para responder a uma pergunta de Vivian, mas girou o polegar sobre minha pele em mais uma carícia lenta.

É só um espetáculo. Não é real.

Uma gotinha de suor se formou em minha testa. Eu usava um vestido sem mangas, mas estava pegando fogo.

— Como você e Christian se conheceram? — perguntei a Dante, tanto para me distrair do toque de Christian quanto por curiosidade sincera.

Não tinha conhecido nenhum outro amigo dele (Brock e Kage não contavam, já que trabalhavam para ele), e estava muito interessada em saber do passado dos dois.

— Fui o primeiro cliente dele. — Dante se encostou na cadeira. — Ele era um garoto recém-formado...

— Você é três anos mais velho que eu — Christian interrompeu.

Nosso anfitrião o ignorou.

— Dei uma chance a ele. Foi a melhor e a pior decisão que já tomei.

— Pior? — Christian bufou. — Você lembra do que aconteceu em Roma? — E olhou para mim, enquanto Dante revirava os olhos. — Estávamos transportando joias para uma loja nova na cidade...

Sorri enquanto ele contava como impedira o Russo Group de perder milhões de dólares em diamantes. Não porque a história fosse engraçada, mas porque nunca tinha visto Christian tão aberto, sem reservas.

Ele era tão calculado e controlado o tempo todo que vê-lo relaxar com amigos era como espiar atrás da cortina e ver seu verdadeiro *eu*.

Era legal.

Mais que legal.

Se ele agisse assim o tempo todo...

Bebi mais um gole de vinho, antes de concluir o pensamento.

Não vai por aí.

— Se tem uma coisa que você deveria saber sobre ele, Stella — Dante falou depois que Christian concluiu a história —, é que esse homem tem uma ideia superestimada da própria importância. Teríamos lidado com essa situação das joias sem a ajuda dele.

— Ah, eu sei. — Dei risada quando Christian olhou para mim com uma mistura de humor e irritação.

— De que lado você está?

— Do lado do Dante, é claro. — Ri.

A mesa gargalhou, enquanto Christian apertava minha coxa e se inclinava até a boca tocar minha orelha.

Meu coração disparou.

— Isso não é coisa de namorada — ele murmurou.

— Se não consegue aguentar uma brincadeirinha, não está preparado para ter uma namorada — cochichei de volta.

A gargalhada dele me envolveu como uma fita de veludo escuro.

Relaxei na cadeira e sorri.

A provocação, as piadas, a revelação sobre seu passado (mesmo que fosse sobre algo relacionado ao trabalho)... era quase como se fôssemos um casal de verdade.

Depois do jantar, Vivian me levou para conhecer a cobertura, enquanto Dante e Christian conversavam sobre negócios.

A casa de Christian era um projeto de linhas limpas e minimalismo moderno, mas a dos Russo era um poema de bom gosto à decadência. Veludos densos, sedas exuberantes e porcelana requintada, tudo arranjado para ser extravagante, mas nunca cafona. A única coisa que não combinava com nada era a pintura horrorosa na galeria de arte.

Eu tinha um respeito enorme por todo trabalho criativo, mas francamente, aquela obra fazia parecer que um gato tinha vomitado na tela.

— Não sei por que o Dante comprou aquilo — Vivian comentou, constrangida. — Normalmente, ele tem o gosto mais apurado.

O elogio era relutante, como se ela preferisse não atribuir qualidades ao noivo.

Contive a vontade de perguntar o que havia acontecido entre eles.

Era indelicado bisbilhotar os assuntos de outras pessoas, especialmente quando elas eram minhas anfitriãs e eu tinha acabado de conhecê-las.

Estávamos quase voltando à sala de jantar quando ouvi vozes através da fresta da porta entreaberta do escritório de Dante.

— ... não posso guardar *Magda* para sempre — Dante dizia. — Você devia estar feliz por eu não ter jogado aquela coisa no lixo, depois da gracinha que fez com Vivian e Heath.

Vivian ficou paralisada, e eu franzi a testa, demonstrando confusão.

Quem são Magda e Heath?

Que gracinha?

— É uma merda de pintura, não um animal selvagem. — Christian parecia entediado. — Quanto a Vivian, faz meses, e deu tudo certo. Deixa isso para lá. Se ainda está ressentido, não devia ter me convidado para jantar.

— Fique satisfeito por ter *dado tudo certo* com Vivian — Dante retrucou com frieza. — Se...

Ele parou quando Vivian tossiu, e vi seu rosto inexplicavelmente vermelho.

Um segundo depois, a porta foi aberta e revelou um Dante surpreso e um Christian indiferente.

— Vejo que já terminaram a visita. — O tom seco de Dante interrompeu o silêncio. Um rubor fraco tingia suas faces quando ele olhou para Vivian, que permanecia em silêncio.

— Desculpa. — Meu rosto esquentou por ter sido flagrada ouvindo a conversa. — Estávamos voltando para a sala de jantar e escutamos... — Parei de falar, evitando confirmar que tínhamos ouvido a conversa entre eles, embora fosse óbvio que era isso que estávamos fazendo.

— Já estávamos terminando — Christian falou sem se alterar. Não havia mais nenhum sinal da ira que identifiquei antes. — Dante, Vivian, foi tudo adorável.

Eu também me despedi, e descemos em silêncio no elevador. Mas, quando chegamos à calçada, não consegui mais me segurar.

— O que é *Magda*?

Agora que não estávamos mais na casa dos Russo, não me dei ao trabalho de fingir que não escutara nada.

Christian tinha dito que era uma pintura, mas não entendi por que Dante guardava a tela para ele. Christian nem gostava de arte.

— Nada com que tenha que se preocupar. — A resposta curta foi mais gelada que o ar à nossa volta.

A versão simpática e agradável que Christian exibira durante o jantar tinha desaparecido, substituída pela gêmea distante novamente.

Tentei de novo.

— Que gracinha você fez com Vivian e Heath? — *E quem diabos é Heath?*

Normalmente eu não era tão xereta, mas esta noite era minha melhor oportunidade de fazer Christian se abrir. Mais cedo, ele havia revelado uma fatia de quem realmente era por trás da máscara perfeita; eu só precisava ir mais fundo.

— Também não é nada com que tenha que se preocupar.

— Isso não é resposta.

Chegamos ao prédio dele, que ficava a poucos quarteirões da casa de Dante.

— Você sabe tudo sobre mim, e eu não sei nada sobre você — argumentei. — Acha que isso é justo?

— Você sabe muito sobre mim. — Christian acenou com a cabeça para o porteiro, que tocou no chapéu em resposta. — Onde eu moro, onde trabalho, como tomo meu café de manhã.

— Todo mundo pode descobrir essas coisas com uma simples busca no Google. Só quero...

— Desiste, Stella. — Não havia mais o disfarce da gentileza, só a lâmina afiada. — Não quero falar sobre isso.

Minha mandíbula se contraiu.

— Tudo bem. — Apesar da resposta fria, a frustração borbulhava quente e sem restrições dentro de mim.

Eu conhecera Christian no ano anterior. Morávamos juntos e fingíamos ser um casal havia semanas, mas eu não sabia nada sobre ele além do superficial.

Enquanto isso, ele sabia coisas sobre mim que nunca compartilhara com mais ninguém. Minha história com o stalker. Minha ansiedade. Meus sonhos de começar uma marca de moda. Pequenas, mas importantes partes da minha vida que eu guardava em segredo até das amigas mais próximas.

Eu confiava nele, mas era evidente que ele não retribuía essa confiança.

Alguma coisa mais amarga desabrochou sob a frustração.

Mágoa.

Christian era um mestre em fazer as pessoas acreditarem em coisas que não existiam.

É só um espetáculo. Não é real.

Não voltamos a falar até chegarmos ao apartamento, onde me despedi dele com um *boa-noite* duro e fui para o quarto de hóspedes antes que ele pudesse responder.

Não conseguia dormir, então fiquei lá olhando para o teto enquanto o silêncio frio e escuro removia as camadas da minha frustração para revelar a mágoa embaixo dela.

Eu me sentia mais atraída por Christian do que me sentira por qualquer outro homem em anos. Não só isso, estava começando a *gostar* dele. O jeito como ele me confortara depois de eu ter encontrado a carta no meu apartamento, o jeito como seus sorrisos libertavam borboletas em meu peito e a fé inabalável que ele tinha demonstrado em mim durante a sessão de fotos, tudo isso tinha desgastado minha resistência tão lentamente que não percebera o quanto de mim expunha até sentir o impacto de sua rejeição.

Ela ardia como ácido em carne viva, e era minha culpa. Eu não devia ter baixado a guarda nunca.

Apesar da minha aversão a relacionamentos, no fundo eu era uma romântica, e tinha pavor disso, como de todo o resto que mantinha escondido. Christian desenrolaria essas partes minhas até que fosse impossível enrolá-las de volta no novelo.

Ele era perigoso, não só para os inimigos, mas para as pessoas próximas dele também.

E o único jeito de me salvar era tratar de ficar o mais longe possível desse homem.

CAPÍTULO 22

Stella

UM PASSO PARA A FRENTE, DOIS PARA TRÁS.

Isso resumia meu relacionamento com Christian.

Cheguei a pensar que estávamos progredindo de verdade. No entanto, considerando a facilidade com que ele me afastara depois do jantar na casa de Dante, não era o caso.

Eu não era do tipo que guardava rancor, mas fazia uma semana que voltáramos à cidade de Washington e eu ainda não tinha me livrado de toda a mágoa.

Não havia nada mais perturbador do que considerar alguém um amigo e perceber que a recíproca não era verdadeira. O desequilíbrio em qualquer relacionamento era algo que me incomodava muito.

Desiste, Stella. Não quero falar sobre isso.

Eu não tinha pedido para ele revelar seus segredos mais profundos e sórdidos. Dante sabia o que havia acontecido com *Magda* e Vivian, então não podia ser tão ruim.

Reconheço que minha história com Christian não era tão longa quanto a dele, mesmo assim...

Passei o cartão no caixa de autoatendimento com mais força que o necessário.

Tinha visitado Maura naquela manhã, e no caminho de volta para casa havia parado no supermercado para comprar mais broto de trigo em pó para os meus smoothies.

Dica de profissional: não vá ao supermercado quando estiver frustrada.

Entrei para comprar o broto em pó e estava saindo com duas sacolas com pipoca, um pote de sorvete, uma barra gigante de chocolate e uma embalagem de seis unidades de iogurte grego.

O ar-condicionado estava ligado na potência máxima, mas um frio mais intenso e estranho percorreu minha pele quando me virei para sair.

Todos os pelos dos braços e os cabelos na nuca ficaram em pé.

O rugido do sangue nos ouvidos encobriu todos os outros ruídos enquanto eu olhava em volta e segurava o celular com força desnecessária.

Não vi ninguém suspeito, mas a mudança sobrenatural no ar era tão tangível que eu sentia seu gosto no fundo da garganta.

Tem alguém te observando. O aviso baixo e cantarolado flutuava em minha cabeça.

E esse alguém não era Brock, cuja presença era invisível, mas sempre reconfortante.

Um arrepio percorreu minhas costas.

Eu não tinha sinais do stalker desde a invasão, nem voltara a receber atualizações de Christian. Não perguntara mais nada; uma parte de mim não queria saber.

Longe dos olhos, longe do pensamento, mas isso não era verdade, evidentemente.

Quem quer que fosse o stalker, ele estava por aí, provavelmente esperando outra oportunidade para atacar.

Não havia mencionado a mudança de casa nas redes sociais, mas ainda morava no mesmo edifício. Se ele tinha conseguido entrar no meu apartamento...

Para com isso. Ele não tem como invadir o apartamento de Christian.

E também não tem como me atacar em público. Brock estava lá. Eu não o via, mas ele estava lá.

Tudo bem. Você está bem.

Mesmo assim, obriguei minhas pernas a se moverem e andei o mais depressa que pude de volta ao Mirage.

O arrepio gelado se dissipou sob o sol quente da tarde. Quando entrei no apartamento de Christian e tranquei a porta, quase me senti boba por ter deixado uma simples sensação me paralisar no meio de um supermercado cheio, em plena luz do dia.

Tudo bem. Você está bem.

Enrolei o colar no dedo e respirei fundo bem devagar, enchendo e esvaziando os pulmões até me livrar dos vestígios do medo.

Sim, o stalker estava por aí, mas não podia me alcançar.

Eu podia estar aborrecida com Christian agora, mas confiava nele para me proteger.

Logo ele encontraria o stalker. Então, toda a situação seria resolvida e eu poderia voltar à minha vida normal.

Tinha certeza disso.

Minha fase de sucesso no esforço para evitar Christian acabou naquela noite, quando ele chegou em casa tão cedo que ainda havia um resto de luz do sol se derramando em pinceladas douradas no piso cinza-claro.

Eu tinha acabado de encerrar uma pré-entrevista com Julian, um colunista de lifestyle da *Washington Weekly*. Ele estava traçando um perfil minucioso sobre mim e meu posto como embaixadora da Delamonte, e tínhamos passado a última meia hora discutindo tópicos e logística.

Eu não precisei ver Christian para sentir sua presença. Ele consumia cada cômodo onde entrava.

Não olha, não olha...

Olhei.

E é claro, lá estava ele, andando pela sala como um rei a caminho de seu trono. Ombros largos. Rosto de faces pronunciadas. Terno caro.

— Fugiu do escritório? — Eu me levantei e guardei o bloco de desenho embaixo do braço. Não gostava de ficar sentada perto de Christian. Isso me fazia sentir em desvantagem ainda maior do que já estava. — O expediente ainda não acabou.

Eram as primeiras palavras que eu dizia a ele desde Nova York, e estaria mentindo se dissesse que não me sentia ansiosa.

Ele diminuiu a velocidade dos passos até parar na minha frente.

— Achei que gostaria de comemorar.

Franzi a testa.

— Comemorar o quê?

— Você chegou a um milhão de seguidores, Stella. — Christian olhava para mim sério, mas seus olhos eram iluminados por um toque de humor. — Faz uma hora.

Um milhão de seguidores.

Impossível eu já ter alcançado essa marca. Na noite anterior, quando olhei, ainda eram novecentos e noventa e seis mil, e mais ou menos algumas centenas.

Ai meu Deus.

Considerando a rapidez com que meu perfil crescia desde que começara a "namorar" Christian, quatro mil novos seguidores da noite para o dia eram perfeitamente possíveis.

— Se não acredita em mim, veja você mesma. — Era como se ele lesse meus pensamentos.

Desviei o olhar de Christian e peguei o celular. Minha mão tremia um pouco quando abri meu perfil e olhei o número no topo da página.

1M.

Um milhão de seguidores.

Ai meu Deus.

A euforia de ver aquele número foi tão grande que fiquei tonta. Eu sabia que aconteceria em algum momento, mas atingir realmente esse marco era surreal.

Um arrepio percorreu minhas costas.

Consegui.

Consegui!

Sorri, e tive que recorrer a toda a minha força de vontade para não gritar como uma menina de doze anos no show de seu cantor pop favorito.

Um milhão era o objetivo desde que começara meu perfil. Não era meu *único* objetivo, mas era o maior. O bilhete dourado. A validação de que eu era um sucesso, de que não havia sido um erro seguir o caminho que eu seguia e de que as pessoas gostavam do meu conteúdo, *de mim*.

Depois de anos criando conteúdo e milhares de posts, finalmente tinha alcançado esta marca.

Continuei olhando para o meu perfil, esperando o céu se abrir, anjos cantarem e confete cair sobre mim.

No mínimo, esperava os deuses do Instagram aparecerem e carimbarem uma estrelinha dourada na minha mão pela conquista de uma marca tão imensa.

Nada.

A euforia de ter me juntado ao clube dos que tinham um milhão de seguidores ainda estava lá, mas eu esperava... *mais.*

Algum sentimento de realização que validasse todo o trabalho que dedicara ao meu perfil e a sensação de ter conseguido, o que quer que *fosse.*

No entanto, com exceção de uma mensagem entusiasmada e cheia de emojis enviada por Brady e uma caixa lotada de DMs, eu era a mesma pessoa de uma hora antes, com as mesmas preocupações e inseguranças.

Alguma coisa pontiaguda e melancólica furou minha bolha de euforia, até eu flutuar lentamente de volta à Terra.

Era pior conquistar alguma coisa e ainda se sentir insatisfeita do que nunca a ter conquistado.

Eu tinha um milhão de seguidores, mas nunca me sentira mais vazia.

Guardei o celular no bolso e tentei esconder a decepção.

— Não sabia que estava acompanhando o número de seguidores do meu perfil com tanta atenção — falei.

Christian não mordeu a isca. Em vez disso, pôs a mão no bolso e pegou uma caixa vermelha e dourada.

— Para você — disse. — Um presente de parabéns.

Curiosidade e hesitação brigavam dentro de mim.

Eu devia aceitar? Não parecia certo aceitar um presente dele quando éramos pouco mais que um contrato comercial, mas o que ele podia ter comprado para mim? Considerando o tamanho e a marca, devia ser uma joia.

No fim, a curiosidade venceu.

Peguei a caixa e a abri lentamente, meio que esperando alguma coisa pular em cima de mim, mas parei de respirar quando vi a peça aninhada no veludo preto.

Puta merda.

Era um relógio – o relógio mais lindo e extravagante que eu já tinha visto. Diamantes e esmeraldas formavam delicadas borboletas no mostrador brilhante, e diamantes menores cravejavam a pulseira de platina.

— É uma peça de edição limitada que ainda não chegou ao mercado — Christian comentou casualmente, como se falasse de um brinquedo de plástico que tinha comprado no shopping. — Só tem cinco no mundo. Uma delas agora é sua.

Passei os dedos pela face cravejada. O relógio devia valer uma fortuna.

— Como conseguiu isto? — A pergunta era um sussurro à luz do sol poente.

Eu sabia a resposta antes de ele responder.

O que Christian Harper queria, Christian Harper conseguia.

— Tenho meus jeitinhos.

A descarga de serotonina provocada por segurar uma joia tão impressionante desapareceu, substituída por desconfiança.

Ultimamente eu não conseguia reter nenhum sentimento feliz.

Fechei a mão em torno do relógio até as pedras ferirem a palma.

— Por que me deu isto?

— Já falei. É uma forma de congratulação.

— Você disse que eu atingi um milhão de seguidores uma hora atrás. Conseguiu comprar este relógio *e* chegar em casa em tão pouco tempo?

Ele respondeu com um elegante movimento dos ombros.

— Tenho bons contatos.

Meu modo padrão era a desconfiança, mas senti o amargo da mentira na língua.

Os diamantes abriram sulcos mais profundos em minha pele antes de eu afrouxar os dedos em volta deles.

— É lindo, e agradeço pela intenção, mas não posso aceitar. — Estendi a mão com o relógio.

Queria poder ficar com ele, mas sempre quisera coisas que não poderia ter.

Amor. Afeição. Reconhecimento. Alguma coisa profunda e incondicional que pudesse chamar de minha.

No panorama geral das coisas, um relógio não era nada. Era bonito, e eu odiava a intensidade com que desejava ter uma coisa que não significava nada, mas era só um acessório. Se alguém quisesse um igual, poderia comprar.

Essas outras coisas, nenhum dinheiro no mundo podia adquirir.

A expressão de Christian mudou pela primeira vez desde que ele chegara.

— Eu te dei o relógio. É seu.

— Estou devolvendo. É um exagero — respondi com firmeza. — Isto é um relógio de *diamantes*, Christian. Deve valer dezenas de milhares de dólares.

— Noventa e dois mil e seiscentos.

Senti o impacto do valor e do tom frio.

— É só dinheiro. Tenho de sobra. — As sobrancelhas de Christian desenharam um V. — Pensei que fosse gostar dele. Você disse que precisava de um relógio novo.

Eu *tinha* falado. Fora um momento de autenticidade semanas atrás.

Não dava para crer que Christian tinha se lembrado disso.

— Se eu usar este relógio, vou ser assaltada assim que puser os pés fora de casa. Mesmo que não use... — Respirei fundo, tentando aliviar a pressão nos pulmões.

O oxigênio soprou as chamas da velha frustração, até elas incinerarem minhas inibições e o restante das palavras sair de minha boca.

— Não é só o relógio. É tudo. Nosso arranjo, meu guarda-costas, morar aqui de graça, usar seu jatinho para ir a Nova York. Eu me sinto como se fosse sua amante, só não tem o sexo. Você não é meu namorado. Não sei nem se somos amigos. Então me diz, *por que* está fazendo tudo isso? E não fala que é para me dar parabéns pelo número de seguidores, ou porque se sente culpado por alguém ter invadido meu apartamento. Sou otimista, não idiota.

Se fosse qualquer outra pessoa, eu suspeitaria de Christian estar tentando me envolver em algum arranjo sexual bizarro. Mas ele era rico e lindo o suficiente para não precisar envolver ninguém em nada. As pessoas se curvavam à vontade dele sem ele ter que pedir.

Por que ele me dispensava um tratamento tão especial, se mal me conhecia?

Tic. Tic. Tic.

A marcha ensurdecedora dos segundos marcada pelo relógio de parede acompanhava o pulsar do músculo na mandíbula de Christian.

Nenhuma palavra, só silêncio.

Ele era um cofre repleto de segredos e trancado com um mecanismo que nem um mestre dos ladrões saberia destravar. O perigo pulsava em torno dele, gritando para eu dar meia-volta antes que fosse tarde demais.

Como uma idiota incauta, segui adiante.

— Não espero que você responda. Você nunca responde. Mas, apesar de ser grata pela sua ajuda com o stalker, não posso aceitar de você mais do que já aceitei.

Estendi um pouco mais o braço. Ele mantinha as mãos abaixadas, mas o peso de seu olhar era uma pressão física em minha pele.

— Nós assinamos um contrato, mas os limites ficaram confusos depois que me mudei. É hora de retomarmos os termos originais do nosso acordo. Só estamos juntos em público, por razões que beneficiam nós dois, e moramos na mesma casa até você encontrar o stalker e ele ser preso. Isso é *tudo* que nós somos. Nada mais, nada menos.

As palavras se empilhavam como tijolos na parede que eu construía entre ele e meu coração desavisado.

Tic. Tic. Tic.

Só minha respiração entrecortada interrompia a passagem aflitivamente lenta do tempo.

Meus pés não saíram do lugar desde que Christian chegara em casa, mas meu peito arfava como se eu tivesse acabado de escalar o monte Everest.

— Nada mais, nada menos. — Sua voz repetindo minhas palavras devagar provocou um arrepio de desconforto em minhas costas.

O nó na garganta não permitia a passagem de ar suficiente. Tudo em volta vibrava com uma energia incessante, perigosa, como um aviso antes de uma tempestade.

Ele deu um passo em minha direção. Dei um passo para trás instintivamente, e outro e mais outro, até a parte inferior das minhas costas encontrar o encosto do sofá e meu coração bater tão forte que podia deixar hematomas.

— É isso que nós somos, Stella? Pessoas que dividem uma casa e saem juntas por *razões que beneficiam nós dois*? — A pergunta era aveludada, mas os olhos brilhavam com a lâmina de uma espada que acabara de ser afiada.

As mãos de Christian afundaram nas almofadas do sofá, uma de cada lado do meu corpo, me encurralando.

Usei toda a minha força de vontade para não me encolher na tentativa de evitar o contato físico. Um toque e eu explodiria em chamas. Tinha certeza disso.

Mas eu me recusava a dar a ele a satisfação de me esconder, por isso levantei o queixo e tentei não pensar nos poucos centímetros que separavam meu corpo do dele.

— É tudo que deveríamos ser.

— Não perguntei o que deveríamos ser. Perguntei o que nós somos.

— Você nunca responde às minhas perguntas — protestei, desafiante. — Por que tenho que responder às suas?

A vibração ficou mais intensa, nos cobriu como uma onda forte chegando à praia. Os olhos de Christian escureceram até as pupilas quase encobrirem o dourado derretido da íris.

— Suas perguntas. — O desenho cruel daquele sorriso injetou gelo em minhas veias, e de repente me arrependi de ter perguntado alguma coisa. — Quer saber *por quê*, Stella? Por que te dei o relógio, te trouxe para minha casa, meu *santuário*, depois de uma década morando sozinho e planejando me manter assim até o fim da vida?

Cada palavra temperava meu sangue com adrenalina, até eu me sentir afogada nela. Nele. Nesse vórtice insano em que nos jogara sem nenhuma rota de fuga à vista.

— É porque você não olha nos meus olhos desde Nova York. Porque é só em você que consigo pensar, não importa onde estou ou com quem estou, e imaginar você machucada ou sofrendo me faz querer pôr fogo na cidade. — Uma violência mansa, quase desesperada, recobria sua voz. — Nunca quis outra pessoa como quero você, e nunca me odiei mais por isso.

O vórtice me sugou mais para o fundo, me submergindo em ondas de mil emoções diferentes. Quaisquer palavras que eu poderia ter dito ficaram emaranhas em meu peito.

Um sorriso amargo modificou aquele rosto capaz de partir corações.

— *É por isso*, porra.

E, como um sopro de ar frio, Christian se foi.

Saiu e bateu a porta, e eu desabei contra o encosto do sofá, o relógio pendurado nos dedos e as ruínas do mundo que eu conhecia espalhadas aos meus pés.

CAPÍTULO 23

Christian

O Valhalla em noite de sexta-feira era pura devassidão, mas, em vez de participar das partidas de pôquer com apostas altíssimas no cassino, ou me divertir no clube de cavalheiros no porão, eu terminava meu sexto drinque no bar.

Uísque, desprezo por mim mesmo e raiva queimavam em minhas veias, enquanto a morena ao meu lado falava sem parar.

Três horas e o dobro de doses não tinham derretido o gelo negro que revestia minhas veias desde que deixara Stella sozinha no apartamento. Nem as mulheres circulando à minha volta, todas lindas e realizadas em suas áreas.

Uma magnata dos cosméticos. Uma herdeira da indústria dos doces. Uma supermodelo que não parecia preocupada por abandonar o magnata das comunicações com quem havia aparecido.

— Estou hospedada no hotel perto daqui. — A modelo se inclinou até sua voz baixa e rouca atravessar o mar de ruídos e entrar em meus ouvidos. — Quer ir até lá?

Passei o polegar pela borda do copo e a observei em silêncio.

Sua pele ganhou um leve tom avermelhado sob meu olhar direto.

Senti a tentação de aceitar a oferta e afogar as frustrações em tesão e sexo. Esse era meu plano quando começara a flertar com ela.

Mas aí é que estava o problema: nenhuma supermodelo e nem todo o sexo do mundo poderiam apagar Stella da minha mente por uma porra de segundo.

A irritação me consumia.

— Não estou interessado. — A resposta saiu mais ríspida que de costume, e a irritação aumentou.

Eu precisava sair dali. Estava muito próximo do limite. Se ficasse, acabaria fazendo alguma coisa da qual me arrependeria.

Antes que a modelo pudesse responder, seu acompanhante concluiu a conversa com outro sócio do clube e, finalmente, percebeu que ela havia se afastado.

Ele veio em nossa direção com passos ameaçadores, o rosto retorcido pelo descontentamento.

— Sasha! Falei para você ficar do meu lado. — Ele segurou o braço dela e me encarou.

Entediado, sustentei aquele olhar.

Victor Black, CEO de um império das comunicações formado por dezenas de jornais e sites ruins, mas lidos por um grande público.

Ele também era um dos membros mais chatos do Valhalla.

— Desculpa. — Sasha não parecia arrependida.

— Harper. — O sorriso de Victor era hostil. — Não devia estar passando a noite de sexta com sua namorada, em vez de flertar com uma mulher acompanhada?

Meu sorriso ficou gelado quando ele mencionou Stella indiretamente.

Se não estivéssemos em público...

— Tem razão — respondi, em tom conciliador. — Divirta-se com sua acompanhante.

O sorriso de Victor ameaçou sumir quando ele ouviu minha resposta simpática. Um sinal de pânico iluminou seus olhos quando me levantei e deixei uma nota de cem dólares no pote das gorjetas.

— Aonde você v...

Saí sem ouvir o resto da pergunta insípida e fiz uma parada rápida ao lado de seu valioso carro esportivo.

Eu não estava armado, porque o Valhalla não admitia armas dentro do clube, mas isso não queria dizer que não tinha outra arma menos óbvia à disposição.

Dois minutos e um equipamento plantado depois, entrei no meu carro e fui para casa.

Quando estacionei no Mirage, vi as imagens da câmera de segurança da área externa da casa de Victor no meu celular. Como esperava, ele foi embora logo depois de mim; o carro dele parou na entrada da garagem da casa dez minutos depois de eu ter estacionado na minha vaga no prédio.

Ele e Sasha desceram do carro e entraram na casa.

Esperei até Victor fechar a porta e então ativei o equipamento.

Não conseguia ouvir o som das cenas na câmera, mas ouvi o bum na minha cabeça quando o carro explodiu em chamas.

Quando Victor saiu correndo, o automóvel era só um pedaço de metal preto e retorcido embaixo do fogo avassalador.

Pela primeira vez naquela noite, dei um sorriso autêntico.

Muito melhor.

Guardei o telefone no bolso e ajeitei o paletó ao sair do carro.

Ele até podia imaginar quem estava por trás da perda total do carro, mas não poderia fazer absolutamente nada. Tinha sorte por eu não ter causado a explosão com ele ainda *lá dentro*.

Infelizmente, o alívio provocado pelo estrago na vida de Victor durou pouco.

Cada passo na direção do meu apartamento me lembrava o que havia acontecido com Stella.

Morávamos na mesma casa, mas eu sentia que ela estava escapando.

Você não é meu namorado. Não sei nem se somos amigos.

Rangi os dentes.

Eu tinha comprado o relógio para ela na esperança de eliminar a distância que vinha nos afastando desde Nova York. Fora um tiro pela culatra.

Tinha ido ao Valhalla esperando me distrair e tirá-la da cabeça. Outro tiro pela culatra.

Poderia estar com qualquer mulher que quisesse, e escolhera vir para casa para a única que não me queria.

Uma risada cáustica queimou minha garganta.

O destino era uma vadia do cacete.

AFROUXEI O NÓ DA GRAVATA AO ENTRAR EM CASA. O DESPREZO QUE sentia por mim mais cedo agora era um incêndio em meu peito.

Construíra uma carreira mantendo a frieza, mas perdera a cabeça quando Stella tentara devolver o relógio.

Isso é tudo que nós somos. Nada mais, nada menos.

Por que você está fazendo tudo isso?

Eu nunca quis outra pessoa como quero você, e nunca me odiei mais por isso. É por isso, porra.

O eco da nossa conversa pairava no ar.

Eu pretendia ir direto para o quarto, mas parei quando vi o cabelo encaracolado espiando por cima do encosto do sofá e senti o cheiro da vela de lavanda, a preferida de Stella. A chama tremulava sobre a mesinha de centro, ao lado de pernas longas e nuas e uma coleção de lápis de cor.

Deixei o olhar passear pela extensão de pele lisa e pelo short de algodão, até encontrar os olhos verdes e desconfiados.

— Ainda está acordada. — Álcool e desejo engrossavam minha voz.

A essa hora normalmente Stella já estava na cama, ou no quarto, pelo menos. Nunca acreditara que ela fosse dormir tão cedo.

Por que ela estivera me evitando? Não podia ser por eu ter me recusado a explicar sobre *Magda* e Vivian. Aquela conversa tinha sido trivial, na melhor das hipóteses.

— Não conseguia dormir, então decidi terminar alguns desenhos. — Ela olhou para o bloco. — Onde você estava?

Apesar do tom casual, a tensão era visível em seus ombros.

Parte do gelo finalmente derreteu. Correntezas de calor invadiram minhas veias e tiraram de mim um sorriso sombrio.

— Por que quer saber?

— Você ficou fora por várias horas. Estou curiosa, é normal.

Ela blefava bem; mas eu era melhor em detectar conversa mole.

Atravessei a sala e parei atrás dela. Nosso reflexo enfeitava a janela, tão nítido que eu podia traçar cada detalhe de seu rosto – a curva longa dos cílios grossos, o ângulo levemente inclinado dos olhos de gato, a delicadeza do queixo e a curva elegante do rosto.

— Saí para beber. — O tom casual não acompanhava o ritmo da minha pulsação.

Eu queria agarrá-la pelo cabelo e puxar sua cabeça para trás até ela olhar nos meus olhos. Marcar aquela pele perfeita com os dentes e me apoderar daquela boca em um beijo tão profundo que arrancaria da cabeça dela a ideia de que só *dividíamos uma casa*.

Fechei as mãos, antes de me obrigar a abri-las e relaxar. *Ainda não.*

Tinha esperado tempo demais para perder todo esse trabalho com um momento impetuoso.

Se Stella sentia o perigo aumentando atrás dela, não demonstrou, exceto por uma contração um pouco mais intensa dos ombros. O lápis voava sobre a página, desenhando e sombreando sem pausa os detalhes de um vestido longo.

— Sim, estou sentindo cheiro de álcool. — A resposta normalmente casual traía um certo nervosismo. — Uísque... e perfume?

— Ciúmes? — Meu tom debochado tinha um verniz sedoso.

— Não tenho motivo para isso. — Ela continuou desenhando, mas os movimentos ficaram mais rápidos, mais raivosos. — Nós só moramos na mesma casa.

— Isso não é resposta. — Ajeitei uma mecha de cabelo atrás da orelha dela. — Pergunta o que você realmente quer saber, Stella.

Ela baixou o olhar, antes de levantar a cabeça e me encarar pela janela.

Stella podia fingir frieza o quanto quisesse, mas tinha um coração mole, e esse coração estava estampado em seu rosto.

Eu conseguia identificar dezenas de emoções diferentes girando nas profundezas cor de esmeralda – raiva, frustração, desejo e algo mais obscuro, mais desconhecido.

— Quem estava com você? — As palavras soavam indiferentes, mas vi a vulnerabilidade por trás delas.

Ela se importava, e essa sugestão de emoção me cortou mais do que qualquer espada seria capaz de cortar.

— Três mulheres.

Toquei seu ombro, contendo o movimento brusco que ela fez ao ouvir minha resposta.

— Todas estavam no mesmo bar que eu — continuei. — Eu poderia ter trepado com qualquer uma delas. Poderia ter feito todas as coisas pervertidas e depravadas em que conseguisse pensar. A boca delas no meu pau, minha mão no cabelo delas...

Stella comprimiu os lábios. O orgulho acendeu uma luz desafiadora em seus olhos, mas ela estava tensa, e senti um leve tremor sob minha mão.

— Mas não toquei em nenhuma delas. Não quis. Nem um pouquinho. — Baixei a cabeça, sentindo o peito pegar fogo ao me aproximar tanto dela. Cada respiração a trazia para mais perto da minha órbita, mas eu deixaria de respirar, se pudesse tê-la *inteira* comigo só por um momento. — Talvez devesse. Talvez assim você entendesse o que eu sinto. — Minha respiração afagou seu rosto quando deslizei a mão aberta pela curva de seu ombro e desci pelo braço. — Não sou um homem ciumento, Stella. Nunca invejei ninguém pelo que a pessoa tem ou com quem está, mas... — Meus dedos tocaram seu pulso. — Tenho ciúme de cada pessoa para quem você sorri. — Um toque de leve nos dedos. — De cada risada que não ouço. — A mão desceu até o joelho e fez uma lenta viagem de volta subindo pela coxa. — De cada brisa que toca sua pele e de cada som que sai dos seus lábios. *É de enlouquecer.*

Parei na bainha do short. Meu coração galopava, adotando um ritmo primal que combinava com o tom irregular da voz. O ar girava com desejos desenjaulados tão potentes que ameaçavam consumir nós dois.

Stella tinha parado de desenhar. O lápis pendia frouxo dos dedos, e ela estava imóvel, quieta, exceto pelo som frenético de sua pulsação.

Eu ouvia o pulso mais alto que o jorro quente do sangue em minhas veias. Era um canto de sereia me chamando para a desgraça, e era tão lindo que eu poderia ter sucumbido, mesmo sabendo que ele me levaria ao inferno.

— Christian...

Todos os meus músculos se contraíram quando ela sussurrou meu nome. Era um som doce brotando de sua boca, como se fosse o som da salvação, em vez da ruína.

Ela era a única pessoa que dizia meu nome desse jeito.

Segurei sua coxa. Aspereza pressionando a carne macia antes de eu soltá-la e endireitar o corpo, me odiando mais a cada segundo.

— Vai para o seu quarto, Stella. — A ordem ríspida estraçalhou a intimidade crua do momento. — E tranca a porta.

Um instante de hesitação. Um suspiro entrecortado.

Depois um farfalhar de papéis e uma queda de temperatura quando ela saiu apressada da sala.

Esperei até ouvir a porta fechar, e só então voltei a respirar.

Meus passos acompanhavam o ritmo do coração quando entrei no banheiro, tirei a roupa e liguei o chuveiro, deixando a água gelada cair sobre mim.

Os jatos frios castigavam minha pele, mas não diminuíam em nada o desejo que me rasgava por dentro e incinerava que ficava no seu caminho, até deixar apenas a visão de olhos verdes e cachos escuros. O aroma ilusório de florais e folhas dançava na água do chuveiro, tão invisível e ao mesmo tempo tão tangível quanto a sensação de seda quente sob minha mão.

Stella tinha penetrado tão fundo na minha consciência que o único cheiro que eu sentia era o dela. Eu não sentia nada além dela. E, mesmo quando fechava os olhos, ela era tudo que eu conseguia ver.

A necessidade pulsou mais forte em meu membro.

Puta que pariu.

Resmunguei um palavrão, antes de ceder e segurar meu pau. Estava duro, inchado e pingando gotinhas que antecediam o orgasmo, e meus movimentos eram bruscos, quase raivosos na busca pelo necessário alívio.

Eu podia tê-la beijado. Podia ter agarrado seu cabelo e marcado sua pele com a boca até provar que não havia nada de *falso* no fogo que ardia entre nós.

A única coisa que me contivera tinha sido um fio fino de autocontrole tecido a partir de lógica fria e das mais esgarçadas tramas da minha consciência, destruída havia tanto tempo.

Eu sabia bem que, caso um de nós cedesse, eu estaria condenando ao inferno não só a mim mesmo, mas ela também.

Eu a estaria tocando com mãos ensanguentadas e a beijaria com a boca de um mentiroso. Ela iria para a cama com um monstro, e nem sabia disso.

Uma parte minha a queria tanto que nem se importava; outra parte era suficientemente protetora para eu a ter mandado para um lugar onde nem eu mesmo poderia alcançá-la.

Era um paradoxo, como todas as coisas em minha vida que se relacionavam a ela.

Mas se esse fio arrebentasse...

Fechei os olhos, apertando o membro e respirando ofegante.

Ela poderia estar embaixo do meu corpo agora, arranhando minhas costas e gemendo meu nome...

O orgasmo se formou na base da coluna, primeiro lento, depois mais rápido, até explodir em um momento ofuscante, ensurdecedor.

— *Caralho!*

A força do alívio encobriu o palavrão, mas, quando voltei à Terra, tudo que restava era água fria e o brilho debochado da lâmpada no teto.

Apoiei a testa no azulejo frio e contei minhas inspirações profundas.

Um. Dois. Três.

O quarto de Stella ficava depois do meu no corredor. Apesar do que tinha dito a ela, uma porta trancada não seria grande proteção.

Quatro. Cinco. Seis.

Continuei contando até meus batimentos retomarem o ritmo normal e a lucidez eliminar o uísque em meu sangue e a névoa em meu cérebro.

Não tinha sido a noite certa para um avanço.

Eu havia esperado tanto tempo! Podia esperar um pouco mais.

Porque, quando eu tivesse Stella para mim, me apoderaria dela tão completamente que não haveria a menor dúvida, para nenhum de nós, sobre a quem ela pertencia... ou a quem eu pertencia.

CAPÍTULO 24

Stella

SÓ PARA CONSTAR, EU NÃO TINHA CIÚME DAS MULHERES QUE CHRISTIAN tinha encontrado na noite anterior. Só ficara preocupada porque ele passara horas fora de casa, e, como era meu namorado (bem, de mentira, pelo menos) eu poderia ter muita dor de cabeça se alguma coisa acontecesse com ele.

Foi só isso.

Senti um arrepio de preocupação enquanto esperava Josh ou Jules abrir a porta.

Eles finalmente estavam oferecendo uma recepção aos amigos para apresentar a casa nova, e Christian conseguiu forçar a barra para ser convidado, porque Rhys e Bridget estavam na cidade para a festa e um evento diplomático. Alguma coisa sobre querer ver Rhys e não conseguir marcar nada só com ele.

Eu planejava evitar Christian até desembaralhar meus sentimentos por ele, mas agora teria que passar um dia inteiro com ele, enquanto sua confissão e o aviso ecoavam em minha cabeça como um disco riscado.

Eu nunca quis outra pessoa como quero você, e nunca me odiei mais por isso.

Vai para o seu quarto, Stella. E tranca a porta.

Minha imaginação tecia fantasias sobre o que poderia ter acontecido se não tivesse saído da sala depois do aviso... ou se não tivesse trancado a porta, como ele mandou.

Mãos ásperas. Olhos de uísque. Passos no escuro.

O calor tinha se espalhado pelo meu tronco e se concentrado entre as pernas.

Eu havia segurado o presente contra o peito quando minha respiração ficara mais rápida.

Apesar do meu amor por cristais, tarô e todas as coisas místicas, não acreditava em magia. Não do tipo que envolve feitiços e vassouras voadoras. Mas, naquele momento, tinha certeza de que Christian era capaz de entrar nos meus pensamentos e capturar cada fantasia pervertida e sacana que eu tinha com ele.

Seu olhar abria um buraco em meu rosto enquanto a tarde fresca de abril se tornava uma fornalha. O sol queimava minha pele exposta e exibia meus batimentos enquanto o silêncio envolvia meu pescoço com mãos firmes.

Eu poderia ter sufocado bem ali, nos degraus da entrada, se Jules não abrisse a porta e me salvasse.

— Stella! Christian! *Sabia* que tinha escutado vocês — ela comemorou, entusiasmada. — Que bom que conseguiram vir!

A tensão desapareceu, o olhar de Christian se desviou do meu rosto e afrouxou o cordão que me mantinha tensa, e eu me dobrei sobre a caixa de velas aromáticas com uma mistura de alívio e decepção.

— Não perderíamos isso por nada. — Entreguei a caixa a ela, esperando que não percebesse minha agitação. Quando Jules sentia cheiro de fofoca, ela era como um cachorro atrás de um osso. — Para você. Seja feliz na casa nova.

Seus olhos se iluminaram. Ela *vivia* para ganhar presentes. Uma vez me dissera que era uma pena Papai Noel não existir de verdade, porque, por mais velho que fosse, ela transaria com ele se pudesse acordar e encontrar um presente novo todo dia.

É claro, isso tinha sido depois de três bebidas durante as festas de fim de ano, mas mesmo assim. A cabeça de Jules Ambrose funcionava de um jeito fascinante.

— Obrigada! Entrem, entrem. Já está todo mundo na sala. — Ela segurou o presente com uma das mãos e puxou a porta com a outra. — Tirem os sapatos e deixem ao lado da porta. Eu pessoalmente não me importo, mas Josh um cuzão nesse assunto. — Ela revirou os olhos com uma irritação bem-humorada.

— É porque eu não quero que as pessoas tragam sujeira da rua para o nosso assoalho, sua herege. — Josh apareceu atrás dela e beijou seu rosto antes de nos cumprimentar com o sorriso de covinhas. — Oi, gente. Bem-vindos à nossa humilde residência. — Ele moveu o braço em um gesto dramático, apontando para a casa de dois andares.

Eu já tinha estado ali antes, conhecia os assoalhos de madeira e a decoração charmosa e descoordenada – os tapetes cor-de-rosa felpudos de Jules ao lado da mobília de couro preto de Josh, suas almofadas em forma de boca vermelha desviando a atenção das telas horríveis espalhadas pelas paredes.

Josh era um homem bonito, mas seu gosto para a arte era questionável, para dizer o mínimo.

— Belas obras de arte — Christian comentou.

— Obrigado. — Josh sorriu, orgulhoso. — Eu mesmo escolhi tudo.

— Dá para perceber.

Olhei para Christian apavorada, mas sua expressão era impassível.

— *Não sou* nenhuma herege. — Jules ainda debatia o que Josh tinha dito pouco antes. — E, quanto à sujeira, por isso fazemos faxina.

— É? E quem faz a faxina? — ele perguntou enquanto seguíamos para a sala de estar. Seu corpo esguio contornava com facilidade os esquis apoiados de qualquer jeito na porta aberta do armário do corredor e a caixa vazia da Crumble & Bake meio fora de uma mesinha lateral.

Ele era médico do pronto-socorro no hospital da Universidade Thayer, mas, com o cabelo escuro e desgrenhado, a pele bronzeada e as faces pronunciadas, poderia representar um profissional da medicina na televisão sem dificuldade.

— Eu faço — Jules respondeu séria. — Quando *tenho tempo*.

— A última vez que teve tempo, você o usou para fazer uma limpeza de pele caseira.

— Minha pele precisa de cuidados. Ser advogada é estressante. — Ela jogou o cabelo por cima do ombro. — Quer que eu te lembre que, na última vez que teve tempo, você o usou para levar uma surra do Alex no xadrez?

Josh ficou sério.

— Eu não levei surra nenhuma. Estava estudando o terreno. Desvendando os pontos fracos dele.

Jules bateu no braço dele oferecendo conforto.

— Tudo certo, meu bem. Tudo bem. Ainda te amo, apesar de ser péssimo em estratégia.

Engoli a risada enquanto ouvia a discussão dos dois. Algumas coisas nunca mudam.

Entramos na sala de estar, onde o restante do grupo se espalhava em dois sofás de couro.

Bridget se levantou depressa e veio me abraçar assim que me viu.

— Stella! É muito bom te ver!

— É bom te ver também. — Eu a abracei com força. Para o resto do mundo ela era uma rainha, mas para mim seria sempre a garota com quem eu maratonava *The Bachelor* e ficava acordada até tarde bebendo e discutindo a filosofia de vida quando estávamos na faculdade. — Como tem sido a vida de realeza? Já mandou decapitar alguém? — debochei.

Ela soltou um suspiro exagerado.

— Infelizmente não, embora tenha me sentido tentada a sentenciar o ministro do interior à guilhotina. Rhys me convenceu a desistir.

Ela olhou para o marido com um sorriso divertido. Com um metro e noventa e seis e um porte musculoso, ele fazia o sofá em que estava sentado parecer um móvel de casa de bonecas.

— Metade fui eu que a convenci a desistir, metade foi o fato de ninguém mais usar guilhotina. — O humor suavizou seus olhos cinzentos endurecidos pelas batalhas.

— Posso trazê-las de volta. Eu sou a rainha. Eu dou as ordens. — Bridget sentou ao lado dele com altivez real, embora o rosto traísse a travessura.

Um sorriso iluminou o rosto dele.

— É claro que pode, princesa. — Rhys murmurou mais alguma coisa que não consegui ouvir, e o rosto de Bridget ficou vermelho.

Jules deu uma cotovelada nas costelas de Josh com um suspiro sonhador.

— Por que *você* não me chama de princesa? É tão fofo!

— Porque você não é uma princesa. Você é um diabinho — ele respondeu, e ganhou um olhar duro por isso. — Mas é assim que eu gosto. — E puxou Jules contra o peito para beijar seus lábios com exagero dramático.

Jules fingiu que tentava empurrá-lo, mas riu.

— Dessa vez você se saiu bem, Chen.

O clima leve aliviou a tensão de antes quando me inclinei para abraçar Ava.

Ela estava sentada ao lado de Alex, que olhava com desgosto para as interações dos outros casais enquanto mantinha um braço protetor sobre os ombros dela.

— Se também querem promover demonstrações públicas de afeto, a hora é essa — brinquei. Ela riu.

— Anotado. Mas estamos bem, por enquanto. — A voz dela se tornou um sussurro. — Alex é alérgico a demonstrações públicas de afeto.

— Não sou *alérgico*. — Ele fez uma careta quando Jules enlaçou o pescoço de Josh com os braços e disse alguma coisa que fez o rosto dele relaxar. — Só fico incomodado.

— Alex tem ansiedade de desempenho — Josh comentou, sem desviar o olhar de Jules. — Tudo bem, cara. Acontece com os melhores. Talvez você possa investir no desenvolvimento de uma pílula que ajude a resolver seu problema. Vai ser tipo um Viagra do beijo.

— Se eu fosse investir no desenvolvimento de alguma coisa, seria em uma mordaça customizada para manter você quieto.

A covinha debochada apareceu no rosto de Josh.

— Alex Volkov gastando toda a sua verba de pesquisa e desenvolvimento comigo? Que honra!

Jules escondeu o rosto em seu peito, e vi seus ombros tremendo enquanto ela ria.

Ava tocou o braço de Alex.

— Não mata ninguém — ela disse. — Não podemos perder uma madrinha e um padrinho tão perto do casamento.

— O termo *padrinho* é propaganda enganosa. — Alex encarou Josh. — Acho que vou arrumar outro papel para você.

— Pode até tentar, mas sou seu único amigo, e quem pode organizar uma despedida de solteiro melhor que eu? Isso mesmo, ninguém — Josh respondeu à própria pergunta. — Além do mais, já fiz o depósito do aluguel da boia gigante em forma de banana e das cartas de pôquer personalizadas. Elas são ilustradas com um desenho da Ava e um robô de terno.

Virei a cabeça para Alex não ver meu sorriso.

Além de Ava, Josh era a única pessoa que podia debochar de Alex desse jeito e escapar ileso.

Talvez.

— Christian, é bom te ver de novo! — Ava falou, animada, antes que o noivo esganasse seu irmão até a morte na sala de estar da casa dela. — Não sabia que viria.

Eles se encontraram uma vez no casamento de Bridget, mas ter visto alguém uma vez só nunca a impediu de tratar a pessoa como se fosse um velho amigo.

— Eu não perderia uma oportunidade de encontrar os amigos da Stella — Christian respondeu relaxado.

Ele apoiou a mão na parte inferior de minhas costas, e quase me afastei ao sentir seu calor antes de me lembrar que estávamos namorando, supostamente.

Eu tinha cedido à pressão e autorizado minhas amigas a contar sobre nós aos parceiros, então todos ali sabiam que estávamos fingindo, embora ninguém tocasse nesse assunto.

Mas eu devia manter a encenação para simplificar as coisas ou não?

A indecisão enrijecia meus músculos.

Christian deve ter percebido minha hesitação, porque fechou a boca e manteve a mão em minhas costas por mais um segundo, antes de removê-la.

Alívio e decepção lutavam pela primazia em meu peito.

Enquanto isso, a sala ficou silenciosa, e seis pares de olhos nos observavam. Eu não era a única que não sabia como lidar com meu relacionamento; podia ver a confusão estampada no rosto de todos os meus amigos.

Uma sombra de estranheza caiu sobre a sala, antes de Jules bater palmas.

— Como todo mundo está aqui, vamos começar o happy hour! Tenho uma receita nova de margarita que vocês precisam experimentar!

Ninguém questionou a proposta, embora fosse pouco mais de meio-dia.

Várias margaritas caseiras e muitos petiscos mais tarde, fui parar em um dos sofás com Ava, Jules e Bridget, enquanto Christian, Alex, Josh e Rhys ocupavam o outro sofá na nossa frente.

Cumpri minha regra de dois drinques por festa, mas Josh exagerou na dose, e minha cabeça rodava como se eu tivesse tomado meia dúzia de shots de tequila.

— Precisamos de uma viagem só para mulheres em breve. — Bridget inclinou a cabeça para trás e bocejou. — Alguma coisa divertida. Estou bem cansada de viagens diplomáticas. Voo milhares de quilômetros para sorrir e trocar apertos de mão com um bando de velhos. Poderia fazer a mesma coisa no Parlamento sem o jet lag.

— Sim! — Jules se animou com a perspectiva de um fim de semana maluco fora do país. — Ava, sua despedida de solteira está chegando. Vamos fazer a coisa em grande estilo. Uma despedida inesquecível. Vamos fazer alguma coisa...

— Segura e legal — Ava declarou com firmeza. — Não preciso ser presa de novo.

Ava, Jules e eu tínhamos sido presas durante a despedida de solteira de Bridget, depois que Jules dera um soco na cara de um cretino que apalpara Ava. Felizmente Bridget já tinha ido embora quando isso acontecera, mas nossa passagem por uma cela em Eldorra não era uma das minhas melhores lembranças.

— De novo? — Bridget levantou a cabeça. — Quando foi que você foi presa?

— Hã... — Ava ficou vermelha. — Foi uma figura de linguagem.

Nunca contamos a Bridget o que aconteceu, porque ela surtaria. Além do mais, Alex pagou a fiança e cuidou de nós depois do episódio (isto é, manteve a história fora do alcance da imprensa), então não houve nenhum grande prejuízo.

— Você disse *de novo*. — Os traços elegantes de Bridget foram modificados pela suspeita.

— Ela está falando sobre quando nós invadimos a torre do relógio na faculdade e fomos pegas pela segurança do campus — Jules interferiu. — E, de qualquer maneira, *é claro* que a despedida de solteira vai ser segura e legal. Eu gosto de viver no limite, mas não quero que Alex me mate, obrigada.

Olhamos para Alex, que ouvia Josh explicar os trinta e seis usos diferentes para uma boia em forma de banana com uma expressão de sofrimento.

Do outro lado do sofá, Rhys e Christian conversavam em voz baixa, e eu não conseguia ouvir nada. Rhys estava sério; Christian parecia se divertir.

Devia ser ilegal tanta beleza em um espaço tão pequeno. No entanto, apesar de todos os homens serem devastadores, cada um à sua maneira, meus olhos eram atraídos de maneira irresistível pela silhueta esguia recostada mais perto da porta.

Christian virou a cabeça no momento exato em que olhei para ele. Nossos olhares se encontraram e uma corrente elétrica de alguma coisa primal aqueceu meu sangue.

De repente, a confusão que dominava minha cabeça não tinha mais nada a ver com margaritas.

— Esqueçam a viagem por enquanto. — A voz de Jules atraiu minha atenção de volta para ela, embora o olhar de Christian ainda marcasse minha pele com seu calor. — O que foi isso?

— O que foi o quê? — Meu coração saltava no peito.

O resquício do sabor de morango e tequila se dissolveu em especiarias e uísque em minha língua. Era assim que eu imaginava o gosto dele: calor, pecado e pura masculinidade sem filtro.

— *Isso*. — Olhos cortantes como lâminas cor de avelã penetraram minha ignorância fingida. Ela inclinou a cabeça discretamente na direção de Christian. — A tensão sexual é tão densa que dá para cortar com uma faca.

— Não tem tensão sexual. — A menos que se considere a dor no centro do meu corpo e a percepção que parecia esticar minha pele.

— Tem, sim. Até eu senti. — Ava levantou o cabelo da nuca. — Se ficar mais quente, vou ter que fazer o Alex rever a regra que proíbe demonstrações públicas de afeto.

— Exatamente. — Jules se levantou de repente, atraindo a atenção dos homens e interrompendo Josh, que recitava o vigésimo quinto uso da boia em forma de banana.

— Tudo bem? — ele perguntou.

— Sim. Só precisamos ir ao toalete. — Ela segurou meu pulso e me puxou para cima e para o fundo da casa. Ava e Bridget nos seguiram. — Não comam todos os petiscos antes de voltarmos!

— Sou médico e ainda não consigo encontrar uma razão científica para as mulheres terem que ir todas ao banheiro ao mesmo tempo — ouvi Josh resmungar quando saímos.

— Você é um idiota — Alex respondeu.

As vozes desapareceram quando Jules entrou no banheiro mais próximo, esperou todas nós entrarmos e fechou a porta.

— Por que estou me sentindo como se isso fosse um interrogatório do FBI? — Encostei na bancada e olhei desconfiada para minhas amigas.

— Porque é. — Jules pôs as mãos na cintura e adotou a voz de advogada. — Fala a verdade. Você, Stella Alonso, está ou não está mantendo ou manteve intercurso sexual com Christian Harper?

— Não.

— Você quer?

Dois segundos de hesitação foram suficientes para provocar reações chocadas.

— Eu sabia! — Os olhos de Jules brilhavam triunfantes. — Estou muito feliz por você! *Finalmente* alguém que te atrai. Christian é gostoso demais, e vocês estão morando na mesma casa. É o arranjo perfeito para um lance sexual.

Bridget ficou menos empolgada.

— Pensei que fosse um relacionamento de mentira — ela falou, com serenidade. — O que mudou?

— Como Jules falou, ele é bonito. — Segurei instintivamente o colar de cristal. A pedra morna e transparente deveria limpar meus pensamentos e contribuir para o foco, mas minha cabeça continuava confusa, e tudo dentro dela girava como roupa na máquina de lavar. — Além disso... — Depois de mais um momento de hesitação, contei tudo que havia acontecido.

Nova York, a estranha aversão de Christian à arte, o relógio, sua confissão sobre me desejar.

Quando terminei, três pares de olhos me prendiam à bancada de mármore com graus variados de choque (Ava), preocupação (Bridget) e entusiasmo (Jules).

— Eu tive a sensação de que ele estava a fim de você naquele dia em que o conhecemos — Jules comentou, compenetrada. — O jeito como ele olhava para você quando assinamos o contrato de aluguel? *Uau.* — Ela se abanou. — Escuta aqui, se quiser ir embora e pegar o cara de jeito, não vou ficar ofendida. Estamos em outro momento, meu bem. Hora de limpar as teias de aranha da sua vida sexual. Vai ser tipo fazer uma faxina nessa sua buceta.

Fiz uma careta de repúdio para a imagem mental.

— Eu não me jogaria com essa pressa toda. — Vi a ruga de apreensão na testa de Bridget. — Christian é, bem, você já sabe o que penso sobre ele. Sou eternamente grata por ele ter ajudado Rhys e eu com aquele problema do vazamento da foto, mas ele não é alguém com quem você pode esperar um relacionamento sério.

— Por isso eu disse pegar, não namorar — Jules pontuou. — Aposto que ele é um animal na cama. Ele tem esse jeitão.

O calor dava cor ao meu rosto.

— O que Josh diria se soubesse que você anda avaliando a habilidade sexual de outros homens em segredo?

— Ele diria que é melhor que eles, e estaria certo. Nossa vida sexual é fantástica. — Jules olhou para Ava meio constrangida. — Desculpa.

— Vou fingir que não ouvi essa última parte. — Ava tinha aceitado o relacionamento entre Josh e Jules, com a condição de que eles nunca discutissem sua vida sexual na frente dela. Ela olhou para mim com preocupação e curiosidade nos olhos escuros. — A pergunta é: você *quer* só sexo com ele? Ou quer algo mais?

— Não seja ridícula — disse Jules. — Stel não quer saber de relacionamento. Certo?

O cristal pegava fogo na minha mão. Não respondi, mas meu silêncio era eloquente.

— Ah. — O sorriso de Jules foi se transformando lentamente em compreensão. — *Ah!*

Ah explicava bem a coisa.

Eu não sabia se queria namorar Christian, mas sabia que o queria.

E sabia que era questão de tempo antes de a química sombria entre nós explodir em alguma coisa de que nenhum dos dois poderia voltar atrás.

CAPÍTULO 25

Christian

— QUE DIABO VOCÊ PENSA QUE ESTÁ FAZENDO?

— Estou bebendo e apreciando sua companhia deliciosa. — Levantei o copo. — É bom te ver de novo, Larsen.

— Queria poder dizer a mesma coisa.

Rhys estava resmungando e fazendo cara feia desde que cheguei, o que não era nada muito diferente de sua atitude habitual, mas, agora que as garotas tinham ido ao banheiro, ele despejou sobre mim toda a força de sua ira.

— Um ano como príncipe consorte, e esqueceu nossa história. Nossa amizade. — Temperei meu tom com uma decepção cuidadosamente forjada. — Pensei que fosse diferente, mas é verdade o que dizem. O poder corrompe mesmo.

Eu usava *amizade* no sentido mais amplo da palavra. Nosso relacionamento atribulado e complicado começara com Rhys salvando minha vida e terminara quando ele deixara a Harper Security para se unir a Bridget. O caminho entre esses dois pontos tinha sido marcado por desentendimentos, farpas e uma estranha mistura de respeito mútuo e desconfiança.

— Para com a palhaçada, Harper. — O olhar firme de Rhys transmitia irritação. Larsen em sua versão clássica. Se caprichasse um pouco mais na cara feia, precisaria de um cirurgião plástico para apagar a ruga da testa. — Eu falei para você ficar longe de Stella. Não me interessa se é de mentira. Ela mora na sua casa, e eu não confio em você embaixo do mesmo teto que ela.

— Você parece muito preocupado com a vida amorosa dela — falei. — Bridget precisa saber de alguma coisa?

O ar vibrava com um perigo silencioso, mas ninguém parecia se preocupar com isso, exceto os guarda-costas reais que se moviam com evidente desconforto no fundo da sala.

Josh acompanhava nossa conversa fascinado do outro lado de Rhys, e Alex rolava a tela do celular com ar entediado.

— Estou preocupado *por causa* da Bridget — Rhys grunhiu. — Stella é a melhor amiga dela. Se você fode com a vida dela, Bridget fica chateada. O que significa que eu fico chateado.

— Ah, entendi. — Girei a bebida no copo antes de tomar um gole lento, pensativo. — Deve ser cansativo ter suas emoções tão intimamente conectadas às de outra pessoa. É recíproco ou é uma coleira que só ela puxa?

Josh não conseguiu conter o riso.

— Vai rindo — Rhys falou sem olhar para ele. — Como se Jules e Ava não fossem acabar com o sossego de vocês se acontecer alguma coisa com Stella.

O sorriso de Josh desapareceu. Alex levantou o olhar do telefone, e aqueles olhos verdes e frios pararam em mim pela primeira vez desde que chegara.

Não tínhamos reconhecido a presença um do outro além de um rápido aceno de cabeça.

Não escondíamos nossa quase amizade, mas também não a anunciávamos ao mundo, porque não havia nada para anunciar. Além das nossas partidas mensais de xadrez e de uma outra interação comercial, raramente nos víamos.

— É claro que estou preocupado — Josh declarou, e dirigiu a pergunta seguinte a mim. — Quais são suas intenções com Stella?

— Não tenho que te dar explicações. Nem te conheço.

Mentira. *Magda* tinha caído inadvertidamente nas mãos dele, antes de Dante comprar o quadro dele, o que significava que eu sabia cada detalhe da vida de Josh Chen. A história da família, suas notas na faculdade de medicina, o time de basquete preferido e como ele gostava de seu café.

Ele era um menino de ouro com um traço sombrio, mas não era ninguém com quem eu tivesse que me preocupar, agora que *Magda* não estava mais em seu poder.

— Está sentado em minha casa, namorando uma das melhores amigas da minha irmã *e* da minha namorada, então, sim, você me deve explicações — Josh respondeu. — Se não gosta disso, sinta-se à vontade para ir embora.

Suspirei, lamentando a decisão de comparecer a essa maldita festa.

Se Stella não fizesse tanta questão de comparecer, eu poderia ter passado o dia fazendo alguma coisa mais produtiva, como procurar o homem que a perseguia, reorganizar minha biblioteca ou terminar as palavras cruzadas do dia anterior.

Qualquer coisa era melhor que essa conversa insuportável.

— Sabe... — Rhys tinha um ar especulativo. — Bridget me contou todas as coisas que você fez por Stella. A redução no valor do aluguel, o contrato do namoro fake, levá-la para sua casa quando um doido a assustou. — A especulação se transformou em um olhar conclusivo que disparou uma dezena de alarmes de alerta. — Pensei que não gostasse de ninguém no seu espaço pessoal. Algum motivo para dispensar a ela esse tratamento especial?

— Tenho minhas razões. — Tirei uma linha solta da manga, a imagem da calma inabalável, apesar do desconforto patinando em meu peito.

Rhys era um pé no saco real, não só por ser uma das poucas pessoas que não tinham medo de me enfrentar, mas porque era observador pra cacete e me conhecia melhor que ninguém, exceto Dante.

A irritação aumentou um pouco mais quando ele me estudou com... *humor?* Que merda era tão engraçada?

— Tenho certeza disso. — O tom agora era debochado. — Cultivando sentimentos, Harper?

— Só o de irritação por ser interrogado. — Meus dentes do fundo se encontraram com força antes de eu me concentrar e relaxar. — O que eu faço com a minha vida e o meu tempo não é da sua conta.

O sorriso de Rhys ficou mais largo.

— Está se esquivando. O que significa que eu acertei. — Sua risadinha alimentou meu descontentamento. — Ah, essa é boa. Nunca pensei que veria esse dia.

Ao lado dele, os dedos de Josh voavam sobre a tela do celular com velocidade alarmante.

Olhei para ele desconfiado.

— Está mandando mensagem para Jules?

— É claro que não. Mas caso queira saber, as garotas vão ficar no banheiro por... — ele olhou para o telefone — pelo menos mais meia hora.

Jesus Cristo.

Tanta gente para Stella ter como amigos, e ela escolheu justamente *estas* pessoas.

— Ter sentimentos não é motivo de vergonha. — Um sorrisinho rachou o gelo na expressão de Alex. — Vai se acostumar com isso.

O Alex Volkov que eu conhecera anos atrás nunca teria dito isso, nem de brincadeira.

Mais um sinal de que o amor transformava até as pessoas mais equilibradas em bobos. Era o suficiente para fazer um homem querer ir atrás do Cupido e amarrar o filho da mãe usando seu próprio arco.

A exasperação aumentava em meu peito.

— Não começa. Pelo menos eu não desisti da minha empresa para seguir uma garota durante um ano inteiro, esperando que ela olhasse para mim duas vezes.

— Pois é, mas eu tenho a garota, e você está sentado em um sofá, discutindo com os parceiros amorosos das amigas dela — Alex argumentou, em tom moderado. — Se não sentisse nada por Stella, não estaria tão incomodado com isso.

— Exatamente. — Josh assentiu como se me conhecesse, apesar de termos trocado um total de cinco palavras antes de hoje.

Meu sorriso era gelo puro.

— No seu lugar, eu dedicaria mais tempo a melhorar suas habilidades no xadrez e menos tempo me preocupando com a vida dos outros, Josh. Eu já derrotei Alex no xadrez. E você?

O sorriso de Josh desapareceu.

— Como assim derrotou Alex no xadrez? Quando foi que vocês jogaram? — Ele olhou para Alex. — Esteve jogando xadrez com outra pessoa?

Alex fechou os olhos por um instante antes de abri-los e olhar para mim com aqueles olhos que me lembravam um frasco de veneno congelado.

Sorri com mais vontade.

— Temos uma partida marcada todo mês. — Girei a bebida no copo. — Ele não te contou?

Josh parecia muito abalado.

— Você tem outro *melhor amigo secreto*? Mas... *eu* sou seu melhor amigo! Comprei uma boia em forma de banana para a sua despedida de solteiro!

— Eu não quero uma boia de banana, e ele *não* é meu melhor amigo. — O olhar de Alex tornou-se mais penetrante.

Dei de ombros, e a mensagem foi clara. *O que posso fazer? C'est la vie.*

Não era minha culpa ele ser tão antissocial que seu melhor amigo surtava por saber que ele convivia com outra pessoa.

— Não acredito nisso. Partida fixa de xadrez — Josh resmungava, furioso. — Foi *por isso* que você não foi comigo assistir ao último filme da Marvel? Porque sabia que fazia semanas que eu estava maluco para ver aquele filme...

Rhys estava ocupado demais rindo para prestar atenção ao drama que se desenrolava a um metro dele.

— Espera só até eu contar isso para a Bridget. Ela vai *adorar*.

Meu bom humor temporário evaporou.

— Não vai contar merda nenhuma para ela.

— É claro que não vou. — Seu corpo enorme tremia com o esforço para conter o riso.

Meus dentes do fundo se chocaram de novo.

Se tinha uma coisa que eu desprezava, além de incompetência e do Dia dos Namorados, era gente querendo se meter em meus assuntos pessoais.

Houve um tempo em que Alex e Rhys pensavam como eu. Agora estavam tão dominados por suas parceiras que não conseguiam se comportar com um mínimo de autorrespeito. Alex fazendo piada? Rhys abrindo mão de sua privacidade para viver cortando fitas e fugindo de paparazzi?

Era repugnante.

Stella e eu éramos diferentes.

Eu não a amava, mas a queria com uma intensidade que deixava para trás o fugaz e superestimado conceito de amor. Não era doce ou meloso. Não havia arco-íris ou unicórnios, só desejo misturado com instabilidade e escuridão.

Dias quentes de junho. Sorrisos secretos. Turquesa.

Eu tinha esperado muito tempo.

Em algum momento eu a teria, e, quando isso acontecesse, nunca mais a deixaria ir embora.

CAPÍTULO 26

Stella

Terminei a primeira peça da minha coleção quatro dias depois da festa na casa de Josh e Jules.

Ela estava pendurada atrás da porta do quarto, uma cascata de seda e linhas sinuosas, o dourado do tecido contrastando com o fundo de madeira escura.

Não estava perfeita, e o tecido tinha custado caro, o que significava que eu precisava de uma opção atacadista bem melhor se quisesse aumentar a produção, mas estava pronto. A primeira evidência tangível de que meus sonhos não eram só sonhos, e de que eu finalmente dava passos concretos para torná-los realidade.

Um rascunho completo, mesmo que muito imperfeito, ainda era melhor que nenhum rascunho.

E essa peça era um molde meu, meu design. Não era só um vestido cujo molde eu pegava do Simplicity durante o recesso de Natal uma vez por ano. Esse era meu.

Planejar demais é uma forma de procrastinação. As palavras de Lilah no nosso encontro no café ecoaram em minha mente, e eu deslizei a mão pelo corpete do vestido. A sensação delicada em minha pele causou uma euforia que viajou pelo meu corpo. *Se você quer uma marca, precisa de um produto. Crie um bom produto, depois se preocupe com todo o resto.*

Todo o resto envolvia precificar, encontrar fornecedores, procurar compradores no varejo e mil outros detalhes que me sobrecarregavam cada vez que eu olhava para minha lista de tarefas, mas eu tinha um produto e um plano.

Todo o resto aconteceria a partir daí.

Uma estranha emoção se acumulou em minha garganta, tão desconhecida que levei um minuto para identificá-la: orgulho.

Algo que não senti quando atingi a marca de um milhão de seguidores, ou quando acordei no dia seguinte e encontrei uma enxurrada de ofertas de marcas buscando parcerias. Mas agora, parada na frente de um vestido que demorara um dia para costurar e uma vida inteira para criar, o orgulho me aquecia por dentro.

Eu passara a vida toda criando para outras pessoas. Os posts do meu blog eram para o público, as fotos eram para os seguidores, as notas, para os meus pais, e minhas ideias eram para a *DC Style* enquanto eu trabalhava lá.

Essa era a primeira vez em muito tempo que eu fazia alguma coisa *para mim*, e sinceramente? Que sensação boa!

A leveza se expandiu em meu peito e arrancou de mim um grande sorriso. Eu nem me incomodava com o jantar mensal de família esta noite. *Nada* poderia me perturbar...

A tela do celular acendeu. Era uma ligação da Natalia.

... exceto uma conversa com minha irmã.

Meu sorriso perdeu o brilho, mas ainda restou animação suficiente para minha voz soar mais melódica que de costume quando atendi.

— Oi, Nat.

— Só para lembrar que o papai e a mamãe estão esperando você e seu namorado hoje à noite. — Natalia dispensava as gentilezas. — Avisa para ele vir preparado com uma conquista para compartilhar.

Sim, esperava-se que os convidados compartilhassem uma realização em um jantar da família Alonso. De que outra forma minha família julgaria se a pessoa era digna de receber outro convite?

— Christian não vai poder ir. — Passei a ligação para o viva-voz para poder terminar de me arrumar. Perdera a noção do tempo admirando o vestido, e precisava chegar na casa dos meus pais dentro de uma hora. — Ele queria ir, mas ficou doente na última hora. Febre, calafrios, quadro completo.

Era assustadora a facilidade com que a mentira saía da minha boca.

Caía no chão com um *plinc* suave, juntando-se a outras dezenas de inverdades que pronunciara ao longo dos últimos meses.

— É mesmo? — O tom de Natalia era carregado de suspeitas. — Que conveniente.

Torci o cabelo em um coque, torcendo para ela não poder ouvir as batidas rápidas do meu coração.

— É uma pena, mas a doença não leva em conta agendas pessoais.

Mais mentiras. Se a linha de roupas fosse um fracasso, eu poderia ganhar muito dinheiro vendendo carros.

A culpa atravessou meu peito, mas eu me contive. Não submeteria nem meu pior inimigo a um jantar com os Alonso. Além do mais, precisava de uma mente aguçada e todas as minhas faculdades mentais para lidar com meus pais, e se havia uma coisa que Christian fazia como ninguém era prejudicar meu julgamento.

— Mamãe e papai não vão gostar disso — Natalia avisou. — Eles estavam ansiosos para conhecer seu namorado.

O mais provável era que estivessem ansiosos para interrogá-lo. Jarvis e Mika Alonso mantinham uma rígida lista de requisitos que esperavam que um futuro genro cumprisse, e, embora Christian atendesse a praticamente todos os itens (rico, bem-educado, culto), o interrogatório seria uma tortura.

— Você posta muito sobre ele. Deve ser sério.

Minha irmã era tão óbvia nessa tentativa de conseguir informações que eu teria rido se não estivesse nauseada de nervoso.

— Estamos vivendo um dia de cada vez. — Passei blush no rosto. — Tenho certeza de que a mamãe e o papai vão entender. Além do mais, você sabe como a mamãe é com essa coisa de contágio. Ela não ia querer um convidado doente à mesa do jantar.

— Na verdade, já estou me sentindo bem melhor.

Girei, e meu coração disparou quando vi Christian apoiado no batente da porta sem paletó e com uma das mãos no bolso. Uma mecha de cabelo caía sobre um olho, implorando para eu devolvê-la ao lugar.

— Ontem eu estava péssimo, mas hoje melhorei muito, estou praticamente novo. — Ele falava com Natalia pelo viva-voz, mas seus olhos não desviavam dos meus. — Então, Stella, querida, vou poder ir com você ao jantar, afinal.

Isso não estava acontecendo.

Christian *tinha* que ouvir a conversa na *única* vez em que eu pusera Natalia no viva-voz.

Alguém no céu devia me odiar. Acho que não devia ter deixado a igreja de lado depois que saí da casa dos meus pais.

O que está fazendo?, perguntei movendo os lábios em silêncio, torcendo para meu olhar transmitir toda a intensidade do meu descontentamento.

Sua única resposta foi um sorriso irônico que me fez reconsiderar a posição antiviolência.

Não matarás... a menos que seu namorado fake esteja tentando invadir um jantar da sua família arrogante.

Por outro lado, o jantar seria um bom castigo. Uma refeição com os Alonso faria até o poderoso Christian Harper sair correndo e gritando.

— Ah! — Uma rara surpresa dominou a voz de Natalia antes de ela se recuperar. — Que bom ouvir isso. — Seu tom se tornou mais suave agora que sabia que havia mais alguém no ambiente. — Vemos vocês em uma hora, então.

— Com certeza. Não vejo a hora — Christian respondeu.

Desliguei antes de extravasar a indignação que borbulhava em minhas veias.

— O *que* foi isso?

Fria, calma, composta. Fria, calma...

— Isso fui eu aceitando um convite para jantar na casa dos pais da minha namorada. — Christian se afastou do batente e ajeitou a gravata. — Estamos juntos há meses. Não acha que está na hora de eu conhecer seus pais?

— Não estamos juntos de verdade.

— Eles não sabem disso. — O argumento calmo só me enfureceu ainda mais. — Vou ter que conhecê-los em algum momento. Você não vai conseguir inventar tantas desculpas. Vamos tirar essa apresentação do caminho, e assim eles param de te pressionar.

Ele estava certo. Mesmo assim, eu odiava o jeito como tinha lidado com isso.

O jantar aconteceria em menos de uma hora, e eu não estava mentalmente preparada para uma refeição com Christian *e* minha família.

Como meus pais reagiriam a ele? Como *ele* reagiria aos *meus pais*? Eu tinha visto como Christian conseguira encantar uma mesa inteira em Nova York, mas era uma ocasião entre amigos.

Na última vez que levei um rapaz em casa (Quentin Sullivan, baile de formatura do ensino médio), meus pais o tinham interrogado de maneira tão implacável sobre suas notas, aprovação em vestibulares e planos para os cinco anos seguintes que ele teve uma crise de choro na limusine que nos levou ao baile. No minuto em que chegamos, ele resmungou alguma coisa sobre ter cometido um engano e passou a noite toda dançando com outra garota.

Christian não tinha ideia de onde havia se metido.

O TRAJETO ATÉ A CASA DOS MEUS PAIS FOI TÃO SILENCIOSO QUANTO havia sido a viagem para a casa de Josh e Jules no fim de semana.

Sua confissão sobre o desejo que sentia por mim era o elefante em todas as salas onde estávamos juntos, mas nenhum de nós falava sobre isso.

Eu não sabia *como* abordar o assunto. Talvez fosse mais fácil se eu não o quisesse também, mas, cada vez que pensava em tocar nesse assunto, o nervosismo me derrotava.

Dei uma olhada em Christian. O ar entre nós vibrava com uma centena de palavras não ditas. Elas espremiam meus pulmões e interrompiam o fluxo de oxigênio, até que comecei a me sentir meio tonta.

O ar-condicionado estava ligado, mas baixei uma fresta do vidro e inspirei uma pequena porção de ar fresco.

Paramos em um farol fechado.

Christian não disse nada sobre o vidro, mas o calor de seu olhar era como um ferro em minha pele.

Continuei olhando para fora, para longe dele, até chegarmos à casa dos meus pais, onde preocupações maiores superaram a tensão entre nós.

Como eu esperava, minha família o recebeu como receberia qualquer convidado, aparentemente cortês e acolhedora, mas avaliando discretamente cada movimento que ele fazia e cada palavra que saía de sua boca.

Ele levou um vinho tinto vintage de dois mil dólares que escolhera de sua enorme coleção, o que amoleceu o coração da minha mãe, mas meu pai era mais difícil de impressionar.

— Ouvi falar de você. — O tom de voz sugeria que meu pai não tinha ouvido coisas muito lisonjeiras sobre Christian. — Harper Security, certo?

— Sim, senhor. — Christian passou para mim uma travessa de purê de batatas. Tinha escolhido um traje mais casual que os ternos costumeiros, mas, de alguma forma, camisa e calça jeans o faziam parecer ainda mais intimidante, como um lobo em pele de cordeiro. Uma sugestão de desafio disfarçada de sorriso dançou nos cantos de sua boca. — Trabalho com o governo ocasionalmente. Conheço bem o Secretário Palmer.

O rosto de meu pai se tornou uma máscara de linhas duras à menção do nome de seu chefe.

— Imagino que sim.

O tilintar de pratos e copos substituiu a conversa até o prato principal ser servido. O intervalo me deu a oportunidade de ensaiar a resposta para nossa tradicional troca de realizações.

Terminei a primeira peça da minha coleção. Ah, acho que esqueci de contar! Estou começando uma marca de moda. Tenho uma...

— Como vai o trabalho na *DC Style*? — Natalia perguntou, interrompendo minha reflexão.

Eu ainda não tinha contado à minha família sobre a demissão. Cada vez que tentava, as palavras subiam até a garganta e morriam antes de sair dela.

— Bem. — Levei o copo aos lábios e torci para ninguém detectar o leve tremor em minha mão.

— Hum. — O som do garfo no prato de Natália me fazia pensar em unhas raspando em um quadro-negro. — Sabe o que é engraçado? Passei pela região outro dia. Tinha uma reunião perto da redação, e pensei em passar e dar um *oi*. Mas, quando cheguei, a recepcionista disse que você não trabalhava mais lá. Ela falou que você saiu da revista há quase dois meses.

Todo movimento cessou, como se ela tivesse dado pause na cena. Não éramos mais pessoas, mas estátuas de cera de nós mesmos, congelados em um cenário grotesco de choque e negação.

Christian era o único que ainda dava sinais de vida. O calor de sua preocupação acariciava minha pele repentinamente gelada, e os movimentos regulares de seu peito aliviaram parte do meu nervosismo.

Eu esperava que a presença dele no jantar me desestabilizasse, mas estava acontecendo justamente o contrário.

No entanto, não podia dizer a mesma coisa de meus pais.

Meu pai empalideceu, e minha mãe estava boquiaberta. Não era qualquer coisa que surpreendia Jarvis e Mika Alonso, e uma parte maluca e fútil de mim pensou em pegar o celular e fotografar o momento para a posteridade.

— Eu falei que devia ser algum engano. — Os olhos de Natalia me imobilizavam como um inseto no chão. — Você nunca deixaria de contar para nós se fosse demitida. Não é, Stella?

O arrependimento recobria o fundo da minha língua na forma de bile.

A urgência de mentir de novo era tão grande que quase me encantou, mas eu não poderia manter essa farsa para sempre. Em algum momento eles descobririam a verdade.

Era hora de parar de me esconder e assumir o que tinha acontecido.

— Não foi nenhum engano. Não trabalho mais na *DC Style*. — Cada sílaba arranhava a garganta a caminho da saída. — Fui demitida no meio de fevereiro.

O silêncio se estendeu por mais um segundo, antes de explodir em exclamações e gritos.

— Meio de fevereiro! Como pôde esconder isso de nós por tanto tempo? — minha mãe perguntou em japonês.

Ela crescera em Kyoto, e sempre que estava muito aborrecida voltava à língua natal.

— Estava esperando a hora certa para contar — respondi no nosso idioma.

Eu não praticava o japonês havia anos, mas o som era tão familiar que era como se eu estivesse novamente em uma das aulas da escola de fim de semana. Meus pais eram ocupados demais para ensinar as formalidades para mim e para Natalia, por isso nos matricularam em aulas de espanhol, alemão e japonês quando éramos crianças. Diziam que era para nos ajudar a manter a conexão com nossa ascendência mista, mas eu desconfiava que tinha mais a ver com o fato de proficiência em idiomas estrangeiros favorecer muito os processos seletivos para as universidades.

— E o que esteve fazendo esse tempo todo? — O retumbar abafado da ira do meu pai permeava todos os cantos da sala. — Não encontrou outro emprego em dois meses?

Enrolei o colar no dedo até interromper a circulação.

Fria, calma, composta.

— Não me candidatei a nenhum outro emprego. Ganho muito dinheiro com o blog, e acabei de assinar um contrato de parceria com uma grande marca. Seis dígitos. Meu rendimento é mais que suficiente.

— Talvez, mas não é uma renda *estável*. — Meu pai comprimia os lábios com tanta força que sua boca se tornou uma linha fina e pálida no rosto marrom. — O que vai acontecer quando as parcerias acabarem? Ou se você perder sua conta? E quanto a manter um fundo para emergências? Quanto dinheiro você tem guardado?

Ele disparava as perguntas como tiros.

— Eu... — Olhei para Christian, que levantou o queixo em uma demonstração silenciosa de apoio. Sua expressão era calma, mas alguma coisa turbulenta espreitava no fundo de seus olhos. Um arrepio percorreu minhas costas antes de eu enfrentar novamente o pelotão de fuzilamento. — Não pretendo ser influencer em tempo integral. Na verdade... — *Fala de uma vez.* — Vou criar minhas próprias peças. Para uma marca de moda. Ainda sobrou algum dinheiro guardado, e vou ter de volta essas economias quando receber o próximo pagamento da campanha da Delamonte.

Uma guilhotina de silêncio permaneceu suspensa sobre a mesa, antes de cortar o ar e promover outra explosão.

— Não pode estar falando sério! — Minha mãe agarrou o garfo com força.
— *Designer de moda?* Stella, você se formou na Thayer. Pode ser qualquer coisa! Por que escolher o design?

Meu pai ainda estava retido na outra parte da bomba que eu jogara.

— Como assim *ainda sobrou algum dinheiro*? O que você fez com *o resto*?

O suor umedecia minha nuca.

Ou você fala tudo ou cala a boca.

Meus pais já estavam furiosos comigo. Era melhor arrancar de uma vez o curativo do outro segredo e enfrentar todas as consequências de uma vez.

— Estou pagando a mensalidade de uma moradia assistida para Maura. — Soltei o colar e encaixei as mãos sob as coxas para impedir que tremessem, mas meu joelho nervoso saltitava com o nervosismo.

Ainda bem que minha mãe não podia ver, ou gritaria comigo por isso também. De acordo com superstições japonesas, balançar uma das pernas convidava os espíritos da pobreza, ou alguma coisa assim. Essa era uma das maiores implicâncias da minha mãe.

— Ela tem Alzheimer — continuei. Minha mão agarrou a beirada da cadeira em busca de apoio. — Faz alguns anos que pago essa moradia para ela. Foi lá que gastei a maior parte do meu dinheiro.

Dessa vez o silêncio não era uma lâmina; era uma jiboia se enrolando em meus membros e me estrangulando até eu mal conseguir respirar.

Minha mãe empalideceu até parecer um recorte dela mesma em papel.

— Por que fez isso?

— Porque ela não tem mais ninguém, mãe. Maura cuidou de mim...

— Ela *não* é da família — minha mãe me interrompeu. — Somos gratos pelos anos que ela passou com vocês duas, e entendo que se sinta apegada a ela. Mas ela não é sua babá há mais de uma década, e você não está nadando em dinheiro, Stella. Está desempregada, pelo amor de Deus. Mesmo quando trabalhava para a *DC Style*, seu salário era patético. Gastar toneladas de milhares de dólares por ano para cuidar de uma ex-empregada da família sem ter nenhuma estabilidade financeira, é a coisa mais irresponsável, boba...

A raiva riscou um fósforo em meu estômago e queimou qualquer resquício de culpa relacionada às minhas mentiras.

Eu odiava a maneira como meus pais reduziam Maura a *mera ex-empregada* da família, porque ela tinha sido muito mais que isso. Ela cantava para eu dormir quando eu era criança, me orientara nos anos turbulentos da puberdade e extinguira a tempestade da minha aflição no início do ensino médio com paciência impressionante. Estivera presente em cada joelho esfolado e em cada coração partido na adolescência, e merecia mais que um reconhecimento superficial por tudo o que tinha feito.

Sem ela, meus pais não estariam onde estavam hoje. Ela manteve o lar em ordem enquanto eles transformavam a próprias carreiras em lendas.

— Maura *é* da família. Ela foi mais mãe para mim do que você jamais foi! — As palavras explodiram antes que eu pudesse impedir.

A exclamação chocada de Natalia encobriu o barulho de seu garfo no prato. Ela não havia falado uma palavra sequer desde que revelara minha demissão da *DC Style*, mas seus olhos arregalados tinham o tamanho de pires cravados em mim.

Nenhuma de nós jamais enfrentara nossos pais desde os anos rebeldes da adolescência. Mesmo naquela época, nossa rebeldia era moderada, um comentário resmungado aqui, uma noite saindo escondida para ir à festa de uma amiga ali.

Não éramos modelos de mau comportamento, mas eu... *ai, Deus*. Basicamente tinha dito à minha mãe que elahavia sido uma mãe de merda. Na frente de um convidado e do restante da família. Durante um jantar.

A massa que eu tinha comido se revirava em meu estômago, e encarei a real possibilidade de vomitar no jogo de porcelana Wedgwood favorito da minha mãe.

Ela recuou como se eu a tivesse esbofeteado. Se antes estava pálida, agora era um fantasma, com o rosto tão branco que era como se alguém tivesse sugado a vida de seu corpo.

Pela primeira vez, Mika Alonso, uma das mais temidas advogadas da cidade, a mulher que tinha uma resposta para todas as perguntas e uma refutação para cada argumento, estava sem fala.

Eu queria me sentir bem com isso, mas tudo que sentia era náusea. Eu não queria magoá-la. Não esperava que minhas palavras a ferissem, porque elas eram óbvias. Minha mãe nunca estivera presente quando eu era criança. Uma vez, ela mesma tinha brincado sobre Maura ser nossa mãe substituta.

Mas não havia como negar a dor que enchia seus olhos e contorcia seu rosto em uma versão irreconhecível dela mesma.

Ao lado, meu pai também exibia uma expressão irreconhecível, mas a dele era de fúria contida com muito esforço.

— Você ultrapassou todos os limites, Stella. — Sua voz baixa provocou outra onda de náusea. — Peça desculpas à sua mãe. Agora!

Minhas coxas esmagavam as mãos embaixo delas, enquanto mil respostas giravam em minha cabeça.

Eu podia me desculpar e acalmar a situação. Qualquer coisa para apagar a mágoa da minha mãe e a ira do meu pai.

A menininha em mim ainda se encolhia quando pensava em deixar os pais bravos, mas qualquer coisa menos que completa honestidade seria só um cuidado paliativo para uma ferida infeccionada.

— Lamento se a magoei, mãe. — A voz trêmula era resultado da fenda que se abria em meu peito. — Mas Maura praticamente me criou. Nós duas sabemos que isso é verdade, e não tem mais ninguém para cuidar dela. Ela passou os melhores anos da sua vida cuidando de mim e me tratando como se eu fosse uma filha. Não posso abandoná-la agora, num momento em que ela precisa de mim.

Não olhei para Natalia, que gostava de Maura, mas não tinha criado o mesmo vínculo com ela. Meus pais só decolaram de verdade profissionalmente quando eu tinha cinco anos, e Natalia, dez. Àquela altura, ela era crescida demais para formar o mesmo vínculo que eu criara com nossa babá.

Ela não ficaria do meu lado. Nunca havia ficado.

Minha mãe não reagiu às minhas palavras, exceto por uma pequena hesitação. Meu pai, por outro lado, ficou ainda mais furioso.

Jarvis Alonso não reagia bem quando desobedeciam às suas ordens.

O castanho afetuoso de seus olhos foi engolido pela pupila dilatada até se tornar um preto duro, implacável.

Nunca tivera medo do meu pai, não no sentido físico, pelo menos. Naquele momento, porém, estava aterrorizada.

Quando ele falou novamente, foi com o tom retumbante que normalmente reservava para as discussões sobre ditadores estrangeiros e células terroristas.

— Stella Rosalie Alonso, se não se desculpar com sua mãe agora mesmo, eu vou...

— Sugiro que pare por aí.

A voz baixa de Christian atravessou os vapores tóxicos da raiva de meu pai como se eles não existissem.

Como Natalia, ele se mantivera silencioso desde que o jantar saíra dos trilhos, mas a tensão que transbordava dele dizia mil palavras.

Se a fúria do meu pai era uma tempestade se formando, a de Christian era um tsunami escuro, silencioso. Quando os que estavam no caminho dessa onda sentiram o perigo, era tarde demais.

E, quando olhei da mandíbula pulsante de meu pai para o olhar letal de Christian, tive a sensação de que a noite ruim só ficaria pior.

CAPÍTULO 27

Christian

— Está me ameaçando dentro da minha casa? — Havia uma lâmina de aço por trás da voz de Jarvis Alonso.

— Não é uma ameaça, senhor. *É uma sugestão.*

O contraste entre meu tom educado e a tensão que estalava no ar encharcava a resposta aparentemente respeitosa com puro deboche.

Apoiei a mão na coxa de Stella embaixo da mesa, contendo os movimentos repetitivos. Ela fazia um trabalho admirável para manter a expressão calma, mas leves tremores a percorriam embaixo da minha mão.

Eu tinha evitado interferir o máximo que havia conseguido. Não fazia parte da minha natureza ficar quieto diante de injustiças cometidas contra mim, e cada ataque contra Stella era um ataque contra mim. Mas, para ela, isso era uma questão pessoal com a família. Ela precisava enfrentá-los e se colocar sem a interferência de ninguém.

Eu podia lidar com a fúria dos pais dela, embora eles estivessem me irritando desde o começo da noite. Mas o que não toleraria era alguém, mesmo que fosse carne e sangue de Stella, induzindo-a a sentir culpa e oferecer um pedido de desculpas que eles não mereciam.

Olhei para Jarvis com um sorriso simpático que não combinava com meu tom gelado.

— Se querem saber por que a sua filha esconde coisas de vocês, é só se olharem no espelho — falei. — Veja só para como reagiu. Em vez de apoiá-la, você a atacou. Em vez de se orgulhar da iniciativa e da paixão que ela demonstra, você a força a permanecer em uma caixa onde ela não cabe. Stella é uma das pessoas mais altruístas, criativas e brilhantes que conheço, mas você a diminui por ela não se conformar com suas definições limitadas de sucesso. Por quê? Porque se envergonha de ter uma filha que ousou se desviar do caminho rígido que você mesmo seguiu? Seu orgulho é mais importante que a felicidade dela, mas fica surpreso por ela considerar a única *adulta* que esteve presente durante sua infância e adolescência uma mãe melhor do que vocês dois jamais foram pais.

Dirigi a última frase aos dois, pai e mãe, que não reagia desde a explosão de Stella.

A mulher devia estar em choque.

Ótimo. Era o que ela merecia.

A fúria era um monstro dentro de mim, tanto pelos pais de Stella terem pulado no pescoço dela por causa da porra da situação financeira em que ela estava, sem levar em consideração como ela se sentia, e pela irmã dela, que expusera sua saída da *DC Style* desse jeito cruel, vingativo.

Quantas inseguranças de Stella eram consequência de ter crescido nesse ambiente tão crítico?

A maioria, eu apostaria.

A única coisa que continha minha raiva era a presença de Stella e o fato de esta ser a família dela. Apesar do relacionamento difícil com eles, a reação dela não seria boa, provavelmente, se eu esvaziasse as contas bancárias deles ou plantasse vírus destruidores em seus equipamentos eletrônicos. Bastava um código particularmente nocivo que desenvolvera por puro tédio no ano passado para coletar e destruir todos os dados de um equipamento infectado até transformá-lo em um amontoado inútil de metal em menos de dez minutos.

Jarvis me encarava com uma veia pulsando tão forte na testa que imaginei que ela explodiria a qualquer segundo.

— Esse é um assunto *de família* — ele grunhiu. — Não me interessa há quanto tempo está namorando Stella. Você não é e nunca será da família. Conheço sua reputação, Christian Harper. Você finge ser um empresário relevante, mas é uma cobra na grama. Tem sangue nas mãos, e, se acha que vou permitir que continue perto da minha filha depois desta noite, está redondamente enganado.

Eu o examinei com um sorriso fraco.

Poucas coisas me divertiam mais que alguém tentando me ameaçar.

O homem era pai de Stella, o que dava a ele alguma medida de proteção.

Mas que segredos se escondiam nos esgotos cibernéticos de sua vida digital? Procurando bem, sempre se podia encontrar alguma coisa. O Google busca histórias, fotos, cliques em links, e-mails e salas de chat privadas. A vida on-line das pessoas era repleta de informação, a maior parte jogada ali de um jeito tão casual que elas nem pensavam em como poderiam ser incriminadas por esses dados.

Para alguém como eu, isso era uma mina de ouro.

Se Jarvis Alonso achava que podia usar Stella para me ameaçar, descobriria com que rapidez e facilidade eu podia expor os esqueletos escondidos em seu armário.

— Deixe Christian fora disso. — A voz suave e firme de Stella interrompeu meus pensamentos. — Não me interessa que boatos infundados você ouviu ou o que *pensa* que sabe sobre ele. O que eu sei pessoalmente é isto: ele tem sido uma grande ajuda desde que nos conhecemos. Ele me incentivou a seguir meus sonhos e acreditou em mim quando nem eu acreditava. Tem sido um apoio maior para mim nesses poucos meses do que vocês jamais foram em toda minha vida, e não vou permitir que o ofenda por ele ter me defendido.

Fiquei tão assustado que quase reagi antes de me controlar.

Algo quente e desconhecido se moveu no meu peito, devorando todas as barreiras de aço que eu havia construído.

Ninguém nunca me defendera antes. Jamais.

Eu não precisava ou queria que me defendessem, mas Stella sempre fora a exceção à minha regra, e vê-la tão forte e firme em sua convicção acendia uma chama de orgulho em meu peito.

A convicção dela era equivocada, porque eu era exatamente o que o pai dela havia me acusado de ser – uma cobra na grama, um monstro com as mãos sujas de sangue e um passado ainda mais ensanguentado. No entanto, depois de me ver através de suas lentes cor-de-rosa, pela primeira vez na vida eu quis ser o homem que ela pensava que eu fosse.

Implacável, talvez, mas honrado na essência.

Na verdade, os únicos fragmentos de honra que eu tinha ultimamente eram aqueles refletidos em seus olhos.

— Fora. — Jarvis nem piscou ao ouvir o discurso de Stella. Sua fúria era silenciosa, mas abrangente na intensidade. Esta noite, nada o faria mudar de ideia. — Se prefere ficar do lado de um estranho que conhece há poucos meses a defender sua família, não tem lugar para você nesta mesa.

Stella ficou dura, e a mãe dela inspirou bruscamente.

— Jarvis...

— Agora, Stella. — Ele ignorou o protesto trêmulo da esposa. — Saia, antes que eu mesmo te ponha para fora.

Natalia se mexeu na cadeira e finalmente surgiu em sua expressão o desconforto causado pela tempestade de merda que havia desencadeado.

— Papai...

— Na verdade, o *timing* está perfeito. Íamos mesmo pedir licença para sair. — Dobrei o guardanapo em um quadrado perfeito e o deixei sobre a mesa, ao mesmo tempo que empurrava a cadeira para trás. — Stella.

Toquei seu ombro com delicadeza e a tirei do estado de estupor.

Ela se levantou, e, depois de olhar pela última vez para a família paralisada, me acompanhou rumo à porta.

O silêncio nos seguiu até o carro e pela rua como um invasor indesejado, mas permiti que ele se prolongasse até Stella decidir interrompê-lo.

— Ele me pôs para fora. — Ela olhava pela janela, aparentemente atordoada. — Meu pai nunca tinha sequer gritado comigo.

— Você tocou em um ponto fraco. Ele não teria tido uma reação tão intensa se uma parte dele não soubesse que você está certa.

— É. Bom... — Uma risada fraca. — Agora você sabe por que eu não queria que viesse. Minha família praticamente criou o termo disfuncional.

Um sorriso triste tocou meus lábios. Se ela achava que tinha uma família disfuncional, não queria nem pensar no que ia dizer quando soubesse sobre a minha.

Não que fosse saber algum dia.

— Já vi piores. — Parei em um farol fechado e olhei para Stella, suavizando a expressão. — Não precisava me defender.

— Eu quis. — A firmeza na voz dela provocou uma dor estranha em meu peito. — Você não merecia ser atacado daquele jeito. Estava me apoiando, e era justo que eu fizesse a mesma coisa. — Vi um toque de cor em suas bochechas. — Além do mais, eu falei a verdade. Embora você me *emputeça* de vez em quando... — sorri ao ouvir a palavra inusitada, mas encantadora —, por trás de tudo isso aí tem uma boa pessoa.

Eu teria rido da avaliação, se ela não tivesse transformado a dor em uma lâmina afiada que me rasgava por dentro.

— Você acredita demais nas pessoas. Não sou o cavalheiro que você imagina — respondi.

Era um aviso, tanto quanto um elogio.

Normalmente, eu debochava de quem era ingênuo o bastante para acreditar na bondade inerente do ser humano, quando havia tanto mal no mundo. Bastava acompanhar os jornais para testemunhar a profundidade da depravação a que o ser humano podia chegar, e chegava.

Mas, por alguma razão, a crença inabalável de Stella na bondade das pessoas despertara em mim algo que eu nem sabia que tinha.

Ela não era a única luz de otimismo à minha volta, mas era a única que realmente importava.

— Talvez não seja. Mas você também não é o vilão que pensa ser. — As luzes dos carros que passavam banhavam seu rosto em uma luminosidade dourada, destacando os traços delicados e a confiança refletida naqueles lindos olhos de jade.

Se você soubesse...

A luz do semáforo ficou verde. Meus olhos permaneceram nela por mais um segundo antes de eu olhar para a frente e pisar no acelerador.

Não falamos mais nada durante o trajeto, mas no farol fechado seguinte eu segurei a mão dela sobre o console e não a soltei até chegarmos em casa.

CAPÍTULO 28

Stella

27 de abril

Tem uma chance de 50% de meu pai ter me deserdado hoje, mais cedo. Nunca o vi tão furioso, nem quando arranhei sua Mercedes novinha depois de tirar minha habilitação e pegar o carro para dar uma volta sem pedir autorização. (Aquela calçada apareceu do nada.)

Mas sabe o que é pior? Não é a mágoa nos olhos da minha mãe, ou como minha irmã me delatou. Não é nem meu pai ter me expulsado de casa.

É saber que eu não teria mudado nada do que fiz, mesmo sabendo qual seria o desfecho.

Sempre fui a filha quietinha, obediente. A que fazia tudo que os pais pediam, que se desculpava mesmo quando não precisava, e que se contorcia de todas as formas para garantir que todos estivessem felizes.

Mas todo mundo tem um limite, e eu cheguei ao meu.

Tenho certeza absoluta de que nada do que eu fizer vai ser bom o bastante para minha família, então para que tentar? Melhor contar logo a verdade sobre como me sinto. Devia ter feito isso há muito tempo. Mas, honestamente, não acredito que teria tido a coragem de fazer o que fiz esta noite se Christian não estivesse lá.

É irônico. Eu não queria que ele fosse, mas ele acabou sendo a melhor parte da minha noite. Tem alguma coisa nele... não sei como explicar. Mas ele me faz sentir como se eu pudesse ser quem quisesse, qualquer coisa.

Melhor ainda, ele me faz sentir que posso ser quem sou.

Parece cafona? Provavelmente.

Tenho até vergonha de ler a frase que acabei de escrever, mas tudo bem. Você é o único que vai ver isso, de qualquer maneira, e sei que não vai julgar.

Na verdade isso descreve perfeitamente como me sinto em relação ao Christian, como se ele não julgasse nada do que digo ou faço. E, em um mundo onde sou julgada constantemente – na vida real e na internet –, esse é o melhor sentimento do mundo.

Gratidão por hoje:
Completar a primeira peça da minha coleção
O viva-voz
As noites em que Christian chega cedo

~~~

— Está fazendo malas para três dias ou três meses? — Christian olhou para a pilha de bagagem com ar intrigado.

— É o *Havaí*, Christian. — Espremi mais um maiô na mala lotada. — Só os produtos para o cabelo ocupam uma bolsa inteira. Tem ideia do estrago que a praia e a umidade provocam em um cabelo cacheado?

— Não. — O humor iluminou seus olhos.

— Exatamente. — Eu me levantei para recuperar o fôlego.

Meus músculos doíam depois de horas arrumando malas. Eu adiara a tarefa até o último minuto, mas precisava terminar isso hoje porque viajaria no dia seguinte para a grande sessão de fotos da Delamonte no Havaí.

Eu não me importava. Fazer as malas era uma boa distração para o nervosismo que afetava meu estômago e o espectro da minha família.

Não ouvira um pio deles desde o jantar duas semanas antes, e também não tentara fazer contato com eles.

A antiga Stella teria telefonado na manhã seguinte e se desculpado, afogada em culpa pelo que havia acontecido.

Sim, eu *me sentia* culpada, mas não o suficiente para recuar na batalha silenciosa travada pela família Alonso. Lamentava magoar meus pais, mas estava ferida por eles não terem sequer tentado entender de onde tudo isso tinha saído. Além do mais, ainda estava furiosa por minha mãe ter chamado Maura de *ex-empregada* e por meu pai ter ofendido Christian.

Eu estava mais surpresa que qualquer um com a forma como meu instinto de proteção me dominara durante a explosão do meu pai. Christian não precisava de ajuda para se defender. Não pensei nem que ele estivesse ofendido; os insultos ricocheteavam nele como balas de borracha em titânio.

Mesmo assim, odiei o jeito como meu pai falou com ele. Christian não merecia aquilo.

— Como está se sentindo com essa viagem ao Havaí? — Christian perguntou.

Hoje ele estava em home office, mas mesmo assim vestia terno e gravata. *Típico*.

— Ótima. — Minha voz era mais aguda que de costume. — Animada.

Limpei as mãos nas coxas e tentei acalmar as batidas aceleradas do coração.

Era verdade. Eu *estava* animada. O Havaí era lindo, e a sessão de fotos seria a peça fundamental da nova campanha da Delamonte. As fotos estariam em *todos os lugares* – na internet, em revistas, talvez até em outdoors.

Eu não queria ser modelo profissional, mas a campanha do Havaí poderia fazer coisas enormes pela minha carreira. Em um mês eu ganhara dinheiro suficiente com parcerias para cobrir minhas despesas pelo resto do ano; a campanha impressa da Delamonte ampliaria ainda mais o alcance do meu perfil.

Mas uma sessão de fotos tão importante também significava uma enorme pressão. E essa pressão pesava em meus ombros e devorava meu entusiasmo até minha cabeça ser invadida pelos piores cenários possíveis.

Eu estava mais confortável para posar para outras câmeras desde a primeira sessão da Delamonte em Nova York, mas o Havaí era diferente. O Havaí era o maior evento.

E se eu paralisasse e não me recuperasse como tinha conseguido me recuperar em Nova York?

E se todas as fotos ficassem horríveis?

E se eu ficasse doente e *não conseguisse* fotografar, ou se quebrasse a perna a caminho do set, ou alguma outra coisa?

A marca estava gastando muito dinheiro nessa viagem, e só teríamos três dias para acertar.

Se eu estragasse tudo...

Abaixei a cabeça e me concentrei no vestido que estava dobrando, tentando esconder de Christian o pânico que devia estar estampado em meus olhos.

Eu devia saber que não o enganaria.

— Nervosa? — ele perguntou, com a astúcia sinistra de sempre.

Engoli o nó na garganta.

— Um pouco. — *Muito*.

A Delamonte podia me demitir por incompetência no meio de uma campanha? Eu precisava conversar com Brady e rever o contrato. Talvez eles pensassem que tinham cometido um engano e contratassem Raya no meu lugar, ou...

— Não fique. Você vai ser um sucesso.

— Você acredita demais em mim.

— E você acredita pouco. — Sua voz estava um pouco mais próxima, um toque de veludo na pele nua do meu pescoço e dos ombros.

Eu me virei, sentindo o coração acelerar com a proximidade.

Eu nunca quis outra pessoa como quero você, e nunca me odiei mais por isso.

A lembrança dessas palavras estalou como eletricidade entre nós. Os olhos dele se acenderam com uma luz radiante e quente, que ele apagou em seguida, e meu coração voltou ao ritmo normal.

— Partimos amanhã de manhã, às oito. — Christian acenou com a cabeça na direção da minha bagagem. — Vou contratar um carregador para você.

— Que exagero. Não estou levando *tanta* coisa.

Duas malas grandes, uma valise e uma bolsa grande eram perfeitamente razoáveis para três dias no Havaí.

— Vou fingir que concordo. Com relação à segurança... — O humor cáustico de Christian desapareceu. — As fotos no Havaí não são segredo, mas mesmo assim eu quero que evite de postar que está lá pelo menos até voltarmos a Washington.

Meu nervosismo voltou por um motivo inteiramente diferente.

No meio da confissão de Christian, do jantar com minha família e dos preparativos para a sessão de fotos, eu tinha empurrado para o fundo da mente as preocupações com o stalker. Agora tudo voltava como uma onda gigante.

— Ainda não temos nenhuma pista?

Eu não pedia atualizações regulares. Quanto mais me concentrava nisso, mais ficava nervosa, mas desta vez não consegui resistir.

— Nada concreto, mas estamos avançando. Talvez ele não te siga até o Havaí, mas é melhor prevenir do que remediar.

— Certo. — Passei o polegar no colar de cristal. — Certo.

A expressão de Christian ficou mais suave.

— Vai dar tudo certo com as fotos *e* com o stalker. Confie em mim.

Essa era a parte mais assustadora. Eu confiava.

— Descanse um pouco. O voo amanhã vai ser longo. E Stella? O unicórnio fica.

— Eu não pretendia levar — resmunguei quando ele já saía do quarto.

Sozinha, pus o sr. Unicórnio de volta no lugar dele perto da cama.

— Vamos visitar o Havaí juntos outro dia — disse a ele, em tom de pesar.

Ele era minha companhia confiável sempre que eu viajava sozinha, mas, como Christian iria comigo, não *precisava* levá-lo. Só gostava de sentir um pouco de familiaridade quando visitava lugares novos.

Terminei de arrumar as malas.

Minhas emoções iam da empolgação ao medo e ao nervosismo e voltavam pelo mesmo caminho, mas eu me sentia melhor sabendo que Christian estaria comigo.

As borboletas no meu peito bateram as asas de novo quando pensei em passar três dias no paraíso com ele.

Era uma viagem de trabalho, mas mesmo assim...

Eu tinha a estranha sensação de que tudo que acontecesse no Havaí, o que quer que fosse, mudaria minha vida.

CAPÍTULO 29

Stella

Christian e eu chegamos a Kauai na noite seguinte, pouco depois da hora do jantar.

Em vez de experimentar o restaurante do hotel, o que teria sido um grande esforço, pedimos serviço de quarto e nos acomodamos na sala de estar do chalé.

Fiel ao padrão, Christian deu uma olhada no quarto que a Delamonte reservara para mim e fez um upgrade para o último chalé disponível no complexo.

Olhei discretamente para ele enquanto comíamos em um silêncio confortável.

Ele estava relaxado de seu lado do sofá, tão sexy na camisa amarrotada e com o cabelo despenteado que chegava a ser irritante. Nenhum de nós exibia sua melhor aparência depois de viajar o dia inteiro, mas o desalinho só o tornava mais gostoso, não menos.

— Está gostando do que vê? — ele resmungou.

— Sim. — Olhei em volta, para as acomodações. Uma incrível vista do Pacífico, e uma sala de estar com portas que se abriam para uma varanda mobiliada que, por sua vez, era uma passagem direta para nossa praia particular. — O lugar é incrível.

Não tinha sido isso que ele perguntara, mas eu não precisava inflar seu ego. Ele sabia que eu sabia que ele era gostoso, então qual seria o propósito de confirmar?

A risada de Christian me invadiu como chocolate quente.

Havia uma certa magia em vê-lo fora dos limites da cidade de Washington. Como no jantar na casa de Dante, ele exibia uma versão mais relaxada de si mesmo. Sem terno, com uma risada fácil.

— Gosto dessa sua versão. — Segurei a caneca mais perto da boca. — É mais... — Procurei a palavra certa. — Acessível.

Um sorriso brincou nos cantos de sua boca.

— Ah, é?

— Vamos colocar assim. O Christian de Washington parece ser capaz de matar alguém que cortar a frente dele no trânsito. O Christian do Havaí parece ser alguém que oferece carona quando vê alguém parado no acostamento com o carro quebrado.

O som rico de sua risada encheu ainda mais os cantos da sala.

— Estamos no Havaí há menos de duas horas.

— Exatamente. Imagine o que três dias no paraíso fariam com você. — Bebi um gole de chá. — Dançar com uma camisa de estampa havaiana? Me acompanhar em uma sessão de ioga ao nascer do sol? *Parar de consumir carne vermelha?* As possibilidades são infinitas.

— Stella. — Ele se inclinou para a frente com uma expressão séria. — No dia em que eu usar uma camisa de estampa havaiana, vacas vão voar.

— Nunca se sabe, considerando a velocidade com que a tecnologia tem avançado. Pode acontecer — argumentei sem me abalar. — Sabe qual é o seu problema?

— Por favor, me diga. Estou ansioso para saber.

Ignorei o sarcasmo inútil.

— Você se leva a sério demais e trabalha demais. Devia tirar férias mais vezes, ou se conectar com a natureza de vez em quando, pelo menos. Faz bem para a alma.

— É tarde demais para minha alma, Stella.

Apesar do tom leve, senti que ele não estava brincando.

Meu sorriso desapareceu.

— Palavras de um verdadeiro pessimista.

— Realista.

— Cínico.

— Cético. — Christian sorriu ao me ver franzir a testa. — Vamos continuar brincando de dicionário de sinônimos ou podemos passar para um assunto mais interessante?

— Vamos mudar de assunto, mas só porque eu quero te poupar da indignidade de perder — respondi com altivez.

— É muita bondade sua.

Não gostei da sugestão de risada na voz dele, mas deixei passar. Afinal, ele estava pagando por esse lindo chalé e tinha me salvado de passar dez horas em um assento espremido de avião, vendo filmes velhos e tentando impedir minhas pernas de adormecerem.

Poucas coisas eram mais desconfortáveis do que ser uma pessoa alta na classe econômica.

Afundei um pouco mais no sofá e escolhi o que pensava ser um bom assunto.

— Conta alguma coisa sobre você que eu ainda não sei.

Eu tinha perdoado Christian por me excluir de seus assuntos depois do jantar na casa de Dante, mas não havia desistido de tentar saber mais sobre ele. Não me importava se eram coisas simples como seu super-herói favorito na infância; só queria *alguma coisa*. Saber coisas sobre Christian não ajudaria a proteger meu coração, mas estávamos ligados até segunda ordem, e eu queria fazer o melhor que pudesse com isso.

Em parte eu esperava que ele se esquivasse do pedido como sempre, mas, para minha surpresa, ele respondeu prontamente.

— Não gosto de sobremesa.

Deixei escapar uma exclamação horrorizada.

— Nenhuma?

— Nenhuma — ele confirmou.

— *Por quê?*

— Não gosto de doce.

— Existem sobremesas que não são doces.

— Sim, e não gosto delas. — Ele continuou comendo tranquilo, enquanto eu o encarava incrédula.

— Retiro o que disse. Sua alma é suspeita, definitivamente. Não é normal alguém não gostar de sobremesa. — Procurei uma explicação plausível. — Talvez ainda não tenha conhecido a sobremesa certa.

Quem podia odiar baclava, cheesecake e sorvete? O diabo, só ele.

— Talvez conheça no mesmo dia em que encontrar minha alma gêmea — Christian retrucou sem mudar de tom.

— Está brincando, mas pode acontecer. E quando acontecer eu vou... — hesitei.

Ameaças não eram meu forte.

— Sim? — Ele parecia se esforçar para não rir.

— Vou falar até você não aguentar mais.

— Não vejo a hora. — Christian teve pena da minha resposta patética e mudou de assunto. — Sua vez, Borboleta. Conta alguma coisa sobre você que eu não sei.

— Não consegue encontrar todas as informações nos seus computadores incríveis? — Era brincadeira, mas não completamente.

— Prefiro ouvir de você.

Por alguma razão, isso provocou uma palpitação no meu peito.

Eu planejava contar alguma coisa boba e leve, sobre assistir às leituras de tarô no YouTube quando me sentia deprimida, porque os tarólogos sempre davam uma nota muito positiva às coisas, ou sobre arrumar meu closet por cores, porque o resultado era esteticamente agradável.

Em vez disso, falei:

— Às vezes eu fantasio sobre ter sido adotada.

A vergonha foi imediata. Nunca dividira esse sentimento com ninguém, e me ouvir falar sobre ele em voz alta provocou em mim um arrepio de culpa.

Minha família não era ruim. Eles eram críticos e impunham expectativas altas demais, mas não eram fisicamente abusivos. Tinham pagado pela minha faculdade, e cresci em uma casa bonita, com roupas lindas e férias legais. Comparada à da maioria das pessoas, minha vida era cheia de privilégios.

Mas cada um tinha a própria vida. Sempre haveria gente melhor e pior que nós. Isso não tornava nossos sentimentos menos válidos. Podíamos reconhecer tudo que tínhamos de bom em alguns aspectos e criticar outros.

Christian não me condenou por ser uma mimada ingrata. Não disse nada.

Em vez disso, esperou que eu terminasse sem nenhuma sugestão de julgamento no olhar.

— Eu surtaria se fosse verdade, mas é a fantasia de ter outra família por aí que fosse mais... mais família, acho. Menos competição, mais apoio emocional. — Tracei a borda da caneca com o dedo. — Às vezes eu penso se minha irmã e eu seríamos mais próximas se meus pais não nos comparassem tanto. Eles não passavam muito tempo com a gente porque estavam sempre ocupados demais com o trabalho, e quando *estávamos* todos juntos tudo girava em torno de que filha era motivo de mais vaidade para eles. A que tinha as melhores notas, a que alcançava resultados extracurriculares mais impressionantes, a que se deu melhor nos vestibulares... Natalia e eu crescemos tão ocupadas com esse esforço de tentar superar a outra que nunca nos conectamos de verdade. — Um sorriso triste tocou meus lábios. — Agora ela é vice-presidente do Banco Mundial e eu estou desempregada, então... — Dei de ombros, tentando não imaginar outras dezenas de jantares de família nos quais eu passaria vergonha, enquanto meus pais elogiavam minha irmã.

Isto é, se eu ainda fosse convidada para os jantares. Depois da briga com eles, não tinha tanta certeza.

— Nunca me encaixei muito bem na minha família, nem quando estava empregada, de qualquer maneira. Eles eram os práticos. Eu era a que passara a infância olhando pela janela, sonhando acordada com moda e viagens, em vez de entupir meu currículo com atividades que favoreceriam a vida acadêmica. Quando eu tinha quinze anos, criei um boletim de manifestação para a Parsons, a faculdade dos meus sonhos, e o cobri com fotos do campus e reproduções de cartas de aceitação que eu mesma digitava. — Meu sorriso se tornou melancólico quando me lembrei da adolescente otimista que fui. — Funcionou. Recebi realmente uma carta de aceitação quando estava terminando o ensino médio, mas tive que recusar a vaga porque meus pais se recusaram a pagar por um *curso tão inútil*. Então, acabei indo para a Thayer.

Não me arrependia. Se não tivesse frequentado a Thayer, nunca teria conhecido Ava, Bridget e Jules.

Mas às vezes me perguntava o que teria acontecido se eu tivesse ido para a Parsons. Teria pulado o capítulo *DC Style* da minha vida? Talvez. Já seria uma designer com vários desfiles de moda no portfólio? Não tinha tanta certeza, mas provavelmente.

— Escute a opinião de alguém que já viu muitos concorrentes aparecerem e desaparecerem ao longo dos anos — disse Christian, interrompendo meus pensamentos. — Você não pode medir seu sucesso com base no progresso de outras pessoas. E eu conheci sua família. Que bom que não combina com eles.

Deixei escapar uma risadinha.

— Talvez.

Eu me sentia bem por ter tirado isso do peito, e melhor ainda por Christian não ser tão próximo de mim quanto minhas amigas. Isso diminuía o constrangimento causado pelas coisas que eu estava compartilhando.

O sono me rondava, mas eu não queria ir para a cama quando Christian e eu finalmente estávamos conversando de verdade.

A sessão de fotos só começaria no fim da manhã, de qualquer maneira.

Só mais meia hora. Depois vou dormir.

— E a sua família? — Bebi mais um gole de chá. — Como eles são?

Christian nunca falava sobre os próprios pais, e eu não tinha visto uma foto sequer deles em sua casa.

— Morreram.

O chá desceu pelo cano errado. Tossi várias vezes, enquanto Christian terminava de comer como se não tivesse jogado uma bomba com a casualidade de alguém que comenta que a família foi passar o fim de semana fora.

— Sinto muito — falei, depois de me recuperar. Piscar para me livrar das lágrimas deixadas pelo ataque de tosse. — Eu... não sabia.

Era uma coisa boba para dizer, porque *estava claro* que eu não sabia, ou não teria perguntado, mas não consegui pensar em uma resposta melhor.

Presumi que os pais de Christian morassem em outra cidade e/ou que ele não tinha um bom relacionamento com eles. Nunca imaginara que ele fosse órfão.

— Aconteceu quando eu tinha treze anos, não precisa se sentir mal por mim. Já faz muito tempo. — Apesar do tom casual, a mandíbula enrijecida e os ombros tensos revelavam que ele não era tão indiferente quanto fingia ser.

Uma dor profunda desabrochou em meu peito. Treze anos, cedo demais para perder os pais. *Qualquer* idade era cedo demais.

Eu podia estar aborrecida e frustrada com minha família, mas se perdesse um deles ficaria arrasada.

— Eram seus pais. Não existe limite de tempo para chorar a perda de alguém da família — opinei, em tom gentil. Hesitei, depois perguntei: — Com quem você ficou depois que eles...?

— Minha tia me criou. Quando ela morreu, eu já estava na faculdade. — Christian não esperou eu concluir a pergunta para responder. — Desde então, eu vivo sozinho.

A dor se espalhou até cada parte de mim formigar com a necessidade de confortá-lo.

Ele não teria reagido bem a um abraço, mas palavras podiam ser igualmente poderosas, até mais.

— Não precisa ter pena de mim, Stella. — O tom dele era seco. — Prefiro estar sozinho.

— Talvez, mas existe uma diferença entre estar sozinho e ser *sozinho*. — A primeira opção era falta de uma companhia física; a segunda, a ausência de apoio emocional e interpessoal.

Eu também gostava de estar sozinha, mas só no primeiro sentido da expressão.

— Tudo bem ficar triste — acrescentei, com voz suave. — Prometo que não vou contar para ninguém.

Não perguntei como os pais dele tinham morrido. Percebi que já estávamos desafiando os limites de sua disponibilidade para se abrir, e não queria destruir a frágil intimidade do momento.

Christian olhou para mim com uma expressão indecifrável.

— Vou me lembrar disso — ele falou finalmente, e sua voz tinha uma nota um pouco mais ríspida que de costume.

Eu esperava que ele encerrasse a conversa aí, mas, para minha surpresa, continuou sem nenhum incentivo.

— Entrei no ramo dos computadores por causa do meu pai. Ele era engenheiro de software, e minha mãe era administradora escolar. Em muitos aspectos eles eram a quintessência da família americana de classe média. Morávamos em uma bela casa em um bairro residencial. Eu jogava na Liga Infantil, e toda sexta-feira à noite pedíamos pizza e jogávamos jogos de tabuleiro.

Prendi a respiração, tão fascinada com o raro vislumbre de sua infância, que tinha medo de respirar e quebrar o encanto.

— A única coisa que não se encaixava nesse cenário — Christian continuou — era o relacionamento deles. Meus pais se amavam. Loucamente. Profundamente. Mais que qualquer casal no planeta.

De todas as coisas que eu esperava ouvir dele, essa não aparecia nem nas top mil, mas engoli as perguntas e o deixei continuar.

— Cresci ouvindo as histórias malucas do namoro deles. Que o meu pai escrevia uma carta por dia para minha mãe enquanto estava fora estudando e que ele andava dois quilômetros todas as manhãs para ir ao posto do correio, porque não confiava no serviço postal da universidade. Que ela fugiu de casa quando os pais ameaçaram deserdá-la se não terminasse o namoro, porque queriam que ela se casasse com o filho de um empresário rico. Depois de um tempo, ela voltou a falar com meus avós, mas, em vez de fazer um casamento grandioso, meus pais se casaram sem avisar ninguém e foram morar em uma cidadezinha no norte da Califórnia. Eu nasci menos de um ano depois. — A névoa das lembranças encobria o olhar de Christian. — Eles adotaram uma vida que, para quem via de fora, podia ser considerada comum, mas nunca perderam aquele fogo um pelo outro, nem depois que eu nasci.

Muita gente sonhava com o tipo de amor que os pais dele haviam tido, mas ele falava como se isso tivesse sido uma maldição, não uma bênção.

— E você não acredita em amor — comentei.

Como isso era possível? O cinismo da maioria das pessoas em relação ao amor derivava de vê-lo ser reduzido a um mero esqueleto do que tinha sido um dia. Divórcios difíceis, promessas quebradas, brigas marcadas por lágrimas. Mas os pais dele pareciam ser um exemplo radiante do que *podia* ser.

— Não. — O sorriso cáustico de Christian me fez arrepiar. — Porque o que meus pais tinham não era amor. Era ego e destruição disfarçados de afeto. Uma droga que eles continuavam usando porque dava um barato que não conseguiam ter com mais nada. Aquilo prejudicava o julgamento dos dois em detrimento deles mesmos e de todo mundo que os cercava, e dava a eles cobertura para fazer todas aquelas coisas irracionais, porque ninguém os questionava, se era por *amor*. — Ele se recostou, mas a expressão continuou dura. — Não foram só os meus pais. Olha para o mundo à nossa volta. Pessoas matam, roubam e mentem em nome dessa emoção abstrata que nos vendem como nosso objetivo maior. O amor supera tudo. O amor cura tudo. — O desenho de seus lábios revelava quanto respeito ele tinha por essas banalidades. — Alex desistiu de uma empresa de muitos bilhões de dólares. Bridget quase perdeu um país. E Rhys abriu mão de sua privacidade, que era mais importante para ele que todo o dinheiro do mundo. É completamente ilógico.

— Alex recuperou a empresa — apontei. — Bridget fez tudo dar certo, e Rhys não abriu mão de *toda* a privacidade dele. Às vezes a felicidade exige sacrifícios.

— Por quê?

Pisquei algumas vezes, tão surpreendida com a franqueza da pergunta que levei um minuto para responder.

— Porque é assim que o mundo funciona — falei, finalmente. — Não podemos ter tudo que queremos sem comprometer algumas coisas. Se os humanos fossem robôs, eu concordaria com sua avaliação, mas não somos. Temos sentimentos, e, se não fosse pelo *amor*, a raça humana não sobreviveria. Procriação, proteção, motivação. Tudo isso está ligado a essa emoção.

Era a resposta menos romântica e, portanto, a mais eficiente que eu poderia dar.

— Talvez. — O movimento de ombros de Christian expressava a profundidade de seu ceticismo com mais eloquência que qualquer palavra poderia ter. — Mas tem uma segunda questão, que é as pessoas usarem *amor* com tanta frequência que perde o significado. Elas amam seus cachorros, carros, happy hours e o corte de cabelo do amigo. Dizem que o amor é essa coisa grande e maravilhosa, quando é o oposto. É inútil, na melhor das hipóteses, e perigoso, na pior delas.

— Existem diferentes tipos de amor. O jeito como eu amo moda é diferente de como amo meus amigos.

— Graus variados da mesma doença. — Um humor sombrio transformou seu rosto quando a palavra doença me fez encolher um pouco. — É agora que você tenta me fazer mudar de ideia? Vai me convencer de que o amor faz mesmo o mundo girar?

— Não — respondi, com sinceridade. — Você já formou sua opinião. Nada do que eu disser vai te fazer mudar de ideia. O único jeito de mudar de ideia é pela experiência, não pelas palavras.

A surpresa passou pelos olhos dele antes de desaparecer por trás de algo mais pesado, sonolento.

— E acha que isso vai acontecer? — A pergunta lenta condensou o ar entre nós. — Acha que vou me apaixonar e morder a língua?

Dei de ombros, um movimento casual que não combinava com as batidas rápidas do meu coração.

— Talvez. Não sou vidente.

Mas esperava que fosse isso. Não por ter ilusões de ser quem promoveria essa *mudança* nele, mas porque todo mundo merecia experimentar o verdadeiro amor uma vez na vida, pelo menos.

— Uma das cláusulas do nosso contrato — Christian falou, me observando com aquele olhar penetrante — é que eu não me apaixone por você.

Minha boca ficou seca.

— Sim.

— Por que você estipulou essa condição, Stella?

— Porque não quero que você se apaixone por mim.

Ele não sorriu da minha reação rápida. Um longo silêncio precedeu sua resposta.

— Você e eu somos muito diferentes.

Uma centelha brilhou e queimou todo o oxigênio entre nós. O som da minha pulsação desapareceu em um sopro forte e distante.

Fala alguma coisa, Stella.

Mas o olhar dele mantinha minha voz cativa, e, antes que eu conseguisse libertá-la, seu telefone tocou e encerrou o momento.

Os olhos de Christian permaneceram em mim por mais uma fração de segundo antes de ele atender a ligação. Ele foi à varanda, onde o som distante das ondas abafava seu lado da conversa.

O peso em meu peito diminuiu, me deixando tonta e confusa. Eu me sentia como se tivesse passado uma hora submersa no oceano, e só agora voltasse à superfície para respirar.

Era sempre difícil respirar perto de Christian.

Uma noite no Havaí já foi, faltam duas.

Pensei que a viagem seria simples. Chegar, fazer as fotos, ir embora.

Mas percebi rapidamente que nada que envolvia Christian Harper era simples.

Christian

— Alguém hackeou o sistema de segurança do Mirage — Kage anunciou, em tom grave. — Nossa equipe de cibernética confirmou o uso de um equipamento similar ao Cila.

Engoli um palavrão veemente.

A última coisa que eu queria era falar de trabalho a essa hora da noite na porra do Havaí. Sim, era ainda mais tarde para ele, mas Kage trabalhava o tempo todo, e essa atualização era de foder com a cabeça.

Eu tinha desenvolvido o Cila dois anos antes. Batizado com o nome do monstro da mitologia grega que devorava homens a bordo de navios que passassem por perto, não exigia download nem porta USB para invadir um sistema. Só precisava estar a poucos metros de um alvo para tomar o controle remoto do equipamento e fazer todas as merdas que o operador quisesse.

Ninguém sabia da existência do Cila, exceto as pessoas na Harper Security e Jules, para quem eu emprestara o equipamento no ano passado. Ela não sabia o que era quando o usou; e, mesmo que soubesse, não tinha o diagrama do esquema para isso, o que significava uma coisa só.

O traidor ainda estava na Harper, e era ligado de alguma forma ao stalker de Stella.

Uma fúria fria me invadiu.

Eu tinha feito uma segunda verificação de todos os empregados depois da invasão no sistema de vigilância do Mirage, dando atenção especial aos funcionários mais próximos de mim, inclusive Brock e Kage. Não encontrara nada.

Tinha demitido alguns empregados moderadamente suspeitos, mas eles não ocupavam posições suficientemente elevadas para saber sobre o Cila.

Além do mais, a menos que o stalker de Stella fosse um desenvolvedor, devia ser quase impossível reproduzir o esquema do Cila... a menos que pegassem o diagrama escondido no meu escritório.

Pensei em mil possibilidades, mas, quando falei, minha voz era calma. Firme como pedra.

— Recolha todas as imagens das câmeras da área externa em volta do edifício. Quero vídeos de todas as esquinas e fachadas com uma câmera em um raio de cinco quarteirões do Mirage. A menos que o invasor consiga se teletransportar, ele foi para algum lugar depois da invasão. Encontre o sujeito.

Desliguei depois de ouvir o grunhido afirmativo de Kage.

As imagens não eram minha maior prioridade. Minha maior prioridade era descobrir quem estava tentando me sabotar dentro da empresa, mas, até voltar para Washington, reunir e examinar as imagens ocuparia meus homens, enquanto eu caçava o traidor.

Com a notícia sobre o Cila e a demora no avanço das investigações sobre o stalker de Stella, maio prometia ser um mês de merda.

A fúria crescia em meu peito enquanto eu calculava o próximo movimento.

Se estivesse aqui por qualquer outro motivo que não fosse Stella, decolaria de volta para a cidade de Washington assim que o dia amanhecesse, mas não podia deixá-la sozinha sabendo que um maluco estava atrás dela.

Eu tinha mentido quando falei para ela que não tínhamos novidades. Eu havia interceptado mais três cartas dele na caixa de correspondência dela. Continham as ameaças básicas, nada de novo, e ainda eram impossíveis de rastrear... por enquanto.

As chances de ele vir até aqui atrás dela eram pequenas, mas não eram nulas.

Era o que eu dizia a mim mesmo, pelo menos.

Voltei à sala de estar e tranquei as portas deslizantes de vidro.

Já era meia-noite. Eu estava completamente alerta, graças à descarga de adrenalina provocada pelas notícias de Kage, mas Stella tinha apagado no sofá enquanto eu falava ao telefone.

Com delicadeza, tirei a caneca da mão dela e a coloquei na mesa, antes de pegá-la no colo e levá-la para o quarto. Ela dormia tão profundamente que nem se mexeu.

A luz da lua desenhava uma faixa prateada na escuridão quando a deitei na cama.

Ajeitei o edredom em torno dela com movimentos suaves que contrastavam com o rugido em minhas veias. Era quase obsceno tocar Stella enquanto imagens de sangue e desmembramento dominavam minha cabeça, mas eu não conseguia desligar esse meu lado que clamava por vingança.

O banho frio que tomei diminuiu um pouco a fúria, mas não a eliminou completamente. E, por precisar de uma válvula de escape para a frustração que não envolvesse alívio físico, a primeira coisa que fiz quando saí do banheiro foi abrir meu notebook.

Passei direto pela aba aberta com as palavras cruzadas por terminar – preferia palavras cruzadas físicas, mas usava versões digitais quando era necessário – e abri o arquivo que mantinha especificamente para momentos como este.

Li a lista de nomes antes de escolher o presidente de um grande banco multinacional. Ele nunca tinha sido e nunca seria um cliente da Harper Security. Contrariando a crença popular, eu tinha padrões para escolher as pessoas com quem me associava, e esse cara era um merda. Desfalque, fraude fiscal, três processos por assédio sexual de ex-secretárias, todos encerrados com acordos no tribunal, e uma tendência para distribuir porrada na esposa e nas mulheres com quem ele a traía. E isso era só a ponta do iceberg.

— Você vai ter um dia bem ruim amanhã — falei para a foto do rosto vermelho de olhos saltados.

Levei menos de cinco minutos para invadir suas contas bancárias e redirecionar os fundos para várias entidades beneficentes por meio de doações anônimas e uma rede de servidores proxy. Era quase constrangedor de tão fácil. A senha do homem era o modelo de seu primeiro carro e sua data de nascimento, porra.

Deixei uma parte do dinheiro para a esposa dele, junto com o nome de um advogado especialista em divórcios, antes de enviar informações para o fisco que o governo norte-americano acharia muito interessantes. A cereja no bolo foi pôr seus dados à venda na dark web, enviar várias fotos humilhantes de seu último encontro com a amante a todos os duzentos mil funcionários do banco e, porque esse idiota um dia tinha tentado roubar de mim uma vaga de estacionamento, invadi o sistema do carro dele, matei o GPS e apaguei todos os dados do veículo.

Quando terminei, me sentia calmo o bastante para me deitar ao lado de Stella na cama.

Ao contrário do que ela havia dito mais cedo sobre natureza, nada limpava a alma como um bom estrago cibernético.

Fiquei paralisado quando Stella resmungou alguma coisa e jogou uma perna em cima das minhas. Ela devia ter gostado do calor, porque alguns segundos depois passou um braço em torno da minha cintura e se aninhou em meu peito.

Embora já estivesse dormindo, ela bocejou, um bocejo que terminou em um suspiro satisfeito, e depois... silêncio.

Olhei para ela, esperando que acordasse ou se mexesse de novo, no mínimo. Nada.

Considerando os movimentos regulares de seu peito, ela dormia profundamente e não pretendia se desenroscar de mim tão cedo.

Eu odiava ficar agarrado depois do sexo e mais ainda *sem* sexo, mas, em vez de afastar Stella, ajeitei o cabelo que caía sobre seu rosto e a examinei à luz da lua que mal aparecia, oculta pelas cortinas.

O brilho prateado acariciava sua pele de um jeito que dava a ela uma aparência etérea. Um anjo dormindo nos braços de um monstro.

Poucas pessoas confiavam em mim o suficiente para fechar os olhos quando eu estava presente, e ali estava ela, aninhada em mim como se eu fosse uma porcaria de urso de pelúcia. Ignorando completamente a violência que fervia a centímetros de distância.

Minha mão deslizou do cabelo para a curva elegante de um lado do rosto. Continuei traçando o contorno até o queixo, mantendo o contato leve para não a despertar. Queria gravar cada detalhe dela na minha cabeça até poder fechar os olhos e imaginá-la tão nitidamente quanto se estivesse parada na minha frente.

Talvez então entendesse o poder que essa mulher tinha sobre mim. Como alguém tão inocente e puro de coração podia marcar tão profundamente minha psique, a ponto de eu sentir essa queimadura aflitiva por muito tempo depois de termos nos conhecido?

Minha mão permaneceu por um instante no rosto de Stella antes de eu afastá-la.

Traços invisíveis do sangue que sujava minhas mãos agora marcavam seu rosto. Eram as mesmas mãos que se encaixavam com facilidade em torno do metal de uma pistola e punham fim a vidas simplesmente apertando um botão. As mãos de um mentiroso, no mínimo, as mãos de um assassino, na pior das versões.

Eu não devia tocar nela e manchá-la com meus crimes, passados e futuros. Ela merecia brilhar sem a escuridão ameaçar consumi-la, e, se eu fosse um homem melhor, desistiria dela.

Mas não era.

Minha consciência tremulante protestou diante das manchas invisíveis de sangue em sua pele, enquanto uma parte pervertida e possessiva se empolgava com a visão.

Mas os dois lados concordavam com uma coisa: ela era minha.

E, agora que estava em minha vida, eu não a deixaria partir.

CAPÍTULO 30

Stella

Acordei na manhã seguinte em meio a lençóis amarrotados e com um frio na barriga, em parte por causa das fotos e em parte por causa do aroma suave de couro e especiarias pairando no ar.

Christian não estava ali, mas pontinhos de calor consumiam minha pele quando vi os lençóis amassados no lado dele da cama.

Eu sabia que o chalé tinha um quarto só. O recepcionista tinha informado ao fazer nosso upgrade. Mas a ideia de dividir um espaço tão íntimo com Christian, mesmo que eu tivesse dormido profundamente na maior parte do tempo, me eletrizava de um jeito como não havia acontecido na primeira vez que dividimos uma cama.

Para com isso. É só para dormir.

Eu dividia camas com amigos da faculdade sempre que viajávamos juntos. *Nunca* tinha sido grande coisa, então agora também não deveria ser.

É claro, eu não queria transar com meus amigos, mas isso era um detalhe sem importância.

Eu me obriguei a olhar para longe da cama e começar a me arrumar.

Como a Delamonte levaria roupas e maquiagem para o set, não precisei de muito tempo para pôr um vestido simples de linho e ajeitar o cabelo em algo controlável.

Quando entrei na sala de estar, vi Christian trabalhando na varanda, aparentemente estressado demais para a primeira manhã no Havaí.

— Bom dia. — Parei ao lado da mesa. Junto do notebook, vi uma xícara vazia de café, um pedaço que sobrara de uma torrada e as palavras cruzadas concluídas. — Acordou cedo.

— Estou trabalhando no horário da Costa Leste. — Ele levantou a cabeça, e sua expressão se suavizou quando me viu. — Pronta para as fotos?

— Sim. *Mais ou menos. Talvez. Provavelmente.*

Devo ter demonstrado insegurança, porque o rosto dele relaxou ainda mais.

— Você vai arrasar.

— Obrigada. — Girei o anel no dedo antes de entender o significado das palavras. *Você vai arrasar.* — Não vai comigo?

— Hoje não. Apareceu uma emergência no trabalho.

— Ah. — A decepção desabrochou dentro de mim, mas eu a esmaguei. Era evidente que ele não ia ficar por perto me vendo fazer as fotos durante a viagem toda. Tinha coisas melhores para fazer. — Nada muito grave, espero.

— Nada que eu não consiga resolver. — Christian acenou com a cabeça para o cardápio do serviço de quarto em cima da mesa. — Quer comer alguma coisa antes de sair? Posso ligar para a cozinha.

— Não, já estou em cima da hora. — E talvez vomite se comer alguma coisa antes da sessão de fotos, mas guardei essa informação para mim. — Bom, é isso, hã... a gente se vê mais tarde.

Saí com a estranha sensação de ter me despedido do meu namorado antes de uma longa viagem. O que era ridículo, porque ele *não era* meu namorado e o hotel ficava a uma caminhada de quinze minutos do set.

Quando cheguei, não reconheci ninguém, exceto o fotógrafo, Ricardo, e a diretora de moda da Delamonte, Emmanuelle, que me cumprimentou com uma chuva de beijinhos no rosto.

— Stella! Como foi o voo? Você está linda. Estamos muito animados com as fotos... Vamos fazer cabelo e maquiagem? Estamos *um pouco* atrasados...

O turbilhão de atividades a partir daí foi tão caótico que baniu da minha cabeça todos os pensamentos sobre Christian. Fui levada para a estação de cabelo, depois para a maquiagem e para a prova de roupa antes das fotos de teste, e, quando chegou a hora de começar a sessão de verdade, eu não conseguia me concentrar em nada que não fosse fazer uma besteira muito grande e ser demitida ali mesmo.

Estou bem. Eu vou conseguir.

Fotografaríamos uma linha diferente a cada dia – roupas esportivas hoje, sapatos e acessórios amanhã e joias depois de amanhã.

Eu me senti grata pelas silhuetas mais soltas, porque se tivesse que me espremer em alguma coisa mais justa acabaria desmaiando ali na praia.

— Inclina a cabeça para o sol... isso, assim mesmo! — Ricardo gritou. — Perfeito!

Talvez fosse o sol e a brisa do mar, ou a empolgação de estar no Havaí pela primeira vez. Ou porque já havia fotografado com Ricardo antes, e me sentia mais confortável trabalhando com ele.

O que quer que fosse, meu nervosismo foi desaparecendo até que, finalmente, relaxei o suficiente para empurrar as vozes feias da insegurança para fora da minha cabeça.

Durante o restante da manhã e o começo da tarde, posei e me movimentei de acordo com a direção de Ricardo. Parávamos de vez em quando para uma troca de roupa, mas, fora isso, tudo transcorria muito bem.

Emmanuelle estava eufórica.

— Você é maravilhosa! — ela explodiu em um desses intervalos. — Quando eu contar para Luisa sobre as provas, ela vai ficar *em êxtase*.

Sorri e assenti, mas meus olhos procuravam cabelos escuros e pele bronzeada na praia.

Nada.

Christian avisou que não poderia vir, mas eu esperava...

Não tem importância.

Eu o veria mais tarde. Estávamos dividindo um quarto, pelo amor de Deus, e, embora o quisesse aqui, não precisava dele.

Podia fazer isso sozinha.

Cheguei a essa conclusão justamente quando Emmanuelle terminou de falar.

— Não concorda? — Ela olhava para mim cheia de expectativas.

— Sim. — Não sabia do que ela estava falando. — Você está certa.

— Exatamente! Pregas para o outono já estão muito batidas. Estou pensando em tricô escovado...

Eu posso fazer isso sozinha.

Repeti as palavras mentalmente.

Tinha passado anos construindo minha marca sozinha, mas, desde o contrato com a Delamonte e o reaparecimento do stalker, me sentia desequilibrada. Insegura.

Eu me apoiava em Christian para ter confiança, e uma pequena parte de mim estava convencida de que teria fracassado na sessão de fotos em Nova York se não fosse por ele.

Mas hoje concluíra a sessão de fotos sozinha, e tinha sido um bom trabalho.

Um sorriso desabrochou em meus lábios.

— Stella, precisamos de você aqui de novo! — Ricardo chamou de onde estava, perto da água. — Está pronta?

Eu ainda sorria quando voltei ao lugar marcado, pisando mais leve que antes.

— Estou pronta.

Christian

O TRABALHO ME MANTEVE PREOCUPADO DURANTE A MAIOR PARTE DA viagem ao Havaí. Por mais que eu quisesse acompanhar Stella à sessão de fotos, tinha contratos para negociar, reuniões virtuais às quais comparecer e um desgraçado de um traidor para pegar.

No entanto, quando nosso último dia na ilha nasceu, não consegui mais ficar longe. Remarquei as reuniões e peguei o barco do hotel para Na Pali Coast, onde aconteceria a última sessão de fotos.

A areia branca e sedosa deslizava sob meus pés descalços enquanto eu caminhava para a praia particular onde a Delamonte havia montado o set.

Eu tinha visitado centenas de locações ao longo dos anos, mas o litoral acidentado ainda era um dos lugares mais bonitos que já vi.

Dramáticos penhascos verdes se erguiam milhares de metros acima do Pacífico, com passagens íngremes e vales estreitos envolvendo as praias cristalinas a seus pés em um abraço protetor. Quedas d'água brancas desciam passando por cavernas cavadas nos penhascos, e seu retumbar suave se misturava ao barulho das ondas lambendo as praias de areia.

A costa era uma obra de arte forjada pelos mais talentosos artesãos da natureza, o mais próximo de Shangri-La no mundo moderno, mas não era a maior beleza presente.

Nem de longe.

Parei no limite do set.

Stella estava em pé na beira da água, os braços cobrindo o peito nu e o rosto emoldurado por uma nuvem de cachos. A calcinha branca do biquíni simples destacava o extravagante colar de esmeraldas em seu pescoço.

Ela estava focada demais na câmera para notar minha presença, por isso a observei à vontade.

O sol de fim de tarde dourava sua pele e formava um halo em torno das curvas delicadas. O rosto parecia quase despido de enfeites. A maquiagem não era óbvia, o que se via eram enormes olhos verdes, lábios carnudos e pele que ganhava um marrom profundo depois de dias ao sol.

Ela parecia Vênus emergindo do profundo mar azul, porém mil vezes mais espetacular.

Meu coração diminuiu o ritmo para acompanhar o sensual ir e vir da água, enquanto ela virava e posava de acordo com as instruções do fotógrafo.

Diferente da primeira sessão de fotos, aqui ela parecia à vontade, com o vento despenteando seu cabelo e as ondas lambendo suas coxas.

Uma deusa em seu elemento natural.

— Terminamos! — Ricardo gritou depois de pouco tempo. — Você ficou *maravilhosa*, querida. Perfeição absoluta.

Stella respondeu com um sorriso acanhado. Abaixou um pouco os braços – não o bastante para se desnudar diante da equipe, mas o bastante para exibir a curva dos seios acima do abraço.

Uma onda letal de possessividade me invadiu.

Deixei meu olhar se demorar nela por mais um segundo antes de desviá-lo para encarar Ricardo com frieza.

Modelos seminuas eram comuns no mundo da moda, mas isso não me impedia de, de repente, querer arrancar os olhos do único homem presente – aquele que olhava para Stella com admiração excessiva.

Ricardo Frenelli, quarenta e seis anos, divorciado duas vezes, pai de uma filha dependente de cocaína, contratado pela Delamonte havia oito anos. Respeitado na indústria da moda, mas com um probleminha secreto que envolvia jogo e uma dívida gigantesca com pessoas a quem ninguém ia querer dever nem um centavo.

Eu tinha feito a pesquisa depois da primeira sessão de fotos.

— Sr. Harper! — Emmanuelle finalmente me notou.

Seu cumprimento chamou a atenção de todos na praia, inclusive Ricardo, que virou a cabeça em minha direção repentinamente. Meu sorriso fez seu bronzeado desbotar.

As pessoas se assustavam muito facilmente nos dias de hoje.

Um movimento breve levou minha atenção de volta ao oceano. Stella não tinha se movido do lugar dela na água, mas olhava para mim. Surpresa, prazer e um toque de alguma coisa indecifrável passaram pelos olhos dela quando encontraram os meus.

Minha fúria com Ricardo ficou em segundo plano, encoberta pela vibração elétrica no ar.

Eu tinha conhecido muitas mulheres bonitas na vida. Mulheres com cabelo perfeito, pele perfeita e corpo perfeito. Supermodelos, estrelas do cinema e herdeiras esculpidas pelo melhor que o dinheiro podia comprar.

Nenhuma delas chegava aos pés de Stella. Ela brilhava de um jeito que não tinha nenhuma relação com sua beleza exterior.

A escuridão sempre fora atraída pela luz, mas eu me sentia atraído só por ela; me sentia obcecado. Seria capaz de me jogar em seu fogo e me deixar queimar vivo, se isso garantisse que seu calor seria a última coisa que eu fosse sentir antes de morrer.

Ela abriu os lábios para soltar o ar, como se a força de minha necessidade fosse tão grande que provocasse nela uma reação física.

— ... não sabia que você viria. — A voz aduladora de Emmanuelle zumbia como um inseto irritante próximo da minha orelha. — Devia ter avisado. Teríamos...

— Sai. — Não desviei o olhar de Stella, que permanecia tão quieta que parecia uma estátua esculpida no oceano.

Emmanuelle hesitou.

— O que disse?

— Você e sua equipe têm cinco minutos para sair da praia. Eu levo Stella de volta no meu barco.

Eu havia fretado um barco particular no hotel e o ancorado em um ponto mais distante da praia, não muito longe da embarcação fretada pela Delamonte.

O rosto de Emmanuelle ficou vermelho. Eu não era seu chefe, mas, como a maioria das pessoas, ela era suscetível a autoridade, independentemente da forma em que era apresentada. Mesmo assim, ainda fez um último esforço para resistir.

— Não podemos recolher tudo tão depressa. — O nervosismo diluiu o impacto do protesto. — E precisamos limpar e guardar o colar primeiro. É uma peça de mais de setenta mil...

— Manda a conta para mim.

Eu não poderia me foder menos para o preço do colar. Queria que todos saíssem dali, menos Stella.

Quando a diretora continuou parada, levantei uma sobrancelha.

— Vou ter que repetir? — perguntei, com simpatia. E olhei para o relógio. — Quatro minutos, srta. Lange.

Finalmente, ela captou o aviso velado em meu tom de voz e se apressou.

Dois minutos depois, a equipe tinha ido embora, deixando apenas pegadas.

— Devo me preocupar? — O vento trouxe a voz doce e provocante de Stella até meus ouvidos. Ela ainda estava no mar, mas a partida da equipe rompera o encanto que a mantinha quieta. — Você não está planejando me assassinar aqui, agora que afugentou a equipe, está?

— Eles estavam me irritando. — Caminhei na direção da água até alcançar o limite natural que demarcava areia seca e úmida. — E eu não afugentei ninguém. Só pedi para irem embora.

— O que você teria feito se eles não atendessem ao seu pedido?

Uma brisa mais forte jogou um cacho sobre seu rosto. Ela o afastou com uma das mãos enquanto mantinha o outro braço sobre os seios.

Aqui ela parecia diferente. Sem a ameaça física do stalker pairando sobre a cabeça e a proximidade da família a puxando para baixo, Stella era mais radiante, mais despreocupada, com uma luz bem-humorada nos olhos que superava o brilho das esmeraldas em seu pescoço.

— Eu teria deixado para lá, como o cavalheiro que eu sou. — Um sorriso distendeu meus lábios quando a vi levantar as sobrancelhas, cética.

— Você disse que não era um cavalheiro.

— Eu não. Você disse.

— E estava certa.

Meu sorriso se transformou em uma risada mansa que prometia muitas maneiras de provar que ela realmente estava certa.

— Vem cá, Stella.

CAPÍTULO 31

Christian

Stella não se moveu, mas uma sugestão de desejo invadiu seus olhos quando ela ouviu minha ordem aveludada.

— E se eu não for? — Seu tom ainda era leve, mas a eletricidade no ar se intensificou até penetrar minha pele e estalar nas veias.

Meu sorriso adotou uma curva mais perigosa.

— Fica na água e vai descobrir.

Eu daria dez segundos, antes de ir buscá-la.

Quarenta e oito horas tinham se passado desde nossa última interação real, e eu já ansiava pela proximidade como um dependente químico espera pela próxima dose.

Tinha desistido de qualquer ideia de distância entre nós. Eu não estava só fascinado por ela, um enigma a ser resolvido. Comparado ao que eu sentia agora, obsessão era pouco.

Eu *precisava* dela.

— Você precisa treinar o uso do *por favor*. Garanto que não vai te matar.

Apesar da observação dura, Stella finalmente se moveu. Sua silhueta esguia e alta atravessava a água rasa com graça fluida, até que a água escorreu de seu corpo deixando para trás apenas gotinhas cintilantes.

Ela parou na minha frente, tão perto que eu podia sentir o aroma do filtro solar de coco e ervas misturados com o beijo salgado do oceano.

Eu não acreditava no paraíso, nem acreditava que poderia chegar lá, mesmo que existisse, mas o cheiro dela agora era exatamente como eu imaginava que seria o perfume do paraíso.

— Você não pode garantir nada que ainda não foi testado, meu bem. — Deslizei os dedos por sobre as pedras aquecidas pelo sol que enfeitavam seu pescoço.

Setenta mil dólares por um momento a sós com ela.

Valia a pena.

Sua respiração ficou mais rápida.

— Está dizendo que nunca pediu *por favor*?

— Nunca precisei disso. As pessoas fazem o que eu quero, de qualquer jeito. — Uma risadinha vibrou em meu peito quando ouvi o adorável resmungo.

— Eu devia ter ficado na água e te obrigado a pedir por favor antes de sair. Você precisa de uma lição. — Ela olhava para mim com curiosidade. — Aliás, o que você está fazendo aqui? Pensei que tivesse que trabalhar.

— Já terminei. — Não exatamente, mas o resto podia esperar. — Não podia ir embora sem visitar o set pelo menos uma vez.

— Não sei se me ver parada fazendo biquinho é muito empolgante — ela riu. Os braços apertaram mais os seios, mas nenhum de nós fez nada para pegar suas roupas, que estavam dobradas sobre uma toalha a alguns metros dali.

— Eu poderia te ver contar cada grão de areia da praia, e seria empolgante.

Eu não era um homem paciente, nem lidava bem com inquietação. Por isso gostava tanto de palavras cruzadas. Elas me davam o estímulo de que eu precisava para manter a sanidade, porque Deus sabia que eu não podia contar com as pessoas para me manter interessado.

Stella era a única exceção. Sua mera presença me fascinava mais que qualquer monólogo sobre filmes, viagem, ou qualquer merda de que as pessoas gostassem de falar.

Seu sorriso desapareceu e ela inspirou mais fundo quando ouviu a convicção em minha voz.

— Mas, se quer saber a verdade... — Minha mão desceu do colar para a curva delicada do ombro. — Não vim assistir à sessão de fotos.

Um arrepio sutil percorreu seu corpo quando meus dedos desceram até o antebraço.

— Por que você veio, então? — A pergunta se expandiu entre nós como a coisa mais importante na praia.

— Por você. — Interrompi o movimento na pele macia e nua acima do cotovelo. O sol brilhava no céu, mas não era nada comparado às fagulhas que se acendiam no ar. Milhares de brasas salpicavam minha pele e acendiam uma trilha de fogo que subia pelo braço até o peito. — Abaixa os braços para mim, meu bem. Quero te ver.

Nunca havia chegado tão perto de implorar.

O silêncio nos envolveu e sufocou tudo que restava de leveza. No lugar dela, havia agora algo sombrio e texturizado que pesava sobre meus ombros enquanto eu esperava a resposta de Stella.

A coluna delicada de seu pescoço pulsava quando sencontrou meus olhos com os dela.

Os olhos sempre foram o traço mais expressivo de Stella, janelas cor de jade para os pensamentos mais íntimos. Cada medo, cada desejo, cada sonho e insegurança.

Pela primeira vez, não consegui decifrar o que ela pensava apenas olhando em seus olhos, mas *senti* a indecisão que se contorcia dentro dela.

Avançávamos lentamente para essa linha em nosso relacionamento desde que assinamos o acordo, mas nós dois sabíamos que, se a atravessássemos, não teria volta.

Minha pulsação ficou mais lenta para acompanhar a espera interminável.

Então, lentamente, muito lentamente, Stella abaixou os braços, e meus batimentos passaram para explosivos impulsionados pelo ritmo frenético do coração.

Não desviei o olhar de seu rosto até ela soltar os braços junto do corpo e seu rosto se tingir de um rubor profundo. Só então me permiti apreciar a visão diante de mim.

Seios firmes e fartos com mamilos marrons que eu queria saborear. Curvas delicadas e membros graciosos sob quilômetros de pele luminosa, como um mapa para um paraíso que eu nunca alcançaria. E um pedacinho de tecido branco cobrindo sua área mais íntima.

Meu pau virou pedra e uma fera despertou dentro de mim, rosnando para eu pegá-la e marcá-la até ficar claro para todo mundo a quem ela pertencia.

A mim.

Stella respirava ofegante sob meu olhar. Era evidente que não estava acostumada a ser observada por tanto tempo, mas, quando ameaçou se cobrir de novo, eu a impedi segurando seus pulsos.

— Não. — O desejo engrossava minha voz. — Não precisa se cobrir na minha frente.

— Eu não... não vou... — Sua garganta se moveu de novo com o esforço para engolir. — Faz tempo que ninguém me vê assim. — Sua confissão era constrangida.

A chama violenta da possessividade queimava em minhas entranhas, mil vezes mais quente do que quando pegara Ricardo encarando Stella depois da sessão de fotos.

É claro, eu sabia que ela devia ter ficado nua diante de outros homens antes; da mesma maneira que sabia que queria esfolar vivos todos eles e deixá-los para apodrecer ao sol por terem se atrevido a olhar para ela.

Ninguém jamais seria digno dela.

— Defina *faz tempo*. — Meu pedido tranquilo não escondia o perigo por trás dele. Seus olhos brilharam, alertas.

— Anos.

A fera em meu peito agora estava completamente acordada, e queria avançar mais. Exigir o nome dos desgraçados que a tinham tocado para poder fazer uma visitinha de cortesia a todos eles.

Tive que recorrer a muita força de vontade, mas enjaulei esses desejos.

Eu a estava deixando nervosa, e não queria desperdiçar nosso último dia no Havaí dando atenção a pessoas insignificantes.

Eu podia não ser o primeiro, mas seria o último, sem dúvida nenhuma.

Porque, depois que a tivesse, nunca mais a deixaria ir.

— Entendo. — Minha voz se tornou novamente aveludada. — E quando foi a última vez que alguém tocou em você assim, Stella?

Afaguei seu seio, mapeando a curva suave com a palma da mão, antes de roçar o polegar no mamilo. Ele endureceu instantaneamente, e um sorriso dançou em minha boca provocado por sua inspiração brusca.

— Eu... não lembro.

Gotas de suor brotaram no alto da testa de Stella quando meu toque se tornou mais firme, e belisquei um mamilo com força suficiente para provocar outra inspiração brusca, mais intensa.

Ela segurou meu pulso.

— *Christian*.

Meu nome saiu de sua boca como uma súplica doce e ofegante, mas podia ter sido o tiro de uma pistola.

Uma palavra, e a força do meu desejo arrebentou a coleira.

Eu queria engolir o som de meu nome em sua boca, descobrir se o sabor era tão doce quanto ela fazia parecer ou se era sujo e devasso, como um pecado em sua forma verbal. Mais que isso, queria me enterrar dentro dela, pintá-la com meu esperma e arruiná-la tão completamente que isso faria a queda dos anjos parecer brincadeira de criança.

Eu nunca chegaria ao paraíso, mas isso não tinha importância, desde que ela governasse ao meu lado no inferno.

Stella nascera para ser minha rainha.

Penhascos altíssimos protegiam a praia, paredes íngremes gastas pelos elementos, e um grito abafado escapou do peito de Stella quando a empurrei contra a superfície mais próxima.

Meu pau pulsava em sinfonia com a pulsação quando enganchei um dedo na tirinha do biquíni de amarrar e o rasguei com um puxão firme.

Um gemido torturado reverberou em meu peito quando a vi molhada e luminosa para mim. Era como uma deusa mística contra a rocha escura, toda curvas sinuosas e pele marrom. Pedras preciosas envolviam seu pescoço onde eu queria que estivessem minhas mãos, enfeitando-a, acariciando-a, possuindo-a.

O pulsar aumentou até ser tudo que eu podia ver e ouvir.

Eu queria cair de joelhos e adorá-la com a boca. Tocá-la, sentir seu sabor, *me afogar* nela.

Todas as necessidades e fantasias despertavam em mim ao mesmo tempo, mas haveria tempo para todas elas mais tarde.

Eu finalmente a tinha em minhas mãos, e não apressaria nenhuma parada ao longo desse caminho.

— Você está toda molhada, Borboleta. — A luxúria tornava minha voz irreconhecível quando pus uma das mãos entre suas pernas. Sua cabeça caiu para trás contra a pedra e um gemido foi levado pelo vento quando comecei a brincar com seu clitóris, contornando e massageando o botão inchado até sentir os dedos melados. — Gosta disso, é? Ficar de pernas abertas e sentir meus dedos te fodendo onde qualquer um pode ver?

Ninguém veria. E, se visse, eu mataria essa pessoa para ela não poder viver com as lembranças do corpo nu dela gravadas na cabeça.

Stella era minha e só minha.

Ela arfava tão alto que o som quase se sobrepunha ao rugido da minha pulsação.

Nunca havia perdido o controle durante o sexo. Meus encontros anteriores haviam sido válvulas de escape para um alívio físico, mais nada.

Com ela, eu estava entregue antes de começar.

— Fiz uma pergunta, Stella. — A mansidão do comentário traía o jogo implacável que eu fazia com sua excitação, levando-a até o limite e interrompendo o estímulo antes de ela explodir. — Responde.

— Eu... — Os gemidos de Stella se tornaram febris quando pressionei um ponto particularmente sensível. — Eu não...

— Resposta errada. — Envolvi seu pescoço com a outra mão, empurrando-a contra a parede rochosa enquanto afastava suas pernas ainda mais com a coxa. Mantive a pressão do polegar no clitóris e introduzi um dedo na abertura molhada, apertada.

O desejo ardia mais quente a cada centímetro que eu penetrava, a cada sopro de seus gemidos em minha pele.

Eu queria engolir cada gemido e sentir cada suspiro na boca até consumi-la e fazê-la minha em todos os sentidos.

— Vou perguntar de novo. — Enfiei o dedo inteiro e o tirei bem devagar, arrancando dela o gemido mais alto até agora. — Gosta de sentir meus dedos te fodendo em um lugar público como uma boa putinha?

Stella se contorceu, seu corpo se rebelando contra o violento ataque de sensações, mas os movimentos eram inúteis contra minha força.

— *Sim.* — A confissão saiu como um soluço estrangulado. — Por favor... ai, Deus...

Ela jogou a cabeça para trás de novo quando removi os dedos e desenhei um círculo lento em seu clitóris com o polegar, antes de penetrá-la outra vez com força.

Stella não era de gritar, mas os gemidinhos e sussurros eram a coisa mais sexy que eu já tinha ouvido.

Ela se contorcia contra a rocha, os olhos pesados e a boca entreaberta em um gemido constante. Uma das mãos estava aberta contra o paredão enquanto a outra agarrava e puxava meu cabelo com força suficiente para causar dor.

A luxúria encharcava o ar tão completamente que bastava um contato para atear fogo à gasolina do nosso desejo.

Camadas de suor idênticas não reduziam em nada o calor tropical que molhava nossos corpos, e a natureza aberta (o vento em minhas costas, o mar a poucos passos) só intensificava o erotismo.

Não havia nada de artificial nesse momento. Era real e bruto, e tão perfeito que eu queria nos manter ali para sempre, e que se fodessem os problemas em Washington.

— Grita para mim, meu bem. — Introduzi o segundo dedo nela, ampliando a abertura. Meu pau implorava para substituir a mão. Eu estava perto de perder a cabeça, e ela nem havia tocado em mim. — Deixa eu ouvir o quanto você gosta disso.

Os ruídos molhados e sacanas dos meus dedos entrando e saindo dela revelavam tudo que eu precisava saber, mas eu queria *ouvir* a voz dela.

Queria que ela se soltasse.

Os gemidos de Stella se tornaram mais altos, mas ela ainda se continha, os músculos visivelmente tensos com o esforço.

— Por favor — ela gemeu. — Não consigo... eu...

— Se solta, Stella. — Minha boca roçou sua orelha. — Quando eu falo para você gritar, você grita, porra. Ou vou te virar e bater na sua bunda até você *implorar* para poder gritar.

Um sorriso surpreso, mas carregado de malícia, tocou seus lábios quando minha ameaça a fez se contrair em torno dos meus dedos.

Aumentei a velocidade dos movimentos, abaixei a cabeça e pus um mamilo na boca.

Gemi.

Seu sabor era tão bom quanto eu imaginava. Doce e perfeito, feito só para mim.

Lambi e chupei, acariciando o bico até ele endurecer como a ponta de um diamante. Passei para o outro seio, alternando lambida e chupada como um homem faminto.

Nada era suficiente.

O gosto dela na minha língua era o paraíso. Sedoso e viciante, como uma injeção de puro tesão na veia.

Apertei seu mamilo entre os dentes com cuidado, passei a língua na pele sensível e puxei, enquanto pressionava o clitóris ao mesmo tempo.

Depois de um momento sem ar, suspenso, ela finalmente explodiu.

O grito de alívio fez tremer o ar, e o orgasmo violento vibrou em meu corpo.

Levantei a cabeça, ignorando a dor insistente entre as pernas, e me deliciei com sua expressão atordoada.

— Boa menina — murmurei, e removi a mão.

Continuamos na mesma posição enquanto Stella recuperava o fôlego com as costas apoiadas na pedra, meu corpo sobre o dela como um escudo protetor.

Ela cravou em mim os olhos verdes e sonolentos, e parecia tão inocente e satisfeita que foi como se dedos de aço apertassem meu coração.

— Me beija. — Seu sussurro se espalhou pela minha pele e contraiu meus músculos até cada molécula do meu corpo vibrar de ansiedade.

Eu não devia, por nós dois.

Dar alívio era uma coisa. Beijar era outra inteiramente diferente.

Eu podia assumir todos os orgasmos. Podia ficar enterrado dentro dela sentindo seus tremores enquanto ela se entregava a mim. Mas um beijo? Isso tocaria uma parte minha que eu mantinha enterrada e escondida.

Um beijo nela não seria só um beijo. Seria a porra do meu fim.

Uma sombra de insegurança passou pelos olhos de Stella diante da minha hesitação, e foi essa fração de segundo de escuridão que me matou.

Ela passara a vida toda se sentindo indesejada pelas pessoas mais próximas.

Eu não podia despertar o mesmo sentimento.

Não quando precisava mais dela que do ar que respirava, e não quando preferia cortar meu braço a negar qualquer pedido dela.

Minha resistência desmoronou como um castelo de areia na maré alta.

Resmunguei um palavrão antes de gemer, agarrar seu cabelo e colar a boca na dela.

Apesar do que eu tinha dito sobre o amor ser uma droga, Stella era minha maior brisa.

Uma tentação para a qual não havia fuga.

Uma obsessão sem fim.

Um vício sem cura.

Stella

CHRISTIAN ME BEIJOU COMO EU IMAGINAVA QUE ELE TREPAVA; UM beijo quente e exigente, com um sussurro de sensualidade que suavizava as arestas protuberantes.

Todos os beijos que eu vivera antes pareciam uma imitação, porque a boca de Christian Harper na minha era nada menos que uma revelação.

A defesa que eu havia construído em volta do coração desabou.

Eu estava caindo, atordoada com o gosto e o jeito como ele segurava minha nuca, cada inspiração forte e cada sopro de ar davam a ele uma parte nova de mim, partes que eu nem sabia que tinha para dar.

Ele colou meu corpo ao dele e removeu minhas camadas, uma a uma, até restar só *eu*.

Sem paredes, sem máscaras.

Pela primeira vez, eu me sentia livre.

Agarrei seu cabelo no mesmo instante em que ele me segurou pelas coxas e me levantou sem interromper o beijo. Instintivamente, envolvi sua cintura com as pernas e estremeci ao sentir sua ereção.

Eu não ligava muito para sexo. Minhas experiências anteriores tinham sido mornas, e eu só insistia porque me agarrava à esperança de que *um dia* entenderia o motivo de tanta comoção.

Mas, naquele momento, a única coisa em que conseguia pensar era se Christian era tão habilidoso na cama quanto com os dedos.

Quando eu falo para você gritar, você grita, porra. Ou vou te virar e bater na sua bunda até você implorar para poder gritar.

A lembrança do que ele tinha dito espalhou fogo líquido em minhas veias.

Ele passou a língua entre meus lábios fechados, exigindo que eu me abrisse outra vez, e eu cedi. Um suspiro de prazer passou da minha boca para a dele quando seu polegar acariciou minha nuca e ele me devorou tão completamente que eu não sabia onde acabava e ele começava.

Christian tinha gosto de calor e especiarias, uma combinação tão viciante que eu poderia passar o resto da vida o consumindo, só ele e mais nada.

Uma fisgada de dor intensificou o prazer quando ele mordeu meu lábio e sorriu da minha exclamação surpresa.

— Você pediu um beijo, Stella. — A voz rouca de Christian me arrepiou inteira. — É assim que eu beijo.

As palavras tocaram minha pele como chamas.

Puxei seu lábio inferior entre os dentes. Puxei de leve. E soltei.

— Exatamente do jeito que eu gosto — falei.

Seu gemido me fez sorrir. Normalmente eu não era tão ousada, mas adorava a ideia de poder fazer Christian Harper perder o controle.

— Você vai ser minha ruína. — Ele levantou uma das mãos e passou o polegar no meu rosto, e os olhos escureceram quando as sombras emergiram. — Não devia ter me deixado te beijar, Stella. Porque uma vez não é suficiente.

Suas palavras e o toque daquele olhar me aqueceram mais que o sol tropical.

— Quem disse que tem que ser uma vez só?

Ele gemeu de novo antes de me beijar outra vez, um beijo profundo e envolvente, como um homem faminto.

O delicioso movimento da língua na minha renovou a dor entre minhas pernas, e tudo desapareceu, exceto o calor de sua pele, as batidas do meu coração e a firmeza de seu toque.

Eu nunca quisera tanto alguém quanto queria Christian, e a pressão dos meus seios nus contra seu peito me fez tomar plena consciência da escolha que tinha feito quando abaixei os braços para ele.

Risco em detrimento de segurança. Desejo em detrimento de conforto.

Sem arrependimentos.

Não eram as palavras sacanas ou os desejos pecaminosos. Não era como ele tinha me fodido com os dedos ou apertado meu pescoço.

Era o beijo e como ele me fizera sentir, como se eu pudesse ser a versão mais verdadeira de mim mesma.

Suspirei de prazer ao sentir o comando habilidoso da boca de Christian.

Eu poderia ter ficado ali para sempre, em seus braços em uma praia deserta, mas, depois de um tempo, o ar esfriou e o sol poente projetou sombras mais longas sobre nossos corpos.

— A que horas é a festa de encerramento?

A pergunta penetrou a névoa em minha cabeça.

Merda. Quase esqueci a festa de encerramento da Delamonte mais tarde.

— Hum... — Busquei a informação em meio ao nevoeiro. — Às oito.

— São quase sete. — Christian acariciou meu lábio com o polegar. — Precisamos voltar logo.

— Certo. — Tentei esconder a decepção quando ele me pôs no chão.

— Você deve amar esse vestido — ele disse, enquanto eu vestia meu maiô e o cobria com o vestido que usei para vir até aqui. A peça de algodão branco com estampas verdes era uma das minhas favoritas. — Já usou cinco vezes desde que a primavera começou.

Prendi a respiração por um instante, antes de soltar o ar com um sopro carregado de surpresa.

— Não sabia que prestava atenção às roupas que eu uso.

— Eu presto atenção em tudo em você.

Dessa vez não houve inspiração surpresa. Não houve nem respiração alterada, só um sorriso que não poderia ser contido e uma sensação de vertigem que teria me tirado do chão, se a presença de Christian não me ancorasse a seu lado.

Não respondi, mas a euforia me acompanhou de volta ao hotel.

No entanto, quando comecei a me arrumar para a festa, a vertigem se dissipou gradualmente, deixando um vácuo que minhas dúvidas ocuparam rastejando como insetos.

Eu tinha beijado Christian.

Christian, meu namorado fake.

Christian, o homem que me dissera com toda a franqueza que não acreditava em amor.

Christian, que incendiava meu coração enquanto uma voz em minha cabeça avisava que o fogo poderia me destruir de dentro para fora se eu não tivesse cuidado.

Não só o beijara como *pedira* para ele me beijar depois de ter deixado que ele me levasse ao orgasmo em uma praia, durante uma viagem de trabalho.

O que foi que eu fiz?

Por isso eu não devia ficar sozinha com meus pensamentos. Estragava todos os bons momentos analisando cada um até a morte.

Pus os brincos.

Tudo bem. Vai ficar tudo bem.

— Você está linda.

Meu coração deu um pulinho. Virei a cabeça, e minhas dúvidas recuaram para as sombras novamente quando vi Christian apoiado no batente da porta, observando eu me arrumar.

O calor sonolento em seus olhos acendeu uma trilha de pequenas chamas em minha pele enquanto a lembrança do que ele tinha feito mais cedo pulsou entre nós como uma coisa viva.

Se não precisássemos sair daquela praia...

— Obrigada. — Minha voz soou mais rouca que o normal. Olhei novamente para o espelho e levantei meu cabelo. — Pode fechar o zíper?

Os passos suaves se aproximando combinavam com o ritmo do meu coração.

— Amo este vestido em você. — Seu olhar passeou pelo vestido de seda em uma carícia elétrica.

Respira.

— Pensei que não acreditasse em amor — brinquei.

— Tem razão. Escolhi a palavra errada. — Christian tocou a parte inferior das minhas costas e me encarou através do espelho. — Porque amor é comum. Mundano. E você, Stella... — O ruído baixo do zíper encheu o ar quando ele o puxou para cima bem devagar, com um movimento torturante. Fiquei sem ar com o impacto da sensualidade do movimento e da intimidade franca do que ele disse a seguir. — Você é extraordinária.

CAPÍTULO 32

Stella

A festa de encerramento da Delamonte deveria ter sido o ponto alto coroando a viagem, uma celebração de tudo que tínhamos conseguido fazer nos últimos três dias.

Mas passei o tempo revivendo aquela tarde mentalmente.

A lembrança do beijo de Christian ficou comigo até a sobremesa, como o fantasma de seu toque. Quando fechou o zíper do meu vestido, ele provocou mais calor em mim do que qualquer outro parceiro sexual que já tive.

Tinha suprimido esse fogo durante o jantar, mas o calor voltou quando fechamos a porta do quarto.

Não conversávamos desde o fim do jantar, mas a mera ansiedade pelo que *poderia* acontecer roçava minha pele como um toque calejado.

O ar pulsava ofegante quando Christian se aproximou da cômoda, atravessando a escuridão com seu corpo esguio e poderoso como uma lâmina recém-afiada corta a seda.

Minha pulsação urrava em meus ouvidos e encobria tudo, exceto o farfalhar abafado dos movimentos dele.

— Você não tem mais nenhum compromisso esta noite, imagino. — Seu tom era relaxado, mas, quando ele se virou, os olhos projetavam tanto calor que pensei que entraria em combustão com a intensidade.

Uma corrente elétrica conectou meu olhar e o dele enquanto ele removia as abotoaduras com uma precisão lenta, deliberada, que fez minha boca secar.

Mãos ásperas. Olhos cor de uísque. Controle.

— Não.

O sussurro saiu leve e enrijeceu meus mamilos, transformando-os em pontas duras, dolorosas.

Meus pulmões quase nem expandiam quando eu tentava respirar.

— Ótimo. — *Clinc. Clinc.* O ruído das abotoaduras caindo na bandeja de prata ecoou no escuro e pulsou na metade inferior do meu ventre. — Tire o vestido, Stella.

A ordem enganosamente branda queimou todo o oxigênio do quarto e incendiou cada molécula do meu corpo.

Fiquei ofegante.

Era isso.

A bifurcação no caminho.

Eu podia escolher a via segura e dizer não, ou podia jogar a cautela pela janela e fazer o que o meu coração e o meu corpo pediam aos berros.

Encarei Christian e levei as mãos às costas.

Um minuto depois, o vestido caiu aos meus pés em uma poça de seda branca.

Sem sutiã, sem acessórios, só uma calcinha minúscula e um fogo que aumentava depressa demais.

A expressão de Christian não mudou.

Parada ali, nua e exposta para ele, eu teria pensado que não o afetava, não fosse por seus olhos. Pupilas pretas engoliram o âmbar quando ele eliminou a distância entre nós, e, quanto mais ele se aproximava, mais eu queimava.

— Fala. — O toque suave de um dedo deslizando em meu quadril foi suficiente para fazer meu coração disparar. — Você quer sexo ou quer ser *fodida*?

Minhas coxas se contraíram involuntariamente pelo jeito como ele falou *fodida*. Era o ronronar sombrio de um predador brincando com a presa, obrigando-a a implorar pela própria destruição antes de ele atacar.

A única diferença era que eu não me sentia uma presa.

Eu tinha escolha, e nunca me sentira mais poderosa.

Senti a umidade entre as pernas. Estava tão molhada que podia sentir o líquido escorrendo na pele, mas ainda me sentia tentada a escolher o caminho seguro. Fazer sexo fácil, comum. Em que não teria que expor nenhuma parte minha exceto o corpo.

A mente travava uma luta pelo controle.

Você quer sexo ou quer ser fodida?

Eu vinha mantendo meus desejos engaiolados fazia muito tempo, mas talvez fosse hora de libertá-los, finalmente.

Eu não queria beijos delicados e carícias mansas.

Queria pele e sangue. Queria unhas arranhando as costas dele e hematomas nos meus quadris.

As ordens. O alívio. O apagão.

Queria tudo isso.

— Quero ser fodida — sussurrei baixinho.

— Não ouvi. — Seus dedos deslizaram pela umidade na minha calcinha, e engoli um gemido ao sentir a fricção deliciosa.

Constrangimento e tesão se espalhavam pelo meu corpo em medidas iguais.

— Quero ser fodida — repeti.

Dessa vez mais alto, mais confiante, mas não foi o suficiente.

— Mais alto, Stella. Diga com todas as letras. — Ele falava mais duro, com mais firmeza. — *Fala o que você quer.*

O polegar pressionou meu clitóris com força, um toque tão brutal quanto a ordem. Uma sensação intensa alimentou o fogo em mim e destruiu o constrangimento.

— Quero ser fodida! — As palavras explodiram de mim sem filtro, francas, seguidas por um gemido quando Christian esfregou o polegar em mim.

Seu sorriso era o de um monstro perigosamente sedutor prometendo todo tipo de atitude depravada, sacana.

— Eu já imaginava.

Ele rasgou minha calcinha com um puxão forte antes de colar a boca à minha, engolindo meu grito surpreso e o gemido quando agarrou e puxou meu cabelo com força, provocando lágrimas que encheram meus olhos.

O puxão forte foi como uma flecha que atingiu a parte mais íntima do meu corpo, como se um fio elétrico ligasse diretamente as duas regiões. O couro cabeludo pulsava no ritmo do clitóris, e minha mente estava tão atordoada de desejo que nem notei que tínhamos mudado de lugar até minhas costas encontrarem a cama.

Vi Christian tirar a roupa, revelando ombros largos e esculpidos e o V sexy que apontava diretamente para o...

Ai, meu Deus.

Senti a boca seca quando vi seu pau. Comprido, grosso e duro, com gotas de umidade brilhando na ponta. Era tão grande que me contraí involuntariamente quando pensei nele me penetrando.

O colchão afundou sob seu peso, e o polegar encontrou meu clitóris de novo, contornando e esfregando até deixá-lo inchado, pulsando e suplicando por *mais*.

— Como você quer ser fodida, Borboleta? — Sem afastar o polegar do clitóris, ele me penetrou com um dedo, indo mais fundo a cada movimento. Um gemido subiu pela minha garganta enquanto meu corpo incendiava sob suas manipulações eróticas. — De costas e de pernas bem abertas ou de quatro, deixando eu enfiar cada centímetro do meu pau nessa sua bucetinha apertada?

Se eu não estivesse tão atordoada com a névoa de luxúria, ficaria até constrangida com o que ele dizia. Mas estava longe de todos os limites, e Christian era o único homem com quem jamais tivera fantasias.

Ele era cada coisa sórdida que não podia ser sussurrada e cada sacanagem que eu desejava em segredo.

— Dos dois jeitos. — Mais gemidos quando ele introduziu outro dedo em meu corpo e começou a movê-los para dentro e para fora, primeiro devagar, depois mais e mais depressa, até encontrar um ritmo que fazia minha cabeça girar. — Com o máximo de força que conseguir.

Ouvi um gemido, depois a ordem dura.

— Fica de quatro.

Obedeci. O ar frio roçou meu sexo sensível quando me virei e me apoiei sobre as mãos e os joelhos. Estava encharcada, escorrendo pelas coxas e provavelmente molhando os lençóis antes mesmo de começarmos.

Ouvi o ruído baixo de uma embalagem rasgada antes de sentir o calor do corpo de Christian me envolver. Ele agarrou meu cabelo com uma das mãos e meu quadril com a outra, apertando com força suficiente para me deixar marcada.

— Lembre-se... — Deixei escapar um gritinho quando ele puxou minha cabeça para trás até roçar minha orelha com a boca. A cabeça de seu pau deslizou em minha entrada escorregadia até eu praticamente ofegar com a ansiedade. — Você pediu com força.

Ele soltou meu cabelo, empurrou meu rosto sobre o travesseiro e me penetrou com um movimento brusco.

Gritei. Estava molhada o bastante para ele entrar com facilidade, mas seu membro era tão grande que era quase doloroso.

A dor guerreava com o prazer, enquanto meus olhos se enchiam de lágrimas e meus músculos se distendiam até o limite para acomodá-lo.

— *Cacete,* você é apertada. — Outro gemido gutural. — É isso, meu bem. Você aguenta.

Christian segurou meus quadris com força e deslizou os polegares na curva da minha bunda em movimentos relaxantes, enquanto eu me esforçava para aceitar seu tamanho.

A respiração estava acelerada. Ele me preenchia completamente, mas aos poucos a dor deu lugar a uma pressão deliciosa.

Parei de ranger os dentes, e um gemido baixo escapou de minha boca.

Projetei o quadril contra o corpo dele, desesperada por mais.

Mais fricção, mais movimento, mais *qualquer coisa*.

Ouvi uma risadinha, seguida por um comentário manso.

— Boa menina.

Então Christian me penetrou de novo, dessa vez com tanta força que expulsou o ar dos meus pulmões.

Gritei, e minha mente ficou vazia com a repentina e forte invasão. O prazer explodiu dentro de mim e quase não tive tempo para recuperar o fôlego antes de ele começar a se mover de novo.

Uma das mãos permaneceu em meu quadril, enquanto a outra pressionava minha nuca, empurrando meu rosto ainda mais fundo no travesseiro.

Mãos ásperas.

Carícias selvagens.

Um ritmo punitivo, carnal, que arrancava gemido atrás de gemido da minha boca.

— Você é uma delícia — Christian grunhiu. — Sua buceta foi feita para mim. Cada centímetro dela.

Ele recuou e deixou só a ponta dentro de mim, fez uma pausa, depois me penetrou completamente de uma vez só. De novo e de novo, até as batidas da cabeceira na parede encobrirem meus gemidos e gritinhos sufocados.

Lágrimas e saliva ensopavam meu travesseiro enquanto Christian me penetrava sem dó. Eu estava reduzida a destroços, mantida viva apenas pelo prazer atordoante e pelos mais suaves pontinhos de dor.

Não era sexo. Era foda pura, intensa... e era intensamente do que eu precisava.

Os homens com quem dormira antes tinham me tratado como uma boneca de porcelana na cama. As intenções eram boas, mas o sexo me excitava tanto quanto uma partida de golfe.

Eu não queria gentileza. Queria paixão na sua forma mais crua. Queria o esquecimento que acompanhava o prazer e o conhecimento de que, qualquer que fosse a forma de prazer oferecida, eu podia confiar na pessoa que o oferecia, porque tinha certeza de que ele não ia me machucar.

Porque, por mais que Christian fosse selvagem, nunca me sentira mais segura.

Outro grito explodiu da minha boca quando ele agarrou meu cabelo e puxou minha cabeça para trás novamente.

— Está molhando todo o meu pau, meu bem. Olha só para você. — Ele afagou meu rosto molhado com um dedo. Eu era a imagem da entrega com o rosto marcado pelas lágrimas e o corpo tremendo de desejo. — Um anjo que logo, logo goza porque eu fodi feito uma putinha.

As palavras provocaram um arrepio elétrico que percorreu meu corpo.

— Por favor — solucei. — Eu preciso... não posso... *por favor*...

Não sabia pelo que estava implorando. Alívio, que ele fosse mais fundo, que nunca acabasse.

Tudo que sabia era que ele era o único que podia atender a esse pedido.

— Por favor o quê? — Christian mantinha uma das mãos no meu cabelo enquanto a outra tocava meu sexo sensível.

— Por favor, preciso...

Minha resposta se tornou um grito rouco quando ele beliscou meu clitóris. O cérebro entrou em curto-circuito, o corpo foi tomado por um prazer tão intenso que tentei me afastar instintivamente.

Christian me arrastou de volta.

— Tenta de novo e eu te dou uma surra tão forte que não vai conseguir sentar. — Gritei quando a mão dele encontrou minha bunda, produzindo um estalo de alerta. Ele levantou a mão e segurou meu pescoço. — Quero sentir você gozar no meu pau, Stella. — Os dedos apertavam mais a cada palavra.

Só consegui responder com uma sequência de gemidos incompreensíveis. Tinha perdido a voz para a necessidade encolhida como mola sob minha pele, ameaçando me rasgar e me transformar nas ruínas da pessoa que tinha sido um dia. A que passara a vida toda fazendo o que era seguro, que tivera tanto medo de ir atrás do que queria que não ousava expressar seus desejos em voz alta.

Ela se estilhaçou sob o toque de Christian, e eu não a queria de volta nunca mais.

Fechei os olhos, imaginando a imagem obscena que devíamos formar. Eu de quatro, com a cabeça puxada para trás e as costas arqueadas, enquanto Christian me penetrava por trás. Uma das mãos no meu pescoço, a outra puxando meu cabelo. Uma leve marca vermelha na minha bunda, resultado da palmada...

O calor desceu pelas minhas costas e foi se acumulando, se acumulando, até que explodi em mil pontos brilhantes de luz. Eles corriam pelas minhas veias e acendiam uma chama em cada terminação nervosa, até o fogo me consumir completamente.

Meu Deus. Não era à toa que as pessoas corriam atrás de sexo. Se era assim que *devia ser*...

Eu ainda sentia os resquícios finais do orgasmo quando Christian me virou de costas. Seus braços encurralaram meu corpo, e a boca tocou a minha enquanto as penetrações ficaram mais lentas, não exatamente suaves, mas... mais suaves. Mais sensuais.

— Ainda consigo sentir sua buceta se contraindo em volta do meu pau. — Ele segurou meu seio e esfregou o polegar no mamilo duro. — Tão linda quanto eu imaginava.

O beijo seguinte foi mais profundo, a boca reclamou a minha enquanto as mãos mapeavam minhas zonas mais erógenas e ele me fodia rumo a outro orgasmo.

— Bem aí — ofeguei quando ele tocou um ponto que me fez estremecer. Eu me agarrei a ele, abrindo mais as pernas para permitir uma penetração mais profunda. — Mais forte. Por favor, eu... *ai*, Deus... — Meus gemidos ficaram mais intensos quando ele aumentou o ritmo e os tremores que anunciavam o segundo clímax me sacudiram. Lentos de início, depois tudo ao mesmo tempo quando Christian beliscou meu mamilo e me penetrou com tanta força quanto no começo da noite.

Gritei quando ondas de prazer se sucederam.

Senti o corpo dele estremecer e se contrair dentro de mim, antes de Christian também gozar com um gemido, mas estava dominada por uma euforia tão intensa que ela encobria todo o resto. A onda durou pelo que pareceu uma eternidade antes de eu finalmente desabar em um amontoado de suor e cansaço.

Pela primeira vez, as vozes na minha cabeça ficaram em silêncio. Eu flutuava em uma nuvem de glória pós-orgasmo, e queria ficar lá para sempre. Sem dúvidas, sem inseguranças, sem analisar demais. Só os sons baixos e irregulares da minha respiração e a pressão da boca de Christian em minha pele, beijando meu pescoço e descendo pelo tronco. A suavidade do toque contrastava com a selvageria do sexo, mas a sensação era tão boa que eu nem questionei nada.

Quase ronronei de satisfação quando ele me virou de lado e passou a mão na minha bunda. Os dedos fortes massagearam os músculos até eu derreter em uma poça sem consistência.

— Você mandou muito bem — ele murmurou. — Boa menina. — As palavras me envolveram como um cobertor macio e acenderam outra brasa dentro de mim.

Acho que era isso que acontecia quando meninas com uma necessidade de validação acadêmica cresciam: elas desenvolviam uma tara por elogios.

— Devíamos fazer isso todas as noites — falei, sonolenta. Tinha sido um longo dia, e, por mais que eu quisesse uma segunda rodada, estava tão cansada que mal conseguia manter os olhos abertos. — É melhor que ioga.

Ele riu, um ruído rouco e profundo que era pura satisfação masculina.

— Não consigo pensar em um elogio melhor. — Christian mudou de posição, deitou ao meu lado e beijou minha cabeça. — Não vou reclamar se você quiser adotar essa rotina noturna.

— Hum. — Fechei os olhos e me aninhei junto dele.

Por mais que esse momento fosse suave, uma parte de mim sabia que Christian e eu tínhamos entrado em um novo e perigoso território em nosso relacionamento. E, embora os instintos de autopreservação estivessem fazendo um grande esforço para dar o alarme, eu também sabia que não tinha volta.

CAPÍTULO 33

Christian

Ela estava sonhando. Dava para perceber pelo esboço de sorriso e pelos barulhinhos que fazia enquanto dormia.

Eu queria saber com o que ela sonhava e se eu estava incluído no sonho.

Se não estivesse, seria inaceitável.

Beijei seu ombro de leve e envolvi sua cintura com um braço possessivo.

Fosse no paraíso ou no inferno, em sonhos ou na vida real, Stella era minha.

E eu não dividia nada.

Ela se mexeu e bocejou antes de abrir os olhos devagar e encontrar meu olhar.

— Bom dia.

Um sorriso distendeu meus lábios quando ouvi sua voz acanhada.

— Bom dia, Borboleta. Teve bons sonhos?

— Arram. — Ela se espreguiçou e se aninhou mais perto de mim.

— Com o que você estava sonhando?

— Não lembro bem. Alguma coisa envolvendo um barco? Sempre penso em começar um diário de sonhos, mas acabo esquecendo.

Preferi não perguntar o que seria um diário de sonhos.

— Estava sozinha no sonho? — perguntei, casualmente.

— Hum, agora que você mencionou, não, tinha alguém comigo no barco. Cabelo escuro, pele bronzeada, um pouco mais velho que eu, mas muito bonito...

Um sorriso vaidoso repuxou meus lábios.

Stella estalou os dedos.

— Agora estou lembrando. Era Ricardo!

Ela deu um gritinho e riu quando rolei para cima de seu corpo e prendi seus braços acima da cabeça.

— Você acha que isso é engraçado — grunhi, mas um sorriso ameaçava escapar diante do brilho em seus olhos.

— Só estava dizendo a verdade — ela provocou. — Não me diga que está com ciúme de um sonho. Nunca pensei que você fosse um desses caras que se apegam depois do sexo.

— Eu avisei, Stella. Tenho ciúme de tudo com você. — Algo sombrio e possessivo se movia em meu peito. — E não foi só sexo.

Sexo era uma transação, algo que as pessoas faziam para passar o tempo e encontrar alívio físico. Qualquer um podia fazer sexo. Mas ninguém conseguia me rasgar e reconstruir como ela fazia.

— Era brincadeira, rabugento. — Stella levantou a cabeça e beijou minha boca de leve. — Não lembro do sonho, mas se lembrasse com certeza saberia que você estava nele.

— Só está falando isso pra eu me sentir melhor — resmunguei.

Ela riu.

— Está dando certo?

— Não. — Mas meus ombros relaxaram, e soltei seus pulsos quando a risada dela vibrou em meu peito.

Eu esperava que Stella tivesse perdido o mistério a essa altura. Morávamos juntos havia dois meses; eu já devia ter enjoado e seguido em frente. No entanto, quanto mais a conhecia, mais ela se enraizava em mim.

Ela era um exemplo de contrastes, o enigma mais fascinante que já encontrara: força e vulnerabilidade, calma e caos, inocência e depravação. A mulher cujo sorriso doce amansava a fera dentro de mim era a mesma que a libertava com seus gritos e súplicas por *mais*. Para que eu a possuísse e a fizesse minha.

Stella Alonso tinha consumido meu mundo de um jeito que tornava impossível voltar atrás. Só havia antes dela e depois dela.

Ficamos ali por um tempo no silêncio confortável, antes de ela falar de novo.

— Queria que a gente pudesse ficar mais. — Seu suspiro melancólico tocou meu coração. — Não queria voltar para a cidade, ainda não. Nem conheci a ilha. Só trabalhei para a Delamonte o tempo todo.

— Vamos ficar, então.

Tomei a decisão sem pensar. Meu modo padrão era dar a Stella tudo o que ela quisesse.

Eu esperava que ninguém jamais descobrisse essa fraqueza. Seria catastrófico para mim e para ela.

Vi seus olhos se arregalarem de alegria, antes de ela balançar a cabeça.

— Impossível. Você tem trabalho, e já está longe do escritório há três dias.

Eu tinha mais que o trabalho. Tinha uma porra de uma confusão que precisava atacar imediatamente.

Meu lado frio e racional insistia para eu voltar à cidade de Washington hoje, como estava planejado desde o início. Ficar no Havaí era a pior decisão que eu poderia tomar, e eu não tinha construído um império tomando decisões ruins.

Mas era a primeira vez de Stella no Havaí, e, apesar do protesto, vi o brilho de esperança nos olhos dela. A vontade sincera de ficar. Eu preferia perder um império a vê-la triste por minha culpa.

Sussurros dos segredos que eu guardava e das mentiras que havia contado tentaram se manifestar, mas eu os esmaguei.

— É fim de semana — argumentei. — Vamos embora na segunda-feira. Mais dois dias não vão matar ninguém.

Espero que não.

Seu rosto se iluminou.

— Tudo bem. Quer dizer, se você insiste...

Sorri enquanto ela falava sobre todas as coisas que queria fazer.

A noite passada, nosso beijo na praia...

Eu tinha me conformado com a escolha que fizera. Não ia mais me privar do que queria.

E, por mais que eu tenha tentado negar no passado, isso era o que eu queria desde a primeira vez que a vira. Stella em meus braços, feliz, segura e *minha*.

Só que, por mais que tudo estivesse perfeito pra gente agora, eu sabia que ela me odiaria se algum dia descobrisse a verdade.

E era por isso que ela jamais poderia descobrir.

Stella

Como tínhamos apenas dois dias para conhecer Kauai, Christian e eu carregamos a programação o máximo possível.

Trilhas, passeios de barco ao pôr do sol, passeios de helicóptero, visitas a museus e praias isoladas... fizemos tudo isso.

Acordávamos com o sol nascendo e voltávamos ao hotel depois da hora do jantar, e lá passávamos horas explorando um ao outro com a mesma intensidade com que explorávamos a ilha.

Lento e suave ou selvagem e intenso, o sexo com Christian era um alívio tão emocional quanto físico.

No entanto, no nosso último dia escolhemos algo mais tranquilo, já que Christian tinha uma reunião de conselho e precisaríamos decolar bem cedo na manhã seguinte.

Eu não sabia o que *era* uma coisa tranquila, porque Christian planejara tudo para me fazer uma surpresa, mas estava curiosa. Ele estava no controle da nossa programação porque já estivera em Kauai antes e até agora não havia cometido nenhum erro em suas escolhas.

— *Esta* é a surpresa? — Olhei para a Harley parada ao nosso lado enquanto Christian ajustava meu capacete. — Nunca imaginei que você fizesse o gênero motoqueiro. É uma coisa meio sexy.

Mais que sexy. De camiseta branca comum e calça jeans, ele estava de matar. Mas era mais que as roupas.

Dois dias de sol e relaxamento tinham removido a máscara cuidadosamente cultivada e revelado o homem divertido e charmoso embaixo dela, e eu queria mantê-lo comigo enquanto pudesse.

— Meio? — Ele levantou uma sobrancelha ao montar na moto. O motor roncou, provocando um arrepio que agitou meu sangue.

— Não posso tomar uma decisão definitiva até ver quais são suas habilidades como piloto — anunciei, em tom solene. — Então, sim, por enquanto é meio sexy.

— *Você* está falando sobre habilidades de condutor? — A sobrancelha subiu um pouco mais. — Borboleta, você quase atropelou nosso guia ontem quando deu aquela ré.

Eu *sabia* que ele não ia deixar passar.

— Não foi culpa minha — bufei. — Ele apareceu do nada!

Christian comprimiu os lábios e eu demorei um segundo para entender que ele estava segurando a risada.

— Não tem graça. — Meu rosto queimava. Talvez eu não fosse a melhor motorista do mundo, mas tentava. — Eu me senti mal por você estar dirigindo sozinho para todo lado, por isso me ofereci... *para de rir!*

— Eu nunca iria rir de você — ele falou sério. — E também nunca mais vou entrar em um carro com você no volante.

— Retiro o que disse. — Subi na garupa da moto e enlacei sua cintura com os braços enquanto adotava uma expressão contrariada. — Você não é sexy, nem um pouco.

— Tudo bem. — As gargalhadas sacudiam seus ombros quando nos afastamos do hotel. — Tenho certeza de que consigo te fazer mudar de ideia.

— Duvido — resmunguei, mas o vento engoliu minhas palavras quando começamos a voar pelas vias de três pistas da ilha.

Demoramos vinte minutos para chegar ao nosso destino. Era uma praia isolada na Costa Norte, e, embora o sol estivesse quase se pondo, o lugar estava vazio, exceto por um piquenique preparado na areia.

Travesseiros, almofadas e cobertores cercavam uma mesa baixa coberta por uma toalha de seda branca. Velas pequeninas tremulavam ao lado de uma garrafa de vinho e de uma refeição suntuosa.

Respirei fundo.

— Como você...

— Pedi para o hotel organizar alguma coisa. — Christian sorriu. — Não se preocupe. Eles vão desmontar tudo depois que acabarmos de comer. Não vai sobrar nem uma migalha de lixo.

— É lindo.

Um nó estranho se formou em minha garganta. Finalmente caiu a ficha de que estávamos em nossa última noite na ilha. Muita coisa tinha acontecido desde a nossa chegada, e eu estava convencida de que a fantasia poderia durar para sempre.

O Havaí era um sonho, mas não era algo que eu pudesse levar de volta conosco.

O que aconteceria quando voltássemos à cidade de Washington? Retomaríamos a situação de antes?

Era fácil agir como um casal quando éramos só nós dois no paraíso, mas *não éramos* um casal. Nunca tivemos essa conversa, e sexo não significava necessariamente algo importante nos dias de hoje. Algumas pessoas transavam com a mesma pessoa durante meses e ainda não consideravam o relacionamento exclusivo.

Christian e eu nos sentamos à mesa. O jantar estava delicioso, mas quase nem senti o sabor de nada, porque estava ocupada demais imaginando o que aconteceria quando entrássemos no avião no dia seguinte.

Finalmente, não consegui mais me segurar.

Odiava ter que quebrar o encanto, mas, se não tivéssemos a conversa, a insegurança me comeria viva a noite inteira.

Estamos namorando? Isso é um lance de amizade colorida? Você vai querer continuar em Washington, seja lá o que for isso?

Estudei todas as maneiras possíveis de abordar o assunto, mas estava com tanto pavor de ouvir a resposta que não usei nenhuma das opções iniciais.

Em vez disso, escolhi o caminho do covarde.

— Obrigada pelos últimos dias. Foram tudo de que eu precisava. — Enterrei os dedos dos pés na areia fresca e continuei olhando para a mesa. — Nós formamos um ótimo casal de mentira, não é?

As palavras queimaram como ácido a caminho da saída.

— Casal de mentira colorido — acrescentei, tentando aliviar a atmosfera subitamente tensa.

Olhei de relance para Christian. O rosto dele parecia ter sido esculpido em granito, mas os olhos queimavam escuros e intimidantes.

— Casal de mentira? — A voz de seda dele era como uma faixa de gelo envolvendo minha garganta.

Um arrepio percorreu minha pele, mas segui em frente.

— Foi o que nós combinamos. Alguns beijos e sexo não mudam nada.

Eu não era assim tão ingênua a ponto de pensar que só porque ele dormira comigo queria mais que alguns momentos divertidos. Cedemos a alguma coisa que existia entre nós, mas isso não significava que ele estivesse comprometido.

Eu tinha visto muita gente de coração partido por causa desse tipo de presunção, e me recusava a ser uma dessas pessoas.

— Não mudam, não é? — Tom mais baixo. Mais perigoso. — Então, o que *esses beijos e o sexo* significam para você, exatamente?

Alguma coisa me dizia que eu não devia responder, mas respondi assim mesmo. Autopreservação nunca fora meu ponto forte em relação a Christian.

— Uma fantasia. Nada disso é real. — Apontei para a praia. — *Nunca* foi real. O Havaí é um sonho, mas acaba amanhã, e eu quero alinhar as expectativas antes de voltar a Washington. Você mesmo disse. — O nó cresceu na minha garganta. — Você não acredita em amor.

Apesar da aversão a relacionamentos, eu era uma romântica.

Quando encontrasse a pessoa certa, *queria* ser consumida por esse amor grandioso, abrangente. O tipo de amor que fizera Alex se mudar para outro país por Ava, que dera a Bridget e Rhys a coragem de enfrentar um país, e que transformara anos de animosidade entre Josh e Jules em uma coisa linda.

Esse tipo de amor existia. Eu mesma o tinha testemunhado.

Mas não era algo em que Christian acreditasse, e, apesar de saber que ele me queria, eu sabia que esse desejo não era suficiente para mudar uma crença tão profundamente enraizada.

Homens como Christian Harper não mudavam por ninguém.

— Amor não tem nada a ver com isso. — A resposta dura provou meu argumento. O gosto amargo do desapontamento se espalhou em minha língua.

— Exatamente.

— Foi você quem disse para eu não me apaixonar, Stella. Lembra? — Aqueles olhos escuros penetravam os meus.

— Sim, e estava falando sério. — Resisti ao impulso de enrolar o colar no dedo como sempre fazia quando estava nervosa. Era um sinal claro, e aposto que Christian já tinha percebido. — Ainda estou.

Porque, se Christian se apaixonasse por mim, eu sabia que me apaixonaria por ele também.

E tinha a sensação de que não seria uma paixão doce ou fácil. Poderia ser catastrófica.

— As coisas se complicaram demais quando me mudei para sua casa, com a situação do stalker e esta viagem — falei quando Christian continuou em silêncio. — As regras originais do nosso acordo estão ficando confusas. Talvez a gente deva sair com outras pessoas para não...

Não consegui terminar, porque a boca de Christian cobriu a minha com uma violência desesperada que senti da cabeça aos pés.

— Fala. — Ele segurou minha nuca. — Isso parece ser *de mentira*?

Não. Esse era o problema. Eu sentia tudo muito real, como sentia a possibilidade de ele partir meu coração.

— Quero esclarecer algumas coisas. — Os lábios de Christian roçavam os meus a cada palavra. — Se você tocar em outro homem, ele morre. Se deixar outro homem tocar em você, ele morre. Se disser que não posso tocar em você... — A mão apertou minha nuca com mais força e a voz ficou mais baixa. — Eu morro, porra.

Meu coração foi apertado e contorcido pela dor.

— Christian...

— *Amor* é só uma palavra. — A intensidade de sua voz roubou o que restava de ar em meus pulmões. — Isso não tem a ver com palavras. Tem a ver com a gente. Você acha que eu bagunçaria minha agenda e voaria para o Havaí no meio da semana por qualquer outra pessoa?

— É um destino legal — falei, sem muita força.

— Pensei que estivesse óbvio, mas, caso não esteja, você é minha, Stella. — Seu toque marcava minha pele com uma possessividade quente. — Não quero sair com outras mulheres, e não quero que você saia com outros homens, caralho.

— Uma camada de gelo recobriu a palavra *homens*. — Seu lugar é comigo. Só comigo. Não existe um mundo ou uma vida onde isso não seja de verdade.

A emoção provocou um ardor no fundo dos meus olhos, mas consegui sorrir, apesar do aperto no peito.

— Christian Harper, está me pedindo em namoro?

— Sim. — Simples, inequívoco. *Real*.

Era quase cômico alguém como ele ter uma atitude tão corriqueira quanto pedir uma garota em namoro, mas isso não impedia o frio na barriga ou o flashback dos últimos dois meses.

No papel, nosso relacionamento era falso, mas não havia nada de falso na maneira como ele tinha cuidado de mim, me apoiado e acreditado em mim. Também não era de mentira o que eu sentia quando estava com ele, como se eu pudesse ser *eu* e ele me quisesse mesmo assim, com todos os defeitos.

— E aí... — A boca de Christian roçou a minha. — O que me diz, Borboleta? Quer dar uma chance de verdade para esse negócio de namoro?

Eu não devia. Podia dar errado de muitas maneiras, mas não era esse tipo de risco que as pessoas corriam?

Quem não arrisca não petisca.

Pela primeira vez, desliguei a parte extremamente analítica do cérebro e segui o conselho do coração.

— Sim. — Simples. Inequívoco. *Real*.

Senti o sorriso dele na minha boca antes do beijo. Dessa vez mais macio, mais terno.

Ternura não era uma palavra que eu esperava associar a Christian algum dia, mas ele me surpreendia constantemente.

Derreti em seus braços e deixei seu gosto, seu toque e as últimas poucas horas do nosso sonho me levarem para um lugar onde não existiam preocupações.

Estava acostumava a ser sozinha. Mesmo quando me via cercada de gente, uma parte de mim se isolava até eu sentir que estava assistindo a um filme sobre minha vida em vez de vivê-la.

Nunca tinha sido de ninguém, ninguém nunca tinha sido meu. A ideia era igualmente empolgante e aterrorizante.

Mas o que era ainda mais aterrorizante era perceber que eu não me incomodava por pertencer a Christian.

Nem um pouquinho.

CAPÍTULO 34

Stella

Christian e eu estávamos namorando oficialmente. A sensação era estranha, não só por ser algo que nunca pensei que aconteceria, mas também porque, para o mundo, nada tinha mudado. Aos olhos das pessoas, tínhamos sido um casal todo esse tempo.

Postei as fotos do Havaí quando voltamos a Washington, e nossas fotos de casal tiveram um ótimo engajamento, como eu esperava. Eu ainda cuidava do Instagram, embora agora minha atenção se dividisse entre ele e a coleção de moda.

As únicas pessoas que sabiam que nosso relacionamento antes do Havaí *não era* real eram Christian, eu mesma e meus amigos, que receberam meu anúncio com uma surpresa muito menor do que quando souberam da bomba anterior.

De acordo com Jules, era *inevitável*, considerando como a gente estava se comendo com os olhos na festa na casa dela.

Christian e eu saímos pela primeira vez como um casal de verdade uma semana depois de voltarmos do Havaí. Fomos aos nossos lugares favoritos na cidade de Washington: o Jardim Botânico dos Estados Unidos para mim, o Mercado Oriental para ele.

Ou melhor: um vendedor *específico* do Mercado Oriental para ele.

— Sr. C.! — O homem sorriu mostrando as gengivas quando viu Christian. — Que bom vê-lo de novo! E com uma linda mulher a seu lado. — Ele piscou para mim. — O que está fazendo com esse ogro?

Ele apontou o polegar para Christian, que balançou a cabeça.

— Beleza não é tudo. — Bati de leve na mão de Christian algumas vezes. — Ele tem outras qualidades.

O vendedor riu enquanto meu novo namorado suspirava irritado, apesar do brilho de humor em seus olhos.

— Stella, esse é Donnie. Aspirante a comediante e marceneiro extraordinário. — Ele tocou um quebra-cabeça em cima da mesa. — Que é o único motivo para eu ainda suportar esse velhote cuzão.

— Esse velhote cuzão aqui tem mais sabedoria que você no dedo mindinho — Donnie retrucou.

Sorri ao examinar seus produtos.

— Que *incrível*.

A mesa exibia as peças de madeira mais complexas que eu já tinha visto. Inclusive modelos de barcos, miniaturas de telas dobráveis e uma coleção de quebra-cabeças desafiadores.

— Obrigado. — O orgulho iluminava o rosto de Donnie. — É o que me mantém ocupado agora que me aposentei.

Christian e eu conversamos com Donnie durante algum tempo, até outros clientes exigirem sua atenção. Compramos dois quebra-cabeças (Christian) e um jogo de lindas pulseiras entalhadas (para mim).

— Acho que nosso primeiro passeio de casal foi um sucesso. — Eu balançava a sacola de compras quando entramos em um restaurante perto do mercado para jantar.

— É claro que foi. Eu planejei tudo.

Meu queixo caiu.

— Oi? Esqueceu o jardim botânico mais cedo? *Nós dois* planejamos o passeio.

— É, mas eu dirigi o tempo todo.

— Isso não tem a ver com planejamento!

Christian riu quando bati em seu braço de brincadeira.

Com exceção do hábito irritante de reclamar todos os créditos pelos passeios que *nós dois* planejávamos, Christian era um ótimo namorado. Vago e rabugento em alguns momentos, especialmente depois de um dia estressante no trabalho, mas atencioso e uma inesgotável fonte de apoio na maior parte do tempo.

Eu tinha praticamente me mudado para o quarto dele e transformado o quarto de hóspedes em um closet lotado. Ele trabalhava em home office duas vezes por semana para termos mais tempo juntos, e, apesar de passarmos a maior parte desses dias cuidando cada um de seus assuntos, ele no notebook, eu nos planos da minha marca, era bom tê-lo por perto.

No geral, eu não poderia ter pedido um relacionamento de verdade mais perfeito.

Mesmo assim, demorei mais duas semanas depois do nosso primeiro passeio para convidar Christian a ir comigo visitar Maura.

Nunca havia levado ninguém para vê-la, e a situação me deixava nervosa. E se ela não gostasse dele? E se *ele* não gostasse *dela*? E se ela ficasse agitada e...

Para. Vai dar tudo certo.

Respirei fundo e tentei acamar minha pulsação acelerada quando paramos diante do quarto dela.

— É aqui. — Pus o *tembleque* que tínhamos comprado nas mãos de Christian. — Você leva. Não me interessa se não gosta de sobremesa. Precisa agradá-la.

— E eu pensando que meu charme seria suficiente — ele resmungou, mas pegou a sobremesa sem reclamar.

— Duvido. — Girei a maçaneta. — Ela não se encanta facilmente com o charme masculino.

Mas ele provou que eu estava errada, é claro.

Maura o *adorou*, e não só por causa do *tembleque*, embora isso tenha ajudado.

Christian entrou no quarto como o Príncipe Encantado, oferecendo a sobremesa e elogiando seu colar. Menos de dez minutos depois, estavam rindo de uma piada que ele contou como se fossem velhos conhecidos.

Eu os observava perplexa.

Esse era um dos melhores dias de Maura, e ela parecia animada. Mas ainda era surpreendente. Era desconcertante vê-los se afeiçoarem tão depressa quando até eu precisava reconquistá-la um pouco a cada visita.

Não sabia se ficava feliz por eles se darem tão bem ou contrariada por ela se dar melhor com ele do que comigo.

— Hoje é dia do quebra-cabeça — Maura contou. — Eu gosto de quebra-cabeças. *Você* gosta de quebra-cabeças? — Ela olhou para Christian com atenção, como se a resposta dele fosse determinar se podiam ou não continuar com a nova amizade.

Ele sorriu.

— Adoro quebra-cabeças.

— Quais?

— Todos. Palavras cruzadas, de montar, criptogramas...

— Os de montar são os meus preferidos. — Maura o interrompeu no meio da frase. — É... — Ela hesitou, e percebi que estava vasculhando o cérebro em busca da frase correta.

Olhei para Christian enquanto os minutos passavam. Ele esperava sem demonstrar irritação ou impaciência.

Alguma coisa me aqueceu por dentro, um calor que se espalhou pelo peito.

— É satisfatório — Maura falou finalmente. A palavra soou lenta e hesitante, como se ela a testasse para ver se era a escolha certa. — Quando as peças se encaixam e você vê a imagem completa.

Christian a encarava com uma expressão indecifrável.

— Sim — ele concordou em voz baixa. — É, sim.

Vi muitas interações de Christian Harper nos últimos três meses, mas essa acontecendo hoje? Esse homem era a pessoa por quem eu podia me ver apaixonada.

Afastei a emoção indesejada e forcei um sorriso.

— Maura, quer caminhar um pouco no jardim? O dia está lindo.

Ela se animou.

— Sim, por favor.

— Milady. — Christian estendeu o braço.

Era um gesto exagerado, mas Maura deu uma risadinha ao aceitar o braço dele. Em todos os anos desde que a conheci, nunca ouvira Maura dar risadinhas.

Inacreditável.

Ele devia ter a magia do diabo.

— Como vocês se conheceram? — ela perguntou quando caminhávamos pelo jardim das roseiras. Era sua parte favorita, e parávamos regularmente para ela poder admirar os botões exuberantes.

— Nós... — Quase contei a ela a história que Christian e eu tínhamos inventado, mas preferi a verdade. Tinha a sensação de que era errado mentir para ela. — Moramos no mesmo prédio e temos alguns amigos em comum. Tive um probleminha e Christian me ajudou a resolver tudo.

— Ah! Que gentileza — disse Maura, e afagou a mão dele. — Estou vendo, mesmo, que você é um cavalheiro.

Ele sorriu e levantou uma sobrancelha para mim por cima da cabeça dela.

Revirei os olhos, mas não contive um sorriso.

Por mais insuportável que ele pudesse se tornar depois de conquistar Maura sem nenhum esforço, eu adorava ver como os dois se davam bem. Nada me estressava mais do que desavenças entre pessoas de quem eu gostava.

Por isso o último jantar com minha família me deixara tão esgotada. Com a viagem ao Havaí e minha coleção de roupas, estivera ocupada o suficiente para empurrar tudo isso para o fundo da mente, mas a história ainda me atormentava.

Mas me negava a ser a primeira a ceder. Se minha família quisesse falar comigo, saberia onde me encontrar.

Maura, Christian e eu andamos entre os canteiros por um tempo até Maura se cansar e voltarmos ao quarto dela.

— Gostei dele — ela comentou quando Christian foi ao banheiro. — Um rapaz muito bonito. E encantador também.

Olhei para ela.

— Está me dizendo que ele é seu... crush?

Ela riu.

— É claro que não! Sou velha demais para ter crushes. Além do mais, ele só tem olhos para você.

Meu rosto esquentou.

— Eu não...

— É verdade. — Maura tossiu e pegou a xícara de chá. — Ele não... ele... — Sua mão tremeu quando levou a xícara à boca. Ela quase a encostou nos lábios antes de derrubá-la. A xicara se partiu em cacos irregulares.

Maura abriu a boca. Seus olhos se abriram muito e foram invadidos por uma expressão conhecida.

— Tudo bem. Tudo bem — falei depressa. — É só uma xícara. Vou pedir para as enfermeiras...

— *Não é só uma xícara!* — A respiração dela ficou mais rápida. — Está quebrada e é... é... — Ela olhou em volta.

— Vai ficar tudo bem. — Eu mantinha a voz calma, apesar da tensão que me invadia. Ela estava ficando agitada, e quando isso acontecia era quase impossível acalmá-la sem sedação. — Vou chamar uma enfermeira e eles podem limpar isso tudo. Eles...

— Já estão vindo. — A voz de Christian interrompeu a conversa. Não ouvi quando ele entrou, mas o vi atravessar o quarto com passos rápidos e se ajoelhar diante dela. — Tem xícaras novas na sala comunitária, junto com quebra-cabeças. Quer montar um comigo?

Os olhos de Maura ainda estavam iluminados pelo pânico, mas a respiração quase voltou ao normal.

— Quebra-cabeça?

— Sim, de montar — ele confirmou. — O mais novo aqui. Você vai ser a primeira pessoa a usar.

— Ah... sim. Eu gosto de quebra-cabeças. — Ela soltou o braço da cadeira. — Uma vez montei um quebra-cabeça de poodle. Eu tive um poodle. É minha raça favorita de cachorro...

Ela continuou falando sobre as melhores e as piores raças de cachorro, enquanto Christian a levava para a sala comunitária.

Eu os segui com um nó na garganta.

— Obrigada — falei quando Maura se acomodou satisfeita com o chá e um quebra-cabeças. — Por... — apontei para o corredor onde ficava o quarto dela. — E por ter vindo comigo.

— Conheço jeitos piores de passar o dia. — Christian entrelaçou os dedos nos meus e colocou nossas mãos sobre sua coxa. — Obrigado por me convidar.

Olhei para baixo, para as mãos unidas, e não consegui impedir meu coração de transbordar, transbordar tanto que respirar ficou difícil.

Estou muito encrencada.

NAQUELA NOITE, DEPOIS DE VISITARMOS MAURA, CHRISTIAN E EU fomos ao nosso primeiro evento de negócios dele como um casal de verdade.

Não deixei de registrar a importância do momento, embora o evento fosse uma chatice insuportável. Tinha alguma coisa a ver com tecnologia, e passei a maior parte do tempo sorrindo, assentindo e fingindo me importar com o que as pessoas diziam enquanto Christian fazia contatos.

— Os Estados Unidos estão nos matando com suas regulamentações — reclamou o homem que estava falando. — É insustentável!

Sufoquei um bocejo enquanto Christian respondia.

Regulamentação na área de tecnologia não era tão interessante quanto filhotes de tartaruga, nem de longe.

Enquanto o outro homem falava sem parar sobre uma nova lei aprovada recentemente, toquei o braço de Christian e sussurrei:

— Vou ao banheiro. Já volto.

Ele assentiu, e eu me afastei antes de ter que ouvir mais uma queixa sobre os Estados Unidos.

Não tinha fila para usar o banheiro, e aproveitei para ajeitar o cabelo, retocar a maquiagem e checar minhas notificações. O número de seguidores continuava aumentando, mas o progresso agora estava mais lento que nos primeiros estágios do nosso "relacionamento".

Eu não me importava mais como antes. Entrar para o clube das contas com um milhão de seguidores facilitava boas parcerias, mas também me fizera perceber o quanto o número era pouco importante no nível pessoal.

Guardei o celular na carteira e saí do banheiro.

Tinha percorrido metade do caminho de volta ao local onde Christian me esperava quando senti um arrepio na nuca. Reconheci a sensação; era o que eu sentia quando alguém estava me observando.

Virei a cabeça bruscamente e olhei em volta desesperada, procurando alguma coisa suspeita, ou alguém.

Nada. Só um bando de pessoas de terno resmungando sobre as últimas leis reguladoras e se gabando das últimas conquistas de suas empresas no mercado.

Está ficando paranoica. O stalker não está aqui. Este evento é fechado...

Um grito ficou preso na garganta quando alguém apertou minha bunda. Com força.

Virei e olhei incrédula para o homem que me olhava com malícia.

Ele piscou para mim e seguiu em frente como se não tivesse acabado de me apalpar no meio de um evento profissional.

Fiquei tão atordoada que não consegui dizer nada antes de ele se afastar.

A interação durou menos de um minuto, mas foi o suficiente para me fazer sentir suja, coberta por uma imundície que nunca conseguiria lavar.

— Que foi? — Christian percebeu meu desconforto no instante em que parei a seu lado.

Ele estava de costas, por isso não viu o que tinha acontecido. O homem com quem ele conversava também se afastou, e ficamos sozinhos.

— Nada. — Fiquei constrangida sob o olhar cético, antes de admitir. — Alguém me apalpou quando eu voltava do banheiro.

Christian ficou paralisado.

— Quem? — Seu tom era calmo, quase agradável, mas transmitia alguma coisa que provocou em mim um arrepio gelado.

Meu corpo traiu a vozinha que me alertava para não dar essa resposta.

Instintivamente, olhei para o bar, onde o sujeito que tinha me apertado assediava outra mulher que não parecia interessada nele.

Christian seguiu meu olhar.

— Entendi. — Seu tom não mudou, mas um pressentimento desceu pelas minhas costas como a pele fria e escamosa de uma cobra.

Algumas pessoas ardiam quando estavam com raiva, mas Christian gelava. Quanto mais ele ficava quieto, mais as pessoas precisavam se preocupar.

— Não é tão importante — falei nervosa. Não queria que ele fizesse nada que pudesse criar problemas, ou de que pudesse se arrepender mais tarde. — Foi só uma apalpada de passagem. Não vale a pena fazer escândalo.

— Não vou fazer escândalo. — Christian deixou a taça de champanhe vazia sobre uma mesa perto de nós, ainda com uma expressão indecifrável. — Na verdade, não tenho mais nada para fazer aqui. Vamos embora?

Assenti e suspirei aliviada. *Graças a Deus.*

Depois das conversas soníferas e o canalha que não sabia controlar a própria mão, eu estava pronta para encerrar a noite.

Mesmo assim, quando saímos do edifício e caminhamos para o carro de Christian, não consegui me livrar da sensação de que quem disparara meu alarme mais cedo não tinha sido o homem que me apalpara, mas outra pessoa.

CAPÍTULO 35

Christian

A porta se fechou com um estalo suave depois que entrei.

No silêncio do meu escritório satélite, o ruído soou como um tiro.

O homem sentado lá dentro pulou e bateu com o joelho na mesa quando se virou para me encarar.

Eu o reconheci do evento de tecnologia da noite passada. Um empreendedor minúsculo que conseguira se enfiar na reunião sorrateiramente.

Deixei que ele me esperasse ali sozinho porque não estava preocupado com a possibilidade de o sujeito me roubar ou espionar. Reservava o escritório satélite para conversas mais... desagradáveis, e ali não havia nada além de móveis básicos de escritório.

— Faz meia hora que estou esperando. — Ele declarou o óbvio, como se eu não soubesse ver a porra das horas.

— É mesmo? — Estava pouco me fodendo para quanto tempo ele tivera que esperar. Frank Rivers era um elo fraco da cadeia. Esperaria duas horas, se eu quisesse. — Desculpa.

Andei até a mesa e me sentei na frente dele.

O silêncio se prolongou enquanto eu o analisava. Meu olhar frio desceu do cabelo castanho e ralo até a camisa verde barata. O paletó estava justo demais nos ombros, e havia uma camada de suor sobre o lábio superior.

— Sabe por que eu pedi essa reunião? — perguntei, em tom indiferente.

— Não. Seu funcionário não disse. — Frank olhava em volta. Mandei Kage ir buscá-lo. E teria rido do nervosismo óbvio, se ainda tivesse um grama de humor dentro de mim. — Presumo que tenha a ver com a minha nova empresa. — Ele estufou um pouco o peito.

— Sua nova empresa.

O peito desinchou.

— Sim. Eu... pensei que quisesses falar sobre negócios. Oferecer segurança.

Dessa vez eu ri, embora sem humor.

Não forneceria segurança para Frank Rivers nem se ele me pagasse um bilhão de dólares e limpasse minha bunda todos os dias pelo resto da minha vida.

— Não. Não foi por isso que eu quis te encontrar. — Abri a gaveta da mesa. — Ouvi dizer que você gosta muito de uísque.

A surpresa se estampou em seu rosto, seguida por confusão.

— Sim...

— Eu também gosto. — Peguei uma caixa preta com inscrição dourada.

Considerando a reação imediata de Frank, ele reconheceu a embalagem.

— Yamazaki Single Malt vinte e cinco anos — confirmei com um sorriso. — Custou vinte mil dólares.

Eu tinha uma garrafa de Yamazaki cinquenta anos que custara quarenta vezes mais que isso, mas não desperdiçaria essa maravilha com um patife como Frank Rivers.

— Quer uma dose? — ofereci, educadamente.

Frank assentiu, sedento (o homem estava praticamente salivando), e eu abri a garrafa e servi a bebida em dois copos de cristal que tinha deixado em cima da mesa.

Sorri com desprezo quando Frank pulou em cima do copo antes de eu terminar de servir a segunda dose.

Sem educação. Emily Post devia estar revirando no túmulo.

— Queria fazer uma pergunta — anunciei antes de ele tocar o copo com os lábios gordos. — Quando apalpou minha namorada no evento ontem à noite, qual mão você usou?

Ele congelou. Toda a cor desapareceu de seu rosto.

— O que... eu...

— Minha namorada. — Recostei na cadeira sem tocar na dose de uísque. — Alta, cabelo cacheado e escuro, vestido preto. A mulher mais bonita no evento.

— Eu... não sabia... não sabia que era sua namorada. — A desculpa gaguejada era quase tão patética quanto a noção de etiqueta de Frank. — Descul...

— Não estou interessado em suas desculpas, estou interessado em uma resposta. — A lâmina afiada da minha fúria rasgou a máscara de cordialidade que cobria meu rosto e revelou a ira embaixo dela. Pensar nele sequer respirando na presença de Stella, tocando nela, fazia meu sangue se transformar em ácido. — Qual mão?

Manchas de suor desabrochavam na camisa de Frank.

— A d... direita.

— Sei. — Meu sorriso voltou. — Põe o copo em cima da mesa.

Ele o segurava com a mão direita.

— Juro, eu não sabia! Cheg... cheguei tarde e...

Estreitei os olhos.

Depois de um instante de hesitação, ele deixou o copo em cima da mesa com a mão trêmula. Eu poderia jurar que ouvi um choramingo.

Meu desprezo cresceu. *Patético.*

Esperei até a palma de Frank encontrar a superfície de madeira, e só então tirei a faca da gaveta e a enfiei na mão dele. Carne e osso cederam como manteiga ao aço frio, afiado.

Um uivo sobrenatural ecoou na sala, enquanto eu olhava de cara feia para o sangue que escorria sobre o mogno antigo.

Talvez eu devesse ter feito isso em uma superfície menos cara, mas agora era tarde demais.

Devolvi a atenção a Frank. Os olhos dele estavam arregalados de dor, e sopros ruidosos deixavam sua garganta enquanto o suor escorria dos dois lados do rosto.

— Cometeu um erro, sr. Rivers. — Continuei segurando o cabo da faca e me inclinei para a frente. — Você tocou no que é meu. E, se tem uma coisa que eu odeio... — Empurrei a faca mais fundo, deixando o lado serrilhado rasgar a carne com lentidão torturante até seus gritos alcançarem um tom que não era mais humano. — É alguém tocando no que é meu.

— *Por favor*. Desculpe. Eu... ai, Deus. — Ele soluçou de dor.

O cheiro forte de urina se espalhou pela sala.

Ah, pelo amor de Deus. A cadeira de couro tinha sido feita sob encomenda.

Meus dentes do fundo se chocaram, mas olhei para o relógio e percebi que precisava encerrar isso logo.

— Estou de bom humor, por isso vou deixar sua mão intacta. — Eu poderia prolongar nossa sessão por mais uma hora, mas era noite de tacos com Stella, e eu precisava comprar os ingredientes a caminho de casa. — Mas se voltar a tocar, olhar ou pensar em Stella de novo... — Empurrei a lâmina até o fim, até restar só o cabo fora da mão dele. Frank tinha perdido a voz de tanto gritar, e só conseguiu emitir um soluço estrangulado. — A mão não vai ser a única parte do seu corpo que vou cortar.

Endireitei o corpo e parei.

— Ah, esqueci de que você queria experimentar o uísque. — Peguei o copo dele e virei. O conteúdo caiu sobre a mão destroçada até o copo ficar vazio e os gritos renovados de Frank ricochetearem nas paredes.

Hum. Parece que ele ainda tem voz.

Nada como um pouco de álcool em uma ferida aberta para provocar dor.

— Não se incomode em me reembolsar pela bebida desperdiçada — falei. — Vou descontar o valor da sua conta. Banco Argent, conta número 904058891314, senha 087945660, correto?

Ele me encarou com os olhos cheios de lágrimas e vidrados de dor.

— Vou interpretar essa resposta como um sim. — Bati de leve em seu rosto. — Vamos manter isso entre nós, combinado? Odiaria ter de marcar outra reunião.

Estava na metade do caminho para a porta, quando parei. Uma imagem mental do desgraçado passando a mão na bunda de Stella passou por minha cabeça, e a fúria voltou, espumando como ondas negras e geladas sob minha pele.

— Mudei de ideia. — Voltei. — Não estou de bom humor, afinal.

O tiro rasgou o ar. Frank caiu sobre a mesa com um buraco no crânio e os olhos abertos, sem vida.

Guardei a arma embaixo do paletó e saí da sala. Kage me esperava no corredor, encostado na parede.

— Não me diga que atirou no homem — ele disse ao me ver. O escritório tinha isolamento acústico, mas ele avaliou minha expressão com precisão. — Que bagunça da porra.

— Ele me tirou do sério. — Olhei para o relógio. *Droga*. O único mercado que vendia o molho favorito de Stella fechava em quinze minutos. — Limpa isso para mim?

— Sempre limpo — ele respondeu, em tom seco.

Nem todos na Harper Security sabiam sobre o lado menos legalizado do negócio, mas Kage tinha visto tanta merda na vida que mantinha a moral flexível. O mundo não era preto e branco; ninguém sabia disso melhor que alguém que vivia na zona cinzenta.

Lavei as mãos no banheiro a caminho da saída e verifiquei as roupas procurando respingos de sangue, depois corri para o mercado.

CAPÍTULO 36

Stella

— **Isso era tudo de que eu precisava. Obrigado por me atender** — disse Julian.

Tínhamos acabado nossa última entrevista para o meu perfil no *Washington Post*. Nas últimas semanas, tivemos uma série de conversas sobre temas variados e diferentes aspectos da minha vida, e hoje falamos sobre minha marca de moda por uns bons quinze minutos depois de eu mencionar o projeto de passagem.

Essa conversa não faria parte do perfil, porque a Delamonte não gostaria de saber que eu estava falando sobre minha marca em uma matéria que deveria ser sobre eles, mas eu estava empolgada para falar sobre o projeto com alguém que não fosse Christian ou meus amigos. Fazia parecer que era mais real.

— Por nada. Se tiver mais perguntas, me avise — respondi com simpatia.

— É claro, e mando um e-mail quando a matéria estiver pronta. Mais uma vez, parabéns por tudo.

Desliguei e me espreguicei bocejando. Era fim de tarde, mas eu me sentia como se estivesse acordada havia vinte e quatro horas. Havia terminado todas as peças-piloto da coleção na semana anterior e passado o dia fotografando todas elas para o material de marketing no futuro.

Estava acostumada com sessões de fotos, mas não sabia que era muito mais difícil fotografar produtos para um site em vez de um blog.

As peças fotografadas estavam espalhadas pelo quarto, e também havia objetos de cenografia, tecidos e equipamento fotográfico.

Eu me obriguei a sair do sofá para poder arrumar tudo antes de Christian chegar em casa.

O jantar era minha parte favorita do dia. Ele sempre chegava cedo para me ajudar na cozinha (mas eu suspeitava de que isso tinha a ver com sua insegurança de me deixar sozinha com o fogão, depois do incidente com o alarme de incêndio), e passávamos as noites relaxando e conversando.

Eu gostava de programas chiques e eventos de gala tanto quanto qualquer mulher, mas nada me fazia mais feliz do que só passar o tempo com alguém que eu...

— Desculpa, me atrasei.

Endireitei as costas e me animei quando Christian entrou.

Finalmente entendia por que minhas amigas se derretiam tanto pelos parceiros. Toda vez que eu o via ou ouvia sua voz, as borboletas enlouqueciam.

— Tive que comprar mais molho. — Ele me beijou e deixou a sacola de compras em cima da mesinha.

Eu me animei ainda mais.

— É da marca que eu gosto? — Reconheci o nome estampado na sacola. Era o único mercado na cidade que vendia meu molho favorito.

— Sim. — Christian sorriu quando gritei e espiei dentro da sacola. O mercado ficava do outro lado da cidade, por isso eu raramente ia até lá, embora eles tivessem em estoque alguns dos produtos que eu mais amava e que eram difíceis de encontrar.

Ver os dois potes de molho me deixou extraordinariamente feliz. Não era o molho propriamente dito; era o fato de ele ter feito todo esse esforço para comprá-lo para mim.

— Parabéns, você acaba de ganhar o prêmio Namorado da Semana.

— Ganhei? — Ele pôs as mãos na cintura enquanto eu enlaçava seu pescoço com os braços. — Qual é o prêmio?

— Isso. — Beijei sua boca demoradamente e sorri ao ouvir o gemido baixinho.

Só quando passei a mão em suas costas percebi a tensão que contraía os músculos.

Recuei e olhei para ele com a testa franzida.

— Está tudo bem? Você parece tenso.

— Sim. — A expressão de Christian não se alterou. — Só uma irritação boba no escritório.

— Hum. — Às vezes eu me preocupava com ele. Seu trabalho era importante, mas tanto estresse não era bom para ninguém.

Apesar de todo o esforço que eu fazia para convencê-lo, ele ainda se recusava a fazer ioga ou meditar.

Uma ideia surgiu em minha cabeça. Era tão maluca que quase a descartei em seguida, mas eu era uma nova versão de mim, mais ousada. Podia experimentar coisas novas.

Talvez.

— Senta no sofá. — Controlei o nervosismo e mantive a voz de sempre. — Estou pensando em uma coisa que vai te ajudar a relaxar.

Christian atendeu ao meu pedido.

— Outra massagem? — perguntou, mas seus olhos escureceram quando me ajoelhei na frente dele.

— Mais ou menos isso. — Estendi os braços para tocar seu cinto. As mãos dele agarraram meus pulsos antes do contato, e o ar se tornou mais pesado, mais condensado.

A voz dele baixou uma nota, e minhas coxas se contraíram.

— O que está fazendo?

— Já falei. — Libertei meus pulsos e abri a fivela do cinto, sentindo o coração bater como as asas de um beija-flor nervoso. — Vou te ajudar a relaxar.

Christian e eu alternávamos para tomar a iniciativa em relação ao sexo, mas nunca tinha sido tão ousada.

Normalmente ele só precisava de um olhar específico ou um sorriso meu para entender a dica. Mas isso... isso estava muito longe da minha zona de conforto.

Ele não me deteve de novo, mas o calor de seu olhar me incendiou por dentro.

Minha boca secou quando finalmente o libertei da calça.

Ele já estava ereto, uma ereção dura e pingando gotinhas de pré-gozo. Ele me deixou estabelecer o ritmo enquanto, bem devagar, eu o enfiava inteiro na boca, mas era tão grande que eu precisava parar a todo instante para acomodá-lo.

Depois de um tempo, no entanto, eu o devorei inteiro e fiquei parada por um minuto, com a boca aberta e os lábios na base de seu membro.

Vibrei de orgulho antes de começar os movimentos. Primeiro lentos, depois mais rápidos à medida que eu ia ficando confortável com o tamanho dele e o ângulo.

Christian resmungou um palavrão e agarrou meu cabelo quando determinei um ritmo, lambendo e chupando até seus músculos enrijecerem sob minhas mãos. Achatei a língua e a deslizei pela parte inferior do membro enquanto recuava, depois chupei suavemente a cabeça e o enfiei novamente na boca até a garganta.

Ele puxou meu cabelo.

— *Porra*, Stella. — O gemido torturado disparou outra flecha de desejo que me acertou em cheio. — Isso é bom pra caralho, meu bem.

Gemi de satisfação e redobrei meus esforços. A saliva escorria pelos cantos da minha boca cheia e descia pelo queixo, mas eu não parava.

O oral era para ele, mas cada gemido e movimento do pau na minha língua pulsava entre minhas pernas como se fosse para mim.

Eu adorava saber que era capaz de excitá-lo desse jeito. Que podia dar e ter prazer como quisesse.

Estava de joelhos, mas tinha o poder de fazê-lo ajoelhar também.

— Eu sabia que você aguentava. Cada centímetro, exatamente assim. — O cumprimento me animou quando quase sufoquei com seu pau. — Boa menina.

A dor ficou mais intensa, e não consegui aguentar mais. Mudei de posição para poder me esfregar em sua perna enquanto aumentava o ritmo e saboreava seu gosto quente, erótico.

Era mais fácil gozar quando eu me esfregava em alguma coisa em vez de usar os dedos, e a pressão firme no meu clitóris, misturada aos sons safados e úmidos do oral, me levava para mais perto do alívio a cada segundo.

Estava toda molhada, provavelmente sujando a calça dele, mas a névoa densa de desejo não me permitia pensar nisso.

— Estou sentindo sua buceta molhada. — Christian puxou minha cabeça para trás para poder olhar nos meus olhos, cheios de lágrimas provocadas pelo esforço de mantê-lo tanto tempo na garganta. — Isso te excita, é? Se esfregar na minha perna enquanto devora meu pau inteiro?

— Humm. — O gemido abafado de afirmação se tornou um gritinho quando ele tirou o pau da minha boca de repente, me levantou e me empurrou contra a janela com movimentos fluidos.

O desejo se acumulou entre minhas pernas quando senti a vidraça fria no rosto e o corpo quente atrás do meu.

Eu adorava quando ele me pegava assim.

Bruto. Exigente. Uma fera enjaulada.

Christian arrancou as alças do vestido de cima dos meus ombros e puxou o corpete para baixo para expor os seios.

— Quando você gozar... — Ele levantou a saia com a outra mão e enganchou um dedo no elástico da calcinha. — Vai ser com meu pau na sua buceta, não na garganta.

Ouvi a renda rasgando e o inconfundível ruído de uma embalagem de papel-alumínio.

E então ele me penetrou, me fodeu tão fundo e tão forte que a sala ecoou o som dos meus gritos.

Minhas mãos estavam abertas na vidraça, que embaçava com o calor da nossa respiração.

Ela era de vidro escuro, as pessoas não conseguiam enxergar o interior do apartamento, mas ainda havia uma sacanagem deliciosa em ser comida desse jeito, enquanto as pessoas cuidavam de suas vidas lá fora sem saber o que acontecia acima da cabeça delas.

Christian me penetrava de um jeito selvagem, com movimentos firmes, brutais, que transformavam meus pensamentos em nada.

Não havia nem sinal do CEO refinado. Nem terno, nem charme cheio de etiqueta, só o pau me preenchendo e a mão no meu pescoço, enquanto ele me fodia por trás como um animal.

Seu pau me distendia por dentro e provocava um ardor quente, enquanto eu me levantava na ponta dos pés tentando aprofundar a penetração. Cada fricção dos mamilos duros contra a vidraça gelada jogava mais gasolina no fogo que se espalhava na base da minha coluna.

Suspiros arfantes e gemidos carentes se misturavam com os tapas de pele contra pele e os sons molhados do pau dele entrando em mim.

A sinfonia depravada nos envolvia, me levando mais e mais alto até eu sentir que o orgasmo se aproxima.

— Christian, *por favor*. — A mão dele em minha garganta roubava meus gritos e os transformava em súplicas roucas. — Preciso... vou...

O resto da frase se perdeu em outra onda de prazer quando ele se debruçou e estendeu o braço para afagar meu clitóris.

Uma vez. Duas. Só o suficiente para intensificar a urgência, mas não o bastante para cortar a coleira do alívio.

— Amo quando você implora desse jeito. — Ele encostou o rosto em meu pescoço e mordeu a pele. — Precisa gozar, hum?

— *Sim*. — Minha resposta foi um soluço.

— Então seja boazinha e empurra essa bucetinha em mim.

Obedeci sem pensar. Arqueei as costas para poder devorá-lo enquanto ele segurava meus quadris com as duas mãos e me puxava com força. Gritos entrecortados e gemidos se sucediam, enquanto meu corpo tremia como o de uma boneca de pano sob a força de nossos esforços.

— Assim — ele grunhiu. — Você fica linda desse jeito, toda aberta com meu pau nessa buceta apertada.

Eletricidade substituía o sangue em minhas veias. Eu acendia de dentro para fora, um fio desencapado da sensação que ele sobrecarregava a cada penetração.

Christian apertou meu pescoço com mais força, enquanto se debruçava para beliscar um mamilo com a outra mão.

— Goza para mim, meu bem.

E foi o necessário.

O orgasmo finalmente aconteceu. Rompeu as barreiras e me consumiu inteira, enviando uma onda de calor do topo da minha cabeça até a ponta dos pés.

Meu corpo se curvou com a intensidade do prazer, e eu teria caído no chão se Christian não estivesse me segurando.

Ainda flutuava nessa onda quando ele me virou e me levantou, empurrando minhas costas contra a vidraça e levantando minhas pernas para que enlaçassem sua cintura.

Ele ainda não havia gozado, mas o ritmo dos movimentos era mais lento.

— Eu amo sentir você gozar no meu pau. — Ele beijou meu pescoço e foi beijando até a boca. — Você é perfeita, porra.

As palavras me tocaram em algum lugar profundo e vulnerável.

A emoção se instalou em minha garganta, mas passei os braços em torno de seu pescoço e cavalguei mais depressa, mais confortável com tomar a iniciativa do que com examinar os sentimentos que as declarações tinham trazido à tona.

A respiração de Christian ficou mais rápida. Seus músculos se contraíram, e senti seu membro pulsar dentro de mim antes de ele finalmente explodir com um gemido alto.

Ficamos abraçados depois de tudo, com a pele escorregadia de suor e as testas coladas enquanto recuperávamos o fôlego.

— E aí? — ofeguei. — Está mais relaxado?

A risada dele vibrou em minha pele e me fez sorrir. Eu adorava arrancar risadas sinceras de Christian. Ultimamente elas eram mais comuns, mais ainda eram motivo de orgulho.

— Sim, Borboleta. Estou.

— Ótimo. — Eu me agarrei a ele a caminho do chuveiro.

Se fosse com outra pessoa, eu jamais teria tido coragem de fazer o que tinha feito. O medo da rejeição teria sido grande demais, mesmo com alguém que eu estivesse namorando.

Mas essa era uma das coisas de que eu mais gostava em Christian. Eu podia ser quem era e quem queria ser em medidas iguais.

Quando estava com ele, nunca precisava me preocupar.

CAPÍTULO 37

Christian

Minhas noites com Stella eram os meus únicos momentos de paz.
Meus dias eram um tumulto de trabalho e caos. Eu passara o último mês identificando suspeitos de serem o traidor, tentando entender como alguém criara um equipamento similar ao Cila e qual era a conexão dessa pessoa com o stalker de Stella, além de rastrear o desgraçado.

Já tinha uma lista curta de suspeitos do vazamento. Cada nome fazia meu sangue gelar, mas eu precisava ter cuidado ao lidar com a situação. Não poderia fazer um movimento público antes de ter certeza de quem era o traidor. Lealdade era uma via de mão dupla, e acusações falsas eram a maneira mais rápida de semear ressentimento entre os comandados.

Eu tinha a armadilha perfeita em mente, mas precisava esperar até o torneio anual de pôquer da Harper Security para montá-la. Até lá, não poderia confiar informações sensíveis a ninguém na empresa.

Quanto ao Cila, eu podia quase garantir que a Sentinel estava por trás do dispositivo pirata. Eles já haviam imitado tudo que eu fizera; copiar o hardware proprietário era o próximo passo nessa lógica. Eu também não duvidava de que tivessem subornado ou chantageado o traidor, quem quer que fosse.

Guardei a suspeita. Primeiro lidaria com o traidor. Depois iria atrás da Sentinel.

O único ponto de interrogação que ainda restava era a ligação deles com o sujeito que perseguia Stella, e quem era o filho da mãe.

Eu tinha feito uma varredura nos contatos de Stella, mas ela tinha interagido com tanta gente ao longo dos anos que era impossível reduzir esse número a uma quantidade razoável de suspeitos. O stalker poderia ser qualquer um, desde um antigo colega de faculdade ao barista que preparava a bebida dela todos os dias.

Uma parte minha admitia que eu poderia ter ido mais longe nas investigações se não estivesse desconcentrado. Queria passar mais tempo com Stella, o que significava que não estava ficando mais no escritório até tarde.

Saíamos todo fim de semana, eu jantava com ela todos os dias e fodia com ela todas as noites. Sempre sabendo que devia usar esse tempo para fazer outra coisa.

A capacidade de Stella de acabar com minha racionalidade para tomar decisões cristalizara pouco mais de uma semana depois da morte oportuna de Frank Rivers.

Eu apertava o botão da minha caneta sem parar enquanto olhava para o bilhete em cima da minha mesa.

O stalker tinha desaparecido desde nossa viagem ao Havaí. Não tinha havido mais cartas ou contato... até agora.

Clique. Clique.

Duas frases digitadas e enviadas em um envelope comum, sem nenhuma identificação. Estava no meio da nossa correspondência, mesmo sem ter sido endereçado.

Você não pode protegê-la e NUNCA a terá. Ela é minha.

Murmúrios de raiva provocavam meus sentidos.

A mensagem não era preocupante. Era o tipo de coisa que uma criança petulante escreveria.

Preocupantes eram as três fotos que acompanhavam a carta: uma de Stella tomando o café da manhã em uma lanchonete perto do Mirage, outra de quando ela foi fotografar no National Mall e a terceira dela saindo do supermercado.

Todas tiradas nas semanas seguintes à viagem ao Havaí.

A raiva ficou mais densa e cobriu minha pele com uma camada de gelo. Pensei em desistir e levar esse material para um dos muitos nomes que eu mantinha na minha base de dados com esse propósito, mas contive o impulso e decidi calcular o próximo movimento.

Não podia confiar a segurança de Stella a ninguém, exceto a mim mesmo. Nem Brock. Ele não era um dos meus suspeitos, mas não tinha percebido o cara se aproximando o suficiente para fotografá-la, o que era uma falha grande para cacete.

Sim, o trabalho dele era proteger, não vigiar, mas isso ainda me enfurecia.

O stalker reaparecera depois de semanas de silêncio, e eu podia apostar que uma perícia criminal desta carta encontraria os mesmos resultados de sempre: *nada*.

Quem quer que fosse, sabia manter as mãos limpas e era sorrateiro o bastante para se aproximar de Stella sem ela ou Brock perceberem.

Se acontecesse alguma coisa com ela...

Meu estômago se contraiu.

A cidade de Washington não seria segura até eu conseguir organizar minha bagunça interna. Não poderia me concentrar em rastrear o perseguidor se não confiava em meus comandados.

Clique. Clique.

Tomei a decisão no segundo clique.

Deixei a caneta em cima da mesa, guardei a carta e as fotos no bolso interno do paletó e fui para casa.

Quando cheguei, Stella estava na cozinha. Estava tão ocupada batendo aquele smoothie de broto de trigo medonho que ela amava e cantarolando com o rádio que não percebeu minha entrada até eu me aproximar, abraçá-la por trás e beijar seu pescoço.

— Christian! — Surpresa e alegria dançavam na voz dela. — Chegou cedo.

— Dia tranquilo no trabalho — menti.

Inspirei seu perfume, me certificando de que ela estava segura e nos meus braços. Ela cheirava a sol e flores, e deixei o aroma dissolver parte da tensão em meus músculos antes de falar novamente.

— Tive uma ideia.

— Opa — ela debochou. — Devo me preocupar?

— Duvido. Está no seu quadro de manifestação.

Vi a lista que ela mantinha presa por alfinetes no quadro de cortiça em nosso quarto. Stella me contara que havia criado a lista na faculdade e nunca a jogara fora.

Era uma relação de três itens: uma parceria com a Delamonte, uma longa viagem pela Itália e um closet onde ela pudesse entrar. Dois itens já estavam riscados.

Stella se virou de frente para mim. Os olhos dela transbordaram choque e um toque de esperança.

— Itália — confirmei. — Férias de verão. Podemos passar um mês por lá. Roma, Milão, Costa Amalfitana...

Tirá-la da cidade era a resposta óbvia até eu resolver a confusão do meu lado, e sua lista de desejos me dava a desculpa perfeita para o roteiro.

Eu não queria contar para Stella sobre a última carta de seu stalker. Tinha sido enviada para mim, não para ela, e eu não queria assustá-la. Não quando ainda não tinha uma solução definida.

— *Outra* viagem? — A dúvida temperava a voz dela. — Mas acabamos de voltar do Havaí.

Ela estava certa. Fazia só um mês que a gente tinha voltado do Havaí. Era muito cedo para outra viagem, especialmente com tudo que eu tinha para resolver.

Mas a ideia daquele babaca pondo as mãos nela...

Bastaria um deslize. Uma distração, um erro, e eu poderia perdê-la para sempre. Forcei meus pulmões a se expandirem para superar uma rara onda de pânico.

— A primeira metade não contou, já que foi a trabalho — argumentei. — Foi basicamente um fim de semana prolongado.

Stella balançou a cabeça.

— Estou começando a desconfiar de que você não trabalha de verdade quando vai ao escritório. Nunca conheci um CEO com mais tempo para férias que você.

Sorri, apesar de tudo.

— É um tipo diferente de trabalho.

Eu ganhava um salário decente na Harper Security, mas a maior parte da minha renda vinha dos softwares e hardwares secretos que eu desenvolvia e vendia para quem me pagasse mais. Havia certos grupos com os quais não negociava, como terroristas, alguns governos e um punhado de indivíduos desagradáveis. Fora essas exceções, todo mundo tinha o mesmo direito, e esses agentes pagavam fortunas por tecnologia que os concorrentes não tinham. Eu passava metade do meu tempo no escritório comandando a Harper Security e a outra metade trabalhando em desenvolvimento.

— Tem certeza de que um mês não é muito tempo? — A dúvida persistia. — Não podemos simplesmente sumir por tantos dias.

— Sou bilionário. Podemos fazer o que quisermos. — Sorri ao vê-la revirar os olhos. — Considere um presente de aniversário.

— Já comemoramos seu aniversário — ela lembrou.

Eu tinha feito trinta e quatro anos na semana anterior. Celebramos com um fim de semana de comida, sexo e oral até ela gozar na minha boca.

Foi um bom aniversário.

— Além do mais, não faz sentido que você faça a viagem dos meus sonhos para comemorar o meu aniversário. Devíamos ir a algum lugar onde você queira ir. — Stella passou os braços em torno do meu pescoço. — Desembucha, Harper. Qual é o destino dos seus sonhos?

— Não tenho nenhum, e mimar você *me* deixa contente. — Encostei a testa na dela. A carta e as fotos abriam um buraco no meu bolso. — Última chance, Borboleta. Topa ou não?

— Quando você coloca as coisas *desse jeito*... — Um sorriso eufórico se espalhou pelo seu rosto. — Topo.

— Perfeito. — Mais um beijo, dessa vez na boca.

Foda-se a racionalidade.

Quando a questão era a segurança de Stella, pensamento racional não existia.

CAPÍTULO 38

Stella

16 de junho

EU VOU PARA A ITÁLIA!

Pronto, só precisava pôr isso para fora, porque ainda não consigo acreditar. Faz muito tempo que quero visitar esse país, mas sempre adiava porque não queria ir passar só um fim de semana. Queria fazer a rota completa, como Christian disse. Veneza, Roma, Positano... Nunca tive tempo ou dinheiro, mas agora estou aqui, arrumando as malas para uma viagem de um mês.

Não vejo a hora. Já mandei mensagem para a Bridget pedindo uma lista de indicações. Sei que Christian esteve na Itália muitas vezes, mas ele é homem. Não é a mesma coisa. (Além do mais, Bridget conhece todos os cafés mais fofos e as melhores butiques.)

Fico um pouco incomodada por gastar tanto dinheiro dele. Falei isso a Jules outro dia e ela me disse para eu não me preocupar, porque Christian tem tanto dinheiro que o que gasta comigo é troco para ele. Acho que é verdade.

Cada vez que tento pagar alguma coisa, ele recusa e diz que devo investir o dinheiro na minha marca. Esse foi meu limite. Não quis que ele financiasse a marca. Se alcançar o sucesso, quero que seja por mérito meu. Não quero ser bem-sucedida só porque tenho um namorado rico que pode me bancar.

Mas, sendo totalmente honesta, é difícil protestar muito contra a viagem, porque é uma coisa que eu quero demais.

Uma viagem para a Itália com tudo pago? É o sonho de toda garota.

Gratidão do dia:

Listas de desejos
Itália
O melhor namorado do mundo <3

A Itália era tão incrível quanto eu imaginava. A comida, a beleza, a cultura... tudo correspondia às minhas expectativas e ia além.

Sim, reconheço que parte disso tinha a ver com Christian conseguindo acesso VIP para nós em todos os lugares para evitarmos multidões e conhecermos tudo no nosso ritmo, mas não era só isso. Havia algo de mágico no ar que derretia meu estresse e transformava minhas preocupações em lembranças distantes.

Diferente do Havaí, que tinha um componente de trabalho, apesar da segunda metade da viagem, a Itália era pura fuga.

Fiz vídeos e fotos, mas era mais para guardar as lembranças do que para as redes sociais.

De qualquer maneira, não podia divulgar que estava na Itália em tempo real, por isso postava fotos antigas.

Fora isso, não havia trabalho nem câmeras, só nós.

Na Itália eu não era embaixadora de marca ou criadora de conteúdo em busca da foto perfeita. Era só uma garota de férias com o namorado.

Era libertador... *quando* esse mesmo namorado não se comportava como um canalha em relação às minhas habilidades de motorista.

— É uma Vespa. Que dificuldade pode haver nisso? — Pus as mãos na cintura e encarei Christian com um olhar ofendido.

— Não estou dizendo que é difícil. Estou dizendo que esta cidade tem muitos pedestres que você pode atropelar. — Ele riu ao ouvir minha exclamação chocada.

— *Não* vou atropelar ninguém. Não tenho nenhuma ocorrência fatal no meu histórico de motorista.

— E quase fatal?

Não me dignei a dar uma resposta.

Era nosso primeiro dia inteiro em Roma e a segunda semana na Itália. Tínhamos começado por Milão, seguido para Florença e chegado em Roma na noite anterior.

Tínhamos um dia inteiro de atividades diante de nós, e ele insistia em usar Vespas para se locomover.

Podia ser clichê, mas alguém poderia dizer que tinha visitado Roma sem andar de Vespa uma vez, pelo menos?

Infelizmente, Christian e eu tínhamos opiniões diferentes sobre quantas deveríamos alugar. Eu achava que seria divertido se cada um tivesse a sua, enquanto ele estava convencido de que eu mataria alguém se tentasse pilotar.

Pelo jeito, não havia superado o incidente com o carro no Havaí. Não tinha sido minha culpa; eu só estava enferrujada. Raramente precisava dirigir em Washington, com todas aquelas linhas de metrô e ônibus.

Ele suspirou quando percebeu que eu não iria ceder.

— Vamos fazer um acordo. Você me deixa te ensinar a dirigir uma dessas e, se passar no teste, pode pilotar a sua.

— O que é isso, o Departamento de Trânsito? — resmunguei, mas concordei.

Em segredo, estava feliz por ele ter se oferecido para me ensinar, porque não fazia ideia de como conduzir uma Vespa. Não podia ser muito diferente de andar de bicicleta, certo? A única diferença era que tinha um motor nela.

Alugamos as vespas no hotel e ficamos no pátio, onde Christian me instruiu sobre o procedimento correto.

— Sente-se com as costas retas e dobre um pouco os cotovelos... mais um pouco. Assim. — Christian corrigiu minha posição até eu estar sentada corretamente na Vespa. — Agora encontre o ponto de equilíbrio movendo um pouco o corpo para a esquerda e a direita.

Segui as instruções até ele me declarar pronta para o teste.

— Não faz essa cara de nervoso — falei quando ele ajustou meu capacete. — Eu vou ficar bem. Só vou dirigir no quintal, literalmente.

— Hum.

Não gostei da quantidade de dúvida embutida no murmúrio dele.

Liguei o motor e acelerei.

Viu? Não era tão ruim. Eu estava indo muito bem. Os paralelepípedos complicavam um *pouco* as manobras, mas podia...

— Merda!

Virei o guidão tarde demais e bati de lado em um dos enormes vasos de flores que ladeavam a porta do café externo do hotel.

Consegui frear e desligar o motor enquanto Christian se aproximava de mim.

Olhamos para a enorme rachadura no vaso de cerâmica. Felizmente era tão cedo que o café ainda não estava aberto, mas o jardineiro que trabalhava ali perto viu tudo.

Ele balançou a cabeça. Pensei ter ouvido um *mio Dio* antes de ele retomar a tarefa de podar as plantas.

Desci da Vespa e entreguei as chaves a Christian sem dizer nada.

Com exceção do meu *pequeno* incidente com a Vespa, nossa parada em Roma foi tão tranquila quanto possível até o segundo dia, quando Christian e eu visitamos um dos melhores museus de arte da cidade.

Hesitei antes de incluir tantos museus no nosso itinerário, considerando que Christian não era um grande fã de arte, mas ele insistiu que fôssemos visitar todos que eu quisesse.

Estamos na Itália, Borboleta. Não pode visitar a Itália sem visitar seus museus.

Eu precisava reconhecer que ele escondera bem o desgosto. Se eu não soubesse de sua aversão com antecedência, teria pensado até que estava gostando das exposições.

— Isso não é uma pessoa, de jeito nenhum. — Parei na frente de uma tela que chamou minha atenção e tentei compreender o que ela retratava, exatamente. — Ilusões de ótica existiam no século dezoito?

Em um segundo, parecia ser o retrato de um homem. No outro, era um lúgubre arranjo de mesa com frutas.

Perturbador, mas meio genial.

— Christian? — Virei a cabeça quando ele não respondeu e o vi olhando para alguma coisa do outro lado da galeria.

Segui seu olhar até ver um menino no canto. Ele puxava com insistência a manga da mulher que imaginei que fosse sua mãe, mas a mulher estava ocupada demais admirando as pinturas e tirando fotos e não dava atenção a ele.

O queixo do menino tremia, mas, em vez de chorar, ele contraiu a mandíbula e olhou para o outro extremo da galeria.

Seus olhos encontraram os de Christian, que o encarou com uma expressão quase solidária.

Toquei o braço dele.

— Christian — chamei em voz baixa. — Tudo bem?

Ele interrompeu o contato visual e olhou para mim. A tensão se desprendia dele em ondas, e a posição dos ombros estava visivelmente mais rígida do que quando tínhamos chegado.

— Sim. — Seu sorriso não me enganou nem por um segundo. — Estou bem.

— Você o conhece? — Apontei discretamente na direção do garoto, mas, quando olhei de novo, ele e a mãe tinham sumido.

— Não. Ele... — Christian passou a mão no queixo. — Ele me fez lembrar de alguém. Só isso.

Eu tinha um pressentimento de que sabia quem era esse *alguém*.

— Vamos beber alguma coisa — sugeri. — Já vi tudo que queria ver aqui.

Ele não discutiu.

Saímos do museu e fomos a um café próximo. Escondido em uma rua secundária e tranquila longe dos turistas, o lugar estava vazio, exceto por um casal idoso e uma mulher muito chique com um chanel preto brilhante.

Christian e eu nos sentamos no canto da área ao ar livre. Os outros clientes estavam tão longe que era como se estivéssemos sozinhos.

Esperei até o garçom servir as bebidas e voltar para a cozinha, e só então falei.

— A pessoa de quem o menino te fez lembrar. Era você? — Mantive a voz mansa. Não queria que Christian se sentisse pressionado, mas namorávamos havia tempo suficiente para eu não me sentir tão cautelosa ao abordar seu passado.

Ele era naturalmente reservado, e eu entendia. Também não saía por aí contando detalhes da minha vida pessoal a quem quisesse ouvir. Mas, para fazer nosso relacionamento dar certo, ele precisava se sentir tão confortável para se abrir comigo quanto eu me sentia com ele.

Pensei que Christian poderia ignorar minha pergunta como sempre fazia, mas ele me surpreendeu com um aceno de cabeça.

— Antes que pergunte, não fui uma criança negligenciada — disse. — Não no sentido que você deve estar imaginando. Meus pais não eram abusivos. Como eu disse, eles eram a quintessência da família americana, mas...

Esperei, evitando pressioná-lo.

— Já contei que meu pai era engenheiro de software. O que não contei é que ele tinha um segundo emprego. — Christian se encostou na cadeira. — Já ouviu falar no Fantasma, o ladrão de arte?

Arregalei os olhos com o espanto provocado pela repentina mudança de assunto, mas assenti.

Ouvira falar sobre ele nas aulas de direito e crime na arte na Thayer. O Fantasma, assim chamado porque tinha roubado dezenas de obras de valor incalculável sem nunca deixar rastro ou evidência, tinha sido um dos mais famosos ladrões de arte do século XX. Tinha agido por quase uma década, antes de a polícia o pegar e atirar nele durante uma tentativa de fuga.

Os detalhes de sua morte eram nebulosos, e as obras roubadas nunca haviam sido recuperadas.

Já contei que meu pai era engenheiro de software. O que não contei é que ele tinha um segundo emprego.

As palavras de Christian se repetiram em minha cabeça, e o ar ficou preso na garganta.

— Seu pai. Ele era...

— Sim.

A palavra curta caiu com a força de uma bomba nuclear.

Ai, meu Deus.

A identidade do Fantasma *nunca* fora divulgada ao público, nem depois de sua morte. Ninguém sabia por quê, mas havia muitos rumores. Alguns diziam que ele era de uma família poderosa que comprara o silêncio das autoridades; outros contavam que sua verdadeira identidade era tão comum que as autoridades ficaram constrangidas por não o terem capturado antes.

No espaço de cinco segundos, Christian tinha acabado de esclarecer um dos maiores mistérios do mundo da arte.

Eu ainda estava tentando assimilar essa nova informação explosiva quando Christian continuou.

— A ironia era que ele não era o grande amante de arte na família. Essa era minha mãe. Ele dizia que roubava as pinturas como prova de seu amor por ela. Dispunha-se a correr todos os riscos para fazê-la feliz. Era de esperar que ela tentasse convencê-lo a parar com isso, mas ela o incentivava. Às vezes até o acompanhava. Adorava a adrenalina e a ideia de que ele ia tão longe por ela. Quando eu era mais novo, eles tentaram esconder de mim o que faziam, mas acabei descobrindo. Havia muitas coincidências entre as misteriosas *viagens de negócios* do meu pai e as datas em que os roubos eram anunciados nos jornais. Quando o confrontei sobre isso, ele confessou. — Christian sorriu para mim. — Mesmo sendo criança, eu não era do tipo que dividia detalhes sórdidos da minha vida. Ele sabia que podia confiar em mim, que eu não contaria nada a ninguém.

Meu peito ficou apertado quando pensei no pequeno Christian sobrecarregado com um segredo tão grande.

Talvez os pais dele não fossem fisicamente abusivos, mas tudo indicava que eles não se importavam com seu bem-estar emocional ou mental.

— Quando eu tinha treze anos, ele planejou outro roubo. Em vez de um museu, tentou roubar a casa de um empresário rico. O empresário tinha adquirido uma grande obra de arte em um leilão muito divulgado, e minha mãe estava desesperada por ela. Meu pai quase conseguiu escapar, mas disparou um alarme e foi surpreendido quando estava saindo. Ele não se rendeu, e a polícia atirou quando ele tentou pegar a arma de um policial e correr. Morreu na hora.

"Minha mãe ficou maluca quando ouviu a notícia. Dois dias depois da morte do meu pai, ela decidiu que não conseguiria viver sem ele e deu um tiro na própria cabeça. Eu estava na escola. Minha tia foi até lá, me chamou na diretoria e me contou. — Outro sorriso ainda mais amargo que o anterior passou pelo rosto de Christian. — É uma porra de uma versão suburbana de Romeu e Julieta. Romântico, não é?"

Uma dor profunda brotou em meu peito.

Eu não conseguia imaginar como poderia ter sido crescer na família que ele descrevera ou perder os dois pais tão cedo. Não tinha o melhor dos relacionamentos com os meus, mas pelos menos eles estavam vivos.

— Minha mãe preferiu morrer a viver sem meu pai, mas não se importou de deixar o filho único sozinho. — A risada cáustica de Christian me queimou por dentro. — O amor materno é o maior de todos, não é? Que bobagem.

A dor se espalhou e fez meus olhos arderem.

Aproximei minha mão da dele e, hesitante, a segurei.

— Sinto muito — falei em voz baixa. Não sabia o que mais poderia dizer. Queria que houvesse palavras mágicas que eu pudesse pronunciar para ele se sentir melhor. Mas nada podia mudar o passado, e as pessoas tinham que lidar com seus traumas no próprio tempo. Christian se apegava ao dele havia décadas. Seria preciso mais que um punhado de palavras gentis para curá-lo. O melhor que eu podia fazer era estar presente quando ele finalmente estivesse pronto para enfrentar essa dor.

— Nunca contei isso para ninguém. — A expressão atormentada persistiu em seus olhos por um momento, antes de desaparecer. — Agora que estraguei uma linda tarde italiana com minha historinha triste, podemos ir. — Christian se levantou, novamente com aquela expressão impassível. — Reservei mesa para o almoço em meia hora.

— Você não estragou nada. — Afaguei a mão dele. — Você é mais importante para mim que qualquer refeição ou museu.

Um músculo se contraiu em seu rosto. Seus olhos permaneceram nos meus por um breve e intenso momento antes de ele se virar.

— Temos que ir — ele repetiu, e ouvi a emoção em sua voz rouca.

Deixei o momento passar. Senti que ele tinha chegado ao limite do mergulho em si mesmo por hoje.

Pagamos a conta e saímos do café, mas, quando nos aproximamos da rua principal, ele parou.

— Stella.
— Hum?
— Obrigado por me ouvir.
A dor voltou com força total.
— Obrigada por me contar.

Christian acreditava ter arruinado a tarde quando, na verdade, ele a havia melhorado. Não por eu ter gostado de ouvir detalhes tristes de sua infância, mas porque ele finalmente tinha me deixado entrar.

Não se escondia mais atrás das muralhas.

Apesar de todos os hotéis de luxo em que havíamos nos hospedado, das refeições gourmet que tínhamos saboreado e das atividades extravagantes que já desenvolvêramos, essa havia sido a melhor parte da nossa viagem até agora.

Por mais que fosse uma viagem dos sonhos, eu amava tudo não por estar na Itália, mas por estar na Itália com *ele*.

E isso fazia toda a diferença do mundo.

CAPÍTULO 39

Christian

A Itália era uma estranha dicotomia de calma e caos. Eu pas-sava os dias visitando pontos turísticos e fazendo compras com Stella, e à noite monitorava a situação em Washington depois que ela dormia.

Tinha cobrado um favor e pedido para Alex ficar de olho nas coisas por mim enquanto eu estava fora. Ele não tinha nenhuma informação preocupante para me dar, mas eu continuava em estado de alerta. O instinto me dizia que alguma coisa se formava no horizonte, e que eu não ia gostar nada do que estava por vir.

No entanto, até ter uma imagem clara do que estava enfrentando, não havia nada que eu pudesse fazer.

Afastei da cabeça os pensamentos sobre Washington enquanto Stella e eu caminhávamos por uma rua sinuosa em Positano. O sol começava a se pôr, e o céu estava pintado com uma paleta suave de tons de rosa, roxo e laranja.

Era a terceira semana da nossa viagem pela Itália, e tínhamos deixado para trás as grandes cidades pelo charme da Costa Amalfitana. Passamos por Salerno e Ravello e chegamos a Positano no dia anterior. A próxima seria Sorrento, seguida por nossa última parada em Capri.

Um sorriso dançou em meus lábios quando Stella inclinou a cabeça para trás com uma expressão sonhadora.

Ela era sempre linda, mas na Itália, livre das pressões da cidade e da ameaça do stalker, ela era outra pessoa. Mais feliz, mais brincalhona e despreocupada, mais até que no Havaí.

Entrelacei os dedos aos dela quando voltamos a andar em direção a um mirante de onde poderíamos apreciar o pôr do sol. Normalmente eu odiava andar de mãos dadas, mas podia abrir uma ou outra exceção. Afinal, estávamos de férias.

— E aí, a Itália correspondeu às suas expectativas? — perguntei.

— Não. — Um sorriso acanhado surgiu diante da minha expressão surpresa. — Superou. Este lugar é... — Ela suspirou. — *Incrível*. Olha só para isso.

Meu sorriso se alargou quando ela soltou minha mão e girou. Seu vestido branco se abriu em torno das pernas, e o sol poente tingiu sua pele de ouro.

Ela parecia tão satisfeita e em paz que eu queria poder ficar para sempre ali, escondê-la em uma bolha e mantê-la intocada pelos perigos que a espreitavam em casa.

— Prefiro olhar para você — respondi.

Stella parou na minha frente, ofegante pelo giro. Seu olhar encontrou o meu, e o ar do verão ficou mais pesado entre nós, doce com os aromas de limão, verbena e sol.

— Para alguém que diz que não é romântico, você fala as coisas mais românticas. — Ela tirou uma pétala de uma árvore florida perto de nós e a encaixou no bolso da minha camisa de linho. — Estou a fim de você, Christian Harper. Por trás dessa aparência dura e cínica... — Ela pousou a mão em meu peito. — Você é um coração mole.

Eu teria dado risada, se ela não estivesse meio certa.

Só por você.

Levantei sua mão e a envolvi com a minha de um jeito protetor.

— Se contar para alguém, vou ter que matar todo mundo. — Sorri para amenizar a declaração, embora não estivesse brincando.

No meu mundo, fraqueza era inaceitável, e ela era a maior fraqueza que eu tinha.

Stella olhou para mim com uma cara irritada.

— Você sempre tem que falar de morte.

Dei risada.

Continuamos andando até chegarmos ao mirante. Aninhado no alto das colinas e escondido do movimento de turistas, ele oferecia um ponto de vista perfeito dos prédios em tons pastel e do mar azul lá embaixo.

Stella apoiou a cabeça no meu ombro e olhou para a paisagem com um ar sonhador.

— Estou apaixonada por este lugar.

Passei um braço em torno de sua cintura e a puxei para mais perto. Meus olhos descansaram na linha delicada de seu perfil, traçando um caminho desde os cachos escuros que dançavam em torno do rosto até o brilho dos olhos e a curva dos lábios.

Não ligava muito para arte, mas, se pudesse imortalizá-la neste momento como uma pintura, não pensaria duas vezes.

O sol poente projetava um brilho maravilhoso sobre a ilha, mas eu não estava interessado na vista. Continuei olhando para Stella.

— Eu também.

Stella

Meu relacionamento com Christian podia ser medido em alterações gradativas. Começara quando eu tinha me mudado para o Mirage e fora avançando centímetro por centímetro: nosso quase beijo, a confissão dele, o jantar com a família, Havaí, nosso beijo de verdade e milhões de outros momentos que tinham nos transformado de estranhos em algo muito maior.

Mas nosso tempo na Itália, especialmente depois do que dividimos sobre a família dele, me dava a sensação de ser mais que uma mudança incremental.

Era como um ponto crucial de transformação.

Talvez esse ponto crucial devesse ter sido a primeira vez em que transamos, ou quando decidimos namorar oficialmente, mas Christian nunca revelara tanto sobre ele mesmo quanto nesse período em Roma. E não tinha sido qualquer coisa; fora uma parte crucial de sua formação, algo que o havia transformado em quem ele era hoje.

Ele finalmente se abrira. Seu passado era feio e complicado, mas era real, e isso era tudo que eu podia pedir.

Virei a cabeça e vi Christian ajustar alguma coisa no painel de operação do barco.

Eu o tinha visto pilotar um barco uma vez no Havaí, mas aquilo tinha sido no escuro. À luz do sol, vestido apenas com um calção de banho Tom Ford e exibindo quilômetros de pele bronzeada, ele parecia um deus grego que havia descido do Olimpo.

— Você devia navegar mais vezes. — Eu me espreguicei ao sol. — É sexy.

Eu teria vergonha de dizer isso a qualquer outra pessoa, mas não precisava me preocupar quando era com Christian. Podia dizer qualquer coisa, ele nunca me julgava ou ria de mim.

O humor iluminou seus olhos.

— É bom saber. — O timbre rouco e profundo da voz dele provocou um delicioso arrepio em minhas costas.

Estávamos ancorados na costa de Capri, nossa última parada na Itália.

Não havia ninguém ali além de nós, uma brisa suave e o aroma leve de filtro solar de coco e do ar salgado do mar. As famosas rochas Faraglioni se erguiam ao longe como sentinelas emergindo das profundezas azuis do mar Tirreno, e o balanço suave do barco dava ao cenário uma qualidade de sonho.

Na verdade o mês inteiro havia sido um sonho, e eu tinha medo de acordar e descobrir que tudo não passara de um produto da minha imaginação.

Havia magia na realidade, mesmo que temporária.

— Está pensando demais outra vez. — Christian sempre sabia quando eu descia pelos caminhos sombrios da minha mente.

— Não consigo evitar — admiti. — É minha configuração padrão.

Ele se acomodou ao meu lado e enlaçou minha cintura com um braço musculoso.

— Em que você está pensando?

— Que isso não parece real — respondi em voz baixa. — É bom demais para ser verdade.

Cada vez que alguma coisa boa acontecia comigo, algo terrível espreitava das sombras, esperando para me tirar da onda.

Meu relacionamento com Christian era perfeito até agora, mas uma parte minha esperava pelo inevitável tombo.

— É real. — Ele beijou a base do meu pescoço. — E, se não for, vou encontrar um jeito de tornar realidade. — Seus beijos desenharam uma trilha de fogo do pescoço até minha boca. — Não tem nada que eu não faça por você, Stella.

Meu coração se expandiu tanto e tão depressa que pensei que poderia explodir.

— Eu sei — sussurrei.

Christian beijou de leve minha boca, antes de deslizar a mão pelo meu quadril.

— Ótimo. Agora... — Ele engachou um dedo na tirinha do biquíni. — Vamos acalmar essa sua cabeça hiperativa?

O clima mudou. O calor sufocou a emoção mansa de um momento atrás, e de repente minha pele quente não tinha nenhuma relação com o sol que queimava lá no alto.

Levantei uma sobrancelha tentando parecer descolada.

— E como você propõe que a gente faça isso?

O sorriso carregado de malícia que ele me lançou me envolveu como uma nuvem sensual de fumaça.

— Tem um monte de corda no barco, Borboleta.

A sugestão pulsou com insistência dolorosa entre minhas coxas. Ele sabia que eu gostava de ser amarrada, mas...

— Aqui? — reagi, chocada.

Estávamos em mar aberto. Não havia ninguém por perto, mas alguém poderia aparecer a qualquer momento.

— Ninguém vai ver a gente. Garanto. — Christian me observava atento, com os olhos que eram como poços de âmbar com respingos de ouro à luz do sol. — Confia em mim?

Meu coração acelerou com o nervosismo, mas, depois de um longo segundo de hesitação, assenti.

Se ele dizia que ninguém nos veria, ninguém nos veria.

Eu jamais diria isso a ele porque não queria inflar seu ego nas proporções de Júpiter, mas estava convencida de que Christian poderia trazer as estrelas do céu se quisesse.

Minha resistência derreteu quando senti o primeiro pedaço de corda envolvendo meus pulsos. Eu tinha despido o biquíni por ordem dele, e estava deitada de barriga para cima no banco estofado no fundo do barco, onde ele tinha amarrado meus pulsos juntos acima da cabeça.

Quanto mais apertadas as amarras, mais molhada eu ficava.

Antes eu sentia vergonha das minhas propensões sexuais, mas estar com Christian pusera fim à maioria das minhas preocupações. Ele nunca me fizera sentir mal em relação ao que eu queria na cama. Ele me tirava da zona de conforto e acolhia minhas fantasias tão completamente que eu as sentia como algo normal (e *eram mesmo*, de acordo com a pesquisa que eu tinha feito na internet, mas havia uma diferença entre saber alguma coisa e sentir essa coisa).

Mesmo assim, meu corpo ficou tenso com a surpresa de ver a echarpe de seda nas mãos dele.

— Se quiser que eu tire, é só falar — Christian avisou.

— Ok. — Minha voz soou mais aguda que o normal.

Eu nunca tinha sido vendada durante o sexo. Pensar em não enxergar o mundo à minha volta fez meu estômago se contrair, mas a tensão diminuiu quando ele amarrou a echarpe sobre meus olhos.

A sugestão de luz do sol atravessando a seda fina foi suficiente para me ajudar a relaxar.

— Espere.

E eu esperei.

Ouvi Christian se movendo pelo barco, mas ele não me tocava.

Na ausência do estímulo visual, todos os meus pensamentos se voltaram para como eu estava vulnerável naquele momento. Com as mãos amarradas, os olhos cobertos, o corpo nu e exposto ao seu olhar.

Ele poderia fazer o que quisesse comigo.

A ansiedade me fez arrepiar.

Ouvi um *clinc* suave e passos se aproximando.

Meus músculos se enrijeceram, esperando...

Uma resposta abafada de surpresa escapou quando alguma coisa fria foi pressionada entre meus seios.

Um cubo de gelo.

Não tocou os mamilos, mas eles endureceram imediatamente com a proximidade da fonte de frio.

— O dia está quente — Christian comentou, preguiçoso. — Você precisa se refrescar antes de a gente começar.

Fiquei ofegante quando ele deslizou o cubo de gelo até minha barriga e de volta, repetindo o trajeto até o gelo derreter em minha pele.

Ouvi outro *clinc*, e depois senti um cubo de gelo no mamilo.

Meu corpo inteiro se arrepiou.

Os mamilos não estavam apenas endurecidos; quase doíam com o anseio quando ele os contornava e massageava com a pedra fria.

Quando eu já não aguentava mais, quando prazer e dor queimavam de um jeito insuportável, o calor molhado da boca de Christian substituiu o gelo.

A repentina mudança na temperatura espalhou ondas de choque por meu corpo.

— *Christian* — arfei. — Ai, Deus.

Não era só o gelo, as cordas apertando meus pulsos ou o jeito como eu me contorcia e resistia que tornava tudo tão erótico. Era o jogo entre quente e frio, a intensificação dos sentidos em consequência da venda, e a maneira como ele se dedicava sem pressa a despertar cada centímetro do meu corpo.

O pescoço, os seios, a barriga... quando ele mudou de posição para alcançar o meio das minhas pernas, eu já estava molhada, resultado da excitação e do gelo.

Um barulho que era meio gemido e meio grito escapou da minha garganta quando ele esfregou um cubo no meu clitóris inchado.

— Você tem a buceta mais bonita que eu já vi — Christian gemeu. — Abre mais para mim, meu bem.

Abri mais as pernas e ele introduziu o gelo em mim enquanto chupava o clitóris.

Um cubo de gelo. Uma lambida. Dedos beliscando um mamilo.

E foi o suficiente.

Minha boca se abriu em um grito silencioso e o orgasmo explodiu atrás dos meus olhos e desceu pelo corpo em ondas elétricas. As sensações eram tão intensas que roubavam minha capacidade de gritar, arfar ou fazer qualquer coisa além de arder em um fogo tão poderoso que desintegrei ali mesmo, no convés do barco.

Sem pensamentos, sem palavras, só um monte de prazer.

O orgasmo se prolongou pelo que pareceu uma eternidade, mas, quando finalmente perdeu força, os sons retornaram em uma onda ensurdecedora.

Afundei mais no banco estofado, sentindo o peito arfar com a respiração pesada.

Estava tão atordoada que não ouvi Christian mudando de posição até que ele apoiou minhas pernas sobre seus ombros.

— Você fica linda amarrada e vendada. — A ponta do seu pau roçou meu sexo ainda sensível, e sua voz soou mais rouca. — Não tem ninguém por perto, Stella. Posso te fazer gritar quanto eu quiser. Foder essa buceta o quanto ela aguentar, até você gozar no meu pau.

Um gemido de desejo brotou do meu peito.

Eu tinha acabado de ter um orgasmo, mas *precisava* dele dentro de mim.

Eu amava quando ele usava os dedos e a boca, mas não havia nada melhor que a sensação de Christian me alargando e preenchendo.

A parte mais íntima dele na minha parte mais íntima.

Nada mais se comparava a isso.

— Gosta disso, não é? — ele provocou. — Gosta de pensar em mim dentro dessa bucetinha apertada enquanto está indefesa, amarrada?

— Sim, por favor — pedi. — Me fode.

Mais um gemido.

Uma pausa.

E depois a penetração, quando ele me fodeu como pedi.

Não, fodeu não: ele me destruiu, me virou do avesso com seu toque e suas palavras.

Meu corpo estava praticamente dobrado ao meio, com os tornozelos quase tocando as orelhas e as mãos amarradas sobre a cabeça enquanto Christian me penetrava.

Brutal. Implacável. Perfeito.

Cada penetração me fazia escorregar em direção à beirada do banco, e meu mundo se tornou uma névoa de sexo, suor e calor.

A venda tornava tudo duas vezes mais intenso – a sensibilidade da pele, a sensação do membro dentro de mim, os sons de gritinhos e gemidos entrecortados misturados aos grunhidos dele e aos tapas obscenos de carne batendo em carne.

Eu queria o alívio, mas não queria que isso acabasse nunca.

As mãos de Christian apertaram meus tornozelos quando ele os empurrou para trás, me forçando a dobrar o corpo ainda mais.

Eu era flexível o bastante para não sofrer por isso. No entanto, a posição permitia que ele penetrasse mais fundo ainda, e não consegui conter um grito abafado provocado pela nova sensação.

A dor no centro do meu corpo atingia um nível excruciante.

— Tão apertada. Tão molhada. Tão *minha*. — Um arrepio me percorreu quando ouvi a sombra possessiva em sua voz. — Goza pra mim, Stella.

Totalmente enterrado dentro de mim, ele usou uma das mãos para beliscar meu clitóris.

Dessa vez os gritos ecoaram no ar sensual quando meu corpo estremeceu com a força do clímax. Gozei tão forte que lágrimas brotaram dos meus olhos e desceram pelo rosto por trás da venda.

— Boa menina.

Christian beijou as lágrimas e diminuiu o ritmo das penetrações, prolongando meu alívio até extrair de mim até a última gota de prazer.

Só quando meu corpo relaxou depois do clímax, ele também gozou com um gemido alto.

Ficamos ali por um tempo, ofegantes e satisfeitos. Quando finalmente voltamos a respirar em um ritmo normal, ele saiu de dentro de mim e removeu a venda.

O mundo explodiu em cor novamente, e eu pisquei algumas vezes para me ajustar à luz.

— Espero que isso tenha ajudado a afastar esses pensamentos exagerados. — Christian desamarrou minhas mãos, e o comentário casual contrastou com a selvageria com que ele tinha acabado de transar comigo.

Dedos mansos acariciaram a área onde a corda marcara meus pulsos, e a carícia se prolongou até o vergão pálido ficar ainda mais claro.

— Sim. — Ri ofegante. — Melhor tipo de tratamento.

Christian apareceu no meu campo de visão, corado depois da nossa sessão recente. De algum jeito, ele estava ainda mais lindo que antes.

Suas sobrancelhas arquearam sob meu olhar atento.

— Que foi?

— Nada. — Meu sorriso ficou mais largo. — Absolutamente nada.

Não queria me mover, mas me obriguei a sentar e vestir o maiô, para o caso de encontrarmos outros barcos mais tarde.

Christian sentou ao meu lado, passou um braço sobre meus ombros, e me aninhei junto dele.

O balanço manso do barco, o som baixo das ondas, a satisfação sonolenta no ar...

Eu não poderia ter pedido uma tarde mais bonita.

Passei a mão lentamente pelo peito e abdome de Christian. Raramente tinha a chance de apreciá-lo desse jeito. Era sempre ele que cuidava de mim, não o contrário.

Descansei a mão em seu peito e beijei a curva do ombro, fui beijando até o pescoço e subi para o queixo.

Christian continuava relaxado, me deixando explorar seu corpo sem pressa.

O mundo o via como um CEO rico e bonitão, o que ele era. Mas havia outra camada de Christian Harper sob a aparência cuidadosamente cultivada.

Eu a via no jeito como ele olhava para mim, como se eu fosse a coisa mais linda que já vira.

Eu a ouvia em como ele me incentivava e apoiava.

Eu a sentia em como ele me abraçava, como se não quisesse me soltar nunca mais.

Beijei o canto de sua boca, e meu coração disparou por algum motivo que não conseguia identificar.

Homens ricos e bonitos eram agulhas no palheiro, mas homens com um coração como o dele eram uma raridade.

Ele não era perfeito, mas era perfeito para mim.

Meus lábios tocaram os dele uma vez. Duas.

Talvez fosse o sol, o clima tranquilo de sonhos depois de um mês na Itália ou a persistente euforia pós-orgasmo.

O que quer que fosse, isso abria uma garrafa escondida de coragem que transbordou na minha boca e empurrou para fora três palavras.

— Eu te amo — sussurrei.

Sabia que ele não acreditava em amor.

Sabia que havia uma grande chance de ele não responder do mesmo jeito.

Mas precisava falar mesmo assim.

Era hora de parar de me conter, de não fazer as coisas que queria fazer por me preocupar com o jeito como as pessoas *poderiam* reagir.

O corpo inteiro de Christian enrijeceu como se ele fosse uma estátua. Ele parecia ter parado até de respirar.

Levantei a cabeça. Uma tempestade sombria e tortuosa se formava em seus olhos e carregava o ar com eletricidade.

— Stella... — A voz áspera envolveu meu coração como uma trepadeira. — Não mereço seu amor.

— Você merece mais que ninguém. — Seu coração retumbava embaixo da minha mão. — Eu não espero que responda do mesmo jeito. Só queria que você soubesse.

O peito dele subia e descia com o esforço de respirar. Christian segurou minha nuca e colou a testa à minha.

— O dia em que te conheci — ele disse — foi o dia de maior sorte na minha vida. Você sempre foi a parte mais brilhante do meu mundo, Borboleta. E sempre vai ser.

A profundidade da emoção em suas palavras fez meus olhos arderem.

— Nunca pensei que você fosse o tipo de homem que acredita em sorte.

— Acredito em tudo que tem a ver com você.

Inclusive em amor.

A implicação ressoou no timbre de sua voz e no jeito como ele me beijou, como se estivesse se afogando e eu fosse a única fonte de oxigênio. Vital. Preciosa. Amada.

Derreti em seu abraço e me deixei carregar por ele, como sempre acontecia.

Christian tinha suas ressalvas em relação à palavra que começa com A, então eu entendia sua dificuldade de fazer declarações em voz alta.

Mas eu não precisava ouvi-la, quando a *sentia*. E minha convicção no nosso amor era tão forte, minha euforia por ter me declarado era tão grande, que tudo isso silenciara as vozes baixas e insidiosas que sussurravam que, quanto mais alto se sobe, maior é o tombo.

CAPÍTULO 40

Stella

Infelizmente, todo sonho chega ao fim.

O passeio de barco em Capri foi nosso último dia na Itália, antes de Christian e eu voltarmos para a cidade de Washington com duas malas novas cheias de presentes e suvenires, com minha declaração nos seguindo.

A antiga eu teria se sentido constrangida por ter dito aquelas palavras e não as ouvir de volta, mas a nova eu (mais ou menos nova, porque ainda havia partes da antiga eu ali) se sentia mais confortável deixando as coisas acontecerem a seu tempo.

Dito isso, nosso retorno à cidade foi chocante depois da Itália, mais que depois do Havaí. Depois de um mês fora, Christian foi envolvido imediatamente pelo caos do trabalho, e eu passei uma semana organizando e-mails, correspondência e tarefas que tinham se acumulado durante nossa ausência.

Visitei Maura, trabalhei no plano de marketing, saí para beber com Ava e Jules e resolvi um milhão de coisinhas.

O ajuste à minha vida diária normal foi mais difícil, em parte porque tinha passado muito tempo fora, em parte porque, dessa vez, eu tinha *muito mais* coisas para fazer.

Quando a semana acabou, eu estava cansada, azeda e precisando desesperadamente de uma sessão bem longa de ioga restaurativa.

Decidi ir com calma naquela segunda-feira, e estava fazendo meu smoothie matinal de sempre quando meu celular acendeu anunciando uma chamada.

— Alô?

— Oi, Stella, é Norma.

Minha mão parou sobre o liquidificador.

Norma era uma das minhas enfermeiras favoritas no Greenfield, mas ela não telefonaria do nada a menos que tivesse acontecido alguma coisa.

Deixei a caneca de gelo em cima da bancada e enrolei o colar no dedo.

— Maura está bem?

Ela parecia bem ontem, quando tinha ido visitá-la, mas qualquer coisa poderia ter acontecido depois disso. Um surto, um tombo, uma batida de cabeça...

Os piores cenários começaram a desfilar em minha cabeça.

— Fisicamente, sim. — A voz tranquila de Norma dizimou parte do meu nervosismo. — Mas hoje de manhã ela, hã, se lembrou do que aconteceu com Phoebe e Harold.

Do nada, o nervosismo voltou.

— Ah, não.

Isso não acontecia com frequência, mas, sempre que Maura se lembrava do marido e da filha, ficava extremamente agitada. Na última vez que acontecera, ela tinha jogado um vaso em uma enfermeira. Se tivesse usado toda a sua força, a enfermeira estaria em coma.

— Como eu disse, agora ela está bem — Norma garantiu. — Infelizmente tivemos que sedá-la.

Meu estômago se contraiu. Eu havia deixado uma solicitação no Greenfield para ser informada sempre que sedassem Maura. Não era uma medida que eles tomavam sem bons motivos. Sedação significava que o dia havia sido *muito ruim*.

— Vou para aí imediatamente. — Já estava na metade do caminho para a porta quando Norma me fez parar.

— Não é necessário. Eu sei que você quer vê-la, mas ela está dormindo, e você esteve aqui ontem. — Sua voz ganhou uma nota mais suave. — Só telefonei para dar a informação. Não se preocupe muito com isso, meu bem. Essas coisas acontecem e estamos com tudo sob controle. Garanto.

Ela estava certa. Por mais que eu odiasse pensar em deixar Maura sozinha depois de ela ter estado tão perturbada, o Greenfield tinha uma excelente equipe de profissionais. Eram pessoas treinadas para lidar com situações desse tipo e que podiam cuidar dela melhor que eu.

— Certo. — Forcei um sorriso, embora Norma não pudesse me ver. — Obrigada por ter ligado. Por favor, me avise se houver mais novidades.

— É claro.

Desliguei e cumpri de maneira mecânica as etapas de terminar meu café da manhã, mas estava distraída demais para sentir o sabor de alguma coisa.

Talvez devesse dar um pulo no Greenfield, de qualquer maneira...

Meu celular vibrou de novo, e dessa vez era uma mensagem que provou que o dia podia, de fato, ficar pior.

Natalia: Stella
Natalia: Que diabo é isso?

Ela anexou à mensagem uma foto da minha sessão no Havaí. A campanha impressa da Delamonte tinha sido finalmente lançada, junto com meu perfil no *Washington Weekly*. Julian fizera um excelente trabalho, e Luisa havia ficado muito satisfeita. Ela me mandara um e-mail no dia anterior elogiando a matéria.

Aparentemente, minha família estava menos eufórica.

Eu conseguia entender o motivo do choque. Na foto enviada por Natalia, eu estava de costas para a câmera sem a parte de cima do biquíni.

A parte de baixo cobria o necessário, mas nenhum centímetro a mais.

A composição era artística, nada vulgar, mas ainda era a coisa mais escandalosa em que um Alonso já estivera envolvido, provavelmente.

Eu: Uma foto.

Não estava com paciência para dar explicações.

Sempre soubera que minha família ia surtar com as fotos do Havaí, mas não me importava. Não tínhamos voltado a nos falar desde o jantar, quase três meses antes. Talvez fosse orgulho e teimosia nos mantendo distantes, ou eu sempre estivera certa. Eles não poderiam se importar menos com minha participação na família.

Só davam importância ao que estava fazendo se isso os constrangia. Eu não estava nem um pouco surpresa com o fato de a primeira mensagem de Natalia em meses envolver críticas.

Natalia: Você está NUA!
Natalia: A mamãe e o papai estão surtando!

Eu: Estou SEMInua. E, se a mamãe e o papai estão surtando, eles podem falar comigo sem intermediários. São adultos. Não precisam de você fazendo o papel de menina de recados o tempo todo.

Estávamos trocando mensagens, mas eu podia praticamente ouvir o silêncio chocado.

Eu tinha passado a vida toda fazendo o que minha irmã queria e me deixando manobrar por ela. Estava cansada disso.

Se meus pais tinham um problema comigo, que falassem na minha cara.

E, se Natalia tinha um problema com isso, ela que enfiasse o problema você sabe onde.

Os três pontinhos indicando que ela estava digitando apareceram, desapareceram e apareceram de novo.

Natalia: Não sei o que deu em você ultimamente, mas não é bonitinho. VOCÊ É adulta, Stella, comporte-se como tal.
Natalia: E seminua não é muito melhor que completamente nua.
Natalia: Papai é chefe de gabinete de um secretário de Estado. Como você acha que isso vai afetá-lo?

A irritação cravou as garras em mim.

Argumentar com Natalia era tipo discutir com uma parede. Ela nunca recuava ou tentava ver o lado da outra pessoa. Estava sempre certa, e todo mundo estava sempre errado.

Em vez de responder à mensagem, liguei para ela.

Quando ela atendeu, nem dei chance para minha irmã falar.

— Eu. Não. Dou. A. Mínima. — Desliguei e deixei o celular no silencioso.

Estava me comportando como uma menina birrenta? Talvez.

E me arrependeria da pequena crise de birra mais tarde? Provavelmente.

Mas lidaria com isso quando chegasse a hora. Por enquanto, chocar minha irmã a ponto de deixá-la sem resposta era o momento mais radiante da minha manhã.

Mesmo assim, não conseguia me concentrar no trabalho, por isso vesti uma camiseta velha, um short, e me dediquei à única coisa que me fazia sentir melhor quando estava muito estressada: faxina.

Comecei na cozinha e fui limpando a cobertura toda, tirando o pó e passando pano em cada cantinho. Nina fazia a limpeza uma vez por semana, mas a última visita dela fora cinco dias antes, o que significava que tinha muita coisa para fazer.

Minhas amigas achavam que essa era uma tática estranha de alívio do estresse, mas era uma tarefa produtiva perfeita para quem não queria pensar. Além do mais, cada vez que passava o pano úmido em uma superfície empoeirada, era como se eu removesse energia estagnada, o que era um bônus.

Depois de um tempo, cheguei ao escritório de Christian.

Hesitei na frente da porta fechada.

Só entrava no santuário dele para molhar as coitadas das plantas, o que continuara fazendo mesmo depois de me mudar. Ele tinha se oferecido para contratar outra pessoa para fazer o serviço, mas eu tinha me apegado a elas.

Christian não se incomodaria se eu entrasse quando ele não estava lá, não é? Ele sabia que eu entrava para molhar as plantas. Se não me quisesse lá dentro, teria falado.

Depois de mais um instante de hesitação, abri as portas.

Passei mais tempo no escritório de Christian do que em qualquer outro lugar, porque tomava todo o cuidado para colocar tudo de volta nos lugares exatos depois de limpar.

O aposento era monocromático, com paredes em um tom claro de cinza. Cadeira de couro preto e a grande mesa de vidro e metal. Até o globo no canto era preto e cinza.

Aparentemente ele era tão avesso à cor quanto à arte.

— Christian ainda não sabe, mas você vai ganhar um pouco de vida — disse à mesa. Em cima dela havia apenas um notebook, dois monitores enormes, um peso para papel e um porta-lápis cinza mate contendo quatro canetas Montblanc idênticas. — Em algum momento.

Tirei o pó da superfície, e estava tão ocupada tentando decifrar o que era o peso de papel (um jaguar? Um barco? Um gato deformado?) que o derrubei acidentalmente sobre o porta-lápis.

Eu me ajoelhei para pegar as canetas, mas calculei mal a distância entre o chão e a mesa e bati a cabeça na parte de baixo dela quando me levantei.

— Ai! — gritei ao sentir a explosão de dor.

Talvez os planetas estivessem desalinhados, porque hoje não era meu dia.

Esperei a tontura passar antes de me levantar de novo. Dessa vez deslizei a mão pela lateral da mesa quando fiquei em pé para não repetir o erro.

É por isso que não posso ter uma mesa de vidro. Elas se fundiam bem demais com o ambiente.

Meus dedos tocaram uma pequena saliência, mas não prestei muita atenção nela, até ficar em pé e ver que uma das gavetas tinha aberto.

Parecia diferente das outras. Menor, feita de metal preto em vez de cinza, e aninhada dentro de uma gaveta maior cheia de materiais de escritório.

Um compartimento secreto.

— Ai, meu Deus. — Olhei para aquilo incrédula.

Eu sabia que Christian tinha todo tipo de equipamentos e utensílios à sua disposição, mas uma *gaveta secreta*? Sério? Pensei que essas coisas só existissem nos filmes.

Devia fechá-la e continuar a limpeza. Provavelmente a gaveta guardava informação confidencial que não era da minha conta, mas a curiosidade me venceu.

Uma *espiadinha* não faria mal, certo? Além do mais, o conteúdo parecia ser inofensivo. Eram só pastas pretas comuns.

Peguei a pasta do alto da pilha e a abri.

Tive a impressão de que eram só documentos chatos até meus olhos se depararem com o nome no alto da página.

Stella Alonso.

Pisquei duas vezes para ter certeza de que enxergava direito, mas, por mais que eu olhasse, as palavras não se alteravam.

Li o resto da página rapidamente e percebi que não eram só textos aleatórios sobre escolas, aniversários e hobbies. Era sobre *mim*.

Tudo sobre minha vida – meu aniversário, meus amigos, meus hobbies e onde estudara desde a pré-escola até a faculdade, tudo registrado em preto e branco.

Por que Christian teria uma pasta sobre mim? Para estudar meu passado e tentar identificar o homem que me perseguia?

Eu já tinha contado a ele tudo que sabia, mas talvez ele tivesse receio de eu esquecer alguma coisa.

No entanto, quando olhei o restante das folhas dentro da pasta, constatei que não era nada disso.

Minha vida inteira estava detalhada naquelas páginas. Tudo, de informações básicas, como a ocupação dos meus pais, aos meus pratos favoritos, cursos extracurriculares e o professor predileto na faculdade. Ele mantinha até uma lista das pessoas com quem já tinha saído.

Eu vou vomitar.

A bile revestia minha garganta, mas deixei a pasta em cima da mesa e peguei outra, a segunda da pilha, com mãos trêmulas.

Era pior que a primeira. Dossiês completos não só sobre mim, mas sobre todo mundo que fazia parte da minha vida, família, amigos, Maura e ex-namorados.

A terceira pasta continha uma coleção de mídias: fotos da minha formatura na faculdade, um artigo no *Thayer Chronicle* sobre o festival de doação de alimentos que organizei e uma foto minha no primeiro desfile de modas a que compareci e que fora publicada em um site de fofocas sobre influencers anos antes, para citar algumas.

As fotos e artigos eram de domínio público. Não havia fotos particulares ou espontâneas, tiradas sem que eu soubesse, mas ver todo esse material reunido com o restante dos meus arquivos me fez ter ânsia.

Por um segundo, pensei que ele poderia ser o stalker, mas isso não fazia sentido. Eu também conhecia Christian o suficiente para saber que ele não me aterrorizaria como meu perseguidor aterrorizava.

Não o suficiente para imaginar que ele mantivesse um dossiê sobre sua vida inteira, cantarolou uma voz sorrateira em minha cabeça.

Talvez Christian tivesse um bom motivo para manter os arquivos, mas ainda era uma enorme invasão de privacidade. Ele não tinha só xeretado minha vida; tinha investigado todo mundo que conheço.

Tinha feito isso sem o meu consentimento e escondido de mim.

Há quanto tempo será que ele tinha essas pastas? Dias? Semanas? *Meses?*

Meu estômago se revoltou, e quase não consegui chegar ao banheiro mais próximo antes de devolver o café da manhã.

Lágrimas enchiam meus olhos enquanto eu punha tudo para fora.

Na semana anterior, estávamos em um barco na Itália. Eu tinha dito que o amava, e ele me beijara como se me amasse de volta.

Sete dias pareciam toda uma vida... tempo suficiente para um sonho se tornar um pesadelo.

Talvez ele precisasse dessas informações para rastrear o perseguidor. Talvez quisesse ter certeza de que ninguém na minha vida era um serial killer. Talvez... talvez...

Eu me agarrava a esperanças minúsculas, mas só de pensar em Christian sentado atrás da mesa, bisbilhotando minha vida com a facilidade de alguém que faz uma pesquisa no Google...

Mesmo que ele não fosse o stalker, tinha atravessado muitos dos mesmos limites. Ultrapassado muitas das mesmas linhas.

Senti vontade de vomitar de novo. Já tinha esvaziado o estômago, por isso só sofri com espasmos secos debruçada sobre o vaso.

Tenho que sair daqui.

Ele só chegaria em casa dentro de algumas horas, mas eu não podia correr o risco de Christian sair mais cedo do escritório e me encontrar neste estado. Não conseguiria fingir que estava tudo bem quando sentia que nada estaria bem de novo, nunca mais.

Fiz um esforço para ficar em pé e limpei tudo antes de ir para o nosso quarto. Apesar de ter uma tonelada de coisas guardadas no quarto de hóspedes, praticamente me mudara para o quarto de Christian depois do Havaí.

Ele esvaziara uma parte do closet para mim, e ver minhas roupas penduradas ao lado dos conhecidos ternos escuros dava um nó doloroso em meu coração.

— *Seria legal se você usasse alguma coisa além de preto, cinza e azul-marinho, sabe?* — *Eu estava deitada na cama, enrolada no edredom e vendo Christian se vestir. Terno. Gravata. Relógio. Abotoaduras.*

Nunca pensei que ver um homem pôr abotoaduras seria sexy, mas ele fazia tudo parecer sexy.

— *Outras cores ferem meus olhos.*
— *Eu uso outras cores o tempo todo.*
— *É diferente. Eu amo tudo que você usa.*

Meu estômago deu uma cambalhota, e eu caí novamente sobre o travesseiro com um suspiro.

— *Não é justo encerrar todas as discussões dizendo essas coisas.*

A risada de Christian ficou ecoando no quarto por muito tempo depois que ele saiu.

A lembrança me fez sorrir, mas o sorriso desapareceu quando a minha realidade atual se impôs novamente.

As pastas. Os segredos. A necessidade de sair daqui antes de ele voltar para casa.

Não conseguiria olhar para ele agora, não quando minhas emoções estavam à flor da pele e tão confusas.

Precisava de um tempo longe dele para pensar e de espaço para processar.

Forcei o olhar a desviar do lado dele no closet e joguei o essencial dentro de uma valise. Algumas trocas de roupa, produtos de higiene pessoal e o sr. Unicórnio, que peguei a caminho da saída.

No último minuto, rabisquei um bilhete rápido para Christian e o deixei em cima da mesa do escritório. Isso e as pastas deveriam ser autoexplicativas.

Eu não estava pronta para falar com ele, mas me preocupava com o que ele poderia fazer se chegasse em casa e descobrisse que eu havia sumido sem deixar rastro.

Agarrei o sr. Unicórnio contra o peito quando peguei o elevador para descer. Não me importava se era uma adulta andando por espaços públicos com um bicho de pelúcia. Ele era o único macho que nunca me decepcionara.

Eu sabia que Brock estava de olho em mim e que ele alertaria Christian sobre meu paradeiro, mas lidaria com isso mais tarde.

Por ora, só havia um lugar para onde eu poderia ir que era quase tão seguro quanto o apartamento de Christian costumava ser.

— Ava? — Liguei para ela quando saía do prédio. Minha voz tremia, mas eu me recusava a chorar. *Aqui não, agora não*. — Posso ir até aí? Aconteceu... uma coisa.

CAPÍTULO 41

Christian

O STALKER TINHA SE ESCONDIDO DE NOVO DURANTE NOSSA VIAGEM À Itália, como eu esperava. Era isso que eu queria; precisava tirá-lo do caminho enquanto resolvia o problema na empresa.

Alex não havia relatado nada suspeito enquanto eu estivera fora, mas o instinto me dizia que o stalker estava planejando algo maior que algumas cartinhas idiotas e queria passar despercebido até poder pôr o plano em ação.

A carta para mim fora um deslize, provavelmente. Um erro provocado pelo ego, que o induzira a provar que não estava com medo de mim e não ia desistir.

No entanto, eu precisava encontrar e eliminar o traidor antes de poder lidar com ele efetivamente.

O torneio anual de pôquer da Harper Security aconteceria em poucas semanas. Era a época do ano em que quase todos os funcionários podiam se reunir em um lugar para uma noite de diversão e lazer. As únicas pessoas que não podiam ir eram aquelas envolvidas em serviços de longa duração, mas meus suspeitos não faziam parte desse grupo. Tomei providências nesse sentido.

Afrouxei a gravata quando entrei no elevador para subir ao meu apartamento. Ultimamente o trabalho andava um show de horrores, e as noites com Stella eram a única coisa que me mantinha lúcido.

Eu te amo.

Meu coração disparou com a lembrança.

Fazia uma semana que Stella virara meu mundo de cabeça para baixo, e eu ainda tentava me recuperar do impacto.

Eu continuava repetindo para mim mesmo que não acreditava em amor, que o que sentia por ela *não era* amor, mas ela tinha estilhaçado essa ilusão com uma frase.

No minuto em que disse aquelas palavras e olhou para mim com aqueles lindos olhos verdes, eu enxerguei a verdade.

Estava apaixonado por ela.

Tinha acontecido lentamente. Pouco a pouco, peça por peça, como um quebra-cabeça se formando, até eu não poder mais negar ou ignorar.

Eu acredito em tudo que tem a ver com você.

Isso foi o máximo que me aproximei de admitir a verdade em voz alta. Uma das minhas crenças fundamentais na vida tinha sido quebrada, e eu não tivera tempo para processar essa quebra.

Quando dissese as palavras, queria que fossem reais. Sinceras.

As portas do elevador se abriram.

Atravessei o corredor e entrei na cobertura, mas parei dois passos além da porta. Senti um arrepio de alerta.

Havia uma imobilidade estranha no ar. Normalmente Stella estava na sala de estar tirando fotos ou trabalhando na coleção de roupas. Mesmo que ela estivesse em outro lugar, eu *sentia* a presença dela quando chegava em casa. Sua presença afetuosa e relaxante enchia todo espaço onde ela se encontrava.

Essa presença havia desaparecido, substituída pelo aroma cítrico de desinfetante.

Não era dia de Nina limpar a casa, então Stella devia ter feito a faxina. Ela só fazia isso quando estava particularmente estressada.

Acelerei os passos e verifiquei seus aposentos favoritos. Ela não estava na biblioteca, no quarto ou na cozinha, nem estava na varanda da cobertura, onde normalmente fazia ioga. Não tinha nenhuma mensagem dela no meu celular, ela não atendera quando tinha ligado.

— Stella? — chamei. Minha voz estava calma, apesar dos primeiros sinais de pânico.

Nenhuma resposta.

Ela está bem.

Provavelmente tinha saído para respirar ar fresco ou fazer um lanche. Se houvesse algum problema, Brock teria falado comigo.

Meu Deus, por que está tão quente aqui dentro?

Arregacei as mangas da camisa. O ar-condicionado estava ligado, mas eu me sentia queimando.

Virei para voltar à sala, mas vi uma coisa que me faz parar.

A porta do meu escritório estava aberta.

Eu *sempre* a fechava antes de ir trabalhar, e Stella nunca entrava lá, exceto para cuidar das plantas. Mesmo assim, ela fechava a porta quando saía.

Tirei a arma da cintura e entrei no escritório com o revólver na mão.

Um pressentimento gelado se espalhou pela minha nuca.

A primeira coisa que vi foi a papelada espalhada em cima da mesa, junto com três pastas pretas comuns, mas distintivas.

A segunda coisa que notei foi o bilhete escrito em sua caligrafia delicada.

Precisamos conversar sobre as pastas, mas não estou preparada. Volto quando estiver.

Resmunguei uma série de palavrões.

Não devia ter deixado os arquivos onde ela poderia encontrá-los, mas quisera mantê-los por perto e relutara em jogar o material fora, depois de todos esses anos.

E se ela viu e pensou...

— Stella! — Dessa vez meu pânico era audível.

Eu sabia que ela não estava ali, mas isso me impediu de sentir o vazio provocado pelo silêncio.

Puta merda, meu bem, onde você se meteu?

Eu me agarrei à esperança de que ela havia saído para organizar os pensamentos e voltaria naquela noite, mas entrei no quarto e verifiquei o que estava faltando.

As roupas favoritas. Os produtos de higiene pessoal. A merda do unicórnio.

Meu sangue rugiu dentro dos ouvidos.

Stella não saíra para passar a tarde fora.

Stella tinha ido embora, ponto.

Depois do surto inicial de pânico cego, eu me controlei e te-lefonei para Brock. A menos que Stella o tivesse despistado, e eu duvidava disso, ele devia saber onde ela estava.

Levei menos de um minuto para conseguir a localização. Ela estava em segurança, e ele achava que Stella tinha apenas ido visitar uma amiga.

Eu o teria rasgado e criado um novo Brock por essa dedução idiota (quem ia visitar uma amiga levando uma porra de unicórnio de pelúcia?) se não estivesse tão focado em alcançá-la o mais depressa possível.

É claro, ela tinha que escolher o único lugar onde eu não poderia entrar com facilidade e exigir vê-la.

— Volkov! — Esmurrei a porta. — Abre a merda da porta!

Fazia cinco minutos que eu estava batendo e tocando a campainha, e tinha perdido a paciência.

Eu fizera muitos serviços desagradáveis de tecnologia para Alex ao longo dos anos. A sujeira que eu sabia sobre ele seria suficiente para enterrá-lo vivo, e se o infeliz não abrisse a porta nos próximos trinta segundos...

A porta finalmente se abriu.

Em vez dos olhos verdes e frios de Alex, o que vi foi um metro e sessenta e cinco de pura desconfiança mal disfarçada.

— Ah, é você. — Uma ruga surgiu no rosto normalmente simpático de Ava quando ela me viu. — Está interrompendo nosso almoço.

— Quero falar com ela.

— Não sei de quem está falando.

Rangi os dentes.

— *Stella*.

Ava apertou a maçaneta. Ela se mantinha no meio da porta, me impedindo de entrar.

— Ela não está aqui.

— Mentira. Eu sei que ela está aqui. — Desisti da abordagem branda. — Sai daí, Ava, ou eu...

— Pensa bem antes de terminar essa frase, Harper. — Alex apareceu ao lado da noiva, e seus olhos eram como lascas de gelo verde quando estudaram minha aparência desgrenhada.

Gravata frouxa, sem paletó, cabelo em desalinho depois de eu ter passado as mãos nele muitas vezes. Nunca me apresentara tão desleixado desde que havia chegado à puberdade, mas não me importava.

Só uma coisa era importante para mim: ver Stella.

— Não vou sair daqui sem vê-la.

Encarei Alex, que sustentou meu olhar com uma expressão entediada. Ele não estava nem aí para os dramas de outras pessoas a menos que Ava estivesse diretamente envolvida, mas sabia como eu era teimoso.

Eu estava falando sério. Acamparia no corredor até falar com Stella.

Só precisava explicar.

Ela entenderia. Tinha que entender.

Alex olhou para Ava, que balançou a cabeça.

— De jeito nenhum. Você sabe o que ele fez, você ouviu! Ele... — Ava parou de falar, percebendo que tinha feito besteira.

A confirmação de que Stella estava lá dentro renovou minha determinação.

— Stella! — gritei.

Desespero e algo mais pesado, desconhecido, se instalou em meu peito. Medo.

Não temia que Stella estivesse correndo perigo físico, mas tinha medo de não a ver e perdê-la para sempre.

— Só quero falar com ela. — Não sabia nem se ela podia me ouvir, mas tinha que tentar. Eu...

— Vai embora. — Ava empurrou meu peito. Para alguém tão pequeno, ela era surpreendentemente forte. — Ela não quer te ver.

— Pessoal, tudo bem.

Todo mundo congelou ao ouvir a voz de Stella.

Olhei por cima do ombro de Alex e a vi.

Ela estava no meio da sala de estar, pálida. Não olhou para mim quando falou com Ava.

— Deixa ele entrar.

— Mas, Stel, e se ele...

— Só quero resolver isso — Stella a interrompeu. — Ele não vai fazer nada com vocês aqui.

Uma lança atravessou meu coração.

— Eu nunca te machucaria.

Ela não reconhecia minha presença.

Ava soltou a maçaneta e deu um passo para o lado com relutância evidente.

Passei por ela imediatamente e ignorei os olhares de alerta do casal quando segui Stella para o fundo do apartamento.

Ela começou a andar assim que entrei, mas eu a segui com facilidade até o quarto que devia ser dela. A valise estava no chão ao lado do unicórnio, e suas roupas cobriam a cama.

Senti um aperto no peito diante da cena. Essas coisas não deviam estar aqui. O lugar dela era comigo, na minha casa, não na merda do quarto de hóspedes da casa da amiga.

Stella fechou a porta e finalmente me encarou.

Agora que eu estava mais perto, vi o vermelho emoldurando os olhos e pintando a ponta do nariz. Pensar que eu era o responsável por suas lágrimas fez meu coração doer do jeito mais sofrido.

— Stella...

— Não. — Ela cruzou os braços na linha da cintura. — Só quero saber uma coisa: você é o stalker? — Sua voz tremeu na última palavra.

A cor sumiu do meu rosto.

— *Não*.

Eu tinha feito muitas coisas moralmente questionáveis e completamente horríveis na vida, mas nunca a aterrorizaria desse jeito.

— Então, por que tem aqueles arquivos sobre mim? — O queixo dela tremia. — A gente se conheceu no ano passado, mas aquelas fotos são de anos atrás. As informações sobre mim, meus amigos, minha família... que motivo você pode ter tido para cavar tão fundo?

O anel de turquesa pesava no meu bolso. Um símbolo dos segredos que guardara e das mentiras que contara.

— Porque a primeira vez que te vi não foi no dia em que você assinou o contrato de aluguel no Mirage — respondi. — Foi há cinco anos.

Stella ficou boquiaberta com o choque.

A verdade emergiu em fragmentos e partes depois de anos escondida.

— Eu estava sentado em uma mesa na calçada de um café em Hazelburg. Você estava passando por lá quando alguém pegou sua bolsa e correu. Eu não dei muita importância a um furto pequeno, mas fiquei suficientemente intrigado para observar a cena que se desenvolvia.

— Eu me lembro desse dia — Stella confirmou em voz baixa. — Era meu último ano da faculdade. Eu estava voltando para casa depois da aula.

Assenti.

— Uma pessoa que passava segurou o garoto, a polícia chegou e foi isso. Ou melhor, teria sido isso. Mas quando você descobriu que o menino tinha roubado sua bolsa porque queria dinheiro para comer, *deu* a ele todo o dinheiro que tinha na mão, em vez de registrar a ocorrência.

— *Tem certeza?* — *O policial olhava para a morena como se não conseguisse acreditar no que ouvia.* — *Quer dar o dinheiro para ele?*

— *Sim.* — *Ela olhou para o adolescente carrancudo. Ele a encarou de volta, mas vi em seus olhos um brilho de esperança.* — *O dinheiro é mais importante para ele do que para mim.*

— *Ele tentou roubar de você.* — *O policial parecia tão perplexo quanto eu me sentia.*

Encostei na parede de um prédio perto dali e rolei a tela do celular, mas minha atenção estava voltada para a interação que acontecia a menos de dez metros de distância.

Não sabia o que tinha me feito ficar depois que o garoto fora pego, mas estava feliz por ter ficado.

Tinha passado o dia todo entediado, mas aquilo... aquilo era interessante.

Por que caralho uma pessoa daria dinheiro à pessoa que tinha tentado roubá-la?

— Sim, eu sei — a morena respondeu, paciente. — Mas é só um garoto, e ele precisa do dinheiro. Não é necessário registrar ocorrência.

O policial balançou a cabeça.

— O dinheiro é seu.

Excluí o oficial da cena enquanto ele encerrava a ocorrência e olhei para a morena, fascinado.

Eu a ouvi se identificar quando a polícia chegou.

Stella Alonso.

Parecia ter vinte e poucos anos, e tinha cabelo escuro e cacheado, olhos verdes e um sorriso rápido, caloroso. Ela era linda, mas não era isso que me encantava.

Era a gentileza com que falava. O absurdo de sua atitude. O otimismo inabalável em seus olhos, mesmo quando uma tentativa de roubo à luz do dia deveria ter abalado sua fé na humanidade.

O jeito como ela reagiu não era o que eu esperava. Se havia uma coisa que nunca deixava de provocar meu interesse eram pessoas que subvertiam minhas expectativas.

Um sorriso distendeu meus lábios pela primeira vez naquele dia.

Depois de um tempo, o policial foi embora, não sem antes dar um tremendo sermão no adolescente. O garoto ainda ficou por ali como se quisesse dizer alguma coisa. Deve ter pensado melhor, porque escapou sem falar nada, sem sequer agradecer.

Stella não parecia perturbada.

Só ajeitou a bolsa pendurada no ombro e se afastou caminhando como se nada tivesse acontecido.

Quando foi embora, alguma coisa escorregou de sua mão.

Não a chamei para alertá-la sobre o objeto perdido. Em vez disso, esperei até ela desaparecer após cruzar uma esquina, e então fui pegar o anel de turquesa no chão.

Tirei o anel do bolso. A pedra normalmente era morna, mas agora eu a sentia fria na palma da mão.

Stella olhou para ele por um segundo, antes de inspirar bruscamente.

— Meu anel. Ele sempre caía, porque era grande demais. Pensei que... — Seus olhos encontraram os meus novamente. — Estava com você durante todo esse tempo?

Engoli em seco.

— Era uma lembrança sua.

Eu o mantivera como um lembrete da bondade de Stella. Uma lembrança de que, em meio à morte e ao caos, existia uma luz em algum lugar do mundo.

Durante alguns dias, essa luz tinha sido a única coisa que mantivera minha alma intacta.

— Fiquei fascinado — expliquei. — Você era um enigma, um quebra-cabeça que eu não conseguia resolver. Não entendia como alguém podia ser... bom o bastante para fazer o que você fez. Então, pesquisei seu passado.

Eu não conseguia ler a expressão de Stella, mas ela não dizia nada, então continuei.

— Comecei com informações básicas, mas foi crescendo até se tornar o que você viu. Quanto mais eu sabia sobre você, mais queria te conhecer.

Não queria. *Precisava*.

Ela era uma contradição viva, e tinha consumido meus pensamentos como nada e ninguém, antes ou depois, conseguira consumir.

A blogueira de moda que passava horas montando o look perfeito e a voluntária que dedicava seu tempo livre a recolher lixo nos parques.

A estrela das redes sociais que vivia colada no celular, mas estava sempre disponível para os amigos.

A introvertida que vivia sua vida sob o olhar do público na internet.

A calma e o caos, o silêncio e a tempestade.

A calma do meu caos, o silêncio da minha tempestade.

Eu passara cinco anos obcecado por Stella, e não conseguia me arrepender disso.

— Quanto tempo isso durou? — Stella finalmente perguntou, em um tom entorpecido.

Fechei a mão em torno do anel.

— Quase um ano.

— Um ano. — Ela empalideceu ainda mais. — Passou *um ano* me stalkeando?

— Não fiquei te stalkeando. Eu... — Culpa e frustração se enroscaram em meu peito. — Com exceção das informações sobre o passado, tudo que eu sabia era de conhecimento público.

Era uma desculpa esfarrapada.

Eu não a seguia fisicamente, mas usava todas as ferramentas ao meu dispor para vasculhar sua vida. Nada e ninguém em torno dela estava fora do meu alcance.

Não era stalkear no sentido tradicional, mas eu tinha ultrapassado limites imensos mesmo assim.

— Parei quando eu... — *Percebi que estava me apegando.* Mesmo assim, eu sabia que Stella era uma distração perigosa, e me ressentia contra o poder que ela detinha sobre mim. Era fascinante e frustrante ao mesmo tempo. — Parei depois disso — concluí. — Não procurei mais nada, e só sabia o que você postava nas redes. Não fazia ideia de que havia um stalker, o Greenfield ou qualquer coisa que você não tenha mencionado publicamente.

Precisara de toda a minha força de vontade para me manter fisicamente afastado, mas, por mais que eu tentasse esquecê-la, não conseguia.

Nunca trocara uma palavra com ela, e a mulher continuava a ocupar meus pensamentos por anos.

Então, em um golpe de sorte, a melhor amiga dela se apaixonara por Rhys, que indicara meu edifício para Stella, e o resto era história.

— Isso não muda o fato de você ter mentido para mim esse tempo todo. — Stella apertou mais os braços em torno da cintura. — Você me deixou acreditar que não nos conhecíamos.

— Porque *não* nos conhecíamos. Eu não devia ter mentido para você, mas não posso mudar o passado. Se eu tivesse contado o que fiz, você teria fugido.

Depois de desejá-la por tanto tempo, finalmente tinha Stella perto de mim, e não correria o risco de perdê-la.

— Vou destruir os arquivos — falei, desesperado, quando Stella continuou em silêncio. — Nunca mais vou olhar para eles, e podemos deixar isso no passado. — Cada palavra arranhava meu peito.

Sua risada amarga queimou meus pulmões.

— Não podemos seguir em frente depois disso.

A frustração cresceu. Eu não estava acostumado com esse tipo de descontrole, e era mais difícil encontrar as palavras certas.

— Por que não?

Por que ela não entendia? Por que eu não conseguia fazê-la entender que eu tinha mudado nos meses que a gente tinha passado juntos? Eu não era a mesma pessoa que construíra aquele arquivo.

— Porque foi *invasão de privacidade*! — ela berrou. Lágrimas corriam por seu rosto. — Você *não* tinha permissão para vasculhar minha vida daquele jeito. Mas nossa história sempre foi assim, não é? Você sabe *tudo* sobre mim, e eu não sei nada sobre você. Você quer que as outras pessoas sejam livros abertos, enquanto mantém o seu fechado. Pensei que fosse atencioso e perceptivo, por isso sabia todas aquelas coisas sobre mim. Minhas comidas preferidas, as flores favoritas... Mas você tinha a porcaria do dossiê o tempo todo. Foi fácil? Era só abrir a pasta e ver que besteira ia jogar no meu caminho para me fazer me apaixonar por você?

Uma sensação estranha queimava meus olhos.

— Não olho aquele arquivo há anos. Juro...

— Você é igual ao meu stalker. — A respiração de Stella acelerou. — Não, você é *pior*, porque ele não fez eu me apaixonar por uma mentira.

As palavras entraram como uma faca em meu coração.

— Eu nunca te machucaria — repeti.

— Já machucou.

A faca girou.

— Confiei em você — ela sussurrou. — Confiei em você quando mal te conhecia. Acho que a culpa foi minha. — A risada amargurada me fez recuar. — Você me falou sobre sua família, mas não sei nem se a história é verdadeira. Aquilo também foi uma mentira? Não tenho ideia de quem você é ou do que é capaz. Seus sonhos, seus medos...

— Meu sonho é estar com você. E meu maior medo — falei, baixando a voz sob o peso da emoção — é perder você.

Um soluço fez seu corpo estremecer.

Meu coração se partiu com o som. Saber que era eu quem causava aquelas lágrimas me matava.

No fundo eu sabia que não merecia seu perdão, mas isso não me impediu de tentar instintivamente me aproximar dela e oferecer conforto.

Ela recuou antes do contato.

— Não me toca.

Se Stella me trouxera à vida com três palavras (eu te amo), ela havia me matado com o mesmo número delas. *Não me toca.*

Cada sílaba cortava meu coração destruído como uma lâmina afiada, deixando para trás apenas ruínas.

— Não posso mais — ela falou, com os olhos brilhantes de lágrimas. — Amanhã eu tiro o resto das minhas coisas do seu apartamento.

O pânico invadiu minhas veias.

Eu não podia perdê-la. Não desse jeito.

Eu me agarrei à única esperança que tinha.

— Não é seguro. Seu stalker ainda está por aí.

Stella ergueu o queixo.

— Brock pode ficar, mas é isso. Preciso de espaço. Não consigo pensar. Só preciso... — Ela respirou fundo. — Você precisa ir embora.

Eu já tinha quebrado ossos. Levado tiros. Passado dias perdido em uma merda de deserto com o sol fritando minha pele até levantar bolhas.

Nada disso havia doído tanto quanto o que estava acontecendo agora.

— Não faz isso. — Minha voz tremeu. — Borboleta, por favor.

Nunca tinha implorado nada a ninguém. Nem quando meus pais morreram, nem quando precisara de dinheiro para abrir a empresa, nem quando me vi diante da morte iminente nas mãos de um senhor da guerra enfurecido.

Mas me ajoelharia feliz e suplicaria, se isso fizesse Stella ficar comigo.

— Não quero mais que você acompanhe minha vida. — Ela continuou como se eu não tivesse falado. — Nem por intermédio de Brock, Alex, Ava ou outra pessoa. Nem pelo meu blog ou pelas minhas redes sociais. Eu sei que pode se quiser, mas estou pedindo... — A última palavra tremeu com a pressão das lágrimas contidas. — Me deixa em paz, Christian.

O ar ficou silencioso, exceto pelos sons dolorosos de nossa respiração.

Eu estava me afogando. Sufocava em sensações que nunca havia experimentado antes, em águas escuras que saturavam meus pulmões e tornavam impossível alcançar a superfície.

Pânico. Vergonha. Arrependimento.

— Quer saber outro segredo, Stella? — Minha voz era irreconhecível. — Não posso dizer não para você. — Não em relação às coisas importantes. — Mas vou estar sempre aqui se você precisar de mim, independentemente de distância ou tempo. Não me interessa se estivermos em continentes diferentes ou se forem cinco da manhã, ou daqui a cinquenta anos. Não quero que você acorde e se sinta sozinha, nunca, porque não está. Você sempre vai ter a mim. — Meus olhos ardiam quando minha maior e mais definitiva verdade passou pela garganta. — Eu amo você. Muito.

Pensei que seria estranho dizer essas palavras pela primeira vez.

Não foi.

Foi como se elas estivessem esperando durante todos esses anos para encontrar sua casa, e a tivessem encontrado nela.

Stella fechou os olhos. Um soluço passou pela barreira de seus lábios, mas ela não respondeu à minha declaração.

Era o que eu esperava, mas a agonia me contorcia por dentro mesmo assim.

Eu me permiti olhar para ela pela última vez antes de sair e fechar a porta.

Não havia mais nada para dizer.

Ignorei os olhares curiosos de Alex e Ava quando saí do apartamento, sentindo o corpo entorpecido. Pedaços do meu coração ficaram espalhados no quarto dela, e minha mente tinha se tornado um ciclo infinito de suas lágrimas. Até o sangue parecia ter desaparecido de minhas veias, deixando para trás apenas um vazio frio.

Quando eu tirava todas as partes que pertenciam a ela, não restava nada de mim.

Estou te pedindo para me deixar em paz, Christian.

Partir contrariava todos os meus instintos. Cada molécula do meu corpo exigia que eu ficasse e lutasse por ela, implorasse e suplicasse até ela me perdoar.

Mas eu já havia ultrapassado muitos limites com ela, e não podia ultrapassar mais um. Não quando ela me pedira explicitamente para não fazer isso.

Eu tinha falado sério.

Daria tudo que Stella quisesse, mesmo que isso fosse me matar.

CAPÍTULO 42

Stella

ESPEREI ELE FECHAR A PORTA PARA DESMORONAR.

Soluços sacudiam meu corpo quando deslizei para o chão e finalmente deixei a torrente de lágrimas fluir.

Eu amo você. Muito.

As palavras ecoavam na minha cabeça como um deboche, junto com a imagem do rosto de Christian antes de ele ir embora.

A agonia em seus olhos. O tormento na voz. A ruptura que eu tinha sentido tão forte como se fosse minha, porque era.

Meu coração tinha estilhaçado em mil pedacinhos, e me cortavam até eu não conseguir parar de sangrar.

Era bem possível que eu morresse ali, abraçando os joelhos e com a confiança em frangalhos.

Eu acreditava que ele estava arrependido, e acreditava que ele me amava do jeito que conseguia.

Mas isso não mudava o fato de nosso relacionamento ter sido construído sobre uma mentira. Ele *sabia* quanto o stalker me traumatizara. O quanto eu odiava a invasão de privacidade e perda de controle sobre minha própria vida.

Christian tinha feito o que fez antes de o stalker aparecer, mas guardara aqueles arquivos durante anos e nunca me contara nada.

Ele segurava todas as cartas, enquanto eu tinha só algumas que ele me dava.

O desequilíbrio de poder entre nós não tinha a ver com dinheiro ou segurança; tinha a ver com confiança. Sempre dei mais do que recebi dele.

Pensar em Christian sentado em sua mesa, vasculhando as partes mais íntimas da minha vida com um mero apertar de botão, me fez arrepiar de novo.

Apertei as pernas com mais força contra o peito e apoiei o rosto nos joelhos.

Eu sou muito, muito idiota.

Tinha visto todos os sinais de alerta e ignorado todos eles, porque me deixara envolver muito pela empolgação de me apaixonar pela primeira vez.

Vou estar sempre aqui se você precisar de mim.

Eu devia estar feliz por Christian ter ido embora. Em vez disso, sentia meu coração vazio no peito, enquanto uma torrente de lembranças invadia minha cabeça.

Entra no carro, Stella.

Eu nunca quis outra pessoa como quero você, e nunca me odiei mais por isso.

Porque amor é comum. Mundano. E você, Stella... Você é extraordinária.

Eu acredito em tudo que tem a ver com você.

Uma semana antes estávamos na Itália, e estávamos felizes.

Uma parte de mim desejava nunca ter encontrado aquele compartimento secreto ou olhado aquelas pastas. Assim, ainda estaríamos felizes, e eu não estaria sentada nas ruínas do que fomos.

Christian era o único espaço seguro que eu tinha, e agora ele tinha ido embora.

Meus soluços arfantes enchiam o espaço do casulo formado por braços e pernas. Eu chorava tanto e por tanto tempo que minhas costelas doíam e eu não conseguia levar oxigênio aos pulmões.

Não conseguia respirar. Não conseguia... precisava...

— Stella?

Ouvi a voz de Ava antes das batidas na porta, mas os sons eram abafados, como se viajassem embaixo d'água.

Eu me afogava em tristeza, e não sabia como voltar à tona.

— Está tudo bem. — A voz de Ava soou mais próxima. Ela deve ter entrado quando não respondi. — Ah, querida, vai ficar tudo bem. Garanto.

Ela me abraçou e massageou minhas costas com movimentos circulares, enquanto eu apoiava a cabeça em seu peito e chorava até esgotar as lágrimas.

Uma parte minha antecipara esse tombo desde o início. Meu relacionamento com Christian era perfeito demais, e nada tão bom podia durar para sempre.

O que eu não antecipara tinha sido o quanto me arrebentaria na queda.

A parte mais aterrorizante, porém, não era o coração partido. Era a possibilidade de nunca mais conseguir colar os pedaços.

CAPÍTULO 43

Christian

— Você tomou sete doses em duas horas, cara. — O bartender me encarava com uma expressão dúbia.

— E estou pedindo a oitava. — Pronunciava cada palavra com precisão fria. Não gaguejava, nem estava com a voz pastosa. Podia apagar de bêbado e ninguém perceberia por antecipação. — Algum problema?

Ele levantou as mãos e balançou a cabeça.

— O fígado é seu.

Exatamente.

Era meu fígado e meu dinheiro. Eu podia fazer o que o diabo quisesse com eles.

Ele empurrou um copo em minha direção, eu o peguei e virei na boca, bebi tudo de uma vez só.

O álcool tinha parado de queimar quatro doses antes, e era como beber água.

Isso me deixava furioso. Para que servia o álcool, se não me entorpecia como deveria?

— Este lugar está ocupado? — Uma loira se sentou na banqueta vizinha à minha antes que eu pudesse responder.

Vestido curto. Pernas longas. Lábios que fariam Angelina Jolie chorar de inveja.

Não olhei duas vezes para ela.

— Não estou a fim.

Era a mesma coisa todas as vezes. Um cara não podia beber em paz sem ser assediado?

Eu podia ter me poupado disso e bebido em casa, mas o apartamento estava muito deprimente esses dias. Também não quisera ir ao Valhalla Club, onde todo mundo era curioso pra cacete. Ninguém gostava de ver um sócio beber mais que os outros.

E aqui estava eu, enfiado em um bar de merda perto do escritório, afogando as mágoas em um uísque igualmente de merda.

Se meu fígado se rebelasse, não seria contra a quantidade de doses. Seria contra a qualidade da bebida.

A loira ofendida se afastou bufando, evidentemente surpresa com a rejeição. *Azar o dela.*

Fazia duas semanas que Stella e eu havíamos terminado.

Duas semanas de inferno ininterrupto em que tudo me fazia lembrar dela. O liquidificador onde ela fazia os smoothies, a banheira onde tomava banho, a cafeteria onde ela comprava seus pãezinhos. Até a porra das árvores e plantas do lado de fora me faziam pensar nela.

Era o suficiente para eu querer me trancar em uma caixa de concreto e nunca mais sair de lá.

O tilintar dos sinos da porta da entrada me arrancou da onda patética de autopiedade e atraiu meu olhar.

Meu coração parou.

Cachos escuros. Olhos verdes. Sorriso caloroso.

Stella.

Por um segundo, pensei estar alucinando, conjurando a mulher dos meus pensamentos.

Então a voz dela me alcançou, real e tangível como a almofada de vinil rachado da minha banqueta e o jogo de beisebol sem som na TV.

Endireitei as costas e me animei, até ver o cara ao lado dela. Ele parecia vagamente familiar, e disse alguma coisa que a fez sorrir.

Minha mão apertou o copo, e fui invadido por uma onda negra e gelada de possessividade.

Não sabia quem era o sujeito, mas queria matá-lo.

Segui os dois com o olhar até a mesa do outro lado do salão, onde eles se sentaram.

Stella ainda não tinha me visto. Ela disse alguma coisa ao filho da mãe marcado para morrer, mas deve ter sentido o peso do meu olhar, porque finalmente levantou a cabeça.

Quando nos olhamos, o choque provocou fagulhas no ar.

Nosso relacionamento tinha virado cinzas, mas o fogo entre nós ainda estava lá, queimando espaço e oxigênio até sermos as únicas pessoas que restavam no lugar.

Meu sangue urrava com o alívio doce de vê-la de novo.

Ela havia me pedido para deixá-la em paz, e eu tinha deixado. Estarmos no mesmo bar na mesma noite teria sido uma coincidência, mas nada era coincidência quando se tratava dela.

Era destino.

O sorriso de Stella desapareceu. Ela se virou, e os sons do bar retornaram em uma onda dolorosa.

Eu não sabia o que era pior, vê-la e não poder tocá-la e nem falar com ela ou saber que me ver tinha feito sua luz se apagar.

Inquietação e o impulso de rasgar a garganta do homem com quem ela estava conversando ferviam dentro de mim.

Em vez de pedir outra dose, levantei e fui ao banheiro.

A água fria no rosto dissipou a névoa que turvava a visão.

Desistir dela era a coisa mais difícil e o maior sacrifício que ela poderia ter me pedido. Contrariava todos os meus instintos.

Ela nunca saberia se eu olhasse suas redes sociais ou lesse seu blog. Mas, cada vez que eu pegava o celular e pensava em abrir seu perfil, alguma coisa me continha.

Estou te pedindo para me deixar em paz, Christian.

Puxei uma folha de papel-toalha do suporte e enxuguei as mãos antes de sair do banheiro.

Dei dois passos e parei.

Stella estava no fim do corredor, a silhueta alta e esguia recortada contra as luzes do bar. Mesmo assim, consegui ver como seus lábios se entreabriram com a surpresa.

Olhamos um para o outro.

A música pulsava a alguns metros de nós, mas aqui, neste corredor, só havia silêncio e a pressão das coisas que eu queria, mas não podia dizer.

Desculpa.

Estou com saudade.

Te amo.

Uma gargalhada no salão quebrou o encanto. Meu rosto endureceu quando olhei por cima do ombro dela e vi o sujeito com quem ela havia chegado brincando com o garçom.

A violência pulsou em mim quando pensei nele tocando em Stella. Abraçando, fazendo ela rir.

Nunca senti tanto ódio de uma pessoa.

Stella deve ter visto a luz nos meus olhos, porque olhou para trás e empalideceu.

Atravessei o corredor, decidido a ir embora antes de ceder à urgência de tocá-la. Ela me deteve com um aviso em voz baixa quando passei.

— Se acontecer alguma coisa com ele, nunca vou te perdoar.

As únicas palavras que tinha dirigido a mim desde o rompimento e tinham sido para salvar outro homem.

Um músculo saltou em meu rosto antes de eu passar por ela e sair.

Meu peito foi invadido pelo frio.

Quando eu achava que tinha conhecido todos os jeitos de um coração se quebrar, ela provava que eu estava errado.

Stella

QUASE CAÍ COM ALÍVIO E DECEPÇÃO AO MESMO TEMPO DEPOIS QUE Christian saiu.

Disse a mim mesma que tinha ido ao corredor para retornar uma ligação, mas podia ter feito isso de fora do bar. A verdade era que eu tinha desejado aquela interação passageira com ele, e me odiava por isso.

Depois de duas semanas, a intensa explosão de raiva havia murchado, e agora era uma dor profunda, incessante.

Eu não o havia perdoado, mas sentia tanta falta dele que era difícil respirar.

Ironicamente, o restante da minha vida era uma sequência de sucessos depois do rompimento. Era como se, agora que minha vida amorosa estava estraçalhada, o universo trabalhasse sem parar a fim de me compensar nas outras áreas.

A campanha da Delamonte e a matéria no *Washington Weekly* tinham aberto novas comportas de oportunidades, como era esperado. Luisa estava eufórica com o progresso da parceria. Maura não tivera mais problemas depois da sedação, o stalker não dera mais sinal de vida, e o blog e minhas redes sociais cresciam sem parar. Não tinha anunciado publicamente o término com Christian, mas não postava mais nada sobre ele. Isso não afetou meu engajamento tanto quanto eu esperava, embora eu não me importasse muito com o resultado.

Também tinha começado a procurar butiques locais para falar sobre minha coleção. Na verdade, estava aqui com Brady para comemorar porque uma delas finalmente aceitara expor algumas peças-piloto.

No geral, minha vida ia muito bem... com exceção de Christian e minha família.

Falando nisso...

Respirei fundo e me concentrei novamente no motivo que me fizera pedir licença a Brady. Olhei rapidamente e vi que ele ainda conversava com o garçom, e Christian havia desaparecido.

Talvez fosse paranoia, mas eu podia jurar que houvera um momento em que Christian olhara para ele como se fosse capaz de matá-lo.

Retornei a última ligação perdida e tentei desfazer os nós dos meus nervos enquanto o telefone tocava.

Ela atendeu no terceiro toque.

— Oi, Stella.

— Oi, mãe.

Era a primeira vez que nos falávamos desde o jantar em família, em abril.

Quatro meses.

Tinha sido o período mais longo sem contato, e ouvir a voz dela de novo plantou um nó em minha garganta.

Tive meus motivos para explodir daquele jeito durante o jantar, mas ela ainda era minha mãe.

— Como vai? — Um raro sinal de hesitação fez a voz dela tremer.

— Tudo bem. — Enrolei o colar no dedo. — Desculpa, não ouvi sua ligação. Estou na rua com um amigo, só vi agora.

— Não tem problema. Não é nada importante. — Ela pigarreou. — Li a matéria sobre você no *Washington Weekly*. Ficou muito boa, e as fotos para a Delamonte estão muito bonitas.

Senti meus pulmões esvaziarem. De todas as coisas que eu esperava ouvir dela, isso não fazia parte sequer do reino das possibilidades.

— Sério? — perguntei baixinho.

Minha confiança tinha crescido nos últimos meses, mas sempre haveria dentro de mim uma menininha que só queria a aprovação dos pais.

— Natalia disse que você e o papai estavam bravos por causa das fotos.

A última conversa com minha irmã ainda deixava um gosto amargo na boca.

— Bem, teríamos gostado mais se você estivesse vestida — minha mãe retrucou em um tom seco. — Mas ficamos mais chocados que bravos. Só que a matéria no jornal... eu não fazia ideia de que tinha conquistado tantas coisas com o blog, ou que gostava tanto de moda e desde tão nova.

Não comentei que isso era algo que eu tinha tentado dizer a ela desde que estava no colégio. Não queria começar outra discussão.

— Só ligou por causa da matéria? — Não me surpreenderia. Meus pais adoravam tudo que fazia a família parecer ótima. — Não conversamos há meses.

Minha mãe ficou em silêncio por um instante.

— Todo mundo estava muito nervoso naquele jantar — ela falou, finalmente. — Depois que as coisas se acalmaram, eu não sabia se você ia querer falar conosco. Você sempre liga, e quando não ligou... ficou tão aborrecida...

Você sempre liga.

Tradução: eu sempre me desculpara primeiro.

Segurei o telefone com mais força.

— O papai me botou para fora, e eu não sabia nem se vocês se importavam por eu não estar por perto.

Minha mãe suspirou.

— *É claro* que nos importamos. Você é nossa filha.

Torci o colar mais um pouco.

— Às vezes não é essa a sensação que eu tenho — confessei com palavras quase inaudíveis.

— Ah, Stella. — A voz dela estava mais chateada do que jamais ouvira antes. — Nós não...

Aplausos estrondosos no bar encobriram o restante da frase. Os Nationals deviam ter feito um ponto; a partida contra os Rangers estava sendo transmitida em todas as TVs.

Quando o barulho diminuiu, minha mãe falou de novo.

— Você está com um amigo, não é o melhor momento para essa conversa. Quem sabe não reunimos a família em breve? Não para jantar. Uma coisa mais casual, só para conversar.

— Seria bom — respondi com a voz mansa.

Não queria guardar ressentimentos, especialmente contra minha família.

Não os via fazia muito tempo, e não estava mais com raiva. Só triste.

Desliguei e continuei no corredor, tentando assimilar todos os acontecimentos do dia.

A conversa com o pessoal da butique, ver Christian, falar com minha mãe...

Era muita coisa ao mesmo tempo, mas a única coisa em que conseguia focar era o quanto queria dividir tudo o que tinha acontecido com Christian.

Não só o acerto com a butique e a conversa com a minha mãe, mas *tudo*.

Que, sem querer, tinha usado o leite errado para fazer o smoothie naquela manhã e quase vomitara ao sentir o gosto.

Que Ava e Jules tinham se oferecido para experimentar os modelos da minha coleção.

Que me sentia orgulhosa de ter feito tantos contatos.

Quanta falta eu sentia dele.

Estava tão acostumada a dividir os detalhes da minha vida com Christian que nem o diário preenchia o vazio.

Na verdade eu não tocava no diário desde que termináramos; ele estava cheio demais de lembranças de nós dois.

Eu estava magoada com ele, e queria que ele estivesse aqui. As duas coisas podiam ser verdadeiras ao mesmo tempo.

Luz e escuridão. Fogo e gelo. Sonhos e lógica.

Nosso relacionamento sempre fora uma dicotomia. Fazia sentido que o fim dele também fosse.

CAPÍTULO 44

Christian

O torneio anual de pôquer da Harper Security acontecia na sala multiúso da empresa, que tinha sido transformada em um minicassino com open bar e meia dúzia de mesas de pôquer.

Normalmente o evento era restrito aos funcionários. Este ano eu tinha mudado a regra e convidara Rhys, que estava na cidade sem Bridget pela primeira vez para comparecer a um evento diplomático, e Alex, um gesto de retribuição por ter ficado de olho em tudo para mim enquanto eu estava na Itália. Josh fora convidado por extensão, porque insistira em ir quando descobrira que Alex compareceria.

Eu havia concordado. Tinha muitas outras merdas com que me preocupar além do delírio do cara sobre eu estar tentando roubar seu melhor amigo.

Nós quatro nos sentamos à mesa ao lado do bar. O ar carregava o som de risadas, tilintar de copos e cartas de baralho sendo embaralhadas, mas a animação não contribuía em nada para melhorar meu humor.

— De quantos torneios de pôquer você já participou? — Josh perguntou a Alex, com uma cara desconfiada.

Alex respondeu irritado.

— Já falei, este é o primeiro.

— Só confirmando. — Josh pegou uma carta da mão e a jogou na mesa. Rei de copas. — Já que você jogou *dezenas de partidas de xadrez com ele* — e apontou para mim com o polegar —, e eu não soube disso durante *anos*, literalmente.

Alex suspirou.

— Se vai continuar repetindo a mesma pergunta, pode ir embora — avisei, em um tom gelado. Não tinha tempo para as besteiras de Josh.

— Alguém está azedo. — Ele levantou uma sobrancelha. — É porque Stella terminou com você?

Rangi os dentes enquanto Alex e Rhys usavam as cartas para esconder o sorriso.

Eu tinha conseguido não pensar em Stella esta noite até o porra do Josh Chen falar dela.

Você não pode matar um convidado, uma voz avisou em minha cabeça.

Na verdade eu podia fazer a merda que bem entendesse, mas teria que lidar com Alex. E Stella também não ficaria muito feliz se eu assassinasse o irmão de uma de suas melhores amigas.

— Não estou azedo. É *você* que é irritante.

Eu não sabia o que Stella tinha dito às amigas sobre nós, mas ela havia se mudado para a casa de Alex e Ava, então era óbvio que não estávamos mais juntos.

Josh deu de ombros.

— Talvez, mas pelo menos não estou solteiro.

Minha mão se aproximou da arma.

— Continua provocando o cara e vai acabar morrendo. — Rhys me conhecia bem demais. Ele estivera quieto a noite toda, mas havia humor em seus olhos quando olhou para mim.

— Qual é a graça? — Joguei uma carta na mesa sem encará-lo.

— Christian Harper choramingando por uma garota — ele disse. — Nunca pensei que veria isso.

Senti a dor de cabeça chegando.

— Não estou *choramingando*. — Tive que recorrer a toda a minha força de vontade para não apagar o sorrisinho do rosto dele com um soco. — Eu não *choramingo*.

O que eu tinha feito nas últimas semanas não era choramingar. Era... processar.

— Não foi o que Alex disse. — Como sempre, Josh tinha que dar seu palpite, mesmo que a conversa não fosse com ele. — Ele contou que você apareceu na casa dele chorando no dia em que Stella se mudou para lá.

— Eu não estava chorando!

A sala ficou em silêncio quando todas as cabeças viraram em minha direção.

Pelo canto do olho, vi Brock boquiaberto e Kage levantar as sobrancelhas.

Eu nunca gritava.

Não gritara quando soubera do roubo de *Magda*, nem quando as coisas tinham saído dos trilhos no trabalho. Mas foram duas semanas de inferno, e eu tinha sangrado o banco de dados de pessoas para destruir nos dias ruins.

Havia um limite para quantos computadores eu conseguia hackear antes de isso perder a graça.

Teria me esforçado mais para criar uma nova lista de nomes se achasse que ia me ajudar, mas não ia.

Eu não precisava de mais gente para destruir.

Precisava de Stella.

— Ah, devo ter me enganado — Alex respondeu sem se alterar.

Se eu não o conhecesse bem, poderia jurar que o brilho nos olhos dele era deboche.

— Lembra quando você me atormentou depois daquele problema com a Bridget? — Rhys estava praticamente em êxtase com a minha desgraça, o filho da mãe. — Você disse que o amor é "tedioso, chato e inteiramente desnecessário. Pessoas apaixonadas são as mais insuportáveis do planeta". — Seu sorriso ganhou força. — Quer consertar essa declaração?

Rangi os dentes de novo.

— É muito preocupante que você seja capaz de citar o que eu disse sem errar uma palavra. Procure um novo hobby, Larsen. Essa obsessão por mim não é saudável. — Empurrei a cadeira para trás, irritado demais para continuar sentado.

— Aonde você vai? É sua vez — Josh protestou. — Estamos no meio da partida!

Eu o ignorei e me afastei da gargalhada de Rhys e da irritação que incendiava minhas veias.

Tinha dito todas aquelas coisas que ele recitara. Agora eu era um daqueles idiotas insuportáveis, sofrendo pela única mulher que já partira meu coração.

O carma castiga ainda mais que o destino.

Entrei na cozinha e peguei outra bebida. Era a segunda dose da noite. Tinha preparado a armadilha para o traidor mais cedo, mas precisava manter a lucidez, para o caso de alguma coisa acontecer.

Quatro suspeitos. Quatro informações diferentes que eu havia divulgado de um jeito casual em uma conversa sobre como eu desenvolveria um novo equipamento que faria o Cila parecer brinquedo de criança.

O traidor não resistiria, levaria essa informação para a Sentinel. E, quando isso acontecesse, eu só teria que examinar os detalhes do conteúdo vazado para identificar o rato.

Era uma armadilha simples, mas sempre funcionava. Só precisava reunir todos os alvos em uma sala para poder manter essas conversas sem despertar suspeitas. Todos os meus comandados sabiam que eu não discutia esse tipo de coisa pelo telefone.

E, se o traidor fosse quem eu pensava que era...

Esvaziei o copo.

Minha vida estava uma merda, e a bebida era a única coisa que me fazia sentir melhor, ultimamente.

Isso e as cartas.

Pensei na gaveta da minha mesa.

— Oi. — A voz seca de Rhys me levou de volta à cozinha. — Você está bem?

— Nunca estive melhor. — A nota ácida das palavras contaminou o ar.

Ele se apoiou na bancada e cruzou os braços. Seus olhos passaram do meu rosto tenso para o copo vazio e voltaram pelo mesmo caminho.

A risada de antes tinha desaparecido, substituída por solidariedade.

— Essa te derrubou.

Não respondi.

— De que tamanho foi a encrenca? — Ele levantou as sobrancelhas quando não respondi. — Tão grande assim?

— É complicado.

— Essas coisas sempre são. — Rhys suspirou. — Não sei o que você fez, mas provavelmente não é tão grave quanto você pensa. Stella é uma das pessoas mais legais que eu conheço. Ela vai te perdoar. Só precisa de um tempo.

Talvez. Mas privacidade era uma das coisas que Stella mais valorizava, e eu tinha ultrapassado tanto esse limite que nem conseguia mais enxergá-lo.

Um stalker a aterrorizava havia meses, e saber que eu a fizera lembrar do desgraçado...

O álcool ferveu em meu estômago.

— Rhys Larsen dando conselhos sentimentais. O inferno deve estar congelando. — Tentei ignorar o que ele disse e trazer à tona um assunto mais seguro.

Rhys deu risada.

— Ele congelou no dia em que você pronunciou a palavra *amor* sem ser de um jeito depreciativo. — Rhys endireitou o corpo e bateu em minhas costas. — Se Volkov conseguiu recuperar a garota depois de um ano, você tem esperança. Só não faz mais merda.

Servi mais uma dose depois que ele saiu e a bebi sozinho.

Minha vida estava realmente uma merda.

CAPÍTULO 45

Christian

SÓ VOLTEI PARA CASA ÀS DUAS DA MANHÃ.

Meus passos ecoavam no piso de mármore quando fui ao escritório. Tinha aprendido a odiar o caminho desde a porta de entrada. Passava por muitos cômodos silenciosos e muitos fantasmas de nossas lembranças.

Stella havia morado comigo por alguns meses apenas. Eu tinha morado sozinho durante anos sem ela, e gostava disso. Mas, agora que ela tinha ido embora, a cobertura parecia vazia, como se sua alma e seu coração tivessem sido levados e restasse só uma concha vazia.

Abri a porta do escritório sem fazer barulho e sentei atrás da mesa sem acender as luzes.

Tinha destruído todos os arquivos sobre Stella um dia depois de ela os ter encontrado, mas a presença fantasma daquelas pastas maculava o que antes fora um santuário.

Mas eu ainda preferia o escritório ao meu quarto, onde o cheiro dela permanecia nos lençóis e nas fronhas semanas depois. Às vezes eu ouvia sua risada. Outras vezes, virava para o lado e podia jurar que ela estava na cama comigo, brincando como sempre fazia.

Inclinei a cabeça para trás.

O uísque e a adrenalina do torneio de pôquer deixavam resquícios em meu sangue.

Brock tinha sido o grande vencedor. Ele estava de folga, já que Stella passara a noite em casa, mas não o felicitei pela vitória. Era muito difícil olhar para ele e me lembrar dela.

Era ainda mais difícil não perguntar por ela.

Eu o havia instruído a me avisar imediatamente caso ela estivesse em perigo, mas, de maneira geral, o dia a dia de Stella agora era um mistério para mim.

Também havia me sentido tentado a ligar para Jules para pedir informações. Ela me devia um favor, depois que eu a salvara de uma situação complicada no ano passado, e era uma das melhores amigas de Stella. Se havia alguém que sabia o que Stella estava pensando e sentindo, esse alguém era ela.

A única coisa que me continha era o último pedido que Stella me fizera. Essa era uma coleira que eu não podia arrebentar, e ela me amarrava com mais eficiência que argolas de ferro.

Eu me sentia um tremendo idiota por sentir tanta falta dela, e mais idiota ainda pelo mecanismo de defesa que desenvolvera desde que ela tinha ido embora.

Levantei a cabeça e abri a gaveta secreta onde antes guardava as pastas sobre ela. Agora estava cheia de cartas que nunca mandei.

Uma para cada dia desde que tínhamos nos separado.

Era o tipo de comportamento meloso e patético que eu desprezara no passado. Se o antigo Christian pudesse me ver agora, me tiraria dessa aflição com um tiro.

Eu não me importava. As cartas eram o único jeito de falar com ela ultimamente, e escrevê-las era quase terapêutico.

Elas cobriam uma grande variedade de assuntos, de trechos da minha vida quando eu era criança a meus livros preferidos, passando pelo quanto eu desprezava palhaços (tinha certeza de que eles eram o diabo na forma humana, mas menos divertidos). As cartas eram como capítulos de livros separados, unidos no caos que representava minha vida.

A única coisa que tinham em comum era que todas eram para ela.

Stella tinha dito que não sabia nada sobre mim, então me derramei inteiro para ela.

Peguei uma caneta e comecei a escrever a carta da noite. Quando terminei, a exaustão turvava a visão, mas guardei a carta com todo o cuidado na gaveta, junto com as outras.

Em vez de ir para o quarto, fiquei no escritório e olhei pela janela na direção do céu escuro da noite.

Minha coleção de plantas alinhada sobre o parapeito, recortada contra a luz da lua.

Elas só precisam de um pouco de amor e atenção para crescer.

Eu molhava as plantas e cuidava delas religiosamente desde que Stella fora embora. Ela amava aquelas plantas.

No entanto, por mais atenção que eu desse a elas, ainda pareciam tristes e caídas, como se soubessem que a cuidadora habitual tinha partido para nunca mais voltar.

— Eu sei — falei. Não conseguia acreditar que tinha descido tanto a ponto de conversar com plantas, mas era o que estava fazendo. — Também tenho saudade dela.

30 de julho

Stella,

Tenho uma confissão: nunca quis ter um animal de estimação, nem quando era criança.

Uma vez meus pais perguntaram se eu queria um cachorrinho, e respondi com toda a clareza que não, não queria.

Não que eu odeie animais. É que sempre pensei que davam muito trabalho para pouca recompensa. Não entendo por que alguém leva um gato ou cachorro para casa, trata como se fosse filho e ama durante anos sabendo que a vida dos animais é muito mais curta que a dos humanos.

É pedir para sofrer.

Agora entendo.

É porque o tempo que eles passam juntos compensa o sofrimento.

Antes que você fique brava, não estou te comparando a um animal. Mas, se eu tivesse a chance de voltar no tempo e sair daquele café um minuto antes de você passar pela rua, ou ficar no escritório, em vez de ir ao apartamento, no dia em que você assinou o contrato de aluguel, eu não faria nada disso.

Mesmo se soubesse como tudo acabaria.

Mesmo se soubesse que eu acabaria com o coração partido, em algum momento.

Porque todos os dias bonitos da minha vida foram com você, e eu não trocaria isso por nada no mundo.

Prefiro ser infeliz agora, depois de ter sido amado por você, a ser feliz sem nunca ter te conhecido.

6 de agosto

Stella,

Lembra de quando me encontrou no saguão na noite em que nós assinamos nosso contrato? Você disse que um encontro deveria incluir jantares, bebidas e mãos dadas. Ou ficar abraçado em um banco com vista para o rio, sussurrando bobagens fofas seguidas por um beijo de boa-noite.

Na época, aquela foi a coisa mais atroz que eu já havia escutado, mas, se algum dia você voltar para mim... tenho tudo planejado.

Vamos jantar no meu restaurante italiano favorito em Columbia Heights. É um lugar pequeno, não cabem nem dez pessoas ao mesmo tempo, mas eles servem o segundo melhor nhoque do mundo (depois do da minha avó).

Ela não está mais aqui, mas quando eu era criança ia à casa dela depois da escola e passava horas aprendendo a cozinhar. Além do tempo que passei com você, aqueles dias foram os mais felizes para mim. Rir com ela na cozinha, enrolar a massa e ficar todo sujo de farinha enquanto ouvíamos aquelas músicas velhas da década de sessenta que ela adorava.

O nhoque dela era meu prato preferido. Infelizmente a receita se perdeu depois que ela morreu, mas quando experimentei o desse restaurante... foi o mais próximo que encontrei daquele que ela costumava fazer.

Sei que desviei do assunto, mas queria dividir essa história com você. Ninguém nunca soube como eu aprendi a cozinhar.

Enfim, acho que você ia adorar o restaurante. Depois disso, vamos beber alguma coisa em um bar perto dele, e então vamos à orla de Georgetown para sentar em um banco perto do rio. Podemos nos beijar e ficar de mãos dadas, sussurrando quantas bobagens fofas você quiser.

Porque, se esse encontro acontecer, você vai ter me perdoado. E, se eu tiver você de volta, nunca mais vou te dar motivo para ir embora.

12 de agosto

Stella,
    São duas e meia da manhã.
    Não durmo há quase vinte e quatro horas.
    Mas não podia ir dormir sem te dizer isto:
    Estou tentando, Borboleta. Estou me esforçando para cacete.
    Ficar longe de você. Não pensar em você. Não amar você.
    Minha vida seria muito mais fácil se eu pudesse superar, mas sei que não posso.
    Mesmo que você nunca me perdoe.
    Mesmo que nunca mais fale comigo.
    Mesmo que você supere.
    Ainda vou te amar.
    Você sempre vai ser meu primeiro, último e único amor.

CAPÍTULO 46

Stella

Naquele fim de semana, encontrei minha família em um café em Virgínia.

Escolhemos uma mesa perto da saída. Era o canto mais tranquilo do restaurante, que estava lotado com o movimento do brunch no domingo.

Meu pai vestia sua camisa polo favorita, minha mãe exibia as pérolas que eram sua marca registrada, e minha irmã usava um salto fatal e uma expressão ligeiramente irritada, como eles sempre faziam nas nossas refeições mensais.

Era como se nosso jantar em família tivesse sido transplantado para o banco de couro verde, em vez de acontecer à valiosíssima mesa de mogno da casa dos meus pais.

As únicas coisas diferentes eram as janelas ensolaradas e o silêncio desconfortável que caiu sobre a mesa depois de esgotarmos as amenidades.

— Então... — minha mãe pigarreou. — E a Maura, como está?

Estranhei a escolha de assunto, mas respondi prontamente.

— Bem. Ela tem o jardim e os quebra-cabeças no Greenfield, então está feliz.

Minha mãe assentiu.

— Que bom.

Silêncio novamente.

Estávamos evitando de falar sobre o assunto mais óbvio desde que tínhamos chegado. Se continuássemos nesse ritmo, ficaríamos aqui até a hora de fechar o café.

Segurei a caneca com as duas mãos e tirei coragem do calor que se espalhava por elas.

— Sobre o que aconteceu no jantar... — Todo mundo ficou visivelmente tenso. — Desculpe se te magoei, mãe. Não foi minha intenção. Mas você precisa entender por que eu decidi arcar com os custos da moradia para Maura. Ela sempre esteve disponível quando precisei dela. Agora é ela quem precisa de mim, e não posso abandoná-la. Ela não tem mais ninguém.

— Eu entendo. — Minha mãe sorriu quando reagi assustada. — Tive tempo para pensar nisso nos últimos meses. A verdade é que eu sempre tive um pouco de ciúme da sua relação com Maura. A culpa é minha, é claro. Eu estava ocupada demais com a carreira para passar muito tempo com vocês duas. Quando percebi quanta coisa tinha perdido, vocês já haviam crescido. Não queriam mais passar tempo conosco. Temos que praticamente forçar você a comparecer aos jantares de família.

— Não é que eu não queira conviver com vocês. É que... — Senti o rosto esquentar. — É esse jogo de realizações.

Parecia idiota quando eu falava em voz alta, mas cada vez que eu pensava naquele *joguinho divertido* a ansiedade rastejava embaixo da minha pele e comia meus nervos.

— Isso transforma tudo em competição — continuei. — Você, papai e Natalia têm empregos importantes, posições de poder, e eu... bem, vocês sabem. Eu amo moda, e não me envergonho disso. Mas cada vez que fazemos esse jogo, eu me sinto a maior decepção à mesa.

— Stella. — Minha mãe parecia estar incomodada. — Você não é uma decepção. Admito que nem sempre entendemos suas escolhas, e, sim, queríamos que tivesse escolhido uma carreira financeiramente mais estável que moda. Mas você jamais poderia nos desapontar. Você é nossa filha.

— Queremos o melhor para você — meu pai acrescentou, com voz rouca. — Não estávamos tentando te impedir de fazer o que ama, Stella. Só não queríamos que acordasse um dia, tarde demais, e percebesse que tinha cometido um erro.

— Eu sei. — Não duvidava de que meus pais queriam o que era melhor para mim. O problema era como eles tratavam tudo isso. — Mas não sou mais criança. Vocês precisam me deixar tomar decisões e cometer erros. Se minha coleção de roupas decolar, ótimo. Se não, vou ter aprendido lições importantes, e vou fazer coisa melhor na próxima vez. Só sei que é isso o que quero fazer. Não posso voltar a trabalhar para outra pessoa.

Meus pais se olharam, e Natalia mudou de posição ao meu lado.

— Tenho um bom dinheiro de parcerias que assinei com marcas grandes, e eu... — hesitei antes de prosseguir. — Terminei minha primeira coleção. Uma butique da cidade aceitou comercializar as peças, então eu espero que isso renda mais dinheiro.

Também planejava um lançamento oficial na internet, mas antes queriater certeza de onde estava me enfiando.

Minha mãe arregalou os olhos.

— Sério? Ah, Stella, isso é incrível!

— Obrigada — respondi, acanhada. Tracei a alça da caneca com o polegar. — Então, vocês não estão bravos porque não vou procurar um emprego formal?

Outra troca de olhares.

— É evidente que você está conseguindo um bom retorno com as suas parcerias, e a coleção de roupas parece ser promissora. — Meu pai tossiu. — Não há nenhum motivo para procurar um emprego formal, se não é isso que você quer. *Mas...* — ele continuou quando um sorriso desabrochou em meu rosto — se tiver algum problema, converse conosco. Não se esconda, como fez com a demissão da *DC Style*.

— Não vou — prometi.

— Ótimo. Agora, onde está aquele seu namorado respondão? — ele resmungou. — O jeito como ele falou comigo em minha casa foi desrespeitoso, mas suponho que não estava inteiramente errado.

Meu sorriso perdeu a luz.

— Nós, hum... — Engoli o nó na garganta. — Terminamos.

Três pares de olhos surpresos se voltaram para mim.

Considerando a maneira como Christian e eu nos defendemos naquele jantar, eles provavelmente esperavam que durássemos mais que alguns meses.

Eu também esperava.

— Sinto muito — minha mãe disse. — Como você está?

Forcei um sorriso.

— Vou ficar bem.

— Vai encontrar alguém melhor. — O tom do meu pai esfriou. — Nunca gostei dele. Se soubesse sobre o que falam... — Minha mãe o interrompeu com uma cotovelada nas costelas. — Mas acho que isso agora não tem importância — concluiu, resmungando.

Mudei de assunto, e a conversa seguiu mais leve até meu pai sair para atender uma ligação e minha mãe se afastar para ir ao banheiro.

Natalia tinha passado o tempo todo muito quieta, mas olhou para mim assim que ficamos sozinhas.

Eu me preparei para uma crítica, ou um comentário ferino.

Em vez disso, ela me encarou quase constrangida.

— Eu não queria tocar nesse assunto de novo na frente da mamãe e do papai, mas quero me desculpar pelo jeito como te expus sobre a *DC Style*. Eu não quis ser maldosa.

— Não quis?

Ela abriu mais os olhos, antes de um rubor tingir seu rosto.

— Talvez um pouco — reconheceu. — Você estava certa quando disse que tudo parece uma competição.

— Não precisa ser.

— Não. — Natalia me examinou de um jeito curioso. — Você mudou. Está...

— Mais atrevida? — Sugeri, com um sorrisinho.

Ela também sorriu.

— É.

Esse foi um dos maiores presentes que Christian me deu. Não foram as joias caras ou as viagens luxuosas, mas a coragem de me impor.

Minha irmã e eu ficamos em silêncio de novo quando nossos pais voltaram à mesa.

De repente eu me sentia estranhamente cansada, mas talvez fossem as emoções drenando minhas energias.

— Precisamos ir embora, temos um compromisso, mas jantamos juntos em breve? — Minha mãe sugeriu, esperançosa. — Deixamos de lado a parte das conquistas e só apreciamos a comida.

Dei risada.

— Acho que é uma boa ideia.

Inspirei seu perfume familiar quando ela me abraçou.

Minha família sempre se abraçava em público, mas era basicamente um espetáculo. Tínhamos que desempenhar o papel da família perfeita.

Desta vez, tive a sensação de que era de verdade.

Brock esperou minha família ir embora para se aproximar.

Ele não tentava mais desaparecer nas sombras desde que Christian e eu tínhamos terminado. Eu não sabia se eram ordens do chefe, ou se agora que eu não morava mais na casa de Christian ele estava mais preocupado.

Qualquer que fosse a resposta, eu valorizava isso e me ressentia contra a mudança.

Valorizava porque gostava da sensação de segurança. E me ressentia porque ele me fazia lembrar de Christian, e cada vez que eu lembrava uma faca rasgava meu coração.

— Pronta para ir embora, ou quer ficar mais? — Brock perguntou. Talvez fosse a luz, mas ele parecia vários tons mais pálido do que quando entrara no café. — Podemos...

Ele balançou.

A preocupação me fez franzir a testa.

— Você precisa sentar? Não parece muito bem.

Na verdade eu também não me sentia muito bem. A letargia de antes se intensificava e me deixava mole, com os olhos pesados. O rosto de Brock dançou na minha frente até eu ter que piscar para recuperar o foco.

— É, eu... — Ele segurou a beirada da mesa. — Eu... — Seu rosto ficou branco como um papel antes de se tingir de vermelho. — Fica aqui. Já volto.

Brock correu para o banheiro. Bateu a porta. Um segundo depois, ouvi o som abafado, mas inconfundível, de alguém vomitando.

Meu estômago revirou com o barulho.

Eu esperava que não fosse uma intoxicação alimentar, mas era evidente que havia algo errado.

Minha visão turvou de novo. Dessa vez, piscar não ajudou.

Fiquei em pé, esperando que a mudança de posição ajudasse, mas uma tontura instantânea me obrigou a sentar de novo.

O que está acontecendo?

Só havia tomado chá e comido um salgado. Alguém conseguia ter uma intoxicação alimentar com chá e um salgado?

Pontos pretos dançavam na frente dos meus olhos, e o pânico comprimiu meus pulmões.

Ar. Preciso de ar.

Fui cambaleando da mesa para a porta.

Brock tinha dito para eu ficar ali e esperar por ele, mas o barulho à minha volta se tornava um peso que esmagava meu peito. Eu respirava fundo, mas não conseguia soltar o ar.

Mas...

Estava na metade do caminho para a porta quando pensei em uma coisa. E se alguém tivesse drogado Brock e eu e estivesse me esperando do lado de fora? Era uma hipótese absurda, mas coisas estranhas aconteciam.

Parei na porta e tentei organizar os pensamentos cada vez mais confusos.

Se ficasse, poderia sufocar. Se saísse, poderia me colocar nas mãos de um atacante hipotético.

Pensa, Stella.

Era paranoia? Não faria mal nenhum respirar um pouco de ar fresco, certo? Eu poderia ficar bem ao lado do...

Alguém se aproximou de mim por trás, chegou perto o bastante para me tocar e percebi que estava bloqueando a saída.

— Desculpe — murmurei. As palavras saíram enroladas. — Vou sair do caminho.

— Não se desculpe — disse a pessoa. — Você só facilitou muito as coisas para mim.

Algo frio e duro pressionou minhas costas.

Eu estava tão atordoada que meu cérebro demorou vários segundos para decifrar o que era.

Uma arma.

O pânico explodiu em um grito estrangulado que nunca passou pela garganta.

Não era paranoia, afinal. Fiquei tão chocada por estar certa que não consegui processar o que estava acontecendo. Era como se tivessem me jogado no meio de um thriller de ação sem aviso prévio.

— Não grita. — A arma pressionou com mais força. — Ou isso vai ficar muito feio para todos os envolvidos.

Como ele conseguia fazer isso em público? Ninguém percebia o que estava acontecendo?

Mas havia o movimento da hora do almoço, meu corpo escondia o dele e...

Meus pensamentos se atropelavam.

Eu não tinha energia para analisar o que estava acontecendo, e também não tinha escolha.

Segui a pessoa para fora do café e teria tropeçado e caído se ele não me segurasse.

O mundo era um caleidoscópio nebuloso de concreto e buzinas distantes.

Depois de um tempo, os sons desapareceram, e só restou o ruído do cascalho deslocado pelos nossos passos.

— Peço desculpas antecipadamente. — Agora que estávamos em algum lugar mais silencioso, a voz era mais clara. Mais conhecida. Já a ouvira antes. *Onde?* — Isso vai doer.

Não tive chance de processar as palavras antes de alguma coisa acertar minha cabeça e a escuridão me engolir.

CAPÍTULO 47

Christian

O e-mail do CEO da Sentinel para seu principal desenvolvedor cibernético encheu a tela do computador.

Essa era uma função que Kurtz copiara de mim – quem mais? –, uma vez que a maioria das empresas de segurança não desenvolvia software ou hardware, mas isso não vinha ao caso.

A questão era o que havia no e-mail.

Como eu esperava, o traidor fora levar imediatamente para a Sentinel a informação que dera a ele no torneio de pôquer.

Trabalhara mais depressa do que eu pensava; tinha levado só dois dias.

Li e reli a última linha do e-mail, que incluía os detalhes que eu havia modificado para cada suspeito e que identificariam quem era o responsável pelos vazamentos.

Agora eu sabia.

Gelo corria em minhas veias quando fechei o aplicativo de e-mail e abri as cenas da câmera de segurança da frente do prédio dele.

Esperei até ele entrar no carro antes de me levantar, vestir o paletó e caminhar tranquilamente para a garagem do Mirage.

Em vez do McLaren, escolhi o sedan cinza que usava quando seguia alguém. Era totalmente comum e se misturava aos outros veículos na rua.

Eu tinha instalado rastreadores no carro de todos os suspeitos uma semana antes, por isso não demorei muito para localizar o traidor em um ferro-velho abandonado na periferia da cidade.

Kurtz já esperava lá com um sorriso bajulador.

Eu queria arrancar cada dente dele e empurrar por aquela porra de garganta abaixo, mas me forcei a respirar em meio à névoa vermelha que me cercava.

Paciência. Cuidaria disso mais tarde.

Estacionei em um lugar que eles não podiam ver, mas de onde os via indiretamente através dos espelhos de um carro velho abandonado.

Foi assim que vi Kage sair do carro e cumprimentar Kurtz.

Apertei o volante.

Dos quatro suspeitos, Kage era o mais e menos provável.

Mais, porque era o que ocupava a posição mais favorável para ter acesso à informação de alto nível que vinha sendo vazada.

Menos, porque, depois da partida de Rhys, ele era o que eu tinha de mais parecido com um irmão na Harper Security.

A raiva se espalhava em meu sangue como uma onda gelada, inclemente. Implorava para ser libertada, destruir não só as pessoas no ferro-velho, mas tudo que elas amavam.

A empresa de Kurtz. A reputação de Kage. O dinheiro deles, a família deles...

Contive a urgência. *Mais tarde.*

— Trouxe o diagrama? — Kurtz perguntou.

Normalmente eu não os teria escutado de tão longe, mas equipava todos os meus carros com microfones especiais capazes de captar sons distantes.

Valia a pena estar sempre preparado.

— Ainda não. É um equipamento totalmente novo. — Kage passou a mão no cabelo de corte militar. — Ainda não tenho os detalhes, e não posso vazar tudo cedo demais, ou ele vai desconfiar. Já está em estado de alerta por causa do Cila.

— Então por que caralho você contou para ele sobre a cópia? — O sorriso de Kurtz se tornou uma careta contrariada. — Agora ele sabe que tem um problema.

— Eu precisava tirar o cara da minha cola — Kage grunhiu. — Manter a confiança. Ele estava ficando desconfiando sobre por que eu estava demorando tanto para descobrir o que havia acontecido. É aquela desgraça de mulher que ele está namorando. — Seu tom ficou ainda mais sombrio.

Eu não tinha contado a ninguém além de Brock sobre o rompimento com Stella. Não era da conta de ninguém.

— Não tenha medo de ele rastrear a cópia e chegar em você. O homem anda tão distraído com a buceta que tem sorte por ainda ter uma empresa funcionando bem. Ele passou um mês fora bancando o guia de turismo para ela na Itália, porra.

— Ah, sim, Stella. Eu conheci. Pelo menos a buceta vale a pena. — Kurtz riu, e minha raiva se tornou uma nuvem carmim. — Você conhece Harper. Cego de arrogância, ele acha que pode resolver tudo e que ninguém se atreveria a traí-lo. Adoraria ver a cara dele quando descobrir sobre Axel.

Kage riu.

— Aquele merda estava me dando nos nervos. Sempre tentando me adular e agradar. Que bom que ele foi nosso bode expiatório e Harper caiu nessa. Um problema a menos para mim.

Eu tinha desconfiado de que Axel talvez não fosse o responsável pelo roubo do *Magda* quando descobri outro vazamento, meses atrás.

A confirmação causou em mim uma rara pontada de arrependimento, mas não podia mudar o passado, portanto era inútil sofrer com o que tinha acontecido.

O melhor que eu podia fazer era justiça com o *verdadeiro* traidor.

— É, sim, aquilo foi necessário. Pena nunca termos descoberto o que aquela pintura horrorosa tem de tão especial. Tanto problema para pôr as mãos na tela, só para ter que vender antes de Harper seguir o rastro da obra e chegar até nós — Kurtz lamentou.

— Isso é uma coisa que ele nunca contou para ninguém, nem para mim. — Kage deu de ombros. — Se eu descobrir, te conto.

— Faça isso. — O sorriso de Kurtz lembrava o de um tubarão diante da presa. — Até lá... — Ele tirou uma pasta executiva do porta-malas do carro. — A segunda metade do pagamento pela informação sobre o Cila. Em dinheiro, como você pediu.

Uma pasta executiva? Sério?

Eu não conseguia decidir o que me enfurecia mais: a cara de Kurtz, a traição de Kage ou o fato de eles estarem agindo como vilões de uma série ruim de TV sobre policiais.

— Você deve odiar o cara de verdade, para querer foder a vida dele desse jeito — Kurtz comentou enquanto Kage contava o dinheiro. — Pensei que você e Harper fossem parceiros até me procurar alguns anos atrás.

— Éramos — Kage respondeu com frieza. Ele fechou a maleta. — As coisas mudam. Ninguém quer viver para sempre na sombra de outra pessoa.

— Ambição. Adoro. — Kurtz bateu no ombro dele. Kage fez uma careta, mas o CEO da Sentinel não pareceu notar. — Sabe, quando você fez contato conosco pela primeira vez, pensei que fosse uma armadilha, mas você provou que é um aliado útil. Faz anos que quero ver Harper baixar a bola. — Ele entrou no carro e piscou. — Foi bom negociar com você, como sempre.

Kurtz foi embora.

Eu cuidaria dele mais tarde. Agora que tinha a confirmação de que a Sentinel estava por trás da pirataria do Cila, sabia que também tinham sido eles que haviam fornecido o equipamento ao stalker de Stella. Só isso os tornava merecedores de mais que um colapso de sistema.

Kage jogou a pasta no porta-malas e se dirigiu à porta do motorista enquanto eu saía do carro e caminhava com passos silenciosos na terra macia.

— Não sei quanto ele pagou, mas não foi o suficiente. — O comentário casual reverberou entre as pilhas de metal retorcido à nossa volta.

Parei a alguns metros de onde ele havia estacionado.

Kage ficou paralisado por dois segundos apenas antes de se recuperar.

Ele endireitou as costas e me encarou, e o rosto relaxou em um sorriso fácil.

— Christian. O que você está fazendo aqui?

Apesar do tom casual, eu via as emoções se sucedendo em seus olhos.

Surpresa. Pânico. Medo.

— Tirei um tempo livre. Decidi dar uma olhada no meu melhor funcionário. — Meu sorriso refletia o dele.

Seu olho tremeu quando falei *funcionário*.

Ficamos nos encarando enquanto o ar ficava cada vez mais denso com o cheiro de ferro enferrujado e violência em ebulição.

Agora que estávamos frente a frente, dei liberdade às emoções pela primeira vez desde que vira o e-mail de Kurtz.

Kage era meu empregado mais antigo. Meu braço direito.

Uma vez ele salvara minha vida, e era uma das poucas pessoas em quem já confiara.

A traição se enroscava dentro de mim como arame farpado e arrancava algumas gotas de sangue. Uma gota para cada refeição que fizemos juntos, para cada conversa que tivemos, para cada problema que enfrentamos juntos, para cada situação difícil em que apoiamos um ao outro.

A piscina vermelha enchia meu estômago de ácido e corroía minha armadura, até que a tristeza e outra pontada de pesar pelo que teria de fazer conseguiram chegar à tona.

Respirei fundo.

A armadura se recompôs e prendeu dentro dela minhas emoções flutuantes.

Cinco segundos. Foi o tempo que me permiti ser sentimental.

— Por que isso? — Rompi o silêncio. — Você queria um salário mais alto? Mais reconhecimento? Adrenalina, porque estava entediado?

Kage desistiu de se fazer de bobo.

— Não tem a ver com o dinheiro. Tem a ver com você. — Havia ressentimento nas palavras. — Se não fosse por mim, a empresa não estaria onde está hoje. Eu comando as operações no dia a dia enquanto você voa pelo mundo na porra do seu jatinho particular e se hospeda em hotéis de luxo. O nome na porta é o seu. É você que todo mundo bajula. Você é o CEO, e eu sou uma merda de funcionário. Não sou seu sócio. Sou apenas um soldado sob suas ordens. Cada vez que vou a algum lugar, as pessoas só me perguntam sobre você. Estou cansado disso.

Ah, mas que porra. Eu me sentia quase desapontado por ele justificar a traição com um motivo tão rasteiro. Inveja e ressentimento eram tão ordinários quanto eu pensava que era o amor.

Mas esse era o problema com os humanos. As emoções mais básicas eram as mais perigosas.

— Mais reconhecimento, então — concluí. — O suficiente para ir correndo atrás do nosso maior concorrente e foder com seu amigo e com o que disse que ajudou a construir. Podia ter falado comigo, mas não falou. Isso não te transforma em herói, Kage. Isso faz de você um covarde.

Kage *me ajudara* no início da empresa e desempenhava um papel fundamental nas operações diárias. Eu o recompensara extremamente bem pelas duas coisas ao longo dos anos.

No entanto, a Harper Security não tinha florescido por causa das operações, mas por causa dos meus contatos e do braço cibernético que eu construíra. Kage se interessava pouco por networking e menos ainda por desenvolvimento cibernético.

A única coisa sobre a qual ele estava certo era minha distração. Eu o teria pego antes, se não fosse por Stella.

Tinha tido uma leve desconfiança desde as contas Deacon e Beatrix, com as quais ele trabalhava em contato muito próximo, mas deixara isso de lado para dar atenção a assuntos mais importantes.

— Pelo menos a Sentinel reconhece o que eu fiz por eles, e vou poder ver *você* baixar a bola. Tem sido divertido brincar de espião, sabotar sua empresa de dentro para fora, e você nem percebeu, porque estava ocupado demais com a porra da namorada enquanto eu cuidava da empresa. — O sorriso de Kage ficou gelado. — Faz muito tempo que você não me trata como amigo, Christian. Você me trata como um serviçal imbecil a quem pode dar ordens. Podia ter morrido com uma bala na cabeça se eu não tivesse salvado seu rabo.

A lembrança passou como um filme diante dos meus olhos.

Colômbia, dez anos atrás. As coisas ficaram feias com um traficante de armas e fui parar no meio de um tiroteio.

Ainda me lembrava do calor pegajoso, dos tiros rápidos embalados por gritos e da força de Kage me puxando uma fração de segundo antes de uma bala perfurar a parte de trás da minha cabeça.

Ele era guarda-costas de um empresário corrupto da região, e escapamos de uma situação impossível atirando para todo lado.

Agora estávamos aqui, uma década depois, à beira de mais tiros.

Meus olhos permaneciam no rosto de Kage, mas a atenção estava focada no volume em sua cintura e na pressão da minha arma entre o quadril e a parte inferior das costas.

— Pessoal é pessoal, negócios são negócios — respondi com frieza. — Quando estamos trabalhando, você é um *empregado*.

O olho de Kage tremeu de novo.

— Imagino que a perda das contas Deacon e Beatrix também tenha sido obra sua.

— Fiz o que tinha que ser feito. A Sentinel estava ficando inquieta depois do fiasco com *Magda*. — Ele levantou uma sobrancelha. — Acho que não vai me contar o que tem de tão especial naquela pintura, vai?

— Vou manter o mistério. Isso deixa a vida mais interessante. A pergunta agora, é claro, é o que fazer com você. — Minha voz continuava mansa.

Eu não tolerava traidores. Não me interessava se eram amigos, família ou alguém que salvara minha vida.

Quem ultrapassava essa linha tinha que receber o tratamento adequado.

O silêncio pulsou por mais um segundo, antes de Kage e eu sacarmos e atirarmos ao mesmo tempo.

Os tiros explodiram, seguidos pelos estalos de metal atingindo metal.

Eu me abaixei atrás do esqueleto enferrujado de um carro, o coração acelerado, o organismo encharcado de adrenalina.

Podia acabar com ele com um tiro, facilmente. A pontaria dele era boa; a minha era melhor.

Mas um tiro era pouco para uma grande traição.

Eu queria que doesse.

— Não vai me matar — Kage gritou. Vi seu reflexo na janela do carro na minha frente. Ele se escondia atrás de um caminhão perto de onde estivéramos, mas a arma e um pedaço da calça jeans estavam aparentes além do contorno da velha carcaça de metal. — Não aqui. Eu te conheço. Deve estar pensando em como vai me torturar.

Eu não mordera a isca. Não ia gritar no meio de um ferro-velho como um ator ruim em um filme de ação.

Meu celular vibrou anunciando uma nova mensagem.

Eu teria ignorado, considerando minha atual... distração, mas um instinto de alerta me fez agir de outro jeito.

Aconteceu alguma coisa.

Olhei para a tela por uma fração de segundo.

Brock: District Café, 23

Meu cérebro traduziu automaticamente o código da empresa em uma mensagem completa, considerando o contexto.

Incapacitado, preciso de alguém vigiando Stella com urgência. Estamos no District Café.

Um pânico como nunca tinha sentido se acumulou em minhas costas e invadiu o sangue.

Tinha acontecido alguma coisa com Stella.

Ele não disse isso, mas eu senti. O mesmo instinto de alerta que me fez olhar a mensagem no meio de uma troca de tiros disparava alarmes tão altos que quase encobriam a voz de Kage.

— Não vai acontecer — ele continuou. Sua voz estava aguda pela excitação e uma nota de pesar. — Só um de nós vai sair daqui vivo, e não vai ser você.

Tomei a decisão no mesmo instante.

— É aí que você se engana. — Saí de trás do esqueleto do carro.

Kage levantou do esconderijo e apontou a arma para mim, mas eu puxei o gatilho antes.

O tiro ecoou no ferro-velho vazio, seguido por mais três estampidos.

Um no peito, um na cabeça e um em cada joelho, para o caso de ele sobreviver e tomar a decisão estúpida de continuar lutando.

Ele cambaleou e caiu.

Mantive a pistola apontada para ele enquanto me aproximava. O farfalhar baixo da grama deu lugar ao ruído do cascalho até eu parar ao lado dele.

Olhos arregalados e vazios, boca aberta. Sangue se acumulando embaixo do corpo, formando uma poça crescente e pintando o chão de vermelho.

Não precisei verificar o pulso para saber que ele estava morto.

Uma década juntos terminada em minutos, tudo porque ele se ressentia contra mim pelas escolhas que tinha feito.

Passei por cima do corpo sem vida de Kage e voltei ao meu carro.

Não tinha tempo ou capacidade para mais sentimentalismo. Quem me traía morria para mim, no sentido literal e no figurado.

Quando alguém encontrasse o corpo de Kage, se encontrassem, ele já teria sido despedaçado por animais selvagens.

Kurtz era a única pessoa que poderia ser um problema, mas ele não diria nada. Morto, Kage era inútil para ele, e o sujeito não arriscaria o próprio pescoço orientando a polícia na direção certa.

Como eu era patrão de Kage, teria que contar uma boa história às autoridades e ao restante da empresa, mas isso não tomaria muito tempo. Eu pensaria nos detalhes mais tarde.

23.

A mensagem de Brock se repetia em minha cabeça quando pisei fundo e saí do ferro velho. O pânico voltou forte, misturado a uma dose saudável de medo.

Quando cheguei à avenida principal, já havia esquecido Kage.

A única coisa que importava era Stella.

CAPÍTULO 48

Christian

Os instintos de alerta disparados mais cedo gritavam mais alto à medida que eu me aproximava do café, e se transformaram em pavor quando cheguei e encontrei Brock vomitando no banheiro.

Nada de Stella por ali.

Ele conseguiu resumir o que havia acontecido antes de vomitar de novo.

Não perdi tempo fazendo perguntas. Cada segundo fazia diferença, e ele não conseguia nem ficar em pé, muito menos falar.

Em vez disso, fui direto ao balcão, sentindo o sangue correr como água gelada nas veias, e exigi as imagens das câmeras de segurança gravadas nas últimas duas horas.

Cinco minutos de gagueira e protestos débeis depois, o gerente abriu as imagens no escritório dele, uma sala apertada nos fundos.

Meu coração galopava enquanto eu via as cenas granuladas na tela.

Stella e Brock tinham entrado. Feito um pedido no balcão e sentado em mesas separadas antes de a família dela chegar.

Apesar da gravidade da situação, senti orgulho ao ver como ela assumira o controle da conversa. Não consegui ouvir o que diziam, mas lia sua linguagem corporal.

Depois que a família dela foi embora, Brock se aproximou de Stella de novo, mas seus passos estavam menos seguros que antes, quando tinham entrado. Ele e Stella trocaram algumas palavras antes de ele correr para o banheiro. Um minuto depois, ela ficou em pé, cambaleou e sentou de novo. Seu rosto perdeu a cor e ela parecia ter dificuldades para respirar.

Meus dedos ficaram brancos no encosto da cadeira do gerente.

Alguém deve ter drogado Stella. Essa era a explicação mais simples, mais plausível.

A urgência de entrar na imagem e confortá-la, depois pulverizar o desgraçado que fizera aquilo, me dominava.

Stella levantou de novo e cambaleou em direção à porta. Ela estava perto da saída, e só deu alguns passos antes de aparecer alguém atrás dela.

Meus sentidos entraram em alerta máximo.

Olhei para a figura. Alto, boné de beisebol, casaco escuro.

Eles pararam na porta, depois saíram ao mesmo tempo.

Não consegui ver os detalhes do que aconteceu por causa do ângulo, mas o jeito como os ombros da criatura se movia, o casaco no meio do verão, o cuidado com que ele mantinha o rosto virado para o lado oposto à câmera...

Estava armado. Disso eu tinha certeza.

E também tinha certeza de ter visto aquele casaco antes.

Meus batimentos dispararam com uma certeza letal.

— Volta a fita — ordenei. — Para.

O vídeo parou em Stella e Brock fazendo o pedido. A mesma figura estava ao lado deles no balcão. Pagou pela bebida em dinheiro e ficou batucando com os dedos enquanto Brock dava as costas para ele para dizer alguma coisa a Stella.

O que aconteceu em seguida durou poucos segundos.

A mão no bolso, o conteúdo de dois pacotinhos despejado rapidamente nas canecas de Stella e Brock, e o sujeito voltou a beber seu café.

Ele tinha sido rápido

E também cometera um deslize.

Quando virou a cabeça para olhar para frente de novo, vi o perfil de relance. O mesmo que tinha visto anteriormente em duas verificações distintas de funcionários.

Filho da puta.

Todas as peças se encaixaram.

Como ele havia entrado no Mirage. Por que não havia evidências dele saindo do prédio. Sua conexão com Stella.

Não perdi tempo agradecendo ao gerente ou falando com Brock, que ainda estava incapacitado no banheiro.

Em vez disso, disparei um código preto para a empresa junto com o nome do stalker e instruções para que encontrassem ele e Stella o quanto antes.

Reservado para emergências extremas, o alerta de código preto convocava todos os agentes na área para uma nova tarefa.

Eu nunca o havia utilizado até agora.

Se o stalker era inteligente a ponto de escapar de uma identificação durante todo esse tempo, também era inteligente a ponto de não ligar o celular e não usar seu carro.

Mesmo assim, tínhamos as informações necessárias para rastreá-lo.

Eu só esperava que, quando o encontrássemos, não fosse tarde demais.

CAPÍTULO 49

Stella

UMA SENSAÇÃO ESTRANHA ME TIROU DO POÇO ESCURO E TURVO DE inconsciência.

Começou como um formigamento nos dedos das mãos e dos pés. Depois foi a pressão dura da madeira entre minhas coxas. Finalmente, a fricção abrasiva das cordas em torno dos pulsos e a dor de cabeça latejante atrás dos olhos.

As únicas vezes em que estivera amarrada antes haviam sido com Christian, mas aquilo era consensual. Isto... Eu não sabia o que era isto.

Só sabia que doía, minha garganta estava seca e minha cabeça pulsava como se alguém tivesse acertado uma ou dez marteladas nela.

Âncoras de concreto puxavam minhas pálpebras. A escuridão não era suave e mansa como o apelo gradual do sono. Era infinita e ameaçadora, como o peso da terra depois de ser enterrada viva.

Forcei os pulmões a se dilatarem e superarem o pânico crescente.

Respira. Pensa. O que aconteceu?

Tentei organizar os acontecimentos do dia.

Eu me lembrava de ter encontrado minha família em um café. Brock correndo para o banheiro. Náusea, tontura, sair cambaleando para respirar... e a pressão fria de uma arma nas costas. Uma voz, depois a escuridão.

Ai, Deus.

Eu tinha sido sequestrada.

A constatação era como garras geladas e afiadas afundando em mim.

O desejo de mergulhar no pânico me consumia, mas rangi os dentes e me obriguei a ficar no presente.

Eu *não iria* morrer desse jeito. Não iria morrer de jeito nenhum. Não por um bom tempo, por muito tempo.

Abri os olhos com muito esforço. A tontura distorceu minha visão antes de o ambiente tomar forma.

Eu estava em uma espécie de cabana decrépita feita de madeira e metal ondulado. Uma camada fina de sujeira cobria as janelas e diminuía a luz do sol que se derramava pelo chão. Não havia mobília além da cadeira em que eu estava amarrada e uma mesa inclinada, onde havia um pedaço de corda e, quase ridículo, uma embalagem de comida para viagem.

A bile revestia minha garganta.

Onde eu estava? A julgar pela luz, não fazia muito tempo que fora nocauteada, o que significava que não podíamos ter ido muito longe.

— Está acordada.

Virei a cabeça de repente ao ouvir a voz familiar, e uma segunda onda de tontura me dominou.

Quando ela passou, a bile ficou mais densa.

Eu sabia por que a voz era familiar.

— Não. — O protesto rouco soou patético.

Julian sorriu.

— Surpresa?

O mais celebrado jornalista de lifestyle da cidade de Washington parecia diferente da foto perfeita de seu perfil no *Washington Weekly* e da última vez que tínhamos nos encontrado pessoalmente.

Tinha sido quando fizemos a foto do meu perfil, e ele fora muito agradável. Despretensioso.

E fora ainda mais simpático nas dez vezes, mais ou menos, que tínhamos nos falado por telefone.

Mas, agora que olhava de perto, eu via a luz da loucura em seus olhos e a artificialidade do sorriso.

Era o sorriso de um psicopata.

Meu coração disparou.

— Eu sabia que ficaria. — Julian passou a mão na frente da camisa. — Não se lembra de mim, não é?

— Você é redator do *Washington Weekly*. — Senti a língua grossa na boca.

Ele devia ter posto alguma coisa na minha bebida no café. O que quer que tenha sido, o efeito perdurava e afetava minha consciência.

— Óbvio. — Eu podia jurar que ele revirou os olhos. — *Antes disso*, Stella. Fizemos algumas aulas juntos na Thayer. Teoria da comunicação com o professor Pittman. Você sentava duas carteiras na minha frente, à direita. — Vi o sorriso de reminiscência. — Eu gostava daquela aula. Foi onde te vi pela primeira vez.

Thayer. Teoria da comunicação.

Flashes rápidos de um garoto loiro e quieto sentado no fundo da sala passaram pela minha cabeça, mas eu tinha feito esse curso havia anos. Mal me lembrava da cara do professor, imagine dos colegas de turma.

— Não falei nada durante nossas várias conversas adoráveis. Queria ver se você se lembrava. — O sorriso dele se tornou uma careta de contrariedade. — Não lembrou, mas tudo bem. Eu era diferente naquela época. Menos bem-sucedido, menos digno de você. Falei sobre o que sentia em minhas cartas, mas precisava me tornar alguém na vida antes de ter certeza de que você me aceitaria. Por isso não fiz contato com você antes. Mas agora... — Ele abriu os braços. — Podemos finalmente ficar juntos.

— Ficar juntos? Você *me sequestrou*!

Eu não conseguia entender o que ele estava dizendo. A situação era surreal demais.

— É, sobre isso, peço desculpas por ter te apagado, mas isso facilitou as coisas. — Sua voz tinha uma nota apologética. — Eu também deveria te desamarrar, mas não posso, não antes de resolver sua vida.

A cena ficava mais surreal a cada segundo.

— Do que você está falando?

— Christian Harper. — O nome foi pronunciado com um tom tão ácido que me queimou por dentro. — Você acha que ainda está apaixonada por ele. Dá para ver nos seus olhos.

Ai, Deus. Christian.

Entendi o que estava acontecendo.

Julian não estava em seu estado normal, era evidente, e me mantinha amarrada sabe Deus onde. Eu podia tentar fugir, mas não tinha carro, e ainda estava atordoada pela pancada na cabeça.

Havia uma forte possibilidade de nunca mais ver Christian, meus amigos ou minha família.

O pânico cresceu no meu peito, mas eu o engoli.

Vou pensar em um plano. Tinha que pensar.

Até lá, precisava fazer Julian continuar falando, em vez de fazer... qualquer coisa que ele tivesse planejado para mim.

Meu estômago protestou.

— Não estou mais com Christian.

Deus, como queria estar.

Queria estar no apartamento dele agora, fazendo tacos enquanto ele ria de mim por colocar queijo demais no meu e resmungava quando eu respondia às minhas mensagens nas redes sociais, em vez de dar atenção a ele.

Lágrimas quentes se acumularam em meus olhos.

— Eu não falei que ainda estava namorando com ele — Julian se irritou. — Disse que ainda está *enganada sobre amar esse sujeito*!

A voz dele aumentou de volume antes de Julian respirar fundo e passar a mão na frente da camisa de novo.

— Tudo bem. Não é sua culpa — ele disse, para me acalmar. — Ele mentiu para você. Te iludiu com aparência e dinheiro. Mas nós temos que ficar juntos. Eu sei disso desde a primeira vez que te vi. Sonhei com você depois daquele primeiro dia de aula, sabe? — Outro sorriso se espalhou pelo seu rosto. — Sonhei que éramos casados e morávamos em um chalezinho no bosque. Tínhamos dois filhos, eu trabalhava o dia todo e quando voltava para casa você estava me esperando. Foi lindo. Nunca tinha sonhado com uma garota antes. Se isso não é um sinal de Deus, o que é?

Um sonho? Eu estava no inferno por causa de uma droga de sonho?

Respira.

O ar estagnado parecia arranhar meus pulmões.

— Não tem ninguém mais bonita que você, Stella. Estava sempre quieta e sempre foi legal comigo, mesmo quando todo mundo me ignorava ou debochava de mim. Você tem as qualidades que eu procuro em uma esposa. É perfeita para mim.

Eu era a mesma pessoa que fora na faculdade, mas era evidente que ele não me via de verdade. Só me enxergava como um troféu, algo que podia possuir.

— Como você conseguiu todas aquelas fotos? — Movi as mãos atrás do corpo tanto quanto podia, procurando alguma coisa, *qualquer coisa* que pudesse usar para arrebentar a corda. — Como entrou no meu apartamento?

Minha respiração parou por um segundo quando encontrei uma saliência afiada no encosto da cadeira. Parecia ser um prego. A cadeira era tão velha que eu não ficaria surpresa se fosse. Honestamente, não me interessava o que era. Só queria saber se aquilo podia esgarçar as fibras da corda o suficiente para eu me libertar.

Mantive o olhar fixo em Julian enquanto passava a corda no prego com toda a discrição possível.

— Sempre fui bom nesse negócio de investigar pessoas. Eu me formei em jornalismo, você sabe. Além do mais, eu desapareço na multidão. Fica fácil seguir alguém sem que a pessoa perceba. Quanto ao seu apartamento... — Julian riu.

— Essa é a melhor parte! Eu também tenho um apartamento no Mirage. Minha avó deixou para mim quando morreu. Não moro lá, mas tenho as chaves. Nós somos praticamente vizinhos. Fiquei muito chateado quando você não me viu na única vez que dividimos o elevador, mas você estava ocupada demais com o celular. — Ele deixou escapar uma risadinha.

Fiquei quieta. Estava concentrada demais na tarefa.

Por sorte, Julian gostava de produzir a própria história, andando e gesticulando enquanto me contava o que tinha feito.

Cada vez que me dava as costas, eu trabalhava mais depressa, e reduzia o ritmo quando ele virava de frente para mim de novo.

O esforço me fazia suar, mas a corda tinha afrouxado o bastante para não afundar mais na pele.

Só mais um pouquinho...

— Foi mais difícil hackear o sistema de vigilância, mas eu tive ajuda para isso. Contratei a Sentinel Security. É a maior concorrente da Harper, e imaginei que eles gostariam de uma oportunidade de diminuir o concorrente. Eu estava certo. Eles me deram um equipamento complexo que eu podia usar, e o resto é história.

Ele parou na minha frente.

Congelei, rezei para ele não olhar por cima da minha cabeça e atrás de mim.

— Fiz tudo isso por *você*, Stella. Porque eu te amo. Só queria não ter te abandonado por dois anos. Infelizmente precisei voltar para casa e cuidar da minha avó. — Ele parecia aborrecido. — Foi ela que deixou para mim o apartamento e todo o dinheiro de que eu poderia precisar. Ela era dona de muitas propriedades, e, como meus pais morreram, herdei tudo. Você começou a namorar Harper enquanto eu estava longe, o que não foi muito legal. — A desaprovação desenhou uma ruga em sua testa. — Mas eu voltei, e você não está mais na casa daquele cretino. Tive que me esconder durante um tempo depois que voltei, sabe? Não podia correr o risco de ser rastreado pelo Harper. A parte boa é que eu tive tempo para planejar tudo isso. — Julian se ajoelhou e afastou o cabelo do meu rosto. — Nós podemos finalmente ficar juntos... *depois* que eu resolver a sua vida. Mas acho que isso não vai demorar. Algumas semanas comigo e você vai ver. Nós nascemos para ficar juntos.

Ele sorriu.

A náusea ameaçou me dominar.

Ele era delirante. *Mais* que delirante.

Julian disse que me amava, mas o que estava fazendo não era amor.

Amor era me aceitar como eu era, com defeitos e tudo.

Amor era acreditar em mim mesmo quando nem eu mesma acreditava em mim.

Amor eram momentos tranquilos e beijos suaves, euforia ofegante e mãos ásperas, tudo em um só pacote.

Amor era o que Christian me dava.

Ele havia ultrapassado limites e guardado segredos, mas nunca faria *isso*. Nunca me drogaria ou me machucaria intencionalmente.

Eu sabia que devia entrar no jogo até conseguir escapar, mas pensar em fingir que queria ficar com Julian me fazia querer vomitar.

— Julian... — Olhei nos olhos dele.

Ele sorriu e seu rosto se iluminou com uma ansiedade doente.

— Prefiro *morrer* a ficar com você.

Dei uma cabeçada na testa dele com toda a força que tinha.

O uivo de dor ricocheteou na cabana.

Luzes piscaram no meu campo de visão com a força do impacto, mas eu não tinha tempo a perder. Abaixei os pulsos com toda força atrás de mim até a corda esgarçada se partir onde o prego penetrou.

Felizmente, Julian não havia amarrado minhas pernas, e cambaleei para a porta. Estava quase chegando lá quando mãos fortes me puxaram de volta.

Caí no chão com um baque surdo.

Julian me imobilizou e segurou meus pulsos acima da cabeça.

— Me solta! — Eu me debatia.

— Você é minha — ele respondeu, calmo, como se estivesse em um piquenique no parque, não imobilizando uma refém. — Vai ser muito mais fácil se concordar, Stella. Não quero te machucar.

Eu não podia resistir para sempre. Minha energia já estava acabando, os músculos doíam e os pensamentos começavam a embaralhar com o pânico.

Virei um pouco a cabeça para a direita e parei de respirar quando vi minha bolsa caída a alguns passos de mim.

Meu taser.

Eu sempre o levava comigo. Se conseguisse pegar...

Julian seguiu a direção do meu olhar e riu.

— Ah, não se preocupe com o *taser*. Tirei as pilhas. Eu... — A frase foi interrompida, substituída por um uivo quando tirei proveito de sua distração, enterrei os dentes em seu pescoço e rasguei.

O som molhado e repugnante de carne esgarçando ondulou no ar.

A força com que ele me segurava diminuiu. Eu o empurrei e engatinhei para a porta.

Não olhei para trás. Meu estômago revirava com o gosto metálico de sangue na boca, mas não tinha tempo para lidar com nojo.

Segurei a maçaneta e a usei como apoio para me levantar...

Um grito frustrado arranhou minha garganta quando Julian me puxou para trás outra vez. Ele me empurrou de cara contra a parede ao lado da porta.

A dor explodiu em minha cabeça. A visão tremulou e vibrou como uma TV velha com estática.

— Você me decepcionou, Stella. — O tom de ameaça distorcia a voz dele em algo sombrio e sinistro. O sangue de seu pescoço pingava em minha pele e queimava como ácido. — Eu estava tentando ser legal. Pensei que você entenderia. Se não posso ter você... — A pressão da arma embaixo do meu queixo provocou um arrepio gelado de medo que desceu pelas costas. — Ninguém vai ter.

Gritei quando ele puxou minha cabeça para trás. A arma era fria, mas a respiração dele era quente e sinistra no meu pescoço.

— Talvez você não tenha mais salvação. Estragou. Mas tudo bem. Podemos ficar juntos em outra vida. — Ele beijou meu pescoço. Senti um arrepio de repulsa. — Somos almas gêmeas. Almas gêmeas sempre se encontram de novo.

Ele engatilhou a arma.

Dor e terror se dissolveram em torpor. Fechei os olhos, não queria que essa cabana fosse a última coisa que eu veria antes de morrer.

Minha respiração foi acalmando quando busquei refúgio mental em meu lugar mais seguro.

Olhos cor de uísque. Murmúrios quentes. Couro e especiarias.

Lágrimas silenciosas desciam pelo meu rosto.

O tempo passava mais devagar enquanto trechos da minha vida desfilavam em minha cabeça. Eu me vestindo de boneca Bratz com as amigas para o Halloween, montando quebra-cabeças com Maura, em férias com a família na praia, postando o primeiro texto no blog, as chamadas com Brady nas tardes em cafés e sessões de fotos à beira d'água... e Christian.

De todas as pessoas que eu sentiria falta, ele era o primeiro da lista.

Eu te amo.

Um tiro quase explodiu meus tímpanos.

Encolhida, esperei pela fisgada de dor, mas não senti nada.

Em vez disso, ouvi o estrondo da porta seguido de gritos e do deslocamento de ar quando o corpo de Julian foi arrancado de perto do meu.

Abri os olhos e vi, perplexa, uns cinco ou seis homens entrando na cabana de arma na mão.

Um deles dominou Julian com facilidade, enquanto os outros faziam uma varredura no espaço.

Tudo aconteceu tão depressa que eu ainda estava em pé ao lado da porta quando uma presença quente e familiar tocou um lado do meu pescoço.

Não pode ser.

Mas, quando me virei, ele estava ali.

Cabelo escuro. Olhos brilhantes. Rosto esculpido por uma raiva fria, infinita.

Christian.

O soluço preso em meu peito finalmente se libertou.

Por mais que tenha ficado brava quando encontrei as pastas, por mais que ele tenha traído minha confiança no passado, não havia ninguém que eu quisesse ver mais neste momento.

— Stella. — O alívio suavizou os contornos de sua fúria.

Ele disse meu nome como se fosse uma oração, um sussurro tão aflito e emocionado que destruiu qualquer resistência que eu ainda pudesse ter.

Não pensei. Não falei.

Só me joguei nos braços dele e desabei.

CAPÍTULO 50

Christian

Ela está aqui. Está em segurança.

Eu repetia as palavras mentalmente enquanto abraçava Stella com força.

Arrepios leves percorriam seu corpo, e, embora ela fosse quase tão alta quanto eu, parecia frágil. Quebrável.

Um instinto feroz de proteção queimou em meu peito.

— Está tudo bem, meu amor — murmurei. — Você está bem. Está segura.

Ela afundou o rosto ainda mais em meu pescoço, e seus soluços baixos torciam meu coração como se fosse um pano de chão.

Eu a abraçava pela primeira vez em semanas, mas não era assim que queria que fosse.

Não com ela machucada, marcada e apavorada.

O alívio que senti ao encontrá-la viva deu lugar a uma nova onda de fúria.

Olhei para Julian por cima do ombro de Stella.

Ele me encarou com o olhar carregado de ódio, mas não disse nada quando Steele e Mason o contiveram.

Eu tinha reconhecido o rosto de Julian da foto na bio do *Washington Weekly*. Também o reconhecera pela verificação de antecedentes que fizera da avó dele quando ela comprou o apartamento no Mirage. Depois que ela morreu, ele herdou o imóvel.

Eu não me envolvia nos detalhes corriqueiros da rotatividade de inquilinos, por isso não tinha dado atenção a esse detalhe.

Por isso não havia evidências dele saindo do Mirage depois de invadir o apartamento de Stella. Ele estivera dentro do edifício o tempo todo.

— Quero ele vivo — avisei. — Vou cuidar dele pessoalmente.

Queria ter o prazer de destruir o desgraçado.

No entanto, uma centelha de orgulho se acendeu em meu peito quando vi a ferida horrível em seu pescoço. Stella devia ter arrancado um pedaço dele antes de chegarmos.

Essa é minha garota.

Steel assentiu.

— Entendido.

Rastreamos Julian pelo cartão de crédito que ele usara na locadora de automóveis, depois seguimos as pistas do carro até essa merda de cabana no bosque da Virgínia. O GPS embutido no veículo facilitou a operação.

Eu não quisera correr nenhum risco, por isso tinha convocado um punhado de homens para me acompanhar e mandado outros resgatarem Brock.

Julian devia ter usado substâncias diferentes para drogar meu agente e Stella: uma para incapacitar Brock e tirá-lo do local, a outra para desorientá-la.

Tudo que eu queria era esfolar o desgraçado vivo, mas Stella era a prioridade. Massageei as costas dela.

— Vamos para um hotel para você tomar um banho — murmurei. — Tem um médico que pode nos encontrar lá e dar uma olhada nesses ferimentos.

Eu odiava hospitais. Toda aquela porra de papelada e desleixo com a segurança. Era mais fácil eu mesmo cuidar dela.

Quando ela assentiu em silêncio, deixei meus homens limpando tudo na cabana e a levei para o meu carro.

A raiva voltou quando vi seus cortes e hematomas à luz clara do dia, mas me controlei.

Depois. Quando eu tivesse certeza de que ela estava bem, poderia usar todo o tempo que quisesse para desmontar Julian.

Stella não falou quando a tirei da cabana.

Eu queria levá-la para o meu apartamento, mas não queria violar os limites que ela estabelecera quando terminamos.

Porém, quando chegamos ao hotel mais decente próximo de onde estávamos, ela não saiu do carro.

Ficou olhando para a entrada, apertando os joelhos até os dedos perderem a cor.

— Podemos ir para a sua casa, em vez disso? — perguntou em voz baixa. — Quero ir para um lugar seguro.

Meu coração voltou à vida com um rugido, mas mantive a voz controlada.

— É claro.

O dr. Abelson já esperava por nós quando chegamos ao Mirage. Ele estava aposentado, tecnicamente, mas um dos meus clientes o tinha indicado anos antes, quando mencionei que precisava de um médico particular discreto.

Aparentemente, Abelson precisava de outra coisa, além de golfe e televisão, para ocupar o tempo da aposentadoria.

Não precisávamos de outros moradores fazendo perguntas, por isso entramos pelos fundos e subimos direto para a cobertura.

Eu tinha um quarto reservado especialmente para atendimentos médicos, e acompanhei impaciente enquanto Abelson se apresentava a Stella e examinava seus ferimentos.

— Ela está bem? — perguntei depois de um intervalo interminável que, na verdade, foi de menos de trinta minutos.

— Ela sofreu alguns cortes e tem hematomas, além de uma concussão moderada, mas vai ficar bem — o médico anunciou. — Nada que tempo e repouso não curem.

O diagnóstico deveria ter me acalmado, mas só consegui ouvir a palavra *concussão*.

Mentalmente, acrescentei mais quinze minutos à sessão que teria com Julian.

— Eu faço isso — falei quando ele se aproximou para fazer um curativo em um dos cortes. — Pode ir. Obrigado.

Com exceção de um leve arquear de sobrancelhas, Abelson não reagiu à minha solicitação.

— Eu quero saber o que aconteceu? — ele perguntou enquanto recolhia suas coisas. Falava em voz baixa.

Stella estava sentada do outro lado do quarto. Ficou em silêncio durante todo o exame, mas isso não significava que não podia nos ouvir.

— Não. — Ele ficava à disposição para resolver questões médicas, mas eu nunca explicava como essas questões surgiam.

— Foi o que pensei. — O médico balançou a cabeça. — Se surgir alguma complicação, ligue para mim. Não acho que vá acontecer nada, mas você tem meu número.

Por isso eu gostava de Abelson. Ele era discreto, competente e não fazia perguntas desnecessárias.

Depois que ele foi embora, terminei de fazer os curativos em Stella.

A ponta dos meus dedos tocava de leve sua pele quando prendia as bandagens. O ruído constante do ar-condicionado se misturava à nossa respiração, e uma corrente elétrica manteve meus músculos contraídos até eu terminar de cuidar dela.

— Se estiver com fome, posso preparar alguma coisa para nós — falei.

Ela balançou a cabeça.

— Só quero tomar um banho e dormir.

Não discuti. Em vez disso, eu a conduzi até o corredor e parei entre o quarto de hóspedes e o meu quarto.

Não devia perguntar. Eu sabia que ultrapassaria limites de novo e que ela podia não estar pronta. Mas tinha que tentar.

— Fica comigo. — Transformei as palavras em um pedido, não uma ordem. — Só esta noite. Por favor.

Estávamos na segurança da minha cobertura, mas não era o bastante.

Eu quase a perdera, e precisava dela perto de mim.

Precisava vê-la, tocá-la, confortá-la. Garantir para mim mesmo que ela estava ali de verdade, que não era um produto da minha imaginação.

Só então poderia respirar.

A eternidade de um segundo passou, seguida por um breve aceno de cabeça, um alívio doce e o clique da porta do meu quarto fechando depois de entrarmos.

Stella e eu nos revezamos para tomar banho.

Ela havia levado todas as suas coisas para a casa de Ava, e eu dei a ela uma das minhas camisetas velhas.

Vê-la usando minha roupa apertou meu coração.

Isso não significava que ela havia me perdoado, ou que estávamos juntos novamente. Stella passara por uma experiência traumatizante, e suas atitudes agora não eram indicativas de como se comportava normalmente.

Mas já era um progresso, e eu aceitaria tudo que pudesse ter.

— Como você me encontrou? — ela perguntou quando me deitei na cama a seu lado.

Parte da cor estava de volta ao seu rosto depois do banho, e ela estava falando de novo.

Mais progresso.

Mais uma onda de alívio suavizando a tensão.

— Brock mandou uma mensagem para mim e eu vi o cara nas imagens da câmera de segurança do café. — Resumi o que havia acontecido, omitindo a parte sobre Kage e o ferro-velho.

— Ele vai ficar bem?

Stella se preocupava com outra pessoa, quando ela havia sido vítima de sequestro.

Um canto da minha boca se levantou.

— Vai. Ele vai ficar bem depois de repousar um pouco.

— Que bom. — Ela se virou de lado e olhou para mim, encaixando uma das mãos embaixo da bochecha.

Apesar do que tinha dito sobre querer dormir, ela parecia relutante.

— Fala comigo, Borboleta. Em que está pensando?

— Bom, eu tive um dia agitado.

Outro sorriso moveu meus lábios. Piadas, mesmo que secas, eram sempre um bom sinal.

— Mas eu não quero falar sobre o que aconteceu, não agora. — E me encarou. — Me conta uma história.

— Um conto de fadas? — brinquei.

Ela balançou a cabeça.

— Uma história real.

Pensei um pouco, antes de meu sorriso desaparecer aos poucos.

— Quanto você quer de realidade, Stella?

— Tanto quanto for possível. — A voz dela ficou mais suave. — Me conta uma história sobre você.

Fiquei em silêncio por um momento, antes de falar de novo.

— Já falei sobre meu pai e como meus pais morreram. O que não contei é o que minha mãe deixou. — As palavras saíram abafadas, como móveis cobertos de poeira depois de passarem muito tempo escondidos. — Um bilhete de despedida.

A polícia o encontrou no local. Minha tia não queria que eu visse, mas insisti.

Ainda me lembrava do cheiro do bilhete, uma mistura de tinta com o perfume favorito de minha mãe. Minha pele ainda estava quente do sol daquela tarde, mas eu não conseguia parar de tremer quando li a carta.

— Ela me contou que me amava muito e que não queria me deixar, mas não tinha escolha. Não conseguia viver sem meu pai, e a irmã dela cuidaria de mim. — Um sorriso amargo tocou meus lábios. — Imagine dizer a um filho que o ama antes de deixá-lo sozinho no mundo. Sabendo que ele perderia a mãe, que era só o que tinha, porque não era capaz de ficar pelo tempo necessário para *tentar*? Fazia dois dias. Foi isso. Não fiquei triste quando li aquela carta, Stella. Fiquei *com raiva*, e me senti satisfeito com isso, porque raiva é melhor que abandono. Mas minha mãe também deixou outra coisa. A única coisa que tentou pintar. Ela amava arte, mas era uma péssima artista, e nem meu pai conseguia mentir e dizer que aquilo era bom. Pusemos o quadro no porão, mas depois que ela morreu eu o tirei de lá e mantive comigo. Não sabia por quê. Talvez por me ressentir contra o que a arte tinha feito com minha família, por gostar de ver a feiura e o caos imortalizados na tela. Também fiquei com o bilhete, e, quando cresci, troquei a moldura e o guardei dentro do quadro. O mais insano nisso tudo é que dei ao quadro o nome dela. *Magda*.

"Sim — confirmei quando Stella arregalou os olhos. — A mesma *Magda* de que você me ouviu falando com Dante. Eu devia ter jogado o quadro e o bilhete fora faz muito tempo, mas não consegui. Não eram os objetos. Era o que eles simbolizavam: o que meus pais tinham feito e como me abandonaram. Eu odiava *Magda*, mas ela era a coisa mais importante da minha vida. O suficiente para eu a manter guardada. Até forjei documentos atestando que o quadro é uma obra de arte de valor incalculável, para ninguém perguntar por que eu gastava tantos recursos com ela. — Uma risada rouca saiu da minha garganta. — Parece uma farsa estupidamente complicada para uma coisa tão simples, mas aquela pintura sempre mexeu comigo. Eu nunca poderia me desfazer dela. Aquela obra de arte medonha simbolizava tudo que ela amava mais que eu. Sempre que vejo a tela, eu a vejo. Eu a vejo sentada escrevendo aquele bilhete, depois estourando os próprios miolos."

Stella se encolheu com a imagem visual, mas eu estava embalado demais para parar.

— Eu me vejo sentado na sala de aula, quando o diretor me chamou para ir à sala dele. Vejo a cara da minha tia, o funeral e a pena com que todos olhavam para mim depois que ela morreu. A cidade não sabia a verdade sobre meu pai; o empresário de quem ele roubava quando morreu não quis mais publicidade sobre o caso, e pagou para as autoridades abafarem tudo. — Engoli um nó estranho na garganta. — O amor de uma mãe pelo filho deveria ser o maior de todos os amores. Mas não foi suficiente para ela ficar comigo.

Stella ficou em silêncio durante toda a minha história, mas agora olhava para mim com mil palavras nos olhos.

— Christian... — ela murmurou, com a voz embargada pela emoção.

Ajeitei seu cabelo atrás da orelha.

— Não é uma história para chorar, Borboleta — respondi, sério. — Não se sinta mal por mim. Já superei tudo há muito tempo.

Era uma história pesada, depois do dia que ela havia tido, mas Stella pedira realidade. E minha história com *Magda* era tão real quanto podia ser.

— Acho que você não superou — ela respondeu. — Não se ainda guarda o quadro.

— Tecnicamente, Dante está guardando. — Eu me esquivei do comentário.

— E como ele pegou?

— O quadro foi roubado, depois vendido em uma série de leilões. — Não entrei nos detalhes sujos sobre Kage, Sentinel e como, na maior de todas as coincidências, a tela acabou indo parar nas mãos de Josh. Eu a tinha encontrado antes de Josh comprá-la e recuperado o bilhete, mas deixara a venda seguir o curso normal para descobrir quem a tinha roubado. Estava certo sobre a Sentinel e errado sobre Axel. — Dante agiu como meu procurador e a comprou de volta porque eu não queria que mais pessoas soubessem da minha conexão com a obra. Ele a está guardando na casa dele enquanto penso no que vou fazer com aquilo.

— E já decidiu? — Stella perguntou. — Já sabe o que vai fazer com ela?

— Ainda não. Mas vou decidir.

Ficamos ali deitados, minha respiração e a dela se misturando no espaço apertado entre nós.

Stella estava certa. Eu não tinha superado *Magda*. Eu a tinha empurrado para o fundo da minha cabeça por causa de tudo que acontecera nos últimos meses, mas ainda sentia sua mão esquelética me segurando.

Podia destruí-la, ou podia viver com sua mão no meu pescoço para sempre.

Mas essa era uma decisão para outro dia.

— Posso contar um segredo? — Stella sussurrou. — Quando eu estava na cabana e pensei que ia morrer... a pessoa em quem eu mais pensei foi você.

As palavras dela me abriram e entraram no meu coração... tanto sobre ela quase morrer quanto sobre ter pensado em mim.

— Não estou dizendo que superei completamente o que você fez, porque não superei — ela continuou. — Mas também entendo como é manter coisas em segredo e não saber como dizer a verdade. Também percebi que errei quando te comparei ao Julian. Você nunca me machucaria como ele me machucou. E para ser honesta, eu... — Stella engoliu em seco. — Senti sua falta.

O aperto em meu peito diminuiu, e minha boca relaxou em um sorriso sincero.

— Posso lidar com isso.

— E também... — Um rubor se espalhou pelo seu rosto. — *Talvez* fique mais fácil de eu superar o que você fez se me der um beijo de boa-noite.

Uma risada vibrou em meu peito.

— *Definitivamente*, eu posso lidar com isso. — Eu a puxei para mais perto. — Também senti sua falta — confessei baixinho antes de beijar sua boca de leve.

Seria capaz de beijá-la para sempre, mas me obriguei a recuar depois de contar até três. Agora não era hora de uma pegada mais forte. — Isso é tudo que você vai ganhar agora. Precisa descansar.

Stella suspirou.

— Adora provocar...

Apesar da reclamação, ela apagou como uma lâmpada minutos depois.

Eu a acomodei contra o peito e, depois de semanas de noites agitadas, deixei o ritmo relaxante de sua respiração finalmente embalar meu sono.

CAPÍTULO 51

Stella

No dia seguinte, dormi até meio-dia. Nunca tinha acordado tão tarde, mas os acontecimentos do dia anterior tinham acabado comigo. Mesmo depois de dezesseis horas de repouso, eu ainda estava atordoada quando fui à cozinha.

Tinha sido drogada e sequestrada. Descobrira que meu antigo colega de turma barra repórter que escrevera aquele perfil incrível sobre mim era meu stalker. Quase tinha morrido, fora resgatada por Christian, tinha passado a noite na casa dele e meio que me acertado com ele.

Havia tido tempo para processar tudo, por isso era mais fácil organizar mentalmente o que tinha acontecido, mas o dia anterior tinha sido tão surreal que eu ainda me sentia caminhando na fronteira de um sonho.

Era segunda-feira, eu esperava que Christian tivesse ido trabalhar. No entanto, quando entrei na cozinha ensolarada, eu o encontrei ao lado da máquina de espresso vestindo camisa e calça pretas, em vez do terno habitual.

Pisquei, surpresa.

— Está em casa.

— É minha casa — ele respondeu, sério. E acenou com a cabeça para a variedade de travessas cobertas sobre a ilha da cozinha. — Nina está aqui e fez o café da manhã. Panquecas de ricota e limão, suas favoritas.

Meu estômago roncou quando ele mencionou comida. Na véspera eu havia almoçado um salgado e não jantara, então qualquer tipo de comida me faria feliz.

— Como está se sentindo? — ele perguntou, me observando enquanto eu atacava as panquecas.

Que coisa maravilhosa. Eram as melhores panquecas que eu já comera.

— Vou sobreviver. — Meus músculos doíam e a cabeça ainda incomodava um pouco, mas não era nada crítico. — Você não devia estar no escritório?

— Vou sair daqui a pouco. — Christian deixou a caneca de café na pia. — Tive que contar para Ava o que aconteceu, porque ela ficou preocupada quando você não voltou para casa ontem à noite. E deduziu que estava comigo.

Fechei os olhos. Tinha esquecido completamente de avisar Ava que eu estava bem.

— Ela contou para Jules. — Seu tom ficou ainda mais seco. — Elas devem chegar daqui a pouco. Podem fazer companhia para você enquanto eu cuido de Julian.

— Vai deixar as duas entrarem na sua casa? Pensei que não gostasse de visitas.

— Achei que você não ia gostar de ficar sozinha. — A expressão de Christian ficou ainda mais carregada. — Se não for o caso, eu falo para elas não virem.

— Não. Tudo bem. Vai ser bom ver as duas. — Ele estava certo sobre eu não querer ficar sozinha.

Ver minhas amigas me daria uma sensação de normalidade, embora eu soubesse que elas deviam estar surtando.

— O que vai fazer com Julian? — perguntei, certa de que não queria saber a resposta, mas curiosa demais para não perguntar.

Se fosse outra pessoa qualquer, eu insistiria para ele deixar a polícia resolver o problema.

Mas tentar convencer Christian a entregar um caso à polícia seria inútil, e minha experiência com ela também não era das melhores.

Com a sorte que eu tinha, Julian conseguiria escapar de uma sentença pesada e voltaria às ruas em poucos meses.

Os olhos de Christian escureceram.

— Nada que ele não mereça.

A letalidade calma da resposta provocou um arrepio que desceu pelas minhas costas. De repente me perguntei, em um nível mais visceral, porque ele estava inteiro de preto e vestido com roupas casuais, em vez do terno de costume.

Christian havia provado que era um homem melhor do que eu esperava.

Mas eu soube com uma clareza repentina e ofuscante que ele também era capaz de coisas piores do que eu podia imaginar.

Nossos olhares se encontraram. Meu coração bateu mais devagar sob o peso de sua atenção.

Ele sabia que eu sabia, ou que desconfiava, pelo menos. E queria ver se o condenaria. Se tentaria impedir.

O garfo esfriou na minha mão. Mas eu não falei nada.

O som da campainha quebrou o encanto, e olhei instintivamente para a sala.

Nina deve ter aberto a porta, porque escutei as vozes distantes de minhas amigas e o som de passos.

— Se tiver um tempo hoje... — A voz baixa de Christian levou minha atenção de volta para ele. — Olha na gaveta onde encontrou as pastas. Tem uma coisa lá para você.

A insegurança inusitada em sua voz plantou em mim uma semente de curiosidade e algo mais quente, que se espalhou como mel derretido.

As vozes se aproximavam.

Christian se preparou para sair, mas eu o detive antes que chegasse à porta.

— Christian.

Ele se virou e olhou para mim.

— Não entrega para ele nenhum pedaço da sua alma — falei baixinho.

Julian ia colher o que tinha plantado. Mas Christian... eu não queria que ele fizesse nada que fosse atormentá-lo depois, principalmente se fosse por mim.

Principalmente se isso quebrasse algum pedaço dele.

— Uma das minhas coisas favoritas em você — ele respondeu, e sua voz era como o mais escuro dos veludos — é que acha que ainda tenho pedaços inteiros.

Continuei parada na cozinha depois que ele saiu, sentindo o resquício frio de sua presença. Tive apenas alguns segundos para respirar em silêncio antes de minhas amigas aparecerem e me envolverem em um casulo de abraços e preocupações.

— Desculpa por eu não ter ligado ontem — pedi, e abracei Ava. — Aconteceu muita coisa, nem pensei nisso.

— Eu entendo — ela respondeu. — Estou feliz por você estar bem.

— O que eu não entendo — Jules comentou — é por que você está na casa do Christian. Pensei que tivessem terminado. Que diabo aconteceu?

O que não aconteceu?

— É uma longa história — respondi. — Talvez vocês queiram sentar primeiro...

DUAS HORAS E UM EXAUSTIVO RELATO DO SEQUESTRO E DO QUE O sucedera mais tarde, me vi olhando para três estátuas boquiabertas. Duas em pessoa e uma no FaceTime, já que Bridget estava em Eldorra, mas me mataria se eu a deixasse fora disso tudo.

Aparentemente, Christian só contara para Ava que eu tivera um "encontro" com o stalker, então noventa e cinco por cento da minha história fora um choque completo para elas.

Jules se recuperou primeiro.

— Para começar, Julian tem que ser *preso*. — Ela tremia de raiva. — Em segundo lugar, quem vai presa *sou eu* se algum dia encontrar com ele. Corto as bolas do desgraçado, estão ouvindo? Abro o saco dele com um machado e faço ele engolir as próprias bolas e sufocar e...

— Tudo bem, acho que já tivemos violência suficiente para uma semana — Ava a interrompeu. Havia uma ruga de preocupação em sua testa. — Stel, tem certeza de que ele foi neutralizado? Não vai escapar ou alguma coisa assim?

Balancei a cabeça.

— Duvido. A Harper Security está com ele.

— E o Christian? — Bridget perguntou. Ela estava em um ambiente que parecia ser seu escritório, e um retrato enorme de algum antigo monarca eldorrano me encarava de trás dela. — Isso significa que vocês reataram?

— Nós... — hesitei. — Estamos nos resolvendo.

— Ótimo! — De todas as minhas amigas, Jules era a mais entusiasmada com Christian. Provavelmente por ele ter reduzido tanto o valor do nosso aluguel quando nos mudamos para o Mirage. — Ele não é tão mau. Quero dizer, às vezes ele faz *coisas* ruins. Aqueles arquivos foram totalmente condenáveis, e você tinha todo o direito de terminar com ele. Mas... — A voz dela ganhou uma nova suavidade. — Ele te ama de verdade.

Engoli o nó de emoção na garganta.

— Eu sei.

Felizmente, logo passamos a falar sobre temas mais seguros, com Jules detalhando todas as ideias criativas que tinha para matar Julian (para desespero de Ava).

A companhia de minhas amigas me ancorou novamente na realidade.

Quando a hora do almoço passou, no entanto, insisti que elas fossem cuidar da vida e salvar o resto do dia, porque eu não precisava de babá.

Agradeci pela companhia e pela preocupação, mas tinha esgotado minha bateria social para aquele dia. Precisava de um tempo sozinha para me recarregar.

Elas saíram, eu fechei a porta e respirei o silêncio.

Nina também já tinha ido embora, então eu estava sozinha na cobertura vazia.

Quando me mudei, achava o apartamento frio e impessoal, como um showroom. Agora, estar aqui me dava a sensação de voltar para casa.

Tinha sido naquele sofá que criara minha coleção. Cuidara daquelas plantas com todo carinho por meses...

E tinha sido naquele escritório que eu encontrara as pastas que haviam destruído tudo.

Parei na frente da porta. Pela primeira vez, Christian a deixara aberta.

Se tiver um tempo hoje, olha na gaveta onde encontrou as pastas. Tem uma coisa lá para você.

Era impossível ficar longe.

As batidas do meu coração se atropelavam quando caminhei até a mesa e acionei o mecanismo da gaveta secreta.

O compartimento deslizou silenciosamente.

Fiquei surpresa ao ver o que havia lá dentro.

Em vez de pastas pretas, a gaveta estava cheia de cartas. Havia uma dúzia delas, pelo menos, manuscritas em papel comum.

Reconheci a caligrafia elegante e forte de Christian imediatamente.

Dei uma olhada nelas e meus batimentos foram acelerando a cada folha que eu via.

Todas eram endereçadas a mim e datadas a partir do dia do nosso término.

Uma carta para cada dia que passáramos separados.

A emoção formou um nó em minha garganta quando pensei em Christian sentado ali noite após noite, escrevendo mensagens que talvez eu nunca visse.

Mas agora eu estava ali, a pedido dele, que não poderia ter me impedido de ler nem se quisesse.

Sentei na cadeira dele, peguei a primeira carta e comecei a ler.

CAPÍTULO 52

Christian

— Oi, Julian.

Examinei o stalker de Stella, que estava preso em posição vertical por pesadas argolas nos braços e nas pernas. Pregos nas palmas prendiam suas mãos à parede atrás dele e hematomas escuros pintavam seu corpo como uma obra obscena de arte abstrata.

Estávamos no galpão que eu havia comprado para este fim específico. Afastado de tudo, com isolamento acústico e suficientemente protegido para uma formiga não poder passar por ele sem eu saber.

Nem todos os meus homens lidavam bem com o trabalho sujo, o que não era um problema.

Eu só precisava de alguns que aceitassem essas tarefas, e eles haviam feito o serviço e preparado o filho da mãe para mim. Eu não podia permitir que ele esperasse muito confortável enquanto eu cuidava de Stella.

Olhei para o chão.

Uma pequena poça de sangue manchava o concreto cinza e liso.

Isso também não era um problema.

Ela ficaria maior em breve.

O rosto de Julian estava irreconhecível, mas o ódio em seu olhar me fez sorrir.

Ainda restava algum espírito de luta nele. Ótimo.

Isso tornaria nossa sessão muito mais divertida.

— Lamento te dizer isso, mas você pode ter dificuldade para escrever cartas no futuro. — Calcei um par de luvas, falando com tom casual enquanto examinava a coleção de ferramentas disponíveis em uma mesa próxima.

Umas dez lâminas diferentes. Soco inglês. Chaves de fenda, chicotes, pregos, ganchos...

Hum. Escolhas, escolhas.

— Vai se foder — Julian cuspiu.

Meus homens tinham sido relativamente moles com ele. O cara devia ter uma falsa sensação de segurança, ou a ideia enganosa de que o pior já havia passado.

Sorri. *Se ele soubesse...*

— *Cuidado com a boca*, sr. Kensler. Francamente. Sua avó não o educou?

Escolhi uma das lâminas. Tinha um gosto especial por facas. Eram letais, precisas, versáteis. Tudo de que eu gostava em uma arma.

— É o seguinte. — Pressionei a ponta da faca no meio do peito dele. — Não gosto de sujar as mãos. Sangue não combina bem com a maioria das minhas roupas. Mas às vezes... — Deslizei a faca para baixo. O sangue brotou e escorreu como finos fios vermelhos. — Alguém me deixa tão bravo que eu abro uma exceção.

Parei na carne macia da barriga, e então empurrei a faca com tanta força que ele teria caído se não estivesse preso à parede.

Um grito sobrenatural brotou de sua garganta, seguido por outro quando puxei a faca.

— O negócio é o seguinte, Julian. — Continuei como se nada houvesse acontecido. — Ela *nunca* vai ser sua. Ela sempre foi minha. E seu maior erro... — Joguei a faca ensanguentada em cima da mesa e escolhi um cutelo. — Foi machucar alguém que é minha.

Não falei o nome de Stella. Não queria que ele ecoasse em um lugar onde reinavam dor e morte, mas nós dois sabíamos de quem eu estava falando.

Manchas de sangue. Pele coberta de hematomas. Olhos apavorados.

Meu coração bateu mais depressa com a lembrança.

Normalmente eu mantinha o controle durante essas sessões. Frio, calmo, até conversava enquanto trabalhava no sujeito.

Mas sempre que vislumbrava a expressão assombrada no rosto dela ou as manchas roxas e pretas marcando sua pele linda, alguma coisa sombria e gelada se enraizava em meus pulmões.

Fúria e a necessidade primal de dilacerar lentamente alguém que se atrevera a pensar em machucá-la.

Se eu tivesse chegado um minuto mais tarde, ela teria morrido. Sua luz teria se apagado, simplesmente.

A fúria se retraiu e explodiu através da lâmina afiada do cutelo, que encontrou carne e osso até um uivo animal de agonia cortar o ar.

— Viu? — Meu peito arfava com a força do golpe certeiro quando a mão direita de Julian caiu no chão com um *tunc*. — Vai ser difícil escrever de novo. Ou digitar.

Isso foi suficiente para seu espírito de luta derreter como sorvete no concreto quente, o que era decepcionante.

Quebrar a vítima era muito mais satisfatório quando ela não se entregava tão depressa.

— Por favor — Julian arfou. Lágrimas corriam pelo seu rosto e pingavam do queixo. — Desculpa. Eu...

— O que você teria feito, se eu não tivesse aparecido? Estuprado? Matado?

— Não — ele reagiu. Julian tremia quando troquei de lâmina novamente. — Eu... não queria machucá-la. Eu...

Era tarde demais.

Uma imagem de Stella presa sob o corpo dele, chorando e ensanguentada, passou pela minha cabeça.

Furei seu peito e ignorei os gritos.

O simples fato de ele ter posto as mãos nela e causado um único segundo de dor...

Quando eu estava na cabana e pensei que ia morrer...

Pensei que ia morrer...

Que ia morrer...

Minha visão afunilou.

Um rugido escapou de mim quando cortei um quadrado da carne do stalker com um movimento cruel.

Outro uivo fez tremer a única lâmpada que iluminava o espaço.

Eu não costumava promover essas sessões no galpão com muita frequência. As pessoas que me enfureciam precisavam ter cometido pecados suficientemente graves para merecer esse tratamento, e, como já comentei, eu não gostava de sangue nas minhas roupas.

Mas machucar Stella? Na minha cartilha não existia crime maior que esse.

Os gritos e as súplicas de Julian foram sufocados pela minha onda de fúria. Meu mundo se resumiu a metal, sangue e agonia. O estalo de um osso quebrando, o ruído molhado de carne rasgada, os elementos mais básicos de um homem transbordando de um corte no peito como o estofo de uma velha boneca de pano.

Eu poderia ter passado o dia todo me dedicando a Julian. Vinte e quatro horas não eram nada, comparadas aos meses de inferno a que ele havia submetido Stella.

Talvez tivesse prolongado a sessão se não tivesse voltado à mesa para trocar a faca cega pelo uso excessivo por outra bem afiada. Foi quando vi a mensagem.

Eu tinha deixado o celular ao lado das facas. A mensagem na tela era comicamente deslocada, um lembrete chocante de que existia vida fora dessas paredes.

Stella: Vem para casa.

Minha respiração ficou mais lenta.

Eu estava encharcado de suor e sujo de sangue. Minha habitual contenção se rompeu sob o peso da dor de Stella, mas as palavras dela me trouxeram de volta à terra.

Uma imagem de Stella olhando para mim com aqueles olhos mansos e verdes hoje de manhã substituiu a cena no galpão.

Não entrega para ele nenhum pedaço da sua alma.

Eu pensava que não me restava nenhum, mas estava enganado. Ainda sobrava um pedaço, e pertencia a ela.

O vermelho foi recuando aos poucos, a visão clareou.

Soltei a faca e olhei para o homem destroçado, quase inconsciente e pendurado na parede.

O impulso de causar sofrimento ainda estava ali, encolhido como uma cobra venenosa dentro de mim.

Mas o desejo de voltar para Stella era mais forte.

Vem para casa.

— Você tem sorte — falei.

Peguei o revólver.

Três tiros estrategicamente posicionados, e o stalker de Stella era só um monte de carne sem vida e ensanguentado.

Por ela, tive pelo sujeito a maior misericórdia de que era capaz: uma morte mais rápida.

Saí do galpão, e Steele e Mason entraram para limpar toda a sujeira.

A tortura não os abalava; eles se sentiam até mais confortáveis que eu com as sessões no galpão.

Diferentemente de Kage, eles não tinham ambição maior do que cumprir com excelência o papel que já haviam conquistado. Por isso eu havia escolhido os dois para supervisionar a captura de Julian.

De qualquer maneira, teria que inspecionar os processos da empresa quando voltasse ao escritório. Mudar senhas de acesso, reestruturar equipes. Não queria correr o risco de repetir a situação com Kage.

Mas até lá...

Entrei no banheiro do galpão, lavei todo o sangue em mim, troquei de roupa e fui para casa, para Stella.

Stella

— Você chegou.

Meu coração bateu três vezes mais rápido quando a porta se abriu e Christian entrou.

À primeira vista, ele parecia igual a quando saiu (camisa preta, calça preta, rosto bonito), mas um olhar atento revelava a tempestade silenciosa fervendo em seus olhos.

— Você me pediu para vir para casa. — Ele olhava para mim fisicamente imóvel, mas com o olhar queimando como uma chama, quando percorri a distância entre nós. — Eu vim.

A voz rouca transmitia uma nota de cautela.

Ele havia saído cinco horas antes, e nós dois sabíamos que não tinha ido ao escritório.

— Ele... — Parei, não queria pronunciar o nome de Julian.

— Não precisa mais se preocupar com ele.

— Certo. — Engoli a centena de perguntas que se atropelavam em minha garganta e segui por uma rota mais segura. — Eu li as cartas.

Todas as vinte. Cada uma espremeu meu coração como se apertasse um nó, porque eu sabia o quanto era difícil para Christian dividir alguma coisa de sua vida pessoal.

Aquelas cartas não eram só cartas: eram pedaços dele, derramados de sua alma e gravados com tinta no papel.

E eu amava cada pedaço, por mais falho ou quebrado que ele os considerasse.

A tempestade nos olhos de Christian ameaçava me sugar para o fundo de seu vórtice.

— Só escrevi a verdade — ele declarou em voz baixa. — Cada palavra.

— Eu sei. — Beijei seu queixo. Ele ficou imóvel, com os músculos tensos, respirando mais depressa enquanto eu subia até um canto da boca. — Bem-vindo em casa — sussurrei.

Um tremor o sacudiu, antes de ele virar a cabeça e nossas bocas se encontrarem. Senti a estática me invadir quando ele segurou meu rosto com uma das mãos e usou a outra para cobrir minha nuca.

O beijo da noite anterior tinha sido suave, gentil. Um teste depois da separação e um conforto depois de um dia infernal.

Esse era paixão e desespero, uma retomada completa do que fomos e o nascimento do que poderíamos ser.

Sem mentiras, sem segredos, só nós.

Acompanhei os movimentos familiares da língua de Christian contra a minha e senti o calor de sua mão na minha nuca.

Não fiz perguntas sobre o que ele havia feito nas cinco horas que passou fora.

O mundo não era preto e branco, por mais que eu quisesse que fosse.

E às vezes encontrávamos a felicidade nos tons de cinza.

CAPÍTULO 53

Stella

— E AÍ? QUE TAL? — CHRISTIAN ME OBSERVAVA COM UMA ANSIEDADE juvenil, enquanto eu levava o nhoque à boca.

Fingi pensar um pouco, antes de anunciar:

— É o melhor que já comi.

Seu sorriso provocou um carrossel de borboletas dentro de mim.

— Eu falei — ele retrucou, exalando satisfação.

Estávamos jantando em um pequeno restaurante italiano no centro de Columbia Heights. Era aquele que Christian mencionara nas cartas, e era tão encantador quanto imaginei que fosse.

Em vez de mesas individuais, uma mesa de madeira rústica ocupava o centro do espaço, grande o bastante para acomodar dez pessoas. Um lustre de velas iluminava a sala com uma luminosidade dourada e trêmula, e panelas e frigideiras de cobre eram exibidas penduradas na parede de tijolos aparentes.

Eu me sentia comendo na casa de alguém, especialmente porque Christian tinha reservado todos os lugares, então éramos só nós e o garçom.

— Não precisa ficar tão vaidoso. — Apontei para ele com o garfo. — Estamos só na metade do encontro. Ainda preciso avaliar sua habilidade para dar as mãos, abraçar e falar bobagens fofas.

— É claro. Peço desculpas — ele resmungou. — Não queria apressar nada.

— Está desculpado. — Continuei comendo, mal contendo um sorriso ao ver sua expressão risonha.

Fazia um mês que reatáramos, e passamos esse tempo descobrindo os contornos do nosso novo relacionamento.

Sem namoro de mentira, sem stalker nos obrigando a estar juntos, sem gestos grandiosos e presentes caros para encobrir a realidade.

Só nós, com defeitos e tudo, saindo para programas normais e vivendo como gente normal.

Bem, tão normal quanto podia ser a vida com Christian Harper, pelo menos.

De um jeito perverso, o sequestro tinha sido um recomeço e uma elevação do nosso relacionamento. Nada proporcionava mais clareza do que quase morrer.

Eu tinha praticamente superado a experiência, mas às vezes ainda era atormentada por pesadelos com cartas inesperadas e uma cabana em ruínas no bosque. Mas trabalhava para assimilar tudo isso. Só precisava de tempo.

Tinha voltado a morar com Christian duas semanas antes. Não queria mais impor minha presença na casa de Alex e Ava, especialmente com o casamento tão perto, em poucas semanas. Eu poderia ter voltado para meu antigo apartamento agora que não havia mais a ameaça do stalker pairando sobre minha cabeça, mas, honestamente, não queria morar em outro lugar.

O apartamento dele era meu lar.

— Ah, você soube o que aconteceu com o CEO da Sentinel? — perguntei. — Que loucura.

Eu tinha certeza de que ele sabia, mas precisava tocar no assunto. O fim da Sentinel dominara as manchetes no último mês. Aparentemente, eles trabalhavam em um novo código que, de algum jeito, se autodestruíra e destruíra toda a infraestrutura da empresa tão completamente que havia ficado impossível reconstruí-la. Informações confidenciais dos clientes haviam vazado e causado grande comoção, considerando o quanto alguns eram pessoas importantes e o quanto parte desses dados era sensível.

Se não fosse o bastante, naquela manhã as autoridades prenderam o CEO da Sentinel, Mike Kurtz, por desfalque e fraude fiscal. A situação era péssima.

— Sim. E não fiquei surpreso com nada disso — Christian respondeu sem se alterar. — As empresas deveriam se limitar ao seu ramo. A Sentinel é uma corporação da área de segurança. Não tinha nada que se aventurar no desenvolvimento de tecnologia cibernética se essa não era sua área de especialização.

— Enquanto você, sr. CEO de Segurança, também é um especialista em cibernética — debochei.

O sorriso dele se espalhou em mim como mel aquecido pelo sol.

— Exatamente.

— Imagino que não saiba nada sobre o código que eles estavam desenvolvendo — comentei, de um jeito casual.

Um movimento de ombros desinteressado.

— Nada mesmo.

Não insisti. Ele era vingativo, e eu aceitava isso nele.

Além do mais, a destruição da Sentinel acontecera de dentro para fora. Ninguém poderia culpar Christian por um erro deles.

A conversa passou para a marca Stella Alonso, lançada oficialmente na semana anterior. Não era um nome original, mas epônimos eram *de rigueur* entre as grifes. Eu havia conversado antes com a Delamonte, mas eles não se opuseram ao lançamento, desde que a grife não interferisse nos meus deveres de embaixadora. Tínhamos públicos-alvo diferentes, de qualquer maneira. O deles era o de mais alto poder aquisito, enquanto o meu se aproximava da zona mediana do espectro do luxo.

Quando o jantar terminou, eu estava cheia de vinho e vertigem.

Era uma noite perfeita. Simples, casual, real.

— Ainda não — Christian falou quando ameacei me levantar para ir embora. Ele se recostou na cadeira, a imagem da sensualidade masculina e da satisfação preguiçosa. — Vem cá, Stella.

Uma corrente elétrica cortou o ar e parou entre minhas pernas.

— Por quê?

A única resposta de Christian foi arquear as sobrancelhas escuras.

Certo.

Eu me levantei e contornei a mesa, sem saber se devia a instabilidade ao vinho ou à umidade entre as coxas.

A simples antecipação do que poderia acontecer me excitava tanto quanto um toque real.

Quando me aproximei de Christian, ele se levantou, empurrou o prato para o lado e me pôs em cima da mesa com um movimento suave.

Meu coração disparou, mas a racionalidade persistia na periferia da excitação crescente.

— Christian! — sussurrei. — Isso vai dar problema!

As cortinas estavam fechadas, e parte delas cobria a porta da frente, nos escondendo de quem passava pela rua. O garçom tinha desaparecido, mas isso não significava que ele não poderia reaparecer a qualquer minuto.

— Não tem ninguém aqui, Borboleta. Paguei ao garçom para sumir até ser chamado de volta. As cozinheiras já foram embora. Somos só nós.

Ele levantou meu vestido até a cintura e enganchou os dedos no elástico da calcinha.

O ar se condensou em algo fino e infinitamente inflamável.

— O que está fazendo?

— Comendo a sobremesa. — Christian levantou meus quadris para poder abaixar minha calcinha, depois se sentou novamente.

— Você não gosta de sobremesa. — Minha voz virou fumaça, tão insubstancial quanto os restos da minha resistência.

A resposta baixa e lenta de Christian pulsou no meu sangue.

— Mudei de ideia.

Christian

— *Ai, Deus.* — O gemido ofegante de Stella incendiou meu sangue como uma chama sobre gasolina.

As mãos dela seguravam meu cabelo quando ajeitei suas pernas sobre meus ombros e dei uma longa e lenta lambida em seu clitóris.

— Acabamos de começar, meu bem — avisei. — Vai ser um serviço bem longo.

Chupei o botão inchado e o mantive na boca, me deliciando com o quanto ela estremecia e arfava.

Eu adorava comer a buceta de Stella. O gosto, o cheiro, o jeito como ela se contraía em torno dos meus dedos quando eu a penetrava com eles e a tocava *naquele* ponto.

Era o banquete mais inebriante do mundo.

Seus gritos de prazer me incentivavam enquanto eu lambia, chupava e enfiava a língua naquela fenda até ela me molhar completamente, até o clitóris endurecer e a umidade se espalhar por minha língua.

Depois de um tempo, recuei, ofegando enquanto admirava a cena na minha frente. Toda molhada e perfeitamente preparada para o evento principal.

— *Agora* estou pronto para a sobremesa — falei.

Afastei as pernas dela ainda mais, abaixei a cabeça e a devorei.

Os gritinhos e gemidos de Stella progrediram para gritos deselegantes quando comecei a alternar dedos e língua. Mais forte, mais intenso que na primeira vez, como se estivesse morrendo de sede no deserto e ela fosse minha única fonte de salvação.

— *Christian.* — Meu nome soou como um soluço. Ela agarrou meu cabelo, contraiu os músculos.

— Você é uma delícia. — Enfiei o nariz nela e senti seu cheiro. Seu sexo era como o néctar mais doce do mundo, e eu estava faminto por ele. Queria beber até a última gota e repetir a dose. Duas. Três. Quatro. Pelo resto do tempo.

Eu nunca teria o suficiente.

— Quer saber como é o seu gosto? — Enfiei dois dedos dentro dela e levantei a cabeça para poder vê-la.

Stella olhou para mim de olhos meio fechados de desejo, mas inundados de pura confiança.

Aquilo acabou comigo.

Meu pau estava tão duro que parecia prestes a arrebentar com a pressão, mas as muralhas em torno do meu coração desmoronavam, expondo o órgão pulsante e disponível a cada capricho e desejo dela.

— Mel e especiarias. — Empurrei os dedos mais fundo. Ela era tão apertada que eu podia sentir os músculos se distendendo centímetro a centímetro, até eu conseguir penetrá-la quase completamente. — Doçura e pecado. — Dentro. Fora. Devagar e completamente, deixando que ela sentisse cada centímetro da fricção.

Um tremor sacudiu todo o seu corpo.

— Você tem gosto... — Removi os dedos e abaixei a cabeça. — De *minha*.

Um grito agudo ecoou pela sala quando o corpo de Stella arqueou em cima da mesa. Seus músculos enrijeceram, vibrando com a força do orgasmo quando ela gozou na minha língua.

Desejo queimava o combustível em minhas veias, mas eu não me apressava, saboreava bem devagar cada gota, enquanto onda após onda a percorriam.

Finalmente, os gritos diminuíram até se tornarem um choramingo atordoado, e ela se deitou relaxada e saciada sobre a mesa.

— Minha parte favorita da refeição — falei tranquilo. — Você tinha razão. — Dei uma última lambida lenta em seu clitóris. — Só precisava encontrar a sobremesa certa.

CAPÍTULO 54

Stella

O casamento de Alex e Ava aconteceu no começo de outubro, em um lindo vinhedo em Vermont. Folhagem vermelha, laranja e verde transformou o cenário em um conto de fadas de outono, e o céu bonito nos cobria como uma folha de seda anil aquecida pelo sol.

Bridget, Jules e eu estávamos de um lado do extravagante arco floral em vestidos que combinavam entre si, enquanto Alex, Josh, Rhys e Christian estavam do outro lado.

No início, Alex queria só um padrinho, mas Ava o convencera a mudar de ideia.

Um farfalhar de folhas ganhou força antes de as notas conhecidas da marcha nupcial vibrarem no ar e Ava aparecer.

Eu não costumava chorar em público, mas senti a umidade nos olhos quando ela começou a caminhar para o altar de braço dado com Ralph.

Ralph era o antigo instrutor de Krav Maga de Alex e o que ele e Ava tinham de mais próximo de uma figura paterna hoje em dia. Eles o visitavam todos os anos no Dia de Ação de Graças, e seu rosto estava iluminado pela emoção como se conduzisse uma filha de verdade.

— Estou chorando? — Jules murmurou ao meu lado. — Não consigo decidir se é o vento ou não.

— Não — respondi sorrindo. Não olhei para ela, temendo que o movimento rompesse a barragem que continha as lágrimas. — Eu estou?

— Não... bem, um pouco. Mas nosso rímel é à prova d'água, então tudo bem.

— *Shh* — Bridget nos censurou. — Não tem *ninguém* chorando. — E limpou discretamente uma lágrima do rosto.

Ava se aproximava.

A saia do lindo vestido de corte sereia deslizava através dela em uma nuvem de tule, renda e seda, enfeitada com texturas que lembravam a crista de ondas do mar.

Seu rosto era radiante, os olhos brilhavam e o sorriso era ainda mais luminoso.

Ela estava tão linda e feliz que meu peito aqueceu até eu não sentir mais o frio de outono.

Bridget tinha sido a primeira das minhas amigas a se casar, mas o casamento de Ava era outro nível. Ela e Alex haviam tido o passado mais sombrio e o caminho mais difícil até o felizes para sempre. Ver os dois superarem tudo isso para finalmente estarem juntos era incrível.

Na nossa frente, Alex parecia uma estátua. Ele sempre tivera uma sintonia com Ava, mas nesse momento olhava para ela como se o mundo fosse o céu da noite, e ela fosse a única estrela que existia.

Pela primeira vez, não havia uma camada de gelo encobrindo seu olhar. O amor iluminava seus olhos, tão claro e radiante que ofuscava o sol.

Esse brilho ficou mais intenso quando Ava chegou ao altar e ele murmurou alguma coisa que a vez corar de prazer.

Os dois trocaram um olhar demorado antes de se virarem para o pastor, que começou a cerimônia.

— Caros presentes, estamos aqui reunidos hoje para celebrar o sagrado matrimônio de Alex Volkov e Ava Chen...

Enquanto o sermão prosseguia, meus olhos encontraram os de Christian.

Sorrimos e nos olhamos por mais um instante antes de devolvermos a atenção ao casamento.

A antiga e insegura eu teria olhado de novo várias vezes para ter certeza de que ele ainda estava lá e não era uma fantasia criada por mim.

A eu do presente sabia que não era.

Ele era real, e, o que quer que acontecesse, permaneceria ali para sempre.

A RECEPÇÃO ACONTECEU NAQUELA MESMA NOITE, NO RESTAURANTE DO vinhedo, que tinha sido esvaziado para dar espaço a uma pista de dança, duas longas mesas de banquete e um palco para música ao vivo. Vigas expostas de madeira cruzavam o espaço, emprestando um charme rústico ao ambiente, mas não havia nada de rústico nos pratos de porcelana chinesa gravada, nos arranjos florais de cinquenta mil dólares e na cantora mundialmente famosa cantando no palco.

Como era de se esperar, Alex não tinha economizado.

— Devia ter pedido uma banheira de diamantes — Jules falou para Ava. — Ele teria providenciado.

Ava precisava de um descanso depois de toda a agitação relacionada ao casamento, e Bridget, Jules e eu a levamos para um canto, enquanto os convidados bebiam e dançavam.

— Jules — Ava falou, em tom paciente. — O que eu faria com uma banheira de diamantes no meu casamento?

— Mergulhar, como a vadia rica que você é. E digo isso com todo o carinho. — Os olhos de Jules brilhavam cheios de malícia. — Ou poderia distribuir entre as convidadas, mais especificamente entre suas madrinhas maravilhosas, que não causaram nenhum problema para você em Barcelona.

Engasguei quando ela mencionou a despedida de solteira de Ava.

— *Jules*.

— Que é? Foi só diversão inofensiva. Quem poderia imaginar que Alex ficaria tão aborrecido com os strippers? Era uma festa de *despedida de solteira*!

— Acho que nem foi tanto um problema com os strippers, a questão foi a parte de *acordar em um hotel estranho em Ibiza* — Bridget apontou, em tom seco.

— Acho que foram as duas coisas — opinei.

Teria dado tudo certo, mas os rapazes não gostaram muito quando descobriram o... bem, tudo.

Honestamente, eles nem deviam falar nada, depois do acontecimento envolvendo *eles* e a boia de banana.

— Gente, por favor. — Ava estendeu a mão, aparentemente incomodada. — Sem diamantes e sem comentários sobre Barcelona.

— Tudo bem — Jules resmungou. — Mas eu achei a viagem divertida. Foi como voltar à faculdade.

— O que foi como voltar à faculdade? — Alex se aproximou com Josh, Rhys e Christian. Beijou a testa de Ava e ela se aninhou junto dele com um sorriso tão luminoso que eu sorri também.

— Ontem à noite — Bridget respondeu sem se alterar, antes que Jules pudesse romper uma artéria de Alex mencionando a despedida de solteira. — Festa do pijama. Exatamente como na faculdade.

— Estavam falando sobre a Espanha, não estavam? — Christian murmurou quando elas mudaram de assunto. Ele me abraçou por trás, me envolvendo em calor e perfume.

— Estou convencida de que você lê pensamentos.

A risada dele vibrou em minhas costas.

— A cara de culpa sempre entrega vocês. — E beijou meu pescoço. — Você está linda, Borboleta.

Arrepios se espalharam do ponto que ele beijou para o resto do corpo.

— Você também. Ser padrinho combina com você — brinquei.

— Melhor não se acostumar. Só aceitei porque devo um favor ao Volkov — ele retrucou, sério. Aparentemente, Alex tinha cuidado da empresa, ou alguma coisa assim, durante nossa viagem à Itália. — Tem ideia do que é interagir com Josh com tanta frequência? Devia ter visto ele e aquela maldita boia de banana na despedida de solteiro.

Sufoquei a risada.

— É bom cuidar bem de Ava — Josh estava dizendo. — Se acontecer alguma coisa com ela, se ela for comida por um animal selvagem ou alguma coisa assim, vou te caçar e usar um bisturi de um jeito que não é aprovado pelo conselho de medicina.

Rhys deu risada, enquanto Alex olhava intrigado para o padrinho.

— O que você acha que vamos fazer na nossa lua de mel?

— Ver leões e outras coisas que prefiro não pensar que meu melhor amigo e minha irmã fazem. — Josh fingiu um arrepio de repulsa. — Talvez eu deva participar do safári para ficar de olho em tudo, só por precaução.

Ava e Alex viajariam no dia seguinte para a lua de mel de safári e praia no Quênia e nas Seychelles.

Houve um tempo em que a aquafobia de Ava a impediria até de se aproximar da água, mas ela havia superado esse medo ao longo dos anos, com a ajuda de Alex.

Jules revirou os olhos.

— Para com isso. Você não vai com eles na lua de mel.

— Seria perturbador de várias maneiras — Bridget acrescentou.

— Ninguém reconhece minhas boas ideias — Josh resmungou. Depois olhou esperançoso para Rhys. — Larsen?

— Vou dar um exemplo — Rhys respondeu. — Se tivesse tentado ir comigo e Bridget na nossa lua de mel, eu o teria jogado do avião depois da decolagem. *Sem* paraquedas.

Não contive o riso, mas parei de ouvir a troca de farpas entre meus amigos quando Christian me virou e descansou as mãos em meus quadris.

— Seus amigos são coisa de doido. — Ele parecia meio admirado, meio assustado, embora Alex e Rhys fossem amigos dele também.

— Eles são... únicos — admiti, rindo. — Mas eu amo todos eles.

De algum jeito, quatro desconhecidas designadas aleatoriamente para o mesmo alojamento no primeiro ano de faculdade tinham se tornado o que éramos agora: uma família lindamente confusa, perfeitamente imperfeita e que tinha passado por sua conta de altos e baixos, mas superado todos os problemas.

Houve um tempo depois da formatura em que tive receio de que nossa amizade se extinguisse fora do campus e da estrutura da vida universitária. Os anos mostraram que meu receio não tinha fundamento. Na verdade, nossa amizade tinha se fortalecido, depois de passar pelos testes da vida real.

Natalia era minha irmã de sangue, mas Ava, Bridget e Jules seriam sempre as irmãs que eu escolhera.

— Se você topar, quero te levar a um lugar depois da recepção — Christian falou, interrompendo meus pensamentos. — Vai ser uma viagem rápida. Dois dias, no máximo.

Levantei as sobrancelhas.

— Para onde?

— Surpresa. — Ele me beijou. — Confie em mim.

Eu confiava.

— Devia tirar uma foto deste momento — Rhys comentou quando ele e Bridget passaram por nós. Meus amigos decidiram ir dançar quando a música mudou para uma melodia mais lenta, e a prima de Bridget, Farrah, e seu marido, Blake, levaram ela e Alex a algum lugar. — Christian Harper apaixonado. Que cena. Eu devia postar a foto no quadro interno da Harper Security. O pessoal ia adorar.

Christian o encarou, sério.

— Você não pode falar nada, Larsen. Não vi fotos suas em um chá da realeza na semana passada? Com um gato no colo, ainda por cima.

Rhys ficou vermelho.

— Não era um *chá* — ele rosnou. — Era uma cerimônia, um *almoço*, e Meadows fica chateada quando a deixamos sozinha por muito tempo. Pelo menos não comprei toda a porra do *broto de trigo* no supermercado...

Bridget atraiu meu olhar e balançou a cabeça.

Homens, comentou, movendo os lábios em silêncio, adotando uma expressão de afeição irritada.

Sufoquei uma risada.

Os rapazes jamais admitiriam, mas seus insultos e argumentos eram como demonstravam afeto uns pelos outros.

E, enquanto eu dançava nos braços de Christian, ouvia o som reconfortante da voz dele e curtia o calor familiar da risada dos meus amigos, senti uma coisa que tinha escapado de mim durante a maior parte da minha vida.

Felicidade em sua forma mais pura e completa.

CAPÍTULO 55

Christian

Na noite seguinte ao casamento dos Volkov, Stella e eu voamos para minha cidade.

Eu não pisava em Santa Luisa, na Califórnia, desde que meus pais tinham morrido. Fazia duas décadas, mas a cidadezinha litorânea na costa norte ainda era a mesma. Ruas tranquilas, um centrinho delicado e casas de reboco colorido.

Voltar para cá era como voltar no tempo. Eu tinha mudado, mas todo o resto continuava como antes.

Stella ficou em silêncio quando paramos diante de um depósito no desolado distrito industrial da cidade. Nosso carro era o único na rua, e muitas portas de metal dos galpões tinham enferrujado com a falta de uso, inclusive aquela diante de nós.

Eu não havia contado a Stella o propósito da nossa visita, mas ela sabia que eu crescera aqui, portanto a visita devia ter alguma coisa a ver com meus pais.

E estava certa.

Apertei um botão, e a porta do depósito se abriu com um rangido. Uma nuvem de ar estagnado e empoeirado escapou do galpão e se dissolveu no sol esquecido havia tanto tempo.

— Ai, meu Deus. — O sussurro perplexo de Stella ecoou no espaço quando entramos e ela viu o que havia ali.

Dezenas de obras de arte enchiam o espaço apertado, desde pinturas a óleo de valor incalculável a pequenas esculturas modernas. Muitas telas haviam desbotado depois de vinte anos de negligência, mas algumas peças mais resistentes permaneciam intactas.

— Bem-vinda à minha herança, a caverna do tesouro roubado do meu pai — falei, e as palavras soaram vazias e autodepreciativas. — Minha mãe revelou o endereço no bilhete.

Era uma informação codificada, ela sabia quanto eu adorava enigmas, mesmo ainda menino, mas precisei de menos de um minuto para decifrar o código. Conforme ficou estipulado no testamento de minha mãe, minha tia pagou o aluguel do depósito com dinheiro da minha herança até ela morrer, e depois eu continuei pagando.

Para minha sorte, minha tia era uma mulher com preocupações demais para questionar o que havia no galpão. Deduziu que fossem móveis e antiguidades comuns, não obras de arte roubadas.

— Já esteve aqui antes? — Stella perguntou.

— Não.

Tomei providências virtuais antes de chegarmos, mas era a primeira vez que eu via esse lugar pessoalmente.

Eu achava que a imagem do legado de meu pai me causaria raiva. Tinha sido a isso que ele dedicara todo o seu tempo e sua energia, em vez de dedicá-los ao filho único. Tinha sido isso que o matara e, por extensão, matara minha mãe e nossa família.

Eu devia sentir a mesma fúria que senti quando li o bilhete de despedida de minha mãe.

Em vez disso, não sentia nada além de um desejo esmagador de queimar tudo aquilo: não por ressentimento, mas por exaustão.

Estava cansado de ouvir os sussurros dos fantasmas do meu passado.

Stella tocou uma escultura perto de nós. Seus dedos ficaram sujos de poeira.

— O que você vai fazer com tudo isso?

— Se não for possível salvar, destruir. Se ainda tiverem salvação, vou doar ou devolver aos proprietários originais.

Tudo de forma anônima, é claro.

— Exceto... — Parei na frente de uma pintura conhecida. — Esta.

A moldura dourada brilhava à luz fraca, e havia respingos marrons e verdes na tela, um horrendo arremedo de arte.

— *Magda* — Stella deduziu. — Reconheci a pintura da galeria de Dante.

— Sim.

Eu havia guardado o bilhete de minha mãe dentro da moldura e finalmente liberado Dante para mandá-la de volta ao lugar dela.

Olhei para as pinceladas de cor até elas se confundirem em um caleidoscópio sombrio.

Pensando bem, ela era muito inconsequente. Um problema complicado que eu mesmo criara, fabricado para me blindar do passado.

Todo mundo achava que o quadro era importante por conter algum grande segredo industrial ou revelação chocante, e a verdade era muito mais simples.

Ela representava a parte do meu passado que eu nunca seria capaz de deixar para trás. Um ferida que cobrira com curativos temporários para esconder a infecção que estivera me comendo vivo, de dentro para fora, durante décadas.

Não falamos de novo até eu levar a pintura para um terreno vazio perto dos galpões.

Com exceção dos depósitos, não havia nada em volta, só metal e concreto. Uma ave voava em círculos lá no alto, seu grasnado ecoando no espaço aberto e amplo, e o sol quente castigava com intensidade incomum.

Essa era a última vez que eu pisava em Santa Luisa. A despedida podia ser um estouro.

Peguei um isqueiro no bolso e o abri.

— Tem medo de fogo, Borboleta?

Ela balançou a cabeça e segurou minha mão de novo.

— Não.

— Que bom.

Aproximei o isqueiro da pintura. Os óleos eram tão combustíveis que as chamas explodiram imediatamente, engolindo o quadro e a carta contida nele.

Fiquei olhando sem nenhuma paixão enquanto o fogo contorcia o legado de minha mãe em um destroço preto e irreconhecível, mas, quando Stella afagou minha mão, respondi com o mesmo gesto.

Eu podia ter feito isso sozinho, mas queria ela comigo. Não fosse por ela, eu ainda estaria apegado a essa pintura, odiando-a, mas incapaz de me separar dela mesmo assim.

Agora, porém, quando tinha um futuro para o qual finalmente valia a pena viver, era hora de deixar o passado para trás, de uma vez por todas.

CAPÍTULO 56

Stella

UM ANO DEPOIS

Vi dos bastidores quando Ayana, a supermodelo mais aclamada do momento, entrou na passarela. Sua pele escura e perfeita brilhava sob a iluminação e oferecia o contraste perfeito para a principal peça da minha coleção: um vestido roxo que podia ser usado de dia ou à noite, dependendo dos acessórios.

As outras modelos a seguiram para o encerramento, e pouco depois todas deixaram a passarela.

— Stella, vai. — Minha nova assistente, Christy, me empurrou. — É sua hora de brilhar!

Certo. Eu consigo.

Respirei fundo e saí de trás da cortina, andando com passos hesitantes, primeiro, depois mais confiante, à medida que os aplausos se intensificavam.

Agradeci com uma reverência, sentindo o rubor do prazer.

Meu primeiro desfile de moda em Milão.

Depois de dezenas de noites em claro, ataques de pânico e surtos de insegurança, finalmente tinha acabado, e, com base no que estava ouvindo, fora um sucesso retumbante.

Não conseguia acreditar.

Consegui! Um sorriso se espalhou pelo meu rosto. *Consegui!*

Era difícil imaginar que fazia só um ano que a grife Stella Alonso havia sido lançada. Ela se tornara conhecida em tempo recorde graças ao apoio de Bridget, que usava pelo menos uma peça minha em todo evento público, se fosse possível. A partir dela, comentários sobre a marca haviam chegado a outros cantos da Europa e depois a Hollywood, onde, no mais surreal de todos os momentos, vi Kris Carrera-Reynolds pisar no tapete vermelho vestindo uma de minhas criações.

O marido dela, o astro dos filmes de ação Nate Reynolds, ganhara seu primeiro Oscar naquela noite.

Desde então, a ascensão era constante e estável.

Brady não era mais meu agente, pois eu desistira dos perfis pessoais para me concentrar na marca, mas eu ainda conversava com ele frequentemente. Também me tornara amiga de Lilah. Ela não tinha podido vir esta noite por causa do próprio desfile, mas tinha sido de importância fundamental quando comecei.

Eu não era ingênua o bastante para acreditar que minha grande onda duraria para sempre, mas surfaria nela enquanto ela ainda estivesse ali.

— Boa, Stella! — Uma voz conhecida se levantou em meio aos aplausos. — Você arrasou, meu bem!

Olhei para a plateia e encontrei os rostos conhecidos na primeira fila. Meu sorriso se alargou.

O espaço estava lotado de gente da moda e celebridades, mas as pessoas com quem eu mais me importava estavam bem ali na minha frente.

Alex e Ava, que estava grávida. Quatro meses de gestação, e a barriga começava a aparecer.

Rhys e Bridget, altiva como sempre no vestido azul Stella Alonso que ela havia transformado em um sucesso icônico.

Josh e Jules, a responsável pelos gritos. Ela parecia pronta para subir no palco, e teria subido se Josh não a tivesse segurado.

E minha família, cujos sorrisos de orgulho enchiam meu peito e me envolviam como um cobertor confortável. Minha mãe, meu pai, minha irmã... estavam todos lá.

Nosso relacionamento tinha progredido muito no último ano. Não era perfeito, mas que família era?

O importante era que haviam comparecido.

Finalmente, meus olhos encontraram a pessoa mais importante naquele lugar.

Ele ocupava a cadeira vestindo lã e seda italiana, tão lindo que poderia ter desfilado, se eu criasse roupas masculinas.

Christian não gritava e assobiava como todo mundo, mas a curva de seu sorriso e o afeto em seus olhos diziam mais que quaisquer palavras poderiam dizer:

Meu coração inflou no peito.

Amo você, declarei apenas movendo os lábios.

Os olhos de uísque cintilaram e dançaram sob as luzes indiretas.

Ele não precisou falar para eu ouvir.

Também te amo.

Depois do desfile, Christian e eu passamos mais duas noites em Milão antes de ele me levar para Positano.

Eu havia protestado sem muita convicção, dizendo que tinha trabalho demais para sair de férias, mas, francamente, não foi necessário muito esforço para me convencer.

Eu me apaixonara pela Costa Amalfitana antes mesmo de visitá-la, e me apaixonara ainda mais depois da visita.

O cheiro de sal e água invadiu meu nariz quando andávamos pela praia.

Eu jamais me acostumaria com a beleza deste lugar. Não só pela aparência, mas pelo significado que tinha para mim e para Christian.

Não era a semente do nosso amor. Essa tinha sido plantada muito tempo antes de pisarmos na Itália. Mas era o lugar onde ele havia desabrochado, florescido sob o céu do Mediterrâneo como a mais linda pintura do mundo.

— Eu daria um doce para saber o que está pensando. — Christian andava ao meu lado. O terno tinha dado lugar à camisa e à calça de linho.

— Só um doce? Pensei que você fosse bilionário.

— Dois, então. Oferta final — ele respondeu com a seriedade de quem negociava um contrato de muitos milhões de dólares.

Dei risada.

— Tudo bem, eu aceito, mas meus pensamentos são de graça para você. — Olhei para o mar, e minhas palavras foram suavizadas pelas lembranças. — Estou pensando na nossa primeira viagem para cá e em como eu amo este lugar. Visitamos muitos outros juntos, mas a Itália... a Itália vai ser sempre especial.

— Que bom que você pensa assim. — O murmúrio aveludado de Christian acariciou minha pele, temperado por uma estranha rouquidão que nunca tinha ouvido antes. — Não conseguia decidir se devia fazer isso no Havaí ou na Itália, mas parece que fiz a escolha certa.

— Fazer o quê? — Eu me virei, e todo o ar desapareceu dos meus pulmões.

Porque na minha frente, emoldurado pelas colunas em tons pastel e pelas tonalidades douradas do pôr do sol, deflagrou-se uma cena que nunca imaginei.

Christian Harper de joelhos com uma caixinha aberta entre as mãos para revelar um ofuscante anel de diamante e esmeraldas.

Lágrimas turvavam minha visão quando cobri a boca com a mão.

Quando ele falou novamente, a estranha rouquidão ainda estava lá, mas se misturava a tanto amor e tanta esperança que reduziu meu mundo a esse momento com este homem.

— Stella, quer se casar comigo?

EPÍLOGO

Stella

QUATRO ANOS DEPOIS

— Tira a sexta-feira de folga, é verão — eu disse à minha assistente. Christy e eu paramos na frente do meu escritório. — Eu sobrevivo a uma tarde sozinha.

— Tem certeza? Eu posso...

— Sim. Vai. — E a expulsei com um gesto. — Aproveita o calor. Está lindo lá fora.

— Tudo bem — ela concordou, relutante. — Se precisar de alguma coisa, manda mensagem. Aliás, isso me faz lembrar... esqueci de uma coisa. — Um sorriso acanhado substituiu a ansiedade por sair do trabalho mais cedo, mesmo que fosse parte da política de folgas da empresa. — Tem visita para você.

Estranhei a inesperada adição à minha agenda e o brilho travesso nos olhos dela.

— Quem...

Minha pergunta foi substituída por uma inspiração brusca quando abri a porta e vi quem estava lá dentro.

Terno escuro. Olhos cor de uísque. E um buquê das rosas mais lindas que já vi.

Um sorriso lento, devastador, transformou seu rosto quando ele me viu.

Ao meu lado, Christy suspirou.

Ela não era a única.

Mesmo depois de três anos de casamento, aquele sorriso nunca deixava de fazer meu coração palpitar.

— Bom dia, Borboleta. — O timbre preguiçoso da voz dele provocou uma onda de calor dentro de mim.

— O que você está fazendo aqui? — murmurei. — Pensei que estivesse em uma viagem de negócios.

Ele havia partido para Londres dois dias antes e só voltaria no domingo.

— Voltei mais cedo. — E deu de ombros. — Fiquei com saudade.

Ainda bem que eu continuava segurando a maçaneta, ou teria derretido e estaria no chão.

— Hum... — Christy pigarreou. — Vou aproveitar minha folga. Bom fim de semana.

Ela piscou para mim antes de sair.

Eu teria ficado mortificada com a insinuação em sua voz se não estivesse tão distraída com o homem lindo a menos de dois metros de distância.

— Já se passaram cinco minutos, sra. Harper — Christian apontou. — Vai fazer seu marido esperar muito mais por um beijo?

— Você é inacreditável.

Corri e passei os braços em torno de seu pescoço, sentindo o coração transbordar quando o som da risada dele encheu a sala.

Eu o beijei, sentindo seu sabor e inspirando seu cheiro como se estivéssemos separados havia meses, não dias.

— Não podia perder a oportunidade de visitar minha talentosa esposa em seu trabalho — ele disse quando finalmente nos afastamos. Seus braços envolviam minha cintura, e eu mantinha o rosto apoiado em seu peito e respirava o cheiro familiar. Cheiro de amor, conforto e segurança. Meu cheiro favorito no mundo todo. — Escritório no SoHo. Você chegou lá, Stella Alonso Harper.

A marca Stella Alonso se expandira rapidamente nos últimos anos, e agora incluía roupas, acessórios e perfumes. Os escritórios tiveram que acompanhar essa expansão.

Sorri do comentário de Christian, mas senti uma pontinha de melancolia.

Tínhamos nos mudado para Nova York depois do casamento, e sua empresa e a minha agora tinham sede em Manhattan.

Jules e Ava tinham ficado na cidade de Washington, mas nós três e Bridget nos víamos pessoalmente duas vezes por ano, pelo menos: uma vez na viagem anual só para garotas e uma vez para as festas.

Minha família vinha me visitar algumas vezes ao ano, e vice-versa.

Era uma vida maravilhosa, mas eu sentia muita falta de uma pessoa.

— Queria que Maura estivesse aqui para ver isso — falei. — Ela teria adorado.

Maura tinha comparecido ao nosso casamento, onde estivera mais lúcida do que eu a tinha visto em anos.

Um mês depois, logo depois que Christian e eu voltamos da nossa lua de mel, ela falecera enquanto dormia.

Eu tinha ficado arrasada, mas sabia que ela estava pronta para partir e que agora estava em um lugar mais feliz. Embora não se lembrasse de mim nos últimos anos de sua vida, eu me perguntava se ela havia esperado até eu encontrar meu lar para seguir sua viagem.

— Ela sabe. — Christian falou com tanta confiança que acreditei nele.

— Desde quando você se tornou o otimista do casal?

— Desde que me casei com você. — Ele passou a mão em minhas costas. — A culpa é daqueles smoothies de broto de trigo que você me faz beber todas as manhãs. Deve misturar alguma coisa neles.

Minha gargalhada afastou a melancolia.

— Isso vai aumentar sua expectativa de vida, sr. Harper. Quero ter muitos, muitos anos com você.

— Não serão anos, meu bem. Vai ser a eternidade. — Christian levantou meu queixo, e meu coração palpitou novamente. — Mas, só por precaução, devíamos aproveitar ao máximo o que temos.

Uma mistura de grito e risada escapou da minha boca quando ele varreu com um braço os papéis de cima da minha mesa e me colocou sobre ela.

— *Christian!* — reclamei, sem nenhuma veemência. — Isso era trabalho de uma semana!

— Eu arrumo tudo depois — ele respondeu, sem se alterar. — Mas antes conheço um jeito ótimo de te recompensar por isso.

Então ele se ajoelhou na minha frente e abriu minhas pernas, e de repente o trabalho era a última coisa na minha cabeça.

Christian

UMA COISA QUE NINGUÉM ME CONTOU SOBRE SER CASADO ERA COM que frequência eu tinha que interagir com os amigos da minha esposa.

Festas de fim de ano, aniversários, jantares quando eles estavam na cidade... minha agenda antes orientada pelo trabalho agora explodia com coisas como noites na Broadway e Natal na casa dos von Aschebergs.

Havia um revezamento de anfitriões para as festas de fim de ano, e este ano estávamos na villa de férias de Rhys e Bridget na Costa Rica.

Especificamente, estávamos na sala de estar deles para a noite anual de jogos de tabuleiro da Véspera de Natal.

Eu bebia meu vinho e esperava as inevitáveis reclamações. Acontecia todo ano.

— Impossível, você só pode estar roubando. — Josh olhava incrédulo para o tabuleiro de Banco Imobiliário. Pontual como um relógio. — Como pode ganhar todas as vezes?

— O que eu posso dizer? Eu trabalho com o mercado imobiliário — Alex respondeu. — Se a gente jogar um jogo de médico, talvez você tenha uma chance.

— Eu me recuso a acreditar nisso. — Josh se sentou sobre os calcanhares. — Todo Natal...

— Calma, calma... — Jules bateu de leve no braço dele. — É só um jogo.

Seu anel de diamante brilhava a cada movimento da mão. Ela e Josh finalmente tinham ficado noivos no verão anterior, embora ainda não tivessem marcado a data do casamento.

— Não é só um jogo, Ruiva. É meu orgulho. Minha dignidade. Meu...

— Dinheiro de mentirinha? — Ava levantou uma sobrancelha. — Você diz a mesma coisa *todo ano*.

— Sim, e isso não significa que essas coisas são menos verdadeiras — Josh resmungou. Ele se abaixou até poder olhar de frente para os sobrinhos de três anos e meio. — O pai de vocês é um trapaceiro.

Nenhuma das crianças parecia impressionada com a acusação.

— Papai ganhou! — Sofia gritou.

— É isso mesmo, Raio de Sol. — Alex olhou envaidecido para Josh antes de pegar a menina e beijar sua bochecha. Ela riu. — Tio Josh não sabe perder.

O irmão gêmeo de Sofia, Niko, ajoelhou e bateu no tabuleiro com as mãos fechadas.

— Tio perdeu! Papai ganhou!

As peças do Banco Imobiliário voaram com a força dos socos.

Pensei em um palavrão quando uma delas caiu no meu vinho. Eu não ia continuar bebendo o vinho que lavara uma peça suja de jogo de tabuleiro.

Enquanto isso, Josh agarrou Niko, que gritou e riu quando o tio começou a fazer cócegas nele.

— Não acredito que me traiu desse jeito, parceiro — Josh disse com a voz rouca, rindo. — A gente devia ser uma equipe.

Ao lado deles, a filha de Bridget e Rhys assistia à confusão com uma expressão madura demais para sua idade.

Com cabelo loiro e olhos cinzentos, Camilla von Ascheberg era uma miniatura dos pais. Também parecia surpreendentemente altiva e real para uma menina de dois anos em seu vestido azul, com uma fita da mesma cor na cabeça.

Ela franziu a testa quando Josh e Niko derrubaram acidentalmente um copo de água.

— Papai. — Camilla puxou a manga do pai e apontou a sujeira.

Eu poderia jurar que ouvi uma nota de desaprovação.

— Não se preocupe com isso, meu bem. — Rhys suspirou. — Acontece todo ano.

— Nunca pensei que diria isso, mas a filha de Rhys é a única que não é um terror — resmunguei para Stella. — Pelo menos Camilla tem a decência de ficar quieta, sentada.

Fiquei assistindo, perplexo, quando Sofia começou a brincar com o cabelo de Alex.

— Papai! Tranças! — Ela torcia as mechas em alguma coisa que não tinha formato de trança, nem perto disso. — Olha!

— Ficou lindo — ele respondeu, indulgente, enquanto a menina continuava massacrando o cabelo perfeitamente penteado.

Eu estava convencido de que um impostor tinha trocado de corpo com o normalmente gelado Alex no dia em que ele se tornara pai. Não fazia sentido.

Stella riu.

— Os gêmeos são fofos, e você sabe disso.

— Eu não sei de nada disso — protestei, embora tivesse que admitir que, para duas crianças, Sofia e Niko eram bem bonitinhos.

Olhei novamente para Rhys.

— Pensei que te ver nas mãos de uma garota era ruim — comentei, enquanto ele e Bridget brincavam com a agora risonha Camilla. — Mas de duas é bem pior.

Agora que a partida tinha acabado, o grupo se dispersou para fazer outras coisas até a hora do jantar.

Josh ainda tentava (sem sucesso) fazer Niko dizer que *Tio Josh é um vencedor*.

Ava tirava fotos de Alex e Sofia, que escalava o pai como se ele fosse um brinquedão de festa infantil.

Stella estava sentada ao meu lado, acompanhando nossa conversa com um sorriso divertido. Ela estava acostumada à minha estranha amizade com Rhys. Uma vez tentou dizer que era um bromance, mas encerrei o assunto imediatamente.

Mas nem fodendo. Eu não era o tipo de cara que tinha *bromance*, nem Rhys, que parecia nem se importar com meu último comentário.

— Você fala um monte de mer... bobagens para quem já engoliu as palavras uma vez — ele se corrigiu ao ver o olhar reprovador de Bridget.

— Vem, gatinha. Vamos olhar as flores bonitas enquanto seu pai está, hum, conversando com o tio Christian. — Ela pegou Camilla no colo e a levou para o jardim, sem dúvida com medo de descambarmos para a baixaria a qualquer segundo.

— Eu volto já — Stella avisou, apressada. — Vou pegar um pouco de água.

Esperei ela se afastar e só então levantei uma sobrancelha olhando para Rhys.

— Não sei do que você está falando.

— É claro que não, sr. Não Acredito no Amor.

A irritação foi imediata.

— Ainda com isso? Já faz cinco... — Baixei a voz para Sofia e Niko não me ouvirem. — Cinco anos, *porra*!

— Ah, vou encher o seu saco com isso até o fim da vida, é melhor se acostumar. E quando tiver filhos vai morder a língua de novo. — Ele se reclinou e uniu as mãos atrás da cabeça com um sorriso vaidoso. — Pelo menos já está acostumado.

Eu não suportava o babaca.

Antes que eu pudesse responder, Stella apareceu na porta da cozinha.

— Christian? Pode vir aqui? Preciso da sua ajuda com uma coisa.

— Estou indo. — Levantei e olhei com frieza para Rhys, que gargalhava. — Enquanto eu ajudo minha *esposa*, vai pensando em como vai ser quando Camilla crescer e começar a namorar. — Ele parou de rir. — Divirta-se.

Eu me dei por satisfeito quando ouvi o rosnado baixo.

Quando entrei na cozinha, encontrei Stella esvaziando o quinto copo de água naquela noite.

— Tem certeza de que não quer vinho? — Ela não era de beber muito, mas normalmente aceitava uma ou duas taças. — É de uma safra excelente.

— Sim. Tenho certeza. — Stella deixou o copo na pia e olhou para mim de um jeito nervoso, estranho. — Não posso beber.

Ela falou como se eu devesse saber o motivo.

Por que deveria ser importante ela estar ou não bebendo? Sim, era um pouco estranho que...

Não posso beber.

Pensei nas palavras dela.

Não posso. Não *não quero*.

Ela não podia beber, o que provavelmente significava...

Minha pulsação desacelerou.

— Eu não quis falar na frente dos outros, mas também não aguentava mais esperar. — Stella baixou a voz. — Christian, estou grávida.

— Você está grávida — repeti.

As palavras ecoavam em minha cabeça, e eu estava tonto e chocado demais para absorver o significado delas.

Stella confirmou com um movimento de cabeça, com uma expressão que misturava partes iguais de empolgação e nervosismo.

Grávida. Bebê. *Nosso* bebê.

O ar saiu dos meus pulmões com um sopro brusco.

Percorri a distância entre nós com dois passos e a beijei, sentindo o coração bater forte no peito.

Esqueci todas as coisas horríveis que eu pensava sobre crianças.

Vamos ser pais. Eu ia ser pai, e veria Stella gerar nosso filho. Um menininho, talvez, com cabelo cacheado e pele marrom. Ou uma garotinha com os olhos verdes e o sorriso doce da mãe.

Meu peito foi tomado por um impulso forte de proteção.

O bebê ainda nem tinha nascido e eu já queria dar minha vida para protegê-lo.

Menino ou menina, não fazia diferença. Tudo que importava era que era nosso.

— Isso significa que você está feliz? — Stella perguntou, esperançosa, quando nos afastamos.

Minha risada era carregada de emoção.

— É claro que estou feliz, meu bem. Como poderia não estar?

Eu precisava encontrar o melhor obstetra do país com urgência, reformar a cobertura (que atualmente era tudo menos adequada para crianças), levar Stella para comprar roupas de gestante, reservar férias para nós antes do parto...

— Bom, você acabou de dizer que os filhos dos nossos amigos são um terror, então...

— Sim, mas nosso filho não vai ser assim.

Nosso filho nunca faria no meu cabelo o que a filha do Alex tinha feito no dele.

Stella me olhou séria.

— Por mais que eu queira acreditar que nosso bebê vai ser o primeiro do mundo que não vai chorar ou gritar, tem uma chance de não ser bem assim. Quero que você esteja preparado.

— Não me importo. Ele pode gritar e chorar o quanto quiser, e ainda vai ser parecido com a mãe. — Beijei os lábios dela. — Perfeito.

Um arrepio de prazer percorreu seu corpo.

— Eu estava certa tantos anos atrás — Stella murmurou. — Você, Christian Harper, é um coração mole.

Ri baixinho.

— Só para você, Borboleta.

Beijei minha esposa de novo e deixei seu calor me envolver enquanto ouvia as risadas de nossos amigos na sala.

A cena era tão melosa e doméstica que meu eu anterior a Stella a teria desprezado por princípio. Mas essa era a diferença entre o antes e o agora.

Houve um tempo em que eu não acreditava no amor.

Agora, percebia que o amor era a última peça que faltava no quebra-cabeça da minha vida.

Com ele, eu finalmente estava inteiro.

CENA EXTRA

Stella

— Que tal? — Abri a cortina do provador. — A cor me deixa apagada?

Christian estava sentado na área de espera da butique, lamentavelmente deslocado no meio dos assentos dourados e do veludo cor-de-rosa. Uma pilha enorme de sacolas de compras descansava a seus pés, e meu copo meio vazio de matcha latte esperava em cima da mesinha ao lado dele.

Fazia horas que estávamos fazendo compras, mas, para não perder o costume, ele parecia tão descansado e inteiro quanto quando tínhamos saído de casa.

— Não. — Seus olhos estudaram todo o comprimento do vestido amarelo de estampa floral. — Você está linda.

— *Christian*. — Irritação e carinho modulavam minha voz. — Você disse isso sobre *todas* as peças que eu experimentei hoje.

Ele deu de ombros.

— É verdade. Você fica linda em tudo.

— Mas não posso *comprar* tudo.

— Por que não?

— Porque não. — Eu não tinha uma boa resposta. Tecnicamente, podíamos pagar, e tínhamos espaço suficiente para guardar tudo aquilo. — É demais.

— Isso não existe.

— Você sempre fala a mesma coisa.

Christian sorriu, um sorriso sexy que me deu um frio na barriga. *Que safado*. Ele sabia que eu não conseguia resistir àquele sorriso.

— Então você não devia discutir, Borboleta. Se quer o vestido, leve o vestido.

Mordi o lábio. Tinha gostado do vestido, e precisava de um guarda-roupa novo, agora que a barriga tinha crescido a ponto de calças elásticas de ioga e vestidos longos e rodados não resolverem mais o problema.

— Tudo bem — aceitei, com relutância moderada. — Se você insiste...

A risada dele ecoou no provador mesmo depois de eu ter fechado a cortina, e um sorriso surgiu em meu rosto.

Passamos o dia inteiro fazendo compras, e agora estávamos em uma butique de luxo no SoHo especializada em gestantes. O atendimento era com hora marcada apenas, e éramos as únicas pessoas na loja, além da gerente e sua assistente.

Christian se preocupava por eu estar em pé havia muito tempo, mas precisei sair de casa depois de ter passado a semana toda em home office. Meu estúdio de design ficava em cima de uma pizzaria, e às vezes o cheiro do restaurante subia e entrava pela janela. Normalmente eu amava o cheiro de pizza saindo do forno; aos cinco meses de gravidez, queria vomitar cada vez que sentia cheiro de molho de tomate.

Então, até passar essa fase da gestação, tinha decidido trabalhar em casa.

Depois de trocar de roupa e pagar o valor absurdo da compra (pude praticamente ver cifrões pulando nos olhos da gerente como nos desenhos animados quando ela fechou nossa conta), entramos no carro com motorista que esperava por nós do lado de fora.

— Ainda quer tacos? — Christian perguntou quando o motorista saiu da vaga.

A butique era nossa última parada do dia. Estava quase na hora do jantar, terça-feira, e tínhamos combinado de manter a tradição da terça do taco, que eu criara tantos anos atrás.

No entanto, como meu paladar mudava muito durante a gravidez (um dia eu amava picles, no outro odiava), ele sempre tivera receio de que um dia eu acordasse com um ódio profundo por tacos.

Christian jamais admitiria, mas ele amava nossa tradição semanal. Eu só havia perdido uma noite até agora durante todo o tempo em que éramos casados, porque Jules estava na cidade para uma visita rápida, e ele passara uma semana de cara feia depois disso.

— Sim. — Entrelacei os dedos nos dele. — Prometo que, se não quiser comer alguma coisa, eu aviso.

— Hum. Como quando me acordou às duas da manhã porque queria sorvete e atum, e quando finalmente comprei você começou a chorar? — ele debochou.

Senti o rosto esquentar.

— Você comprou o atum errado — respondi, com toda a dignidade possível. — Eu queria o rabilho, e você comprou o amarelo.

Linhas finas surgiram nos cantos dos olhos de Christian quando ele sorriu. Se não estivesse sentada, eu teria desmaiado ali mesmo.

Era de esperar que minha atração por ele tivesse diminuído depois de quatro anos de casamento, mas ela só ficara mais forte. Quanto mais o conhecia, mais me apaixonava por ele, e todos os dias eu descobria algo novo sobre Christian Harper.

No dia anterior tinha descoberto que ele sabia construir um circuito impresso a partir do zero, e que *vê-lo* nesse processo podia levar a... uma noite interessante, especialmente para quem estava constantemente excitada por causa dos hormônios da gravidez.

Hoje descobrira que ele havia aprendido a gostar de matcha, depois de anos repetindo que café era melhor. (Vi quando ele bebeu um gole da minha bebida mais cedo, apesar de ter uma xícara cheia de espresso.)

Eram coisinhas, mas as coisas pequenas eram as que importavam.

— Bem, agora temos um freezer cheio de todo tipo de atum que você possa querer. — Christian se abaixou e beijou minha barriga. Depois falou com o bebê. — Mais quatro meses, amorzinho. Vamos torcer para até lá eu não falir satisfazendo todos os caprichos alimentares da sua mãe.

Dei risada, apesar de sentir o coração derreter ao ver Christian tão paternal.

Eu tivera um breve momento de preocupação quando contei a ele sobre a gravidez: não por pensar que ele ficaria aborrecido, ou que seria um mau pai, mas porque pensei que ele pudesse duvidar de si mesmo. Christian não tivera os melhores exemplos de pais na infância, e, apesar de sua confiança, eu sabia que estava nervoso com a ideia de ser pai pela primeira vez.

Eu também estava, mas tê-lo ao meu lado tornava tudo menos complicado. O que quer que acontecesse, encontraríamos a solução juntos.

— Se não quer falir, não devia ter gastado vinte mil dólares no sistema de monitoramento do bebê — retruquei.

— Aquilo foi só o esqueleto do sistema. Vou fazer o upgrade mais perto da data do parto. — Ele riu de novo quando suspirei. — Eu comando uma empresa de segurança, Borboleta. Acha que vou negligenciar a segurança do nosso filho?

— Eu nem sonharia com isso. — Passei a mão em seu cabelo quando ele beijou minha barriga de novo antes de levantar a cabeça para beijar minha boca.

Um suspiro de prazer passou da minha boca para a dele.

Eu nunca me cansaria de beijá-lo. Era melhor que toda ioga, escrever no diário e todas as massagens do mundo.

Bem, talvez não as massagens, mas chegava perto.

Infelizmente, o beijo foi abreviado porque chegamos ao apartamento. Nossa cobertura em Nova York ocupava os dois últimos andares de um edifício anterior à guerra em Upper East Side e tinha uma vista panorâmica do Central

Park. Era um imóvel melhor que o que Christian tivera antes na cidade, mas no mesmo bairro.

Deixamos as compras no quarto de hóspedes transformado em closet, tomamos banho e trocamos de roupa antes de montarmos juntos o bufê de tacos na cozinha. Tecnicamente, não precisávamos ter o trabalho de organizar um bufê completo, já que éramos só nós dois, mas eu amava o ritual de fazer uma coisa tão doméstica com Christian. Era minha parte favorita da semana.

— Tenho pensado em nomes de bebê — ele comentou casualmente enquanto enchia uma das vasilhas com o molho. — E tenho uma sugestão.

Levantei as sobrancelhas.

— Quer trocar Dahlia e Adrian por outros nomes?

Depois de muito debate, decidimos esperar até o parto para saber o gênero do bebê, por isso os planos eram neutros. Decoramos o quarto em verde-claro com a ajuda de Farrah, prima de Ava e renomada decoradora de interiores, e passamos meses pensando nos nomes, até escolhermos Dahlia, se fosse menina, e Adrian, se fosse menino.

Fiquei aflita quando pensei em passar de novo por todo o processo de escolha.

— Não, esses nomes são perfeitos. Mas... — Christian fechou o pote de molho. — Estava pensando, se a gente tiver uma menina, o segundo nome dela pode ser Maura.

Fiquei paralisada, com o coração apertado ao ouvir a menção à minha antiga babá. Ela havia nos deixado fazia anos, mas eu ainda sentia muita falta dela. Só esperava poder criar minha filha tão bem quanto ela me criara.

— O que você acha? — Christian me observava atento, sério. — Achei que seria uma bela homenagem, mas não precisamos mudar nada se você não quiser.

— Não, eu acho... — Engoli o nó na garganta. — Acho que seria perfeito.

A emoção engrossou minha voz até torná-la quase irreconhecível. Não necessariamente por causa da menção a Maura, mas por causa da proposta de Christian.

Todo mundo achava que ele era um monstro implacável, e talvez fosse, nos negócios. Mas também era uma das pessoas mais atenciosas e cheias de consideração que eu conhecia.

— Que bom. — Seu rosto relaxou antes de um sorriso malicioso iluminar seus olhos. — E, se tivermos um menino, o segundo nome dele pode ser Christian, como o do melhor marido do mundo.

Dei risada, apesar das lágrimas nos olhos. Culpa dos hormônios; ultimamente eu chorava por tudo.

— Ou pode ser Rhys, como o do padrinho...

Minha piada foi interrompida por um grito quando Christian me puxou para perto e me segurou pelo cabelo.

— Você vive me provocando — ele grunhiu, mas havia humor em seus olhos. — Qualquer dia...

— Suas ameaças deixaram de funcionar comigo há muito tempo, sr. Harper. — Pisquei para afastar as lágrimas que ameaçam transbordar e passei os braços em torno do pescoço dele. — Além do mais, você ama a provocação.

— Amo *você* — ele me corrigiu. — É diferente.

— Também amo você. — Beijei sua boca. — Por mais que às vezes seja rabugento.

Segurei outra gargalhada quando ele grunhiu de novo. Christian me beijou, soltou meu cabelo e descansou a mão em minha nuca.

Mergulhei nesse abraço, e esquecemos os tacos.

Não havia câmeras, nem convidados, nem distrações. Só nós.

Era por isso que eu amava tanto nossos jantares em casa. Não eram chiques nem requintados, mas não precisavam ser.

Às vezes os momentos mais simples eram os mais bonitos.

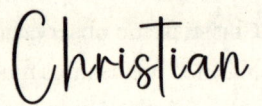

Christian

Quatro meses depois

— Para de surtar. — Alex olhava para mim entediado enquanto eu andava de um lado para o outro na frente da sala de parto. — É inadequado.

— Não estou surtando — respondi por entre os dentes.

Andei mais depressa, acompanhando o ritmo do coração.

Por que demorava tanto? Stella estava lá fazia mais de oito horas. Isso era bom ou mau sinal para um parto?

Tudo que tinha lido sobre parto nos últimos nove meses se dissolvera sob o peso do pânico que corria em minhas veias.

Eu tinha querido entrar na sala de parto com Stella, mas, depois de uma longa discussão durante nossa corrida maluca até o hospital, depois que a bolsa rompeu, a mãe dela acabou entrando no meu lugar. Eu teria resistido e brigado mais, mas tive medo de que meu estresse aumentasse o nervosismo de Stella.

Puxei o colarinho da camisa.

Eu odiava essa sensação de falta de controle. Não poder vê-la e saber como ela estava só piorava as coisas.

— Você está surtando. — Rhys interrompeu meus pensamentos caóticos. Ele estava sentado ao lado de Alex com as pernas esticadas. Era tão alto que os sapatos quase tocavam a parede do outro lado do corredor. — Respira. Vai lá fora tomar um ar.

A irritação crescia.

Jesus, um homem não podia se preocupar em paz? Eu não entendia por que todos os amigos de Stella tinham precisado aparecer quando ela entrou em trabalho de parto. A família também estava aqui, mas pelo menos o pai e a irmã tinham saído para jantar, em vez de ficarem me atormentando.

Alex, Ava, Josh, Jules... até Rhys e Bridget estavam aqui. Eles eram os padrinhos do bebê, mas mesmo assim. Não tinham um país para governar?

— Vai ficar tudo bem — Bridget tentou me acalmar. — Você mesmo disse. O dr. Moon é o melhor, e ele fez um trabalho excelente com Sofia e Niko. Não tem com o que se preocupar.

O dr. Moon era o melhor obstetra do mundo. Morava em Chicago, mas tinha vindo para Nova York no mês anterior para estar disponível quando Stella entrasse em trabalho de parto. Eu havia pagado um valor ofensivo pelo luxo, mas valia a pena.

Mas ser o melhor não significava que ele era infalível.

Senti o suor frio cobrindo minha testa quando índices de complicações no parto e mortalidade materna passaram pela minha cabeça.

Se acontecesse alguma coisa com Stella ou o bebê...

— Eu trouxe biscoitos — Ava ofereceu. — Ajuda a acalmar, e você não comeu nada o dia todo. Prefere red velvet, gotas de chocolate, passas e aveia ou chocolate duplo?

Puta que pariu.

— Não quero essa por... — Rangi os dentes quando vi Alex olhando para mim com cara de alerta. Normalmente eu não dava a mínima para ele estar ou não irritado, mas Ava estava tentando ajudar, e eu já estava vivendo um momento bem difícil sem ter uma discussão com Alex. — Não, obrigado — respondi mais calmo. — Não quero biscoito.

— Vamos jogar uma partida de xadrez. — Josh não desistia de ganhar de mim ou Alex no xadrez pelo menos uma vez. — Baixei um daqueles aplicativos para dois jogadores no meu celular. Ganhei da Ruiva duas vezes ontem à noite.

— E eu ganhei de você três vezes — Jules lembrou, em um tom doce. — Engraçado ter esquecido essa parte.

Uma veia pulsou na minha têmpora.

— Não vou jogar em uma porra de aplicativo de xadrez. Esses algoritmos são tão previsíveis que chega a ser ofensivo...

O som fraco, mas inconfundível, do choro de um recém-nascido flutuou no ar.

Todo mundo ficou em silêncio. Sete cabeças se voltaram para a porta da sala de parto, inclusive a minha, e meu coração batia na garganta quando ela finalmente foi aberta e a mãe de Stella apareceu.

Ela respondeu minha pergunta mais urgente antes mesmo de eu abrir a boca.

— Stella e o bebê estão bem. — Ela parecia cansada, mas feliz. — Correu tudo bem.

Meu relacionamento com os pais de Stella havia melhorado muito ao longo dos anos. Eu passara a respeitar Mika e Jarvis Alonso, embora nunca fosse perdoar o tratamento que eles haviam dado a Stella na infância. Mas eles estavam se esforçando, e tinham vindo para Nova York na semana anterior para estar presentes na hora do parto.

— Vou dar um tempo para vocês dois. — Mika sorriu e deu um passo para o lado. — E Christian? Parabéns.

Consegui acenar com a cabeça em reconhecimento antes de entrar e fechar a porta. Os amigos de Stella respeitaram o momento e ficaram lá fora, embora eu sentisse a aflição das mulheres para vê-la.

O dr. Moon e as enfermeiras estavam se lavando depois do procedimento, mas eu nem percebi. Estava focado demais em Stella, sentada na cama do hospital com uma aparência exausta, suada, mas tão linda que meu coração doeu. Ela sorria para o pacotinho em seus braços, mas levantou a cabeça quando me ouviu entrar.

Nós nos olhamos e uma pressão estranha surgiu em meu peito e cresceu até eu pensar que poderia explodir.

— Preparado para conhecê-la? — ela perguntou baixinho. Um sorriso surgiu em seus lábios quando fiquei sem fala.

Conhecê-la. Ela.
Uma filha.
Eu tenho uma filha.
O sangue urrou em meus ouvidos. Não consegui fazer a voz funcionar, por isso só assenti e me aproximei. Beijei a testa de Stella e deixei os lábios permanecerem ali por um instante antes de recuar.
Ela está bem. A bebê está bem. As duas estão vivas e saudáveis.
— Esta é Dahlia Maura Harper. — Havia lágrimas nos olhos de Stella, mas ela sorria tanto que senti o calor nos ossos quando aceitei o pacotinho precioso.
Olhei para a recém-nascida que dormia em meus braços. Ela era tão pequenina e delicada que tive medo de esmagá-la se a segurasse com muita força. Estava toda embrulhada, por isso só consegui ver o rostinho rosado, mas isso não impediu que um amor feroz, esmagador, brotasse em meu peito.
Um segundo com ela no colo. Foi o suficiente para me apaixonar por ela e saber, com certeza inabalável, que faria qualquer coisa para protegê-la.
Quando finalmente encontrei as palavras, elas saíram roucas e carregadas de emoção.
— Ela é perfeita.
Como a mãe dela.
Embalei Dahlia em meus braços enquanto Stella nos observava com aquele sorriso lindo. O ambiente era silencioso, e tudo que eu conseguia ouvir eram as batidas do meu coração enquanto segurava minha filha pela primeira vez.
Em algum momento teríamos que dividir tudo isso com os amigos e a família dela, mas por ora eu me deliciava com a paz que era só nossa.
Eu, Stella e Dahlia.
A família que nunca pensei que teria, e a única família de que precisava.

AGRADECIMENTOS

Aos meus leitores: obrigada pelo amor que vocês têm demonstrado por Christian, Stella e toda a família Twisted. Vocês são a melhor parte da minha vida de escritora, e suas generosas mensagens, resenhas, postagens e edições sempre fazem meu dia. Adoro vocês.

À Becca: obrigada por ser minha rocha e minha líder de torcida durante todo esse processo. Foram muitas noites acordadas até tarde, telefonemas longos e mensagens frenéticas, mas conseguimos!

Amy e Britt: obrigada pelos olhos atentos e por acompanharem meus prazos apertados. Vocês são estrelas!

Para Brittney, Sarah e Rebecca: começamos com Rhys e Bridget, e agora estamos aqui. Obrigada por serem minhas alfas leais. Vocês fazem minhas histórias brilharem, e eu não teria conseguido sem vocês.

Salma: seus vídeos e reações são tudo! Seu feedback tem sido muito útil, e você é realmente uma joia no mundo do livro.

Aishah: você esteve lá desde o início, e sou muito grata por ter você não só como leitora, mas como amiga. Das sugestões de músicas e agenda de livro de receitas Twisted (juro que faria, se soubesse) à profunda afeição pelo papagaio Couro, você sempre torna meu dia mais brilhante.

Amber e Michelle: obrigada por me manterem lúcida e aceitarem as perguntas aleatórias que eu jogo no chat do grupo sem aviso prévio. Esta pisciana indecisa não saberia o que fazer sem vocês.

Trinity: obrigada por lidar com todas as solicitações de última hora. Você é incrível!

Amanda – como sempre, obrigada pela linda capa.

Christa Désir e a equipe da Bloom Books – obrigada por serem sempre tão agradáveis.

Kimberly Brower: obrigada por tudo o que você faz. Sou infinitamente grata por ter você como agente.

Finalmente, às mulheres maravilhosas da Valentine PR: obrigada pelo esforço e por tornarem esse lançamento possível. Muito obrigada!

Bj, Ana

SOBRE A AUTORA

Ana Huang é uma autora de romances hot contemporâneos para jovens adultos com uma fraqueza por drama e alfas. Suas histórias vão do leve ao sombrio, mas todas têm finais felizes com pitadas de atrito e suspiros.

Além de ler e escrever, Ana adora viajar, é obcecada por chocolate quente e tem múltiplos relacionamentos com namorados fictícios.

Série Twisted:
Amor corrompido (Twisted Love)
Jogos do amor (Twisted Games)
Amor e ódio (Twisted Hate)
Mentiras do amor (Twisted Lies)

**Acreditamos
nos livros**

Este livro foi composto em Freight Text Pro
e impresso pela Lis Gráfica para a Editora
Planeta do Brasil em janeiro de 2025.